何平 主编

上　*Flower City Interest*

花城关注

六年三十六篇

花城出版社
中国·广州

图书在版编目（CIP）数据

　　花城关注：六年三十六篇 / 何平主编. -- 广州：花城出版社，2023.3
　　ISBN 978-7-5360-9874-9

　　Ⅰ.①花… Ⅱ.①何… Ⅲ.①中国文学－当代文学－作品综合集 Ⅳ.①I217.1

中国国家版本馆CIP数据核字(2023)第041732号

出 版 人：张　懿
责任编辑：李倩倩　许泽红　许阳莎
责任校对：汤　迪　衣　然
技术编辑：凌春梅
封面设计：迟迟工作室

书　　名	花城关注：六年三十六篇 HUACHENG GUANZHU: LIUNIAN SANSHILIU PIAN
出版发行	花城出版社 （广州市环市东路水荫路11号）
经　　销	全国新华书店
印　　刷	深圳市福圣印刷有限公司 （深圳市龙华区龙华街道龙苑大道联华工业区）
开　　本	880毫米×1230毫米　32开
印　　张	30　4插页
字　　数	670,000字
版　　次	2023年3月第1版　2023年3月第1次印刷
定　　价	158.00元（上下册）

如发现印装质量问题，请直接与印刷厂联系调换。
购书热线：020-37604658　37602954
花城出版社网站：http://www.fcph.com.cn

记忆并存念爱、温暖和热情的文学旅程,
感谢所有的同路人。

目录

气球　　　　　　　　　　　　　万玛才旦 \ 001
《山魈考》残编（节选）　　　　黎　幺 \ 036
变形记　　　　　　　　　　　　陈思安 \ 057
拉乌霍流　　　　　　　　　　　童　末 \ 074
不可饶恕的查沃狮　　　　　　　周　恺 \ 095
美丽新世界的孤儿　　　　　　　陈楸帆 \ 130
老虎与不夜城　　　　　　　　　陈志炜 \ 167
魔王（外一篇）　　　　　　　　慢先生 \ 193
无定西行记　　　　　　　　　　糖　匪 \ 212
塑料时代　　　　　　　　　　　何袜皮 \ 238
尾随者　　　　　　　　　　　　默　音 \ 259
火星　　　　　　　　　　　　　双雪涛 \ 288
湖底的恶童　　　　　　　　　　谢青皮 \ 302
在 N 城读"园林"　　　　　　　周功钊 \ 332
我认识过一个比我善良的人　　　笛　安 \ 349
羽翅　　　　　　　　　　　　　班　宇 \ 387
去大润发　　　　　　　　　　　王占黑 \ 409
离萧红八百米　　　　　　　　　郭　爽 \ 443

气　球

万玛才旦

万玛才旦，藏族，电影导演，编剧，作家。已出版藏文小说集《诱惑》《城市生活》等，中文小说集《嘛呢石，静静地敲》《塔洛》等。作品被译介到国外，获多种文学奖项。电影代表作有：《静静的嘛呢石》《老狗》《塔洛》。获第25届中国电影金鸡奖最佳导演处女作奖、第9届上海国际电影节亚洲新人最佳导演奖、第52届金马奖最佳改编剧本奖、第16届东京FILMeX最佳影片奖等三十多项国内外大奖。

达杰翻遍了抽屉，翻遍了枕头底下，翻遍了所有能翻的地方，最后也没有翻到那个玩意儿。

他问他的老婆卓嘎，她说她也没看到。

完事之后，他就骑着他那辆破摩托车上路了。

路上，他远远看见两个小儿子各自牵着一个气球似的奇形怪状的玩意儿在玩。

走到近处，他才看清了那是个什么。他瞪大眼睛问两个儿子："这玩意儿哪来的？"

两个儿子也瞪大眼睛互相看了看，没有说话。

跟两个儿子一起放羊的达杰的老父亲瞪大眼睛问："这两个孩子今天一大早就拿着这么个玩意儿玩来玩去的，这是个什么呀？"

达杰继续瞪大眼睛瞪着两个儿子，之后又瞪着老人，没好气地说："这是气球！"

老人有点不服气的样子，瞪着达杰说："你想骗谁啊？气球是圆的，这怎么是气球啊？怪模怪样的！"

达杰继续瞪着老人，语气生硬地说："这也是气球！"

老人没再说什么，转过头去，嘴里突然冒出了一句经咒："嗡嘛呢叭咪吽！"

"嗡嘛呢叭咪吽"是观世音菩萨心咒。老人不识字，念不了太多其他经文，平常喜欢把这句挂在嘴边。别人问他"你就不会念点别的经文吗"时，他总是笑着说："这就够了，所有的经文就包含在这里面了。你能念够一亿遍，你也就算是备好了去那个世界的资粮了。"

达杰知道这也是老人表示不满意的方式之一。他没理老父亲，自己点了一支烟，站起来继续瞪大眼睛把两个孩子手上的玩意儿——弄破了。

那两个玩意儿相继发出"噗噗"的声音，恢复了它们本来的面目，变成两块很小的蔫不拉叽的东西，萎缩在了那儿。它们原来是两只安全套。

两个孩子眼睁睁地看着他们的玩意儿突然之间变成了另外的他们不想看到的什么东西，突然间放开嗓门哭了起来。

老人这次没有念六字真言，直接扭过头来瞪着达杰问："你干吗把小孩子的玩意儿给弄破了？"

达杰瞪大眼睛没说话，笑了笑，继续抽烟。

两个孩子揉着眼睛继续哭,声音更大了。

老人继续瞪大眼睛问达杰:"我说你没事把小孩子的玩意儿弄破干吗?"

达杰没好气地看着老父亲说:"那不是什么好玩意儿!"

老人问:"那你刚才不是说那是气球吗?气球怎么不是好玩意儿了?"

达杰想了想,不知道该怎么解释,最后说:"那不是小孩子玩的气球,你不懂!"

老人有点咄咄逼人的样子,继续问:"那你的意思是说那是大人玩的气球吗?"

达杰这时忍不住"呵呵"地笑了。

老人瞪着他问:"你说说那是个什么玩意儿?"

两个孩子这时哭着嚷起来了:"就是气球,就是气球!"

看老人还在瞪着自己,达杰只好哄两个孩子说:"好了好了,下次我到县城给你们一人买一个彩色的气球,比这个好玩多了。"

两个孩子继续哭着,问:"你说的是真的吗?"

这时,达杰笑了,看了看老父亲说:"真的,阿爸说话算话,不会骗你们的。"

两个孩子这才破涕为笑,眼泪鼻涕抹了一脸。

老人又念了一遍六字真言:"嗡嘛呢叭咪吽。"这也是平常他用来转换情绪的一种方法,就看他用什么语气念了。老人这时的语气变得缓和了。

老人拨了一粒念珠之后问达杰:"你是去邻村借种羊吗?"

达杰说:"是,这次去借个好种羊。"

老人也会意地笑了。

达杰看着老人手上的念珠问:"你快念够一亿遍了吧?"

老人的脸上充满了一种满足感,说:"快了,快了。"

之后,他们又随便聊了几句。

之后,达杰就发动那辆破摩托车上路了。摩托车发出"隆隆"的声响,后面冒出了浓烟。

摩托车开出很远,老人还在后面喊:"去了一定要借只优质的种羊回来啊,那些一般的种羊都不顶什么用。"

天快黑时,达杰已经站在邻村朋友家的羊圈边上了。

朋友看着羊圈里的几只种羊说:"今年我买了几只新疆种羊,听说很不错,你也带一只回去试试吧。"

达杰也看着那些种羊说:"新疆种羊肯定不错,这两年我的羊群在退化,正需要好好改良改良。"

新疆的种羊们看上去很壮硕,蠢蠢欲动地跟在一些母羊后面跑来跑去的,显得躁动不安。它们的下垂的睾丸都用一块脏得都快看不清颜色的布紧紧地裹着。

晚上他俩喝了不少酒,聊了不少事情。

第二天一早,达杰的朋友就带达杰到了羊圈边上。达杰的朋友也是个壮硕的男人,他指着羊圈里的几只新疆种羊说:"你自己随便挑一只吧。"

达杰看着那几只种羊,不知道该挑哪只,嘴里说:"这些新疆种羊都很好,不知道该挑哪只呢。"

达杰的朋友满意地笑着,似乎达杰夸的是他。

达杰最后选中一只种羊,指给朋友看。朋友就让自己的儿子进羊圈捉那只种羊。朋友的儿子也是个壮硕的家伙，他在羊圈里追来追去追了好几圈才捉住了那只种羊。那头种羊看上去很威猛，几次差点从小伙子手中挣脱。

朋友看着达杰说："你的眼力真是不错啊，那只种羊是我花大价钱买的，居然被你一眼就看中了。"

达杰也谦虚地笑了笑说："你这会儿是不是有点舍不得了啊？"

朋友说："要不是我昨晚喝多了你的酒，我肯定不会把这只借给你的。这只我是打算自己用的。但既然话已经说出去了，你就拿去先用吧。"

达杰往摩托车后座上绑那只新疆种羊时，朋友的老婆和儿子还在旁边有点不情愿地看着种羊。

达杰返回家里时才上午九点多。

达杰把新疆种羊从摩托车后座上取下来放在地上时，那只种羊有点站不稳脚跟的样子。但一会儿之后就马上恢复正常了，精神抖擞起来了。

老人跑出来看种羊。他前前后后地看了几遍，很满意地点头。

达杰说："这是新疆种羊，听说很厉害。"

老人走过来拿掉裹着种羊下体的那块脏布，使劲地捏了一把种羊的睾丸，说了声："真不错！"

种羊似乎被捏疼了，发出了一声怪叫，退后一步冲过来，把老人给撞倒了。达杰马上拉住了种羊。

老人没有爬起来，只是看着种羊不住地点头，露出很满意的样子，突然间嘴里冒出一句"嗡嘛呢叭咪吽"，然后说："这种羊真是不错啊！"

达杰笑着把种羊拉过去拴在了旁边的木桩上。

这时,两个孩子也跑过来问达杰:"阿爸,你给我俩买的彩色气球呢?"

达杰看着两个孩子说:"阿爸这次没去县城,等下次去一定给你们买上。"

这时,老人也从地上慢慢爬起来了,慢吞吞地说:"这新疆的种羊就是不一样,以前只是听说过,现在见了果然名副其实啊。"

达杰听到这话很高兴,似乎老父亲夸的不是种羊,而是他。

老人从旁边的屋里拿来一块崭新的红布说:"现在得把种羊的睾丸给裹住了,这样配种的时候才有力量。"

达杰说:"不是原来就有吗?干吗用块新布?"

老人说:"你看那块布多脏啊,得用块好布,得图个好兆头。"

达杰看着老人笑了笑,没再说什么。

之后父子俩就用那块红布把新疆种羊的睾丸给重新裹了起来。被柔软的新布裹住睾丸的种羊显然很不适,一下子坐立不安起来。

达杰的老婆卓嘎从屋里出来了,故意提高嗓门干咳了两声。达杰父子俩的脸上立即严肃起来,老人的嘴里又念起了六字真言。

卓嘎不看他俩,也不看新来的种羊,看着前面的什么地方说:"早饭好了。"

达杰对老人说:"阿爸,你先进屋吧。"

待老人进屋之后,达杰笑嘻嘻地看着卓嘎指了指种羊说:"看看,这次这只种羊怎么样啊?"

卓嘎也看着种羊嘻嘻地笑，说："看上去跟你一样！"

达杰笑了笑，说："我怎么能跟这只种羊比，这是新疆的种羊，是最好的种羊。"

卓嘎过去给拴在另一边的那只母羊喂水。那只母羊是只老母羊，一副没精打采的样子，喝了两口就停下了。老母羊也偶尔看看新来的新疆种羊。新疆种羊也不时看看那只似乎对它毫无兴趣的老母羊。

达杰看着老母羊说："这家伙已经连续两年没产羊羔了，看来也产不出羊羔了。"

卓嘎有点担心地说："可是，它还挺听话的。"

达杰说："听话有什么用？它产不出羊羔就说明它没用！"

卓嘎拿眼睛瞪自己的丈夫，达杰有些不好意思起来，没话找话地说："你看给它喂水它也不喝。"

这时，老母羊像是好几天没喝水似的把盆子里的水喝了个精光，看着达杰和卓嘎。

卓嘎看着达杰笑。达杰看着老母羊说："这家伙好像能听懂我的话。"

卓嘎继续笑。这时，达杰却一本正经地说："过一个月咱们就得把它卖了，去交江洋下学期的学费生活费了。"

卓嘎停下笑，没有说话，过去又拿来一瓢水，倒到母羊前面的盆子里，看着母羊。这次，母羊没有喝，好像故意给达杰看。

羊圈外面传来一个男人的声音："喂，达杰，你在干吗啊？"

达杰抬头看时是乡卫生所的索南扎西，就指着拴在一边的新疆种羊说："噢，我从朋友那里借了一只种羊，这几天准备给母羊们配种呢。"

索南扎西看了一眼说："噢，是只新疆种羊吧，听说新疆种羊很好啊。"

达杰也看了一眼老婆卓嘎，笑着说："听说不错，听说不错。"

索南扎西也笑着说："那就好，那就好！"

说完准备走。卓嘎叫住他说："周措大夫这两天在吗？怎么没看到她啊？"

索南扎西说："她在呢，她这几天比较忙。怎么你要看病吗？"

卓嘎答非所问地说："噢，我就是问问。"

索南扎西"噢"一声之后就走了。

索南扎西走远后，达杰突然问卓嘎："你问周措大夫干什么？"

卓嘎赶紧说："哦，没什么。"

早饭之后，卓嘎就一个人去了乡上的卫生所。

索南扎西正在给一个病人看病。索南扎西让卓嘎坐在旁边的凳子上等。

卓嘎四处望了望，问索南扎西："你不是说周措大夫在么，她去哪儿了？"

索南扎西也不看她，说："她出诊去看一个病人了，等会儿就回来，你先坐会儿吧。"

卓嘎"呀"了一声，不再东张西望了。

索南扎西给那个病人开了药，仔细交代了一番。

病人走后，索南扎西问卓嘎："你哪里不舒服？我可以帮你看看。"

卓嘎有点不好意思地说："你不能看，是女人的病。"

索南扎西笑着说："女人的病我们男大夫也可以看啊，谁说女人的病就只有女大夫能看？"

卓嘎笑了笑说："我还是等等周措大夫吧。"

索南扎西有点不高兴的样子，说："看看你们，都什么年代了，思想还这么保守。"

卓嘎只是笑着不说话。

索南扎西就不理她了，拿起一本杂志随便翻看着。

周措回来后跟卓嘎打招呼，没等卓嘎开口，索南扎西就抢先说："她在等你看病呢。"

周措说："那你怎么不帮她看看呢？"

索南扎西"哼"了一声，有点不高兴地说："她说是女人的病，不让我们男大夫看，非要让你看不可！"

周措看着卓嘎笑了笑，说："明白了，明白了。"

卓嘎有点不好意思的样子。周措看着索南扎西说："既然人家不愿意让你看，你还赖在这里干什么？这会儿你就不知道主动回避一下吗？"

索南扎西又"哼"了一声说："有什么大不了的，我又不是没见过女人！"

周措笑了，看着索南扎西说："你就别吹了，到现在连个媳妇都没娶上，你还吹什么！"

说完，周措和卓嘎都笑了起来。

索南扎西涨红了脸说："没娶媳妇不等于没见过女人！我是怕娶了个媳妇连最后那点自由也没有了！"

周措和卓嘎继续笑。

索南扎西从抽屉里拿了一包烟出去了，关上了门。

屋子里只剩下卓嘎和周措。

9

周措这时看着卓嘎说:"说吧,你怎么了?"

卓嘎犹豫了一下,说:"我想做结扎手术。"

周措说:"咳,我还以为是什么大不了的事呢。"

卓嘎不说话了。周措突然问:"你怎么突然想到做结扎手术了?"

卓嘎这才说:"结扎了省事,不用再提心吊胆的。"

周措笑着问:"不是给你们免费发了安全套了吗,也很省事啊,怎么不用啊?"

卓嘎说:"用完了,最后两个还被小孩偷去当气球玩了呢。"

说完自己也忍不住笑了起来,周措也笑着说:"你家那口子是只种羊吗?是不是到发情期了?发了那么多还不够!"

卓嘎不好意思地笑着,压低声音说:"他这两年变得差不多和年轻时一样了,没个够,我也不知道怎么了。"

周措笑着说:"你是不是让他吃了什么不该吃的好东西了?"

卓嘎也笑着说:"什么不该吃的好东西?"

周措继续笑着说:"我怎么知道啊。"

卓嘎说:"没吃什么东西,就是偶尔吃点羊肉,除此之外我们还能有什么好吃的!"

周措说:"听说羊肉那东西很补啊,你最好让他少吃点。"

卓嘎说:"他就爱吃羊肉,我有什么办法。"

两人就笑起来。之后,卓嘎又问:"你什么时候给我做?"

周措想了想说:"下个月吧,正好你们村的几个妇女也要结扎，就一起做掉吧。"

卓嘎说："好吧。"

周措又笑着说："要不给你先上个环？"

卓嘎问："环？"

周措说："是啊，环。好上，今天就可以给你上了，也保险。"

卓嘎说："那个就算了。上次旺加媳妇上的那个东西不小心掉了，她家小女儿还当戒指戴着呢，被村里人笑话，羞死人了。"

周措就大笑起来，问："真的假的？"

卓嘎也笑着说："当然是真的。"

周措也笑着说："那就算了，那就算了，那个东西确实有点不保险。"

卓嘎笑着看周措，欲言又止的样子。

周措停住笑看着卓嘎说："你还有什么事吗？要是没事了得让索南扎西进来了，要不他会以为咱俩在搞什么鬼呢。"

卓嘎这才说："能再给我几个那个吗？"

周措故意问："什么那个？"

卓嘎有点不好意思地说："就是那个，免费发的那个，还能是哪个？"

周措这才恍然大悟似的说："哦哦，明白了，直接说嘛，这年纪了，还像个小姑娘似的。"

卓嘎说："我就是说不出口。"

周措说："早就发完了，没货了，下次到了多给你几个。"

卓嘎说："那我回去了。"

卓嘎准备走时,被周措叫住,打开自己的抽屉,从里面翻出一个安全套,说:"这儿还有一个呢,你要吗?"

卓嘎笑着:"一个有什么用呢?"

周措也笑着:"拿着吧,万一有用呢?这还是留给我自己的呢。"

卓嘎笑着问:"那你自己不用吗?"

周措说:"这段时间我用不着。你到底要不要?不要我就给别人了。"

卓嘎就赶紧把那东西装进了口袋里。

达杰和卓嘎的大儿子叫江洋,在县城上初中,这会儿也放暑假回来了。回来的路上遇见了正在外面放羊的爷爷和两个弟弟。

老人见了江洋很高兴,抓住他的手问:"江洋回来了,放假了?"

江洋说:"放假了,我可以在家里待一个月。"

老人继续问:"好好,在学校里没吃苦吧?"

江洋说:"没有,没有吃苦。"

老人又仔细看了看江洋,说:"没吃苦就好,不过有点瘦了。"

两个弟弟看着江洋问:"带了什么好东西?给我们看看!"

江洋笑着从书包里拿出一本连环画给了两个弟弟。

两个弟弟说:"没给我俩买什么吃的吗?"

江洋说:"哥哥没钱,等以后有钱了再给你们买很多很多好吃的。"

然后又看着爷爷说:"给爷爷也买很多很多好吃的。"

老人也笑。江洋就翻了一下连环画，说："这个很有意思。"

两个弟弟就接过去饶有兴趣地翻看着。

翻了一阵之后，三弟问："这小人书里面讲的什么故事呀？"

江洋说："这个故事叫《和睦四兄弟》，这个学期我们学校还排练过这个节目呢，我演里面的兔子，可有意思了。"

二弟问："这个故事讲什么呀？"

江洋说："这样吧，我教你们怎么演吧，这样你们就知道讲什么了。"

两个弟弟一起"呀呀"地喊起来。

江洋看着他俩说："要是还有一个小孩就好了，这个故事需要有四个小孩来演，现在咱们三个小孩怎么演啊？"

三弟指着老人说："让爷爷演嘛。"

老人摇了摇头，说："你们玩，我不玩。"

江洋也对老人说："爷爷，咱们一起玩吧，你演大象，很有意思的。"

老人坚决地说："这是小孩玩的，我不玩。"

三弟说："阿爸还说你越老越像个小孩呢，跟我们玩吧。"

老人瞪着小弟弟，问："他什么时候说的？"

三弟笑着说："你跟我们一起玩，我就给你说。"

江洋也说："爷爷，你就演大象吧，跟我们一起玩玩嘛。"

老人见推脱不掉只好笑着说："好吧，好吧。"

江洋把他们三个叫到跟前，很认真地说："那你们要听

13

我的话啊，我说什么你们就得做什么。"

两个弟弟点头，爷爷也跟着点头。

江洋到处看了看，最后选了一个有树的地方。之后，江洋说："很久很久以前，一只大象、一只猴子、一只兔子、一只鹦鹉先后来到了一片非常美丽的草地上，那片草地上有一棵很高大的结满果实的树。过了一段时间，他们想结拜为兄弟，但不知道谁大谁小，于是他们就一个个地讲述到达这儿时这棵树的大小。"

然后看着老人说："爷爷，你是故事里面的大象，这是你现在要说的话：'我到这片草地时，这棵树已结出了果实，我在底下还吃过果子呢。'"

说完，问老人："爷爷，你记住你要说的话了吗？"

老人说："记住了，这个故事我知道。"

江洋说："那你说一遍。"

老人就又说了一遍。

江洋说："好，没有错，爷爷你要记住你要说的话啊。"

然后指了指自己的鼻子说："我演的是兔子，我说的话是：'我到这儿时，树已经长高了，但没有结出果实。'"

然后转向二弟，说："记住你是猴子，你要说的话是：'我到这儿时，这棵树很小，只有一些枝丫。'"

之后又问他："记住了没有？"

二弟说："记住了，太简单了。"

江洋说："那你把自己的话说一遍。"

二弟又说了一遍，一字不差，江洋夸完他之后转向三弟，说："记住你是鹦鹉，你要说的话是：'我到这儿时，这棵树只是一棵小小的幼苗，我还在上面撒过几次尿呢。'"

之后，江洋突然问三弟："你是谁？"

三弟不假思索地回答："我是鹦鹉。"

江洋又问："你要说的话是什么？"

三弟想了想说："我到这儿时，这棵树只是一棵小小的幼苗，我还在上面撒过几次尿呢。"

说完，三弟笑了，江洋说："好，你念对了。"

三弟"嘻嘻"地笑了一声，说："真好笑，鹦鹉还会尿尿吗？"

江洋瞪了他一眼说："你别管，书上就是这么写的。"

三弟问："书上写的都对吗？"

江洋说："书上写的当然对了，要不然我们学那个干吗？"

小弟弟就说："那好吧。"

江洋看着他的三个演员问："你们记住自己要说什么了吧？"

他们齐声说："记住了。"

然后江洋说："就这样，它们分出了长幼，依次结拜为兄弟，大象背着猴子，猴子背着兔子，兔子背着鹦鹉，互相尊敬，过起了美好的生活。"

这时，老人像是突然想起什么似的说："我应该演鹦鹉才对，现在反了，我演大象我倒成了最小的了。"

吃晚饭时，卓嘎特意煮了一锅羊肉。卓嘎把羊肉捞出来放在饭桌上说："江洋，你和弟弟们、爷爷，你们好好吃吧。"

达杰斜眼看了一眼卓嘎，说："怎么，你的意思是我不

15

要吃吗？"卓嘎也斜眼看着他说："你就少吃点吧。"

达杰说："为什么？"

卓嘎说："没什么，就让孩子和老人多吃点。"

江洋这时拿起一块肉给了达杰，看着阿妈说："阿爸也吃吧，这么多羊肉，我们吃不了那么多。"

达杰笑了，说："主要是你们要吃，主要是你们要吃。"

几个男人正在吃羊肉时，卓嘎的妹妹也来了。卓嘎的妹妹叫香曲卓玛，她在附近的一个尼姑寺当尼姑。大家都站起来迎接他，问候她。

卓嘎握住香曲卓玛的手问："在寺院没吃苦吧？"

香曲卓玛笑着说："没有没有。"

卓嘎又问："你怎么这个时候来了？"

香曲卓玛说："今年秋天我们要翻修寺院的大殿，寺院的尼姑都要去化缘，我听说今天江洋放暑假了，就来了，我需要他帮我。"

老人说："好事，好事，这是好事。"

之后又看着达杰说："家里一定要多捐点。"

达杰也说："阿爸，这还用说吗？咱们家捐得多，别人家才会多捐的。"

香曲卓玛笑着说："明天开始我就要挨家挨户去化缘，江洋要帮我登记什么的，我一个人忙不过来。"

卓嘎说："江洋也没什么事，就让他帮你吧，也算为自己积德了。"

两个孩子说："我俩也去。"

卓嘎说："好好，你俩也去。"

老人接着说："明天我先带江洋去村里的嘛呢寺替他奶

奶点上几盏酥油灯，这一个月来我梦见他奶奶几次了，有一次还问起了江洋。"

江洋对老人说："好好，咱俩先去嘛呢寺。"

两个弟弟也说："我俩也要去。"

老人看着他俩说："好好，你俩也去点酥油灯。"

香曲卓玛看着江洋说："江洋，你脖子上那个很大的黑痣还在吗？你一生出来你阿卓嘎就认出来了，和你奶奶脖子上的黑痣一模一样，真是很神奇啊。"

江洋说："还在呢，好像还变大了。"

卓嘎笑着说："因为你也长大了嘛。"

两个孩子看着江洋说："哥哥，让我俩看看那个痣吧。"

江洋说："晚上睡觉时再让你们看。"

睡觉前，两个孩子很好奇地看了江洋脖子上的黑痣，想了想之后问老人："爷爷，哥哥真的是奶奶的转世吗？"

老人说："当然是啊，这还用问吗？"

两个孩子又问老人："如果哥哥是奶奶的转世，那我俩是谁的转世呢？"

老人被逗笑了，说："你们还没有确认是谁的转世，但肯定是六道轮回之中的某一个生灵的转世啊。"

三弟说："那我做你的转世吧，那样你对我也会像对哥哥江洋一样好的。"

老人瞪了他一眼，说："我还没死呢，转什么世啊？"

两个孩子有点不解地看着老人。

吃了早饭，他们就去了嘛呢寺。

他们把酥油灯点着之后，双手合十站在佛像前。老人一阵念念有词之后,闭着眼睛祈祷着。一会儿之后,又对三个孩子说:"现在你们也可以祈祷了。"

三个孩子也闭上眼睛像模像样地祈祷,之后睁开眼睛看着老人。老人开始磕头。他们也跟着磕起头来,故意把额头撞在木地板上,发出"咚咚"的响声。

走出嘛呢寺时,太阳已经升起老高了。两个孩子问老人:"爷爷,你刚才是怎么祈祷的?"

老人笑着说:"我对你们的奶奶说你的转世江洋来给你点酥油灯了,你不用再牵挂了。"

两个孩子又问:"那你没说我们俩也来给她点酥油灯了吗?"

老人大声地笑着:"也说了,我说你的两个小孙子也来给你点酥油灯了。"

两个孩子就高兴地笑。笑完之后,又突然问:"这样祈祷奶奶能听见吗?"

老人说:"当然能听见,只要你说心里话就能听得见。"

两个小孩"哦"了一声。

老人问两个小孩:"那说说你们俩怎么祈祷的?"

两个孩子看着江洋说:"哥哥先说。"

江洋看了看老人说:"其实我也没说什么,我就说我在学校里一切都很好,学习成绩也很好,请奶奶放心。"

老人又看三弟,三弟说:"我祈祷奶奶提醒阿爸到时不要忘了给我们买气球。"

老人瞪了他一眼之后问二弟:"你呢?"

二弟想了想,看着三弟说:"我跟他的一样。"

老人随后骂了一句:"没出息,要知道是这样就不带你俩来了。"

回来的路上，江洋问老人："爷爷，我真的是奶奶的转世吗？"

老人看了一眼江洋说："当然是啊，这还用问吗？你妈生下你时，我看见你脖子上那颗跟你奶奶脖子上一模一样的黑痣，我就知道是你奶奶的转世了。后来为你奶奶做法事时，顿珠活佛也证实了这一点。"

江洋又问："我怎么一点也不知道呢？"

老人说："你长大了当然就不知道了，你刚会说话时还经常说一些你奶奶生前的事呢。"

江洋说："我怎么一点儿也不记得了？"

老人说："人越长大就越容易会失去一些灵性的东西。"

卓嘎和尼姑妹妹香曲卓玛坐在炕上聊天时，香曲卓玛无意间在枕头底下发现了卓嘎从卫生所要来的那个安全套。

香曲卓玛拿起那个东西看了看问："这是什么？"

卓嘎从香曲卓玛手里抢过那个东西，笑着说："给我，快把那个东西给我。"

香曲卓玛看着卓嘎手里的那个东西，一脸好奇，问："快说啊，这到底是个什么东西？"

卓嘎暧昧地笑，不说话。

香曲卓玛又问："快告诉我，那是个什么东西？"

卓嘎这才凑过身子对着香曲卓玛的耳朵嘀咕了几句。香曲卓玛立即从姐姐身边逃开，显出很害羞的样子，嘴里发出"呸呸"的声音，不敢在姐姐面前抬起头来。

卓嘎就赶紧把那个东西给塞到枕头底下了。

香曲卓玛还是不解地看着那个地方，卓嘎起身出了屋子。

江洋回来之后，就和香曲卓玛去村里挨家挨户地化缘。村民都力所能及地捐一些钱和物，还说修建寺院大殿时一定去帮忙。香曲卓玛似乎有些意外地对江洋说："没想到村民们还是那样热情，没太大变化。"

他俩回到家时，江洋看见父亲和爷爷在羊圈里忙乎着，就过去帮忙了。待香曲卓玛进屋之后，达杰就把那只新疆种羊牵到了羊圈里。羊圈里的羊们显得有些不安，受了惊吓的样子。新疆种羊看见羊圈里的母羊们躁动不安起来。一些胆子大的母羊也主动过来谨慎地闻一闻新疆种羊身上的气味，又马上不安地离开了。

新疆种羊又盯着那只拴在羊圈边上的被喂养起来准备卖掉的母羊看，还发出"咩咩"的叫声。那只母羊有点惊慌，不敢看新疆种羊。

这时，达杰拉住新疆种羊笑着说："这是个不中用的家伙，这个就不用你费力了，等会儿你好好发挥了就行了。"

老人也呵呵地笑着，看着新疆种羊。

江洋看了看那只拴着的母羊，又看看急不可耐的新疆种羊，又看了看父亲和爷爷的样子，脸上也露出一种奇怪的表情。

达杰看着老父亲说："阿爸，现在放开它吗？"

老人说："再等一会儿吧。"

他们就又等了一会儿。新疆种羊显得更加躁动不安。它看上去急于想挣脱拴住它的绳子，冲到羊群里。

老人终于解下围着种羊下体的那块红布，拿在手上看了看。那块红布脏兮兮的,沾满了种羊自己的精液。之后,老人就说:"放开它吧。"

达杰放开了新疆种羊。

新疆种羊一下子挣脱达杰手里的绳子,万般饥渴地冲向羊群。

达杰和老人,还有江洋怔怔地看着冲进羊群的新疆种羊。他们看见新疆种羊跟在几只母羊后面,闻着它们的屁股。最后,新疆种羊跟定了一只母羊,追逐着那只母羊。新疆种羊在羊圈里把那只母羊追来追去的,有几次准备把前腿搭在母羊的身上,都没有成功。最后,新疆种羊终于把前腿搭在了母羊的身上,做出攻击的样子。

三个男人张大了嘴巴,一开始脸上的表情很严肃,慢慢露出了笑容。

屋里两个小孩子正趴在窗户边上,透过窗户的格子看外面羊圈里种羊配种。

过了一会儿,三弟说:"看,哥哥你看,新疆种羊趴到那只母羊身上了。"

卓嘎和香曲卓玛这时正在做饭,听到孩子说话,就走过去看了一眼说:"过来,小孩子不许看这个。"

两个孩子还是赖着不动。

卓嘎揪着两个孩子的耳朵,把他俩拉到锅台边上,让他俩帮着烧柴火。

烧了一会儿,二弟问:"阿妈,阿爸他们把那只新疆种羊放到咱们家的羊群里是干什么呀?"

卓嘎看着香曲卓玛笑了笑说:"小孩子不许知道这个。"

说完,尼姑妹妹也笑了起来。

连续配了两三次之后,新疆种羊身上那种蠢蠢欲动的劲儿几乎没有了,它只是站在离母羊们较远的地方,显出疲惫的样子。偶尔跟在几只母羊后面闻一闻,很显然也没有那么高的兴致了。偶尔几只母羊还主动过来闻一闻新疆种羊,用头蹭一蹭它,它也不怎么理它们。

趴在窗台后面的两个孩子也看着外面说:"新疆种羊现在看上去好像很累很累的样子,也没有什么精神啊。"

卓嘎过来揪着他俩的耳朵说:"去,你俩去炕上玩。"

两个孩子就乖乖地去炕上了。在炕上玩时,二弟无意间在枕头底下发现了那个安全套。二弟惊喜地碰了一下三弟,偷偷给他看。三弟看了一眼那东西,又看了一眼在锅台边上忙乎的卓嘎和香曲卓玛。

卓嘎看着他俩的样子问:"你俩又在搞什么鬼啊?"

他俩说了声"没什么",互相使了个眼色,赶紧把那个东西塞进裤兜里,起身从炕上下来了。

卓嘎盯着他俩问:"你俩去哪里?"

两个孩子几乎异口同声地说:"我俩出去玩。"

两个小孩出去时,看见父亲达杰走过去捉住了新疆种羊。之后,他让江洋捉住了一只母羊。母羊显得惊慌失措。达杰把新疆种羊往那只母羊旁边拉,老人也过来帮忙。新疆种羊有点抗拒,但最后还是被拉到了那只母羊旁边。

三个男人很吃力地让新疆种羊跟那只惊惶失措的母羊交配。之后,他们放了那只母羊。母羊惊惶失措地跑进羊群里,回过头看着新疆种羊和三个男人。

达杰又让江洋去捉另一只母羊。母羊们似乎都受惊了,到处跑。江洋在羊圈里到处追那只没有捉到的母羊。

达杰有点生气,让老人牵住新疆种羊,过去帮江洋捉那只母羊。江洋轻轻地走到那只母羊后面，一伸手抓住了母羊的后腿，但自己摔了一跤，母羊一蹬腿就跑掉了。

达杰看着很生气，跑到母羊前面从前面堵住母羊，看着摔倒在地上的江洋说："快起来，快起来捉住它！"

江洋慢吞吞地爬起来走过去伸手抓住了那只母羊的后腿。

达杰看着儿子笑，说："抓紧了，不要让它再跑了，就剩这几个了，配完之后咱俩今天下午就得把种羊给人家送回去了，就没有机会了。"

说完过去帮江洋把母羊拉到了新疆种羊旁边。他们强迫新疆种羊跟那只母羊交配。

两个孩子还站在原地看这些。达杰突然看见了他俩，对着他俩喊："看什么看，快去玩去！"

两个孩子就一溜烟跑了。

达杰看上去也显得有些疲惫，他看着老父亲说："我看也差不多了，今天得把人家的种羊送回去的，说好只用两天的，咱们得说话算话，明年还得求人家呢。"

老人看了看羊群说："也差不多了，还回去吧，明年的羊羔肯定好。"

达杰看了一眼江洋说："你也跟我去吧，这次还得带上一只母羊呢。"

午饭之后，他俩就上路了。路上，达杰又看见两个小儿子在路边鬼鬼祟祟地说什么，就停下摩托车问："你俩在干吗？像个贼似的。"

两个小孩其实在商量该怎么处理那个安全套，看见父亲就赶紧藏起来说："没干什么，我俩在玩呢。"

达杰瞪了他俩一眼，说："你俩等会儿早点回去，下午还得跟爷爷一起去放羊。"

两个小孩赶紧说："呀呀。"

达杰加了油门，看了一眼在后座上和母羊绑在一起的江洋说："抓牢啊，不要掉下来了。"

新疆种羊被夹在车把和达杰的肚皮之间，看上去很难受，但是它却一动也不动，似乎很舒服，也许是太累了吧。

两个孩子看着他们滑稽的样子就笑了，然后问："阿爸，你这次去县城吗？"

达杰想也没想就说："不去不去，我俩去还人家的种羊呢，哪有时间去？"

三弟很认真地说："万一去了不要忘了给我俩买真正的气球啊。"

达杰没理他俩，一溜烟跑开了。

待摩托车的声音完全消失之后，二弟从裤兜里掏出安全套说："这个怎么办？"

三弟想了想说："那天咱俩玩拿这个做的气球的时候，多杰那家伙不是很羡慕吗？他当时想拿他的哨子换，咱俩去找他，看看他还想不想换吧。"

二弟马上说："好，这个主意好，咱俩去找他。"

两个孩子到了多杰家门口，看见他们家的大门敞开着，就对着大门喊："多杰，多杰。"

门口的狗突然站起来把铁链拉得哗哗响，"汪汪"地叫了起来。

二弟看见狗有点胆怯，说："这狗不会挣断铁链冲过来吧？"

三弟说："要是跑过来，咱俩也跑。"

二弟看了一眼三弟说："要是追上了，你还跑得过狗吗？"

三弟说："别管那么多了，把多杰喊出来，换了东西就走。"

之后，他"多杰，多杰"地叫了起来。

不一会儿从大门里出来一个跟他俩差不多的男孩，问："你俩找我干什么？"

二弟直接问："你那个哨子还有吗？"

男孩从兜里拿出哨子，吹了吹，说："怎么了？"

二弟说："你那天不是想拿哨子跟我们的气球换吗？"

男孩问："你们的气球呢？"

二弟从兜里拿出那个安全套说："在这儿呢。"

男孩走过来仔细看了看安全套，说："这是什么呀？这怎么是气球啊？"

三弟说："把它吹起来就是气球了。"

男孩说："那你吹给我看。"

三弟就撕开包装，对着嘴吹了起来。

越吹越大，开始有了气球的样子，怪模怪样的。

男孩笑了，说："呵呵，还真是个气球啊！"

两个孩子得意地笑，然后看着多杰问："换不换？"

男孩不假思索地说："换。"然后把哨子给了他俩。

两个孩子也把"气球"给了多杰，说："不许后悔啊！"

男孩说了声"好"之后，就举着"气球"跑进家里去了。

两个孩子也说了声"快走"，就吹着哨子沿着来时的土路跑起来了。

25

达杰的朋友很满意达杰作为回报送给他的那只母羊。达杰也极力地赞美朋友借给他的新疆种羊如何威猛,如何厉害。朋友惬意地享用着达杰的那些赤裸裸的、很直接的赞美,好像赞美的对象不是新疆种羊而是他自己。

之后,他俩喝了很多酒。喝得微醉时,达杰的手机响了。达杰让儿子江洋接电话。

江洋接了电话之后,眼睛直愣愣地看着父亲达杰的脸,说不出话来。

达杰随口问:"怎么了?"

江洋开始紧张地喘气,还是说不出话来。

达杰的朋友看着江洋的样子,也盯着他看。

达杰推了一把江洋,问:"到底怎么了?"

江洋这才结结巴巴地说:"爷爷没了,下午放羊时从山上摔下来死了。"

达杰的酒似乎一下子醒了,问:"什么?"

江洋说:"爷爷死了。"

达杰和江洋赶到家里时已是黄昏时分,几个喇嘛在为亡人念经做法事,村里的一些亲戚朋友在念六字真言,气氛很悲凉。达杰似乎不太相信这突如其来发生的事,脸上一副莫名的表情,也不跟任何人打招呼,就直接跑进了父亲的卧室。卧室里有点昏暗,炕上的一个方桌上点着一盏酥油灯,酥油灯也快灭了。达杰坐在炕沿上,看着那盏快要灭了的酥油灯,流出了眼泪。

办完丧事,达杰和江洋就去了寺院。

达杰给活佛献上了丰厚的供养之后,请求活佛超度父亲的亡灵。活佛闭上眼睛，念了一些经文之后，睁开眼睛说现在你们可以回去了。

达杰似乎有话要说，犹豫了一下之后，终于开口问活佛："仁波切，我父亲的灵魂会转世到什么地方？"

活佛看着他问："你阿爸是属什么的？"

达杰说："属马。"

活佛又闭上了眼睛，还不时拨动手里的念珠。达杰和江洋就蹲在那里静静地看活佛脸上表情的变化。

过了一会儿，活佛突然睁开眼睛说："老人会再次投胎转世到你们家里。"

达杰一脸不解的样子。

活佛又补充似的说："时间是今年。"

达杰的脸上更加不解了。

活佛在一张纸条上写上一些经文的名字，笑着说："回去找个僧人念念这些经文吧，老人很快就回来了。"

达杰的脸上是更加疑惑不解的样子，想问什么又终于没有说出口。

晚上，达杰把活佛说的话告诉了卓嘎。

卓嘎说："不可能，三个孩子还这么小，家里又没有其他女人，这怎么可能呢？"

达杰说："我也这么想，可是活佛就是那样说的啊。"

卓嘎说："你当时没把家里的情况告诉活佛吗？"

达杰说："我怎么说？难道我对活佛说你说的这样的事情不可能发生吗？"

卓嘎没再说什么。

第二天一早，达杰就去还做法事时从别人家里借的一些东西。回来看见老婆卓嘎坐在门口若有所思的样子，就问：

"你在想什么?"

卓嘎看了一眼达杰,一副欲言又止的样子。

达杰又问:"你怎么了?"

卓嘎磨蹭了一会儿,最后说:"给你说个事。"

达杰问:"什么事?"

卓嘎说:"这个月我没来。"

达杰问:"什么?"

卓嘎说:"我是说这个月我没来月经。"

达杰问:"这是什么意思?"

卓嘎说:"我要去医院看看。"

到了卫生所,索南扎西看见卓嘎进来,就笑着对周措说:"我出去抽根烟。"

周措也笑了,让卓嘎坐。

卓嘎的表情有点怪怪的,看着周措动了一下嘴巴。

周措就问:"你怎么了?是不是又来要那个东西了?那东西还没到呢。"

卓嘎说:"我不要那个东西。"

周措问:"哪你来干什么?"

卓嘎说:"我这个月没来。"

周措收起脸上的笑,说:"不会吧?"

卓嘎说:"真的。"

周措说:"那就查一下,查一下就知道了。"

周措给了卓嘎一个试纸条,说:"你自己去弄一下,知道怎么用吧?"

卓嘎说:"不知道。"

周措就把使用方法告诉了她。

卓嘎从卫生间出来后，把试纸条递给周措大夫看。周措看了一眼就说："你怀孕了。"

卓嘎不说话了，在想着什么。

周措问："现在怎么办？"

卓嘎开口说："我不知道。"

周措说："这有什么不知道的？赶紧拿掉吧，越早做就越少痛苦，今天就做掉吧。"

卓嘎又不说话了。

周措开导她说："你已经有三个孩子了，再生一个干吗？咱们藏族妇女又不是天生就为了给男人生孩子才来到这个世上的。以前，一个女的生五六个、七八个孩子，那么辛辛苦苦的，干吗呀！你看我现在就一个孩子，也没觉得有什么不好。除了自己轻松，拿到补贴，孩子还能受到好的教育。"

卓嘎还是不说话。

周措说："你倒是说话呀！"

卓嘎担心地说："我得回去问问达杰。"

卓嘎快步离开，周措在后面喊："卓嘎，你想清楚，再生还会罚款呢！"

卓嘎到家时，达杰在门口劈柴。

卓嘎走过来停在一边。达杰停下劈柴看卓嘎。看卓嘎不说话，达杰就问："医生怎么说？"

卓嘎还是不说话。

达杰再次问："医生到底怎么说？"

卓嘎说："我怀孕了。"

这回，达杰不说话了，若有所思的样子。

进屋后，看见尼姑妹妹香曲卓玛坐在火塘边上，就坐在了她的旁边。

香曲卓玛看着姐姐说:"你怎么了?"

卓嘎想了想说:"我怀孕了。"

香曲卓玛有点兴奋,说:"活佛的预言多准啊,活佛就是活佛,具有看得见今生和来世的慧眼,我们常人真是无法想象啊,我们凡人有时候还怀疑,真是罪过。"

卓嘎瞪大眼睛看着自己的尼姑妹妹,说:"啊,你这么想?"

香曲卓玛不假思索地说:"那当然,要不然为什么偏偏在这个时候你怀上了?"

卓嘎觉得自己的身体几乎要瘫掉了,过了一会儿才说:"医生建议我拿掉这个孩子。"

香曲卓玛的嘴里呼出了一声奇怪的声音,说:"姐姐,你可千万不能胡来啊,亡灵既然选择某个肉身再次回到这个世界,那么拒绝他的降生对于他来说是非常残酷的事情;同时,能够成为某个灵魂依托的肉身,也是千年修得的机缘啊!"

晚饭时,达杰也突然感叹道:"活佛真是厉害啊!"

两个孩子也大概知道是怎么回事了,笑着说:"这么说爷爷很快就要回到咱们家里了。"

达杰连连点头,两个孩子就趁机说:"阿爸,你可不要忘了到时给我俩买彩色气球啊,你可是在爷爷面前答应过我俩的。你要是不买,爷爷会在天上看着你的。"

达杰似乎被惊了一下,马上说:"当然要买,当然要买。"

江洋看着他们,一直不说话。

第二天,整个村子的人都知道了这件事情。

香曲卓玛继续去化缘，回家时看见姐姐卓嘎一个人坐在院子里的一个木凳上发呆，就问："你又在想那件事情了？"

卓嘎不说话。卓嘎端了一盆水去喂那只拴在外面的母羊。那只老母羊被喂养得越来越膘肥体壮了，见卓嘎拿来水，就冲过来要喝。卓嘎把水放在了母羊面前。母羊很快就把水喝完了，很渴的样子，看着卓嘎。卓嘎没再理它。

晚上，达杰和卓嘎在炕上躺着，都不说话。达杰看上去有点高兴，卓嘎在想着什么。达杰看了一眼卓嘎，点上了一支烟。等他抽完了，卓嘎坐起来，看着达杰说："我想拿掉肚子里的孩子。"

达杰一下子坐了起来，盯着自己的老婆卓嘎，似乎不相信她会说出这样的话，愣了一会儿才问："你刚才说什么？"

卓嘎的表情没有变化，马上说："我想拿掉肚子里的孩子。"

达杰一下子就火了，说："你这个妖女！你这个没良心的东西！老人生前对你那么好，你就不想让他转世投胎到自己家里吗？"

卓嘎说："我也不想这样，可是——"

达杰问："可是什么？"

卓嘎说："我是在为这个家着想。"

达杰扇了卓嘎一巴掌，说："要是肚子里的孩子是你父母的转世，你会这么说吗？"

卓嘎流出了眼泪。慢慢地，她哭了起来，声音越来越大，怎么也止不住了。

吃完早饭，江洋说今天我去放羊吧，达杰说还是我去吧，母羊们刚刚配完种，这个时候要好好保护它们，让它们吃饱，这样明年才会有好羊羔。

达杰走到门口，想起什么似的回头对江洋说："好好照料那只老母羊，到你开学时就得把它卖了给你交学费生活费。"说完就出去了。

江洋拌好饲料，拿去喂那只老母羊。老母羊看见江洋来喂饲料，似乎很高兴。江洋把饲料放在母羊前面，看母羊吃。母羊很惬意地吃着。江洋看着母羊无忧无虑吃食的样子，想到很快就要把它卖给屠夫给自己当学费生活费，有点不忍，准备起身回去。

这时，香曲卓玛出来了，看见江洋就说："我去收一下昨天还没有收到的善款，有几家还没有收上。"

江洋站起来说："要不要我去帮忙？"

香曲卓玛说："不用了，不用了，就那么两三家，我一个人去就可以了。"

吃完早饭，一直闷闷不乐的江洋突然对卓嘎说："阿妈，你把你肚子里的孩子生下来吧，爷爷生前对我最好，我想让爷爷回到咱们家里。"

卓嘎吃惊地看着江洋。

达杰在山上放羊时，遇见了也在山上放羊的贡布老人。老人问他："快满七七四十九天了吧？"

达杰说："过两天就满了。"

老人说："你阿爸有你这样一个儿子真是好福气啊。"

老人和达杰的父亲生前是好朋友，看见老人达杰的心里生起了一股伤感。达杰说："其实我心里很愧疚，没有管好老人。"

老人说:"你已经很孝顺了,你阿爸能投胎到你们家,就说明他很留恋这个家,要不然不会再回来的。"

达杰说:"我阿妈死后也投胎回到了自己家里,阿爸生前也说过他死后还想回到这个家里的话。"

老人说:"你们可要好好珍惜啊,这样的缘分是很少见的。听说你家卓嘎不想要这个孩子,是真的吗?"

达杰有点紧张地说:"没有的事,没有的事。都是村里人在胡说八道。"

老人说:"没有就好,没有就好。"

七七四十九天之后,家里又做了法事。

喇嘛们念了一天的经。等喇嘛们离开之后,突然停电了,屋里黑咕隆咚一片,谁也看不见谁,只能听见彼此间的粗重的喘气声。

黑暗之中,传来了尼姑香曲卓玛的声音:"明天我想带姐姐到山上住一段时间。"

她的声音像是来自另一个世界。

黑咕隆咚之中没有任何回应,一片沉默,连彼此间的喘气声也听不到了。

第二天天刚蒙蒙亮,香曲卓玛就带着姐姐卓嘎离开了。

出发之前,达杰、江洋和两个孩子都起来送她俩。

最后,卓嘎小声对江洋说:"到了学校好好学习,不要担心阿妈,阿妈没事的。"

江洋使劲点了点头。

过了几天,江洋也开学了,达杰就捎着江洋和老母羊去了县上。

到了牲畜交易市场，他们被羊贩子们围住了。羊贩子们一忽儿抱起母羊掂量掂量，一忽儿又捏捏母羊的脊梁骨，一忽儿又扒开母羊的嘴巴看看，弄得江洋很不舒服。达杰只是在旁边看。最后，羊贩子们跟达杰谈价钱，讨价还价。但是达杰很镇定，咬住一个价不放，最后就成交了。羊贩子看上去不太愉快，不太情愿地数钱，最后拽着母羊走了。江洋早就跟这只老母羊混熟了，最后看着它被羊贩子们拽走了，想到它很快就要被他们宰掉了肢解掉卖掉，被别人煮了吃掉，心里难过起来。

达杰数完钱，把钱装进兜里，看了一眼那只老母羊，就带着江洋离开了。

到了学校门口，达杰从刚才卖羊的钱里面抽出几张一百元的给了江洋，说："快去吧，阿爸就不进去了。"

江洋犹豫了一下说："阿爸，我也跟你回去吧，我不想再念书了。"

达杰瞪着江洋说："你胡说什么呢，你这样说阿爸就生气了！"

江洋没再说什么，一副忧心忡忡的样子。

达杰说："不要想家里的事情，你只要好好学习就行了。"

江洋还是没有说话。

达杰骑着摩托车走到街上时，在路边的一个摊位上看见了许多彩色的气球。

他在摊位前停住了，摊主对着他叫卖："卖气球，卖气球！"

达杰看了看那些气球，突然说："我要买两只红气球。"

摊主从众多彩色气球里面挑出两个红气球给了达杰。达杰把那两个气球拿在手里看看，又像个小孩子一样晃了晃。

摊主说："你拿在手里要小心，气球里面是氢气，小心飘到天上去。"

达杰就用生硬的汉语问："两个一共多少钱？"

摊主说："本来一个三块钱，你要两个就给你便宜一点，一共五块钱吧。"

达杰也没说什么，直接从兜里拿出五块钱给了摊主。

之后，他把两个红气球拴在了摩托车的车把上，气球立即飘了起来。

摊主看着他说："这样还挺好看。"

回家的路上，两个红气球一直在摩托车的车把上飘荡着，达杰看着觉得很惬意。

回到家里，他把气球给了两个孩子。

《山魈考》残编（节选）

黎 幺

黎幺，生于新疆，现居北京，自2001年开始写作小说、诗歌及随笔作品。

最后一位魅阴人口述家族史

编者按：对于标题中的"最后"一词，虽自知不妥，但只因当事人一再要求隐去其姓名，我便自作主张，宁愿这一代称更加耸人听闻一些。不过，从时间的循环意义来讲，圆上任何一点俱可称"最初"或"最后"，我权作抛出一枚硬币，自二者中择其一而已。若是非要交出一个理由，也许因为疲惫已是我的常性，它令我偏好终结而非开端，偏好停驻而非起航。

——奥坎·阿伊德

人的困境，在很大程度上是由于无法回溯其生命所造成的，或者说，由于其回溯生命的工具，即记忆本身存在重大的缺陷。所幸，我的讲述无须从自己的记忆出发，而是跃至我的纪元尚未开始之前，投入那片茫茫大雾之中。那是我的史前时期，越过岁月的深谷，借由一条基因之链决定了我全部的历史。我无法以炯炯的目光照亮身后那条漫长的道路，但那个即将宣布"要有光"的人早早地便已把守在路的尽头。

我的五代玄祖与她的男人因为一条蛇而结合。被同一条毒蛇咬伤的人，遑论性别年龄，有何等关系，均须在彼此为对方吸净毒血之后共度春宵，这是魅阴人最古老的习俗之一。蛇即代表某种天命所归的肉体契约。这位老祖宗只有四十重[①]，恰逢其时，她被勒令跨坐在一个九十重的壮年男人身上，被他刺穿，跌倒、昏迷在血泊之中。自那夜起始，在那条终将如捏造般、如涂鸦般生就我的血脉中，便传承了那迷梦，抹上了那旖旎，沾染了那阴湿，感应了那疼痛，并携带了挥不去的血腥气。

对不起。对我而言，要避免过度抒情几乎不可能，这也是出自血统的一种硬性规定。

四重以后，那位少女产下一个男婴，黝黑的皮肤使他看起来像一道小小的影子。魅阴人以肤论人，黄者为人，白者为煞，黑者为鬼。这只新生的小鬼并未得到族人的敬畏，也未被刻意地孤立与贬损，他只是被作为影饵，在每重一度的祭祀典礼中被摆在神祇一般的巨大沙漏里，在其中翻滚、号哭、抽泣，任由黄沙磨砺与涤荡他赤裸的黑色身躯。长到二十重上下，他终于第一次诱来了一条山魈。它的骨骼如同

[①] 魅阴一族切分时间的方式与农牧无干，与生计无干，与鸟之南北、树之枯荣无干。最小的时间单位被称为色，一日计为十一色，十一日为一丰、十一丰为一重、十一重为一浑，魅阴人的平均寿命在十一浑上下。"11"对于他们而言意义颇为特殊。

37

一只白色的笼子在体外生长、合拢，将血肉箍在其中；它的头和脚是同一副模样：呈不完整的椭球形，顶部（或末端）较平整，中间将分未分，左右各生一目。可以说在它的身体两端有两颗头或者两双脚，如果将它推倒在地，它将随机选择一端重新站立起来，它用上面的脑袋考虑有关天的问题，用下面的脑袋做出有关地的判断。它那副僵直的、瘦长的肢体从头顶到脚底，或者准确地说，从脚底到脚底上下对称。山魈不擅于运动，更可能的是，不喜好运动。它像根船桨一样吃力地左右摆动、戳刺地面，前进的姿态既缓慢又勉强，但总要比日头的起降稍稍保持领先。而要辨认它，还应以首要特征为准：它没有影子。也有人说会有一点，但稀少得像一把撒在地上的灰色粉末。

我的四世祖在整个部落的围观中被山魈囫囵吞下，所有人都为此雀跃不已。可惜的是，人们兴奋过了头，他们一拥而上，混作一团，罔顾猎人的嘱咐和祭司的提醒，随之而来的抓捕并未成功。臃肿的山魈将孩童吐出，恢复了削瘦与灵便，竟从晃动不停的人腿丛中钻出，倒在地打个滚便不见了。只有部落首领的独生儿子看清了它的去向。他跟随山魈冲下一道坡，蹚过一条河，借助石缝中伸出的几条藤蔓穿越怪石嶙峋的峡谷，循着逐渐消隐的蛛丝马迹，一路风餐露宿，虽终无所获，却来到一片人烟稠密的市镇。六重之后，这个孔武有力的少年从北面归来，带回了鸦片、洋火和另外三种惊人的魔法。在他的脸孔中央，从浓密的黄眉到钩曲的鼻尖，形似一只展翅欲飞的鸡雏，作为部落首领的继承人，他承诺将视抓捕山魈为余生唯一的事业，同时宣布我的四世祖——那个自山魈腹中重生的七龄童，从此成为他的养子。

被食影的山魈吞吐一番，便如经历一次轮回，四世祖全身黑色尽褪，苍白似一张人形的纸，白得甚至无法融入夜晚，在黑魆魆的山林中也清晰可见。他追随养父，带领一队人马——包括两名最优秀的弓箭手、一名文书、一位独眼的占卜师、一个马夫和一个厨师——踏上征程，就此与自己的部族和家园分道扬镳。他们根据道听途说的法则，朝着影子的指向，时而东南时而西北，毫无成效地兜着圈子；他们不着寸缕，用炭灰将自己全身涂黑，嘴里念叨着没人听得懂的咒语。山魈未曾现身，马夫却患上奇怪的传染病。先是浑身发热滚烫如烙铁，接着骨骼便向体外快速生长，刺穿手肘、膝盖、胸膛和咽喉，死相惨不忍睹。

从痛苦的失败中，领袖提炼出一句堪称明智的训导：日出与日落像两个风情万种的女人，你向往她们，但却不可能同时占有她们。于是，他们停止盲目的追寻，每个白天和每个夜晚都在洞穴里或大树下休息，商议诱捕山魈的策略，做出一些无法证实的论断和无法实践的计划，只在黄昏时分向西面前进。在漫长得远超预期的行程中，又陆续发生了两次减员。厨师在从岩石、树根和黄土里刮出来的一丁点食材中，选择了一条通体乌黑的蜈蚣，佐以苔藓炖汤，尚未从火上撤下，只品了一勺便倒地不起；随后一名弓箭手在外出狩猎时遭遇不幸。他饥肠辘辘、体虚无力，被鸦片烟雾催生的幻象迷惑，不但没能射杀野狼，反被咬断咽喉。余下的路全由悲伤铺就，他们的远征，仿佛只是以不同的方式前往各自生命的尽头。一浑过后，五个疲倦的人来到嘉峪关前，除了十倍的苍老，他们一无所获。"唯独一件事比捕猎山魈更加重要，唯独这件事能让我们停下，"领袖说，"我们要在这里找到我们的女人，留下我们的后代。"他们在最近的村镇住了下来，忘掉了他们的誓言。

生来体弱的四世祖，虽备受磨难，却仍旧没能锻造一副耐用的躯壳。十六岁那年他讨到一房媳妇，那女子丰乳肥臀、腰肢纤细，令他回想起自己曾经置身其中的、玻璃子宫一般的巨型沙漏。他用生命剩余的十二年养育了十一个子女，七个并非亲生，另四个中有三个早早夭折，仅余的独子却是一个傻子。在他婚后不久，领袖与占卜师经过商议决定继续践行已被废弃许久的祭影仪式。每重之中月华最为窄细、星光最为稀少的夜晚，四世祖便涂黑自己惨白的身躯，径自走进幽暗的窑洞。占卜师陪同他来到洞口便停下脚步诵念咒文，枯瘦头颅上的独眼，似一只小小的蚌壳，蕴含着或洁白晶莹、或阴暗腐朽的秘密，在寂静的深海中隐约闪动。待到他念罢离开，四世祖便孤身一人，整夜蜷缩在洞里，像一块被恐惧软化的石头。三十重，即大约十年以后的一个深夜，一阵沉重的、节奏迟缓的脚步声，将他从自童年起便不断改头换面，却始终纠缠他的噩梦中唤醒。一条船桨般的白影闪进洞口，蹦跳着向他靠近。他哭喊着后退，大声叫唤养父和占卜师的名字，但没有得到回应。他因失望而瘫软，继而又因绝望而癫狂。一身漆黑的四世祖像一头受惊的非洲水牛，忘记了自己的出路，只不顾一切地冲向山魈，撞倒它、撕扯它。他的风暴卷走了一副由麻绳和糨糊粘连起来的骨架，刮掉了一只头套，最后被一张熟悉的脸挡住。他松开他的养父，他们挂着同一种惊愕的神情向后退却，仿佛照镜子一般，不自觉地模仿对方的动作、迎合对方的节奏。领袖用犹豫的、不自信的、微微颤抖的，但又有点恶狠狠的、如同犯罪者一边忏悔一边拒捕的矛盾语气对他发出虚弱的叫喊："我不能等了，不能再等了……"他的身体不自觉地痉挛抽搐，似乎被马鞭一般的声带抽打着。

四世祖在黑夜中一路疾奔。土地上仿佛隆起一个个高高低低的浪头，将他抛上抛下，他跌倒在地，像一个线团越滚越少，他细若游丝地呻吟着，用肩膀轻轻顶开家门。孩子们都在外间，挤在同一张炕上。他没有忘记怜爱地轻抚小女儿微热的脸蛋，确认自己尚有爱的力量令他感到安慰。他蹑手蹑脚地走进自己的房间，轻轻掀开被角却摸到两具赤裸的身体。在妻子的惊呼声中，独眼的占卜师将他推倒在地，逃出门去。交替起落的双脚如同斩断视听的板斧，片刻之内，踩过坡顶不可见，踏出山外不能闻。

自那夜起始，四世祖的日月与星辰从头到脚、由印堂至涌泉，向着他生命的地平线如暴雨般飞快地滑坠。我的祖父目睹他的父亲在几个昼夜间，肤色由苍白转为蜡黄。几个月之后，在去世的前一晚，他周身的皮肤终于如初生那夜一般黑如墨色。在咽气以前，四世祖留下了最后的一段话："所谓生命，不过是每一天陪同这个世界一起，脱掉自己的影子然后再穿上它，直至无力继续。因此，我的开始和结束都是温暖的，尽管中段总伴着彻骨的严寒。我的孩子，你的一生却自始至终如同一个秋日的黄昏，半遮半掩地抵御着温和却又顽固的暮色。低眉只见片片落叶，侧耳只闻声声雁鸣。有些微的舒适，又有些微的风凉，时而惬意、时而忧伤。"

被娘亲抛弃的祖父在一块泥地上走过半生，身边总跟着一头慢悠悠的老黄牛。他从未坐下或躺下，即使酣然入睡仍保持站立，仅在地表占有300平方厘米的最小面积。洋人的马队经过时，他正用刚刚拔下的一把杂草擦拭小腿上的污泥。农忙尚未结束，插秧的人还须挨过数月的饥饿，擦净泥以后，在泥样的、半干的河水里涮几下，这把草就被他连根带茎地吃了下去。马队的翻译要在村里雇几名脚夫，除他以外无人乐意。为了让他们知道他瘦小的身躯里有惊人的力气，祖父肩挑两大筐黄土，在田埂上跑了一个来回，偷偷吞下一口混着血沫的口水。

法国人伯希和骑在一匹高大的牝马背上，同时却仿佛蹲守在自己思想的角落，他总是一言不发地望向地平线，忽而微笑、忽而叹息。随行其余皆盲从之辈，唯其马首是瞻。他高挑的背影像一只沙舟孤独的桅帆，悄无声息地起降、扯动、紧绷、弯曲、收拢，引领众人涉过晨昏风雨，有时竟也被同样无声的巨大黑潮彻底淹没。他们的行程并不遥远，行进速度却异常缓慢。他们在深夜出没于偏僻的村落和荒野，与孤狼和枭禽为伍，在山腹中凿壁，在戈壁上刨坑，穿过五百只蝙蝠栖身的地下宫殿，从一根石像的断指和一块残破的陶片中揪出被遗落在地底的前朝古尸。我的祖父曾听见一颗婴儿的头骨在突如其来的朔风中张口哭泣，看见面目狰狞的石兽对他频频眨眼，在一道刻有诅咒的台阶上有生以来第一次摔倒。疼痛过后，一种前所未有的松弛令他获得了一种美妙的、对于空间的纵向意识。思想与感觉——他的影子和肉体，停止了自他出生起便不断重复的相互追逐与交替领先的游戏，终于合二为一。在那个决定性的片刻，只有鞭子才能让他再次站起。

二十个白天和二十二个夜晚之后，他们在一个叫作敦煌的地方停了下来。发号施令的翻译出于轻蔑而一言不发，只将一块石头丢在祖父的脊背上，制止他继续前行。祖父听到自己像一扇门那样被敲了一下，沉闷的回声在他空洞的身体里激荡了几个来回才蹿进脑海。他停下脚步看着眼前的一片黄土，感到十分茫然。两天之后，道士王圆箓引着柏希和一行走进了莫高窟。所谓"一行"，并未包含祖父和其他的苦力。他在洞外灼人的烈日下仰卧，百无聊赖地打量着翻译声情并茂地中转着左右二人的虚伪与狡诈。经过一整天的等待，他们的工作在入夜之后才开始进行。祖父和另几条汉子用一根浸过油的麻绳拖着一个沉重的木箱翻越鸣沙山，他嘴里喃喃自语，跟所有的沙粒一起背诵妖魔的诗句。绳断箱落，他追逐着被风沙裹走的卷宗与经文，在瞬息万变的沙丘上翻滚。当他终于抢出一张半朽的绢纸，竟突然从蛛丝般伸进耳孔纠缠着他的风缕中听到了祖先的开示。而此时他发觉，这风已不眠不休地在他的耳膜上挠了三十年。

纸上画有九个奇特的形象，三列三行，分别是四种工具、三种动物，以及一个人和一个复杂的图形，似乎旨在讲解某种智力游戏的玩法。在他的眼中，图在放大，而自己的影子却萎缩为杏仁大小，在其中奔突不已。他手捧着自己的整个世界，向它的深处逃遁而去，整整一天一夜，枪声接连在他耳后响起。在他的前方，新疆像一条由雪山、草原、沙漠、盐湖与化外之族构成的巨蛇，在中国西面盘绕了十一匝。他来到它的嘴边，肩头被咬了一口，又一次重重地跌倒在地。救助他的是一对年轻的哈萨克族牧民，男人用英吉沙小刀刮出弹头，在伤口浇青稞酒，女人将一碗羊奶递到他的唇边。他苏醒过来，开始说一种他自己也听不懂的语言，然后又突然停住，陷入沉思。最后，他终于微微一笑，说道："对不起，我忘记了自己曾经活着。"

若有若无的启迪零星地出现，令祖父的旅途时而中断，时而折返，但在总体上仍一路西行。指引或以铭文的方式出现在某块墓碑上，或以一根插在马粪里的鸟羽为他点明方向，有时他不得不久久地等待、苦苦地寻求，他曾混迹于十一个民族当中，装扮成他们的模样，学会用七种语言咒骂、恐吓与求爱。他心甘情愿卖身为奴，跟随波斯商人穿越沙漠，经过印度与巴基斯坦，最后到达伊朗。在纸上的迷宫里，他已缩至微尘，渐不可认。

与祖母相遇的那天，他的身份是大不里士的一名花匠，他在金盏草、麝香和百合花中走过，双手沾满泥土，唇间叨念着古代经典中的职业教诲："每一种花卉都专供一个神灵。"那位什叶派少女，巴列维王朝的一个稚嫩的牺牲品，在他管理的花园中跌倒昏迷。他用颤抖的手指轻触她被铅弹重创的肩头，领悟到那条缠绕他的巨蛇竟是整个世界，根本无从挣脱。他将她窝藏在自己的小屋里，怀着悲痛与释然的心情——他的旅程被迫终止，而他也因此得以卸下重负——每晚同她交媾，如同退勤的太阳骑乘着黑夜，驰骋在另外的半颗地球。

父亲的年代，世界的獠牙正高悬在欧洲的头顶。这个羸弱的早产儿，在成年之前始终直面死亡的阴霾。一岁时感染肺炎；三岁时被肝病折磨得死去活来；七岁时大战爆发，遥远的炮火似乎穿越重洋点燃了他，连续的高烧和几乎致命的脑膜炎令他神志不清、视听俱乱，他听到黄色的星辰划过红色的夜空，看到紫罗兰凋落和葡萄胀满枝头的巨响。十三岁那年，父亲失去了母亲，在祖母弥留之时，他首次开始作画。她垂死的躯体，让他感受到一种纯粹视觉的情欲。手执画笔的他，倒映在她的迷蒙的眼中，像被软禁在一滴水里，从未，也不可能再次拥有这种深不可测的亲密。在昏暗的烛光之下，他绘出了她呼出的最后一缕，混有弃世的嘲弄、恋世的欢歌和渎神的呐喊的气息。

过人的天资与难堪的贫困令他自暴自弃，早早地流连于低等的娼妓和丑陋的酒徒们中间。十七岁时他便染上梅毒，幸而也正是在同一年赢得了属于他的救赎。父亲天才的画作被收藏家们所留意，虽是绝对的小概率事件，但也是人力促成的结果。它们被年迈的祖父摆在花园的各个角落，在灌木丛中、在厕所的墙壁上，与浮萍一同在水面飘荡，随一根无花果树的枝条伸出墙外。对一个站在园外抬头看画的人，玩世不恭的少年说道："对于我的画，你最好不要看它，而要闭起眼睛听它。"而这人便是我的外公，他身份未及确认的岳丈。他收购了他所有的画作，并带着他迁往伊斯坦布尔，让他住在他栽满郁金香的宅院中。他的房间里摆有三部留声机，在屋檐下、窗台前挂满大大小小的鸟笼，在西贝柳斯、帕格尼尼和李斯特形成的涓流、瀑布与喷泉周遭，清脆悦耳的鸟鸣声像彩色的雨点在房间里四下飞溅。

懵懂无知的母亲被浓艳的声色世界所诱，向他臣服、被他毁灭，成为他不可理喻的天分的牺牲品。父亲对房事并不特别热衷，但却着迷于女子缤纷的呻吟，从细不可闻的轻声叹息到惊痛交集的刺耳尖叫，在他眼中仿佛一列美不胜收的光谱。他令她兴奋、令她迷惑、令她欣喜、令她受辱、令她疼痛、令她羞愧，他炮制她像肆无忌惮地、疯魔般地挤压一支颜料管。他留下了数百幅她的裸体肖像，造型无不荒淫、色泽无不怪诞，如同一朵朵在梅毒中溃烂的花蕾。

父亲的画作在伊斯坦布尔当地赢得了不大不小的关注，其中的一些被几位颇具影响力的收藏家买下。在形形色色的沙龙与聚会中，这个言行傲慢但气质不俗的年轻人也俘获了几位贵妇、几个小姐和几名女仆。他因与一位恩主的妻子偷情，遭到毒打之后，被灌进一种由蜣螂虫、犀鸟粪、白松香以及少量的阿月浑子调配而成的药物。他的头发、睫毛、眉毛和阴毛全部脱落，他的额头、双眼和阳具一一起癣生疮，仿佛在一个白日梦中衰变为一枚阿刻戎河里浮肿发臭的银杏。听觉于他,已退化为一种低级的底片感光技术,色彩全无、只余明暗;视觉则不再能判定一种气味的属性,只对其刺激强度有隐约的感知。也许只有嗅觉,是啊,也许嗅觉仍在加固他的生命印象。他像一只寒武纪海洋中的草履虫,嗅见严寒与疼痛,嗅见锋利,嗅见残忍的与猥亵的词语,嗅见妖魔的抽象。更进一步地,他嗅见了自身生而为人的另一种轮廓。

我的父亲死于梅毒,或死于一次影子的反噬。病榻、墙壁、地板,以及他置身其中的整个房间一起变得异常柔软。他在木材、砖石、布料和泥土拱起的浪头上翻滚,在肉体的泡沫中漂浮。一个船桨般瘦长的身影——被空间拧转、扭动,仿佛一条直立行走的水蟒——在他弥留之际,左右摇摆着向他靠近。它像一个爱人、一个智者,拥抱他、亲吻他,伸出巨大的舌头包住他的头颅,终结了一切迷惑。

在他的最后一幅画作中,只有一片黑暗,如你所知,这便是他留给他唯一后代的全部财产和全部真相,而我一生当中,从未脱下这层家传的、厚实的黑茧。一个将双眼遗落在前世的新生儿仰躺在肮脏的小床上,独自体验着令人难耐的阴冷潮湿,无动于衷地任由小便在两腿间流溺,略带遗憾又不无自得地感受着微微发胀的膀胱——像一只发酵的苹果——在胯下散发着些许的甜意。那便是我生命的开端,从某种意义来讲,也是所有。

必须到此为止了。在这个故事中出现的一干无名无姓的人们,他们此刻都已死去,像一群无助的羔羊被光阴的利爪扑倒在地,如一簇零落的秋叶静卧在自身的影子中。他们的离世给了我某种授权。而我,这具苟存于世的活尸,尚未被允许谈及自己。

轶事与释疑

  神啊，赐我以疯狂，只有疯狂才让我真正相信自己！赐我以谵妄和痉挛，电光和浓黑，骇我以凡人未曾经受的严霜和烈焰，让我在咆哮声和鬼影中哀号，并像野兽一般爬行：只有如此我才能真正相信我自己！

——尼采《朝霞》

  向晚幽寂，一灯如豆。在额下闪动的眉目，如两介扬起黑帆的琉璃小舟在过往的时光里随浪轻摆。此刻，我观看着亿万年来不断被重演的一幕远航的戏剧：影子的巨轮从窗前经过，世界在寂静之海中沉没。夜啊，这薄如蝉翼的压迫，这无差别的浮动，它教会我一种阴间的语言，我虽在人世中无法使用它——要说出这种语言，首先得要学习永恒之沉默——却也通过它结识了那些文字背后蠢动窃笑的幽灵。我并非有意在此剖白自我，但往事交织成一张比天空更大的蛛网，笼罩着言语的必经之路。我无法不谈及它们。

  许多年来，除去案上灯下这沓文稿，再无其他，可佐证我那快要被云雾隐去的、亟须被托付于某种记载的大半生。虽则如今，对于它我只觉厌倦。昔日同僚，甚或亲友议论我舍尘世，恋邪行，避之唯恐不及，在他们看来我无异于妖魔附体。人们携带谣言制作的玻璃手枪，随时用讥讽发射镂空的子弹。只要我尚在天地当间站立着，便只得日日迎接他们以自己的过度悠闲为由，对我施以的中伤。《山魈考》对于我，是一个地名而非书名。这是一个"流亡者的独立王国"，我因已不被人世所乐见，这才获准居留其中。

本人自幼读书，后勤学不辍。字在纸上，便似一片表演二维哑剧的苔藓，而我可算是在头排落座的一个自视颇高的观众。所谓河图洛书、归藏连山，自有周易洪范作注；《伏尼契手稿》更不过只是一场符号的化装舞会，终有一日，时间会卸下所有用于伪饰的假面和油彩。但较之我以往的其他研究课题，这本原名为《吮吸黑色骨髓》的书却显得尤为难解。

这样一部著作出现在19世纪，首先便给我们预设了一个时空之疑难。将之诉诸一道划过几十年光阴的视线——那时的世界既野蛮亦文明，既丰满亦贫瘠——尚未有一套文化语境能将之还原为钟表的倦意或一辆满载逝者的列车，也许只能采用一种表达：它不属于我们，不盛放我们的生活，也不为我们特意保留似昨夜宿梦般的感受之微末。一句话，20世纪的牙齿沾不到19世纪的食垢。但仍不足以说明此书何以予今人一种似假似真、非远非近之感。曾经尤其困扰我的，并非一种彻头彻尾的陌生，而是如火星般时而闪现的熟稔与亲密。将魅阴与《山魈考》联系在一起，并非我本人的创见，而且也难说深思熟虑。我的一个德国朋友（我不打算在此公布他的名字，他从未在学院中供职，但却配得上任何学者的信赖与尊敬）启发或蛊惑了我，那是在我旅居柏林期间一次花园凉亭中的午后闲谈。

"与其说人的灵魂在眼睛、心灵或者大脑中，倒不如说它更可能位于人影当中，"他俯视地面，悠悠地说，"因为这两者似乎是同质的，皆为一团飘忽的'微暗之火'，更易于彼此交融。"我附和道："两位影子专家——麦克白和柏拉图先生——如果今天也在这里，想必都会赞赏您的观点。"随后他便向我解释,原来这一说法出自他近期颇有兴趣,并作深入了解的一个古代民族的谚语:"我与你,就像魂魄与影子缠绕在一起,不可分离。"而有关这一民族,本就相当单薄的记载至那跛脚驸马帖木儿的时代便终结了。我与他交换了《山魈考》中与这一谚语相近的若干意象。本属无心,但一番详聊下来,两相吻合之处甚多,几乎可以当场断定在我们的研究之间必定存有重大关联。

我这位朋友的一个年轻后辈适时造访,此人名叫瓦尔特·本雅明,据我看来称其为天才并不为过。他和我们谈起他的一个异想天开的计划:完全以引文创作一本书,书里的每一句都可以在其他文献中找到出处。在场的两位年长的听众对此持有不同看法。起初我颇不以为然,质询他如此这般意义何在?创造难道不正是作家的天职和唯一使命吗?我的朋友却对他大加赞赏,称这一构思触及了语言的本质,具有终极意义。"音阶或数位进制都暗示了世事螺旋上升的循环态势,"他说,"文字作为一个庞大但有限的集合,重复不但无可避免,更是其根本规律。无论是否愿意接受,每一本书都出自引用,不仅引用过去,也引用未来。那个备受珍视的作者身份最多不过是一个可以替代,甚至可以忽略的编者而已。"

"引用,"本雅明说,"这便是构建世界的基本方法,每一株灌木,每一块卵石,都来自另一株灌木和另一块卵石。种子里潜藏着一切已有的、既成的生命形态,一旦栽进土里,春华秋实、从生至死的引用就开始了。一个人和一段历史,总是另一个人和另一段历史的副本。"

话题一旦出现这一偏移,便如给摇摆不定的天平加上一个具有决定性的砝码。我们几乎同时想到,或许这本书不是（像我原先所以为的）一本19世纪的神秘主义著作，更非（我后来的那些反对者们以为的）一本虚构的文学作品，而是某一民族的民俗记录，写下这本书的马其顿人充其量只是一个编译者。与我们所熟知的任何一种文化不同，这个民族的"精神"或"灵魂"的源头并不在神话、宗教甚至理性当中，而是在他们自己投落大地的阴影里。

由于正史中鲜少有关魃阴的记载，我的朋友只能从各地民间传说或寓言故事中捕风捉影。他言道：一切历史本来便只能视为故事。根据一系列严密的考据与推理，他发现，在补哩那婆罗多编纂的《五卷书》修饰本的第一卷"朋友的决裂"里，于昼夜变幻中混淆了莲花与星星的天鹅在魃阴语中有"黎明"或"将梦拴在夜桩上的仙人"之意，而"交尾期的大象肉"既是狮子冰揭罗迦的食物，也被魃阴人当作治疗疟疾的神品；第三卷"乌鸦和猫头鹰从事于和平与战争等等"中一个蚂蚁吃掉毒蛇的故事则与魃阴世代相传的口训一致。此外，他还认为《山魈考》的章节数取十一的级数，意在表示循环与无限，而最接近无限的书也出自印度——在文底耶森林中，因输掉赌局而缄口不语的德富，在贝叶之上以鬼语写成"好似湿婆大神的游戏一般"的《伟大的故事》，这本书里的人物和天上的星辰一般多，而诗句要比恒河的沙粒再多一倍。当然这并不稀奇，欧洲人的《十日谈》或《坎特伯雷故事集》中也不乏传自东方的古老情节。但至少可看出魃阴与其他更为强势的文化传统并非没有交流，且确实有过某些"引用"。"如果我告诉你画家博施可能是一个魃阴人，想必会被视作疯狂，但他的画作所表现的地狱在构图和造型方面和古代魃阴的涂鸦十分相似，只是更加精致罢了。"他说。

最让我的朋友感到神秘的是魃阴这个古代民族的迁徙，其目的、路线和形式都令人费解。无论是以食物为目的，顺应天时、周期性转移的游牧游猎民族，或是东奔西突四处掠夺的鞑靼铁骑，再或是尤里乌斯·恺撒在《高卢战记》中所描述的自毁家园、破釜沉舟，为着征服与战斗而远行的厄尔维几人，与之相比都规律得多、有逻辑得多。他们几乎从不停止行进，但每每转向看似最不该前往的方向，甚至时常毫无理由地掉头折返。他们因何彷徨犹豫？对于犹豫，我并不陌生。犹豫便是混沌未开，在决断与行动的史前时期，焦虑曾每日数度冲刷我的面容，令我憔悴如同被干旱折磨了一千年的黄土平原。然而，他们的犹豫却接近随意及不假思索，以闪电似的瞻前顾后激发出无尽的，却也根本无效的行动力，使得一团乱麻般的旅途成了一座移动的"命运交织的城堡"。

那次谈话过后，我的研究方向从文本转向了历史及民俗文化领域。在魃阴和《山魈考》的带领下，世界的秘辛仿佛已向我开放，原本枯燥单调的日常生活得到神奇的改造，无意义的生存细节沾染了巫术的色彩。从曾于15世纪中叶纵横地中海区域的海盗学者鲁斯图博士的少量有关航海技艺的著述中，我为谜题觅得了一种可能的解释。这位对于海洋、船舶、冒险和异域风情，以及诸如此类的浪漫主义因素远比对财宝更为热衷的匪首写道："一个奇怪的、永远与烟尘搅作一团的东方部落，他们始终在匆忙前行，却难说有任何哪怕模糊而笼统的目的地。队伍随时随地掉头他顾，遗失与离散时有发生。有趣的是，他们偏偏却可以制作出世上最精密的方位仪器，每一只他们经手调校过的表盘中仿佛都住着一个专司方向的神灵。"虽则信息甚少，但这仅有的特征实在过于突出，加之《山魈考》中曾对"一百二十种风向"的预兆做出详尽列举，其方位系统的复杂程度远非孟章、执名、监兵、陵光四象可比，因此我断定鲁斯图记录的东方部落极有可能便是魃阴。

那么，为何如此精于辨认和规划方向的民族，其迁徙过程竟表现得如此凌乱不堪？答案亦在书中。《山魈考》第二章在写到猎人不得不与爱人分别时有云："你我走向何方，哪由自己决定？婚娶、丧葬、生子、落齿、跌跤、鸟粪淋头、五个部位的外伤和三十种病征，撞上正在交配的狐狸……每一件事情都把方向指引。而今我将出行，愿我早日盲目，挣脱方向的牢笼，到时你我或可于他乡重逢。"

方向即牢笼，这意味着有一套铁律在规范着魃阴人的行踪，从黎明至黄昏，充满有关命定之途的指示。迁徙队伍并无任何向导，行程全由天兆决定，多数人所见大略一致，但总有人会被一些特殊事宜带往其他方向。我曾试图找到"魃阴大迁徙"的开端与结束，却发觉完全没有可能，其两端的箭头均划向无限。魃阴一族的存亡，似乎只由同行者的数量所规定，当这个群体过于庞大之时，我们只能以类称之为"人"，而当他们散作三鸟两兽一介浮萍，各循其路、各归其位之时，便无族无群可言了。

在众多令我一筹莫展的谜题之中，《山魈考》的文本结构曾最为令人费解。全文共十一章，每章下分十一节，单观其表，不过事先以数约字，刻意求工而已。然而，各节的体量大小以及行文方式却大有玄机。每一章的首节都极为简短，不过开场诗般寥寥几句，语句神秘、优美且舒缓，往往整段文字只描写一个动作、一个画面，以及诸如一条毒蛇的花纹或是野马断气前的嘶鸣之类的细枝末节。而后从第二节直至第十一节，篇幅渐次增长，叙事节奏也明显加快，到最末一节则同一人同一事绝不逾一句话，恨不得以三言两语道尽千古沧桑，整节语气急促凌乱，几已不堪卒读。古辛·泽尔比希小姐——名为吾徒，实为吾师——曾如此将魃阴与《山魈考》等同起来：候鸟蹁跹南北，在苍穹之下用翅膀为将至的冬季作萧瑟之诗；人群奔走于世，在大地之上以他们的喜乐与艰辛、生老或病死撰书成文。书即是人，《山魈考》便是魃阴人和他们的世界，书页展开他们便随读者的双眼在其中漂泊往复，书页合起他们便隐入另一时空，被封印在白纸黑字的梦境中。从此节至彼节，便是从一至多，分散零落的经过；从彼章到此章，则是分久必合、重启循环的历程。

在中国云贵一带，曾短暂存在过一个崇拜山魈的民族——汉民因着其穿着打扮称之为"穿青"，不止一人将魃阴与之混淆；还曾有人认定魃阴是乌桓、大食，或女真的一支，甚至不过是遭回鹘和卓家族驱逐的一群古代"叵奇"罢了；而更多的所谓严肃学者则根本不屑于正视这一民族的存在。《山魈考》也同样遭到文化学者的有意冷落、贬低、歪曲和讥笑，研究价值并未得到承认，也许只对于猎奇者、探秘者和曾被托梦的人而言，才有毋庸置疑的吸引力。但真相、真理往往不正寄存在神话巫言和口传的秘史当中吗？我们太过短暂，时间才如此漫长。在一位神灵看来——在一位伸展双臂便触摸得到永恒两端的神灵看来，满天星辰便如射向地球的一片寒光闪闪的箭镞弹雨。时间只保留那些能够被梦吸收的东西。

魃阴先祖名为额特肯或尤麦，无父无母，无来处无去处——另有传说，他是一棵突然长出牙齿，并学会了行走的树——生长在天地初开之时,栖息地紧邻"一条夹在两岸之间如弓弦般绷紧的河流。任何事物都无法阻断水与水的联系——她们顶撞一切,将小舟掀翻,在山峦上钻出一个洞来"。他狂热地爱上了自己的影子(与希腊那一位和水仙花同名的美少年何其相似),并与之交媾,诞下子孙无数。但在一个浑身发光的妖魔的诱使下,尤麦提出请求,希望看到影子的真实面目。他因好奇而受惩罚,她像一粒将熄的火苗,在他面前流逝,于是这世上便头一遭有了夜晚。从此周而复始,每一天额特肯的爱人都会从他的身边被如期而至的黑夜掳走一次。

在我手头的抄本中没有与此相关的内容,我也未曾在《山魈考》第一版原本中读到过。但在17世纪末的东方学者巴泰勒米·德尔贝洛的著作《东方全书》中却提及一本由科威特佚名作者所作的奇书,名为《黑色的掠夺》,其中的一些段落讲述了一个有关影子爱人和黑夜盗匪的故事,并称那"半黑的"是甜蜜的,那"全黑的"是怨毒的。综合这许多原本看似并无明显关联的发现,我认为得出以下结论虽未算证据充分,但也绝不能被指责为凭空臆造。即《吮吸黑色骨髓》与《黑色的掠夺》两书出自同一源流,甚至可能本来便是同一本书的两个版本——在翻译、翻印、重新编纂之时,对原书予以改写、增删,这种情况并不稀见。两者的书名有别,也许只是多次转译导致的偏差。历史上许多失传的典籍,只能从后世作品的引用或描写中窥豹一斑。《黑色的掠夺》之于《山魈考》,便如某一往世之书之于《黑色的掠夺》,也如《山魈考》之于某一后世之作。前车后辙,滚滚而无穷尽也。

我与那位被隐去姓名的友人,以及本文特意提及其大名的年轻学者瓦尔特·本雅明保持了长期且有益的通信。例如"我不能称这一天为'今天',我不能称这个人为'我'。它是在同一天中的第二天,他是在同一人中的第二人",这句引文本是讲述一位生有重瞳的猎人对于自我真实性的怀疑,本雅明在来信中却提供了另外一种见解:"您自《山魈考》中摘录的这句话本身便是对引用这一行为的阐释。"而我那老友更是绝无私藏,将他新近的重要发现和盘托出:"魈阴部落的组织形式颇为蹊跷,领袖和一干大小头领经由选举产生,但却是从已死之人中选出,活人则不可能被授予任何权威。从中亦可看出魈阴人奇特的生死观。死,即肉体的终结,意味着获得影子般的智慧和能力。魈阴人从不忘却,从不任由他们的先辈被时光的激流冲走。每个家族的祖祖辈辈都在一起生活,如同书页层叠一册,每个活人都侍奉着数十个鬼魂。"

在《山魈考》的背后似乎也躲藏着这许多影影绰绰的祖先的幽灵,文中奇特的、若有所指的"成语"及"典故"比比皆是,但却根本无任何文献可查。对此,研究小组曾设想过两种可能。其一,《山魈考》原书成文年代极为古老,以致当时尚且家喻户晓的故事文章今日均已失却难考;其二,那些好似引经据典的词句其实只是在两种差异极大的语种间转译导致的错误罢了。无论哪一种解释,显然都颇为牵强。《黑色的掠夺》和其他零星异文的发现,令我有了另一种稍嫌冷僻的看法(在本文问世前从未公开过),即《山魈考》中所有不知出处的典故可能都援引于它自身。这一观点看似荒谬,其实倒不难说明。与沙漏或时钟类似,书也是时间的物质形象之一,在其流传至不同地域、不同年代的过程中,出于文化的、政治的原因,还可能只因抄录者、翻印者和编订者（如今我本人也不可避免地加入这一行列）的健忘、固执和偷闲，便被有意或无意地扩容缩编，改头换面。久而久之，数朝数代的人文气象夹带着修订者的私心杂念混为一炉，反倒是原文原旨早已无法辨认了。确有其事地被看作故事，凭空捏造的却成了历史。《山魈考》中的"伪典"或许都出自其古代原册被篡改和删减的部分。

至此，我已将我个人有关《山魈考》的诸事诸论举出十之八九。令我羞愧的是时至今日，以上疑问尚未有任何一个已获确切的解答。此刻，日光之沙全部漏进另外半个世界，身畔多数事物已趁着夜色隐作不可见的秘密。我将手中的书稿颠来倒去，纸页竟似通体透明，字句翻滚着钻进与存在相对的否定之穴，我仿佛看到这份书稿的命运：它将不会在我手中得以复原，我们以及这个时代的使命便是将之遗落，《山魈考》一书和曾经铭记它的每一个人都将被卷进忘却的流沙之中，归于荒诞、归于虚构、归于空无，只余下一个残缺不全的故事而已。虽然时间之沙不增不减，终有一日，曾被漏掉的将以其他形式再漏回来，但我却不会看到。我已决意去往沙漏的另外一端——所有我崇敬之人、神往之事都在那里。如若到那最后一刻我并非有话要讲，那么本文亦可算作绝笔。

塞汗·阿赫斯卡[1]
1922年5月

---

[1]1917年，塞汗·阿赫斯卡教授在伊斯坦布尔大学举办讲座公布了有关魈阴人的习俗、传奇故事及族群种属的部分研究成果，随后招募、组织成立了魈阴历史资料调研小组。

变形记

陈思安

陈思安，写作小说、诗歌及童话。译者，戏剧编剧、导演。出版有短篇小说集《接下来，我问，你答》（2015）；导演舞台剧作品《随黄公望游富春山》《吃火》《沉默的间隔》等。

我已经陪伴了你整整二十七年，你却从来没有爱过我一天。没有一天。哪怕一分一秒都没有过。我知道这样说是有点太夸张，更像是气话，但我现在似乎是有资格说点什么气话了吧。在你过去的整整二十七年人生中，我很想认为我对于你而言就像阑尾一样无关紧要，然而实际情况却更加糟糕：我是你闪烁着光芒的羞耻，是你时时能够感觉到的负赘，是你低头可见的卑微。我倒是很想像阑尾一样，安静而深密地藏匿在你的身体内部，绝不兴风作浪也不轻易以疼痛制造任何存在感，这样即使对你来说可有可无，你却也不会无缘无故地想要一刀割掉跟它的联系吧。

我知道此刻再说什么气话都没有意义。你已经下定了决心,要跟我一刀两断。这件事你想了有多久?不能说想了一辈子吧,应该至少也有快二十年了。自打你知道这事儿不再是天方夜谭,而是能够成为现实以后,就想得更频繁更认真了。现在,你此生最大的愿望就快要实现了,就像你的很多其他小愿望一样——它们最终都实现了。你有才能、有决心、有狠劲儿,也有毅力,想得到的就能做到。我为你高兴。即便你此生最大的愿望就是要抛弃我,我也为你高兴。我干吗不高兴呢?我犯不上。这事儿对我们双方来说都是一种解脱不是吗。

现在有点难以回忆起了,我们之间到底有过还算温情的时刻吗?我能够清晰记起来的只有那么一次。

你十三岁那年,全家人第一次周末一起去郊区的温泉山庄泡温泉。那个山庄的卖点是挖在群山间的露天温泉,白天时你始终别别扭扭地不肯下水,即便那冷僻的整个山庄里只住了你们一家人。爸爸又是劝又是拽地折腾了你大半天,你还是不肯跟他们一起进入泉水。夜半时,所有家人都睡下了,你却自己偷偷跑到露天温泉里。群星挂在冒着汩汩热气的温泉水面上,山中鸣虫的噪响让水面阵阵共振波荡着,山庄已全无灯光,却被银灿灿的水面照亮着所有角落。烘热的温泉水滋灌着你全身的毛孔,你感觉自己的身体悬浮飘荡在凝固着的高温空气中。

所有这一切都让你感觉到了从未有过的放松。似乎这些夹杂着硫黄气的液体一点点地冲散开了你内心中的堡垒。说起来那样坚硬的堡垒本就不该搭建在如此年轻的身体内。有时候我会把一切都怪在自己身上。也许本身就是因为我,错误的我,多余的我,那些堡垒才会存在。

随着鸣虫和空气的鼓荡,你的两只手撩拨着水面,而后，毫无预兆地，抚摸向了我。我没有任何心理准备，被你因这星空虫鸣月光温泉所激起的猛然降临的温情而震慑得僵硬。你自然是感受到了这种僵硬，你的手却没有立刻挪开，而是再次、再三、再四、再五，轻轻揉搓抚动着我。甚至有那么一刻，我隐约感觉到你的手似乎轻柔地捏了我一下。尽管那动作非常轻，轻得就像是敷衍，可仍然，在我看来那似乎是一刻抑制不住的真情流露。

这突如其来的温柔让我渐渐放下戒备，彻底放松起来。有那么一瞬，我甚至感觉，那紧绷在我们之间多年随时剑拔弩张的敌对状态将随着这一刻的温情而彻底解除。我们都将迎来新的生活，拥抱更加完整的彼此。

就在我这个想法产生了的三秒钟后，你猛然意识到了什么（到底是什么呢？），腾的一下从水中站了起来，全身的肌肉重新绷紧僵硬了起来，就连皮肤都跟着一起不停皱缩着。你仓皇失措地抓起了脱在水池边的衣服，连穿都顾不上穿就潜奔回了自己的房间。

没有任何人看到星光下裸身泡温泉的你。只有你，看到了你自己。

那之后很久很久——久到我都不记得具体年头——你都没有再碰过我。说没有碰过实在是太客气的说法了，更诚实地来讲，应该说是自那次不留神/不经意/违反你根本意志的片刻温情流露以后，你反而更加厌恶我了。

你瞧，这就是我们之间有过的唯一还算温情的时刻。很难说哪个更让人感到绝望：是你从来没有爱过我，还是那些星火般短暂的怜惜反倒不断加重你对我的厌弃。

一步一步地，我们就走到这里了。

真是讽刺，说得好像我有什么选择余地似的。医生正在往你身上围一块围裙似的医用罩布，罩布完全搭在你身上以后，我才发现这块罩布上面为什么会破开两个洞：它结实地遮住了你身体的其他部分，唯独那两个破开的洞，把我整个露在了外面。再明白不过的昭示了，唯独我，是不受欢迎的亟待抛离的部分。即便已经被这种恐惧折磨了多年，但如此袒露在除了你我之外的他人面前，还是令我被寒气满满地充盈着。

你躺在手术床上，紧闭双唇，一言不发。你惨白的嘴唇，色调近乎这块罩在你身上的破开两个洞的医用罩布。你的心脏强劲地撞击着我，一下接着一下。她也想对我说些什么吗？她不断升速地跃动，飞快地将血泵入身体各处，我却丝毫感受不到它们流向了我的证据。

我马上就要永远失去你了。永远。这次是真的。我有一万个理由自怨自艾，满腔怒火，气话冲顶。可就在这样一个时刻，我却心疼起了你来。我倔强又脆弱的你。我忧郁又开朗的你。我隐忍又无可阻挡的你。没有比我更了解你全部隐秘心事的你。这心疼让我愿意为你去死。我也只能为你去死。但这将换来你离开我之后全新的活。

我愿意。

到底是从什么时候开始，我终于确认你就是不喜欢我呢？说出一个非常明确的事件或时间点是很困难的事情。这并不完全是因为我不想面对"自己是不受欢迎的"这个现实，而是就连你自己在内，也是在漫长而困惑的精神熬煮中才逐渐明确一些事情。你很不同，即使在孩童时期，你也不愿对事情和自己的喜好迅速地做出判断及决定。你要琢磨，你要观察，你要绷紧着嘴唇皱缩着眉头跟所有内在的外来的意识进行对抗。这些习惯让你的面部纹路比同龄人看起来总是要深得多。

在整整八岁之前你都没有意识到过我的存在。我同你身体上其他所有部位几乎同等地位，被嫩白柔韧的皮肤所覆盖。当然，你早已意识到长在大人们身上同样位置的部分跟我很不相同。她们突出身体，圆润饱满，柔软得像是棉花糖。闻起来也像。尝起来也像。对于长在别人身上的她们来说，你不仅不厌烦，甚至还一度可称得上是迷恋。即使到了该上小学的年龄，你还是放学一回家就喜欢扑进妈妈的怀里，一边讲着一天的学校见闻，一边抓着妈妈的乳房似乎企图挤出点什么液体来。

那个时候我还没有意识到，你并不是不喜欢乳房这样东西，你只是不喜欢长在你身上的我。

对于身体的直觉，或者说，对于身体的耻感，有时就是那样不讲道理不由分说地骤然间产生。六岁时的某一天，正用洗发液揉搓着你头发的爸爸被你猛地一把推开。你小小的词语库中尚无法找到恰当的字句来形容你的感受，但就是那么一瞬间，你产生了某种恐惧。不是恐惧父亲，而是恐惧自己。薰衣草香味的洗发液顺着额头流进了眼睛里，被你沾到了洗发液的小手一揉，眼睛刺辣得更厉害了。你坐在浴缸里揉着揉着眼睛就哭了起来，却仍旧固执地拒绝再由爸爸来给你洗澡。我说不清，这能不能算是我们之间漫长对抗的火种。我想你会拒绝承认。我甚至怀疑你自己都已经不太记得这件事了。毕竟，相比起未来的斗争，这些直觉的萌生，不过像是懵懂含糊的寓言。

灾难性的九岁降临。短短几个月之间，我借由着你身体内不断滋长的激素和充沛的发育能量从一块只比胸骨凸起一丁点的皮肤鼓胀成了梅子大小，随后是杏子，到了十岁前的两个月，竟变成了油桃。你一直持续到现在二十七岁都改不掉的习惯性含胸驼背就从那个时候开始了。比起六七岁时你像是雨后的狗尾巴草一样猛蹿起来的个头，是我的迅猛膨胀才让你真的意识到了自己身体的变化。

同班的女生们大部分也在同时间和你产生了类似的变化。与你不同，她们身体这个部位的变化似乎正是她们期待已久的，你看到她们纷纷都开始戴上了早已准备好的小号胸罩，每天都把胸挺得高高的。而我，每鼓起一丁点，你就把背驼进去更深一寸。妈妈很快便发现你不仅拒绝穿上她买给你的胸罩，而且背驼得越来越厉害，于是买来了背部矫正带强迫你穿上，逼你纠正体态。

大概就是这个时候吧，我知道了你不喜欢我。一切都再明白不过。就是我想哄骗自己也无法成功。一段来自那个时期的回忆时常像癫痫发作般袭击着我。一天你在洗完澡后，一边对着镜子擦干头发一边打量着镜子中的自己。自从我在你身体内吹了气一般地鼓胀起来后，你很少会认真照镜子了，尤其是洗完澡后。但是那天，你望着镜子里的自己越看越失了神起来。头发上没擦干的水珠，顺着发丝向你的身体上滚着。已经凉掉的水珠从肩膀滚到我这里，让我周围的皮肤都像刺猬豸毛一样竖起来无数细小的鸡皮疙瘩。让我起鸡皮疙瘩的不是凉掉的水珠，是你的眼神。你的眼神跟着那些水珠，一次次滚落在我身上。那眼神直接把水珠冰镇成了冰粒。

有些可怕的事情无可挽回地发生了。我在你的眼神中只能看到这个。幼嫩的你，茫然的你，身体内正发生着暴乱的你，生平第一次久久打量着我。用你冰镇了的镭射光一样的眼神。

"你为什么要这样对我？"

即使到现在，我还是无法确定，自己是不是真的听清楚了那时你说出口的这句话。我为什么要这样对你。我也想知道啊。我控制不了自己在某些激素的驱使下每日每夜都在进行微小扩张的趋势。这些微小的变化自打我确定我是你的负担后，就成了不再休止的战争，时刻在我体内缠斗。

你的眼神从左至右，从上至下地扫射着我，让我浑身开始战栗起来。我止不住地抖动也牵引着你身体的其他部位，跟着我一起跳起了恐惧的桑巴。

你忽然伸起了右手，向着上方高高抬起，随后快速落下，只是落下的位置，是击打在我的身上。我一下子蒙住了。一下，紧接着又是一下，随后又是一下。那击打并不夹带太多情绪，更像是技术性举动：你似乎觉得通过这样的击打，可以将我隆起的部分敲击回体内，或者至少能够扼制住我继续蹿长的势头。疼痛迅速让位于屈辱。如果我能够哭泣，我想那该是个号啕大哭的好机会。右手累了以后，你又抬起了左手，开始击打另外一边。同样不带什么情绪，而是一种策略。九岁的你，认为将行之有效的策略。

类似的事情你并没有做过第二次。那天你穿上衣服之前，最后一次冷冷地盯着我，我浑身灼烧着滚烫的火红色，皮肤下面的毛细血管因持续拍击而破裂渗血，我感觉自己浸泡在一片耻辱的血海之中。你冷静地穿好上衣。衣物的摩擦让我疼得透不过气来。

那之后很长时间，每当你洗澡的时候我都恐惧得近乎窒息。生活变成了一场无法摆脱的漫长对峙，紧张感渗透在不经意的一分一秒之间。然而类似的事情你并没有做过第二次。于是我开始怀疑，那天你的举动，并非我想象的那样是一种策略，而是单纯的惩罚。对我的惩罚。

就从那时起，你与我之间绵延到此刻的斗争彻底拉开了序幕。我知道你会觉得是我打响了第一枪：我未经你本人同意不可思议地野蛮生长。但对我而言，那天发生在浴室里的事情才是割裂你我的决定性时刻。

我对你进行的回击，方式简单而粗暴。我所持有的唯一武器，就是你对我日益增长的厌恶。因此回击的最佳方式，就是报复性地生长，以及伴随着这样生长而来的持续胀痛。我渐渐发现，如果疼痛来自令你羞耻的部位，就会愈发强烈地加重痛感的烈度：即便疼得再厉害，你也不敢伸手去揉摸，也羞于启齿对任何人说。

可是在我看来，你对我的报复永远更加残忍，更加无法忍受。你的武器是无视、是鄙夷、是羞辱、是麻木冷漠，是通过语言和举动传达出的时刻敌意。

一度，我们就在这样静默地彼此折磨中忍受着对方，甚至，憎恨着对方。

瞧瞧这个我吧。你身体上对称生长的器官之一。不上不下，不左不右，不高不低，不大不小。真皮、细胞、神经、脂肪。我跟你身体的其他器官到底有什么区别？为什么就要被区别地对待？

有的时候我也会冷静下来仔细思考，究竟一切为什么就成了这样？比如此刻：我罕见地被充分暴露在空气和他人的注视之中，刺眼的无影灯烤射着我，医生冰冷的橡胶手套滑过我的皮肤，一支医用马克笔在我皮肤下方的边缘处画出两道记号线。我企图把握住存留在这个世界上属于我的最后一些信息和感受。

这样的时刻，应该算是适合冷静下来思考的一种好时机。否则还能做些什么呢？就好像我有什么选择余地似的。

那么，究竟一切为什么就成了这样呢？有时候我觉得我所知道的并不比你更多。在你被困惑牢牢纠缠住的日子里，大大小小图书馆的书架间、网络世界各种边缘的纵深处、社交媒体混乱纷繁的弹窗里，我始终陪伴着你一起挖掘你在寻找的金矿。你是如此与众不同，自少年开始便抓住了人生中本质性的求问：自己到底是个什么样的人？又是因何成为这样的人？

这些书籍和信息一再重复着看似没有意义的工程：一层层堆建起你身体内的堡垒，再一次次地推倒重建。通过吸收所有这一切，最终只导向同一个疑问。如果你拥有一副不该属于你，你也不想要的身体形态，你该怎么办？让人略感欣慰的是，你不是唯一拥有这个疑问的人，远远不是。在你之前的千百年中，这个疑问已经出现了各种花样繁多的解决方案：装作什么都不知道，装作自己跟其他人一样，穿上让自己感到舒服的那一类身体形态的衣服来达到心理满足，通过各种化妆和掩饰来装作是另外一种性别，深陷痛苦之中离群索居，自我了结，以及，彻底改变身体形态。

所有因知识和信息叠加而来的，不只有解答，更有疑问。你得到了一些答案，也同时得到了更多的困惑。它们告诉你，这一切与外部世界息息相关，时代变迁、成长背景、童年记忆、基因突变、社会风俗。可是你的内部世界呢。所有的外部因素，万事万物的关联，这些看似相关的东西就能解释你庞杂错落的内在宇宙吗？

另外的一些时候，我觉得我知道的其实比你自己更多。

谁让我是你近乎完美的生活中，唯一的破绽。作为破绽总是会格外敏感。你的父母关系和睦，家境良好，对你疼爱有加，而你聪明伶俐，身体健康，敏而好学，始终成绩优异。偶尔你在困顿到太难受时，会恶狠狠地想如果你自幼成长在一个破碎的家庭中该有多好。如果你就像某些心理学案例中写到的那样，生在单亲的贫困之家，极度匮乏父爱或母爱，那样你会感到更轻松释然吧？至少那样让一切都有了确凿的理由。

从你十三岁到十九岁的整整七年时间里，我被你紧紧封死在暗无天日密不透风的严密包裹中。那是你在一篇网帖中学会的法子，立刻就用在了我身上。最开始你使用的是长条状的白色棉布。手工课是你极少数并不擅长的课程，但你想压制住我的念头是如此强烈，让你能够投入相当可观的时间去偷偷研制这种长条状裹布。在剪坏了好多块布匹后，你终于剪出来一条能够绕着你的胸围裹满五圈还能系上扣的这种裹布。在你迫不及待地给我裹上它之前，我并没完全搞明白这个小花招具体是怎么操作的，又会对我产生什么样的影响。

可怕的青春期。

随着月经的到来，我在你身体里的存在感越来越强烈。先是痒，然后疼，随后又是痒。但你根本不想碰我。如果说原本我的存在对于你来说更多是心理上的折磨，此时则彻底变成了生理上的煎熬。这是我控制不了的变化。这不在我的计划之中。这变化给我带来的是超过我承受能力的压制。

七年的时间里，你每天早上起来第一件事，就是从枕头下面掏出裹布，一圈又一圈地把它缠绕在我身上。每缠绕一圈，你都会尝试再次收紧一些，似乎在试探是不是能够比前一天更紧绷一些。当它完全缠绕好以后,你系好系扣,穿上衣服,站到镜子前面打量这具被你重新"改造"过的身体。你对效果非常满意。镜子里你的胸前一马平川,看不到任何起伏,你的身体呈现出少年才具有的分辨不出性别的完美稚嫩曲线。

你试过各种颜色各种材质。白色、粉色、黑色、绿色、橙色、灰色、紫色,棉布、纱布、绸子、无纺布、松紧带。当青春期里的其他女孩津津乐道于挑选各种颜色和材质的裙子袜子鞋子指甲油时,最吸引你兴趣的却是自己动手制作各式各样的裹布。

在这种压迫性的包围中,我基本上无法呼吸。黑暗、闷热、潮湿没日没夜地裹随着我,汗水成了我最亲密的伙伴,只有它与我每时做伴。皮肤、肌肉、脂肪和腺体全部挤压在一起,皱缩成一团,我越来越无法分辨它们之间的界限。疼痛和压迫感早就不是最重要的,缓慢的绝望感日复一日覆盖占领着我。哪怕是当黑夜完全占据了房间后,你在睡前才放松下来解开裹布的时间里,我也不再能够感受到什么了。只有麻木——如果麻木也算得上是一种感受的话。

我就这样寄生在你的身体中。是的,这七年里,我不过是一对寄生虫。你是我的寄主,我们相互吸食着彼此的精血和内在,不寄托一丝感情。

这是一种指向自我的酷刑。也是一种无比坚定的身体规训。在这样长时间的酷刑和规训下,我终于变得如你所愿,服服帖帖。我归顺地停止了生长(即便我仍能经常感到在激素的催促下自己仍有继续生长的动力),归顺地不再以疼痛瘙痒或肿胀宣告自己的存在感,也归顺地服帖着束缚向下向内沉降,靠近我永远做不到但你希望的那个结果。我渐渐意识到，原来如果一个人想要改变自己的决心足够强烈的话，就连体内的激素和能量都会跟随着进行归服。

彻底地归顺并放弃抵抗倒是给我带来安宁。什么都不再想了。就这样作为一个你厌恶着却又始终摆脱不掉的累赘，受着无尽惩罚苟且地存活下去吧。在漫长的时间里，我安宁地这样想着，在全然的黑暗和燠热中可有可无地陪伴着你。陪伴你进入中学，迎来月经，积累知识和见识，爱上第一个男孩，不再爱了，爱上第一个女孩，不再爱了，进入大学，离开父母和故乡，爱上另一个女孩……

说到进入大学后你爱过的那个女孩，让我想起了这七年暗无天日的生活里，由她开启过的那一道缝隙。这道缝隙令你我不知所措，却也在一段时间内一直照亮着我。是从接吻开始的。跟你们之前的很多次接吻一样，柔软又温和，直到不再和以往一样。你们两个都越来越激动。宿舍里没有人。她解开了你的衬衫，你没有反抗。又掀开了你的内衣，你的身体向后缩了一下，但没有停下来。她的手摸到了紧紧裹住我的裹胸，解开了扣子，把缠绕着我的束缚一圈圈地松开。她的手，抚摸到了我。十八年来破天荒地第一次，我被除了你以外的人，真正地，第一次，触碰到。然而我却没有任何反应。唤醒这被厌恶，被绑束，麻木的，冰镇一般的我，需要的不只是温柔的抚摸。抚摸逐渐变得有力，流淌在她手指间的温存仿佛一道接着一道的电击。

你却在这电击即将真正唤醒我的那一刻，将她一把推开。让我想起了六岁时你不由分说地推开爸爸的那个瞬间。她有些慌张地向你道歉，你没有说什么，只是低下头把扣子重新扣上。你没有说出口，她也始终不知道，可我明白。就从那一刻起，你对她的爱里面掺入了沙砾。这沙砾垫在你心底，时不时地硌你一下。直到最终你们关系消亡，那沙砾都未曾磨平。

我偶尔会回味起那个午后。回想得不是很频繁。只是偶尔。如果想得太多，我怕自己会承受不了那重量。

十九岁里不经然的一天，如同你毫无理由就决定给我穿上裹胸来生活一样，你毫无理由地解开了它，决定自此不要再使用这可怕的东西了。直到你把自己的全部裹胸都扔进了垃圾箱里，我都还是无法相信这是真的。久违的自由的风穿拂过你的衬衫，撩动着我，让我浑身发痒。很想打个喷嚏。

我呆呆地想，这跟你爱过的某个女孩或是男孩有关吗？在此之前发生在你生命里的所有爱情，我都很难过于当真，你的某些身体反应（其实是没有反应）总是让我感觉，所有一切不过又是你自我实验的一部分，而不是爱情。你想知道，你想体验，你想通过那些去搞清楚，你身体内的动乱是否可以通过爱一个人（不管TA具有什么样的身体形态）来彻底解决。实验的结果似乎是让人失望的。无论针对于谁的爱，都与你本质上是谁，要成为一个什么样的人，并无关联。

如果那个时候我像后来一样明白，从那时起你所做的每一个决定，包括将那些裹胸彻底丢弃，都跟我们此刻躺在手术床上紧密相连，我还会感到轻松释然吗？又或者，我会更加轻松释然吗？

麻醉医师再次对你进行讲解，当你进入全麻以后是什么样的状态，让你不要紧张，保持正常的呼吸就好，一切都可以放心交给他。主刀医生进行最后的准备，在我们身体侧面的台子上摆弄着冰冷的刀械，清脆的碰撞声干冷得似乎随时会碎裂。你默不作声，而且只以点头回应来自每个人的询问或宽慰。

你我最后的和解，即是永别。

说到和解。这个词在你十九岁以后的日记本里提到的频率大大提高了。前面十几年跟这个世界时刻处于紧绷状态非常直观地改变了你的身体。你的肢体语言总是僵硬而紧巴巴的，举手投足间都传递着"我无法放松下来"的气息，人们只是单纯地站在你身边就会被紧张感包围起来。

大多数人一生都在寻求的就是与自我的和解吧。这远比同其他任何人的和解都要更有难度。因为很多时候你并不知道自己是怎么了，到底想要什么，怎样才能达成和解，又如何积攒勇气去最终实现。

将我从那个闷湿阴暗挤迫的围困中释放出来，是你尝试同我和解的第一步。我早已彻底停止了生长，外形也在之前七年的绑缚中变得扁平而下垂。那时你还住在大学宿舍里，没法在寝室或洗漱间通过镜子仔细观察我，但在洗澡的时候，你经常低下头来凝视我。那些凝视是一种交谈。大部分的这种交谈属于日常生活范畴内，平淡无奇。这些平淡无奇，细浪蚀沙般地开始松解着一些顽固的东西。

你不仅放弃了密实的裹胸，也同时放弃了一切再把我围在什么东西里的打算，因此而不穿胸罩，我每天活蹦乱跳毫无遮拦地扑腾在你的胸前。你渐渐不再总是含着胸，而是努力挺直身体。你甚至跑到美容馆里去花钱尝试了一次美胸SPA。说实话那次我们俩都不是非常享受。尽管中间有一段时间我确实放松了下来，被香薰油浸润着揉抚令我有种仿佛快要化成水一般的飘飘欲仙感，但相比起那短短几分钟的漂浮感，其余将近一个小时的时间则是尴尬到顶点的无力尝试。

我知道有些东西发生了变化。早在你决定释放我之前。这致命的变化注定将彻底改变你我。所有矫枉过正的恩宠都只是一种预先补偿。或者说,最后的温存。这是你的一个小习惯/毛病。每次你决定要跟恋人彻底分手之前,都不会再有任何争吵。恰恰相反,你会主动尽量营造一些温馨的回忆,一些令人每每回忆起来都会发出会心微笑的甜蜜时刻。我是那样了解你,甚过于你自己。但不知为何,我却无论怎样都为自己悲伤不起来。

你从八岁开始就喜欢写些东西。自己编的小故事,心情的片段,谁也不知道是想说些什么的错乱诗行。你写出来的那些小故事,在我看来始终都是关于同一个主题。可爱美丽的小女孩在森林里摘草莓,误食了一颗紫色的草莓之后中毒倒下,却在醒来后变成了一个可爱美丽的小男孩;生活着各种各样小动物的动物王国中,所有动物的孩子都是从树上长出来的,等到承载着它们的花苞长成熟了,就会从树上绽开让小动物们从天而降掉进父母怀里;快乐幸福的另一个星球上,所有的人和动物都可以随时选择自己想要的形态,他们的身体内有一个神奇按钮,只需要一按,就可以按照他们的想法,变成男人或者女人,变成猴子或者蚂蚁,变成大树或者小草……

有时我觉得,写下这些故事时的你,比紧闭着嘴唇愁思苦想的你,更加知道你到底想要什么。又或许,不管是哪个你,都早已知道答案,唯一难住你的,只在于你尚未明确该如何实现。因此当你终于明确了之后,你我之间持久的对抗瞬间就像崩断了的箭弦,余下的唯有漫长的告别。长达八年的,漫长的告别。

麻醉医师将麻醉面罩覆盖住你的口鼻，把拉绳绷在你的脑后。你攥紧了双拳。麻醉剂顺着面罩轻缓地涌进你的鼻腔里，你下意识地屏住了呼吸，并没有吸入。几粒鸡皮疙瘩猛地蹿起在我的皮肤上。难道你是想放弃了吗？你终于后悔了，不想离开我了吗？这时候反悔还能来得及吗？你松开了双拳，放松鼻腔附近的肌肉，试探性地、缓慢地，吸进了麻醉剂。一口，然后又是一口，然后又是一口。

我可真是可笑啊。即使长达八年的漫长告别，还是会在最后一刻产生绝望的幻想吗？这些幻想，早就该在过去的八年里全部磨灭了才对啊。磨到渣都不剩才对啊。毕竟，我可是始终陪着你啊。陪着你搜集各类医学资料，陪着你查访各个医院，陪着你面对同家人拉锯战一般的谈判与妥协，陪着你为了这个既定目标而拼命工作攒钱，陪着你接受恋人朋友们全部的支持、不理解和周而复返，陪着你一次次在泪水中动摇又一次次在泪水中下定决心。我是如此心甘情愿地爱着你，这爱，并不可笑吧。绝不可笑。

你已经在麻醉剂的作用下越来越放松下来，肌肉接近瘫软。根据我们查询到的资料，我应该会在五分钟之内完全失去知觉。现在这项手术的技术已经非常完备，只需要两三个小时的时间你就可以重获一副新的身体，你渴望已久的，你应得的身体。

而我呢。我可能躺在医院后院里堆成山的医学垃圾废品中，跟某堆从渴望青春再现的中年女人肚皮里抽出的脂肪和某个刚从未成年妈妈未谙世事的子宫里以死胎的形式突兀来到这个世界上的婴儿躺在一起，哀叹自己短暂的一生。也可能直接被护士端在盆子里冲进下水道，随着这座城市各种废弃的液体一道流进某条阴渠中七转八转后再一起流入某间污水处理厂。我们都是人们不要的东西,相互挤挨在一起谁也不必嫌弃谁。

哦,不。我不想想这些,我不想说这些。成为你身体的一部分二十七年,即便你再不情愿,我也实实在在地是你的一部分,与你共享着同样的情绪和好恶。在这终于降临的真正永别的时刻,我只想用这最后的五分钟重温你我之间全部的温情。

你还记得吗?那晚群星挂在冒着汩汩热气的温泉水面上,山中鸣虫的噪响让水面阵阵共振波荡着,山庄已全无灯光,却被银灿灿的水面照亮着所有的角落。烘热的温泉水滋灌着你全身的毛孔,你感觉自己的身体悬浮飘荡在凝固着的高温空气中。你轻抚着我。一次又一次。

我开始相信,这就是最好的安排。你遇到了生为一个人可能遇到最大的困难之一。你没有被它压倒。你重新获得了你自己。完整的,你自己。

别了,我的你。

2016.8 初稿
2017.1 二稿

拉乌霍流

童 末

童末,1985年生于江苏,现居北京。小说家、人类学家,曾出版童话集《故事们》。

中尉第一次见到她,是在镇上的医院里。在他那患有慢性肺病、因为生产的辛劳而脸色苍白的妻子的臂弯中,她像一个浸泡过的月亮,被自己分泌出的白色乳脂和淡黄黏液包着,躺在一块褪色发皱的床单凹陷成的天空中,全身涨红地号叫。在妻子的鼓励下,他第一次触摸了她:触摸是他对她说的第一句话。

那一年,他自己还几乎只是个男孩。在远离家乡的汾河河谷的军营中,他每日饱受失眠和思乡之苦,这两种苦楚又加重着彼此,分不清哪个先找上了他。经过漫长的等待,他终于当上了上尉,转业回到家乡。她已经两岁了。

那时她已经学会了回忆。她向父亲描绘那座军营,松柏站在森严的堡垒里,像钢枪戳入天空。空气好像用旧了的布条,搅入那条浑黄的河。那里和她后来出生的镇子唯一相像的，是不分日夜飘在空中的煤灰。她想告诉父亲这一切，却只是像鱼一样吐出一些泡泡。她急得哭起来。父亲拍着她的背安抚她，她看见父亲的嘴唇也像鱼张了又闭，发出难懂的声音。他永远不会知道她记得这一切：婴儿能知道什么呢。

记忆矿山在垒高，在它的最底层，在那座北方的军营旁躺着另一幅画面：一条杏黄色毛线裤，小腿的位置绣着两只小鸭，红色的喙随着她的奔跑上下跳动。一个人怎么能在跑步时看到自己的小腿呢？她后来想；但她同样保存了它许多年。她用躺在床上的大段时间摩挲这两个画面。它们是她稀薄透明的记忆中结晶出的两小粒矿石。那时，病魔还没有掀起海浪。不久后的某一天开始，她一个月里有三分之二的时间得躺在床上度过了。高烧是一段黑暗的隧道，她在昏迷中对自己垂危无力的生命保持着平静的观望。当她从另一头钻出时，她不得不出让一部分意识，和记忆。海浪总在夜里将她冲入另一个世界。有时她被冲走很久，几乎一整夜，天亮时，她返回父母的卧室（他们后来在那里架起了一个看护她的隔间），看见床边站着那个祖母请来的女人。她注意到这个女人没有影子。女人很多年前沿着水路来到镇上，这个疍民的女儿，因为没有陆地上的根而游荡在镇子的边缘。但水给了她天赋。她能看见每个人的掌纹、血流和脉搏组成的河，洒落在他们身上的痣交织成星象，挂在河道上空。她握着无数人的秘密，其中之一是她自己的河正在逐渐干涸。她看着面前这个五岁孩子的河，不发一言，在她床边用鸡蛋、银针和纸符布阵，在正中点一簇火焰，抬起孩子的头。火苗静止的刹那，女人朝她的眼睛吹了一口气，她的眼睑瞬间沉重地垂下了。

在她渐渐恢复的头两天里，她总能看到那个魔术师。他从远方来找她，带着一件颇有重量的东西。他要亲手把它交给她。出发前，为了轻装上路，他变了个魔术，让它先消失（到达）了。当他在此处现身时，他对她说："只要我再变一次，它就出现了。"然而他的魔术失效了。他试了一遍又一遍，还是什么也没有。他在她房间各个角落翻找，"万一它把自己藏起来了呢。"他来了一次又一次，却总是用同样的方式让她失望。他是病魔的好心的双胞胎弟弟，她想，来还给她他的哥哥取走的原属于她的东西。只是他太笨拙了。

矿山没入海水。藤蔓渐渐爬上坍塌的山石，开出淡紫色的花。淡紫色是血管，在她皮肤底下像隐蔽的小巷东躲西藏，消失在深处。针头从血管中不停地滑出，好像她身体里有一种相斥的磁力。雪在医院外下着，很厚了，冰冻的大地在脚下咯吱作响。她的两只手背在父亲的军袄改成的手套里高高隆起，装满药水。……一个个日子泡在药里。她仍能尝到那苦味，它漫到舌尖，进入食物，她的梦，呼吸。傍晚，她翻转身体，她的母亲把一块热毛巾敷上她的臀部。每天晚上，母亲都给她敷，揉，按压，让淤积的药水散开。在台灯制造的一小团光晕的外围，母亲偶尔会坐在黑暗中啜泣起来，任由毛巾在她皮肤上渐渐变凉。她听见母亲的肺隆隆作响。

总是在两个季节的交界处，不管是以温暖的假象诱惑人的早春，还是天空迅速抬高直至透明的秋天，病魔张开陷阱，在角落里等待。她挥霍着短暂的自由，全然忘了病的滋味，很快又一头栽进了陷阱。父亲那时已经成了县城上的公务员。有一天，他从书店给她带回来两本有插画的精装书。在她病愈的日子里，他陪她坐在窗边，教她认那两本书里的字。她随着父亲在书页上移动的手指，在他为她念诵的声音汇成的河流的底部，潜水。她热爱那些故事，蛙人，飞岛国，石缝中的猴子，在迷宫的围墙中写信的俘虏，一夜又一夜给国王讲故事的少女……当她从书上抬起眼睛，她感到这些死去已久的幽灵透过纸页发出的喃喃私语变得那么响亮，在那些字符的召唤下站在她的身旁。从第一天开始，她就更迷恋那些整齐地排列在一起的方块字，胜过欣赏由黑白线条组成的精致繁复的插画。很快她就可以自己诵读整本书。当她到达最后一页，她毫不停顿地又回到第一页，从第一个字重新开始。当海浪再一次把她冲出，一把将她推进一个变形的世界，留她一人在那里和病中的痉挛和幻觉不停搏斗时，她护卫着那些她可以倒背如流的字句——她为自己念诵，这声音像一条锚拴住她，于是她也得到了它们的护卫，不会离开得太远而永远无法回来。她把故事串在一起，和脑中不停铺展、变大、缠绕彼此的无数个线团对抗。它们就这样连成了同一个故事。

白天，从她躺着的地方可以看到窗外的一小块风景。泡桐树遮挡了对面职工学校的女生宿舍，它的一角连着医院的露台，护士和医生在天气好的日子里会带着铝制的餐盒上去吃午饭，抽烟。发白的光线中，人影、植物、房屋的轮廓都显得遥远，透明，在自身的深处晃动、涣散……明亮在正午达到巅峰。那后来成为一天之中她最害怕的时刻。她感到漆黑的海浪正在发光的正午背后积蓄力量，一切将从最明亮的时刻开始不可遏止地坠落。她大张着嘴，沉重地呼吸，肺炎让她和母亲一样胸中隆隆作响。天空越来越幽暗，低俯下来。她加快字符的编织，一点点巩固自己的堡垒。黑暗之中，镇子上方开始拱起越来越多明亮的方块，绒黄，橘色，青紫，好像书页在闪动。这些发亮的窗户是她还不认识的新字眼，她试图阅读它们，让它们加入，扩大她的工程的疆界。可在她认出它们之前，方块一扇接一扇地熄灭了，人们将夜晚拱手让给了梦境。他们如此不警觉，让她感到不可思议。房门虚掩着，祖父在客厅咳嗽，窸窣走动，渐渐像一个陌生人。她撑开眼睛，竭力抗拒着睡神的到来——他的长袍被涌动的海浪掀开，那底下的东西让她毛骨悚然。

接着，突然有一天，她退烧了，痊愈了，和病的到来一样迅速。那是一个街道比屋里先暖和起来的日子，她听到清晨第一拨孩子在楼下职工家属院里的欢笑声。一个多月来，她第一次下床，走出房间。她推开大门，踏进另一重亮度。一阵晕眩，不过很快过去了。她的心脏有力地跳动着；她的眼眶清凉。在她面前是那截久违的楼梯，阳光正透过水泥花窗洒进楼道，在台阶上落下一个小小的尖角。她跨过它，奔下楼梯，站在太阳下。一阵狂喜鞭打她的所有神经，驱使她奔跑起来。她甩动着四肢冲出了院子，身后的伙伴越来越远。心脏骤然地猛跳，气喘，发苦的舌苔，像衣服一件件掉了下来，这儿那儿的余痛和震荡也转瞬消失了，她脱开了自己。

她从没跑得这样快过。她读过的书，终日陪伴她的字符，都被遗忘在了床边。现在，她不再需要它们的护卫了。她跑啊跑，向躺在床上看见的那一小片风景的背后跑去。

现在，她是一名语言学博士。毕业后她工作了几年，之后重返学校，继续原先关于川滇黔地区苗语次方言分布的研究。整个暑期，她都在云南参与世界少数民族语言研究院发起的濒危语言考察项目。她负责的语言社区涵盖两个通婚的村子。这两个村子的人称自己"树林苗"（Hmong Hangd

Rongd），三十多年前，他们才从原始森林中迁出，把新的村子建在原来那片森林旁。和这里大部分地区情形一样，村里只剩下老人和儿童。研究院已经找好了发音人，其中一位是上一代的孜能（Zid Nenb，"巫师"）。她的任务是给这几位老人做录音和录像，输入软件，进行分析。为了照顾发音人的身体，加上农忙，每天她只能给一个人录音两小时左右。两个月里，她一共录得了733个词汇，包括Swadesh的100词，用国际音标记录，涵盖了之前学者提出的这个区域可能存在的所有声母和韵母。那位孜能提供了许多专门的祭祀词汇。就取得的资料来看，"树林苗"的语言可以归入第一土语的音系系统，并无太大独特性。

不录音的时候，通常是下午，她会去村里的语言班帮忙，和项目组的其他成员一起，教当地孩子他们的本族语言。因为被划为语言濒危地区，代际之间的语言传承受到严重挑战。这部分工作同样得到了专项拨款。夏天即将结束，导师发来的邮件通知了她下学期的助教工作。也是在这时，她心里冒出了想再待一段时间的愿望。过去，她从来没想在任何地方久待过，任何地点都如同客栈，包括自某一刻起她对家乡也是这种感觉。但她仍然在为离去做着准备。

出发的日子到了。她要从这个闭塞的山谷中翻两座山——几乎要走一天，到南面的县城，第二天再搭巴士到省城的机场。前一个白天，她走到哪里，身边都围着全村的孩子。到了夜里，她没有住学校，在其中一个女孩家过夜。跳蚤咬噬脚踝的阵痒唤醒了她，蒙蒙亮的天光中，下雾了，窗外昨天的山坳不见了。灰白雾气一阵阵从窗口涌入，抽走她们留在草席上的体温。窗外站着两三个孩子在等她醒来。她不知道他们等了多久。

几个孩子一路跟着她走到村口。她摆手让他们回家，继续独自往前走。山路在雾气中湿滑不堪，她笨拙地挪动着。一路上她如此专注于自己的行走和伴随左右的散漫思绪，没有注意到那几个孩子一直默默跟着她。她已经多次见过他们如何穿着拖鞋在山路上如履平地，哪怕是下山时；在山中，他们的脚步永远像鸟一样轻。因此，直到几个小时后，她好不容易登上第一座山头，准备坐下休息片刻，她惊讶地看着那几个孩子从草丛中现身了。最小的孩子大笑着扑进她怀里，其余几个稍大的用漆黑的眼睛看着她，神情坦然而快乐。

雾气消散，日光迸射。他们坐下，她把干粮分给孩子们吃。她用当地话和他们聊天，她说得多，孩子们说得少。最后，她起身要走了。她让孩子们往回走，这样天黑前他们能到家。她让每个孩子做下保证，不再跟着她继续往前。

她的身影没入了对面的山投下的阴影。她转头往山顶看去，孩子们靠拢在一起，向下方挥动着手臂，他们身体的边缘和发亮的大气接触而毛茸茸的。随着日光抽离，山谷渐渐沉入寂静，空气也变凉了。两个月前她沿着同一条山路进的村，现在逆向而行，它却显得那么陌生，漫长，她不记得前面有过这个拐弯，那片树丛也像新出现的。脚下的谷底和四周的山头都那么遥远，她像一只爬虫，在中间缓慢挪动。所幸只有一条路进出，和孩子们分别时她确认过，不会有错。过了临界点之后，消失的力气似乎又重新回来了。在山腰的一条岔道上，她拐进一个只有几户人家的村庄，再次询问方向。走出村庄时，她望见孩子们的身影仍然还在山顶。她继续上路。一路上，她又回过几次头，他们还在，像被人遗忘在了天空下的一动不动的小雕像。她几乎以为是自己产生了错觉。但确实是他们,她甚至仿佛还能看见他们衣服上的褶皱,记得起每一双手的触感。她心里在滋生一种柔弱的低语般的情感,让她对自己陌生,无所适从。她故意很长时间不回头。

……昏暗统摄了山谷。月亮升上来了,梯田上的人和牛不见了,山涧,溪流,都沉默了。恍惚中,只有远处一道徐徐上升的白烟表明时间仍在此处走动。她终于攀上了山顶。一阵莫名升起的期待敦促她转回了身。

她的目光在背后的黑暗中摸索,直到万籁俱寂中跑出一个明亮如光线的声音,像一串山中震出的飞石,像树木湿漉漉的呜咽,兽的低吼,雀仔啁啾,针脚从布匹的这面踩到那一面,倏地灌满山谷,当中夹着时断时续的人的呢喃。她随着那细小飘忽的嗓音探向对面的山顶,孩子们所在的方向。就在那儿,声音从那里漫开,如一股透明柔软的细绳拉长,向她过来了。它径直注入了她。她抖动起来,手指,手臂,肩膀,直到五脏六腑——她全部的心神因为孩子的歌声而不住地颤抖——在其中,她听到了一种两个月来她从没听过的东西——它的细节此刻纤毫毕现,似乎每个音都有其自身的重量和可见的轮廓,在她呼吸的范围内转动,起落,她的舌尖甚至尝到了它们的味道。旋律的第二节出现了,语调重复着自己,似乎在等待她的确认。她试图捕捉它的声韵调的特点,音变类型,基本词汇,等待着可辨认的部分出现……她失败了。但很快地,她抓到了带气嗓音的一个新声调,是罕见的古苗语声母的一个腭化鼻音(她很快记起这个音如今只在泰国的绿苗中还保留着)。她一阵兴奋。接下来,她留意到她未曾听见任何西南官话的借词,同时她捕捉到了大部分苗族支系在近几代中消失的卷舌塞音与塞擦音的微弱分别,它出现了三次。几个方向的事实合拢了起来，她不禁搅动双手，举向空中，好像这个动作能帮助她再次确认此刻剩下的唯一一种可能：这是一种之前没有在川滇黔苗语中出现过的古苗语。

就这样，她回到了村里。她写了封详细的邮件向导师解释了自己的滞留，她甚至开始认真考虑要不要改变已经做过开题报告的博士论文主题。奇怪的是，对于那天在山里听到的，当时真切清楚得触手可得，第二天她却什么都不记得了，只有一种古老而迥异的印象仍在她的记忆中鲜活地跳动。

孩子们对她的回归充满热忱。可每当她让他们再唱一遍那首歌，让他们教她"那个话"，孩子们却总是模仿她念着"laib yab，laib yab（那个、那个）"，一哄而散，好像她提出了一个十分荒谬的请求。有一次，她成功地让和她亲近的一个女孩说出了几个词。她在笔记本上快速地记下了发音，然后她重复其中一个词的发音，问那女孩它的意思。那女孩似乎随意地朝着远处一指，她循着空中的轨迹望去：山？那女孩却摇摇头，指了指屋后的水塘。

她决定去拜访孜能。他是她的发言人——那位老孜能的儿子。之前，她在老孜能家里见过他一次。孜能是"能烧火的人"，他们都被认为是"相告"祖先的后人。几年前，孜能接任了父亲在村里的工作。而在村里人的口中，年轻的这位孜能比他的父亲、祖父更有本事。人们也说，他将是最后一位孜能了。

孜能结婚后把房子盖在政府几年前修建却很快废弃的一座水塔旁。她到的时候，孜能正在烧饭。他掸着手从厨房走出来，和她一起坐在一块黯淡的红色灯芯绒布罩着的沙发上。她感到孜能已经知道她是谁、来做什么。于是她直接问了最想问的问题。孜能对她所听到的东西大为惊异。然而他也没有对此多加解释，似乎陷入了沉思，又好像这不值一提。对她的许多问题，孜能只是简短地回答"是"和"不是"，但最后，终于，他确认了这种语言的存在。她觉得这是一个巨大的进展。自第一次听到孩子的歌唱以来，她终于放下了心。她还得知这种语言只在树林苗的内部使用，它没有名字，也从没有像她这样的人来做过研究。不难预测，这一个小小的苗族分支今后必定会消失，随着最后一批老人离开这个世界，这种语言也将萎缩，甚至消亡。这或早或晚总会发生，她如此断定，心中涌起新的急迫。孜能邀请她留下用晚饭。他们坐在低矮的小板凳上，在暗中用餐。逆光中，她看见檐下飞来一只她从没见过的鸟儿，它长着青色的喙，在细如牛毛的雨雾中扇动羽毛，和她一样，等待着。她深吸一口气，提起Swadesh的100词汇表。加以解释后，她便问孜能那种语言今天留下来的部分的规模，还有多少词在使用。

"这取决于你。"

"这是什么意思？"

孜能突然大笑起来。

"你们总是问'这什么意思''那什么意思'，听到几个字眼就满足了。那只是用一个说法替换另一个说法，就像用一盆水洗另一盆水。"

"这是一套成熟的研究方法。"她反驳道，"如果它行不通，就没有办法研究语言了。"

"不，"孜能直摇头，"你要忘记词汇表。没有什么词汇表。"

"那还能怎么做？"

她像老人一般忧心忡忡。孜能却像孩子一样咧嘴笑了。

"有许多方法。不过每个人只能用一种——自己的方法。"

现在,她在村里已经待了一年。刚开始的几个月里,她每隔一个月会去一趟县城的网吧,给导师、同行和朋友写邮件,交流彼此的状态和工作进展。她拜托人类学和历史学的朋友给她寄了一小箱参考书,书在第二个月到了,她很快读完并在邮件里不无戏谑地告诉朋友,她正在尝试从"人类语言学"转向"语言人类学"。以前她学习、研究一门语言,或者通过书本,或者在当地做一些短期的抽样和调研,还从未像这次一样深入过。她循序渐进地开启了田野工作和每天的观察、记录,包括日常作息、婚丧嫁娶、农耕林业、性别分工……一切关于如何成为当地人的知识。除了极少在人们的日常交谈中听到那种语言之外,她没有什么可抱怨的。她哪里都去,什么都看,村里的人一开始对她提出的请求感到可笑和怪异,比如当她听到人们喂猪时偶尔用那种语言和猪说话,她就让每个人每次喂猪都叫上她。后来大家也习惯了。当那种语言出现在孩子的梦话中时,她便整晚不睡地等着它再次出现。她渐渐弄明白了,"牛背上过河"是"离开这个世界","星阵"和"蜘蛛结网"是同一回事,"十二"是个神圣的数字,很久以前有一场战役发生在海边。接着,从某个时刻开始,没有新词出现了,而她知晓的部分零碎得像风吹过的水纹。一切好像停滞了,她的工作,每天的日子,时间。

那是"拉乌霍流"(Hlat Eb Hob Dliul,"盲雾之月")的开始。雾气一天比一天重,露水四处垂挂,甚至爬上熟睡中的婴儿的睫毛。她写进邮件的事情越来越少，后来就不写了。如何向她原来的朋友们解释，她每天唯一所做的事是躺在一块斜坡上，着迷地望着稻谷和雾的交界处，直到能在几米之外分辨出苍蝇的前后腿？雾重的夜里，村里的好几头牛走出牛圈，从梯田边上滚落了下去。有天早上，她发现垂至腰间的头发缩短到了背部。村里所有人应该都长高了，加上她总是盘发，她才没有马上发现这件事。偶尔阳光穿透云层的那几天，石块在手心中会变得十分沉重，原本卷起裤管走过的河流开始深不见底。现在，人们不是在傍晚而是下午就离开村子，在树林里待得越来越久。对这一切，她没有答案，但也不再试图向另一个人描述。

也许一切和"巩道"（Nghouk Daox）有关。那是丰收的日子，也是十二年一次的洁净时刻，在山野里悼念的日子，举行圣树献祭的日子。出远门的年轻人陆续回到了村里，人们开始做节日前的准备，没有人再下地劳作了，大家吃和睡得都很少，以此进入彻底的休息。从天明到子夜，村子十分寂静。她拿着录音笔和本子去找将主持仪式的孜能，她想记录下所有的细节。孜能告诉她那没有意义，除非她同样如此地做准备。这时她想起她的朋友在邮件里曾提到过这种时刻，一个一定会在田野工作中到来的、没有标准作法的时刻，是保持站在外面做一个坚定的观察和记录者，还是踏入真正的内部，永远地成为社群的一分子。

她从孜能家出来，回到村里的路上。之前工作时的情形浮现在她眼前：在那些年迈的发言人家中，老人们如同囚犯一样按照要求坐着不动，屋中的一切活动都停下了，以免打扰录音。老人开始对着一台录音笔不停地吐出字句，一两个小时里都只有他们自己在说话。这个任务刚开始时，几乎每一位发音人都会习惯性地沉默下来,好像在等着对面的人作答。他们也总是喜欢摆手,拍脑袋,捂着嘴轻声说出一个神圣的词,这是他们平时和邻居聊天的样子,劳作时唱诵的样子,激动或悲恸时灵光一现的样子。这些都被制止了,删除了。而她总是一脸严肃地坐在旁边,在头脑中用力推演其中的语法规律,完全没看出这整个过程的滑稽和无用。她想起,她让老孜能跳过仪式的烦琐步骤,不用告诉她他站在山坡的哪一面,朝着哪样的风和日头唱诵和念咒,听的人露出怎样的表情,那表情怎样激动了他,山谷和祖先又是怎样回答了他,让他的歌唱忽而高亢,忽而低沉。她跳过了这一切,问了一堆语法问题,把一切搅碎了,捡起地上干瘪零落的渣。过去那么多年,她一直是这样做的。现在她回想起这一切,回想起第一次见孜能时他大笑的样子。她大笑了起来。

　　她刚做下决定,抬头就看见自己已经站在了住处门口。她进屋没一会儿,有人敲门。孜能站在门外。这是孜能第一次主动来找她。她还没张口,孜能就点了点头,开始为她详细解说仪式的准备,洁净的方法,并且敦促她马上去做。临走前,孜能提醒她,一旦开始就不能中止,一直要维持到节日当天最后的仪式结束。此外,发生任何事都不必慌张,只要"记住牛铃的方向"。这句话也是用那个语言说的,她从没听到过,在心中默默记下了。

　　她现在被允许进入树林了。她看见女人和孩子在树林中采集药草,焚烧它们的烟将用于清洁,也会在仪式上用来献祭。一天,她走进踩山场,来到圣树附近。她看见男人们正在圣树旁侧的平地上搭一种方形的帐篷,边喊着号子边锯木头。圣树上挂满一丛丛褪色陈旧的彩色布条,一个男人告诉她，那是祈愿用的，并指给她看他最早系上去的那条。她沿着树干往上望，感到一阵目眩。那时我还是个孩子，他说，现在却是老人了。她下山加入了采药草的人群，从那里她仍能听见头顶的号子声。干活的时候，她和其他女人一样边向林子深处走去，边随着号子哼唱，一遍结束便从头再开始。后来的日子都如此，不管女人们为了找药草走到哪个角落，都能听见号子声。最后三天，大家不再下山，轮流在篝火旁打盹。人们吃得更少了。女人们现在在夜里也必须不停歇地采药草，和她相熟的一位母亲教她怎样在伸手不见五指的树林里准确无误地找到所需的材料，后来，快采完一片时，她也就知道了往哪里走能找到药草。当她在黑暗中走到那儿，一伸手就摸到了，好像有人把草叶递到了她手里。她还发现每当她拔起茎叶时，都会听到高处传来像是猫头鹰的三声啸叫。

现在，芦笙吹起，鼓打起，号子的曲调变长变慢了，内容也变了，有了哀戚的味道。她还是一样边劳作边跟着合唱，声音有时被淹没，有时露出来，一个个音就像石头从山顶落下一样自然地从她身上滚出。歌唱从海洋开始，经过高原、河谷和雪山，讲述牦牛角中的旋涡，骆驼的四蹄踩出的绿洲，舌头舔舐岩盐时留下的疤痕。在争夺土地的战役中，双方流出的血汇成一面彩色的大旗，遮蔽了太阳。饿狼和秃鹫来了，敌人和风暴来了，人们不得不离开平又宽的土地，翻过一个山包，又一个山包，山包尖尖好像猛兽的尖牙，最后来到第十二个，这儿草木不生，果腹的食物总是很少，人也没了完整的脚印和影子。略啊，升高的便要跌落，得到了便要失去，走不动了，珍珠和宝石便一路弃了，老人死了，孩子生了，我们衔着文字过大河，一个浪头打来，文字都吞进了肚子。路还没走完，我们已经两手空空，只剩下了一口气。略啊，略啊，让我和你一起叹息……声音来回地冲刷每个人，她在帐篷中打盹时，它依然在她的里面轰鸣。她变得空而轻，歌声源源不断地流入她，让她不觉饥饿。月亮升起的第三个晚上，所有人一边和着芦笙的吹奏唱着，一边往圣树的方向移动。她看见孜能正把药草变成一片没有明火的烟雾，她和大家手拉手站进那片灰色的烟雾中，一边左右摇晃身体，开始轻唱着祈祷：唱啊，不要停，让我记起回去的路，唱啊，不要停，让我记起回去的路……这反复呼唤的最后一句出现得太过意外，却又如此自然而寻常，她不禁浑身一颤，像一尾被钩住的鱼：她发现三天三夜里，这首歌从头到尾只有一种时态：现在时。又一个发现像闪电击中了她：一年多前，孩子们在山对面朝她唱的就是这首歌的这一部分，她正唱着的就是那个语言。

现在，那片灰雾沉寂了，笼罩着她。她感到自己必须尽力保持住这份寂静，似乎一旦它破坏了，一切便会随之消失。她成功地穿过了灰雾。这次她有把握了，她不会再像一年前那么无知而健忘，因为现在，这歌已和她连在一起，将她和周遭重新涌动起来的一切连在了一起。她看向四周，听着，嗅着，摸着，浑身充满幸福。一年来她苦苦思索渴望知晓意义的语言，它的秘密向她慷慨地敞开了，就在此刻草叶的气味里，在芦笙的气流里，敲奏的鼓声里，在刺破云层的雨点的细刃上，在男人的脚窝里，在女人一日日磨出的茧里，在圣树脚下不知何时被屠宰的水牛的血上，在孜能围着圣树的跳跃里，在那盖着棕色树皮的方帐篷中突然响起的一阵吠声里。

她没想到自己亲耳听见了吠声。它就是那个吠声，是的。一阵噩梦般的刺痛划过。她不禁低头看向自己的两条腿，它们静止在草地上，并没有动。她惶恐不安。连续几天的唱和与劳动此时终于让她感到脱力，她疲累无比，不能像平常一样思考。但不用借助思考，一切已加速地——几乎同时地——向她涌来——

她在一阵笑声中屏住呼吸。记忆中从不缺席的正是那笑声。一切始于她病愈入学后的第一堂短跑课。哨声响起，操场一片寂静，大家都专注地等待着揭晓谁是全班跑得最快的那一刻。她前面的同学一个接一个跑了出去，轮到她了，她和身旁的女生一起冲出了起跑线，那笑声在她身后第一次爆发，一路跟随她冲过终点。当她回头走回队伍时，她才发现那仍在继续的笑声因她而起。她走回队伍的末梢，低声问前面的同学怎么了。

"你没听见？你跑起来像狗叫。"

一个男孩开始模仿狗叫，引起一阵哄笑。她好像在梦里，一切变得缓慢而模糊，像一张冲洗失败的照片。她说不清她所感到的，她只能沉默着全部接受了下来。那天结束时，沉在种种感受最底部的是困惑——她自己什么都没听到。

一天晚上，她走到镇郊，那儿有一片很少人到过的荒地。她把机器放在地上，跑了起来。她嘴里开始发苦，让她感到曾经注满她的药水仍在她体内。她边跑边留心听，只有风声，和模糊成一片的远处镇子里的声音，而她自身的安静越来越让她不安。最后她没有减速，冲回起点，按下按钮让录音结束。她按下播放键。

风吹草叶声，脚步声，远处的车声。都是她自己的耳朵听到的声音。

除此之外一片空白。

她的困惑继续增长。而它一定长得更快,更大声了,因为笑声越来越大了。模仿这声音变成了他们的一个游戏。他们学狗,学乌鸦,学一把坏掉的二胡,学猪一样的哼唧。因为它,学校里人人认识她。

它不停吠叫那几年,她日益沉默。两者像极夜和极昼一样缺乏黄昏或黎明的过渡。她从外面的世界撤退,开始狂热地阅读,像多年前对抗病魔的海浪一样,抓住任何书页读下去。儿时的兴趣迅速深化了,她像饥饿的人扑向食物,不知疲倦地学起了不同的语言。元音如太阳一般明亮的西班牙语,啁啾、淅沥的南侗语,从南亚次大陆曾经的皇族和僧侣舌头上滚动到今天的化石般的梵语,巴布亚新几内亚的岛屿上发音数量比鹦鹉还少的罗托卡特语,拼凑别种语言而成的苏里南汤加语……她都一视同仁。她好奇一种语言如何漂移而断裂,形成分叉、盲区,语言和语言之间又如何吞食、嫁接和乱伦,她想象说着不同语言的差异巨大的喉咙和舌头,头和心。她让这些不同语言漫过她自己的喉和舌,头和心。那几年里,与其说她在人类语言的大口袋里翻找着什么,不如说她把头埋了进去,摸摸这个,碰碰那个,让它们层层缠绕她,把童年字符汇成的锚变作更为结实的锁链,把那个幽灵般的叫声禁锢在一个晦暗的世界里,沉没。

她动手术那个礼拜,父亲陪她从镇上来到城市。手术顺利的话,她就会动身离开家乡,出去念书。那年她已经比父亲高出许多。当他和朋友们带着各自的家庭聚会时,他在餐桌的另一头远远地看着她,心中充满自豪。她一直没让他们费心,乖巧懂事。他把她好好养大了,一切都顺顺利利的。

虽然在夜里，在他的梦中，她还是那个依偎着他翻动书页的孩子，一头细软的头发像最轻的羽毛一样停留在他胳膊上。当她提出动手术的要求时，他和妻子都很诧异。他们觉得她一直很健康。但最后他还是顺从了她的要求，尽管他和妻子都觉得毫无必要。她描述的病情含糊不清，却不容继续等待。

那几天里，他们在那座城市里走访一家家医院，咨询她的病情。结果要么是无法诊断，要么是需要在这里那里剌出长长的刀口，糟糕的话还会瘫痪。他决定带她回家。她却变得十分执拗，坚持要寻访最后一家医院，那是一间她自己打听出来的偏僻不起眼的老年医院，那里据说有个大夫。他见到了那个大夫，在他看来这人太过麻利而不可靠。大夫叫她做了几个动作，随即说知道怎么回事了。"手术很小，也就半小时，刀口几乎看不见，术后马上可以走路。"

她侧躺在手术台上，一股冰凉细小的药水正推入脊椎。她睁着眼睛，竖起耳朵，想起童年时那个祖母请来的女人。她不想错过眼下这场手术，之前她已将它想象过无数次，她想过有一股浓烟，一阵强烈的爆破声，甚至一场突发意外的狠狠撞击，或许是死亡本身，才能杀掉那个吠声。她已经准备好了。事实上，手术十分平淡、迅速，那个手脚麻利的大夫，他轻松地和护士说笑着，甚至当他割开她的皮肤，扒动几束肌肉，放进或者拿出什么时（她如此想象着，她的下身麻醉了，被布遮住，她什么也感觉不到），这说笑声也没半点停顿。之后很长一段时间内，手术室里没半点声音，似乎正发生着某种需要屏息凝神的精密步骤。她屏住呼吸，直到被针刀撞击托盘的金属声吓了一跳，才吐出一口气。那时手术大概进行了一半，大夫停了下来。两个年轻的护士在面罩后忍不住笑出了声。她听到这种熟悉的笑声,紧张起来。"很快就结束了。"其中一个护士拍了拍她冰凉的手。"听到了吗?"护士问她。她摇了摇头。"很大声?"她小心翼翼地问。"是的,非常大。"

见过她手术后样子的人都说,她的变化很大。首先是,那个夏天,她长高了十厘米。第二件事,是她离开后便消失了。在家乡,在外面的世界,他们没一个人能再见到她。他们都是听过那叫声的人。

在新的世界中,她是一名语言学者。她把所有热情放进了她的研究。她离开学术几年,也是因为那份工作方便她去那些没去过的地方学当地语言。与她相识的人对她的才能印象深刻,对她日复一日对自己的心智进行的高度逻辑训练印象深刻。她的严谨、缜密和恒温的微笑夯实得像一座碉堡,人们却对里面的她所知甚少——她从不谈论自己。她的父亲那时已经退休,他说不清她身上那些突然变化的部分,他把一切解释为自己的衰老。与此同时,他越来越经常地梦到过去,她的童年,他年轻的时候。在梦境的某个角落,总有一道石头一样冷漠的目光。他醒来后想起那目光,想起如今从世界某个角落偶尔打电话回来的她。他从没告诉过她这些。她也永远不会告诉他,在外面,有一次她差点让那个曾经存在的晦暗世界重新暴露,戳破她费心构造的新世界。那是博士第二年,她去芝加哥大学交流时,一位听了她主题演讲的语言学教授,弗雷德·埃干的学生(而埃干是爱德华·萨丕尔的学生),向她咨询古汉语的一些问题。他在研究墨西哥的萨波特克语的某一分支时,发现了它和古汉语的亲缘性。聊过这些后,教授突然问她一开始是怎么喜欢上语言学的。教授本人的谦逊,这片离她的家乡无比遥远的大陆,都让她松弛自在，于是她差点脱口而出。但她克制住了。她很快转移了话题。

现在，歌声停了。人们静静坐着，脸如树叶般低垂，在山间淡白色的晨曦中，像陷入了最深沉的睡眠。他们什么也没听到，她想，这次，只有我自己听见了。一切似乎颠倒了。她站起来，看见写着她名字的祈愿条挂在了圣树靠近根部的地方，那表示她得到了树神的接纳，她和今年出生的婴儿一样，成为村庄的新成员了。圣树的肩上升起了"瓦奔"，清晨的第一颗星。她记得在同样的位置曾看到一只巨大的蜘蛛。"星阵和蜘蛛结网是同一回事。"她的舌头和脑子一起说了出来。她朝着传来吠声的帐篷走去。

她掀开树皮做的门，帐篷将她一口吞了进去。里面一片明亮，她什么也看不见了。吠声也消失了。等她再次望向前方，她看见孜能远远地坐在帐篷中央，背靠着圣树的树干。他的对面坐着一个人——是她自己。只不过在那里，她穿着树林苗的传统长褂，戴着叶片银饰，头戴一顶如耳朵竖起的尖帽，身形年迈，姿态沉着。

她扭过头来，看向帐篷门口。接着，她抬起脖子，张开嘴，像狗一样叫了起来。

一片刺眼的明亮像雪崩侵袭。叫声朝她追过来。她跑了起来，地面陡然折叠，她沿着圣树的树干向上，顺着降下的一段梯子往高处爬，眼前是一片平滑的灰色天空。她的身上淌下大股温热的细流，把她往后拽。她的力气耗尽，叫声仍固执地尾随，以恒定的节奏敦促她。她感到自己像山一样沉重，她大叫一声，手抓着，脚蹬着，拼力一挣，头从脚底掉了出去。她飘起来，一阵牛铃声移向她。她猛地记起祭司的叮嘱，一把抓住牛铃。现在，她转过身来，面对背后山谷的黑暗，听见对面的山顶响起了孩子的歌声。现在，她在手术台上，听见脚旁护士的笑声。现在，她坐在桌前，翻动着不同的语言，像儿时翻动书页。现在，她听见磁带中的空白。现在，她躺在高烧中的床上，看见长袍底下曾让她恐惧的东西。现在，她在摇篮中，对父亲喃喃着她的记忆。现在，她在胎脂和黏液中低号。"唱啊，不要停，让我记起回去的路。"温热细流从她心里淌出。"野地黑漆漆，老林深惨惨。孩子啊，立起耳朵听，把眼睛转过来瞄，听我开始讲，听我开始唱。"它的声音温柔，像乞求，像哀吟，带她出了屋，上了桥，爬了坡，过了九十九条河，八十八个海，路过汾河的军营，草原上的战马，线团，夜里的方块，年轻的中尉，暴风雪，笑声，追兵，父亲，中箭的首领，它拱起背，驮着她，不走上面的路，不走下面的路，走上中间那条路，跑啊，跑啊，直到一双大手盖住她。她抬起头，看见孜能的手放在她的额头上，那片古老的云雾从头到脚摸过她，又把她还给了自己。

她独自坐在帐篷中央，从滚烫的喉咙深处，吐出了它。它从没这么鲜活，响亮，落在眼前的世界上，好像这是第一天，在它独自生长了这么久之后，人们刚刚发现了它。但现在它就要消失了。这是最后一次，它在这里。她第一次伸出了手，触摸它。

帐篷外，天一定非常亮了。树林像一个醒来的人一样抖动。

不可饶恕的查沃狮

周　恺

周恺，生于1990年，巴金文学院签约作家。2012年发表小说处女作《阴阳人甲乙卷》，作品多见于《天南》《山花》《青年作家》《作品》《芙蓉》等杂志。2013年获香港第五届新纪元全球华文青年文学奖。2016年参与首届"Shanghai Project|上海种子"展览。

四月一日

一个多月前，我搬到了公墓和火葬场之间的桉树林，这是地板厂种下的。我刚来的时候，遇到了几位伐木工人，用他们留下的废材搭了一间棚子。几天之后，我才发现日历搞丢了。

我不知道什么时候能把日子找回来，于是每天都瞅着火葬场的烟囱。奇怪的是，一个月，火葬场没有接过一单生意。

就在昨天，我还不确定现在是四月还是五月。

山下是滨江路，在午夜十二点之前，会有几辆货车经过，十二点之后，就没有车了，第二天一早也不会有，江边的水雾太大，夏天到来之前都是这样。江上有一艘船屋，住了一对夫妇。有个晚上，老渔夫起来撒尿，他顺着火光看到了我，他当时一定吓坏了。附近的农民在河滩上种了一些蔬菜，有时候，趁着夜色，我穿过寂静的公路，走下阶梯，用鹅卵石搭一个简易灶，烤食那些没有人照管的土豆。

在我离家出走的最初的一段时间，食物是最大的难题，带出来的干粮很快吃完了，等着我的是从未感受过的饥饿。我住在树洞里，肠子蠕动的声音格外刺耳。一场雨过后，我长了湿疹，溃烂的皮肤粘在树根上，我想，我会长成一株新芽或者树瘤。体温降下来后，我决定回城里碰碰运气。在一个三岔路口，我遇到了一条土狗，我们一前一后地走了很久。我找到一家二十四小时超市，营业员在睡觉，我在门外站了一会儿，又离开了。那条土狗一直跟着我，有时还跑到前面等我。我把它带到了竹林里，用藤条拴住它，然后回树洞拿出匕首和盐巴。我用竹壳生起一团火，它没有躲闪，反而亮出脖子，那里有一团洁白的绒毛，我放了它。等到火熄灭，我站起来，看到它在土埂上望着我。我在树洞边找到了一个鼠窝，是那种又瘦又小的田鼠，将它打理干净后，往鼠肚里塞佐料，再用稀泥包裹住，放进火堆烤，敲碎泥巴，就可以直接享用了。类似的烹饪方法，还可以对付麻雀、水鸭和偶尔偷来的家鸡。后来，我从涵洞下捡回了一口锅，才让饮食习惯回归了文明。

我也搬到垃圾房和烂尾楼住过，来到公墓附近，是因为这里能捞到一些新鲜的祭品。

今天，火葬场的烟囱终于冒烟了。下午，墓地响起了鞭炮声，我从一条小径穿过去，正好看见亲属离去的背影。我走到墓碑前，逝者是个天主教徒，卒于三月三十一日，墓台上放着笔和笔记本，像是教士掉下的。我想，今天应该是四月一日吧。

四月二日

我不知道还有什么值得害怕。

想起来挺可笑，我曾经很怕蝴蝶和飞蛾，尤其是花色的，母亲告诉我，它们翅膀上的鳞粉会让人患上手抖病。那时候，我们住在山上，到了夜里，屋里的灯光会招来数十只飞蛾。它们贴在窗户上，我宁愿忍受夏季的炎热，也不肯推开窗户，我总是梦见飞蛾从缝隙钻进来，一只又一只，鳞粉如雪花一样掉在我的床上和身上。父亲为我做了一扇窗帘，我将它拉上，睡了几夜安稳觉。我伤感起来，不知道飞蛾是否还贴在那里。我鼓起勇气，拉开窗帘，窗户上什么也没有，即便整夜都开着灯，也不见它们的身影。天气凉快下来，母亲做了一碟炒豆，那天晚上，我渴得难受，就起床到水缸舀水喝，一只昆虫在我嘴里扭动了几下，被我吞了下去，也许是一只蜻蜓，也许是一只蝗虫，但我始终怀疑，那是一只蓝色和紫色相间的蝴蝶。

我曾经也怕蛇。祖父丧命于银环蛇之口，他被咬之后，用开路刀剜掉伤口，敷上三叶青，将裤腿裁开，系在小腿上，走了五里路，才倒在灌木丛里。他们找到他的尸体已经是四五天之后，脸上的肉被老鼠或者穿山甲啃掉了，他们在原地挖了个坑把他埋掉。在那之后，他们撵山都会备上打蛇棍和蛇药。三伯则丧命于竹叶青之口，这种蛇的毒性小些，他在灶炉旁拿木柴时被咬，随手便把它打死了。蛇医给他开了些药，他服了半个月，伤口溃烂结疤，以为已经痊愈，但是到了下半年，他的体质越来越差，最后卧床不起。我们去看他，他握着我的手，他说，他打死了一条家蛇。他的死亡是缓慢且难以察觉的，呼吸与热量一点点散尽。峡谷里的猎熊户捕过一条幼小的过山风，他用笼子把它养起来，喂它吃泥鳅、老鼠和腐肉，过山风逐渐没了蛇性，他甚至把它取出来，陪一岁半的儿子玩耍。有一天，他在苞谷林守一头老熊，凌晨四五点，他的手颤抖起来，他把枪挎到身后往回走，越走越觉得不对劲。到家的时候，他看到蛇笼被打开了，女人躺在地上，儿子不见了。有人说他的儿子被生吞了，也有人说被叼到蛇窝去了。我没见过猎熊户，不知道这个故事的真假。人在饥饿的状态下，是没有敬畏之心的，我住在树洞的那阵子，吃尽了周围的乌梢蛇，连蛇蛋都不放过。

在大瓦山，我还怕豺狗、山豹、獾猪、棕熊，这些家伙在这里很难见到，连刺猬和野兔都很稀罕。我倒是见到过一只臭鼬，它发现我之后，一个翻身钻进了地洞，我往里头灌水，等了半天也不见踪影，最后在十几米开外，找到了另一个洞口。臭鼬也是稀罕的。

住在墓地旁边，我还应该害怕幽灵。只有极少数人能看到它们，据说同真人没什么区别，轻飘飘的，没有重量。今天下午，我在道班的工棚搞到了点吃的，然后到墓地溜达消食。每块墓碑上都写有他们的出生日期，从一九〇八年到一九九二年，我仿佛走过了一个世纪，最后我坐于其中一块墓碑上，等着晚霞铺到远处的山坡上。我清楚地看到，有些东西在下沉，另一些东西在上升，它们逐渐混杂到一起，又一点点散开。有一刻钟的时间，我感到很美妙，就像刚扎了一针，什么也不用想，我对着晚霞笑起来。死亡是幽默的。我想起六岁那年，母亲又怀上一个孩子，我正好到了该念书的年纪。我们已经没有捕猎指标，父亲每天把羊赶到草坡上，很晚才回来。一头母羊跑丢了，他谎称是被赤狐咬死，拿到指标后，他出去寻了几天，空手而归。他们开始争吵，吵过之后，父亲摔门出去，母亲说，他去日野女人了。她经常摸着肚子自言自语，后来，父亲借钱把我的学费交了。开学第一天，我起了个大早，刚打开门，就发现皂角树下有双发亮的眼睛，我赶紧叫醒父亲，两声枪响过后，那条赤狐终于到手。他把狐皮剐下来，拿到县城卖了，放学回家，我们饱餐了一顿。母亲躺床上，又在自言自语，她抱怨满屋子的臭味，抱怨再打一百头狐狸也不够。或者还说了其他，我忘记了，我只记得，父亲拿起枪，用枪托在她肚子上擀，她疼得直哭。几天之后，那个孩子就掉下来了，父亲把它埋到了皂角树下。秋天的一个周末，母亲坐在树下织过冬的衣服，我从门缝看到她放下织针和毛线，耳朵贴到地上，咯咯地笑出了声。

四月三日

今天，来扫墓的人多了起来，我去捡了几瓶二锅头和半包烟。洒了一瓶在板屋周围，又拿了一瓶到桉树林，一边喝酒，一边等着扫墓的人离开，好过去清理他们留下的食物。

吃饱后，我在吊床上睡了一会儿，酒精在胃里翻腾，也许喝到了假酒。

林子起风了，我听到脚步声，踩在落叶和荒草上的脚步声，既不走近，也不走远，起初我以为是护林员，侧身去看，只有斑驳的日光落在地面，也可能是野狗或者野猫或者耳蜗里的血流声。

酒精带着我进入一场梦境：撵山狗把母獾赶到了洞子里，我拿着猎枪追了进去，可是我没有找到母獾，当我刚跨出山洞，脑门正中一枪。我醒来后，胸口发烫，后背是一层层的细汗。

我从吊床跳下去，拿起酒瓶又喝了一口。山下停满了车，坟前站了一堆又一堆人。我坐下来，抽那半包烟，由近到远地看过去，猜测墓中人与他们的关系，没有人哭，所有人都在笑，仿佛在与墓中人开荤段子。

我还记得，父亲下葬时，他们启开棺材，让我再看他一眼，里面只有几件他穿过的衣服和一张豹皮，这是他一生的荣耀，棺材被盖上，往墓穴降。母亲让我哭出来，我就使劲眨眼睛，我不知道父亲是不是死了。那一年，村干部挨家挨户没收枪支，父亲藏了一杆，双管猎枪被他藏在猪圈里。在他失踪前一天，他闩上门，在堂屋里一遍遍地擦拭它。他什么也没跟我说，但就是那个下午的场景，让我相信，父亲没有死。一年后，母亲和父亲的弟兄为他树了一座衣冠冢。我站在墓前，认为这只是父亲的伪装术，就像他打猎时在身上挂满枝条。

我又喝了一口酒。他们打扫墓台，摆上鲜花和祭品，然后一排排鞠躬。酒已经见底，我也许会喝死在这里。像是商量好似的，他们成群结队地往山下走，欢笑稍纵即逝，一种沉默与另一种沉默对峙。

父亲被宣告死亡后，幺伯来得更勤了，有时候带来一条野味，有时候什么也不拿，他让我坐到门外的台阶上。那年的冬季，我好几次看到一个人从迷雾中走来，蹲到土丘后面，我以为是背着猎枪归来的父亲。终于，他朝我走过来，我激动得快哭出来，我没有看到猎枪，也没有看到端着枪的粗壮的手臂，而是看到披着长发的幺娘。她用斧子劈开房门，幺伯正在拍打母亲肥大的屁股，斧子砍进了他的肩膀，鲜血溅到母亲的脸和乳房上，迅速凝固，成为她放荡的印记。父亲出走两年后，我们在一个深夜搬离了大瓦山。母亲一手提着木箱子，一手牵着我，一直走到县城，她才告诉我，我们不会再回去了。

最后一辆车的车灯远去，守墓人上来巡视了一圈，浇灭余下的火星，我走到那些下沉的东西和上升的东西的交界处。

接下来几天，我都不用再为食物发愁，但我不知道应该感谢谁。

四月六日

前天我连起床的力气都没有，昨天也是，应该是酒的缘故。

今天好多了。

在墓地后面，有一条河溪，这个季节河水还很浅，河床露了出来。我沿着鹅卵石往上走，走到红石桥下，几个老人在桥上抽旱烟。我穿过桥洞，一个着旧式中山装的老头才问我是干什么的。我说找东西。他们都笑了，转过一道河湾，还能听到他们的笑声。

我想不起上一次与人交谈是什么时候。

母亲的第二个丈夫去世后，她喜欢上养猫，最多的时候有十来只。她给每只猫都取了名字,最老的一只叫花斑,它原本是纯白色的,误食鼠药后开始掉毛,裸露的皮肤如同斑点。我们以为它会在那个冬天被冻死,为了避免它悄无声息死去后,腐烂在家里,我每天都去拨弄它一下,它总是发出绵软的喵喵声。难得的一个晴天,它从猫窝里立起来,四条腿打得笔直,除了身上已无体毛可以御寒,跟其他猫没有什么区别,它慢悠悠走到门口,跳起来拉下门把手,然后走了出去。母亲回来后,我告诉她,花斑走了。她没有说什么,她以为它死了。当天晚上,我梦见花斑爬上了门前的树,在那里熬过了寒冷的夜晚。第二天,我也离开了家。

也许,后来我还跟人说过话,我偷过工地上的钢材,卖给废品回收站。第二次再去偷时,让蹲守的人捉了个正着,无论他们问我什么,我都没有吭声。他们把我绑在脚手架上,晒了一天,傍晚,一个老工人替我解开了绳子,让我走。我跟他说了声谢谢,或许没有。此后很长时间,我都把自己当成一个哑巴。

其实,打小我的话就不多,转学过后,由于口音,受过欺负,就更不愿说话了。

身体开始膨胀的年纪,我喜欢上了班上的一个女生。每天放学后,我都在她的抽屉里塞一封不署名的情书,过了一段时间,她还是猜出了我。我们结伴回家,一路上不说话,顶多在分别时道一声再见。放假那天,她往我家里打了一通电话,母亲接起来,说是找我。我拿过听筒,她说她偷了父母一笔钱,我们可以去坐火车。她向我描述平原和高架桥的模样,还说我们可以在火车上抽烟,和陌生人打牌,住进同一间旅馆,最后她说,她是为了我才偷钱的。我盯着窗外的烟囱,她挂断了电话。母亲问我是谁打来的,为什么不说话?我说我听不出是谁。

河溪两畔是竹林和油菜花地,一辆殡车开过,车屁股挂了一串鞭炮,鞭炮引来了几条看门狗。我佯装俯身捡石头,吓跑了它们,然后从阶梯走上去。一只红嘴雀在蹦跳,再前面是一个鬈发女人在赶路,我打了一声口哨,红嘴雀飞到了天上,女人没有回头。

我也不知道书写的意义何在,我把句子朗诵出来,听众和读者都是我自己,或者假想的另一个自己。我最初学会的汉字是我的名字,学会的第一个句子是向别人介绍自己,这些东西在大瓦山不管用,管用的是紧跟猎物,然后举枪瞄准。

刚转学的时候,我认识的汉字不超过一百个,语文老师让我到她那里补习。她的丈夫是中医,我的启蒙课本是《本草纲目》,学期结束时,我的作文得了满分,因为我写了很多老师也不认识的字。第二学期,她给我读《红楼梦》和《刺客列传》,我掉进了一个安排妥当的世界,一切情感和事物都可以找到对应的语句表达。小学毕业前,我在《语文报》发表了一首诗。报纸寄来后,县上奖励了我一套精装的外国文学名著,母亲把这份报纸裱起来,挂在墙上。但不久后,我们又搬了一次家,忘了带走它。我只记得,那首诗写了一些稀奇古怪的花鸟虫兽。

进入初中,我开始读勃朗特和奥斯汀,雨果和海明威,我开始虚构自己的生活,并且立志要成为一个作家。如果不是十四岁时遇到的那次危机,我大概会以文字为生。那天下午，水库捞起了一男一女，尸体已经泡涨。放学之后，我们就往水库去看热闹，一路上他们都在议论淹死的是谁。大坝上围了好几圈人，我从大人的胳肢窝钻过去，两具尸体都是屁股朝天，像两头被烫死的猪。在我们的怂恿下，捞尸人走上去，把他们翻了过来，我看到她的肚子高高隆起，遮住了光秃秃的阴部，那一刻的感受，在任何词语之外。

女人穿了一件灰色的长衣，袖口有几处油斑，我跟着她。回到红石桥时，那几个老人看也不看我。我离鬈发女人越来越近，她喷了廉价香水，她一定听到了我的脚步声，但她仍没有回头，她在赶路，得在某个时间之前，赶到某个地方。

鬈发女人走到了墓地下，她没有上去，在下面站了几分钟。我躲在一棵树后面瞧着她，我想象着把她扑到地上，脱掉她沾有油渍的长衣。她低头的时候，我看到她半张脸，说不上漂亮，像那个约我坐火车的女生，像烈日下，她被翻过来的样子。

四月七日

在我住的地方往西一两百米，有片土踩上去是空的，我以为是附近农夫藏的东西，用自制的工具挖了几尺深，再往下就挖不动了，我又把土覆上去，在上面踩了几脚，还是会传出闷闷的回响。

我很小的时候幻想过这世上有无数条地道可以通往任何地方。

父亲带我钻过一次溶洞，那是穿山的捷径。他在前面拿竹竿撑着洞壁，三伯在后面举着火把，越往深处走，光越暗，火把最后总是会熄。父亲和三伯的呼吸在洞窟里乱撞，再撑几竿子，才能看到顺水流过来的光。那口溶洞吞了好几条人命，有像我一样大的小孩，也有像父亲一样大的壮汉，他们迷失在里面，耗尽空气。那时候我就想，他们只是走到了另一个出口，从火把熄灭到见到第一缕亮光之间的水道，被他们称作鬼门关。这段水道经常出现在我的梦境里，我们像那些被吞掉的人一样，永远都撑不到尽头，在梦里，我就那样度过了一生。

有一些地道是人工的。我们刚搬到县城的时候，寄居在舅奶家。母亲说，她好几个儿女都死了，可是我们离开她家时，她仍活着。那栋破败的房子夹在一排木房中间，她住的屋子没有灯，地上铺了木板，踩上去咯吱响。只要她不在家，我就跑到她的屋子里玩耍。里面有一张老式的拔步床和几件废弃的家具，墙上挂了一张全家福。我看不出哪个是她，或许她没有在照片上。有一次，我踢到翘起的木板，摔了一跤，我发现那块木板竟然可以撬开，下面有半米高。我又撬开邻近的几块木板，蹲下去，再把地板复原，那股气味几乎把我熏晕过去。没一会儿，老太太走了进来，嘀嘀咕咕说着什么，声音渐渐模糊，她掉到梦里去了。我忘记我是怎么出来的，一条条沾着灰尘的光从地板缝隙漏下来，地道延伸到很远，我没有往前爬，我不知道它会通向哪里，老太太不再说话，呼出的气比吸进去的气更长，我以为她快死了。后来我才听说，地道是宋希濂部队驻扎时修的，连通着每栋房子的里间，我闻到的恶臭是死耗子或者内战时遗弃的粮食散发的。

还有一些地道更为隐蔽。母亲偷了老太太一个玉手镯，在被发现以前,我们从她家搬了出去。当掉手镯后,母亲租了一间门市,卖化妆品和内衣。她请人隔了个角落,摆了一张行军床和木板床,事实上,只有我睡在那里。晚上,母亲在隔壁的舞厅工作,她和那些女人都认识,她们常来照顾生意。我被当成了隐形人,有时候写着作业,抬头便看到一个女人在试穿新到的内衣。当时还没有电话亭,母亲找到了新的商机——安装公共电话。女人们就靠着这部电话和主顾保持联络,为了方便我接听打进来的电话,她又在隔间装了一部分机。很偶然的一次机会,我拿起听筒,听到了私密谈话,我已经记不起他们说了什么,大概是些低俗的玩笑。我喜欢一个叫小铃铛的女人,她不愿意接客时,就躲到我们这里来。母亲和一个摩的司机勾搭上了,我们四个人在铺子里打扑克,输了往脸上贴纸条。有一回,摩的司机的脸贴满了纸条,小铃铛找不到地方下手,我们四个人都笑起来,笑着笑着,母亲板下脸,摩的司机和小铃铛也僵住了。我们的头顶是一盏钨丝灯,那是我见过的最美的一张脸。我留意过和小铃铛往来的男人,看到过同学的父亲,也看到过学校的老师,据说有不少人想娶她,但她只肯做买卖。她很少打电话,或者我很少偷听到她的电话。唯一一次是一通长途,他们用方言说了十多分钟,那边的音量突然抬高,小铃铛哭了起来。有一瞬间,我想我是不是该安慰她,急促的忙音响了很久,她才挂掉电话。一个月之后,小铃铛走了,也是那段时间,摩的司机成了母亲的第二任丈夫。我们在同一条街租了一套两居室的房子,透过窗户还能看到舞厅,母亲已经不去那里了,门市也转给了别人。我偶尔会听到他和我母亲做爱的声音,每次我都会想到,他也嫖过小铃铛,这让我很难受。小铃铛又回来过一次,她坐在舞厅门口打麻将,瘦成了一把骨头。母亲说，她染上了白粉，没几天，她就彻底消失了。关于她的传言有很多，有人说她死了，也有人说她嫁人了。只有我知道这一切都和那通电话有关，不是那段我一个字也没听懂的对话，而是那头挂断电话后，她在话筒里的抽泣。

四月八日

谁会相信呢？四月七日，写完东西，我就把纸和笔放在了枕头边，那时候大约是晚上九点或者十点。

我梦见我走进一条两边都是围墙的巷子，巷子呈三角形，逐渐变窄，走到尽头，我用手撑着围墙，往上爬，一个纵身跳了过去。那里是一个游乐园，人工渠从正中穿过，左边是游乐设施，右边被铁丝围住。我惊奇地看到，木马、碰碰车、海盗船甚至是过山车都运转起来，上面一个人也没有。我没玩过这些，即便在生活改善之后，母亲依然以危险为由拒绝了我的请求。在一圈圈高速旋转之后，我坐上了摩天轮，摇摇晃晃地升到半空，强大的失落感涌上来。这座城市展现出它丑陋的全貌，它比想象中要小，小很多，并且在不断萎缩，我是指，在下降过程中，不断萎缩，如同一朵花正在闭合。我跨出厢门，最后一盏路灯也熄了，我意识到我在做梦。黑夜还很漫长，翻过刺绳，两三头骆驼在树下酣眠，简易棚里传出鸣叫和扑打翅膀的声音，我的心跳突然加快。

农历的三四月间，成群的白鹭在大天池滞留，整片湖面都被白色的羽毛覆盖。捕杀白鹭的代价是拘留十五天，没有人敢冒风险，尤其在光天化日下，岸上好几架相机在拍摄。大概是白鹭迁徙前几天，父亲带我到大天池钓鱼，我们在坳口甩了一天的晃钩，只钓起几条三寸长的草鱼，通通被他倒掉了。他让我守着鱼竿，回来时，提了小半桶泥鳅，洒了几条在泥滩上。摄影师陆续离开，几只白鹭向我们靠近，又等了一阵，渔船也收网靠岸，父亲把剩下的泥鳅都挂到了钩子上。我站到高处放哨，我看到饵钩抛向了泥滩。白鹭观察了一会儿，放松了警惕，开始啄食。我屏住呼吸，终于有只小白鹭被挂住了。父亲拽住钓绳，它在反方向拉扯，羽毛沾满了泥浆，其余的白鹭叫了几声，贴着水面飞到了对岸。父亲招呼我回去，让我紧紧握住鱼竿，他脱掉鞋子，跳了下去，捏住小白鹭的脖子递给我，我摸到了它咕噜噜的叫声。父亲把它装到桶里，用衣服盖住，我扛着鱼竿走在后面。我们身后响起鸣叫，我回头看到壮观的一幕，几百只白鹭振动翅膀形成的风浪搅动着湖面，落单的一只在大天池上空盘旋了一阵，也飞走了。我们与白鹭背向而行，父亲的腰上别了一把自制的火铳。

我朝简易棚走去，里面有没有这出惨剧的见证者？

这时候已经有了日光，是黄昏，不是黎明。我越往前走，梦境离我越远，在我醒过来的瞬间，我见到了那把火铳，它像鱼钩一样，插在土里。

谁会相信呢？四月七日，写完东西，我就把纸和笔放在了枕头边，那时候大约是晚上九点或者十点，现在大约也是晚上九点或者十点。

四月十二日

日子单调地重复着。地板厂的生意在衰败，伐木工过来的次数越来越少。他们遗留了一把弓锯，我改了几块木板和四根柱子，将木屋搭得更结实了。为了让它更隐蔽，我去弄了藤条和爬山虎，铺在屋顶或者插到地上。雨季到来时，这间木屋就会隐身于茂密的桉树之间。

我的木工活儿是父亲教的，他教我做插鱼的矛和射鸟的弹弓，他什么都会做，我怀疑连我也是他用锯子拉出来的。

过去三天，墓地来了五位新客人，六十二岁的兰丽娟、六十九岁的赵建龙、二十八岁的白文巧、五十七岁的王松春和二十二岁的徐萍，最后两位几乎同时搬进来。这里就像一个永不闭幕的剧场，铁匠、商贩、屠夫、水手、司机、毒贩子、小偷、理发师、聋子、哑巴、先天绝症患者轮番担任主角，之后不再上场，没有人能写出如此庞大且平静的剧目。

在我的成长经历中，各种各样的死亡伴随着我，它们是咆哮的、震颤的、浑浊的甚至是讽刺的，鲜有平静的，将其视作刮风下雨一般的自然现象，尤其是在目睹死神临近的状态下。

母亲的第二任丈夫，也就是那个摩的司机，与母亲结婚后的第五个月死于街头。我们不了解他的过去，也不知道他每次出门都会在裤带别一把菜刀。按照别人的说法，他混迹帮派时就与那个人结下梁子。他们在理发店相遇，一方拿着甩棍，一方拿着菜刀，沿街追打，他并没有往对方要害砍，理发师说。有一刀已经挨拢颈项，他收手了，甩棍敲中他的天灵盖，他倒到地上，一动不动。他看到了死亡，不仅看到自己的死亡，还看到另一个人的死亡，由此看到了与死亡有关的过去和未来。

我在一本书里读到过更为精准的描述：神是对死的恐惧中产生的痛苦。人与动物或者人与神或者人与植物或者人与家具或者人与墓碑最为明晰的分界便是这种恐惧。

当时时兴押重刑犯游街。公判大会借用了我们学校的操场，原本还安排母亲去讲几句感谢之类的话，她没答应，当天她给摩的司机上坟去了。我借故留在家里，又偷偷溜到了学校，像我那样大的孩子不允许旁观，我们骑到围墙上看。在一番冗长的讲话后，五花大绑的罪犯轮番被押上去。第一批四个人，都是流氓罪，第二批六个人，有强奸犯和抢劫犯，罪刑渐重，台下的人夸张地耻笑。第三批有一个无期两个死刑，法警象征性地往死刑犯背上插上画着红叉的犯由牌。当老人们被搀扶着走到罪犯身边，耻笑的人才意识到这不是一出滑稽戏。那个打死摩的司机的男人忽然跪下去，磕了三个响头，他说了一句话，被迅速拉走，其他人也被拉上了卡车。随后的游行我没去看，我战栗着回到家，往身上泼了好几盆冷水。

至今我也想不明白，那个凶恶的死刑犯说了什么，会让法警感到不安。我对这个行将走上刑场的杀人犯充满了怜悯，对摩的司机的尸体却是冷漠的。

一年后，我考上了市里的高中，我们又一次搬走。头两年的清明节，母亲会在楼顶给父亲和摩的司机烧纸钱，后来只给父亲烧。我们谈起过一次摩的司机，是在我与她争吵过后。她说，摩的司机为了骗保，在我的蘸碟里下过药，被她倒掉了。她又交了几任男友，没有再婚。我想，不是出于对父亲或者摩的司机的怀念，而是别的——迷信之类的东西。

我头顶挂着的这盏油灯摇摇晃晃，就要下雨了。面朝着坟岗，我终于感受到了那种宗教般的平静。

四月十八日

能否创作出这样一部作品？它是极致的纯粹，不为权贵和底层发声，不依靠载体，没有墨水或者颜料，没有词语和修辞，没有焦点或者高潮，没有假设的读者与观众，它是不可记录的，是即时的，像白日梦，像瘾君子的幻觉，而且是非线性的，裹成一团迸发出来的。

我怀疑，我正在创作这样的作品，它们就在记忆的空缺处。

伟大的传承。

据说是从外祖祖开始的，她与丈夫往来于川滇做药材和鸦片生意，清帝退位那年上了山。有说她是丈夫去烟馆交货时被掳走的，也有说是被她男人卖掉的。这个小脚女人逃跑过几次，每次都是自己找回来，哭上几天，又酝酿着下一次逃跑，她一辈子也没搞清哪条路可以通往县城。后来，她一个接一个地怀孩子，一共是十三个。她也分不清这些孩子是谁的，六个男娃给了阿莫，自己养了两个女娃，剩下的抱给了汉人。她学会了几句简单的彝话，带着两个孩子在草屋周围做记号。这些记号一点点往山下延伸，没有人再阻挠这个年老色衰的女人，可是她自己却病倒了。卧床数日后，她忘记了那些记号的含义。晚年的她说着一种既像彝话又像汉话的语言，十三个孩子夭折了五个，活下来的八个要么先天白痴，要么精神障碍。外祖母是最后一个显露出来的，她被山上的汉人收养,十二岁就下县城帮大户人家做工,十四岁嫁给了他们家的独子。共产党打进县城前夕,她帮着打包家当,装了六辆驴车,与外祖祖不一样,她眼睁睁看着丈夫走远。这户颇有声望的人家带走了所有东西,唯独扔下了她,他们将一路向南,随国军流亡到缅甸。她终日弹拨口弦,抒发怨恨与思念,在来年的火把节上,认识了我的外祖父。外祖父退役后入赘到山上,他们过了几年的太平日子,随后是一场又一场运动。因为外祖母的问题,外祖父也被抹消了功勋,一同关进了牛棚,母亲就是在那段艰难岁月出生。在母亲童年的印象里,外祖母并没有什么不同,甚至比普通女人更贤惠勤劳,然而她还是没有摆脱诅咒。翻地时,她捡到了一块铁皮,开心得像个小女孩,吃过晚饭,她拿出铁皮要向他们演示口弦技巧。他们没有听到动人的乐曲,却看到她气恼地将锋利的铁片割过嘴角。从此伤疤与她为伴,从嘴角到耳垂,从手腕到脚踝,谁也数不清她划了自己多少刀。他们铐住了她的双手,以为这样就能让她消停下来。在一次批斗大会上,她忽然面带微笑地抬起头,张开嘴巴,仿佛能吞下一颗人头,她尽力让远处的人看清她的杰作——半截舌头掉到了地上。

世代相传的不只是噩运,还有全身心的复仇和暗藏的幽灵,母亲将卷入其中,我也将卷入其中。它们在母亲与猫的凝视之间,在空缺的日记里。

四月二十日

我又看到她了,那具腹部朝天的尸体,那个喷着廉价香水的鬈发女人。她蹲在一块墓碑前，浑圆的屁股对着我，皮裤把股沟和阴唇都暴露了。

我离她很近，近到能看清她烧的是一封封信。我想×她，连鬼都想×被火光映照着的女人。离她几步之隔还有一对父子，我失去了理智，回头去找匕首，我盘算着，利刃抵住她的脖子，她要敢叫喊，就捅一刀子。

这注定又是一场意淫，装匕首的盒子里什么也没有，而我竟然想不起在哪里弄丢了它。

当我再回到看她的地方时，墓碑前只剩一堆灰烬。女人对我的捉弄以及匕首的丢失构成了绝望的下午，我检查过四周，没有人来过，它像冰一样化了。

现在，我稍微平静了一点。它不会带来什么麻烦，也不是什么不祥的征兆，我重复说着，就像小时候念叨那些不愿发生的事情。

这把匕首是我用一块手表换来的，手表是我花了一学年的助学金买来的。

那所高中的校风和成绩并不像他们承诺的那样好，五分之一的学生可以考上国防生或者空军或者体育特长生，五分之一的学生去当兵，然后考取军校，剩下的学生上个专科都够呛。学校建在离这里三十里远的新区，那时候是一片荒地，我们每月放一次归宿假，其余时间是军事化的管理。

有些学生翻墙出去买东西，再到学校转手卖，逐渐形成了黑货市场，甚至能够通过几个本地学生买到洋酒和香烟。每天的生活都无比漫长，在严酷的校规下，中等生靠恋爱打发时间，差等生则成天打斗。学校分成了两派，一派是从少数民族地区来的学生，另一派是地头蛇。我们的仇恨纵横交错，随时可能因为小事而大打出手。我认识几个少数民族的头子，被迫加入了他们的队伍。

在和平时期，我像汉奸一样羡慕城里的学生，他们什么也不在乎，无论是成绩还是身体。我和他们一起抽混有头痛粉的红塔山或者喝兑了阿司匹林的烈酒，我偷偷告诉他们我认识的几个头子的秘密。在后来的几次交锋中，他们把这些秘密编成顺口溜来辱骂我们。

第一学年结束后，我想在外形上更接近本地人，而不是一个少数民族地区来的贫困生，于是我买了一块卡西欧的电子表。让我哭笑不得的是，学校果然在第二学年取消了我的助学金，原因是我的成绩从班上的第二名下降到了二十名左右。

第二学年，寝室搬进来一个插班生，又瘦又高，我管他叫竹竿，后来觉得叫猪肝更有趣。他比我们大两岁，据他所说，他生病休学了一年，我们都认为他是由于不良习惯被其他学校开除了。他刚来没多久，我们都掉了钱，我掉了几十块，有人掉了整一百，他说他也掉了，但他说的数字前后矛盾。一个月之后，上晚自习时，我看到他的座位是空的，于是我借口不舒服，提前回寝室，隔着门上的玻璃，我见到他在翻我的柜子。我抖动钥匙，他听到了，尴尬地望出来，我什么都没说。从那以后，我再也没掉过东西，别人指责他时，他就看向我，求我替他说话。

我们真正建立起友谊，是在他发现我写诗以后。实际上，我刚入学就在写，多的时候，一天能写十多首，第二学年我已经写了上千首诗，扔了一些，在柜子里还留了一些，所以当他问我是不是想当诗人时，我一点也不意外。我以为他会嘲笑我，握着这个软肋和他做交换，然而他却告诉我，他也在写，不过写的是古体诗。他找出来给我读，让我很意外，他写得比我好，意象是新的，格式是旧的，我劝他抛弃韵脚，尝试写新诗，他拒绝了。他的下流让我很着迷，他坐在最后一排，课桌被他敲了一个洞，丰满的英语老师上课时，他就把鸡鸡塞到抽屉里手淫。他还引着我去图书馆偷书，我向管理员询问生造的书名，他尽可能多地把书藏到书包里。我们有着相同的兴趣，除了小说和诗，还狂热于地理和历史，剩下的杂志和散文书，我们把图章刮掉，以最便宜的价格卖给其他人。

第二学年的下学期，我不再参与打斗或者充当内鬼，我和猪肝越走越近。班上有人说我们是同性恋，刚开始，我并没有在意，渐渐地，我体会到了那种特殊的感觉。有天晚上，我梦见他在我耳边吹气，亲吻我，而且我还晨勃了，我对他产生了一些反感，但还不至于疏远他。

我彻底厌恶他，决定与他绝交是在第三学年的第一周。午休时，他把我摇醒，我看到他油腻腻的脸一阵阵犯恶心。他用喝剩的酸奶玻璃瓶套住鸡鸡，拔不出来了，他让我帮他，我没有照做，也没有骂他。下午上课时，我把他的事迹告诉了其他男生，并当着他的面叫他鸡奸犯，他没有还口。

我们不再说话，甚至连眼光都躲着对方。他规矩了一阵子，又旁若无人地手淫，连女生也知道了他的习惯，她们在课堂上窃笑，希望引起老师的注意。尽管我不愿承认，但我的确理解了他为什么要写格格不入的古体诗。

我已经预料到要出事，我的心思卑鄙而复杂，盼着他明天就搞出大动静，却又为此感到困窘。到了冬季，陆续有同学离开学校去参加体训，我考虑最多的两个问题是：我能否考上大学或者能胜任什么工作？为了让自己心安，我熬夜弥补荒废的学业，寝室十二点熄灯，我把椅子搬到走廊，借廊灯复习功课。有天凌晨一点过，我看到猪肝从走廊另一头的窗户翻进来，他根本不看我，回了寝室。

经过几次后，我确信他是故意的，故意朝危险撞去。

新旧年之交的晚上，当我听到女生宿舍的一片尖叫时，我长舒了一口气，就好像见到一座废旧的铁塔终于倒下。他们裹着被子，挤到窗口，而我则回到床上，剧烈地抚弄生殖器。他最肮脏的作品不是写在色情漫画上的诗，也不是留在抽屉里的精液，而是在新年到来的一刻，朝正在洗澡的女生身上吐了一口浓痰，然后等着惶恐的她找到讪笑的脸。

第二天他没来上课，第三天也没上课，他们回宿舍时见到了他。我是在教室听说的，十几个男生抬着他正往化粪池走，整栋教学楼几乎空了。我坐在原位，冷得直打哆嗦，像一个帕金森病患者。我想，我不会有出路，猪肝也不会有出路，他比我更糟糕，惊呼和掌声传来，诗歌也拯救不了我们。

我没有再见到猪肝，我回寝室时，他的父母已经过来搬走了东西，他留下的痕迹都被清扫干净，高温消毒。

这件事情发生后，我把手表给了货郎，让他给我找把匕首。那把短而锋利的匕首被我压在枕头下，每当躺下时，我就在假想，怎样又准又狠地刺向致命处。不过，在剩下的半年中，它并没有派上用场。

那女人祭奠的人叫顾明全，一月十一日去世，如果我的日期没有记错，今天正好是百期，墓碑上的照片很年轻，大约三十岁，那女人兴许是他的妻子，这么一想，我有些兴奋，当然，也有些难过。

四月二十六日

早晨五六点钟，桉树林西边着了火，烟不是太大，但我害怕火会烧过来，到河溪畔的竹林地躲了一会儿，也就半个小时，火被扑灭了。

我再回来时，地上有许多脚印，床被浇湿了。我敢肯定，他们故意掀开门帘，拿着水枪往里喷。一根承重的柱子翻倒在地，屋顶随之倾斜。庆幸的是，他们没有进来过。我的书和画垒在原处，没有被翻阅，笔记本夹在中间，只有四边被淋湿。我拿在手上，又跑回了竹林地。

他们会回来看我的笑话，他们一定会这样，在竹林地，我下定决心，打一条地道，构筑我的地下居所。

下午，我就去找了一把铁锹和铁镐。

今天不是动土的时机，得先修复棚屋，重新锯一根柱子支起来，屋子现在不能住人，还好有条吊床。天气返了寒，从溪谷刮来的风拨动着叶子和枝丫，山雀在其间嬉戏，不见踪影，鸟屎如雨点一样落下来。我在身上盖了好几件衣服。这些天，我老是觉得有东西遗失，不止匕首，还有不常用的东西。

在这里住不长久了。

大前天凌晨，两点或者三点或者四点，我第一觉睡醒，睁开眼望着屋顶的缝隙，也许看到了一弯蛾眉月，我突然感到自己是空的，近乎完全的感觉，完全在梦里或者完全清醒，一点也不含糊。

在两条缝隙里，我看到一双火焰般的眼睛，一开始我也以为是星星，可是这双眼睛离我很近，很快我便意识到它整个身子都趴在屋顶，身长有两米。

我撑开被子，让身躯显得更庞大。过了很久，它才离开。

到了白天，我爬上屋顶，在藤条和枯叶间，有结实的脚印和金黄色的体毛，木头上留下了新鲜的爪痕，它是刚来的入侵者，这一带不会出现如此凶猛的动物。

今晚，我得在吊床上过夜，明天再晾晒床单和棉絮。

那会是一头什么动物？我迫不及待想见到它的全貌，又怕它会趁我睡觉之际生吞了我。它瞧着我的时候，在想什么？前天和昨天，我都在林子边缘发现了粪便，它的老窝就在离我不远的地方，除了风声，或许还有它的鼾声。也许它认为我威胁到了它的领地。

我削了一根木矛，放在顺手能拿到的位置，不过，要是我们真交起手来，我必然不是它的对手。

在大瓦山的猎户中，只有父亲徒手打死过一头云豹。

那时候村干部已经在吹风要取消猎民证，不允许放狗撵山，白熊谷一带的动物也大胆起来，有柴夫说，在那里见到过獐子。獐子能卖好价钱，但当时已经禁止猎杀了，于是，他们一行五人带了一杆枪和一顶帐篷，还带了狼皮死兔做伪装，结果当天下午就下了大雨。

第三天，与父亲同行的四个人回来，帐篷和枪都扔了。他们说，刚过崖关遇到了雾瘴和塌方，他们卸了重物，搭着肩膀走了出来，我父亲掉了队。事实上，他没有随他们往回走，当我们点着手电沿途找他时，他偷偷扛着一头云豹回了家。

整张豹皮没有一处刀口或者枪口，他是用膝盖骨抵住它的脖子，直到它闭气。尽管他在售卖豹皮时被人举报，进去蹲了几天，但他仍为这个英勇之举得意了很久，我们没有告诉那些赞美他的人，那不过是一头怀孕失去攻击性的云豹。

我没能继承猎人的残忍，更何况云豹与两米长的猛兽也不可比。

是的，这里住不长久了。

但至少要熬到六月份，建造一间简单的地下室，我需要更多的木材固定墙壁，还需要一些生石灰去潮。有更容易的办法，和死者住一起。我想到过，底下如同一间旅馆，从一九九九年的墓碑下去，再从二〇〇四年的墓碑出来。我又总会联想到那口迷宫般的溶洞，熄灭的火把和慌乱的呼吸，还有密密麻麻的骨灰匣。

漫漫长夜，我可不能睡得太熟。

五月一日

上个月二十八日，它的脚印和粪便又出现在附近。

二十九日的晚上，我起来撒尿，听到了它的喉音，它往前探了几步，又退走了。

我在屋顶撒了几枚铁蒺藜，门口筑了一道栅栏，这些防御都不堪一击，它在暗处消耗着我，一旦我显露疲态，它就将发动袭击。我得随时把农具握在手里，一边干活儿，一边观察四面的动静，像一只草原上的羚羊。

现在，我已经挖好了引道，斜切进土壤，距地面大概两米，下面有一层坚硬的岩石，岩石上竖几根支架，我就可以开始建地下室的主体了。如果我没有在临考前退学，我会选择工科，也许能成为一个建筑师。

事实上，那不能算退学，只是没去参加考试。母亲以为我去了，她为我准备了营养品和提神的风油精。我和他们一起进考场，然后躲到厕所，等一门考试结束，又和他们一起走出来。她问我考得怎么样，我说还行。

她每天都在翻阅报纸上的大学排名，为我圈出了几所学校的热门专业。到了放榜的日子，她准时拨通查分热线。我把准考证交到她手里，她反复听了十多遍，然后挂掉了电话，问我，怎么回事？我说，可能出错了。几个小时后，她接到了年级主任和班主任的电话。她过来敲我的门，我把门反锁了，她用头撞，然后用重物砸，最后我把门打开。她说不出话，跑到厨房取了一把菜刀，塞到我手里，让我杀了她，她坐到地上，我坐在床沿。

第二天，她去学校确认了成绩，然后叫来了她新交的有妇之夫，揍了我一顿，我没有还手。那个男人走之后，她在屋里踱来踱去，突然爬到了窗台上。她回头看我，那一瞬间，我不知道她只是吓吓我，还是真的要跳下去。我告饶了，我告诉她，我压根没有参加考试。她跳下窗台，嘴上说着造孽啊，造孽啊。

第三天，我们都不知道要怎么办。

第四天，她问我要不要复读，我说，不用了。

那个夏天，我始终处在游离的状态中，反倒是她表现得很愧疚，魂不守舍。我对她的反感更深了，她的愧疚跟我不相关，只跟她自己有关。

我不能想象念完大学会是什么样的日子，无论对我还是对母亲而言，结束学业都是最好的选择。我们的生活已经拮据起来，但她从不催促我出去找工作，她给我买了一台电脑，我用它写作。

我刚学写小说，一点也不愉快，写完一篇，就投到各家杂志社的邮箱，然后计算稿酬。没有一个编辑给我回过信，哪怕是退稿信，但我仍把它看成一份事业。直到转年春天到来，大约是在三四月间的一天，我并没有察觉到母亲有什么异常，她给我做好了早餐，我起床时，她已经出门了。中午，我给她打了一通电话，她没有接，我感到心绪不宁。到了晚上，警察把她送回了家，她浑身湿漉漉的，手里提着一个空箱子，眼神是木讷的。那时候，我才发现她已经年老色衰。警察说，她把箱子里的纸币倒到了河里，又跳下去捞，路人把她救了起来。她的脸冻得发紫，她去洗了个热水澡，光着身子走出来穿衣服，乳房干瘪下垂，遗传的彝族骨架上挂着松垮垮的皮。

当天夜里我就想好，我得去工作。

煤油灯在我的头顶，影子和字都印在纸张上，我看到了自己的轮廓。我想她了，我犯下的所有错误都是为了与她保持距离或者远离她，她一定过得很不好。

经过几场应聘后，我成了园林公司的修剪工，同时还负责喷洒农药，而她又一次从分手的阴影中走出，被人引荐入了教会，饭前会虔诚地祷告，偶尔带回来几个她的同龄教友,脾气也渐渐安宁下来。

我本以为我会在几年内找到女友,然后结婚,和平地离开她。我的确和一个比我大的女人好上了,我们是在公司的年会上认识的。她约我看了几场电影,每次都是中午场,人很少,或者就只有我们两个人。我对电影不感兴趣,她看得很投入,有一次,我们从电影院出来,她一路都在哭。我们在长椅上坐下,她伏在我的肩头,过了一会儿,又觉得不太好,没打招呼就走了。

她有一辆快报废的吉普,是她前夫留给她的。一个周末,我们驾着这辆车去了康定。那是我第一次碰方向盘,一会儿便熟练了。她从副驾驶换到后排睡觉,开到燕子沟时起了大雾,只得把车停下来。

她醒过来,说想喝水,我把水壶递给她,她抱住我,我们在后排做爱。我什么也不会,玻璃上积了一层厚厚的水蒸气。我们换着开完了剩下的路程。

又要下雨了,风声越来越大,我嗅到了一股动物的气味,它在离我五十米远的地方走动,我腾出一只手,拿铁锹拍打石块。

我们到县城的宾馆开了一间房,伴着高原反应,我们又试了一次。我射到了她的阴道里,她到卫生间冲洗。我给家里打电话,她出来正好听到,她问我给谁打的,我告诉她我和母亲的关系和过去的经历。她开了一个过分的玩笑,我没有放在心上。次日,我们没去景区,直接开车回去了。

母亲没有发现我已经恋爱,她的精力都放到教会上了。他们的活动神秘兮兮,从一周来一次到一周来三次甚至四次

（我怀疑根本没有教堂），他们小声地交流，见到我就停下不讲。我正沉浸在一次次的性爱中，没工夫干预她的宗教信仰。

大约在我和离异女人好了半年时，我把她带回了家。我们已经筹划着结婚的事，之前我跟母亲介绍过她，但没提到她的年纪。母亲也正和一个鳏夫教友恋爱，我们约好晚上回家吃饭。

母亲第一眼看到她有些吃惊，但立马转变神态热情地接待她。在饭桌上，母亲心不在焉，反倒是那个鳏夫和我的女友谈得火热。他是个天生的演讲家，从社会运动聊到基督教改革。我因为母亲的态度变得有点拘谨。吃完饭，我们小坐了一会儿，女友把我叫到一旁，她说我母亲偷偷看她，像是用锥子在扎她。我找了个借口，让女友先走，这时候，母亲说鳏夫没开车，于是我让女友送他。

我刚关上门，母亲说了一句话，把我吓坏了。她凑到我耳边说，父亲就在屋子里，她看到了他阴沉沉的脸。

母亲一直没有工作，但她总能在紧要关头变戏法似的拿出钱，在她说那个话之前，我一度以为她找到了父亲。

我和女友的感情遇到了波折，她的前夫回来找她，想和她复合。我才知道，他们有个四岁的孩子，她没告诉我，但我看出她犹豫过。再后来，前夫和她撕破了脸，经常到公司闹，我和他打了一架，并且和女友约定，一到合法年纪就去办手续，现在想来有些荒唐。

它站住不动了，在灯光照不到的地方，我做好了应战的准备，只是希望它别那么着急。

我跟母亲说了结婚的想法,她问我那女人到底多大,我撒谎说,只比我大三岁,她问我是不是为了离开她才结婚,我说不是。她喋喋不休地说起婚姻的痛苦,我没有听完打断了她,她说等我们结婚时再搬走吧。

鳏夫把我们家当成了据点,搞得乌烟瘴气。我总算弄明白他们不是正统基督教,自打那鳏夫妄称会通灵,我就知道,他是个彻头彻尾的骗子。我冲他们发过一次火,因为他们把我女友也拉进去跳灵舞。我告诉女友,他们是帮骗子。她问我,为什么不阻止母亲。我说,她怎么样,不关我的事。

也许是巧合,赶走他们的第二天,我就发生了意外。

除虫时,喷嘴堵塞了,我取下眼镜检查,农药弄到了我的眼睛里。我被送到医院,缠上了厚厚的绷带,公司给我认定工伤,出了医疗费,让我在家休养,我度过了黑暗的两周。女友不是瞬间从我的世界消失的,她先是从我的视觉中消失,再逐渐从我的听觉中消失。头三天,她每天都来,给我送些偏方补品,我们商定了办手续和宴席的日子。后来,她隔天来一次,母亲把她叫到外面说了些话。最后三天她没来,等我拆开绷带,就再也没有她的消息了。

在我的记忆中,鳏夫也是这样离开我母亲的。让我疑惑的是,她为什么消失,也许是回到了前夫身边,也许是被那帮教徒拐走了,都不是什么好结果。从园林公司拿到报销和季度奖金后,我辞职了,揣着那笔钱,在各色女人身上找离异女人的味道,可是每次都会看到母亲死沉沉的脸。让我更绝望的是,当我回家后,母亲总是抱着一只猫,盯着别处说:"你父亲在屋子里。"

不会有决斗，也不会有撕咬，他走过来，脑袋伸了进来。我停下笔，他问了我一句，是不是地板厂的人。我说不是，他便走了。

五月二十八日

我到墓地睡了大半月，算是被他们赶过来的，连旁边的农户也暂时搬走了。他们早晨来，午夜又来，蒙着脸，拎着油桶，我大概猜到了他们要干什么，也猜到了前些天的火灾是怎么回事。我捡到过一份抗议传单，大意是要求地板厂停止粉尘排放并且迁址，否则会干出些出格的事情，下面署了一堆名字。但我并不想离开这里，哪怕他们在我的棚屋里留下纸条警告。我的地下室才建到一半，再有半个月或者一周多点，我就可以搬进去了。

近几天他们没来，我瞅着会安宁一阵，便回来住。

和死人睡在一起时，我总是梦见死人，不仅梦见已经死掉的人，还梦见活着的人死了。

比如我的母亲，她拿起电话，她认为她和撒旦通上话了。她走到厨房，用抹布堵上门缝，打开煤气罐的阀门。她笑起来，那些与她做爱的棱角分明的男人们变得柔和。当死亡来临时，她将原谅他们。还有那个小脚女人和划伤嘴角的女人，以及她们的消失的记号和遥远的缅甸。当死亡来临时，她将原谅她们。还有她背弃大瓦山时，牵着的小孩，当死亡来临时，她也会原谅他。是的，死亡真的来了，她来不及原谅自己。比如我的父亲，他带着双管猎枪，越过崇山峻岭，走到我们找不到他的地方，开垦荒地，娶妻成家，直到疾病将他摧毁，他才举起锈迹斑斑的猎枪，打出最后一发子弹。比如肚皮隆起的女生，我们坐着火车，到不同的旅馆做爱，永远是夏季，永远是炽热的身躯和臭烘烘的呼吸。比如猪肝，他依然做着偷偷摸摸的勾当，只有在夜晚，在出租屋，才与李义山和杜子美对话，他酗酒，吃下一大盘牛肉，倒在卧室门前，腿肚子大的老鼠舔舔他嘴角的残渣，他属于下水道，不属于公墓和火葬场。

我也梦见了我自己，但我不会写在这里。

过去，我总希望读到没有结尾的书，永无休止地写，永无休止地读，像一场恋爱，谁也不想结束。这样的书不会有。如果将死亡当作一段故事的结局，就不再有所谓的悲壮或凄凉，也不再有所谓的伟大或渺小，故事的结局总是那么唐突。

> 它们微妙地组合
> 像一出交响曲　提琴的尾音迎接小号的高潮
> 一段故事的结局成了另一段故事的开篇
> 死亡连着死亡　唐突与唐突
> 被压成一个平面
> 比瞬间还要薄
> 唐突与唐突与唐突与唐突
> 抱在一起，成为历史的注脚
> 最底下一行，最小的字体
> 我是墨水里的一粒炭粉

花斑走后的那天晚上，这粒炭粉早早关掉灯，走到客厅，把眼睛贴到坏掉的锁孔上。它看到，母亲脱掉睡衣，拉开衣柜，站在内镶的镜子前，从容地戴上头帕、银链、彩珠和耳圈，装扮枯萎的肉体；它看到，她从衣架上取下蓝布、佩带、大襟衣、长裤、披衫和豹皮，依次摆在床单上，它认得，那就是衣冠家里的父亲；它看到，她躺到他旁边，盖上被子，灭了灯，它只听到女人的声音，悄悄话以及呻吟在房间里流动。夜晚从脚底漏空，这粒炭粉整宿都被一双眼睛盯着，与窗户平行的树干上，花斑蜷缩着，像一坨树瘤，吸收养分，长到一人长，不，比一人还长。它看着，男的女的，老人小孩，农民工人，警察小偷，教师赌棍，乞丐商贩，医生病人，一行行走过去。它等待着那张脸的出现，然后喊着，再看着那张脸继续被人潮淹没。这粒炭粉第二天走出大门，再也没有回去。

笔记本快用完了，还能写十天，也许七八天。

六月一日

上午，他们来清场，我正在撒石灰粉。一个三十来岁的男人把我叫到洞口，他说："不管你要做什么，今晚不能待在这里了。"我没有回答，他又重复了一遍，至少今晚。

也许他是对的，今晚我的确不应该待在这里。

下午，我到江边洗衣服，路上没有人也没有车，连船屋也被拉到了对岸。我洗完衣服，往回走时，看到土狗蹲在路中间。

我认得它，喂了它一些吃的，它还是蹲在原地。从傍晚七八点开始，它就在叫唤，我出去瞧了一眼，没找到它。

大约半个小时后，它的吠叫越来越紧，突然又终止了。

这时候我才放下手头的食物，拿起铁锨，绕着桉树林巡了一圈。我发现河溪畔停了六七辆摩托车，还有几个年轻人在山下抽烟，看样子，他们还得再等三四个小时。

树林里偶尔有声悠远的鸬鹚之类的鸟叫，除此之外，便是一片肃静。这种时候，不会想到诗句，只会感到一块巨型钢板正缓缓压下来，我吹着口哨，把铁锹拖在地上制造噪声。

我又一次听到了喉音，是饿极了的野兽才会发出的，从我的正前方传来，它也警觉到我正在靠近，尾巴在扫动，呼吸也克制住了。

我抬起铁锹。

棚屋里微暗的烛光将它的影子推得很远，从木头与木头的缝隙筛出来。

我蹲下去，让黑暗把我吞没。

它太美了，身长与我的预估差不多，但比想象中要瘦。它伏在我的床上，弓着后肢，一条前肢伸在前面，另一条前肢抓住床单，脑袋与健硕的后背呈直线，耳朵竖起来，每一块凸起的骨头都显露出饥饿与攻击性，它等着门帘被掀开，这家伙太狡猾了，它摸清了棚屋的布置。

我知道，如果把它从棚屋里吓出来，就失去了最好的一次机会。我脱掉鞋子，绕到了门帘的斜前方，它没有看到我，它有点慌乱了，不停地摆动脑袋。我再次蹲下，离门帘只有五步远，时机还没到，得耗到它犹豫。

这次我看到了它的正面，并不像它的背部一样英武，这是一头没有鬃毛的狮子，它在舔伸直的前肢，那里有一道十厘米长的伤口，它的利齿被锯掉了，一定是从马戏团逃出来的。

我告诫自己不能手软,我没有如它所愿,冒失地落入它的圈套。的确,我有点儿怜悯它,尤其是当它焦躁地甩动尾巴时。

我挪到了更近的位置。

这时候,它站了起来,自认为失算了,垂头跨到了门口。它怎么也想不到,它的晚餐正挥起铁锨朝它的脑门拍去。

它发出一声长嚎,我仿佛看到整片桉树林都在生长,仿佛看到鹰和野兔,熊和獾猪,云豹和豺狗,在高大的树林间互相残杀。

它跃起来,现出棕色与白色相间的腹部,我闪了一步,铁一样的爪子捶到我的肩膀,趁它还未回转身,我忍着剧痛,举起铁锨,斜砍向它的颈椎。

我用尽了力气,反弹的铁锨从我手中脱落,它前肢扑到地上,后肢撑起来,还试图往前走。我把错位的食指扳正,捡起铁锨,重重地,一下下拍打它的脑袋。

我们俩都在哭,整片森林都在呜咽。

现在,它仍在门外,摩托车轰鸣,年轻人扭紧了油门,我得放下笔,去欣赏最后的美景了。

美丽新世界的孤儿

陈楸帆

陈楸帆,出生于1981年,毕业于北大中文系及艺术系双学位,中国更新代代表科幻作家,编剧,翻译。世界科幻作家协会(SFWA)成员,全球华人科幻作家协会(CSFA)副会长,Xprize基金会科幻顾问委员会(SFAC)唯一中国成员。曾多次获得星云奖、银河奖、世界奇幻科幻翻译奖等国内外奖项,作品被广泛翻译为多国语言,在许多欧美科幻杂志均为首位发表作品的中国作家,代表作包括《荒潮》《未来病史》《薄码》《深瞳》等。

杜若飞从一个无比漫长的梦中醒来,发现自己赤身裸体地躺在床上。

他呆滞了许久,仿佛这个梦是如此之长,长得让他忘记了自己原本应该身在何处。终于他认出来,这是自己租住了三年的老房间。陈旧的20世纪90年代装修风格,略显浮夸的石膏吊顶,木踢脚线,墙纸经过许多个阴湿的梅雨季之后已经泛黄,角落浮现青黑色的霉斑,看不出原来的颜色。一张床、一张书桌和一套衣柜，都是用廉价的碎木合板压制而成，他知道哪几扇门是坏的，哪一扇打开后会有凌乱霉味的衣物涌出。

杜若飞长长地叹了口气，一切都没有改变，梦里的事物只存在于梦里。他揉搓着身上苍白的皮肤，手腕、脖颈和大腿内侧平整如初，没有针眼痕迹，在梦里，这些位置被插上导管和电线，连接到不知名的仪器，发出恼人的嗡嗡声。这种幻听似乎从梦境带入现实，他挥了挥手，试图驱赶那些隐形的蜂群。

窗户透着蒙蒙白光，分不清时间，杜若飞眼角隐约瞥见污浊空气中飘着的城市建筑，他已习惯于这种景象，因此常年不开窗，只靠空调完成室内外空气交换。

他没有找衣服穿上，而是先打开电脑。他知道这个房间不会有别人闯入，合租的哥们儿搬走了，下家还没有找到。因此现在他暂时承担着双倍房租，这让杜若飞心头一沉。毕竟翻译的工作时常拖欠稿费，并不能为他提供稳定的现金流。

电脑似乎出了点问题。

网络连接显示正常，但所有杜若飞习惯浏览的网站页面，全部停留在昨天。他记忆中留存的最后一天，公元2018年6月26日。他点开那些似曾相识的标题，内容却近乎全新般刺激着他的神经。

最后一批幸运儿将在今天进入冬眠舱。

那些熟悉的面孔掠过他眼前，患绝症的企业家、过气政客、喜剧明星、数学理论先锋、天才少年黑客、世界小姐……绝大部分申请者是联合国未来事务署根据一套复杂到无法理解的公式计算得分，从而获得资格。他们将接受特殊药物注射处理，被送入冬眠舱，怀着各自的期许，长眠数百年，期待未来人类开启解冻程序的一天。

当然，也有可能是人工智能。文章以戏谑口吻写道。

杜若飞看到了一张年轻的脸，苍白、死板、怪异，却算不上丑陋，夹杂在精英人士的标准化商务照中间，显得格格不入。那张脸似乎努力挤出笑容，但却因为某种原因而失败，嘴角歪斜，笑容扭曲，透出勉强和僵硬。他看到了照片下方的小小介绍文字。

全民乐透彩票未来大奖唯一幸运儿——杜若飞，24岁，中国上海。

那是他自己的脸。

杜若飞摇摇晃晃地站起身，他无法理解眼前的这一切。梦境中的一切都是真的？那么眼前的这一切又如何解释？或者这只是冬眠过程中一个又一个漫无止境的长梦，他的瘦弱身躯仍然被关在那枚流线型纯白色的蛹中，等待破茧而出的一天。

他走向房门，扭开把手，期待看到那条熟悉的昏暗过道，通往狭小脏乱的公共起居室。

白光涌入，他看见了。

***

一个乳白色的气泡。

将整个房间包裹在内，光滑的内表面通过不知名的技术投射上他所熟悉的二十一世纪初上海城市图景，摩天楼、高架立交桥、弄堂、梧桐小路。

杜若飞抚摸着虚拟的上海镜像，薄膜随着他的手掌压力而变形，楼群变得弯曲，天际线凹凸不平。他试图再加力度，薄膜被抻到一定限度，突然跳跃荧光蓝色字符，整座城市摇晃、褶皱、坍塌暗下。半透明的气泡如一层蛇蜕，重重叠叠地滑落在地，堆成小丘。

虚拟帷幕背后的景象着实让杜若飞大吃一惊。他发现自己站在类似体育馆的中心，四周的碗状弧壁上排列着密密麻麻的坐席，有黑色蛆虫般的影子蠕动，伴随着波浪般无休止的闪光，从各个角度晃得他睁不开眼。似乎是某种静音装置被突然关闭，铺天盖地的欢呼声瞬间将他淹没。

那是人的声音，他松了一口气，同时几乎是下意识地蜷曲起身体，遮挡住裸露的部位。

人群更激动了，浪笑震耳欲聋，又突然销声匿迹。

一把男声响起，夹杂着多国语言词汇，语调怪异，但杜若飞竟能理解那是在介绍自己。聚光灯拢到他的裸体上，他羞耻地想逃回房间，却发现身后已空无一物。他像一只被剃光了毛发的猴子，被晾在众目睽睽之下，几乎要晕眩过去。

一个人影出现在舞台中央，款款走近。从体型姿势可以判断那是一名女性。她没有头发，脑壳上文印着复杂图案，五官带着欧亚混血的特征。她身上乍看像是赤裸，但在强光下才能发现，那是一层轻薄得近乎紧贴皮肤的材质，随着光线从不同角度的漫反射，流淌出微妙细腻的色彩。

杜若飞惊呆了，竟毫无反应，那女子走到他跟前，手中举起一罐椭圆形的容器，对准他的身体，喷射出无色气雾。杜若飞用手捂住头，紧闭双眼，屏住呼吸，生怕是什么毒气。

什么也没有发生。

他睁开双眼，看见手臂上被喷中部位，迅速凝结上一层半透明覆盖物，像是塑料，但更为轻薄透气。他突然明白了，羞涩地护住下体，站起身来。气雾为他穿上新衣，更准确地说，一件开裆的新衣，只因他的双手死不放开。

那女子露出奇怪表情，伸手推了他一把，杜若飞失去平衡，忙松开双手托地。等他回过神来时，女子已经用喷雾替他完成了这件衣服上最关键的一个补丁。

她又递过一个小巧的长腹白蚁状的设备，指了指自己的耳朵。

杜若飞被这一系列怪事彻底搞蒙，他依样戴好之后，女子嘴唇轻启，却从耳畔传出与口型完全不同的标准中文。

"我是你的伴侣，Azul450-秦叶。"她说。

***

三百年过去了。

杜若飞站在公寓房间的落地窗前，看着全然陌生的世界，脑子里反复播放着这句台词。

杜若飞的母亲在三十四岁剖腹生下他，一个孱弱多病、体重不足的早产儿。好消息只有一个：他活了下来。坏消息在随后的许多年里接踵而至：在一次流感疫苗注射后，他患上了颜面神经失调综合征，这种致病成因发生的概率只有百万分之一；五岁那年，父母离异；八岁，校长友善地劝退了他，原因是有多名家长投诉，孩子因为看到他的脸而噩梦连连；十二到十七岁，漫长而痛苦的中学时光，以及一个生命力顽强的"扑克脸"外号；十七岁半，在考取绘画专业的面试关中被刷掉，最终只能在夜校进修外语专业。

很明显，任何一个心智正常的人，都会把所有的不幸归结到那场小小的流感所带来的副作用。

他的眼皮无法完全闭合，左侧嘴角歪斜，乍看像是一副戴歪了的万圣节橡胶面具，尽管常年的针灸和物理治疗已经改善了眼肌抽搐的症状，只要他不笑。

千百年来，人类进化出一套神奇的识别机制，能够一眼分辨出保险销售员的职业假笑，与收到情人鲜花时甜蜜微笑之间的细微区别。无论是面颊受到电击，或是听到一个笑话，嘴巴两侧的颧大肌都会扯动嘴角上扬，形成笑容，秘密在于眼睛周围的眼轮匝肌。只有露出真心的微笑时，这些肌肉才会绷紧，把脸颊往上拉，同时把眉毛往下拉，从而在眼角周围产生微小的细纹。

杜若飞曾经每天对着镜子反复练习，母亲怀疑他躲在厕所里手淫，因为开门之后，他脸上永远挂着一副虚无而悲哀的表情。

眼轮匝肌无法由意识进行控制，人脑会下意识地捕捉到这个细节，并将笑容分成真假。但对于杜若飞而言，无论是出自真心还是虚情假意，他的眼轮匝肌都无法收缩，他的笑容只有一种——被定义成假的那种。

笑，便是一切悲剧的起源。

母亲为此哭过许多次，但从未在他面前流过一滴眼泪。

五岁的他躺在被窝里，听见父亲高声吼道，他连笑都不会……然后是一记耳光，长时间的静默，摔门，以及竭力压低的抽泣。杜若飞用尽力气在黑暗中挤出一个笑脸，但父亲再也没有回来。

当母亲办完退学手续把他领回家时，竟不停地用最狠毒的言语咒骂着，杜若飞从被攥得生疼的手心，感受着从另一端传来的阵阵颤抖。一路上，母亲一次也没有回头。

那个自称能解决专业调剂问题的秃顶男人，在小旅馆走廊的拐角撞见了杜若飞，他捏了捏杜若飞的脸，说，你笑起来跟你妈一个德行。母亲在卫生间里待了一个小时，哗哗的水声从始至终没有停歇。

他都知道。

他能想象得到，还有更多的无声哭泣在前面等着她。

他决定结束这场悲剧，给母亲一个提前离席退场的机会。他设想过不下十种自杀的方式，其中最心仪的是吸笑气而死。这份病态的幽默也许是他能留给世界的唯一价值。也许是因为怯懦，也许是勇敢，最终他还是选择了较为温和的方式，离开母亲，到大城市去。

三百年前，他是个孤独的边缘人，远离家乡，远离亲人与朋友，努力打拼只是为了小小立足之地，然而生活抛弃了他，从一开始就给他制造了艰于常人的重重阻碍。梦想像肥皂泡般吹起、膨胀，而后破灭，不留痕迹。

然后一夜之间，人们称他为幸运儿，只因为那张可以告别旧世界的彩票。

***

Azul450-秦叶纤细的手指滑过杜若飞的左眼，似乎想要验证他所讲述故事的真实性。

"你很酷，跟其他人都不一样，你是新的。"

从来没有人用这个字眼形容过杜若飞，在他印象里，自从父亲离开后，他所用的一切都是旧的。旧书包、旧笔盒、旧课本、亲戚家孩子退掉的衣服、父亲的大码皮鞋、打了无数补丁的袜子……他感觉自己的心都是旧的，从父母离婚的那一刻起，便不再长大，只是日复一日衰老。

而眼前这个三百年后的"伴侣"居然说他是"新的"。他感到难以理解，事实上，在这个世界里，"伴侣"的意义也是新的。

女孩说，由于生育率下降，她们都是由人类农场培育出来的，Azul450代表基因型，秦叶代表收养家庭父母双方的姓氏，当然她还有个小名叫"晶晶"。

杜若飞说，在我们那个时代，这是大熊猫的名字。

那是什么？女孩一脸茫然。

杜若飞醒悟，大熊猫恐怕早就灭绝了。尽管他看见不少新型生物游走于街头，新世界的生物工程技术已发达到可以如拼装乐高积木般组建新物种，但似乎人们对已灭绝的生物如熊猫、恐龙、猛犸象和渡渡鸟兴趣缺乏。

这是一个崇尚"新"的时代。

晶晶说，与旧时代不同，终身制伴侣已经不复存在，伴侣之间可以自行签署协议，规定有效时限，同时，一对一的排他性关系也已被废除，一对多，多对多的关系都是被法律保护的。

用我们的话说，这叫喜新厌旧。杜若飞说。

用我们的话说，这叫……晶晶飞快地吐出一个多音节词。……大概意思就是旧有的已沉淀在我身心里，唯有新奇的才能打开未来的可能性。

杜若飞陷入了沉思。

所以，如果你不喜欢我，可以随时终止协议，调换一个新的伴侣。毕竟你是贵客，我们有义务让你满意。晶晶一脸诚恳地看着他，杜若飞顿时面露窘色，尴尬得说不出话来。

话说，他们是怎么选中你成为我的伴侣的？

晶晶兴奋得眉飞色舞，脑门上的纹路也开始旋转变幻。

我中了彩票！

杜若飞恍然大悟。看来有一些事情还是不变的。可还有一个更重要的问题。

其他冬眠的人呢？

晶晶调转目光望向别处。合适的时候会告诉你的，至少现在，你是唯一苏醒过来的人。

杜若飞琢磨着这话里包含的诸多可能性。

还有一件事需要你知道。晶晶指了指两人头顶。解冻过程和你的生活费都需要钱，我们默认你将此期间的转播权转让给三大传播网，广告商及观众点播结算的分账余额将打入你的个人账户。

杜若飞抬头望向泛着均匀柔光的天花板，那里什么也没有。他猜自己并没有说"不"的权利。

我明白。晶晶把手放在他肩上。旧时代的人，有一种对于"隐私"的特殊癖好，以及相应的，过度自我保护。相信我，放下旧我，这些都将是你的财富。

她突然想起什么似的补充了一句。

至少，现在你可以变成任何你想要的样子了。

***

三百年间，这颗行星上爆发了两次全面战争以及超过四千场局部战争，有那么一次站在核毁灭的悬崖边缘，三次殃及所有物种的极端生态危机，以及数不清的政权和国境线变更。

相比之下，科技发展按部就班，在前人的肩膀上更进一步，材料技术和生物工程有所突破，但由于几次战事对高能粒子加速器的破坏，理论物理也没有发展到实现星际旅行的高度。

对于杜若飞来说，这些都比不上一件事重要。

他看着镜中那张完美的面孔。对称的五官轮廓分明，眉眼似剑鞘边缘流露的一星寒光，鼻梁挺直精巧，最让他满意的还是那张嘴，唇形薄厚宽窄恰到好处，微微一笑竟有两个迷人酒窝浅陷，唇间露出贝壳般莹亮的牙齿。

他的脸远离镜面，虚拟强化的效果消失，恢复成一张平庸、不自然、充满缺陷和瑕疵的面孔。杜若飞的目光几乎是逃离般避开。

我为你挑选的这款脸型怎么样，喜欢吗？晶晶问他。

很……不错，只是……不太像我。

这是本季最流行的型号，我们可以根据您的实际情况进行微调。服务人员补充道。只需1小时的定型时间，如果您之后厌倦了这张脸，还有2次机会可以免费更换。

试试吧。晶晶鼓励杜若飞。

我……我再想想吧。

杜若飞被这个充斥俊男美女的世界所震撼，但随即又为那种略显单调重复的审美而疲劳，在一个每个人都可以达致左右绝对对称、五官黄金分割的社会里，反倒是不完美的面孔更容易给人留下深刻印象。

如果每个人都不停地更换外表，你们是怎么辨识身份的呢？他问。

外形变了，但身体的细微姿态习惯是不变的，声线是不变的，虹膜纹路是不变的，DNA是不变的。所有这些都被存储在数据库中，在社交中可随时调用取看。晶晶回答。

看别人长着和自己一样的面孔，或者情侣换脸，不别扭吗？我们那个时代有一种迷信的说法，当你遇见这个世界上另一个自己时，你将死去。

还是那句话……

旧有的已沉淀在我身心，唯有新奇才能打开可能性？

瞧，你学得很快。

可我还是没习惯。

我明天换上你的脸让你适应适应。

别！千万别！我讨厌这张脸。

那就换张新的。

杜若飞沉默不语，他知道自己已没有抵抗的借口，可旧世界的传统仍驱使他问出最后一个问题。

如果我想换回来……

随时随地。

***

杜若飞被奉为贵宾，来自三百年前旧世界的时间旅人。他受邀出席各种场合，讲一些旧世界的生活风俗博得哄堂大笑，没有杜若飞担任嘉宾的活动就不能算是入流的活动。

他在一场人体音响大赛的开幕式上演唱来自21世纪的流行音乐，这首歌还有更深的一层含义，它是旧世界结束前最后一届奥运会的官方主题歌。

对于杜若飞来说，从进入冬眠舱之日起，旧世界就已经消失了，灭亡了，不见了。

收视率在副歌部分到达顶点，尽管有不少观众投诉杜若飞的歌声引发他们肠胃不适及宠物狂躁不安，但礼貌的掌声依然响彻云霄。

相貌俊美的杜若飞与华服称身的Azul450-秦叶携手步入贵宾席,看选手们通过自己的身体组织激发不同频次的震荡波,通过蜗牛状的体韵仪编配成一曲交响乐。他们在身体中植入了不同材质、不同深度的辅助材料,与肌肉骨骼软组织相互融合,形成一具独一无二的人体乐器。

他听得浑身毛骨悚然,却依旧保持迷人微笑。

杜若飞在上流舞会讲述自己在旧上海一天的生活,挤地铁、7-11排队买饭、下载盗版电影、翻译毫无营养的娱乐八卦、看情侣在街心公园接吻、躲雨、洗澡睡觉。当听到人们日均工作超过十五个钟头时,名流们目瞪口呆,甚至忘记了去吸取嘴边模拟酒精作用的软性液管。

当讲到他给家里母亲打电话却无话可说时,贵妇们都做出夸张的心碎模样。

看来三百年还不算太长,杜若飞心想。

他渐渐迷恋上这种表演。这不就是自己在旧世界苦苦追求而不可得的生活吗?日日光鲜,锦衣玉食,混迹于上流社会,接受各种新鲜事物的轰炸。权贵们控制表情与语言的精细程度,让交往对方有种莫名其妙的过度舒适感,仿佛每个毛孔都酥软。

晶晶说,这些人不是从人类农场中培育出来的,他们的诞生是个谜,从幼年时便被植入一套体系严格的神经语言程式,掌管着日后长大成人的所有礼仪规范、行为举止。他们是被管理的社会管理者。真正的规则制定者在近地轨道上,一座高度自动化的卫星城。地上的人只能通过北方海岸的数据塔与卫星城进行加密通信。

只有一次,那些被高度控制的表情肌短暂失调,流露出慌乱而尴尬的神情。

杜若飞讲自己为了节省开销，拧掉出租屋里的灯泡，拔掉不必要的电器插头，甚至把电脑屏幕都调低到刚刚能看清字符的亮度时，一个学者突然冒出一句。

这听起来像是三足乌会干的事情。

所有的人都大笑起来。

什么是三足乌？杜若飞问道。

笑声戛然而止。所有人交流着眼神，却回避问题。

晶晶捏捏他的手，回去告诉你。

杜若飞第一次意识到，这个看似光滑完美的新世界也存在裂缝。

"三足乌"是威胁当前世界安全的一股极端主义势力，他们仇视现代科技，用尽办法想要捣毁自动化体系和消费主义哲学。"三足乌"有自己的一套教义，自成系统，以保存所谓"人类文明精华"为终极目的，由于对手过于强大，他们只能潜伏在远离城市的偏僻荒野，艰难生活，伺机而动。

所以三足乌是邪恶的？杜若飞问。

晶晶的眼睛在黑暗中闪烁着。

我觉得……他们只是对世界有不同的看法。

那些人，为什么要那么看着我？

一声深长的叹息。

三足乌袭击了存放冬眠舱的基地，你是唯一一个活下来的。

杜若飞心头一紧，现在一切都说得通了。

***

一股无法遏制的好奇驱使着杜若飞,他竭尽所能搜集一切关于"三足乌"的信息,但出于可以想象的原因,所获寥寥,而且从不同人口中说出的形象,往往互相矛盾,模糊不清。

他发现自己在起变化。

习惯追逐新奇也就习惯了厌倦本身。不光是对各种可即时更换的身外之物,也不光对于自己的面孔,杜若飞醒觉到自己对于晶晶的厌倦在日渐滋长,不管她变成什么模样。他看着那些散发光晕的完美肌肤日渐暗淡,暴露出令人难以忍受的瑕疵,他知道这就是厌倦在大脑中运行的机制。

可总有一些皮囊之下的东西是恒久不变的吧,尽管他现在也开始怀疑,那究竟是不是晶晶真实的自我,照理推之,她应该也在和厌倦感进行着抗争。

有好几次更换伴侣的提议刚到嘴边,又被杜若飞生生咽下。某种类似于鸟类的印刻效应提醒着他,这是自己在新世界遇见的第一个人类,两人之间存在着某种纽带,这是任何新鲜感都无法在短时间内取而代之的。

偶尔他也会想起自己的父亲,一种延续自旧世界的抵抗情结,也许那才是真正阻止他完全拥抱新观念的绊脚石,他不希望自己变成像父亲那样的人。

副作用随之而来,他头疼、恶心,却原因不明。终于在一次迷幻艺术展之后,他在玻璃幕墙前猛烈呕吐起来,他看见一张美丽而陌生的脸从身后靠近另一张美丽而陌生的脸,那是刚换过造型的晶晶。

你需要药物吗?晶晶问。

我不知道……从来没有发生过。杜若飞痛苦地清理着喉咙。像是吃撑了的感觉，或者是水土不服，你知道水土不服的意思吗？

晶晶摇摇头。你需要一次检查。

白色八爪鱼状的仪器用触手环抱着杜若飞，伸入他身体的各个腔道。光滑的，弹性的，模拟人体温度和皮肤质感。他感觉到颤动，而后触手迅速滑出。

我明白了。晶晶划取一片透明薄膜上的数据。你过载了。

过什么？

人类大脑有一定的带宽限度，如果接受了超过阈值的信息刺激，便会产生排异性反应，表现为身体的各种原因不明的亚健康症状。这是20世纪就已经被普遍接纳的理论。

你们是怎么处理的？

删除。晶晶拿出叶片般的平板，上面分门别类地存储着当日接收信息。杜若飞看见有"日常社交""重要人物""突发事件""仪式""琐事""情绪波动""梦境"等等类别。

你可以选择删除你不需要的旧记忆，清除进垃圾桶，减少负担。晶晶的金色眼睛看着杜若飞。但你不行，你的大脑属于旧时代，尚未创建接口，除非……

除非？

再动一个小手术。

杜若飞由内而外焕然一新。

他每天定时删除掉不必要的记忆，把空间留给新鲜资讯。删除的多半是社交场合结识的不重要人物，即便未来偶然相遇，双方也定会将寒暄从头复习一遍。客套废话，删除。街道上的重复景象，删除。由讲述往事触发的怀旧感伤，删除。

他已不需要那些多余的包袱，他是全新的杜若飞，一台熟练地将旧世界碎片拼凑成新世界猎奇段子的机器。

然而邀请函日渐变得稀疏。

他揣测在这个追新逐异的世界里，自己所能带来的新鲜感也将如浪花在海滩上冲出的印迹，糖在舌尖味蕾上留下的残余的甜，晶晶的手指在胸前皮肤传递的温度，终究逝去。

之后呢？他将变成一个普通人吗？无间地融入新生活吗？为何他感觉到人们的态度似乎发生了微妙的变化，礼貌地保持距离，甚至带着几分忧惧。他甚至听到传言，自己便是"三足乌"下一个行动目标，至于是什么行动，无人知晓。

杜若飞从来没有想到自己的名字会与反政府组织联系在一起。从新闻语焉不详的披露中，那被描绘成一个依靠暴力、暗杀与绑架来自我表达的教派，他们认为人类只有摆脱所有技术与物质的羁绊，回归自然，从旷野中寻求真实的自我内心，才有希望。

从那些模糊摇晃的暴力视频中，他看到了旧世界的影子，心中仓皇不安。

事情发生在一次毕业典礼上的讲演。

新世界仍然存在类似学校的机构，但功能已经大不一样。它更像一个夏令营，学生可以在多达数万门的公开课程中自由挑选，没有老师，所有的授课资料都实时呈现在任何人的眼前。学生们根据兴趣爱好组成小组，去完成一些课程规定的研究项目。据说机构看重的是培养个体在群体中的融合度和互助精神。

可以想象得到杜若飞的讲演内容。旧时代僵死的学校制度，愚蠢的老师，无用且乏味的知识，唯一值得称道的是离经叛道的同学。他甚至虚构出一段朦胧的校园恋情，他默默地关注一个女生长达四年，每天目送她踏着晨光来到座位，披着月色离开。他们从未交谈，手指尖的轻触，甚至眼神不经意的对碰，都会在脑海中引爆一场惊天动地的烟花盛典。

然而。杜若飞说。在我的想象中，我们已经牵手、接吻、结婚、生子、白头偕老直至生命的尽头。那是我一生难以忘怀的美妙体验。尽管事实从未发生。

他停下，等待掌声，但迎接他的只有沉默。这很不寻常。

那些年轻完美的面孔中终于站起一个，踌躇片刻发问：您觉得那种守旧的伴侣关系是否更容易让人满足？或者这么说吧，您是唯一一个经历过新旧世界的人，您觉得哪个时代让您更快乐？

杜若飞被这个问题噎住了，他斟酌了许久正想回答，主持人却像接到了指令般以时间原因匆匆结束了讲演环节。台下嘘声一片。

黑暗中，杜若飞趁着都市微光，端详躺在身旁Azul450-秦叶的新面孔。纯然无瑕。

你快乐吗？他问，不知道自己想得到什么答案。

晶晶缓缓睁开眼，似乎一直在等待着这个提问。

为什么不更换伴侣？你知道你可以的。

杜若飞沉默了片刻，你不是衣服，不是电子设备，不是宠物，我不能为了一时新鲜而丢弃你。

我不明白。晶晶的声音充满犹豫。

我也不明白，也许只是因为我太过老土了吧……

杜若飞的自嘲被突如其来的热吻打断，怀里的这个女孩似乎变成了另一个人，无关外在，仿佛某种束缚她已久的硬壳剥落，灵魂深处有野兽在低沉咆哮。

你很特别。晶晶喘息着。也许他们是对的。

他们是谁？

晶晶用眼神示意背后的直播正在进行中。

他们是让你成为你的人。

杜若飞突然领悟到了什么。我要见他们。他的手指掐进了晶晶的皮肤。

晶晶发出动物般的叫声，她闭上双眼，像两颗宝石被蒙上黑天鹅绒。

她用身体告诉杜若飞，耐心等待，时候终会到来。

***

一场全球规模的体育赛事即将开幕，它被命名为"奥林匹克+"。

与旧时代的奥林匹克精神不同的是，新世界不再将竞技领域局限在人体自身的速度、力量与技巧上，更强调与新技术的结合。因此，每四年一届的赛事都成为各大医疗器械商、军火商及基因工程商最新产品的展示会，与超人无异的选手们不断将身体更新换代，追逐物理系数上的极限。

杜若飞被安排作为开幕式上的致辞嘉宾。

他拒绝了这一殊荣。

这一举动引起各方猜测，有人认为他受到了三足乌的死亡威胁，也有人觉得他只是厌倦了这种生活，甚至有谣言说杜若飞要求重新回到冬眠舱，沉睡到下一次被唤醒时。

而他本人三缄其口，拒绝回答任何问题。

直到那封无法拒绝的邀约抵达杜若飞的面前，它来自卫星城，要求晶晶带他去数据塔。

我们知道你心里存在疑问，我们将愿意为你解答。邀约里写道。

数据塔建在北方的海边，即使是盛夏，浪花拍打岸边卷起的泡沫都会凝固成白色霜团，随着狂风的吹刮，在沙滩上快速翻滚，如同互相追逐的脆弱生灵。

高速列车无法直接抵达，他俩在铅色大海前顶着寒风和间歇性的冰雹前行，脚印只能在身后维持数秒，随即被风抹平。两人无法开口，一路默然无语。白色巨塔矗立于海水中，直指天际，放射状结构闪烁着贝壳样的光。

进入安全闸门之前，晶晶解释，任何形式的跟踪程序都不允许进入数据塔，因此实况转播会停止一段时间，插播其他节目。

他们搭乘电梯到达指定层数，经过重重身份验证后，两人终于站在了联结室里，并没有任何实体机器或输入界面，球状天花板流动着随机生成的几何动画，据说这屏保并非用来保护机器，而是用来保护人类使用者脆弱的神经系统。

杜若飞，小心。

晶晶看着他，似乎话里有话。她离开了房间，只剩下他一个人。

天花板的纹路变了，像是风暴来临前的波涛云。

你好，杜先生。终于见面了，我们已经关注您很久了。

一把雌雄莫辨的声音在房间里响起。

很荣幸，但我还不太明白这次邀约的目的。

你的行为模式曲线在过去一段时间发生了剧烈的变化，如果不是心中有疑虑，很难解释这种改变。而你的疑虑，将会成为所有人的疑虑。

我并不觉得自己有这么大的影响力。

开门见山吧，你正在严重地侵蚀我们的价值观。

我，我只是……还没有习惯新的生活方式。

杜若飞突然觉得一丝荒诞，自己正在给天花板解释为什么坚持一夫一妻制。

不，你怀疑这个世界运行的根基，因此你的身体也开始抵抗。

我没有……

看看你自己！

那些精致的、帅气的、完美的面孔缓慢漂浮着，如同没有触须的水母。那都是杜若飞曾经更换过的脸。而此刻，它们的嘴角同时垂下，眼角变得僵硬，流露出虚无而悲哀的假笑。

杜若飞痛苦地低下头，但脚下同样是一张张熟悉而陌生的脸。他只好紧闭双眼。

为什么要这样对我？

因为你很特别，你对这个世界负有责任。

我只是一个中了彩票的倒霉蛋，我没有选择。

客随主便，不是吗？为什么你不能演好一个偶像呢？

杜若飞仿佛明白了什么，他无法阻止自己发笑。

不，不明白的是你，高高在上的君王。你的人民已经厌倦了这种追新逐异的生活，他们看不到自己的未来，他们想要另一种可能性。

而你，能够提供这种可能性吗？

我只是说出自己真实的感受。

天花板暗下，似乎另一端的对话者陷入沉思，漫长得令人窒息。

杜若飞刚倚着墙角坐下，整个房间亮起了不安的红光。

我们对你的计算有误差，需要进行纠正。

纠正？杜若飞发现自己双脚无法移动了。

一个小手术，只需要几分钟，你什么也不会感觉到。

想都别想！

杜若飞猛烈挣扎，但越是挣扎，越是纹丝不动，突然，他的身体被某种力量拖拽着向房间中央滑去，固定在地板上。这时房间外传来遥远的敲击声，晶晶的叫喊若有似无。

晶晶，救我！

一根光滑的触手从天花板垂落，灵活扭曲着，探寻杜若飞脑后的接口。

你们还不如让三足乌把我杀了。杜若飞咬牙切齿地躲避着触手。

突然间，那股力量消失了，杜若飞的身体瘫倒在地。

你怎么能……

句子还未听完，杜若飞身下地板突然破开一个圆形孔洞，他被吸入洞中，似乎被一根透明的导管牵引着，快速飞驰过数据塔的各层结构，如同一颗子弹，射穿塔身。速度越来越快，他觉得五脏六腑都被挤压得濒临碎裂，突然一个急转弯，进入了无边的黑暗。

在瞬时重力加速度下，杜若飞失去了知觉。

***

杜若飞在看着一场自己主演的电影，所有的片段都如此陌生，不合逻辑，似乎是从不同时代不同类型的片子里挑出来，再随意地剪辑到一起，变成一个漫长的降格镜头。

他看见自己被黑衣人塞进一辆银色飞车，车子以不可思议的速度穿越崇山峻岭，穿过隧道、高速公路充能站、城市大街小巷。海边一场音乐节刚刚落幕，沙滩上一片狼藉，酒精模拟器、速凝面具、催情棒和用过的药物残渣像贝壳般闪闪发亮，一艘快艇由海面破浪而来。

黑衣人把杜若飞抬上快艇，快艇像一枚快速游动的精子，冲向公海上庞大的游轮，他被高高吊起，又轻轻放入一具灵枢，衣着复古华丽的男女宾客围坐舞台，聚光灯收拢，鼓点响起，灵枢缓缓打开，露出自己那苍白扭曲的旧面孔，观众高呼笑一个，他照做了，全场爆发出经久不息的掌声，在轻柔的浮沉中，觥筹交错，欢歌旋舞。

一名美艳少妇勾引他走过漫长的船廊，在进入香闺之前，被另一名陌生女子阻止。少妇恼羞成怒，唤来水手将陌生女子捆起，塞入酒桶，原来勾引者是船长的情人。杜若飞看着酒桶中的女子，若有所忆却不明所以，女子被推出船沿前流下眼泪，他突然想起那是晶晶众多面孔中的一副。木桶沉下又浮起，消失在漆黑的海面中。

游轮终于结束了漫长的旅途，入港靠岸。他们穿过茂密的热带丛林，污秽的贫民区，迷离的红灯区，进入金碧辉煌的宫殿，近乎赤裸的男女伴着怪异的鼓点，跳着祈神的舞蹈，将杜若飞团团围住，高高举起。一位脸蒙黑纱的女子登场，人们对其跪拜行礼，每个人的颈后都有一枚青黑色的三足乌纹章。

杜若飞被推到女子跟前，女子双眸中燃烧着奇异金色火焰。

她举起手，放在杜若飞胸前。杜若飞闭上双眼，感觉心脏随时都可能破腔而出。

你快乐吗？那女子轻声问道。

杜若飞骇然，像是被那只手一推，身体往后跌退，所有的场景开始快速倒放，直至黑场。

一股刺鼻气味呛醒了杜若飞，他发现自己身处一间草棚里，没有什么宫殿，也没有蒙黑纱的女子，只有残余篝火上冒着泡的糙木碗。

你终于醒了。

杜若飞听见晶晶的声音，扭头看去，却只见黎明天色勾勒出一个陌生的侧脸。

这才是原来的我。那个女孩靠近杜若飞，一张平凡的、并不完美的面孔，却有某种说不清的味道。

……希望你不要介意。

杜若飞已经忘了自己有多久没见过这样一张未经改造的面孔，他竟然有一丝感动。

我不，我怎么会。他笨拙地组织语言。这是在哪里，发生了什么？

这是荒野之地，远离卫星城的所有耳目。三天前，你差点被改造成傀儡偶像。我们把你救了出来。

晶晶手臂上一枚三足乌纹章映入他眼帘，杜若飞脸色一变。

你一直都在骗我，所有这一切？为什么？

听我说，我能解释一切。

晶晶的声音像黎明前的大海一般平静。

"三足乌"并非如新世界的人们所传说的那般极端而暴力，他们相信万物有灵，因此树立偶像或者迷信绝对权威都是可笑的。他们认为自然界万事万物之间都存在着某种恰当的联系——所谓"契约"，人只是这世间订立契约的一个小小主体，与其他主体并无高低贵贱之分。而新世界所鼓吹推崇的技术价值观，不仅破坏了人与自然的契约，更是伤害了其他物种与环境在这世间的普遍联系。

更可怕的是，人以为自己是唯一的主体，迷失在无休止的自恋中，他／她的生命只与技术维持着契约关系，而完全抛弃了与更广阔的自然世界联结的能力。

我们称之为——野性。晶晶咬了咬嘴唇，似乎想抛弃某些不快的记忆。你不知道为了打入新世界，我被怎么训练用所谓的文明来掩饰野性，真是令人作呕。

杜若飞终于明白，伴侣身上的怪异之处从何而来。

追逐新奇之处必有过时之人。每一个厌倦的灵魂都可能是三足乌的潜伏者，他们像缓慢发展的癌变细胞，渗透进新世界的每一个角落，Azul450-秦叶便是其中之一。

所以你一直在演戏……杜若飞感觉受伤，但表演难道不就是新世界的习俗？

是，也不是。晶晶没有回避杜若飞的目光。你对我们很重要，一个完全脱离这个时代的人，你的观察，你的立场，你的选择，会影响很多人。

那为什么你们要杀了其他的冬眠者？

那都是谎言。

可谎言出自你的嘴里。

不，你不明白，杜若飞。晶晶垂下眼帘。你很特别，对于我来说。

如果当初我要求更换伴侣,你还会觉得我特别吗?

你确定我和当初的Azul450-秦叶还是同一个人吗?

杜若飞无言以对,晶晶捧起他的手。

你就是那个人,帮帮我。

我什么都没有,什么都不是,我怎么帮你?

你会知道的,但是我们得赶紧动身,时候就要到了。

***

即便在旧世界,杜若飞也绝无机会体验如此蛮荒景象。

他们告别三足乌的营地,骑着巨大鹿型生物,穿越在时间与重力共同作用下崛起的野性王国。这个王国的历史远离人类理性,却又饱含人性投射其上的混乱、情欲、禁忌与未知。在每一处远早于典籍与法律浮现秩序之地,山与水分化律动,交融统一。掩埋其间的尸骸与财富,见证着人类如何源自荒野,又以另一种形式回归,无数生灵筑巢于此,繁衍不息。

天气虚幻莫测、因时而变。杜若飞难以适应这种极端不确定性,而晶晶却似乎乐在其中。

新世界的生活,富足却荒芜,我们都只把目光投向自己,却割裂了与世间万物的联系。石头、云彩或者肉体,都是自然秩序的折射,只有与其融为一体,才能领悟其美,才能接受这个系统中所有无理性的、腐烂的、残忍的意义。

晶晶布道着,向杜若飞示范如何吞下蠕动的幼虫。

而杜若飞怀念的却是自动淋浴间。

杜若飞终于病倒了,脸色煞白,身体抖得像风中的蝉蜕。晶晶用多刺植物根茎榨取一抔墨绿的液体，杜若飞一闻，就哇啦吐了。

相信我，喝下去。晶晶眼含深情。

杜若飞一饮而尽。

他堕入无尽深渊，被针刺，水淹，火烧，电击，虫咬。

他看见巨大的三足乌遮天蔽日，黑色的羽毛融入大地，经由水流和血液，穿过神经系统和食物链，进入每个人的身体，引发暴力、动荡、杀戮、无序。

他惊觉荒野世界才是唯一真实的本体，而新世界只不过是一个投影，人类跨越两个世界边界的瞬间，便从人影变成了动物、河流、岩石和草地。

他试图用语言描绘那个混乱世界，但当话一出口，就像一座结构精巧的纸上宫殿着了火，所有意义都灰飞烟灭。

他昏迷，产生幻象，又醒来，进入下一个循环。

当他觉得自己已经到达极限，即将永世不复苏醒时，他的灵魂被抽离了身体，穿梭无穷无尽的隧道。

隧道的尽头，有白蒙蒙的光。

你没事了，你没事了。晶晶抱着杜若飞汗透的身体，喃喃安抚。

他们终于在日暮时分抵达新世界的边缘。

还记得你要做的事情吗？

首先，把你作为破坏数据塔的三足乌潜伏者移交当局，获取信任。

嗯哼。晶晶歪头看着杜若飞，眼带笑意。

同意成为开幕式致辞嘉宾，当然要像是经过一番心理斗争。

很好，继续。

当我的记忆管理器连线后,藏在"梦境"类别里的加密信息会引导我行动,将官方致辞换成三足乌的宣言,然后……

然后,宣言会通过直播抵达新世界的每一个角落,像一枚信号弹,所有的潜伏者都将除去伪装,恢复野性,推翻卫星城的独裁统治。那时候,你,杜若飞,就是来自荒野的英雄……

而你会没事,对吧?

晶晶点点头,我会没事的。

***

事情并没有如预期般发展。

在边境管理处,晶晶把手放在杜若飞胸前,还没来得及感受完整的心跳,便被强硬地拉开,分别关进两辆飞车,一路押送到安全中心。透过车上的狭小视窗,两人只能看见对方的双眼。晶晶眼神平静,毫无畏惧,被夜空中的金色焰火照亮。

飞车被困在庆祝开幕式的花车游行中。执法者接到命令,不情愿地将两人带下车,解开脚上的拘束环,步行穿越狂欢的人群。

过时之人回来了,而且将在开幕式发表致辞。杜若飞知道,是三足乌潜伏者通过媒体发布充满悬念的新闻,迫使当局加快行动。

两人衣衫褴褛、蓬头垢面,如苦行僧般在光鲜亮丽的人群中格格不入,却被当成是一种新的时尚。药物和酒精作用下的狂欢者对其跪拜行礼,甚至将他们高高举起。

杜若飞面朝夜空，侧头看着同样飘浮在空中的晶晶，鼓点响起，他们相视而笑，如同被河水托起，流经一座座缓慢移动的岛屿，岛上风光各异，有舞者忘情扭动，在金红蓝绿的光之丛林间跳跃奔跑，将缤纷的荧光碎片撒向半空。

晶晶突然往下一沉，消失在人流中，杜若飞从浪头上翻滚下来，却被执法者按倒在地。

别乱动，如果你还想见到她的话。一把低沉的声音说。

他被押送进入开幕式场馆，穿过一条幽长阴暗的走廊，进入炽亮如昼的安全中心，所有的人都在那里等待着他。他接受全身扫描，坐下，一个漂亮男子坐在他对面。

我们接到了指令，你还是那个致辞的人，不过……

漂亮男子把一块透明薄板滑到杜若飞面前。

照这个念，否则的话，你那野性十足的伴侣……

正对着杜若飞的一面墙壁变得透明，显示出另一个房间里，晶晶被拘束在躺椅上，脑后接口连着一根线，表情僵硬如同木偶。

杜若飞想起身，又被按住了。

放心，我们都是文明人，这不是你的时代。

场馆中又掀起新一轮人浪的欢呼声，时候快到了。

杜若飞怒视着那个漂亮男子，终于垂下眼帘，我答应你。

漂亮男子笑笑起身，临走出门口时像是想起了什么，又回头说。

上台前先把自己收拾一下，这是全球直播。

杜若飞凝视着朦胧镜中，他试图回想这是换过的第几张面孔，但是失败了，他只知道这将是他的倒数第二张脸，值得纪念。他朝镜中自己笑了笑，完美而虚假，那些几世纪前的遥远记忆一下子又扑面而来。这一切真的值得吗？他问自己。

晶晶的眼睛在镜中一闪而过。

他用特制药霜在脸上揉搓着，渐渐恢复成三百年前的模样。

杜若飞在全场掌声雷动中缓缓步上主席台，聚光灯追逐着他，巨大屏幕上投射出苍白而不对称的面孔，他微微一笑，人群爆发出欢呼声。在媒体新闻里，杜若飞被塑造成从三足乌绑架行动中逃脱的孤胆英雄。至于潜伏者晶晶，似乎从来就不曾存在过。

杜若飞终于习惯了炫目的灯光，看见VIP席间坐着一众高贵华美的男女，威胁他的漂亮男子也身居其中，朝自己露齿微笑。一切就像是他昏迷期间那个梦境的Déjà vu，只不过是倒放。

他点点头，全场静下，手中的透明薄板开始发亮，显示文字。

新世界的幸运儿们！杜若飞念道，声音经放大混响，宛如天降神谕。观众席上的闪光灯如同夜空繁星，铺成一条首尾相接的圆环。

……三百年前，我们也举办过类似的运动会，那时候，我们的口号是"更快，更高，更强"，因为我们迟缓、贫瘠、虚弱。所有的痛苦都源于物质的匮乏和肉体的瑕疵，人们互相争斗、倾轧，只为了在金字塔中夺取一个更靠近塔尖的位置，许多人为此出卖肉体，甚至灵魂，备受煎熬。我们看不到出路，至少，我看不到出路……

他等待着记忆管理器中的加密数据激活。

……三百年后，你们已经摆脱了旧日噩梦。你们可以随心所欲地更换居所、职业、伴侣甚至身体,你们的哲学是享受下一秒钟,你们的口号已经变成"更新,更新,更新"。从你们大多数人的脸上我看见前所未见的快乐和满足。所以当有人说,你们想回到过去时,我实在无法理解。也许是我年纪太大了,三百多岁的头脑过于陈旧……

他暂停,注视着黑暗之中的亿万观众,就像是事先排练好的表演。一些符号逐渐浮现在他的视野中,清晰成型。

……我只能想出一种可能性。杜若飞念出三足乌的致辞,但当他假装低头望向透明薄板时,脸上的表情凝固住了。

上面显示出完全相同的句子。

……你们的身体被潮流拖拽着向未来冲去,可灵魂却还停留在原地……你们累了,想放慢脚步,休息一下……

杜若飞强忍住慌乱,在两版致辞之间来回对比切换,他的语速越来越慢,磕磕绊绊,汗珠开始在他额头上凝结。这是一场玩笑还是骗局?

……但总有一个声音在提醒你们,快点,快点,还有更新的玩意儿在前面,不追上你就落伍了、过时了、被淘汰了……这个声音从不停歇,因为你们自我毁灭的动力,便是它所有生命的……

源泉。

杜若飞停了下来,面无表情地望向巨大的黑暗,仿佛洞悉了这个世界的秘密。

一阵如同浪花退潮时的泡沫破裂声,从整个会场上方轻盈卷过。那是电磁炸弹震波摧毁全场电子设备的声音。所有的灯都灭了,人群惊惶逃窜,互相推搡践踏,场馆外亮起银色应急光柱,扫射夜空的云层,照亮一片狼藉的观众席,洒精模拟器、速凝面具、催情棒和用过的药物残渣像沙滩上的贝壳般闪闪发亮。

几名黑衣人将失神的杜若飞从主席台上拽下，经由紧急通道撤离，一辆银色飞车已经就位，他被塞入车厢，车子以不可思议的速度驶离场馆，穿过大街小巷、高速公路充能站、隧道，驶入崇山峻岭之间。

黑衣人给杜若飞进行注射。他渐渐感觉不到自己的身体，意识被拉扯着，向所有的方向延伸，扩张，变成极稀薄极缥缈的状态，像雾，又像风，无法聚拢，没有形状，随处飘荡。

他看到自己在祭坛上布道，新世界的信徒们披着黑色斗篷，低着头，一阵单调冰冷的电子乐如同潮水般涨退，仔细听，又是由无数的诵经声集合而成。他感到自己越来越小，越来越小，而黑色的信徒却越来越高大，如同一座座矗立的雕像，朝他压迫下来。那些面孔从阴影中抬起，杜若飞顿时呼吸困难，那是旧世界的老师、同学、亲戚、邻居、小卖部店员、单车修理工、医生、护士、所有对他报以怪异目光的路人……

然后，同时地，微笑。标志性的微笑。凝固的微笑。假笑。

杜若飞绝望地蜷缩着，无路可退。

一阵轰鸣从信徒背后传来，随着或清脆或沉闷的撞击声，雕像们如同保龄球瓶般被撞成碎片，笑脸伴着血肉四溅横飞。那救星啸叫着停在他面前，一辆巨大的、银灰色的飞车，冒着白烟，前翼子板和车窗上挂着血迹和碎肉，雨刷左右摇摆，抹开一片干净的视野。

那是妈妈。

他想上前拥抱母亲,却发现如同陷足流沙,无法迈开步伐。母亲双眼淌下两行血泪,以极缓慢的速度挥起一把潮湿的沙铲,金属铲头带着细小的沙粒,如同云朵和飞鸟,在空中几近静止,只从那闪烁的反光才能看出运动的迹象。铁铲落在杜若飞的左侧头颅,沙粒打在他脸上,他的身体随着那股巨大的力量飞出。

一切重归黑暗。他似乎听到有人在低语。

醒来吧。那把声音说。醒来。

***

杜若飞眼前一片纯白,发现自己躺在数据塔的联结室内,身旁空无一物。

他试图在地板上站稳,药物的作用尚未完全褪去,令他头晕乏力,只能趴靠在墙上,像一只即将溺毙在牛奶海洋里的苍蝇。

感觉如何?房间突然发出立体混响,像是直接穿透他的胸腔。

为……为什么我会在这里?

其实你已经死了,这里是天堂,或是地狱,取决于你的纳税记录。

……

不好笑吗?这是你们时代的一个老笑话。

没心情听笑话,所以,带我回到这里是为了完成那个手术吗?

已经没有必要了,你已经完成了历史使命。

我不明白。

哪一部分？

你们威胁我说出的，跟三足乌希望我传达的，是同一份致辞，为什么？

就像三足乌的教义所说，世间万物都是相互联系的，我们都存在于同一个大系统中，而你，在这个时间点上，成为了那个人，无论选择代表谁。

既然无论我选择谁，最后的结果都是一样，为什么还要大费周章？

这是契约的一部分。

什么契约？

长久的沉默。

什么契约？杜若飞提高嗓门又问一遍。

天花板上出现一张巨大的脸，一张陌生、精致而倦怠的脸。画面开始分割，变成无数张更小的脸，流露出相似的神情。脸开始像万花筒般，旋转变化成不同的画面，城市街道、狂欢舞会、恋人亲密、动物追逐、旷野荒漠……看不出这些画面之间明显的联系，只是颜色都越变越深，貌似象征着不同时段，直到完全进入一片漆黑，但漆黑中隐隐又有光点浮现，那是午夜的飞车、海上的灯塔、情人的眼眸……

瞬间所有景象都凝缩到一个点，房间恢复纯白背景。

我与人类的契约。

你究竟是谁？杜若飞还没从刚才的震撼中回过神来。

管理者。数据中枢。算法。能预知未来的神灵。

预知未来？

降水概率、就业率、一款新面孔的受欢迎程度、下季服饰流行趋势、人口比例、个体或群体在特定境遇下的行为模式……

你用这些来控制人类？

我更喜欢用"引导"，人类太过敏感、纤细，像风中芦苇没有方向。

那为什么还会有三足乌的存在？

一人不成棋局。文明就像生命，需要不断地接受刺激，否则就会衰亡。

所以……我也是一个刺激？可冬眠者有那么多人，为什么偏偏是我？

你的同伴们，旧时代的成功者，人类精英，他们无法安守于别人设定好的生活轨道，哪怕是新的、好的，他们有着强烈的欲望去统率、引领、征服或颠覆自己的命运，最终结局无一不导向毁灭。我们试过了，他们对这个世界的刺激过于强烈了。而你……

那把雌雄莫辨的声音似乎带着发笑的颤动。

杜若飞几乎能猜到答案，他的心脏狂烈跳动，脸发涨发烫，像即将迎接某种宣判。

……你跟他们完全不一样，是个不幸的普通人。你被动、温和、知足、忍耐，像一面镜子，照出这个新世界的病症，你让每个人开始反思自己的生活，却又不至于质疑世界存在的根基。老实说，你有点过于被动了，所以我们才需要一个伴侣……

晶晶？她也是你们安排好的……

别误会，她的所作所为全是出自本意，包括学习旧时代的情感交流模式，包括对你所有性格特征的分析。在她的逻辑里，这所有一切都是为了契约，我们只是顺水推舟。

杜若飞感到莫大的耻辱。他以为自己的命运已经改变，但其实并没有。他仍然是那个旧时代的失败者，甚至更糟，他的失败延续到了三个世纪之后。

你们全都是骗子！他用力锤打着墙壁发出空响，感觉悲哀却流不出眼泪。

天花板上再次浮现出画面，发生在新世界的各个角落。干净优雅的青年们手持标语、在各大地标建筑前集会抗议，他们彬彬有礼，高举双手，目光却充满怀疑。他们的身影投射在光洁的玻璃幕墙上，像一群列队等待起飞的天使。突然一个燃烧的物体穿过人群，击中幕墙，完美的镜像碎裂开来。画面聚焦到一副年轻的面孔上，放大，完美的脸上交织着愤怒、迷惘与不安，然后，他咧嘴笑了。

肆无忌惮的笑蔓延开来，像一场瘟疫。

如我所说，适度野性有利于健康。

杜若飞看着那些新人类，看着他们着迷于这种全新的时尚。他开始懂了。

晶晶呢，她会被怎么处置？

她有她的选择。就像很多前三足乌分子，成为我们的一员，享受新世界的特权。或者，成为象征野性的偶像，但你懂的，偶像只能是一个符号，存在于一个个故事里。

杜若飞眼前闪过晶晶的眼睛，心脏狠狠收缩了一下。

我呢？我的选择是什么？

联结室恢复到纯白状态，那把声音久久沉默，像是陷入了艰难的运算。

***

杜若飞一脸迷茫地站在上海街头。

摩天楼、高架立交桥、弄堂、梧桐小路。一切都是原来的旧模样。

一名男子与他擦肩而过,那张脸陌生又熟悉,仿佛在哪里见过。不仅如此,这街头川流不息的每一个人,无论男女,都漂亮得惊人。他们都向杜若飞投来目光,那目光中隐藏着某种情感,但他无法解读。

他早已习惯了别人看见自己长相时的怪异眼光,可这次完全不同。

一个女孩从远处走来,像是被笼罩在一团金色光雾中。

突然日光暗下,像有巨大云彩飘过,所有行人都静止了,他们的目光凝固在杜若飞的脸上。

杜若飞眯缝起眼,等着女孩走近。

那张脸的轮廓渐渐清晰,与路人相比,显得平凡而不够完美。

女孩在马路对面停下,看着杜若飞,露出微笑。霎时间,云彩飘过天空,世界重新亮起,行人各自赶路。

杜若飞愣了片刻,然后用尽所有的努力,回给女孩一个笑脸。

***

黑暗中亮起了光,照亮冬眠舱中一张僵硬微笑的脸。

几根白色触手从玻璃上脱落,灵巧地收回到一部八爪鱼状的仪器中。一名黑衣女子划取一片透明薄膜上的数据,分享到天花板的大屏幕中。

姓名:杜若飞

性别:男

年龄：25
首次冬眠时间：2018.06.26—2322.07.01
苏醒时间：281天
建议……

蓝色光标闪烁了片刻，打出字符。

继续冬眠。

房间内响起了类似于辩论般的嗡嗡声，渐弱，消失。黑衣女子走近冬眠舱，略带好奇地最后看了一眼这张属于旧时代的脸。她凝视片刻，按动按钮，冬眠舱退入，舱门关闭。

在她身后，是一排整齐的圆形舱门。

灯光再次熄灭，黑暗涌入，一如从前，一如以后。

老虎与不夜城

陈志炜

陈志炜，青年作者，浙江宁波人，现居南京。小说作品见于《芙蓉》《青春》《艺术世界》《飞地》《钟山》等。2015年参与南京四方当代美术馆地形学项目之"麒麟铺"，展出跨文本作品《×动力飞船》。

上

……老虎行走在漫长、瞬息的蛇骨中，有一个轻微的停顿；他像是突然惊醒，从持续不断的行走中惊醒。曲别针两个U形的间隙，试图别住他的耳朵。感到轻微的痛，腾起一阵热气，及痒。（正如老虎行走中的热气与痒。）老虎的耳朵也惊醒，呼扇一下，轻巧地躲开曲别针。他举起爪子舔了舔；抬过头顶，反复抚摸耳朵上的痒痕。

蛇骨横亘在荒漠里，脊椎贴地，肋骨向天空弯起。老虎踩在脊椎的链条上，两侧飞掠过弧形的肋骨。这是一条开放的隧道。在老虎看来，蛇骨是一个闪烁的、未合拢的圆（他看到蛇的横截面）。但并非所有肋骨都投下阴影，也有成片倒卧的，没有阴影可投（多数都是如此）。

这卷曲的、惊人的化石，将一直延伸到空间的折叠处。老虎行走的时间如果足够长，便会看到蛇的头骨。头骨姿势折转，下颌靠在自己的颈上。蛇也许正是因为咬断了自己的脖子，才横亘于此。或者来到蛇的尾部。老虎将在它细尾巴的末端（细得失去了力气），发现两只佝偻般的下肢，以此推断蛇也曾经历进化。

但现在，老虎只能眺望。广袤吵扰的蛇骨之中，老虎投射出他的视线，等待镜子。可视线并未得到折返。老虎眯起眼睛，闻到烂海藻的气息，证明海与这荒漠共时性地存在着。热的或凉的风吹来，老虎正穿越一片（片）重叠在一起的空间。他甚至梦见黑暗的海面，还有冰川。

空间的折叠处也在期待老虎的到来。它期待不止一只虎。它是空间在空间中的器官，是空间对空间的预言、运算，或者自证。是被摆放在空间中的空间。在穿过界后，继续向界行进，便来到真正的界之界，界之核心。

一双展平的手，正用手背遮挡自己的眼睛。在手背的遮挡下，眼睛缓慢滑动。也许是泥在墙壁背面滑动，在看不见的背面。一摊肿起的泥。这眼睛丰腴、柔软多汁。

这双手无数次用来拉开抽屉，用来签字，用来在尖叫时捂住耳朵。正如此刻，会议环形的桌面之下，每个人的脚底都在摩擦地毯。尖叫声早已产生，可以像长条刃片般切开这会议。但并没有任何声音。没有切割。所以会议的伤口更像是一道日常空隙，一片被挤压得窄长的气泡。

而（手的）眼睛则把目光投向阶梯：眼睛注视阶梯，眼睛在召唤一只老虎，眼睛在提前召唤一只老虎（老虎本该用交错的猫的脚步，缓慢地消灭距离）。眼睛感到一种无痛楚的凉意，毫无痛楚的……

于是老虎在光线中显现了。老虎显现的过程，是否应该轻柔如行星起伏的呼吸？从阶梯旁雕像般荒凉的墙壁上，穿过身子，轻跃下来。空间折叠处阶梯边的会议之墙上，是孤独的老虎之群，作为空间的旁观者，沿着墙壁缓缓行走。抵达的老虎，是老虎之群中（并不起眼）的一只。

但眼睛期待的场景是，一片无声的碎玻璃中，站起一只身穿宇航服的老虎。宇航服应该是沾满尘土的，有错杂的剐痕，面罩破损、凹陷。抑或，彻底的白。宇航服洁白如新，宇航服外有跳动的蓝色火焰。阶梯上，老虎从屈膝中站起来，老虎有着烟一样的爪子。老虎走来，不紧张也不犹豫。爪子舒展时，烟一样的，扎出了宇航服的手套。

老虎摘下宇航服的面罩，哈出一口白气，胡须正在颤动。他的身边除了玻璃，还有一粒胶囊、一架干瘪的海鸥。

被召唤的老虎乘坐胶囊。像有什么人用尽全力，朝着无所谓何处的方向，投掷了一粒胶囊。而胶囊在空中穿梭，进入空间的折叠处，击中瞌睡、悬浮的大厦（如果可以被称为大厦的话）。

一架干瘪的海鸥，则昭示老虎来自一片清爽、干瘪的海。

以上场景仅是眼睛的切片，是眼球表面毫无痛楚的切片。切片是一种快速抖动，是一种骤停，是大声呼喊前的一阵无法忍住的碎笑。但并非眼睛本身。并不涉及本质，并未真正进入眼球旋涡的内部。要屏气下潜，沉入旋涡的深处。

眼睛能感觉到有什么冰凉、长柄的东西正兜着它。

实际上，它可能被放置（丢弃）于荒漠的某处，斜倚一棵高大、竖直的仙人掌。真正的眼球，厚如玻璃巨缸，敲击起来会发出玻璃巨缸的声响，尝起来也与玻璃巨缸一样清脆——带着荒漠中的渴。它充盈海绿或深蓝的液体，有什么东西正在内部游动，有隐现的影子。

当然，以上切片，只是切片中的一种。可以有一本插册，专门收集切片。就算不使用曲别针，我们照样可以从眼球上削下（夹取）别的切片，比如：老虎爆炸。

只要用一点点力气，指甲在纸上有规律地、小幅度来回刮动（保持一定频率），便可以把老虎抹除。老虎所在的位置变成一团模糊的雾。（炭笔在此处随意停留过几次，靠近看便会发现：不是雾，而是粉尘。）一些黑色的碎片（极细）分散在雾的边缘处，像是刚经历一场爆炸。老虎无疑是被击碎了。

老虎没有被击碎。老虎继续行走在漫长的目光中，行走在瞬息的蛇骨中。继续在海面一丝不挂地、心悸般移动。

老虎是世界上最炎热的老虎。老虎在行走中表现出极大的忧心忡忡，他的忧心忡忡从炎热的心脏抵达四肢，让他气喘吁吁。或者平静、昏昏欲睡。钝响，一切运作起来了。再次钝响，沉闷的炎热。老虎是世界上最炎热的计算体，他要开始吞吐信息，冒出一些答案来了。

蛇骨此时正发出振动的唇音，仿佛证明它不是干枯、坚硬的物，却是饱满、充沛：由于过分轻微，这唇音让人麻木（潮湿静止的舌）。老虎明白，这是一段特殊的唇音，一段普遍的唇音，隐藏于所有唇音之中，是所有唇音的本源。这唇音构成一切事物。最先涌起的是轻微的雨，刚落到皮肤毛发上，就消失不见。

老虎对这些感到麻木。老虎在唇音中睡着了，他梦见泡沫。也许是充满了盐的、海水的泡沫，也许是别的什么（蛇的唇音中的泡沫）。泡沫细嚼着破裂。回声般堆叠的白色浮泡中（左右晃动着下坠），有一个鲜亮、紫白相间的形象。渐渐地，翻滚的泡沫凝固成不规则的光滑石块，变得致密，变成白色的卵石。而卵石之间鲜亮、紫白相间的皱皮生物（老虎发现它是一只蜥蜴），在这种变化中惊慌失措，射精般跳动着尾巴，将纤弱的趾吸附在卵石上。有一根手指，把蜥蜴珠子般的心跳逐一弹飞。它终于放弃无谓的痉挛。（在光滑的卵石间，可悲的皱。）它被卵石卡住，动弹不得，只能像时间一样持续。

时间持续，听到一头长颈鹿正在地心行走。这皱皮的蜥蜴不知道长颈鹿踩在什么实体上，但听起来它并不在卵石的桎梏中（脚步声松软）。长颈鹿的身体可以穿透卵石（也许只是脖子）。甚至，这头行走在地心的长颈鹿，正在嚼碎石头。"吃我身边的这块吧，吃吧，解救我。"蜥蜴心想（老虎通过梦境听到了蜥蜴的心声）。但长颈鹿探起头嗅了嗅蜥蜴，就走开了。蜥蜴耳边回响着长颈鹿嚼碎卵石的声音。这声音像是发生在蜥蜴脑内。

一片白色的黑暗中，是爬行动物皮肤的黏液的气味。这气味在卵石间隙的风中缓慢干涸。

老虎许多次梦见这只蜥蜴，有时它穿着轻松的衣服，有时它直立行走。蜥蜴也会是高科技文明的头领。这梦境占满老虎的脑海，以至于满溢了出来。

老虎在蛇骨中行走，常常看到柔软的大象的幻象。大象在蛇骨外的空气中变形，拉长成一截轻盈的面团。轻盈、柔软的面团试图穿过蛇的肋骨（以挤压的方式，并与蛇的肋骨摩擦发出橡胶的声音，有空荡荡的气味），挤入隧道之中，来到老虎的面前。

许多次，已穿过蛇的肋骨的部分，会突然鼓起，变成一张丰满、潮湿的蜥蜴皮。老虎告诉自己，"蜥蜴只是趴在蛇骨上取暖"。过一会儿，蜥蜴皮便消失得无影无踪。

在荒芜的行走中，老虎也会见到一种无毛、旋转的鸟。这种鸟无论从哪个角度看，都尽可能向所有可指的方向伸出泥泞的手指，像打着什么奇怪的手势。七，或者十二。手指便是这种鸟的翅膀，但极少扇动。鸟濡湿的腹部中，包裹着一颗与鸟身体比例极不相符的眼睛。海风吹着这荒芜的眼睛。

曲别针再次脱落毛茸茸的耳。老虎已经感觉到，曲别针是他与空间折叠处之间的联系。他能感到一切近在咫尺。

事实也是如此。空间折叠处既在空间的任何地方，又不在任何地方。它不依赖抵达，它时常发生。总有一处空间会折叠。这折叠有时发生在普通城镇的上空，悬停在一个刚买完面包的人的头顶（有城镇的居民抬头看到了空间的折叠处，称其像一个即将融化的玻璃盒子，或者……环形走廊？但呈现在城镇上空的环形走廊，仅是一个局部，是冰激凌的勺子在空气表面刮走的一段弧形；有人走动在这窒息般的弧形中），有时则快速移动在无人的丛林。有人让巨大的石块浮在水面上，来建造这个奇迹。但空间的折叠处并非产生于建造，也从未完成。它是一种波动。

多数人认为空间的折叠处有着高塔的形态，事实上，它有时是碑，有时是雕像（由纯粹的光构成的凝滞雕像，微不足道的降落伞兵的影子投在这光线的雕像上；他们只是静止中悬浮的遮蔽物），有时是大厦，有时是凝重的黑色匣子，有时候是玻璃虹管（缓慢变化的虹光是一种记号）。多数时候，它是沙砾般掀动、嘈杂的声音噪点……它什么也不是。

老虎将抵达空间的折叠处，空间的折叠处即将发生。事实上，也许他原本就来自这里。老虎从起初而来。老虎将重返空间的折叠处。

起初，一片室内的、平静的、光线幽暗的海，浮上水面后脑袋会径直碰到天花板。但尚未完全被水充满，水面依旧存在。看不到房间的边缘，小兽与小兽也彼此离得极远。它们在水里。许多首尾轻轻咬合的小兽，在室内的水中。一些与兽有关的特性，在水中偶然地传递着，在它们之间滑动。急促的、水的舌尖，从室内的水面匆匆奔过，把浮上水面的小兽重新卷回水底。

房间突然破裂。或者说，房间松开、扩胀、四散了。水中是不断下咽的声音。首尾咬合的小兽在水的快速流动中，不自觉地松开了薄薄的牙齿。它们四肢舒展开来，它们的尾巴上有原始的齿印。

终于，它们区别开来，它们进入了不同的蛇骨：它们将从世界不同的位置漏出去，而蛇骨是漏向世界的管道。它们中的一只变成了老虎。

也有另一种可能。这个世界上曾存在过巨虎，后来分崩离析了。巨大的老虎碎裂时，零散的骨和肉从空中降下，如落雨般涌到地面的世界上。老虎的碎块被装在不同的纸箱中，漂流过波浪起伏的沙漠、河流和天空。互相经过时，它们就从口袋里掏出胶水，试着将彼此粘在一起。发出喀啦啦的、风一样的笑声。

空间的折叠处。它孤独地勃起在荒漠中，单调、无趣，孤立如一棵仙人掌。银质表面炎热的反光，让人怀疑时间就此停住，夜晚永远不会到来。老虎在空间折叠处的下方，注视了好一会儿。

总而言之，在这样的极昼里，哪怕是一个失眠症患者，也会迅速感到干渴，当场瞌睡。

老虎打了一个哈欠，恰到好处地表达了这种瞌睡。他再次蹲坐着睡着了，做了他抵达空间折叠处之前最后一个梦。

中

运算中的每一位先生都闻到了老虎。有人闻到了半只，有人闻到了3/4只。这没有什么关系。只要数据量足够大，所有运算中的先生闻到的老虎的总和，就一定是整数。综合来说，先生们闻到了一只完整的老虎。先生们忙着搬运与老虎相关的语境、动机、基本句型（装在纸箱中）。老虎敞开的身体正被摆放。一些先生搬运着数据，矛盾、闪烁地聚集在一个入口。先生越聚越多。他们叠在一起，簇拥在一起。（搬运时他们不进行运算。）突然，入口扩大了一般，先生们全部通过了入口。一切又流畅起来。

运算的先生们之间上下行动的电梯，仿佛一个游动的视点。在这个视点看来，忙碌的先生们像是钟面上剥离的线条、泪点、指针、水底的子弹（它们从钟面上浮起，投下轻微晃动的阴影）。有时候他们骑着极小的自行车（抽屉中的模型）。更远一点看，先生们则如海堤上莫名存在的、低洼的坑洞，浅浅一块指甲，在海堤上毫无规律地排列。有方格、移动的抽屉，用来收纳先生们。先生们携带信息，从一个格子到另一个格子（抽屉交替打开，以奏出音乐）。先生们听到风琴，忍不住在格子里热泪盈眶。

时不时会有一片肥大的影子扇动，掠过先生们的头顶。对空间的折叠处来说，影子是一块噘起的嘴唇般的缺失。

近距离看，先生有两张交替的脸。也许是三张。轻缓、急迫的脸，流动、平息的脸，圆形、多边形的脸。先生们在互相拥抱，拥抱时身体里若隐若现着一些几何体，也显现出先生们日常用品的形状：高跟鞋、皮带扣、无故弯曲的勺子。先生们会以相似的姿势脱掉帽子，放飞一些球体。这些上升的球体也是对先生们的反馈。先生们在流动，运算也在流动，钥匙在空气中长时间地鸣响。

先生通过紧密、细长的走廊（玻璃毛细血管）来到房间。进入房间的时候，他感觉到电视打开时臭氧的热气，还有屏幕的吱吱声。

先生坐到沙发上，在黑暗中取过一颗甜橙。甜橙已经干了，里面发出轻微的响声。甜橙是一个沙槌，也许可以与风琴协奏。嚼起来是清脆的，像是某种坚果。

电视上是一位踩着小碎步的健美先生（有着湿漉漉的热

裸体）。先生换了频道，屏幕出现一只穿西装、打领带的老虎。老虎的脸颊上流下一丝血。

全息的老虎将他的失败告诉先生。

"他是一个邪恶的生物。"老虎说，"我在与他战斗的过程中受了伤。但我想做一件老虎应该做的事情。"

一个宇宙生物。一只铅白色、直立行走的大蜥蜴。没有褶皱的外表，没有间隙，没有折叠。尾巴长而有力。头部、肩部是光滑的蓝紫色甲壳——也可能是坚硬的凝胶。

弗利萨无限制地悬停在一切的中央，闭着眼睛，双手交叠在胸前，双脚自然下垂，有规律地摆动着尾巴。无法分辨他是警觉、蔑视，抑或不耐烦。他的身上散发着白光。

老虎从一块石头跳往另一块石头。他趴在一块石头后面，伺机观察弗利萨的破绽。石头与石头在缓慢旋转。

这是空间折叠处的中心（如果存在中心的话），深蓝色的软泥构成了这里的旋转。软泥中深陷着巨大的石块，仿佛夏日傍晚漫步海滩，在滩涂上偶然发现的水泥碇。老虎在深蓝色软泥的旋转中跳跃。老虎再次跳上一块石头，老虎伏下身体，听到让人心慌的鼓声。石头内里发出咚咚的回响。也许是空心的。鱼鳔般沉闷的石头。

在捕捉到爬行动物滑腻气味的一刹那，老虎瞬间移动到弗利萨身后（！）。蜥蜴尾巴的一记甩动，让老虎径直撞碎好几个石块。老虎被甩飞很远，而石块碎裂如清脆的坚果（悬浮的甜橙，或坑坑洼洼的星球）。

"嘶嘶。"弗利萨说，"我一直觉得蜥蜴的嘶嘶声是宇宙中最妙不可言的声音。"（他停止摆动尾巴。）

"这些悬浮的石块也妙不可言，不是吗？我刚到这里的时候，觉得石头好像直接落在我的耳朵里，直接发生在我的脑海里。它们是无处不在的、恼人的镜子，是无法数的镜子。在它们身上，我看到一千个弗利萨。而现在呢，我与镜子和解了。这也是我强大的原因。"

老虎抓住一块悬浮的镜子，以停下自己。有细小的鱼在石块上直立行走。老虎再次将气聚集到手指上，准备给弗利萨致命一击。而弗利萨在嘶嘶声的后面消失了。失去声音的慢放中，老虎看到旋转的深蓝色软泥里，蛞蝓正释放着红色、蓝色、金属、玻璃、白金色、剔透、缓慢、静止的电；老虎松了一口气，脸颊流出血来；老虎看到自己昏厥过去，以一道直线迅速没入层层的空间。

"他曾经是一只皱皮蜥蜴，而现在，他已经是光滑、有力的宇宙生物了。"老虎从先生的沙发上跳下来，重新跃入屏幕，消失在滚烫的像素里，"一颗甜橙。"

先生的房间四通八达，电梯直通室内。电梯也通到其他任何地方。经常有别的先生走错房间。而有时候，去一个地方又会异常烦琐，因为有开不完的门。切换房间与电梯，电梯的门不断眨眼。门可以遮住眼睛。一千只眼睛悬浮在空间的折叠处，目光柔软如敞开的钢栅栏。先生听到某处在下雨（也许是室内），阴沉的雨中燃烧着热气球。

先生将曲别针别上文件。先生拉开最细小的抽屉（只有手指那么粗，但极长），推回去；再拉开稍大一点的，推回去；一直拉到最大的抽屉。再倒过来，从大到小来一遍。最后，先生拉开了最小的抽屉，里面是一粒胶囊。起皱的胶囊。这粒胶囊是与别的先生拥抱时，别的先生给他的（他们曾一起放飞过球体）。先生开始捏动这粒胶囊。每次捏合手指，再张开，胶囊都会膨胀一点，表面也变得光滑一些。先生重复这个动作。先生脑中浮现一个不可挽回的场景：先生怀抱一根大胶囊，里面也许是羞耻的数据；先生走过抽屉与抽屉的间隙，停滞在某一个入口。

先生拉开稍大一点的抽屉，里面是胶囊的盒子。先生把盒子与胶囊分开放置。而现在胶囊已经无法装回盒子了（也无法装回原来的抽屉）。先生叹了一口气。将盒子翻过来，先生看到一个标价签，但上面什么都没有写。空白的标价签。

弗利萨被卡在了空间的折叠处。他陷在褶皱中，无法脱离，只能悬停。空间的折叠处利用弗利萨制造一切：转动的椅子、报纸、杂志、油漆、文件上一对蜷曲的引号（通过会议、运算、统计、纠正；弗利萨提供一种旋转的力）。

世界上任何一只老虎都讨好不了我。虽然我不厌恶他们，但也谈不上喜欢。先生正轻哼着歌。尤其是，这只老虎渺小、怯懦、平平无奇、躲躲闪闪。别的先生们可不这么想，他们觉得这温暖、宁静的老虎缓解了他们儿时的梦。"他也找过你吗？""统计一下吧。""我小时候也挑战过弗利萨。"

悚然的老虎、幽闭的老虎、稀薄的老虎、失重的老虎、肺不好的老虎。先生不喜欢其中任何一只。先生将与老虎相关的数据放入抽屉中，手上有热静电的味道。老虎的味道。房间没有乐器，先生哼歌。

抽屉会吐出统计的结果，像吐出一张波动的、幕布般的薄物。一个灰白色的球体滚动在幕布的不显眼处。

运算能让所有的先生都拥抱在一起，先生本身也是数据的一部分。这不是大厦的决定，而是统计的结果。先生的背上可以冒出几何形的脸，冒出别人的生活的形状，那么心脏里也可以涌起别人的情感。一切的秘诀在于数字。

先生把胶囊捏在手指间，吞下一声叹气，也吞下了胶囊。先生看到一颗发亮的玻璃弹珠浮在空中。正是夏日里那些闷热的中午，先生最容易吞下的玻璃弹珠。

随着玻璃弹珠的渐近，先生发现它是一个纤薄的光片。（也发现：它是从极远处飞来，并非原本就浮在近空。）先生用手指去触摸光片，感觉到一点点烫，指尖也冒起了轻微的烟。这是弗利萨的光球，因甩离手指时的高速而变成了光片。

先生身体上升，进入故事层面，看到一个巨大的弗利萨的头颅。弗利萨正低着头。他的头颅由成段的光洁面团、波动、旋转的蜥蜴残肢组成。而透过这些组成他外观的线条的间隙，先生发现他的内部是空的。

正当先生靠近，准备进入弗利萨内部时，弗利萨开始坍塌。一些线段、变形的抽屉坠在地上，变成软泥。先生张开嘴，释放出一些球体。而弗利萨的泥淖中，也浮起一些长着兔耳朵的圆片。这些圆片和球体在空中闪闪发光。

先生感觉到头痛，圆形让他眩晕。他被迫依靠回想电视中老虎健硕的形象来缓解头痛。非常有效，老虎的形象一下就替代了弗利萨。老虎在一个平面上发生，奔掠过先生身体的每一个部分。老虎扩大成一个充斥空间的空的影像。当他的影像来到空间的拐角处，就顺着另一面墙飞速延伸上去了。老虎的睫毛如停止的秒针，投映在墙上。奔掠、交错、闪烁的老虎。

洁白的老虎（通过宇宙飞船）跃入先生的心脏，先生觉得自己有一点点发炎。

眼前的老虎陌生、鲜活，是充满变化的。老虎站在房间中，站在先生面前。他穿着透明的衬衣，有着宽阔的肩膀，浑身发烫。片状、肥皂泡般的白光在他身上闪烁，像夏夜的闪电。"你的房间总有奇怪的吸水声。""空的房间像一场风暴的中心。""我需要一台跑步机。"

老虎住在了先生的房间。老虎垂着手臂，在镜子前流汗。毛巾挂在脖子上。先生将玫瑰花递给他。"没有甜橙了，只有玫瑰。餐后水果停止供应。午餐结束，每人（每位先生）可以嗅一下玫瑰。等别人嗅完，我把花带了回来。"

"也不赖。"老虎将玫瑰拿到唇边，轻咬下一片起皱的花瓣。老虎的热息吹动花瓣，身上仍在流汗。老虎把整朵花塞入嘴里，花瓣在老虎的牙齿间翻动。

"锻炼，最重要的是眼睛。"老虎在自言自语，"眼睛能让人看到更多。"

锻炼后的老虎召唤一个装置。房间中列车般升起一个装置，把其他家具挤到一旁。身体再生装置。老虎踏入这个太空舱般的装置中，一些营养液盈溢出来。（也像竖直的浴缸。）玻璃罩缓缓关上。老虎为自己连上气管，戴上口罩。玻璃罩下面是深蓝或海绿色的营养液，一些气泡在升腾。老虎紧闭着眼睛，眼球在眼皮下快速抖动。

老虎的力量在恢复，玻璃罩上有轻微的裂纹。

在房间的走动中，一些事情时有发生。老虎颈下有一圈温柔的白绒，耳朵上也是一层纤毛。热的风吹过后，老虎像巨大、丝绒的幕布一样舒展、柔软。老虎的热浪打在房间里，老虎的热浪也打在先生身上。

抚摸一个温热的动物，亲吻各种鲜汗淋漓的毛发。抚摸直到发软。亲吻如一阵发光、火烫的鸟群，有熠熠的、银目的翅膀，在透明的皮肤下掠过（首先要找到老虎的拉链，将他的皮毛掀起，露出人类的肉体；将他从廉价的热绒毛中解救出来）。

老虎像海水般沮丧、迟缓。老虎也有沉睡般的吼叫。老虎的腹部如平滑的白色象牙，老虎的双腿间是一片白色的荒凉沙滩。把漫长的手臂伸入老虎乱糟糟的潮湿之中，空气中有一阵抖动，仿佛什么松落了。凝视、波动的圆心中：一只语塞而光滑的老虎，仿佛只一击便可让对手丧命（悬停的弗利萨，或者……）。

老虎有水仙般从皮毛中支起的骨。老虎精准、锋利、笃定，老虎困难重重。老虎轻微地颤动着。先生脖子卷起，柔韧、优美、精致。日影似的老虎斑纹正在晃动。

一只老虎厌恶自己身上的黑色条纹。一只老虎是对另一只老虎的戏仿，证据便是：他们处处相同，他们的斑纹不同。

所以有人沿着条纹，把老虎缓慢切开……被剪碎的这一只老虎（而非那一只），在空中形成条纹的环。

老虎的条纹的环与环之间，是老虎的空隙。

最后只剩下静电。静电在他们之间心有余悸地嗡嗡作响。壮硕的老虎在先生怀中，纤细得好像快要消失。

先生想，也许老虎是一把钝的剃刀。这把剃刀甚至无法刮去胡须，却能砸碎镜子。老虎正在威胁空间的折叠处，我呢，将他隐藏在房间里了。快隐藏不住了。又怎样呢，战斗马上就要再次开始了。老虎会给出他的致命一击。

而夜色啊夜色，夜色中有一千只悬浮的眼。"也许今晚的夜色中，会有滚烫的失眠。"（"是谁的失眠？""反复失眠，失眠中的失眠，复数的失眠。"）老虎开始打鼾。

老虎在打鼾前最后一个刹那，将自己抵达空间折叠处之前最后一个梦的内容，告诉了先生（以某种隐秘的方式）。在那个梦里，老虎是一座行走的雕像。梦中之梦。

雕像在荒漠中大面积地漫行，像是空间中一个无用的器官。它不时闻到海藻的气息。雕像在吸收烟，吸收烟和四周的光线。烟和光线一接触到它的皮肤，便迅即消失。雕像越来越高大。嚼动以后，雕像漫不经心地朝外吐唾咸腥的团块。团块以弧线下降，最终飞了起来，掠过雕像的头顶。它们是一些会飞的手势。广阔的目光之鸟。"叮——"，大象般的空气中，穿过一声鸣响。又是一声。

漫长的蛇骨，直挺挺地陈列在遥远的地面上。

下

行星的波浪带着波浪，从脚下传来，携来植物、雨水、强烈的阳光的气息。（这个度假般的）房间轻如大象的空气中，有什么在鸣响。有人开车行驶在行星表面，突然深刻地意识到，下方是一个广阔的球体。（他于是将车停靠在路边。）日影斑纹的轻微晃动里，房间有风吹过去，房间显得无所事事。我觉得自己应该喝一瓶冰啤酒。

老虎推门而入，脚下还黏着房间门口的色情卡片。他的下巴更加坚毅，他的嗓音闷热，像是刚从一个遥远的地方回来。他有着褶皱的目光。

他从牛仔上衣的口袋里掏出一枚热带钱币，钱币上是一只馥郁的老虎。

"我可饿极了。"他说。我递给他一瓶冰啤酒。

"如果我悬在弗利萨的位置，看到的一定不是镜子，而是飘浮的拉面比萨芝士蛤蜊辣椒末烤鸭炒饭胡萝卜豌豆啤酒圣代炸鸡拔丝香蕉饭团饺子奶油番茄酱绝品牛排……在失重的空间里，吃一个饱。"（弗利萨是空间中一个悬停的冰箱。）

老虎边说边嚼碎啤酒的瓶子。他喜欢嚼啤酒瓶，说酒瓶的碎片尝起来像冰块。

毫无疑问，我们的老虎胜利了。我等他讲述弗利萨的故事。等他嚼完嘴里的冰块。

"那是一个平原。"老虎说，"弗利萨被雨水困住，转身看见自己的父亲扭曲着。父亲在雨水中产卵。"

丰沛的雨水中，平原上遍布沼地、水洼。雨中突然直立起身子的蛇，是一种与蜥蜴近似的动物。爬行动物。健壮又修长的鹿掠过树林，惊得阔叶植物叶片波动，坠下大块的水。一只橘色的双头鸟有两张平行的弯嘴。雨水中，有一只无法驻足的、长翅膀的蛙（或巨蜥），一群喷涌而出的斑马。

——老虎也曾出现在这片平原的意识边缘（又倏忽消失）。老虎在这片镜子般明亮、无物的平原边缘闪烁，穿过斑马，想衔走一只雨水中的蛙（或巨蜥）。

冒着雨水，一群顽皮的少年走向那只产卵的蜥蜴。他们伸出手，捏着蜥蜴的脖子，将它提起来。蜥蜴惊恐地扭动身体，下身还卡着一枚卵。雨水顺着它的尾巴，倾流不止。

"爸爸。"弗利萨默念。在雨水中他发出妙不可言的嘶嘶声。此时他尚未与嘶嘶声和解，他痛恨蜥蜴的声音。更多的唾沫降下来。倾盆大雨似的唾沫。其中混合着蜥蜴的残肢。弗利萨厌恶这块平原，弗利萨躲闪到一旁。

少年们并没有带走蜥蜴卵，而是将它们摔碎在石块上，逐个摔碎。弗利萨像雨水一样有着空茫茫的失落。他感到恶心、眩晕，搅动口中波光粼粼的舌头，不可抑制地射出一口黏液。黏液变成一只行动迟缓的皱皮胖蜥蜴。少年们甚至没有看见它，就用脚跟把它踩死了。

雨水中正拔起一只蜥蜴，如地面拔起一幢尖利的高楼。平原的地面开始抖动，变成一张抖动的画布。画布上有一个轻微的突起，一个移动的点。是弗利萨伸出的手指的指甲，抑或尾巴的尖端，在画布后面迅速移动。弗利萨从这平原的画布中戳出。雨水消失，平原消失。一切物体都悬浮，旋转，四周变成宇宙广袤的深蓝色。

那里。弗利萨早已在那里了,像是本来就在那里。他的行动好像自然规律一样,不证自明。他是直接、有效、不可违背的。他漆黑如同真空。

悬浮的石块落下阴影,落在老虎的脸上,偶尔遮住老虎的眼睛。光线正在逐渐消失,因为弗利萨释放的黑洞。(黑洞迟缓。)再过一会儿,连阴影都要消失。老虎在黑暗中捏紧拳头,挡在身前,尾巴扫动着(探测蜥蜴的气)。老虎在思考对策。他在等待,他如阵雨般闷热(或畅快)。

光线几乎完全消失。一个强烈的波动出现,让老虎所在位置的悬浮石块刹那呈现半球状的陷落。陷落的边缘不断削出碎石,如刀刃。老虎使用瞬间移动,离开了这里。在波动里留下扫描线般的影子。

金色斑斓、破碎的气息突然从老虎身体里涌出。老虎让力量灌满自己,也在这黑暗中刻意暴露了自己。

他于是制造更大的暴露:擦亮一簇火舌。火舌细长如辐条,向外跳跃如火剑、结晶、纤细的手。收拢,加剧。老虎的力量聚集。一个光球在爪子上诞生,向上飞去。光线就此恢复。金色气息的老虎制造了一个太阳。

这太阳带给弗利萨空脆、剥落般的灼热,他的皮肤开始起皱。炎热和缺氧困扰着弗利萨(虽然他不那么依赖氧气),尾巴摆动的频率加快了。

弗利萨不耐烦地伸出手指,将太阳击穿,光焰的中间露出一个空洞。光焰向内坍缩,最后融为一团暧昧不明的、晦暗的星球。太阳凝固成了月亮。月球带着火舌的余热,有着心悸般庞大、不彻底的宁静。弗利萨从月球背后升起,寻找老虎的身影。

而此时，老虎的一个（或多个）镜像在完成。镜像在完成镜像。老虎正变成一只困难重重的老虎。老虎不知疲倦、无休无止。一只复数的老虎。镜像既在分散，也在聚拢。每一个行动自如的老虎分身、残像，都冲向弗利萨。

在对方不间断的瞬间移动里，弗利萨击中几个分身，也击中了最真实的老虎。但脸上留下一道横向的伤口。一抹鲜蓝的血液向下流出，像因无聊而摊出的舌头。

"挺不赖。"被击飞的老虎在空中停住，"不过，是时候做个了断了。"

老虎的镜像回到老虎。老虎开始折叠自己的身体，界在他身上交叠。空间可以折叠，空间中的身体也可以：对空间折叠处的效仿。这是空间折叠拳，是界之拳。折叠身体将爆发几何级的力。但这样的状态仅能维持于瞬息。

瞬息就已足够。因为对折叠的老虎来说，时间仿佛被取消了，弗利萨成为一个空间中的展示物。折叠的老虎靠近弗利萨，可以看到他蓄力一击的手指和变形的指肚，看到这蜥蜴的表皮上，布满雷声一样的斑点（因战斗而疲惫）。

老虎切开弗利萨，露出他（作为蜥蜴的）鱼的耻骨。

状态结束。弗利萨的碎块飞速四散，老虎折叠的身体也重新展开，回到空间。但蜥蜴切开的骨骼上，纤维正在再生，（附着在其中一个碎块上的）眼睛也保持敏锐。

飞散的速度在放缓，部分切片再次贴合在一起。蜥蜴的切片要回到弗利萨身上。弗利萨将重新汇合、复活。

老虎于是再次紧张，重新涌出金色的气息。抬手聚起一道光线，击穿了空间，空间的穹壁上张开空泡。反复击穿。多个球状的空泡在快速移动。另一个空间在吸取这个空间的物。弗利萨的碎块撞在不同的空泡上，迅速抛向别的空间。

也有碎块从一个空泡跌入另一个空泡。弗利萨跌落在漫长、瞬息的空间的纠缠中。

空泡纷纷合拢时,老虎被一阵阵的反冲掀昏过去。在他的意识中,地心引力失去了力量(此处原本就没有地心引力),时间、空间等秩序,也都涣散,变成一种软绵绵的波动。短暂的眩晕后,老虎睁开了眼睛。他看到谐振的、反光的秩序从四面八方涌来。(更大的)秩序的反冲。

真正的爆炸即将到来。一切都将变得光滑(切除空间中起皱的器官后)。(或者起皱的一切扩散到宇宙的所有地方。)

蜥蜴的尾巴在卵石间缓慢地抽离。

老虎在爆炸前瞬间移动,离开了这里。他悬停在空中,汗水顺着毛发往下坠落,看到空间的折叠处此时是一幢摩天大楼,波动从摩天大楼中部开始扩散。鼓胀的脖子。摩天大楼开始倒塌,热量在四溢。波动一直扩散到老虎面前,老虎向波动中用力地击了一拳,如击破一只乳房。或者丰满的鸵鸟蛋:表面是灰色的,却可以看见内部旋动的几何形,几何形的各个尖端似乎向所有可能的方向伸展。无限的生殖中的、鸵鸟的眼睛。

爆炸中有无数细小的蜥蜴和馥郁的鲜花。老虎放松自己的身体,让气流带着自己飞动。这爆炸仿佛是一场空中的午宴。

老虎躲过一片乌云阴晦的一面,来到白色的石膏坡,坡面如亮闪闪的海洋。他知道这只是云层的表象,它的内部饱含闪电,它的内部在沙沙作响。透明的光焰将降下温柔的暴雨,将击出一枚老虎无法握住的、光滑的电柱。

老虎看到云层上投映着一把细针的影子（仔细看才能发现），而飞机留下一行阶梯状的炸弹，已经在空中生锈。

老虎穿过这宁静的爆炸仿佛少女穿过闷热的街巷（只拧一下就滴出水来）。老虎回想起那个停电的夏天中午，一个顽皮的少年（毫无疑问，正是老虎自己）手持一条长长的芦荟叶，在街巷中追赶一辆公交车。镇上的人都去海边散步了，要到傍晚才能回来。天气像杏子一样暖，气泡旋成清凉的花瓣，不断贴在老虎的额头上，带走些许热量。老虎的芦荟之剑，仿佛一卷带鱼，一卷（并不打卷，而是绷直的）硌牙的带鱼。

在奔跑中，一只蹿出的老鼠被踢飞了。老虎只感觉脚背被什么温热的东西抚摸了一下，老鼠的影子一闪而过。

老虎终于追上了公交车。老虎登上这辆废弃的公交车，公交车只剩下了前2/3（所以老虎直接从横截面跳上了车）。车内大部分的空间被幽暗的、热烈的、辛辣多汁的夏日植物占据。空气中有扭动的藤蔓、壮丽的花。老虎走向车头，司机在驾驶室里忧郁地抽烟，手臂靠在方向盘冰凉的弧度上（老虎觉得这个细铁圈中充满了液氮），压得有些变形。

司机将车钥匙拔下来，交到老虎手中。"上路吧孩子，只要在路上，任何愿望都会实现。"

老虎坐在驾驶室里，兴奋地捡起司机没有抽完的烟，夹在手指间。他觉得自己可以去破坏些什么，或者发现些什么。但不知道如何使劲。老虎有劲，老虎浑身上下充满了躁郁的、使不上的劲。

过一会儿，这个顽皮的少年将驾驶残破的公交车，观光客似的上路了。他将驾驶公交车，来到一条湿漉漉的公路。

他要抵达一个地方。而湿漉漉的公路，是一条不证自明、坚硬的蛇。（却在一连串骨节咬合处，发出弯曲的巨响——也许是窸窸窣窣的轻声。）他也会发现，车玻璃外的景色会在视网膜上滞留切片般的图像。老虎将它称为"凝像"。道路的无限延伸中，卷曲的凝像在不断地下坠，波叠地下坠。

而此时，顽皮的少年试着点火，摸索着踩下油门。黑烟似的柴油气味，及震耳欲聋的喇叭声（由他自己按出），正迫使他成为一个成年人。

老虎与我一起坐在城市的高处。夜色中似乎有滚烫的一切，夜色中有下垂的花。我们坐在高楼屋顶的边缘，丢下烟头。没有爆炸，爆炸声在耳朵中消失了。道路行驶的汽车并没有因为我们的行为而炸成火球。

老虎是世界上最炎热的老虎。热流从城市上空而来，经过我们的身体也不停留。黑暗中，老虎像镜子一样反光。

"有几个残像被弗利萨杀掉了，我已经不是完整的老虎了。"老虎说，"真是个遗憾。"

老虎靠在我的身上，不一会儿就陷入了一场柔眠。行星的波浪让这座城市起伏如丝绒般的呼吸。老虎褐色的战斗眼镜放在一旁。他是世界上最简单、直率的老虎。

老虎的眼睛在城市的夜色中上升。老虎悬空的瞳孔亮如一个星球（瞳孔中有清晰的裂纹）。

更夜的夜晚，醒来时不知是几点几分。我发现自己身处一个封闭的、充满水的房间（像是整个房间被丢入了海中）。但我依旧可以无阻碍地呼吸，在水下呼吸。有阳台

（或者抽屉）向着逼仄的室内延伸，是一个人身体上拉开的无数个（形成节奏的）抽屉中的一个。某个词语浮现在我脑中，"深邃区"。我在这个词中看到一座塔的尖顶，或者一个玻璃多面体。有人正在弯曲身体。我知道，这是真正进入梦境前，一闪而过的切片。并没有什么特殊的意义——在数量足够之前。我在水中行走，寻找老虎。我在房间的墙壁上，发现一个眼睛大小的光滑圆孔。凑过去看，窗外是飞逝的星体：房间已被一根手指弹飞，空间与精神的胶囊被一根手指弹飞。蒸汽小船，正逃离空间中的器官。作为空间的波动或宇宙飞行器的房间仍在飞行中（悬在距地球41.99光年的高空）。

我看到了老虎，老虎被水的轻佻的舌尖卷入口中。老虎遥远的身体，裸露、细长，有鼬鼠般左右游动的脊背。老虎向水的深处沉去，我也跟着下潜。老虎的脑袋上有一道整齐的鳞隙，梦的汁液正一股股从老虎的脑海中涌出。是老虎的梦将这个房间充满。由于我们已位于水底，老虎的梦的汁液进入水中，并没有清楚具象的形状，只能看到空间难以觉察的波动。在这间向内凹陷的密室的、梦的水底，我凝视着老虎，老虎缓慢地苏醒了。他在水底和我讲话，满口冒着气泡。他清晰地告诉我他的另一个梦（以某种偶然、隐秘的方式）。"有人平躺在甲板上呜呜抽泣，像被抢走了甜橙。"

在这个梦境里，不夜城发生了似曾相识的大爆炸。这座城市最高的塔楼（也有一种说法，是石柱）（火舌蹿动的玻璃摩天大楼）被（一只拳头）炸毁了。塔楼爆炸时，火球如轨迹弯曲的导弹，（仿佛沿着弧形的电梯轨道）降落在不夜城各处。人们只好携带上家里最重、最想丢弃、最不值得搬运的东西（有人怀抱一只猫），逃亡到城市边缘的海面上。他们同时携带着各自的惶恐不安。

人们将餐桌叠在救生艇上，钢琴叠在餐桌上，在最高处瑟瑟发抖地饮用香槟（并干杯）。周围是黑暗的海面，还有冰川。

也有人抽烟，并不断重复："吸烟有害健康。"

不夜城闪耀着钻石般璀璨的灯光，像救生艇上吹口琴的小姑娘头上的羽毛一样漂亮。岸上有人在呼救，有人则合力搬动一台大型游戏机。有人跳下水，朝救生艇的方向游来，他的衣服紧贴在身上，看起来极为滞重。他为什么不脱掉衣服再下水呢，为什么不全部脱掉呢？为什么呢？警车紧贴在马路上，把蓝色的红色的光线，旋动着从地下抽取到地面，投射在不夜城所有竖直的墙面。

有着冰川的黑暗海面，是城市的宁静地带。傍晚的时候还有人在海湾高楼的阳台上眺望这里。吹着海风，眺望这片无风景的海景。她发现这里的无物。现在救生艇上的人们发现，这里有光，是白色的光线。白光在冰与冰之间跳跃，从一块冰川折射到另一块冰川。白光照耀下，冰川像是在熠熠燃烧。

惊慌失措的人们提议，借着光线在船上打牌。黯淡的牌面在不夜城的居民之间流动（如流动在明亮的街道）。你也在他们中间。当然，你没有提出什么高见。人们边打牌边讨论新上映的电影。一部电影中，一位顽皮少年把自己变成了猛兽。他把猛兽的胃液灌入自己身体，好让自己消化猛兽们的食物。他把自己缝入兽皮。从他们的聊天中你得知，这部离奇的电影由真实故事改编。但就算电影中的故事真的（原封不动）发生在不夜城，你也不觉得奇怪。因为在不夜城，任何事情都会发生，任何事情都在发生。

有人输了牌，落入水中。一位警察也跟着跳进水里。他在水底捏着一只胖喉的蜥蜴，像捏着一把枪。

不一会儿，城市海面的泡沫消失了。（有人感到自己牙齿间充满泡沫。）海面恢复平静，有规律地跌宕如缓坡。

岸上出现了老虎之群，他们沿岸缓缓地行走着，像是这场灾难的旁观者。这些老虎的影子在岸上闪闪发光，从一只老虎中走出另一只老虎，仿佛在展开（而非重现）另一个平静的、不倦的空间。嘈杂声中的轻跃者。他们没有被不断爆发的导弹击中。有时候，导弹掉在离他们很近的地方，他们也丝毫没有受伤。你知道，总有一只老虎的脚趾上，卡着一块碎镜子，以帮助他们在空间的流逝中，清晰地交替、重排彼此（一局牌结束了，救生艇上叠送的手指正在洗牌）。

有人用即显相机拍下了这一幕。灾难结束后的明天（如果真的会到来的话），这张照片也许可以卖一个好价钱（甩动相纸的手捏着照片一角，老虎正在相纸上缓慢显现）。

魔王（外一篇）

——献给我的父亲

慢先生

君达乐的慢先生，九〇年生人，祖籍江苏苏州，长于青海西宁，现居墨尔本，业余写作作者，作品主要发表于网络。

青海省歌舞剧团的大院里，孩子们正在楼下抓羊拐玩儿。孙国宏颤颤巍巍地爬上了苏联专家援建的剧院大楼。他攀上一个高塔，把拐杖撇了，冲下瞧着。终于他开口喊了："小朋友！都走开！小朋友！都走开！"孩子们嘟嘟囔囔地四散开来，玩儿么，不咋呼就没劲，咋呼了可就得挨训，他们总被到处赶。孙国宏持续地喊着，都走开，都走开。那是他作为一个前著名指挥家最后的一次所谓"调度"了。孙国宏一跃而下，结结实实地将自己拍扁在地面上。

静了场了，只有喇叭还在唱"两山迢迢隔大海，两家苦根紧相连"。人们纷乱但一言不发地围拢上前，看守孙国宏的小将们挤了一两个过来,他们面面相觑。

孙国宏的儿子孙东旭正是在这时走进了院子。他插着兜,脏脏的衣服上遍布脚印,显然是刚跟别人打过架,但他也没什么所谓,正兴致极高地向人群走来,准备仔细地凑个热闹。唱京剧的李玉声看见了他,就大喊:"给摁住咯,别让到跟前来!"院里的其他老街坊就要冲上去,预备将孙东旭摁住。他一见有人要捉他抹头就开始跑,他惹的事多极了,也是自己心虚,回头笑骂:"老几个还想逮我嘿?疯了心啦!"

孙东旭就没能见着他爸孙国宏最后一面。

孙国宏说是摔破了脑袋壳儿了,浆子淌得哪儿哪儿都是。当天虽然都铺上煤渣儿给铲走了,但是还是保不齐有没收拾到的,有人走夜路踩着了,觉着脚下滑,就吓得嗷嗷叫唤。孙东旭蒙着被子还是能听个真着,他爸又让人给踩了。

孙东旭这会儿已经没妈了,他就这么成了青海省歌舞剧团的孩子。谁家都给他口饭吃,但是没一家邀他住下,毕竟自己也还抹排不开呢。还是老青衣李玉声让他住了下来,李玉声的男人头了在北京的时候就给收拾死了,她在青海自己单过,想着添双筷子添个碗就能把孙东旭养活大了。可孙东旭不争气呀,他老病。不是矫情,真是往奈何桥上窜的那么病。李玉声就抱着他去医院,一夜一夜。老李那点破家底儿早就给糟践完了,老李眼瞅着没米下锅,只能冲他哭问:"你是个鬼么?讨债的鬼么?"孙东旭急了,以为老李不要他了,就挣扎起来:"奶奶,我不是啊,奶奶。"他下床磕头,李玉声也不拽他,自己捂着脸,并不言语什么。

孙东旭但凡不病,就练身子,还没桌子高那会儿,就知道在院子里跑圈。饿得眼冒金星还是跑圈儿。一老一小就这么两相凑合着活，李玉声到底是把孙东旭拉扯大了。

1979年孙东旭终于高考去了西安音乐学院，大院里的街坊用竹竿挑了他的录取通知放了三四挂的鞭炮，孙东旭和李玉声都有些激动，孙东旭哭得尤其厉害。他觉得自己熬到头了，等毕了业就能调动走了，离开青海，离开这片涂满他父亲遗骸的院子。

当然，日子不能全遂了你孙东旭的愿啊，你算老几？孙东旭毕业后，省大分办（大专及以上学历毕业分配办公室）的一把手看了他的成绩单和履历，用他鼻音浓重的天水口音高呼起来："这是个人才么！不可多得的人才么！"孙东旭算是栽了，省上不放人，哪儿来的回哪儿去。那句天水话伏魔真言一般给他钉了个死死的。

孙东旭的儿子孙科生在一个冬天。那一年冷极了，都冻透了。临产前大夫问孙东旭："一会儿万一出事了是保大人还是保小孩？谁来签字？"孙科他妈蔡思源，别看平时蔫歪歪的任嘛也不干，水都得喂到嘴里，这会子一个打挺坐起来，惊叫道："保大人！保大人！我来签字！"这段故事孙东旭常常演给孙科看，逗得他哭得死去活来。蔡思源就骂孙东旭，说他嘴里闲出鸟味，挑唆事儿。他们屋热闹极了，李玉声算是有福了，院子里别的老人都说："老李积德，老李家人齐了。"

孙东旭在地下室那个和地面平齐的窗户上挂了个棉布帘子，从早上五点起，他家的半地下室里就会传出练钢琴的声音来。孙东旭当了民族交响乐团的指挥，但是他心思并不在乐团上，他从早到晚地盯着孙科练琴。他一直向孙科重复着那么几句话："好好练琴，考柴可夫斯基音乐学院去，完了回来，全国的剧团，愿去哪儿去哪儿。"

孙东旭总是在给孙科出题，考听力。孙科在看动画片，美国的，俩动物玩命追，腿儿都跑成轮子了，一会儿，一个动物终于撵上另一个了，怀里掏出一八百斤的大锤来，李元霸似的，给另一个捶成纸片那么薄的，揭走了。孙科就乐，咯咯的。孙东旭上来，把电视闭了。拿出纸笔，让他把刚才的背景音乐谱子给默下来。错了也不挨揍，但是孙东旭显然有些失望的意思。

从此，孙科看动画片就多个心了，他很少再笑，小脸蛋上映着荧屏的光，闹出多大动静也就是那样，不笑。他只是等待着，有时孙东旭过来，闭了电视。孙科就立刻抄起纸笔，开始默谱子。

孙科从小就被看得死死的，没什么人跟他玩儿，他放风出去玩的时间都是分钟计的。孙科放出来，也就是看着大家玩，研究似的那种眼神，有比他大的孩子靠过来，他就吓得赶紧缩回单元里去。他太少露面了，院里孩子总以为他是别的院子的，在那个年纪，乱闯院子罪过大得跟偷渡似的，抓着了，往死里打。

钢铁厂东区的产能已经全面关停，盘根错节的管道自大雾的一头发端，拧几个花儿复又生长去浓雾的另一端了，它们偶尔叹出微弱的白烟，钢厂成为亡故巨人尚有余温的尸体。孙科常奔跑于其间，他爹总念叨长跑的好处，长跑好！有病能治病没病能强身，跑步就行了，去他妈的同仁堂。孙东旭常常将孙科拖到厂区外，自己穿厂而过在另一端抽着烟等他，直等到那个小人，头顶喷着热气穿过浓雾过来，就将他放到后座上，拉去上学。孙科奔跑在半废弃的厂区，煤山似乎影影绰绰起伏在黏稠的雾里，厂房大极了，他如同跑过一座废弃的史前神殿一样。他吓唬着自己，想象有人在雾的遮挡下要追杀他，他常把自己吓得惊叫起来，复又大笑，弄出带有回声的极大动静来，这是他每日不多的放纵。

孙科终于是长到了练琴和念书无法兼顾的年纪了。孙东旭烟雾缭绕地自己跟书房里悟了好几天，他决定，就退学吧。孙东旭和孙科一起坐在教务处门口的长凳上，等待着教务主任的接待。孙科突然拧过头来，他隐约感觉到这个决定的重要，他问孙东旭道："爹，这样能行吗？"孙东旭第一次感到了十足的压力，他说："没问题诶，宝贝！"孙东旭作为一个文艺口的混子，他撒这个谎的时候觉得脸竟然有些僵，这么刃对刃地问，他对这个问题答案竟然心虚起来了。

什么行当都一样，拼到尖儿上那一撮，光是玩儿命卖力气怕是不够的。孙科似乎没有想象中的那么有天赋。孙东旭带他去他爷爷孙国宏在北京的老哥们儿那里弹一曲，那位老前辈就留下了"还行，能听吧"这么一句话来。孙东旭心里生生疼出血来，"能听，还行吧"可是上不了柴院的，"能听，还行吧"是大年初二在亲戚家露一手的标准。

孙东旭急眼了，但是效果甚微。孙科应该是弹疲了，他缓慢地向着那个急迫的目标靠近着，他永远差那么一点。孙东旭不傻，他在地下室门外听得真真儿的，这孩子弹钢琴不会断句，背谱子死弹，没有任何感情，应该是对这个毫无兴趣了。他速度和准头儿都有，大曲听着也热闹极了，但是他人并不在这里，跟他看动画片似的。

在越来越频繁的罢弹和暴揍以及李玉声以自尽相要挟的制止之间，这个家庭几乎熄灭了。锅冷灶凉，人们对任何事情都丧失了兴趣，只是迟滞地活着。转眼就是新年了，孙科早已没了看电视的资格，他只在春节联欢晚会的时候被获准看一两个小品。小品已经完了，他仍然无动于衷地坐在原处，母亲蔡思源开始敦促他："披上件衣服，弹琴去吧，快，一会儿你爸又该急眼了。"孙科不为所动。劝到最后蔡思源终于还是没压住火："当年就应该交罚款，生他妈两个，现在也不至于抓这个瞎。"这并没有刺激到孙科："我但凡有个兄弟姐妹，你们能去照着他使劲的，我早跳楼了。"听到跳楼，孙东旭如遭电击，他把酒瓶掷向电视去，跳闸了。人们在黑暗中坐着，浑身发抖，直到万箭齐发的烟火把房间照得通亮，它将每一个人的面孔标亮。他们对彼此的厌恶与自己的丑陋，在此刻都无处躲藏。孙科从烟缸里摸出一个烟蒂来，大大方方地将它点着。

第二天，生活照旧，孙东旭将孙科拉到钢厂，他在另一端等待孙科的到来，等跑完了他就拖着孙科练琴去。他点上烟，默默地站着。两根半，孙科一般就来了。三根见了底，他还是没能听见孙科的脚步。他朝远处打了一眼，看到孙科站在远处就这么看着他。他们对视良久，孙科背过身去，往别的地方走了。孙东旭丝毫没有追的意思，他落了烟头，踩灭了，依旧站在原地。

孙科是打出牌子不学了。孙东旭叫他搬出去，上李玉声那儿住去。老李全然无所谓，爱学不学呗，天塌下来，我重孙子吃饭能吃两碗就行。李玉声九十年代重新评了职称，退休金能养活四五个人，在团里算是老资格，还不能随便安排个差事吗？孙科就算考不上柴院，在你民族歌舞团随便弹个曲儿，也不叫委屈你们团吧？退一步，不要编制了，开班教小孩弹钢琴还能吃不上饭了？老李想得很简单，六〇年要是没饿死，以后就再也不应该饿死了，怎么还能活不下去呢？孙科最后当了个话剧团舞美的学徒工，做些什么道具，画画布景板之类的，他说最近几年不想再碰钢琴了。

孙东旭从半退休状态重回交响乐团的时候吓了大家一跳。在这之前他几乎是全职盯着孙科在练琴，而现在孙科是靠不住了，要走出青海，走出海石湾，只有靠他老孙自己了。上北京拿奖去，拿了奖，就能调动出去。这个目标十分明确，但是艰难到让人发笑。孙东旭重新列了演出大纲，排练曲目也换了个遍。团里现在大部分是新人，看见这些曲目就怯了，也许能玩得动的乐团成员也都是挂名吃饷的放养状态。孙东旭去一个一个地叫，人家不乐意了，合着你老孙想半退就半退，您老来了精神就要遛我们？那是门也没有啊。孙东旭不急，排练的时候大门敞开了演，谁不来座位就给他空着，排练的场子可是在文化厅对面啊，领导们来来去去，有的抽个冷子进来瞥一眼，看见乐团跟豁牙老太太啃过的玉米似的，当天就骂到团长脸上去了。孙东旭是个横不要命的主儿，他不过好了，咱们谁也过不好的名声算是跟团里立住了。

孙东旭必须全力以赴，机会最多给你一次就顶破天了。领导选送你去北京演出，你自己机灵点儿，兴许就能调动出去，演砸了给省上现眼了，那苦日子可就不是一天两天了。团里有位歌唱家，国家二级演员，领导来看她演出，决定选送事宜，据说还有中央的老几位。她也是自己活到头了，那会儿汽水还是新东西，她老想来上一瓶。她向所有人描述汽水的美妙："甜着甜着！气泡撒，激着你，辣着辣着！"临上台前她给自己好好地来了两口，然后在一首描述盛世繁荣的高音主旋律歌曲中打出了一个美声的嗝，一个经由胸腹腔共鸣后"从眉心抛出去！让最后一排也能听见"的嗝。你还能怎么狡辩？"咱家这是改良呼麦？"除了冷宫，你还能去哪儿？

孙科就不一样了，他全面地放开了。这些年亏的，他都要玩回来，西宁的歌舞厅里全是他，不要命地玩儿。他也坏，常给话剧团捣乱。一出戏，刽子手，念"推出午门斩首"之类的词，英雄就要死了，很悲惨的事情。孙科发坏，在道具圣旨上画了个双乳及地的裸女。刽子手打开圣旨就愣住了，这没词儿啊，再一紧张就想笑，越紧张越想笑，嘴唇都快给咬下来了，大腿上一块肉生生拧成了辫子。最后文天祥怒斥刽子手，并质问道："人生自古谁无死？"刽子手终于憋不住了，报以朗声大笑。文天祥蒙了，仰天大笑是我的戏啊，这还有抢的？那现在咱俩该谁砍谁？

孙科就跟着瞎胡闹，每晚玩到天蒙蒙亮。他一身酒气回来的时候常是孙东旭去排练场的时候，两人碰上了并不说话，错身各走各的。

孙东旭要排《魔王》，舒伯特的《魔王》，他要玩儿个邪的，藏语的《魔王》。那时候德国给奖最敞亮也愿意发邀请，艺术团体稍微有点意思的，德国都掏钱给请过去。只要能去北京，这个就能吸引德国人的目光，他孙东旭就能拿奖，就能调动。他算是魔怔了，从团员到后勤，从歌手到门口树上的鸟，没有他不骂个狗血淋头的。他要从石头里挤出奶来，他疯了。

白面儿比汽水儿可进来得晚，西宁最早的毒品一般是大麻和鸦片，毒品一进来最遭殃的是自行车，那时候老城里一辆自行车十块，正好是一小包白面儿的价钱，自行车成了硬通货了，就差找钱给你俩轮儿了。两三年不到，犯了瘾的偷儿闹得全城一辆自行车也没有了，最后谁也不买了谁也不骑了。你今天去看，西宁还是没几辆自行车的。孙科就碰上白面儿了，舞厅么，什么新鲜玩意儿都从这里先过一遍。孙科坐在卡座上，歌厅里雷鸣电闪地打着光，他面前摆着白面儿，周围坐着很多人。有一个大姐姐，他中意很久了，波浪卷，飞眼影，那时候飞眼影可是招口哨的打扮。大姐姐人傲，眼神里是看谁都不待见的意思，少年人总容易对比自己年长一些的女性流露出全然不得体的痴迷来，这很正常。孙科觉得不能了，要跟上，人大姐姐看着呢，不能跌了份儿了。他埋下头去，照着之前人的样子吸了起来。

孙科想起小时候跟人打架来了，一拳打眼上了那种感觉。整眼都亮了，光斑四散，如同九球桌上谁开出了一杆儿，静了场。可能有人拍他，也可能没有。他久违地平静了下来，松弛了。现在的快乐是可以享受的，长久的，不会有人来打断你，递上一个本子，让你默下听到的旋律。没有旋律，操他妈的没有旋律，静极了，所有最沉重的雾都注入这一个厂房里，雾沉重低垂和冰冷，如同罪人的灵魂。他看到了原野，火焰茂密地生长着，鲸鱼缓慢地翱翔于天空，人类亡国了，他们缓缓地在两个太阳间流浪。

孙科躺在厕所里，脑袋仰面置于蹲式便坑中。他的表情不可捉摸，仿佛顿悟。

人与人的体质并不相同，孙科显然是易成瘾的那一群。再也不需要什么大姐姐了，去他妈的，瞧你丫那操性！李玉声死后整个房子就过户给了孙科。很久都没有人知道孙科有了个新的爱好。

孙东旭的节目快成型了。他成了孤家寡人，舞台上的暴君。他常在厕所里蹲下就能听见进来的人对他进行最为恶毒的咒骂，他们把所有父子间的离心离德全部推给他。"老独×"这是他的绰号，他知道。他们对他的指挥风格也很不满意，说他是僵尸，是"一次长达五十年的心梗发作"。孙东旭无所谓，这些比起他小时候作为孤儿挨的骂来说简直能称得上温柔。他目的性明确极了，他要走，他要逃离生活，没什么能让他分心的。

除了孙科。

全院都知道孙科吸毒了，他自己的房子也租出去了，睡在当年他练琴的地库。人们说他开始偷东西了，后台的很多东西他都拿去卖了，他再这么下去一定会丢了工作。孙东旭气极了，他感到胸腔以下的身体都凝成了一块儿，他纠集了歌舞团的几个壮劳力要把他拿到戒毒所去。

整个抓捕过程令所有人心碎。孙科在院子里大呼小叫，他呼唤着窗口每一个看客的名字，祈求他们谁能施以援手。他躲闪着，将所有能够拾起的东西掷向靠过来的人。孙东旭几乎看见了他小时候的样子了，那时候他要揍他，孙科也是这个德行，他怕疼好咋呼。但是那时候他可没有双腮凹陷，并且手臂布满针眼，像是煺了毛的鸡。孙东旭疼极了，他窜出去，几乎是哭喊着将套野狗的绳杆下到了他的脖子上。孙科就咒骂他，多少年没有说话了，那个有些熟悉的声音在夕阳里叫骂着，跟骂谁都一样，他言语里没有任何特指或别的什么不同，孙东旭甚至疑心他那会儿认出了自己没有。

送去戒毒所，该走的都走了，孙东旭没走。他在戒毒所围墙外一直站着。每一个号房里都传出瘾君子的哀号。管教敲打着牢门，大声呵斥。那是一种在重重捆绑之下的绝望哀号，是造物主能够谱下的最为痛苦的歌声。纵然是他孙东旭，也无法听记下这种旋律。他甚至无法分辨出自己儿子的声音。

孙科回来了，母亲蔡思源接他回来同住，但是依然没有什么用，一个不留神他就走了。他不回来便罢，一回来身后还常跟着要债的。孙科清早就把自己锁在地库里，钥匙给雇来的一个小孩，早上来锁他，晚上吃过饭再给他放出来。收债的来敲门，他就给自己打一针，随便外边洪水滔天，直到有次失手把地库给点着了。

人们疯狂地砸着门并听着里面的哀号，不断有中午歇班回来的人加入到拉窗的队伍里。他们终于打开了地库的铁窗。孙科踩着几乎与他同岁的钢琴爬出来，蹬出几个荒诞而急促的滑音。

他毁了容，气道也受了伤。大夫无法确定他在未来还能否发声。孙东旭觉得孙科也许是吸毒吸傻了，他真的是看谁都一个眼神。毁容之后他干脆半疯不疯，人们说戒毒所本该用替代性药品戒毒，硬戒就会变成这样，更糟还可能会把人戒死了。孙东旭根本无从考证这个说法的真实性，他人生中最重要的演出就在眼前了。一年一度，省上选文艺团体进京汇报演出，听说了孙东旭的项目，就一定要过来看看。

人们纷乱地落座，各级领导也到位了。孙东旭感到紧张，这种紧张感甚至让他产生了抽离与陌生的体验。他的手在抖，他将指挥棒放在谱夹上，能听见快节奏的低语一般的击打声。所幸一切都在他的掌控中，整个团他驯得服服帖帖。在他的演出过程中，后台甚至不许有人，没有人可以在后面发出任何声音来，孙东旭这样安慰自己。

后台传来一声巨响，全团的人都打了一个寒战。他们担忧孙东旭的发作。他强压怒火，冲着观众台微笑，他走去后场察看发生了什么。

幕布后，孙科仰面倒在地上，手里攥着金属的遮光板，他可能爬上脚手架预备摘了去卖钱。兴许是今天全院的人都来看演出了，没人能看见他从后门进来吧。血从他的后脑涓涓地流出来。他急剧地喘着气,他依然不能发出任何声音。孙东旭赶忙跪下,将他的头扶起,孙科看着他,那张丑陋扭曲的脸转向他,但是眼睛还是他的眼睛,是那双看到你表演"保大人,我来签字"时就会充满泪水的眼睛。孙科的眼睛这会儿有神了。孙东旭的脑袋中鸣叫了起来,此时此刻他知道孙科能认出他来,毋庸置疑,就是这个眼神,如同没有一丝恨意与苦难横亘其间。孙东旭和孙科互相注视着,就那么一瞬间,孙科歪过头去,双眼暗淡了下来。

孙东旭重新回到台前,扫视着观众。他很困扰,这有什么意义吗?他感到手中的湿润,那是孙科的血。他突然想起了站在这里的目的,他要离开这里,离开这个葬送了他一半家人却假装无辜如羔羊的险恶地方。时间应该开始了,如同雨水应该离开天空,飞鸟应该离开大地一样,他不应该错过这个机会,无论如何也不应该。

台下有人问他说:"孙老师,怎么了?"

他答道:"没事,可能是配重的沙袋落下来了,我没有仔细看。"

他扬起手,灯光昏暗下来,所有看客都隐没在寂静的黑暗里。

音乐起。如同他所计划的那样,每一个动作已经化为肌肉记忆。他不再思考,那种真诚纯粹的悲伤,自然而然地流淌起来,没顶在场的每一个人。

孙东旭在西钢的东门抽烟,这是第三根。孙科还是没有过来,他只是远远地站着。孙东旭熄了烟准备离开,"他再也不会来了",孙东旭这么想。然而孙科还是迈步了,他在定音鼓的轰鸣和宏伟的弦乐阵里启动了,他走了过来,灵巧地爬上后座，给了孙东旭一个愚蠢的微笑。孙东旭一骗腿上了车。疯狂的尖叫和掌声响了起来，而后一切都戛然而止，自行车轴承滚动的钢珠在静谧清晨里欢快地响成一片。

那一年，孙科还小，任嘛儿乐器都不会，数学还不好。

跳　河

阿弟站在镇上的大桥头上，盯着桥下有些浑黄的河水，运河中机轮的声音渐渐地近了，高音喇叭一天一地那么唱着："打鱼的人哪怕狂风巨浪，打猎的人哪怕豺狼虎豹。"干呛的煤烟气味开始慢慢钻进他的鼻孔，他要快些了，船就要过来，他不能错过这个机会。他松了脚踝的劲，向前倾去，倒立着缓缓跌向水面，他通过桥洞看见穿行而过的拖船队，它们长长地首尾相连着，尽头消失在熔融的金红色夕阳里。沿河两岸这个拥挤的千年市镇，正手忙脚乱地筹备着今天的落幕。阿弟不畏酸楚地注视着夕阳，那英雄般陨落的夕阳。

他终于闭上了眼，几乎是擦着前进的拖船撞进水中，河水剥夺了一切之前的声音和温度，紧紧地攥住阿弟的胸腔，随着拖船掀起的浪摇撼着他。阿弟等待着冲力的散去，在几乎停止下坠的那个刹那睁开了眼睛。前些日子的大雨使得河水比他预期的要浑浊得多，阿弟有些慌神，他之前在没有船的日子里演练过这个过程，可是今天的状况依然有些出乎意料，他感觉肺中的空气正在被恐惧燃烧。阿弟奋力挥舞起四肢向船队的侧面游去以期避开那些吃水极深的船底，能在船队边上的水域探出头来，只是当他在浑水中将手向上探去的时候，他只是摸到了坚硬而粗糙的船底。阿弟手指应该是全被蹭破了,但是这不是他目前最担心的问题。阿弟奋力地向下潜去,预备再找一次机会向安全的水面发起冲锋,但是他还是只摸到了船底。恐惧开始全面吞噬这个孩子,他在水底迷失了方向,他只是沿着船队一次次向上冒去,他觉得似乎整片水域都被铁幕所笼罩了。绝望施加着千钧之力,将他拖向水底,一只手穿过浑黄的河水突然在极近处闪现,它紧紧地揪住了阿弟的衣服将他向上拖去。阿弟猛烈地回应起这只手来,他想抱住那具身体,却猛猛地吃了两拳,这是施救者的警告,你不要胡来,否则老子就松手了。他被拖向水面,眼前慢慢地亮了起来,肺部的疼痛也随之达到顶峰,阿弟在出水的那一刻深深地吸了一口气,就昏死了过去。

阿弟在破庙里醒过来,他被其他孩子围着。

"我算入会了吗?"这是他醒来的第一句。

"算算算。"众人应和着,"一定要算的。"

"不行我再来一次?"阿弟真诚极了。

"算的呀!你已经算了呀!你铜卵头铁卵泡,汉子一条,我们阿是,都要摸卵的(服气),你千万不要再来了。"众人告饶。

"谁人家拉起我来的?"阿弟终于想起整个事情来。

"阿乔拉的你,他看你喘得蛮劲的,就先回去烧火了。"

"哦呦,册那。"阿弟这才想起,他也是要回家烧火的,赶忙坐起来要往外头走,"个末,明朝会啊!"

阿弟在拥挤的弄堂里活跃地奔跑起来,他是穿龙会的人了。

运河穿镇而过,拖轮沿着京杭运河输送物资,大河滔滔,朝夕不止。当年干这一行都是航运社,大拖轮拉着十几节船舱，船舱本身并没有动力，只有舵。船员都来自同一个地方，这列船就是一个移动的村庄。一个舱就是一户人家，女人烧火做饭，男人掌舵，头船的高音喇叭会喊话，到了转弯的地方各节都要调舵。有船队过沿河，各家都愿意看两眼，看看每节船上都用大缸种了些什么菜，猫狗是不是俱全，鸡舍鸭棚打理得如何，总之热闹极了。船上不会走路的孩子由女人用布条捆在身上，刚会走路的就全裸着，在几乎与水面平齐的甲板上奔跑，背着一个巨大的葫芦，算是什么落水后的应急救生设备。人们就这么看着船队，看夫妻相打，看教书识字，甚至看剃头扎针，或是一只鸡，日急慌忙地在甲板上奔驰着，像是要去给头船报告什么大事。

进了穿龙会，各位大些的孩子才会教你本事。比起那些游水的花活，扒船算得上是顶有用的本事。船队来了，就游到队尾扒上舵杠，或者随便任何拖下来的缆绳，你只要小心锚，锚一般荡在水里，并不吊起来，水里锈得慢嘛，那家伙在可是混江龙，真要荡过来，给你来上一下子，准保当场口吐鲜血。但你只要是小心就能尝到扒船的好处，一般扒着去湖州玩，胆子大的扬言自己到过上海。到了湖州随处上岸，赤着膊穿街走巷，在人家堂会前探头探脑，最后摸出一些碎钱来，买块炸臭豆腐吃，看看太阳偏西就再扒船回来，快活得很。

假期一天天地在河里泡掉，从早扑腾到晚。阿弟一个猛子扎进水里，往上游的时候，隐隐约约看见上面有个人形过来，见他上来也不避，估摸是要跟他斗斗水法。阿弟猛窜两下向他扑去，要跟他厮打，到了近处，才看清是一具白着眼的男尸。阿弟想刹车，但是之前的冲力还是带着他跟那具男尸撞了个满怀，阿弟尖叫着向河边游去了。入夜前钢青色的河面上钻出几个少年困惑的脑袋。

用竿子把尸体钩上了河岸,全镇的人都放下手中的事情向河口赶来。有男人拿着饭碗,紧赶两步又折回灶堂去了。

"这碗里一点荤头阿没有,这让我怎么拿出去吃?脸皮都要坍光的呀!"

女人尖叫:"看个死鬼还要加菜,个末明朝吃啥?!怎么嫁了你个赔钱货?我要死了,我不活了,你看我吧!我跳起身来就死!"

灶堂间里爆发出哭声。这本是一场好戏,大家平日里要十里八乡赶过来的,但是今天并没有卖出座去,众人步履匆匆地呼应着。

"河口各咪啊,来了个死鬼喏!"

派出所的老钱头带着几个人来了,他愁眉紧锁地看着这具无名男尸。男尸个子不高,酱油面色,十指关节拧着长,看着就是个水上人家的男人。老钱看了一会儿,问到是这几个孩子发现的尸首,就叫他们几个跟着回了局子里。

老钱带上了门就开始发问:"你们谁寻到的这个死鬼?"

"我!钱阿爹,我先看见的!"穿龙会里一个叫金根的小子想要邀功。

"是吗?"老钱询问起大家。

"是。"阿弟说道,他觉得自己是新人,应该给别人一些甜头。

见阿弟说是,那大家也都点了头:"对各,是伊发现的。"

"好。"老钱站起身,走到金根身边,一脚将他踢到墙上去。

他接着一顿拳打脚踢，掺杂着金根很多的告饶和否认。但是老钱并不理会。

"都讲你是，你讲不是？你当我冈×（傻×）啊？"

老钱一顿打完，关节都亮出红光来。他回过身来警告起大家。

"以后碰到这种事情，只做没看见，不要给我寻官司。忘了你家姓也给我记得这个事情！"

大家支支吾吾地答应，老钱又一人赏了一大脚。

"个末，滚！"他一声令下，除了金根，众人赶紧出了局子。

阿弟最后一次回头，看见老钱又打了起来。

后来才听有人说，看死鬼行，拖上来这个案子就归当地了，有尸体就要立案，军爷老派们得沿河一路问上去，这种事情是一千个没结果一万个没结果的。破不了案，上头记一笔，到时候要升官调任，有人多一句嘴，命案不破是能拿来做文章的。

金根倒是没给打坏，但是拘了一夜这位朋友就给吓病了，一直烧着。父母当然也不敢多说什么，晚上还要去丝织厂当班，就托付阿弟带他看病去。当时医院大修，所有挂水的都赶到一个暂时的棚屋里，急诊挂号也在一处。从厂里下来一些失手的工人，头破血流地跟着其他病人哼哼着。

阿弟看看床上的金根，正想要趴下眯一会儿，突然门给撞开了，进来一个男人横抱着一个头发潮湿散乱的女人。男人号哭起来，就地跪下，直到大夫匆匆赶来，才手脚并用地开始求援。

女人大概是落水淹死了，尸体被抬上一架床，脑袋正抵着金根。他假意是睡了，但是头发根根立起，应该是吓得很不轻。大夫大致地看了看她的眼睛，听了听肺就告诉男的，这是没救了，肺里全是水。男人紧接着又哭号了起来。女人的眼睛半睁着盯着房顶，歪斜着嘴，像是疲惫不堪的样子，她在男人的哀告与厂工忍痛的哼哼声中一言不发。

阿弟强忍着不适低头坐着，他觉得自己坐了很久。男人还打听了火葬场的事宜，因为各处都有规定，尸体不能上船，怕有疫病。又怕耽误船运社，明天一早必须火化。

最后看了看要被推走的妻子，男人攥着死亡证明走了。过了一会儿又回来，央求大夫把溺亡二字写大一点。大夫很不耐烦，骂骂咧咧起来，男人哭了，他说死亡证明要拿回去给老人看的，这个字怕是看不清爽的。

这些事无巨细的探讨让阿弟很恶心，像是又一具尸首漂在他的头顶盘旋不去。他跟金根挑明了要回去，不顾他的阻拦就上了路。阴暗的弄堂仿佛深河，他很不适，只好上了有路灯的大路去，远远地往家绕去。终于快到河口的家里了，尿脖子都憋得刺痛起来，他闪进公厕，开始一泻千里。

突然来了一阵歌声，欢快极了，以至于在这个静悄悄的夜半显得恐怖起来，一个影子挟着歌声来了厕所，肩并肩地跟着阿弟尿了起来。

"阊门高，相门厚，胥门挂着老人头，哩哩呦呦老人头……"

阿弟想尿得快一些，这泡尿实在长点。直到那人完了事，阿弟才狠狠打了一个激灵，飞似的跑出来。他超过那人，回头看了一眼，就是那个哭媳妇的船工。船工冲他笑了，算是打个招呼，那种水上人家独有的自轻讨好，和隐隐不祥的笑。阿弟看出这个男人的快活来，他接着唱着"哩哩呦呦一个老人头"，歌声赶打着阿弟逃去，他觉得这个男人怕是已经疯了。

"这是谋杀！"阿弟躺在床上，这个想法兜头给了他一盆冷水。他蹿起来，"这是谋杀！"那个声音完完全全地坚定了起来，阿弟感觉被窝渐渐凉了下去。他想报案，但是忘不了老钱的警告，更知道自己的证据是不充分的。他想忘了这事，也不行。

他在入夜里，常常看见那个歪躺着的女人，好像下一秒她就要坐起来谴责自己。他闭上眼睛也总感觉有东西漂过他的头顶。阿弟被毁了，他下不了水，更不敢正视船队，他怕那些船棚里忙碌的女人抬起头来，就是那张嘴歪眼斜的面孔。歌声有时无端响起来，揪起他一身的毛发。

这件事情一直折磨着阿弟，恐惧感随着年龄渐渐过去，但是自愧和愤怒有时会左右他。在高考最后停笔等待的时候，或是结婚当夜送走宾客后，与媳妇相顾无言对坐的时候，那种童年的五味杂陈都会猛然挣扎一下，像是陈年的尸跳。三十年后阿弟从苏州回到镇上，路过派出所的时候他突然决意去试一试，他说想报一个三十年前的案子时，不知道死者是谁，也不知道凶手叫什么，全派出所都笑了，阿弟也跟着笑了，他知道自己一定显得像个傻×。

阿弟出了派出所站上大桥头，眼前的运河远不如之前的繁忙。他看着河面上自己的影子，隐隐对抗着一跃而下的冲动。

无定西行记

糖 匪

糖匪，素人幻想师，威士忌死忠。坐标北京，小说主要发表于上海。作品两度入选美国最佳科幻年选。多篇作品被翻译至英美西意日韩澳等国。

一

热力学第二定律：在自然过程中，一个孤立系统的总混乱度（即"熵"）只会减少。在不做功的情况下，单子从混乱态不可逆到秩序态演变。

二

"给你。无定。"官员掏出装有四十两银子的荷包交给无定。

无定接过荷包在手里掂了分量，比事先说的少了那么几两，但不碍事。"谢过大人。您不喝杯茶再走？"他挽留这位官员。

毕竟，人家把真金白银的青年基金送到了他手上。这笔钱可以让无定实现他的梦想。

官员摆摆手，回绝了无定的挽留。这位官员怎么看也得有五十多岁，皮肤紧致光洁，乌黑整齐的长辫子里隐隐夹杂着几根银发。过几年等到他退休的时候，连额头眼角那点残留的都会褪尽。整个人焕发着透亮青春的光彩。这光彩将会笼罩着他，从他的青少年到幼童再到婴儿一直到最后死去。他三尺不到的棺材也会被这光彩溢满。

无定将官员送出门。他还想再说些什么，但官员打断了他。官员告诉他拿到这笔钱也不用太高兴，整个帝国总共只有两个人申报了这笔基金。而另外那位在询问天人意见之后决定退出。所以朝廷除了把这笔钱给无定外没有别的选择。尽管在他们看来，无定的项目毫无价值。这个年轻人打算修建一条大路，从帝国中心大都到西边那块大陆最繁华的城市彼得堡，让四轮车畅行其上，方便沿途各地的物资交换。

为什么要费劲去修建呢？既然这条大路早晚会自行生成。

唯一的问题是时间。没人知道到底什么时候从碎石戈壁山地陡坡中会生成一条公路。大多数情况下，天人们可以用牌九算出事物自行生成的时间。但不知道为什么，这方法在有些事上并不管用。比如这件事。天人没有确切答案。他们只说等着吧，总会有这么一天。于是无定决定索性自己来。

他申请了十年一期的青年基金，并且得到资助。

官员的车还没来。无定和官员站在门口等着。等到无定好不容易鼓足勇气打算开口时，那辆由两匹蒙古马拖着的十五马力的世爵汽车停在了他们面前。官员逃一般跳上车，连道别的话都没说就命令车夫开车。世爵汽车扬起一阵尘灰，迫不及待地驶离大都最贫穷破败的区域。

无定目送世爵汽车消失在胡同尽头的拐弯处，默念起事先准备好的获奖感言。讲稿很短，几句话，但他始终没有机会大声念出来。没有人要他发言。

无定虽然遗憾却也能理解官员迫切离开的心情。这里是西城区，大都最破败混乱的地区，外宇宙人口的聚集地。熵减缓慢到令人发指的地步，几十年都见不到成规模的秩序态生成。摇摇欲坠的棚屋下住着许多外宇宙家庭，他们因为这样那样的原因从别的宇宙空间来到这里生活。这并不容易，绝大部分外宇宙空间人士都像无定一样逆向生长，他们从婴儿到老年人，最后以布满皱纹身形佝偻的成年人姿态死去。更令人尴尬的是，这些人的生理代谢机制也和当地人截然相反。他们需要从环境里得到逆熵来维持身体机能的正常运作，也就是说他们需要摄取有机营养物质，而这恰恰是当地人的排泄物。

尽管面临种种尴尬窘迫的境况，绝大部分外宇宙人士还是克服种种困难，适应了这里的生活，扎根下来组织家庭繁衍后代。无定就是外宇宙人士的第三代。

这就解释了他为什么会有这样奇怪的念头，想要修一条向西的公路，一直通到另一个大陆。

当天晚上，无定骑着自行车来到大都里最好的酒馆。他要为自己庆祝一番，给在场所有人买上一杯，然后——"作为受资助者大声发表感恩发言。话音一落，人们纷纷举杯高声为他祝福"。一路上无定想象着这样的场景，浑身血液沸腾。他把车停在酒馆附近的马厩，锁好，进了酒吧。

喝到第三杯的时候，无定知道今天晚上他能做的就是一个人把酒喝完，然后回家。没有发言，没有祝福。他刚掏钱请所有人喝了一轮酒。他们赏脸喝了他的酒，仅此而已。无定怔怔地望着窗外。不远处，钟楼黑魆魆的身影正在以可见的速度慢慢壮大。基座慢慢增高，主楼已经初具规模，能看到四面的石雕窗的轮廓。天人说，再过七天，黑琉璃瓦重檐和汉白玉护栏就会生成。再过七天，等到铜钟和屋脊上的小兽生成，钟楼将正式完工。

他叹了口气，瞥了一眼杯中已经结霜的酒，起身走出酒吧。

三

出发那天一大早，无定收拾好行李，走出家门。借着灰白色的天光，他仔细锁上了门。抬头转身，差点撞在一个人怀里。那个人比无定高出一个头，剑眉鹰钩鼻瘦削面孔，一头银发，满脸褶子，好看却是凶相。

"无定？"他问。

"我是。你是？"

"现在就动身？"

"现在动身。你是？"

那个人"哦"了一声，向后退开，把一封信交给无定。"我是青年基金管理委员会派来的。他们要求我全程充当你的助手。"

"他们给我派了一名助手，可是这个项目不需要助手啊。"无定一边说一边打开信读。信的内容简单扼要,没有余地,不容置疑。他把信揣进怀里,翻身上马。"说好了,既然你是他们派来,你的薪水你问他们要。"

"没问题。"那人骑马跟上了无定。

无定斜眼打量那人胯下的坐骑,是他以前只在画上见过的高头大马。相比之下,无定的这匹马,腿短毛长,更像是头骡子。

"你知道我们要去干什么吗?"无定问。

"修路。"那人回道。

"哦,对。怎么修呢?"无定不免有些得意。毕竟这个方法,除天人外他没有告诉过任何人。

"一般情况下,泥浆、碎石、土路会自行生成公路。我们等着就可以。不过我们也可以催化这个过程,通过人的活动改变聚落的形态……只有人的活动才能改变这些聚落的形态。无论这些形态是多么复杂、不明确或无效,都是人的动机造成的。"

"所以怎么做?"无定有些气急败坏。

"找一辆车,在修路的路线上把车开上一次。外力做的功可以加速土壤的粒子有秩序地聚合。"那人顿了一下,眼睛往无定胯下的马瞟,"呃,我们的车停哪儿了?"

"哪有什么车。我们骑马去彼得堡。回来时再开车。"

"噢,不知道沿途情况,直接开车去的确太冒险。所以我们先骑马去,实地勘测规划一条安全的车能开的路线,回来时再开车。"那个人明白了无定的意图。

无定对他的印象略微改观,对方没有一下子猜到他的计划,这令他多少有点得意。不过他仍然不信任眼前这个人。基金会在他身边安插了一个当地人,说是协助,实则是为了监视。说到底,这笔钱落在无定这样的外宇宙人士后代手里还是让上面的人不安了。

"走吧。对了,还没请教您的大名。"无定说。

"叫我彼得罗就好。"

"彼得罗?"

"怎么,有什么不对?"

"没有。挺好。走吧。彼得罗。"

他们一路向北,经过繁庶的商业街。店铺屋脊上的牌楼柱高高竖起,华板上镶嵌匾额熠熠生辉。街上还没什么行人。寒意渐浓。无定裹紧衣领。他已经有点想念他那间温暖的棚屋了。在德胜门那座品德高尚之门的前面,守城的士兵向他们投来狐疑的目光,反复确认文书上印章并没伪造才放行。镶满金色门钉的红色大门向两边打开。气势雄健的大楼回荡着城门沉重喑哑的呻吟。无定喉头一阵发紧,那句没有机会讲出的宣言堵得他心里难受。

等回来,等回来那天,他要对着无数张仰望他的面孔把堵在心里的这几句话亮亮堂堂大声说出来。无定这么想着,扬鞭催马,带着随从离开了大都。

"我们还会回来。"看见彼得罗频频回首,无定安慰他道。这个大个子远没有外表看起来那么坚强。

"到那时候恐怕我头发都白了。没有人去过彼得堡,更没有人从那开车回来。"彼得罗说。

"等到我们的路修成了,就会有很多人开车往返两地。"无定憧憬道。

说话间,圆圆的日头忽然跳出,在前方的赤杨林铺满一路软金般的光,仿佛是个好兆头。

四

他们骑马爬过几座土坡,渡过一条雨水淤积的小河,穿过沿岸的树林,逆风前行。风裹挟着沙子,毫不留情地打在他们和他们的坐骑身上。据说这是从蒙古沙漠吹来的风。如果一切顺利,他们会在后天走进那片沙漠。无定不得不让彼得罗走在前面,似乎这样真的能挡掉一些风沙。经过的路上,一些泥土正在聚落生成为方形砖块。砖块一块块有序整齐叠加,砌作墙。墙渐渐长高,又沿着蜿蜒起伏的山脉慢慢延长,一些地方的墙体已经初具规模。连绵雄壮的城墙,时而跌入山谷,时而忽然跃入视野,时而横亘在面前,露出排列奇特的烽火台。

在另一些地方,城墙以截然不同的方式生长着。它们围城一圈,大部分时候是方形,但也有长方形。从洞开的城门里望去,能看到大片空地,尚且简陋的街道。在这样已经初具规模的城镇边上,通常能看到七八个尖顶圆形帐篷。每个帐篷里都住着一户人家,他们默默忍受风餐露宿的生活,满心期待城镇房屋和配套设施早日建好,他们好举家搬进新城,找一间宽敞舒适的大院住下。

当无定经过时,他们纷纷把头探出帐篷观看。

"停下来吧,新城快建好了。有漂亮的宅子分给你。"他们说。

"不啦。"无定摇头。

"你要去哪里?前面什么都没有。"

"我要去彼得堡走一趟,然后再回来。"无定回答。

那些人惊讶地闭上嘴。他们从未遇见过这样的行人。

无定和彼得罗都不记得这样的对话重复了多少次。他们已经走了许多天。绝大部分时间里他们沉默不语，耳边只有风声鸟啼马偶尔的嘶鸣石块轻撞的声音。他们失去了计算时间的能力和欲望。比起时间，他们更关心脚下正在走的路。土质情况、路面宽度、桥的承重所有这些决定着一辆车是否能安全通过的因素。他们在骑着马同时也驾驶着那辆假想中的汽车。

为了能在回程顺利找到一条适合车通过的路线，他们有时不得不在一个地方绕上好几回圈子。有时候一天也没能走出多远。这当然不是什么令人畅快的旅行。尤其是在地形特殊的峡谷中穿行时不得不经常下马，丈量两侧岩壁之间的宽度。当最终走出这片地形复杂的山地时，两人已经筋疲力尽。他们陷入了昏昏欲睡的状态。实际上，他们的确是在马背上睡着了。好在他们的牲口似乎拥有神奇的灵性，自然知道该往哪里去。无定和彼得罗所要做的，只是不让自己摔下马。

"你们要往哪里去？"一个声音问。

无定睁开眼，看见了大总办戴着黑玉戒指的留着长指甲的手。然后是长长的流苏礼帽，他的缎面绣花礼服。无定试图下马行礼，但是他的马并不肯停下。

他们好不容易走出荒野山路，来到开阔平坦的草原。马好久没有这么畅快地飞奔了，才开始跑上一段路并不愿意这么快就停下。

大总办并不介意。他和他的护卫队徒步追赶上来，发出快乐的呼喊，加入到这场奔跑游戏中。

"大人。"无定在马上向大总办行礼。

"啊,免礼。"

"失礼失礼,恕罪。"

"哈哈哈,不碍事,不碍事。你们——这是要去哪里?"

"彼得堡。"

"哪里?"

"外国。"

"哦。"大总办若有所思点点头,声音忽然一沉,"不过你们得停下。"

马蹄时间立住。人也是。刚才还回荡着马蹄声的草原大地忽然安静下来,只有色彩斑斓的龙之旗在风中猎猎作响。

无定下马从怀里取出微凉的文书,恭恭敬敬提交给大总办。

但大总办却伸手掏出鼻烟,深深吸了一大口,满足地眨眨眼。"哦,文书,好说。我要你停下别有原因。这前面有河。本来也就是一个小池塘。可雨季刚过,河水水量充沛得很,你们恐怕过不去。"

"啊,那有别的办法吗?"

"绕路从桥上过吧,也就是多走上几天。"

无定和彼得罗飞快地交换视线。

"你说的那座桥宽吗?"彼得罗问。

"马能过,轿子够呛。"

"多谢大人。我们还是先去河边看看,要不行再回来。"无定说道。

大总办耸耸肩打了个哈欠,表示没意见。

无定拱手作揖,上了马,告别这一群身着鲜艳绸缎的男人,按原来的路线,朝那条命中注定拦阻他们去路的大河奔去。

河流宽阔湍急。但是车应该能过去。这令他们大大松了口气。接下来的问题是现在他们怎么过河，无定觉得他们可以就这样蹚水渡河。

"那把你的行李放在我的马上吧。"彼得罗建议道。他的马足够高，能保证鞍上的行李不被打湿。无定拒绝了。也许是出于自尊心，也许只是单纯的固执。他牵着他的矮脚马走在前面，一步步试探着寻找着安全的落脚点。河流比想象的深，没走几步，水已经没腰。无定心里的慌张也没过了腰，几乎漫到了嗓子眼。他快要出声求救了。他不会游泳。就在这时，无定一脚踩在河底什么尖锐物上，疼得失去重心，抓缰绳的手一紧，用力抓紧马绳。马使劲向后挣脱，拉扯中行李掉进水里，无定不顾一切扑上去要捞，被彼得罗拦腰抱住不放，眼睁睁看着行李被冲走。

那里面装着他们的全部口粮。

要是有一张烙饼就好了。才上路几天就遇到食物短缺的问题，这是无定没预料到的。渡河之后，他们一直走在荒无人烟的野地。在草原上还能随处可见的野兔群如今毫无踪影，只能在想象中成为无定的食物。无定已经有两天没有进食，饥肠辘辘，浑身乏力，无论睡着醒着脑子里想的都是食物，以至于一度出现幻觉，大口咀嚼起空气。"停下来休息一下吧。"彼得罗露出担忧的神色，翻身下马，在一块阴凉地为无定铺好毯子。

无定瘫倒在毯子上，不无嫉妒地望着彼得罗。同样的境遇下，他的同伴似乎并不为饥饿所苦，仍然神采奕奕。此刻，他正精神奕奕地做起体操，一边还给自己大声喊着口令。1234深蹲跑跳俯卧撑，1234摆臂踢腿后空翻。

对了！他们当地人光靠做功就能合成身体必需的营养。彼得罗此刻不是在做操，而是在进食。无定看着一阵头晕。他闭上眼睛，耳边传来彼得罗关切的询问——你怎么了？

我还能怎么了。无定心想，咽下一口唾沫。偏偏这时候，肚子咕噜噜叫起来。

"啊，搞了半天你是饿了吧。你等我。"彼得罗仿佛刚刚破解了世界之谜，一脸兴奋地跑开了。无定不明白他为什么那么高兴。经过这几天他发现彼得罗虽然长相凶恶，但对熟人却有意外天真的一面。

过了一会儿，彼得罗从几米开外一块巨石后现身，双手小心翼翼捧着什么小跑着过来。他拿眼瞄了一下无定，又立刻羞怯地低下头。"喏，给你。你看看能吃吗？"

无定犹疑地接过他手里热乎乎黏糊糊的一团东西。

"他们说，你们是靠摄入这些物质来维系生命的。如果是真的，这个……应该可以吃。"彼得罗努力掩饰着他的慌乱，唯独忘了目光不应该躲闪。

无定盯着这团棕色的物体。它看上去十分可疑，而且有点恶心，和食物应该有的样子相去甚远，但它却正散发着一股难以拒绝的香味，碳水化合物的味道。这味道比任何说辞都更有力。

无定一口吞下那团东西。

真好吃！

五

食物短缺的问题被出其不意地解决了。出于相互尊重，对于食物的来源，彼得罗只字不提无定也从未过问，他们之间生出了同谋犯间的默契。靠着这份默契，他们来到哈拉河和友鲁河之间的大山下，沿着商会驼队的足印，经过避风的山谷，防不胜防的沼泽，曾经关押犯人的排屋，尖屋顶的白色房子，步入峡谷森林，最后终于成功站到一块耸立在空地上的大理石碑前。石碑向东的一面刻着"亚洲"两个字，向西的一面刻着"欧洲"。

乍一眼，并不能看出什么区别。只有站上一会儿，同时看着两边，才能感到石碑两边微妙的差异。那是只有站在边界才能领会到的奇妙差异。尽管只隔着一个大理石碑，但两边的世界仿佛置身于不同偏色滤镜下一般。亚洲这边微微发黄，欧洲这边则隐隐泛绿。这是两个由不同质地构成的世界。两个世界的天空大地森林道路尽管相似，却由不同单子构成。尽管如此，就在乌拉尔山脉这座不起眼的高山上，两块大陆交汇了。而他们，两个从来没有离开过大都的人，竟然真的走到了这儿。就在此刻，在他们身后，他们经过的土地上走过的地面，已经有了被人类走过的记忆，说不定已经开始聚落生长，一条通往这里的大路。

得把这个边界在路线图上标注出来，无定心想。

他向彼得罗伸出手："路线图在你这儿吧？"

彼得罗一通摸索，越找越慌张。"啊，少了一个鞍袋。可能是刚才过树丛的时候，被树枝勾走了。"

无定两眼发黑，想要调转头回去找但天色已晚。等他再回到那片树丛，估计也就什么都看不见了。正心急火燎地难受着，听到有人喊他们。

"喂，你们俩。"一个身披棕红色长袍的高个女人站在空地另一边，冲他们挥动手臂。她右边的衣袖缠绕在腰间，毫不在意地袒露着半边身体。在她身后，错落有致地安置着十几座尖顶圆帐篷。每顶帐篷前都站着好几个细长眼睛的女人，嬉笑着挤作一堆向他们抛来媚眼。

"遇到什么难处了吗？"那个首领模样的女人问。

"啊，我们丢了我们的路线图，可能就在经过的路上。"

"哦，"女人沉吟了一会儿，"再回去找，恐怕也很难找回了。让我们的天人给你看看能不能再自动生成一份路线图。"

"太好了。"彼得罗雀跃着，几乎从马上摔下来。

女首领从后面那群女人中唤出她们的天人，吩咐她预测路线图的事，然后把无定他们请进她的帐篷。女首领的帐篷阴凉舒适，散发着怡人的香气。中间还放着一块切割整齐完好的正方体冰块，抵挡森林里闷热的空气。无定和彼得罗不由发出惬意的叹息，迫不及待地瘫坐在软垫上，伸展身体，一边吃着侍女递来的水果，一边享受起这帐篷底下的清凉。

"来，一起玩牌吧。"女首领发出邀请，"反正，现在也没有什么事可以做。"

无定和彼得罗没有反驳。他们拾起侍女堆在他们面前的纸片，认真学习游戏规则。他们很快学会了，几乎和首领与侍女玩得一样得心应手。比起帝国的麻将，这游戏简直小儿科。女首领告诉他们，这游戏叫拖拉机。

"拖拉机，听起来像是将来的交通工具。"无定说。

"天人也是这么说的。"女首领点头。

这时，侍女捎来天人的话。（天人说，他们就算回去找，也找不到原来的那份路线图了。"原来的路线图。天人的意思是——"无定问。）

"如果路线图很重要,你们可以在这里等。新的路线图会在这里聚落生成。内容和原来的完全一样。"侍女回答。

无定沉默了,他摊开手,任手中的牌被人收走。

这一局,双方平手。

侍女开始洗牌。洗牌是一项需要耐心的艰巨任务。稍微一松懈,扑克牌就又会自动按照大小花色整齐排列好。无定怔怔地望着牌在她手中灵巧翻飞,化作一道幻幕。整个人好像陷入了软绵绵的棉絮里,身子轻飘飘的,心跳不知不觉慢下来。他想也许这样等下去也挺好。只要等着,就会有好事发生。在所有五花八门应接不暇的好事里,总会有一件好事是他想要的。

再说,没有地图,就没法把车从彼得堡开回大都。那千辛万苦到彼得堡又有什么意义?

他需要这张路线图。

既然如此,就等下去吧。

在舒适惬意的帐篷里继续玩拖拉机,等到路线图聚落生成。

彼得罗在叫他。那声音仿佛从比大都更远的地方传来。无定恍惚地应了一声,跟着庄家出了一张牌。

"无定,要怎么办?"彼得罗问。

"等吧,我们需要路线图。你也听见天人的话了,也许过两天就有了。"

"也许?可万一向西的大路先于这份路线图聚落生成呢?"彼得罗问。

那不是更好吗?即使不走完全程,也能催生出大路。

无定抬起头望着彼得罗。他不明白这张英俊的大脸为什么看上去那么难过。你在难过什么,彼得罗。我们等在这里，并不是偷懒，并不是投机取巧。我们是在等路线图，和那些等路的人不一样。他们张大眼睛什么也不做，只等着世界越来越有秩序。而我们毕竟已经走了那么多路。

"你在难过什么，彼得罗？"他问彼得罗。

"我们到底在干吗？"

"打拖拉机。"冒失的侍女回答道。

无定狠狠瞪了一眼侍女，辩解道："我们在等路线图啊。"

"我的头发已经等黑了，你的头发也白了。一样是在等，我们为什么要跑到这里来等，待在大都不好吗？"

"不一样，待在大都那些人，是在等路。他们什么都没做。而我们已经走了那么远。我们是在等路线图。"

"我们和他们有多不一样？"彼得罗放下牌，站了起来，"无定，你甚至都不问问我？"

"问什么？"无定问。彼得罗没有回答，径直出了帐篷。

一直在旁边沉默着的女首领露出洞悉一切的笑容。"你为什么不问问他是不是记得路线图，也许他能凭记忆重新画出路线图呢？"

"我能。"彼得罗在帐篷外大声回答道。

那天晚上，无定和彼得罗连夜赶路一刻也没有休息。第二天、第三天也是。人和马精疲力竭，却被巨大的力量推动着片刻不停地向前。到最后，几乎是在机械前行。

第四天，轮船嘹亮雄壮的汽笛声将他们从瞌睡中惊醒。八只眼睛齐刷刷地睁大，忙不迭向四周张望。他们发现他们正置身于彼得堡繁忙的货运码头。

放眼望去,四处都是带拱窗立柱圆顶的漂亮楼房,一道道弧线相连好像音乐在蓝天下飘扬。

无定和彼得罗久久没有出声。

无定深深把头垂在胸口,过了好久才抬起头,对着空中飘过的白云吸了一下鼻子。

彼得罗什么也没说,轻轻拍拍无定的肩膀。

"要不是你,我们说不定还坐在帐篷里等着路线图。"无定说。

"现在好了。"

"没想到彼得堡还真大。可惜没有大都好。真的想再见一见大都灰扑扑的样子。不知道回去的时候钟鼓楼建完了没有。"

"快了。这不,已经走了一半了。接下来就是回去的路。"

按照无定的计划,回去的路要比来时快上三倍。经过检视路况良好的路线,不知疲倦不闹脾气的汽车,还有两颗似箭的归心。他们在圆屋顶的漂亮旅馆下榻,洗澡后换了衣服就立刻出门购买汽车。彼得堡虽然是城市,但繁荣程度远不及宇宙中心的大都。即使闹市区的行人车辆也不算很多,温度只比森林里低了三四摄氏度。一路上无定和彼得罗不动声色地互相交换各自的看法。无定调动着他眼角加深的六根鱼尾纹,安慰彼得罗不要太过失望。彼得堡虽然落后,但作为通往欧洲的港口城市,帝国的茶叶瓷器白酒可以从这里输送到世界每个角落。彼得罗翘起日渐红润的双唇表示接受。

然而事情并没有那么简单。一个沉甸甸的事实落在他们面前。在彼得堡还没有汽车。连制造汽车的金属都还没有生成。虽然知道彼得堡的熵减速度落后于帝都,但看起来无定还是错误估计了两地的熵差。

放弃还是坚持?这样做或者那样做?

他和彼得罗对视良久。在这场无言的交锋中,伤亡惨重。上千个不充分的理由,不够可行的方案。最后他们一致同意留在彼得堡,先炼出钢材,然后制造汽车,最后开着车回大都。

六

无定和彼得罗在彼得堡度过了后半生。他们创建了汽车材料实验室,希望创造出理想的构成汽车的物质。由于帝都的车是自动生成的,没有人知道汽车物质的特性。但根据教科书上所说,物质是由无数肉眼不可见的同一种单子构成。改变单子的排布就能创造出一种新的物质。

虽然从没有人见过单子,也从来没人确切明白这句话的意思,更别说如何改变单子的排布,但无定和彼得罗决定试一下。他们选择这片陌生大陆上最常见的材料加以提炼,不断改变单子的排布,直到创造出那些构成汽车的物质,比如那些金属晶体。就这样,他们义无反顾扎进了单子的无数种排列中。

据说,无定和彼得罗是同一天去世的。人们是在工作间里发现他们的。老态龙钟的无定抱着襁褓里的彼得罗倚靠在软垫椅里,看上去就像睡着了。

他们死后,他们各自的独子继承了他们的事业,将毕生精力扑在制造钢铁上。无定二代和彼得罗二代从出生起就粘在一起，长大后又一起工作。人们已经分不出哪一个是无定二代，哪一个是彼得罗二代。他们如同一个合体，又年轻又衰老，又天真又世故，遇事总是向着截然相反的两个方向努力，很难说，如果没有另一个，事情会不会进展得更顺利。

无论怎样，当他们嘴里都不剩下一颗牙齿的时候，他们终于造出了钢铁和橡胶。

无定二代在临终时，像他父亲当年那样，将感恩书一字一句口授给自己的独子。

这位耄耋老人相信，他的儿子在有生之年，一定会见到令他父亲梦萦魂绕的钟鼓楼，然后向着那个青砖乌瓦的古老城市，大声说出这句沉甸甸浸透着他们家族三代意念的话。

而他们三代人终生盼望的大路或许就在无定三代的话音里自动聚落生成。

无论是无定三代还是彼得罗三代，都没有他们父代这样的信心，他们间断性陷入自我怀疑，间断性地情绪崩溃，却奇迹般地在他们四十五岁时发明了彼得堡第一辆汽车。那辆汽车的燃料主要是人呼出的气体，此外还加入其他一些不那么活泼的气体。这些混合气体在气罐里自动冷凝，推动活塞做功产生汽车的驱动力，同时产生的柴油顺着油管排到油缸里。

新车启程那天，两个人意气风发。无定驾驶汽车从一座座桥上疾驰而过，将行人和马车甩在后面，没多久，他们就驶离了彼得堡。彼得罗回头目送那些漂亮的彩色圆顶宫殿，直到它们消失在目力所及处。

"说不定没多久我们就会回来的。"无定安慰彼得罗。

"是啊，到时候有了路，开车来往两地就不是什么事了。"彼得罗的兴致又高起来，"真想早一点到帝都。我想知道那里的汽车是不是和我们的一样构造。如果不一样，那谁的汽车更快更结实？"

无定早已经习惯彼得罗的孩子气。尽管据说无定家族的人应该更天真才对。不过并没有什么区别。无定踩下油门，指挥着汽车精神抖擞地向前冲去。

沿途的小镇村庄早已经听到他们要来的消息。当地的居民争相想看看欧洲第一辆汽车是什么样的。他们夹道欢迎无定和彼得罗，向车里投掷面包奶酪西红柿伏特加，在渡口和泥泞地守候着，只要车一有麻烦就立刻伸手援助。在诺夫格罗德的集市上，汽车被热情的人们给团团围住长达数小时之久，每个人都想要伸手摸摸这座神奇的四轮房子。幸好当地警察赶来，才维持住秩序，一度混乱至极的场面得到了控制。但是情况也并不像无定三代以为的那样得到扭转，他们能很快离开这座热情之城。因为警察也是人，有着同样强烈的求知欲。同样的，每一个警察都有那么十几个格外亲密的亲戚。他们也一样有着需要被尊重的求知欲。所以，无定和彼得罗很快发现他们至少还需要半天才能从这座小镇脱身。

吸取了这次教训，无定选择黎明时分把车开上了伏尔加河的渡轮。大部分人此时还在睡梦中。船上只有七八个值完夜班的哥萨克工人。他们围成一圈议论着什么。过了一会儿，他们大声争论起来。最终，他们中的一个跑过来问彼得罗，这辆形状奇怪的马车到底把马藏在了哪里。

彼得罗哈哈大笑和他们聊了起来。他喜欢和所有人聊天。似乎所有皮肤光洁的人自然而然话就会多。无定想不起自己皮肤光洁的时候是什么样的。他才四十岁，却已经忘却年轻时的记忆。他常常觉得自己的生命是从他爷爷出生起开始的。眼前经过的,在很早之前就已经经过。无论遇到什么发生什么都似曾相识。这感觉纠缠着他,无法摆脱,令他的生活如同口中之水一样无味。

大概是第四天,他们在喀山附近的河谷边被迫停下来。气罐空了。他们必须补充他们的燃料。无定和彼得罗下车,打开汽车前盖,拔下气罐连接发动机的橡皮管,对着橡皮管轮流吹气。偏偏这时候下起了雨。周围没有任何可以挡雨的地方。他们只能一边淋雨一边吹气。这时候,忽然来了一长列四轮马车。从上面跳下七八个衣着华丽的年轻人。当他们明白无定的处境后,立刻提出加入到补充燃料的工作里来。

"这个就放心交给我们。我们是这个地区最好的铜管乐器手。"他们中一个大鼻子年轻人说道。

他没有吹牛。果然,没一会儿,气罐就被充满了。

年轻人们欢呼着跳上马车,不等无定说完感激的话就扬长而去。

"怎么样,陌生人有时候也挺不错的吧。"彼得罗说道。尽管外貌差异很大,但毕竟他们的生长方向一致,所以彼得罗和这些俄国人相处起来十分好。他信任他们。

无定没吭声,回到驾驶座,重重踩下油门,引擎发出悦耳的轰鸣。

雨时下时停,雾气一直很重,连续好几天他们没有怎么见到太阳。虽然森林里有足够宽敞的路供汽车行进,但总是不断被倒了的树干挡住。彼得罗总是率先下车去推开树干或者别的什么挡路的东西。有一次,甚至是一头断角雄鹿的尸体。无定的脸色一天比一天阴沉,仿佛要融化在浓雾中。无论彼得罗怎么努力,也不能逗他开口。最后,连彼得罗也消沉下去。两人就这样沉默着,忍受着飞溅而来的泥巴,经过污浊的池塘、高高的灌木,穿行在一簇簇鸢尾花中,直到走出这片森林,远远看到在边境线上聚集的市镇。

在市镇稍作休息的时候,无定发现一家中国人开的油站。他操着带口音的汉语,连带比画,经过一番激烈的讨价还价,终于用剩下的所有卢布买下了几升柴油的倾倒权,将这些天汽车排出的柴油全部倒入油库。汽车减轻负荷后,时速提高不少,没多久就进入蒙古国境内。

"那是什么?"彼得罗忽然问。无定顺着他手指方向看见远处有一小片云影扫过地面,朝他们逼来。他立刻意识到那并不是什么云影。与此同时,强风呼啸而过,预告着沙尘暴即将来临。彼得罗试图代替无定开车逃离沙尘暴,但无定一把把他拉到汽车座椅下,用外套挡住口鼻。汽车剧烈晃动起来,被一只无形大手随意摆弄,好几次差点被掀翻。沙子如同湍急的河流,在地面打转,随即升腾遮蔽天空,一时间沙的洪流几乎吞没天地万物,连同其中小小的一辆汽车还有里面两个人。无定紧紧抓住彼得罗。

他生平第一次意识到他们可能不会同时死去。他们中的一个可能先另一个死去。这想法比沙尘暴更剧烈地摇撼着无定的身心。等到沙尘暴结束,这念头还在。

即使车开进松树林,空气中溢满松脂芳香都无法镇定他的不安。离大都还有很远,谁也不知道会发生什么。一代们言之不详的"路途漫长艰困"一旦亲身经历,忽然体量剧增如巨兽般恐怖。无定三代能明显感到自己体力的衰退,相比起来,同伴却显得越来越精力充沛。一直以来维系在两人之间的平衡骤然被打破。至少在无定心里是这么觉得的。仿佛是为了印证他的想法,快到森林休息站的时候,车的左驱动轮开裂了。他们卸下轮子,希望能找一个合适的地方用热水浸泡轮子。休息站里的守林人建议他们去友鲁河边的澡堂。三代们决定利用这个机会也放松一下。澡堂里,彼得罗抱着轮胎专心浸泡。面对裸露在面前的这具健硕身体,无定痛下决心。他蹚水走近彼得罗,凑到他耳边,说出他们家祖传的那句感恩发言。

彼得罗十分吃惊。

"为什么告诉我这个?"他问。

无定没有回答,佯装什么也没发生继续清洗身体。这具身体曾经也挺拔健硕过,有过紧实的肌肉,但现在……他已经太老。他不觉得他能活着穿过可怕的戈壁。

七

几天后无定和彼得罗告别放声大笑的蒙古人和他们的牛群,开车闯进戈壁。那真是一片酷热的地狱。空气中的每个单子都躁动不安。用彼得罗的话说,每个单子都蹦跶得和热锅上的跳豆一样。只有当他们的车开过时,才能给这片蛮荒之地带来一点文明的凉意。

"戈壁里的生物们一定会觉得我们的车是上天的恩赐吧。"彼得罗斜瞟了一眼无定,讪讪收回笑容。

无定的面孔经过太阳暴晒后绽裂肿胀,原本阴郁的神情如今看来几近可怖。他闷闷不乐地开着车,有时候即便看到前方有大石子也不绕过,笔直驾车从上面碾过,完全不顾车身可能在颠簸中散架。即便是面对令人多少敬畏的敖包,他也毫不顾忌地冲撞过去,写满蒙古文祈祷的小纸条和小旗帜都没能阻止他。

彼得罗一次又一次看着他们的车从牛或者马的头骨上压过。那声音令人毛骨悚然。他提议由他来顶替无定开车,但被拒绝了。在这片广袤孤寂的荒地里,远处的地平线看起来近在咫尺。天空却高得令人心慌。距离和景物一起变得不真实。路面向后快速退去,如同海中汹涌的波涛。

"停下,无定。车会散架的。"彼得罗喊道。

车停了,并不是因为彼得罗的关系。车在攀爬沙丘时,车轮陷进了沙子里。沙子太松软。无论如何转动手柄发动引擎,主动轮开始空转,引擎开始变冷,冒出寒气,结出白霜。再强行发动引擎,其他汽车部件可能会被冻住。

他们手足无措地站在太阳底下。

"你走吧。现在走还来得及。你正是最强壮的时候,说不定能走出这片戈壁。"无定对彼得罗说。

彼得罗眯着眼睛瞧了一会儿无定,转身从车底座上面拿出铲子,开始清理车轮下的沙子。

"没用的。别耽误了,你快走。"无定拉住他,"到了大都,记得替我把我爷爷一直想说的那句话给说了。"

"什么话?"彼得罗看起来一头雾水,"对了,我跟你说个笑话。之前和我们同路的蒙古大哥一直以为我们是孪生兄弟。他说我们单独出现的时候他分不清我们谁是谁,只有两个人都在时才能清楚地区分出谁是谁。"

"我和你不一样,彼得罗。"无定觉得嗓子疼得厉害。他不是彼得罗。他的身体是从稳定态到混乱态。他体内的燃料已经殆尽。他既没有力气也没有热情,要回到大都,只为了一条没有他也会建成的公路。

在这激动人心的征途上,他仍然感到厌倦——为什么一定要造一条路，既然它迟早会出现。

这问题让人厌倦。这厌倦让他更厌倦。

彼得罗和他都希望尽快回到大都。彼得罗是为一条路，而他只是为了一个终点。

他只想尽快回到大都尽快结束自己的这份厌倦。

"对，你和我不一样。你是无定，我是彼得罗。造路的人是无定。如果你不向前，就不会有道路。想想这个世界正等着你创造一条新的道路。"彼得罗哽咽着推开无定，埋头清理沙子，"这条向西的路，也许，也许可以用别的方法造，但现在只有这一种方法造你造的这条路。有些事虽然徒劳，但绝不是没有意义。"

无定松开手，向后退开。他不再阻止彼得罗。

有的人总喜欢这样的无用功。就像这片曾经是海的沙地，如今只剩下地上一片盐白。即便有一两口井，也无法改变事实。

引擎经过一阵休息，的确正在逐渐回暖。但离真正可以有效发动，还差得很远。除非有水……

无定的脑子里响起嘎吱一声，好像许久没有开启的门被重新打开。他忽然意识到他们还有一线生机。只要有水，可以化去引擎上的霜。

恰恰在目力所及处，一小片稀疏的草地上，有一座井……

八

无定三代和彼得罗三代花了一个多月，历经千辛万苦抵达了大都郊县。他们按照无定一代画的路线图，越过一座座容易翻越的山岭，眼看就要到大都了。

夕阳西落时，他们爬上最后一道山峰，站在山顶俯瞰山下。

那座青灰色的古老城池就在那里，已经等了他们好多年。

"你现在可以说那句话了。"彼得罗对无定说。

"不，我要进了城再说，当着所有人的面。"

"我知道。你先练习一下嘛。别卡壳。来，把我当作那些人。"

无定看了一眼彼得罗，腼腆地低下头。

"来，来吧。"彼得罗弯肘重重捅无定。

无定抬起头，深呼吸酝酿了一下，又深呼吸，又酝酿了一下。脑海里浮现出无定二代气若游丝吐出这句话的样子。他缓缓转向彼得罗。"来了？"

"嗯，来吧。"

无定三代挺起胸膛大声向着前面的苍茫暮色说道："历史告诉我们，那些说好听话的人总比埋头做事的人受欢迎。但是没有关系，历史也告诉我们，它需要那些埋头苦干的笨蛋，因为是他们造就了历史。"

有一阵子，忽然什么声音都没了。

天地间静得出奇，仿佛所有声响都在那一刻屏住气息，等着无定三代话语的余音袅袅升起，或者缓缓落下，像洁白的细雪，又像不知从谁的胸膛里淬出的火花。

尽管这只是一句朴素笨拙，再普通不过的话。

"真啰唆，是吧？就这话传了三代人。"无定轻轻问彼得罗。

"嗯。真啰唆。的确是无定爷爷会说的话。如假包换。"

"如假包换。"无定鼻子一酸，眼睛就湿了。眼里的大都一时间变得模糊,多出许多道重影。直到眼泪落下,西北角上的那道橘色光影仍然没有消失。无定又揉了揉眼睛。这次他看清了,却又不敢相信自己的眼睛。在大都城墙的西北角上,豁然开了一道大口子。一栋大厦拔地而起高耸在原先是城墙的位置。无定一代嘴里反反复复描绘的大都并没有这座高楼。

无定和彼得罗面面相觑。这座看似无关紧要的建筑莫名地令两人不安。这时,身后的日头彻底落下。夜幕笼罩下,衬得大都灯火分明。即使站在远处的山上,似乎也能听到从那传来的喧哗。

这时,迎面开来一辆四马力的世爵从他们身边经过。彼得罗小跑跟上,贴着窗问里面:"劳驾,看着您像打大都里出来的吧。请问您知道城墙西北角那座高楼是什么吗?"

"是,我是从城里出来。您不知道那高楼也不奇怪。它是才生成没几天。那是大都西站。天人说,西站一生成,最多半个月,从大都往西边的大路就能生成。往后,从大都往西,想走多远就可以走多远,再也不费劲了。盼了这么多年,这条向西的大路终于自个儿生成了。"说话间,车已经走远,只留下残余的人声从夜色里飘来,落在那两个愣在原地的人身上。

过了许久,彼得罗回转身看无定。

"没想到啊。"他说。

"没想到。"无定回。

"至少……"

"嗯,至少……"

天黑了。墨色天空下,无定举步走到陡崖边,他极目远眺,大都还是那个大都。只是多了一座高楼。

那高楼金碧辉煌,灿烂夺目,好像在云端。

塑料时代

何袜皮

何袜皮,苏州人,美国人类学博士在读。著有长篇小说《龙楼雀》《有病的情诗》《1294》等,随笔集《我走得很慢,但我从未停下来》,以及译作《菊与刀》。

一

清晨,我站在落地窗前,为对面的广治大厦送终。远远望去,这栋十三层楼的建筑正沐浴在一片柔和的晨曦之中。十年前,它是平泽镇上的最高楼,但随后这个纪录被十八、二十、二十六,和我正身处的三十六楼超越。我举起望远镜,朝楼下的广场望去。赵雨正戴着橙色安全帽,仰头朝我挥手,他的耳朵和肩膀之间牢牢夹着手机。

他在电话听筒里陪我倒数,9、8、7、6……我把望远镜重新对准广治大厦。就在这时,一点黑色在灰色水泥间移动,大约在六楼的位置。

这是什么?我的心被猛击了一拳,口香糖停在了舌头和下颚之间。颤抖的双手无法调准对焦。没错，是黑色的……一声喊叫要从我的每个毛孔里喷出来：有人！

但就在那一秒，我突然失声了。那声早应该撕破我喉咙的尖叫突然在空气中消失了。

或许你也有过类似的经历，当你恨不得用尽全身力气冲着全世界高喊时，你却发现自己突然成了一台散架的机器，舌头、喉咙、牙齿、声带、面部肌肉四处散落。

一部无声的慢动作电影——我转向左边，一群红光满面的男人正在讨论着新规划图，右边，一个小女孩捂起了耳朵。

战争是沉默的。广治瞬间从地平线上消失了。它朝着37.6度角，软绵绵地倒下，像一个中了枪的老人，捂着胸口，来不及哼一声。

携带着那一点黑色。

有人触摸我的肩膀表达成功的喜悦，或是安慰。他们纷纷离开，只有我无动于衷地站在窗口，注视着大地上广治的尸体。那颗黏着的口香糖，刺痛了我的喉咙。

两天后，当地新闻证实在广治大厦爆破时，一名三十岁男性不幸身亡。我知道的内容比报纸更多。死者叫王阳，上个月刚释放出狱。我十几年前就认识他了。

二

我曾为这部小说的名字苦恼了好久。许多人都知道有个作家叫王小波，他写过《黄金时代》《白银时代》《青铜时代》和《黑铁时代》。我一直在推敲如果不是英年早逝的话，他接下来会写什么。我曾经以为是《灰石时代》。但当我有天站在琳琅满目的充气娃娃柜台前时，我才明白，它只能是《塑料时代》。

在王小波去世后，我们的生活失去了自然界本来的质量，变得无比轻灵、疲软、艳丽、不真实、一次性、有毒害、无痛感……除了塑料制品，我想不出这世界还可能有其他什么主要组成成分。

这是一个凡事经过合成的时代，包括我的爱情，都再也经不起火焰、温度、日晒、雨淋、遗弃，充满了犹如化合物的刺鼻味。

1996年夏天，我第一次抽烟。他们把烟丝从骏马牌香烟里拆出来，再卷在树叶里。我抽了一口，被自己夹烟的动作搞得飘飘然。那时候，我们尽想干坏事儿。我们五个人：猴子、王阳、阿四、张静和我，偷豌豆，烧芦苇，用石头打狗，放鞭炮吓邻居，干的尽是些没有文字记载价值的坏事。

只有王阳是例外。

他那年十五岁，在我们五人中间年纪最大。他肤色黝黑，健硕敦实，总是一副恨不得操翻世间一切的模样。小鸡、书包、汽车轮胎、蚂蚁窝……反正你能想到的一切都可以被他毁掉。

后来他真的未经许可操了一个人，那就是镇上送邮件的女邮递员。他进了仓街监狱，九年后才放了出来。可没过多久，他就抱着广治大厦一起粉身碎骨。

他倒好，拍拍屁股走了，给活着的人留下一副烂摊子。赵雨和他的同事正在接受警方调查。听说那个工程被搞得晦气，一些投资方甚至要求撤资。王阳的动机成了谜。但不少认识他的人都觉得这结局是必然的，和他一向操蛋的秉性脱不了干系。不管怎么说，他也算干了件惊天动地的大坏事。

十五年前的那一天，我们在树林里看到了几只羊，便想去抓。其中三只横冲直撞没命儿地跑。人是追不上的。剩下那只站在原地不动，像一个不明状况的呆子，面色苍白地瞪着我们，问："你们他妈的想干什么?!"

在我们快要捉住那只羊时，赵雨出现了，口口声声说这是他的羊。我和赵雨家离得近，以前我只见过他，但算不上认识。他不让我们碰这只羊，宁可挨打也要保护它。问题是，他挨了打也明摆着不能保护它。他的这种无意义的固执大概是他最有魅力的地方。

他挨了打以后继续佝偻着身子，抹着鼻血尾随我们。有时候王阳朝他挥一挥拳头，他就停下脚步，过一会儿又跟了上来。

我们抱着战利品走出了树林，可那一刻，我们突然不知道要一只羊做什么。有人提议把它就地处决了，或者割掉一只耳朵后放了。我建议把它扔河里淹死。他们同意了。

王阳走到桥上，双手微微一抬，把挣扎的小羊扑通一声抛进河里。

我们一伙人站在桥上观看它溺水的过程。它沉入灰色的河水，绝望地翻滚，挣扎，下沉……最后，竟浮了上来！它欢快地（如果我没有理解错它的姿态）划动着四肢，湿漉漉地爬上了岸，雀跃着往树林里跑了。

三

1980年夏天的午后，柳家弄里走进来一个陌生的姑娘。她皮肤白净，穿花衬衫，扎马尾辫，肚子上抱一个军绿色旧书包，看起来二十八九岁。她大概走累了，就在赵家门口搁的竹椅上坐下来，眯起眼睛，一个劲儿探望天空中变幻莫测的云层。乌云来了，不一会儿暴雨如注。

收椅子的赵家大妈发现了这姑娘，便让她进屋里躲雨。她的儿子性格羞怯，年近四十还没娶老婆。老妇人的脑子转得比色鬼还快。她见了大街上的任何女人，小至十六，老至五十，第一反应总是，她若能留下来做儿媳妇就好了。

姑娘留了下来。有人去赵家见过她，她长得白净清瘦，但闷头闷脑不爱说话，那双凹陷的眼睛总是低垂着，仿佛不让你们看见她的瞳孔。只是偶尔，她喜欢在大雨来临前，站在院子里打探天空中翻腾的乌云。

她留下来的第二年给赵家生了个儿子。外婆替他取名赵雨，感叹这好事是雨做的媒。在赵雨两岁那年的夏天，他妈妈带他在巷口玩。天气说变就变，瞬间乌云密布。他妈妈突然手足无措起来，仿佛大难临头。她丢下赵雨，慌慌张张地穿过人群跑了。赵雨很自信记得这一幕：她先窜到马路对面，又朝一条弄堂里冲了进去，一路狂奔，披头散发，红色塑料拖鞋也跑丢了一只。自那以后，再没人见过她。

赵雨长到了十七岁，脸蛋漂亮，特别是那双深凹的眼睛和翘翘的下巴，像极了那个疯女人。

有一天，赵雨在校门外张望，朝我走来。我推着自行车快走，他疾步跟在我身后，说："谢谢你帮了它。"我白了他一眼："神经病，我帮了谁了？"他说："就是那只羊。"

我站住了，没想到他还记得那只羊。以后赵雨提起此事，总是坚持认为我一早知道羊会游泳，故意用此招愚弄同伴，放走了羊。他说我骨子里善良，只是喜欢装坏。

看我不说话，他低着头，小声地说："我喜欢你。

嗯?"他的声音真诚,眉头紧锁,证明了表达的严肃性。但这时,我已经跨上了自行车,猛踩几脚,慌慌张张地从他身边逃走了。

我自那以后开始留意赵雨,因为他漂亮得叫人心疼,也因为他的身世带着一种悲怆的戏剧感。某天我们在小卖部遇到,我看见他低下头在口袋里找钱时,又长又密的睫毛耷拉着,我渴望伸手触碰它们,再顺带着摸到他干净的脸庞和瘦骨嶙峋的肩膀。唉,赵雨啊,当我老时,你会在哪儿呢?

四

王阳在小学里留过两级,比我们大两岁,永远坐在教室的末排。大家都怕他的拳头。他上衣的胸前口袋里每天都放着同一枚避孕套,表明他时刻准备着要操一个人,但一直没找到机会。有天午休时,王阳趴在课桌上睡着了,有人从他的口袋里偷走了避孕套。等他醒来时,同学们正在教室里打水球。他怒吼一声,那个半透明的肉色水球掉在地上,破了。

赵雨给我写信。他礼貌地解释他并不想打扰我,但是知道我家院子里养了一只鸡,所以想问问我是否知道为什么母鸡自个儿也会下蛋。

我想了想,我家的母鸡确实天天下蛋,也没有公鸡和它交配。他又写:"既然我们都知道,没有性生活的母鸡下的蛋是不能孵小鸡的,那蛋本身是不是相当于女性的卵子呢?进一步说它排出体外是不是相当于每个月的月经呢?那我们吃鸡蛋是不是相当于吃鸡的月经呢?"我真的被他的问题难住了。

当年没有网络，也没有百度。凭借生物课上学到的知识，我基本认可了赵雨的类比，并与他深入地讨论了母鸡有没有子宫的问题。

自那以后，我和赵雨成为笔友，保持了多年的通信。他向我借书，我们每周三傍晚都会在纺织厂背后的巷子里见面。我把新的书递给他，他把看完的书搁在我的车篓里。我们在信里滔滔不绝，但在这擦肩而过的几秒钟内却想不出任何台词。后来见面次数多了，他会说一句谢谢，我冲他笑一笑。

我不知道自己为什么要和赵雨保持联系。自从在小树林打架后，赵雨已经成为我们的公敌。我猜，瞒着自己人和敌人秘密搞串联这件事叫我格外兴奋。在战争年代，我也许适合成为一个间谍，因为这样做比躲在自己人中间更危险。我一向认为，只有危险才成就英雄。那些准备好了一百条退路，总是勾选最大概率选项的人，哪怕他阴差阳错拯救了世界，也算不上英雄。

那是个冬天的黄昏，天黑得早，我推着自行车走在巷子里，远远地看到了熟悉的身影。但直到他站到了路灯下，他的脸还是藏在头发的阴影里。

他把书从书包里拿出来，塞进我的车篓，破天荒地开了口："天黑，骑车小心点。"但就在那一刹那，一只黑乎乎的大手突然伸出来，牢牢钳住他的手腕。

我抬头看到自己人王阳，心里咯噔一下：这下要出事了！

王阳的身后还站着猴子和阿四。

"我一路跟踪你，果真让我抓到你们两个了！"王阳说着扳住赵雨的手臂，像押一个犯人。他虽然比赵雨小两岁，但身材壮实。赵雨挣脱不掉，便用他的长腿钩住了王阳的腿。

我试图分开他们，却被王阳用肩膀撞开。他们挥舞着拳头，四肢纠缠在一起，跌跌撞撞地摔进了路边一个黑漆漆的公厕。我起初听到了叫骂，呻吟，咳嗽和拳头打在肌肉上的声音……过了一会儿，赵雨的声音消失了，只剩下王阳一个人哼哼唧唧。

啊，王阳要把赵雨打死了。我跺猴子的脚，挣脱他的胳膊，想去替赵雨解围。就在这时，王阳跳下了厕所的台阶。

他朝我呸了一口，便离开了。他经过一棵大树时，跳起来顺手摘下一把树叶。猴子和阿四也急忙丢下我，追了上去。过了一会儿，街角传来三个人兴奋的学狼的叫声。

我冲进臭气冲天的厕所时，赵雨已经扶着墙壁爬起来。借着从高处镂空窗格照进来的月光，我看到他嘴角有瘀青，运动裤被扯下一半，衬衣纽扣掉了。他推开我的手，瞟了我一眼后，不再看我。

"你还好吗？"我跟在他身后，走出了公厕。他摇摇头，眼皮依然耷拉着，道："你别管我了，自己回去吧。"说完，他取过挂在我车把上的书包，往背上一甩，走了。

我始终记得他单薄的背影，走路时一瘸一拐，垂着脖子，在昏黄的路灯下渐行渐远。

回到家，我从车篓里取出赵雨还给我的书，其中有大仲马的《基度山恩仇记》，陀思妥耶夫斯基的《白痴》，莫迪亚诺的《暗铺街》和勒·克莱齐奥的《战争》。我在《战争》里发现了他夹着的信。

他说他这几年读了那么多书，《战争》是最伟大的一部。那些硝烟弥漫的现场令他兴奋，虽然它没有情节，也只

245

字未提爱情。

"战争无所不在,我们无处可逃。"他写道。

后来当我在回忆中搜索我究竟是何时爱上赵雨时,我总认为这封信是一个分水岭,因为,它终于让我和某个人产生关联。这个关联可以是一个难以启口的习惯,一本冷僻的文学书,一个叫他人皱眉的饮食口味……我们不和众人成婚。我们只有在冷僻的选项中才能找到亲人。

可惜的是,爱情之深刻,正是建立在虚构和误解之上。

十二年后,勒·克莱齐奥获得诺贝尔文学奖。那一年,我和赵雨重逢,激动地告诉了他这个消息,可他一脸茫然:"克莱齐奥是谁?"

我说:"写《战争》的那个。"

可是无论怎么提示,他那微蹙的眉头始终没有松开。他对这本书毫无印象。

五

你们已经知道了王阳和赵雨的人生是何时有了第二次交集,你们一定恍然大悟,自以为看透了那起意外事故背后微妙的人物关系——一定有什么力量又把我们三个人带到了广治大厦的爆破项目中。

可事实上,他们两人的生活从此再无交集。一个多月后,王阳退学了,在杨家弄弄口摆了个修自行车和轮胎充气的铺子。在人口区区五万的平泽镇上,王阳和赵雨确实可能走在同一条大街上,去同一家火锅店,先后睡过同一个姑娘,但他们不会在一起吹牛,挥拳头,不会爱对方或者恨对方了。我猜是这样的。

也是一个多月后，我终于又等到了赵雨的信。在拆信那一刻，我从自己的舌头上尝到了甜蜜的味道。

巴甫洛夫会说，这叫条件反射，我的愉悦已与拆信的动作捆绑。

所谓的爱情啊，不比一条小狗听到铃声分泌唾液更高深多少。

自从王阳退学、五人组散伙后，我的成绩突飞猛进，最后加上一点狗屎运，去县城里读一所省重点高中。赵雨自职业高中毕业后在我们镇的东风花炮厂工作。我们继续保持着通信。作为一名车间杂工，他每天的工作是在筒子里灌上黑火药。他说他真的迷上了这种气味呢，下班了都舍不得脱掉手套。

高二那年暑假，我从寄宿中学回到平泽，和赵雨约了在小树林里见面。我远远见到他，快认不出来了。他瘦长的骨骼逐渐饱满，上臂粗了几圈，夏天的短裤下露出毛茸茸的结实的大腿，汗衫下有一点小肚子若隐若现。如果王阳再遇到他，未必能打得过他。但如我所说，他们不再相遇了。

我们走到树林中间的空地时，他突然从裤兜里掏出一个小花筒，说："这是给你的。"

花筒的包装上写着"降落伞"。他把花筒放在草地上，掏出一次性打火机点燃了。只听一声巨响，一道白光冲上天空，便不见了，接着花筒倒地了，对准我们的脚噼里啪啦扫射，吓得我俩躲闪不及。

我们仰起头看，树林格外寂静，太阳明晃晃的，有鸟在树梢顶端飞过。可降落伞迟迟没有降落。

这时，我走到他身边，主动拉住他的手。他紧张地笑笑，挣脱了，把手插进裤袋里。

我们在小树林里散步。那天下午的气温达到三十五摄氏度，气压低。阳光从树顶的缝隙里落下，也没什么风。我的汗衫微湿，贴着我的背脊。我刚开始戴乳罩不久，那层白色布料虽然薄，但就像铁笼子一样牢固。

这时，他仿似下了什么决心，突然停下脚步，转向我。他快一米八的个子在我身上投下阴影。他把热乎乎的大手搭在我的肩膀上。

我感受到了他手掌的压力，便安静了，不敢动弹。他低头要亲我，我略一躲闪，一个干燥的吻落在了侧颈上。原来他也只是对准我的脸颊而已。他的大手抓住我的脖子，从领口探下去，摸到了那些白色面料，轻声耳语道："脱了吧。"

我扭捏地脱掉了上衣，又挪掉肩带，把浔浔的棉布小胸罩往下扯了扯。于是，我的乳房袒露在夕阳下。

这是它最撒野的一次经历。它终于能探出身子亲近自然，看看草地、树林、小河，吹下夏风，晒下太阳。

赵雨看着它们。而我，看着他。我忘不了他的目光，他的眼神里竟带着愧疚之情，以及一丝伤感和一丝好奇。这又是一个谜。

他事后给我写信，说他喜欢极了，让他渴望把脸贴着它。可我再也不信他了。因为当时，他只是这么看着它，额头和鼻子微微渗汗。树林里安静得能听到树叶摩擦的声音。终于，他垂下眼睛，淡淡地说了一句："穿起来吧。"

我认识两个赵雨，信里的那个充满奇思怪想，轻浮好色，油嘴滑舌；另一个在我面前，正如同在其他人面前，拘束，寡言，孤独。

我们唯一一次亲近，是我主动把头倒在他的怀里。他迟疑了一会儿，才把手搭在我的肩上。我们就在他家的小阁楼上沉默着，在电扇搅起的气流里依偎着，倾听他那个手脚残疾的父亲在楼下做饭。那老头大约不小心把碗筷碰在地上，一片嘈杂的碎裂声。

他会不会思念十几年前逃走的女疯子？

一种空虚感从胃里升起，在胸口郁积，我突然抱住了他，喃喃道："等我老时，你会在哪里？"

他没有回答，身体僵硬，一动不动。

一年后，他告诉我，那一刻他真想把我一把推倒，压在他家的草席上。但他能控制住自己的情欲，而不像大部分管不住自己下半身的男人，因为他心里有爱——爱的最高境界是成全别人的人生。他希望我能安心考上大学，去大城市，远离他。

六

在王阳辍学那一年，镇中心正在大兴土木建造广治大厦。完工那一天，大家才发现它长得像一个煤气罐，仿佛随时要把平泽镇炸了。镇民们的不满很快随着第一家肯德基的开张而烟消云散。

据说这是全中国唯一一家开在镇上的肯德基，这多少让平泽人的胸口涌起自豪之情。年轻人蠢蠢欲动地想从国企辞职，去肯德基应聘时薪2.5元的点餐员。张静也是其中一个。

她刚工作那阵子我在肯德基见过她，她用清脆欢快的嗓音大声招呼排在我前面的顾客："肯德基今天新推出了墨西哥鸡肉卷，先生您想尝试一下吗？"

可惜等一年后我再见到她时,她已经蔫得像隔夜的薯条,恨不得立刻回到可以喝茶聊天玩手机的人民商场的营业员岗位。

广治大厦为平泽人提供了一个粗糙廉价的南方梦,一个从港片录像带和下海老板们嘴中移植过来的繁华梦。它的二楼和三楼是商场,卖梦特娇、鳄鱼、波斯和一些小镇人谁都不认识的牌子。四楼卖冬季大衣,偶尔也会展览野兽。后来我在拉斯维加斯的MCM酒店门口看到一头公狮,一点也不觉得惊异。在九十年代初的江南小镇上,我们就已经懂得把鲨鱼养在商场里了。它们在羽绒服的包围中焦躁地打转,每一个掉头的动作都能引起围观人群的骚动。我知道它们恨不得吃掉那些大呼小叫的孩子。广治大厦的五楼及以上的高级酒店则是整个平泽镇最神秘的地方。

就在广治大厦旁边那条逼仄潮湿的杨家弄里,王阳摆了一个修自行车的摊位。

我的自行车被人拔了门芯,也不敢去他那儿充气。张静说,他对我通敌一事至今耿耿于怀。但某一天当我不得不从他的摊位前经过时,他眼尖,认出了我。他冲我笑,露出一口烟熏的黄牙:"卓尔,你怎么看见老同学都不打招呼了?"

看他口气轻松,我才有胆停下脚步,仔细打量他。两年多没见,他的个子保持在一米六,身材只往横里长了。衬衫领口敞开着,露出黑黝黝的粗脖子。他用被自行车轮胎染黑的手从胸前口袋里取出一支烟,点着了。我相信那里再也没有装着避孕套了。

我试图用过去的语言和他交流,把"他妈的、傻×、操"灵活地应用于各种句式中,但我发现自己已经不具备这种能力了。用我妈的话说，我在这两年间长成了文雅的大姑娘。我走在镇上，人们总是瞟我几眼，又不好意思多看，然后朝向我妈说："你女儿真漂亮哟！"

我再张一张口，竟发现那些粗暴的词语在舌头上打滚，怎么都没法发出那个音来，尽管我可以自如地在内心的角落里偷偷使用它。这真是一种奇妙的变化。每个人被社会挑选，分类，然后照着你的那个类别生长。你成了被标准化的社会人，与另一些人不再是自己人了。

去北方读大学前，我最后一次和赵雨在小树林里见面。他说他两年后会调到烟花销售部工作，领导对他很看好，没准五年内就可以升为主任。我那时还不知道我将来会变成谁，去哪儿，但我们仿佛都看到像钱币似的在湖面上闪烁的希望。可是第二年，国企改制，赵雨下岗了。

几个月后，我从张静那里听说王阳强奸了一个女邮递员，被抓了。那个中年妇女我也见过，她的颧骨布满黑斑，腹部围了几圈轮胎。

我一度以为王阳变了。在修车摊上遇到那次，他向我提起之前有过一个小女朋友，是邻镇的，谈崩了。人家要结婚，但他没挣到钱。当成人的世界不再以拳头取胜，而是以金钱时，他终于发现自己成了被踩在脚下的弱者。他那会儿看起来无精打采、懦弱讨好，毫无攻击性。可是，谁又知道呢？

我更想不明白他为什么会在出狱后让自己被炸成碎片。大厦内部及门窗早已拆除，警示线在三天前就拉了起来。他是怎么进去的，又为什么要进去呢？有人说他那晚喝醉了，不小心闯了进去；有人说他出狱后走投无路、报复社会；有人说他只是太爱广治大厦了，想和它一起殉情。

七

2008年,有天我在信箱里发现一封信,没有内容和落款,只有一个标题:"八年后,我回来了。"我搜索了记忆无果后,点击了删除。

那晚的饭局结束后,一位先生开车送我回家,在我刚打开车门的一刹那,他突然探过上身扶住我的肩膀,我推开他,跳下了车。那时候,收音机里正在放勒·克莱齐奥获得诺贝尔文学奖的消息。

而那个名字正是在那时突然杀回了记忆——八年,一定是他。

八年后的赵雨剃着板寸头,皮肤黑黝黝的带着光泽,笑起来眼角多了几道皱纹。他在我的面前话依然很少,嘴唇紧紧抿着。他说他半年前从日本回来时就想联系我。他去找张静,可张静不愿意给他我的电话。后来他通过网络搜索,居然找到了我工作公司的主页和我的邮箱。

九年前他下岗了,闲在家两三年,觉得没有面子再和我联系。后来,他家人终于托了关系让他去日本劳务输出,到了京都一家烟花厂做工。由于以前装过黑火药,他被调到了技术科。

"猜猜我现在找了什么工作?"

他回国后看到一家爆破工程公司在招聘安全员,因为他有多年和炸药打交道的经验,便被录用了。

"一切旧的都等着被炸掉,新的才可以建起来。"他垂下眼睛,从陶瓷小杯里啜了一口清酒,长睫毛垂落下来。

他的五官依然精致,继承了女疯子的基因,只是掩藏在粗犷的嗓音和身材里，不易被人发现。

我们盘腿坐在垫子上，面对面喝酒，像少年时代一般拘束。

从餐厅出来后，夜色有点凉，他从大衣口袋里掏出一根细细的小棒，点燃了。烟花刺破了黑暗，在他的手指上发出细碎的光芒，锋利而轻盈。

他说，日本人描述一个人心思细腻敏感，就说他像这线香花火一样。

我突然转过身，眼泪流出来了。

"我太爱闻这个味了，硫黄、木炭粉、硝酸钾，你呢？"他继续说，"你知道吗？红色的火焰是锶盐，绿色的是钡盐，黄色的是钠盐。"

这枯燥的化学成分，绽放到空中后成就了美丽的幻境，和我们注定要写出来的爱情一样虚妄。一切都和真的一样。

我们打车直奔回家，一进门就拥抱在一起。

我想起了前天送我回家的先生。为什么我对他急切的眼神充满了憎恶？这是你留给我的后遗症吧？因为你用了整整十六年和我做这场前戏啊，以至于我对其他人的耐心有了太高的期望。

我们互相为对方脱光衣服，好像再拖延一秒钟，皮肤就要被衣服灼伤。这时，赵雨突然停止了动作。我是指，他当时正弓着背匍匐在我的身上，一手搂着我的腰，毛茸茸的脑袋顶在我的肩膀上。

他保持静止几秒钟后，咕哝了一句："对不起。"

他翻身下来，躺在我的身边，修长的裸体紧紧蜷作一团。"对不起，"他哽咽道，"我太紧张了……"

我抑制住一声胸膛内的叹息。一种无边无际的空虚在体

253

内蔓延。

等我老时,你会在哪儿?

八

我们重回热恋,只是赵雨不再触碰我,仿佛我享有某种欲望豁免权,仿佛他把手伸进我的裙底就是对全世界女性的亵渎。我并不像我以为的那么介意。我相信我们毕生追求的亲密,是心灵含着心灵。因为器官的融洽性,不会比鞋子码数挑剔,总可以找到替代品,但心灵的默契却是命运的奖励。越高贵的心灵就越难找到它的容器。在情感的亲密之前,身体的欲望显得格外琐碎。

有天赵雨让我猜猜他接下来要进行的爆破项目是什么。听到是家乡的广治大厦,我确实有些吃惊。虽然我知道昔日最高档的三四楼商场早已被个体户的廉价摊位分据,四楼以上的宾馆设施老化得恐怕都评不上三星(只有镇上唯一的肯德基让它依然是一个地标建筑),但我依然不能理解为什么要拆它。

"那个地段好,听说要建一栋中国最高的双塔楼。""中国最高的?""没错。"

既然记忆中的鲨鱼展是真实存在的,又有什么不可能呢?赵雨所在的工程队计算好了广治倒下去的角度,那里恰好是我的初中校园拆除后的空地,时间定在清晨。赵雨邀请我回到平泽观看广治大厦的消失,他的语气像要重新表演一次降落伞花筒。

知道王阳出事后,我给赵雨打电话却一直不通。他们应该在接受调查吧。等我回到上海后,电话终于通了。

"我都知道了，"我说话时腮帮子还在哆嗦，也许因为冷，"这一切都不是你的错，是他找死的！哪个安全员能保证一个找死的人的安全呢？"

他平静地回答："我知道。"他说他现在不方便和我说话，他们在开会，便挂了。

我坐在赵雨家马路对面的咖啡馆里等他下班。不一会儿，天色暗了。我仰头望去，猛然发现三楼左边第二间的灯亮了。他不是在开会吗？这让我有些疑惑。

我顺着老公寓的楼梯往上爬，站在了赵雨的门前。我刚要敲门时，突然听到了门后传来爆炸声，像是打游戏的效果音，或是放映一部电影。

我找出了他曾经交给我的钥匙，打开门。客厅里空荡荡的，房间的门缝里露出昏红的灯光。我悄然走近，从虚掩的门缝往里望，眼前的场景让我愈加困惑。

一个穿红色薄纱睡衣的女人正背对着门，匍匐在地板上，发出哼哼唧唧的声音。床头电脑里反反复复地播放着广治大厦倒下去的录像。我的脑袋像卡住了的机器，滚烫，无法转动。

"她"听到声音，受惊似的跳了起来。或者说，在"她"站起来以前，我已经认出了这毛茸茸的小腿。

赵雨吃惊地瞪着我。

我们对峙着。

我能从他的眼睛里看到他对我突然闯入的厌恶，也有那一丝似曾相识的怜悯。

那件红色睡衣披在他的身上明显短了一截，露出他的黑色肚脐和直挺的生殖器。他的裸体，和他来不及切换的眼神一样，带着一丝戏剧性的绝望，口水还挂在他的嘴角。

他捂住了脸:"我一直觉得我是爱你的呀,可是……"

"那天晚上他把我按倒在厕所里。我觉得痛苦极了。可是,天知道,它竟成了这十几年来从不会让我厌倦的回忆。每一次回忆,都有新东西出现,我的身上戴了镣铐,他按住我的头,让我舔肮脏的地砖,他骑在我身上用链条勒住我的脖子。我多想回到那个臭烘烘的厕所啊,我希望被男人践踏,卓尔。我喜欢屈辱,挣扎又失败,绝望,喜欢被我爱的人毁灭。瞧瞧每个人的矛盾啊,我想要屈辱,也要尊严。你知道最刺激的高潮是什么吗?是他点燃导火线,让我粉身碎骨。"

"他为什么会在广治大厦?"我问他。

"他为什么要强奸那个老女人?是为了证明他不喜欢男人,让我彻底死心吗?他坐牢后,我去了日本,他一出狱,我就回来了。他说他从没爱过我,哪怕一丁点。我和你可以聊书,聊电影,而他是个蠢货,什么都不懂。可是,卓尔啊,我只迷恋他狠狠干我的样子。唉,我觉得你真是不值啊。你看看你都糊涂成什么样子了?"

"他为什么会在广治大厦?"

"他不愿意碰我,冲我大吼大叫,叫我去死。他说他从前只是因为实在没有东西可以操了才会操我。这话有多伤人啊!如果他从没有在那个公厕里干过我,我是不是就能爱上你?"

"他为什么会在广治大厦?"我重复着问题。

他咽了咽口水,刺目的喉结滑动了一下,慢慢走向我。

"我用了很长时间才让自己接受这个现实,你那么好,我却没有办法爱你。"

我这才注意到他那张毛茸茸的嘴巴上抹了桃红色的

唇彩。

我害怕得发抖，转身拉开门跑了出去，冲下楼梯。

我开始在街上狂奔，仿佛脚步交替的频率慢一点，红裙子的妖怪就会追上我。穿过两条街后，渐渐跑不动了，在一个街心公园的花坛上坐下来喘气。

你爱男人或爱女人，是一种基因。你爱谁，爱什么样的姿势、方式、态度，也已在最初的一刻被注定。烟火散尽后，你总能闻到化学物质的真相。你从没爱过我，哪怕一丁点吗？那晚温暖的夜风如同一剂麻醉药，让我的思维逐渐放缓，昏昏欲睡，失去了推测能力。

九

爆破工程公司出钱为王阳办了一个隆重的追悼会。遗照上的王阳像一个对未来信心十足的有为青年。这应该是他一辈子最风光的时候了。大家已经不再关心他究竟为什么会在那个清晨出现在广治大厦里。那天到了不少人，但赵雨不在里面。反正从没有人觉得，这两个人会有什么联系。

阿四和张静是前后脚到达灵堂的。我早听说阿四在和父母一起经营茶叶店。他和张静谈了大半年恋爱后，把她甩了，找了一个更年轻的打工妹结婚。那也是好多年前的事了，现在张静已是一对双胞胎男孩的母亲。当她丈夫去给王阳献花时，她迫不及待地告诉我，阿四在洗浴中心染了性病，以后不孕不育了。我对这点将信将疑。

那天我在街上走路时，一辆黑色别克轿车在我身后按喇叭，我看到猴子在后座上探出了脑袋，他胖了，只有嘴唇上那颗长毛的黑痣能叫我认出他来。他执意要让司机带我一程。他对多年前的晚上，和阿四在公厕门口拉住我，阻止我去救赵雨一事，至今很愧疚。

"你说，我们当年咋就和王阳这种痞子一路货色呢？"他顿了顿又说，王阳还在摆修车摊呢，他挺想帮帮他的，可现在大家都开车了，谁有自行车要修啊？他继续摩挲着大腿说："你念名牌大学，是文化人了，看不上我们这种大老粗了。"

突然，他从包里拿出一本贴了很多面料小样的簿子。他捏起一小片给我看说："这是今年最火的布，我押宝押对了。"

我早已听说他和他舅舅的厂找银行贷款了上千万，排了上百台织机生产面料。"这小子胆可真够大的。"阿四当时这么说。

我用手抚摸那光滑的银灰色布料问："这叫什么？"

"花瑶绉，可以和真丝以假乱真吧？其实它和蚕宝宝没有一点关系，就是聚酯纤维。"他说得兴奋起来了，嘴上的黑痣开始跳跃，"它的某些优点真丝还真及不上呢，比如不容易皱，手感软，质地轻薄，透气性好，看上去又亮又高贵。"

"可它对健康没好处。"我指出他的遗漏。

"可它才几毛钱一米。"他继续补充，"你比比，分得出区别吗？"他指着我脖子上的真丝双绉围巾。

我用手摸了摸他的，再摸摸自己身上的，笑了："你别说，它们真的和真的一样。"

尾随者

默 音

默音,生于云南,后迁居上海。作家,已出版小说《月光花》《人字旁》《姨婆的春夏秋冬》和《甲马》,翻译有《摩登时代》《真幌站前多田便利屋》《赤朽叶家的传说》《京都人生》《冰点》等多部日本小说和非虚构作品,并长期撰写日本文学、文化相关文章。

意识到时,公交车上只有我一个人。

不,准确说来并非如此。售票员和司机仍在车上。

属于过去时代的两节式公交车,车厢连接处是如同手风琴风箱的橡胶褶皱,在车辆转弯时也像手风琴演奏时一般折成扇形,发出的只有嘎吱声,没有音乐。

司机在左前端的驾驶座,售票员在右侧的中门旁边,我坐在"风箱"背靠背的四只座位之一,背对司机,斜对着售票员。随着车辆行进,我身下的座位不时大幅度地摆动。售票员的座位高出一截,加上头顶的灯光,她像是舞台上的演员,又像是审讯台后的犯人。她挂在胸前用来收钱找零的帆布包很旧了,不知是不是老一辈传下来的,带子两侧长着毛絮。制服白衬衫则是新的,闪着白光。

售票员垂着眼,仿佛睡着了,也可能是死了。

我忽然有些紧张,这趟深夜的公交车会不会在接下来的站牌不停,摇晃着把我带向深夜不可测的某地?以及,我身后的驾驶座,果真坐着司机吗?会不会车上其实只剩下我和闭目合眼的女售票员?

一旦开始放任想象,车厢中部微暗的空间倏然变得难以忍受。我感觉到脉动加快,口腔干涩,泛起咸味。

当我把关于公交车的梦讲给江云水听,她没有立即做出回应。和以往一样,我坐在她的办公桌对面,视线一转便能看到对着窗户的书架上的相框。那里面的照片上,比现在年轻,笑容也比现在放得开的江云水蹲在一个四五岁模样的男孩身边,揽着男孩的肩。

我问过她,男孩是不是她的儿子,她说不是。所以那是某个患者,还是什么亲戚?我知道她不回答涉及其他患者的问题,便放弃了追问。

"你最近仍然感觉到自己被人跟踪吗?"江云水问了个和我的梦无关的问题。

"昨天还遇到过。我在罗森买东西,有个人隔着货架,盯着我看。"

"后来呢?"

"后来我就去结账了。出门的时候往那边看了一眼,已经没人了。"

"那个人是男的还是女的?"

"没注意。戴棒球帽,很瘦。好像男女都有可能。"

我停顿一下，"你是不是一直觉得是我的幻觉？类似被害妄想。"

江云水温和地说："我们第一次见面是在咖啡馆，当时你说斜后方桌子坐的人是跟踪狂——那张桌子没人。我并不是说你遇到的类似情况都是你臆想出来的，不过，也许有些时候是。"

"也许有些时候，确实有人在跟踪我。"

"李茗，那你觉得是什么人在跟踪你？你的公众号粉丝吗？"

她总是连名带姓地叫我，让我想起教过我的一些老师。尽管我离开学校有十八年了。

我说我当然没有头绪，继而问她，有没有看过我上一条关于带孩子走一小段四国遍路的推送。

其实是某款儿童跑鞋的广告，拿了三万推广费。品牌商提出让松果穿他们的跑鞋出镜，被我拒绝了。我的公众号向来是随笔加插画，从不放照片。

我对他们表示，孩子出镜后患无穷。对方说可以不拍脸，我坚决不松口。

最后达成的协议是用两幅插画承载品牌方的热望。一幅是我和儿子松果手牵手的背影，我戴着遍路者标志性的斗笠。另一幅是松果盘腿坐在树下休息，我站在他旁边俯瞰的视角，画面呈现的是他有两个旋的圆脑袋，一片樱花瓣沾在发旋旁。画笔的好处是不用摆拍，场景天成。不，应该说，可根据实际需求生成。

江云水还没和我聊过松果，可能她有她的步调。算上今天是第三次见面，除了被跟踪，我也提到失眠的问题，指望她给我开点特效药。她说她没有处方权，她是心理治疗师，不是精神科医生。收钱不办事,指的就是她这种吧。

我忍不住主动提醒她,昨天那条推送也是"十万加"的阅读。

"江老师,你可能不太了解粉丝这个群体的生态。有的人看看文章就算了;有的人爱打赏,用行动表示支持;还有人热衷于抢沙发留言,后台私信那更是聊什么的都有,好在主要由助理帮我回复;然后就是渴望在现实中和公众号的主人交流的……"

我忽然说不下去了,嗓子像被猫爪挠过。我端起杯子,喝得急,差点呛到。江云水看我的眼神带着冷漠的好奇,像一只没学过抓老鼠的猫面对啮齿类。

那天直到咨询时间用完,她都没给出任何建设性的意见,只在告别时对我说,如果再做记忆鲜明的梦,请及时在微信写给她或者语音。

离开江云水位于建国西路的工作室兼住家,我沿着梧桐毛絮飞舞的马路走了一段,纯粹是为了躲避毛絮的攻击,躲进一家咖啡馆买了杯牛奶咖啡。不大的咖啡馆室内整体呈白色,牛奶咖啡其实就是Flat White,装在比iPhone SE更迷你的玻璃杯里,二十五元。我想起和某位咖啡培训师聊天时听来的,花式咖啡的成本占比最大的不是咖啡而是牛奶。十七年前我打工的那家台湾人开的红茶馆,一杯柠檬红茶也是这个价。如果仅以此作为观察样本,可以说近二十年来物价没什么变化。这当然是错觉,看看房价就知道了。我认为培训师说错了,咖啡的成本,不管是花式还是黑咖啡,最多的部分在房租。

江云水是否知道她的居所是本城最昂贵的地段之一呢?

如果她有一天厌倦了心理医生的工作，只需要卖掉房子，就能在任何一个二三线城市度过不为稻粱谋的后半生。

作为高中毕业后来到这个城市试图闯出一片天地的人，我自问混得不算差，错就错在没有及时买房。对比房价，不管是之前的工资还是后来的自由职业收入，我的所得简直像个玩笑。从去年夏天起，靠公众号一个月有小十万进账，这才看见些微的曙光。

照这个节奏，明年就能凑够首付。

喝完咖啡，九号线转八号线，花了一个多小时，回到我在同济大学斜对面的家。来上海这么些年，生活区域从浦东到浦西的西南角，再移到东北角，近几年总在大学周边打转。

我喜欢大学。可能出于缺什么补什么的心理。十九岁离开老家，之后换工作像翻书，也算是在社会各个层面摸爬滚打过。本质上我是个社恐的人，尽管为了生计不得不和各色人等打交道。大学在我眼里是最好的地方，远离外面的营营役役。草坪上、走道上、食堂里，年轻男女们在恋爱、辩论、温书或戴着将自己与他人隔绝的耳机。他们即便在群体中也维持着个人的形态。尚未被打磨。

以前杰森嘲笑过我对校园的看法，说我把自身内面的幻想投射到大学，再从大学汲取虚假的安慰。

他还说，就像粉丝对偶像，只不过你的目标不是个人。

人类学专业的人，就喜欢对事物贴标签，下总结。我没有反驳他，是因为我崇拜他。

至少在当时。

从地铁出来不想回家，我直接进了校园。离晚饭还早，随便晃晃也不错。

地铁上看到的一幕附着在大脑皮层，不肯掉落。

高中生模样的女孩坐着玩手机，双肩包反背在胸前。有一年很热的韩国牌子，人造革质地缀满金属钉，假充朋克，实则浮华。旁边的女人大概是女孩的母亲，握着指甲钳耐心地在女孩肩膀附近剪啊剪，帮她修掉包带上几乎看不出的线头。女孩全程头也不抬。

江云水在上次面谈时说，如果你愿意，我们可以聊聊你的父母。

我拒绝道，我离家早，我是自己长成现在这样的，不要和我谈原生家庭那一套。

校门口的甬道上伫立着毛泽东像，永远昂扬的神气。老家的高中也有这么一尊，做工和规模逊色许多。我从雕像台座旁走过，摸出从去江云水那里就设成免打扰的手机。能够三个小时不碰手机，连我自己都感到惊讶，既没有逃离的放松感，也没有应该有的焦虑。但只要重新看一眼就够让人焦虑的了。密密麻麻的未读消息和未接来电，红色的圆点和数字。我先回了某个甲方，合作过一次的玩具公司，想让他们的火车模型在我近期的推送"出镜"。当然了，是以插画的形式。

我说，松果喜欢火车！不过家里没地方放轨道啊，我要想一想。

未接来电有助理小夏打来的，三次。我回拨过去，她却没有接。现在的小姑娘几乎都不靠谱。小夏是朋友介绍的，据说家里有个假发厂，所谓的"富二代"。毕业后她不想回老家，对正经上班也没兴趣，就来了我这边，刚过了三个月的磨合期。小夏负责接洽广告，开发新客户。另一个打理微信后台的助理青岚已经做了一年多，她排版干净，留言和评论管理也比较仔细，要说有什么缺点，那就是对我太知根知底。

玩具厂商的营销在微信打了一长串的字。茗姐，您家里还会没空间吗，收拾收拾就出来了。我们会派人上门安装调试，不用您费神。

我尚未想好怎么回，电话进来了，是小夏。

"茗姐，有个新的广告，我们报价对方也认可了。"

"是什么？"

她整个音阶比平时高出一截，显得兴高采烈，我决定先不苛责她不问我一声就报价的冒失举动。

"冷榨果汁。是个进口牌子。他们以前只走五星级酒店和餐厅，现在打算铺生鲜电商，所以想做下推广。正好我们七、八月的广告还没定档。"

"果汁？都有些什么？松果对芒果过敏。"

"好几十种呢。对方说可以约了去他们那里，先试喝一下。"

我的公众号没接过食品广告。以前找上门的若干家打着健康食品的幌子，感觉就是圈钱的乡镇企业。进口品牌听着稍微有点意思。我试图在脑海中勾勒喝果汁的松果，跳出来的却是另一幅图景。

郑枞枕在他妈妈郑沐如的腿上睡着了。遍路第三天，爬山加日晒并且还要背包，让六岁的男孩很快没了第一天上蹿下跳的劲儿。

他脖子上系着一条印有小黄人图案的三角巾，乍看像是一只只黄色瓢虫。可能怕他睡觉影响到呼吸，郑沐如用一只手小心地解开他颈部的活结，顺手用三角巾擦去孩子鬓角的微汗。她的动作和地铁上帮女儿剪背包线头的女人的动作重叠在一起，我仿佛看到了郑沐如围着成年后的儿子打转的未来，心头瑟缩起一阵不知是喜悦还是惆怅的抽搐。

回到家，我叫了西北菜的外卖，在电脑上浏览公众号留言。后台的私信如果太多天没看会被清空，上个月我在四国期间，助理青岚把她判断为重要的私信做了星标，便于我过后浏览。手机端有小程序，不过我还是习惯用电脑。和私信不同，留言则没有时间限制，像不合季节的落叶，越积越多。有的留言非常之长，简直把我当知心姐姐倾诉个人烦恼。有的是广告。也有的纯粹出于自我显示欲。眼熟的ID和新读者混作一堆。扫这些落叶的时候，我每每怀念尚未拿到第一个"十万加"的草创期，那时留言的人似乎纯粹得多。

不过这年头又有谁真的纯粹呢。

两年前的夏天，我突然提出辞职，总监说，你找好下家了？我说没有，他显然不信，没再追问。我其实没撒谎。那时郑沐如病了，郑枞无人照料。郑沐如的妈妈邵女士正在谈一场新的恋爱，顾不上女儿和她一直嫌弃的拖油瓶外孙。我见过她数落郑沐如。把你养这么大，小时候还蛮像我的，怎么越长越像你爸，一脑子糨糊！离婚没问题，哪有空手拖着个小人回来的？在日本几年啥也没捞着，我讲出去人家都不信，谁还不是以为你拿了老大一笔赡养费回来的！

住院期间的郑沐如显得比平时憔悴，因此和邵女士多了几分相像。不知等她变成老阿姨，会不会像她母亲一样周旋于舞场，和各式各样的半老头子打情骂俏。都说三岁看到老，虽然见过少女时期的她，二十来岁的她，乃至如今三十出头恢复单身带娃的她，我还是得说，郑沐如的走向谁也预料不到。

留言看了没几页，门铃响了。我拿了外卖，把调味汁拌进凉皮，在工作桌兼餐桌上铺了报纸，边吃边继续看。

一条留言吸引了我的注意。

"真巧，我有个朋友和你一样是单亲妈妈，最近也带她儿子走了一段四国遍路。可惜她不像你这样会表达。"

这是粉还是黑？我停止咀嚼，盯着屏幕看了几秒钟，最后决定不予理会。对于那些觉得有价值的留言，我会宽宏大量地将其"上墙"，显示为可见。其中有部分能得到我的回复。有时候这项工作交给青岚，不过总体来说我更愿意亲力亲为，处理留言是最亲密的与粉丝互动的行为之一，值得花时间。

一份凉皮吃完，留言也处理得差不多了。我拿起手机给郑沐如发微信：周末做什么？

前年年底，出院后仅休整了一个月，郑沐如又恢复了自由业日文译者的作息。我一直觉得她不像是那种能静下心做一件事的类型，所以说一个人对另一个人的了解或者说自以为了解，总是有限。她的上一份工作是家庭主妇，再之前则是空姐。为了养活自己并抚养郑枞，她开始做从未做过的商业翻译。为的是时间相对自由，且大部分是笔译，可以在家干活。郑沐如像上班的人一样周休两天。周一至五，除了接送郑枞和简单打理家务，她都在电脑前。她讨厌打扫，请了钟点工，做饭则是自己动手。有些小孩在母亲做饭时会像个树袋熊般黏人，六岁的郑枞在这方面显出惊人的独立。给他一盒彩铅几张白纸，他就能自己乖乖待着。

遍路途中，我对他说："枞枞，你要是走不动，你妈和我都抱不动你。"

他像个大人般说："干妈，我比我妈能走多了。"

三年前刚认识的时候，他还是个为上幼儿园哭一整天的小不点。T恤底下的肚子鼓得像假的，大头大眼。让他喊我干妈，便直愣愣地盯着我看。

当时郑沐如甚至以为儿子有自闭症。当妈的总是愁这愁那，平白生出不切实际的忧虑。

郑沐如回微信说：周六下午小家伙踢足球，你来看吗？

我当然说好。

和郑沐如重逢是因为一场和日本艺术家合作的展览，我们公司负责媒体发布。请口译这类琐碎的工作照例是助理们的事，发布会开始前半个小时，负责口译的郑沐如过来和我打招呼。

十年不见，她的变化惊人地小。仍然是笑起来弯弯的月牙眼，长发变成了刚过耳的短发。我印象中她有颗虎牙，如今一口牙平整极了，让我疑心是自己的记忆失误。她应该也过三十岁了，面貌仍有几分学生气。

我在装作第一次见面和相认之间踌躇片刻，选择了后者。我说，你是……杰森的？

她眨了几下眼，像在困惑此时此地为什么会冒出她想必早已抛在脑后的前尘往事。离开上上份工作后，我听说杰森的小女友最终当了国际航线的空姐，并很快找了张国际饭票，杰森为此颇为失落。把这番八卦传给我的人，意在表达，你看，他舍你取了个在校学生，没想到雏鸟养不熟就飞走了。

我当时是怎么回应的？总之面上一定不曾显现内心的旋涡。

不是失恋导致的失意那么简单。隔了十年，我也只能推测，那个时候，类似抑郁症的状况如野火烧遍我的全身。失眠、心悸、无故流泪、渴望自行了断，每一个夜晚都是危机重重的跋涉。

而当年那场危机的导火索就站在我的面前，带着不自知的茫然，少许惊异。"您认识杰森？好多年没听过这个名字了。"

"我以前是他的下属。"

助理过来和我确认流程，谈话就此被打断。日方艺术家发言的间隙，郑沐如将他的话翻译成中文。我不懂日语，不过也算是见过一打以上的译者，足以判断她很不错。

时隔多年，我还是为杰森默哀了一把。你以为的今生至爱，听到你的名字时，眉头上扬的幅度不到五毫米。

活动结束，日方艺术家和美术馆的人去聚餐，我们的团队继续琐碎地善后，和媒体寒暄，让速记回去发文件，查看刚拍的现场照。隔着喧嚣，我寻找那个高挑的身影，她似乎走了。会餐另有日方的熟人做翻译。正打算找助理问她的联系方式，我又看到了她，蹲在角落的椅子旁，椅子上坐着个小男孩。组里的小余站在他们旁边。

我几乎是第一时间想到，哦，那是她儿子。难道她的日本丈夫也来了？小余不干活跑那里做什么？

回过神时，我已经站在他们旁边。小余正在逗一脸不开心的孩子，说，妈妈来了呀，把脸擦干净。

男孩有张鼓鼓的脸，五官看不出他母亲的影子。脸上泪痕分明。

我说："小朋友多大了？"

郑沐如和小余像是这才注意到我的出现，前者略带窘迫地起身说："三岁。家里没人，我就把他带来了。前面还麻烦小余照看。真不好意思。"

我学郑沐如刚才那样蹲下,对男孩说:"三岁是大孩子了,妈妈不在跟前就哭,可不像个男子汉。来,阿姨带你吃冰激凌,好不好?"

男孩迅速地瞟了郑沐如一眼。我发现我对三岁孩子缺乏认知,那完全是个大人的眼神呀。包含了言和、征询和渴求。不知怎的,我觉得在男孩身上看到了杰森的影子,但这当然不可能。

知道郑沐如已和日本丈夫离婚并回到上海定居,是在重逢后两周多。我和她很快相熟起来。没理由不熟。我给她介绍口译的工作,给郑枞买玩具,带他们在城里适合孩子出入的餐厅吃饭。如果我是个男的,旁观者铁定以为我在追求郑沐如,女人做出种种示好的举动,则只会被判断为友情。

星期六,我没能和郑沐如母子一起吃午饭。昨晚发完推送又看各种公众号,熬夜到太晚。

外行人多半以为,公众号一旦做成爆款,就立即变身印钞机。我不知该把持这种想法的人评论为"缺乏想象力"还是"想象力泛滥"。不切实际的想象来自现实经验的贫瘠,就像如今从造型到台词均浮夸不堪的都市偶像剧,稍有职场经验的人很难忍受超过五分钟。

我为了公众号付出的时间和精力,无异于独立导演制作电影,需要方方面面收集信息、考证、多角度比较、事后验证,还要尽可能多看同行们的成果。

"我不是辣妈"走的是亲子路线。类似的公众号成千上万,我这个号能脱颖而出,靠的是人设、插画和文字风格。看似随意的唠叨,偶尔呈现单亲妈妈的疲惫和怨气,更多的时候怀着天然的斗志，借此"治愈"广大的读者。

一切都是精心计算的结果。

我也随时注意其他号的推送，尽量不落俗套。世风衰颓，每天都能看到某某公众号抄了谁，有时候还是名气大的抄袭订阅量平平的，被抄的自然不甘心自己的脑力成果被人拿去变现，于是从公众号到微博乃至知乎豆瓣，掐得漫天飞灰，简直和这季节的梧桐毛絮有一拼。

我有时觉得自己是宛如独孤求败的剑客，独行在新媒体时代的浮华与硝烟中。

当然是我残存的文艺心导致的无意义错觉。

我在路上买了个面包，匆匆赶往郑沐如从微信发来的定位地址。郑枞人小主意大，今年九月就会进入一年级的他已学过绘画、小提琴和围棋，每样都是几天就厌弃了，最近说要踢球，于是做母亲的又开始新一轮陪学。

我更喜爱幼儿园小班的郑枞，安静得让人担心他有自闭倾向，看不到妈妈就开始生闷气，有时还会流眼泪，但绝不发脾气胡闹。那时他对郑沐如的无条件依赖，看得人心头一软。

四天的遍路加后面两天的温泉吃喝之旅，我抵达一个结论，这个干儿子将来也就是个小白眼狼，总有一天会抛下妈妈过他的多彩人生。小小年纪，他就经常甜言蜜语地哄我。干妈，你最好了。小崽子一说这话，后面必然是要这要那。

松果也有同样的臭毛病。我昨晚发的推送是《有时想把孩子塞回去》，今早一看，阅读量两万多，不好不坏。留言倒是异常踊跃，足有近千条。看来我在文章中历数松果从小到大的诸般变化，并感慨"孩子还是在肚子里最乖巧"，得到了一众妈妈们的真心认同。

小夏有时说,茗姐,改天带松果一起出来玩吧。青岚就不会犯这种无知者无畏的错误。主要是早期我没留心眼,她在我流感发烧时上门来过。造成的直接结果是我现在对这个小助理多少有些忌惮,不敢轻易炒了她。

松果并不具有三次元的存在,他只是我在公众号虚构的孩子。是虚构,不是欺骗。我的公众号名字就已经够有诚意了不是?"我不是辣妈"。

辞职帮郑沐如带娃,可以说是一时的意气用事。那时我以为她要挂了。谁能想到她切除癌变的乳房之后,能好端端的到今天?她出院后,我从她家搬回了自己家,每天往返于两边,觉得自己像个全职不住家保姆。每到夜晚,在自己的家里,我莫名地有些想念郑枞——当然并不想念给他生命的那个女人——完全是为了排遣那种突如其来的空虚,我注册了公众号,开始以单亲妈妈的口吻,写一个叫松果的孩子,配了些随手画着玩的插画。

谁能想到,由自娱开始的公众号不到半年就火了呢。不得不感慨命运的嘲讽。

抵达球场的时候,训练已经开始了一会儿。说是球场,不过是借用了中学操场的一角。人造草坪的外沿是铺着红色胶粒的跑道,四月下午的太阳底下,慢跑者三三两两地跑过,有人戴着耳塞心无旁骛,有人不断瞥向扎堆踢球的孩子们。

我先在十几个男孩当中找到郑枞,再走近郑沐如。她站得比其他家长远,不注意就会以为她只是停下来看热闹的。

"忙完了?"她问我。

我拧开矿泉水瓶盖,咬一口面包。"忙不完。最近真是累成狗。"

"文字工作者就是这样。"她笑笑说,"我也算半个文字工作者。"

郑沐如只知道我在帮某个公众号撰文,没有问过我具体是什么。在我的身边,即便不是唯一,她也算是十分少有的,不用朋友圈的人。某种意义上,她是个缺乏好奇心的人。自从我们成为朋友,她一次也没有问及杰森的现状。可以理解为她只关注儿子,前任过得如何,尤其是被她抛弃的前任,无法在她的"想要知道"清单占据一星半点。与此形成对比的是她对育儿知识的收集癖,我通常不用自己买书,想看什么儿童心理学和教育的书,上她那里借就行。我有很好的理由借书,因为"赚稿费的公众号"与此有关。也曾试探着问她有没有订阅什么公众号,她说不爱看手机,整天对着电脑已经够累了。

我应该为郑沐如的老派生活方式感谢上天。

郑枞的个头比场上其他孩子小,跑得也就慢一截。看不出他是在追球还是在追人,不过看起来很是投入,喘息出汗,小脸通红。

我问过郑沐如,为什么没留在日本。她说单亲家庭又是个中国妈妈,怕孩子在学校被欺负。

我猜另一层理由是,同样的赡养费在中国可以过得宽裕。不过没就此问过她。

我们一度非常亲近。她住院期间,我觉得自己像她的姐妹或者母亲。接送郑枞,陪他吃饭哄他睡觉。中间趁他在幼儿园的空当煲汤送给郑沐如。她在病床上变白变薄,越来越像一张纸。我在想,我知道她也在想,万一复查的结果不好,郑枞怎么办。如果是无聊的都市剧,这时该有托孤的对话。当然没有。我们不过是新近变熟的朋友,她也不知道我辞职的理由,对她我只说是厌倦了忙碌想有个间隔年,正好有空就照顾你们一下。我猜她和孩子爸有过事务性的联络,毕竟比起孩子外婆,那个已再婚的男人更靠谱些。不知是学日语还是几年的旅居东瀛生活造就的底色,她就像日本人一样,小心地把重大的情绪和决定封存起来。

当她出院,郑枞喜不自胜。我才发现孩子是养不熟的,是谁的就是谁的。

距离那时差不多两年过去了,郑枞身上有可见的变化,从个头到语汇到性格。我的另一个发现是,小孩不像我们以为的那么单纯,他有小心机,会看大人脸色,懂得什么时候撒娇比较有用,偶尔也会忘形地玩成一个收不住的疯子。我们大人和孩子的差距,其实无非是几乎不再有那种忘形的时刻。

消灭掉简陋的午饭,我对郑沐如说,有个朋友的公司做火车模型,那种很高级的带轨道和实景的,回头也许能搞一套给郑枞。

她惊笑。"太夸张了,你会惯坏他的。"

听着并非拒绝。我因此知道将可以和玩具厂商进一步谈,说自己家放不下,可否送闺密家,这样松果也有得玩。

如果说接受别人的好意并将其当作理所当然,是一种可以养成的习惯,郑沐如的淡然处之并非我起的头。她念大学的时候,杰森就送过笔记本电脑名贵丝巾以及钻石耳环。杰森说,用名牌包是老女人的恶习,年轻女孩子不需要。

说这话的他似乎忘了半年前送过我一只LV,我讨厌那个带夸张标志的设计,只用了一两回。而我和郑沐如不过差两岁。

我当时是杰森所在的PR公司的设计助理，一个月四千的工资，那是在北京奥运会前六年，四千的月薪不算太低。

只是，手上挎个LV仍然像假的。

郑枞的训练结束，他跑过来让妈妈给他擦汗，边嚷着口渴边喊我"干妈"。

"干妈，我们待会儿去吃蛋糕。"

我说好，摸摸他热气腾腾的脑袋。剃得极短的头发在掌心唤起一点痒意。我忍不住把他拉过来比画一下。"怎么感觉几天不见，又长高了。"

"没有。昨天才量过。"郑沐如说。

"说起来，你原先还怕他不会走路。现在都和大好几岁的孩子一起踢球了。"我笑道。

郑枞很早就开口讲话，口齿清晰，不带含糊的娃娃音。可能语言和身体总是此消彼长，他两岁多了不会走路，只会爬。倒是爬得飞快。

和郑沐如因为口译见面时，郑枞三岁，终于学会了走路。这些我是听他妈妈讲的。此刻，郑沐如也许在心里回顾了爬行期的郑枞，嘴角带笑说："总算从恐龙进化成灵长类了。"

我不由得暗自感谢她，随口一说，就给了我一个绝佳的推送标题。

恐怕对任何一个公众号的创作者而言，"十万加"都像高纯度的毒品，一旦尝试过，便很难忘怀那种嗨感。

虽然传播周期也就一周左右。

我们写下的是方生即死的文字，真实经历加上提纯的高光、各种风格的滤镜，再撒上大把人类情感的添加剂。鸡汤成为流行的同时,所谓的"真实故事"则是另一种流行。俗语说"干了这碗有毒的鸡汤",大众未必不知道他们在消费什么。手指点击和眼球扫视化作即时的数字,折算成金钱。货币早已数字化,成为手机里一行记录。

有时候,细想自己的营生,我觉得自己贩卖的和收入的都是空无。

那天和郑沐如母子在咖啡馆,还发生了一件小事。

郑枞的嘴边沾着提拉米苏的奶酪,郑沐如说,擦擦嘴。

她很少像其他孩子的母亲那样动手帮擦,如果郑枞听见了却不动手,她不会再催。许久之前有一次也是这样,小朋友不动弹,我看不下去,伸手拿纸巾擦了,几乎在同时,我在郑枞的眼里辨认出一抹得意。那表情太过迅速和微弱,我几乎以为是自己的错觉。我不觉愕然,这真是个孩子吗?他的得意是因为得到了大人的关注,还是由于他执意不清洁自己熬到了胜利?

郑沐如在旁边淡淡地说:"你这样惯他,他只会得意。"

当妈的如此一针见血,让我愈发惊愕。难道母子关系其实是一种无形的角力,需要战术才能制胜?

我把这些观察与困惑也写进了我的公众号——当然是以第一人称的叙述方式。

好像就是从那篇《多吃了几十年盐,难道我还斗不过我生的娃》开始,公众号拥有了一大批死心塌地的拥趸。留言们纷纷表示,辣老师你的总结真精辟,养孩子光靠爱可是不够,得提到战略的高度。

给公众号取名为"我不是辣妈"的时候,我万万想不到自己会被称作"辣老师""辣姐",听起来像包辣条。

扯远了。

踢完球在咖啡馆，郑枞表现得十分乖巧。听到郑沐如让他擦嘴，他抓起纸巾胡乱抹了几下嘴巴周边，腮帮子上仍有可可粉的痕迹。

我忍住了伸手的冲动。

这时我看到，在他的后方，落地门上方的玻璃窗上，一只黑色凤尾蝶一次次撞在玻璃的表面，上演着不成功的越狱。

门其实开着。蝴蝶只要往下几厘米就能飞出去，但它不具备那样的视野和智慧。

郑沐如也看到了挣扎的蝴蝶。她没有喊儿子看，侧脸上不具备表情。我陪她带娃的时候，她经常处于放空的状态，大概工作和儿子加起来过于耗神。我有时很想问她，没有和杰森在一起，你后悔过吗？遗憾的是她不是爱叙旧的人，我们之间只在第一次见面时由我的口中冒出过杰森的名字，她的表现就如同那仅是个过去的熟人，而不是买好了婚房却被她抛弃的旧男友。

新推送名为《我的恐龙男孩》，照例在深夜发出。我在第二天中午起床，看到免打扰模式的手机上有一串未接来电。郑沐如。两个助理。我妈。玩具厂商。助理们各打了不止一次。我刚把免打扰关掉，又有电话进来。仍是我妈。

以为她有什么要紧的事，没想到她只是问我五一回不回家。快两年了，妈至今不知道我辞职的事，以为我还在PR公司。我说，我们不一定放假，可能要帮客户做活动。她便开始讲她的那一套，大意是，工资再高，也不要把自己卖给公司。终身大事还是要放在心上……

我听到一半的时候连上蓝牙耳机去刷牙，刷到一半终究心神不宁，含着牙刷回来开电脑。公众号登录时需要扫码，我按指纹打开手机画面，点开微信，尚未来得及调动扫码框，一眼看到密密麻麻的未读信息，脑袋不由得发晕。自从公众号开始成为营生，微信比上班时代更成为绑在身上的魔咒。人人都在屏幕那头畅所欲言，发出商业邀约，讨价还价，赞扬或诋毁，更有各种不知何时被拉进去却又碍于情面不好退出的群——大部分被我设成消息免提醒，任凭它几百上千条未读不断增加——仿佛就是为了证明我们生活在信息冗余的年代。

有时候会怀念我还在梅姐的红茶坊做服务生小妹的日子。那时对未来最大的奢望不过是可以靠画画的技能找份坐办公室的工作，而现实中的小小奢侈则是在红茶坊对面的柴板馄饨摊吃碗加了大量鲜辣粉的小馄饨。

有一次在郑沐如跟前说漏了嘴。我感慨地说，现在外面的馄饨没吃头，多年前兰生电影院门口的馄饨摊才叫美味。她惊讶道，你不是〇二年大学毕业才来上海的吗？好像那时候已经开始市容整治，没有馄饨摊了。我说，嗯，跟同学来玩吃过一次，印象很深。

郑沐如毫无疑心地说，是的是的，那家真的好吃，小砂锅煮的，又浓又鲜。我有个同学就住在那附近，以前经常一道去。

和她一起吃馄饨的并不是什么同学。我当然不至于拆穿她。

我深吸一口气，凝视手机屏幕。最上面的三条新消息分别来自一个群和两个商业公众号。什么时候我的号也能脱离个人公众号的领域，像这样单独有一个未读提示就好了。看来注册公司的事要加紧。再往下是青岚和小夏，都有三十多条。然后是大批订阅号的主入口。往下则是郑沐如。她不仅打过电话，还给我发了十九条微信。时间停留在最新一条凌晨四点，只有四个字。

为你悲哀

我睡一觉的时间里，这个世界都发生了什么？

妈还在电话那头絮叨，我强忍着心悸说我在忙，先挂了。挂上电话，我点开和郑沐如的对话，满屏的文字让我一阵目眩。如果说最后一条秉持了她平时微信的简短风格，那么前面的十八条留言则是破纪录的长。每条都超过一整个屏幕。白底黑字构成情感的旋涡。愤怒的，毫不留情的，字字戳心的。

我看着手机发呆。我应该能看懂她的每句话，奇怪的是文字在这一刻变成了我全然陌生的某种东西。一个个字像整齐的队列，操练着我看不懂的游行。

电话响了，十分刺耳。我哆嗦了一下。平时都设成振动的电话怎么会突然响？接着我意识到耳麦还插在耳孔里。手机显示电话来自小夏。

接起来，小夏在那头说："茗姐，你看到我发给你的微博链接了吗？"

我茫然地说："什么微博？"

说话间，我点开小夏的微信。她发了一连串的语音，中间有个微博链接。因为是转帖，标题只显示一半。"我的朋友被人抄了，只见过抄文抄梗抄设定的，还有这种……"

尚未点开链接，我脑海中一个个僵死变硬的螺栓像是被上了油，重新松活，而刚读过的郑沐如的句子则化作一把把尖刀，扎进头脑的深处。

> 你剽窃我的生活放在网上。三年来我把你当作朋友。我没想到你是这样的人。

在网上爆料的人，我不认识。应该是昨天踢球的十来个孩子当中一个的妈妈。也就是前几天在微信后台给我留言，说她有朋友带娃走了四国遍路和我很像的那个读者。

千里之堤溃于蚁穴，正是我的写照。只见这位所谓郑沐如的朋友，一个粉丝量不过三百的微博账号，在微博上发的爆料帖有了超过两千的转发量。不用去看，我的公众号后台一定炸了。留言和私信想必攀升到从未有过的高峰。昨天那条在我入睡时也就是发布两小时后刚过一万阅读量的《我的恐龙男孩》，此刻一定被推上了"十万加"。尽管这一次，人们看我的文章和插画的视线，将混合了猎奇与评判的目光。

我昨晚实在太过大意，画画时直接用了手机相册里郑枞踢球时的打扮。绿T恤，黑色及膝裤。微博的正义使者说，我朋友小孩的这件T恤绝无二件，请问"松果"怎么会穿了一样的？

遍路期间我给郑枞买了件橙色T恤，背后有个绿色的河童，很抢眼。当时他说，下次干妈画一件T恤给我吧，那样就是和别人都不一样的。那么小的孩子怎么会有"独一无二"的概念，我因此和郑沐如有过讨论。我说，我小时候可没郑枞这么精怪，顶多是别人有什么我想有个一样的。

后来也是偶然，去一个朋友的工作坊，发现他们的丝网印刷设备可以制作T恤，就给郑枞画了一件。墨绿色底，图案是白色的。无头鬼在玩抓娃娃机，思想泡泡表示，它想要一只笑脸的头。娃娃机里全是凶恶的丑陋的和悲伤的头，无头鬼没有头，自然也就看不到。

郑沐如对这件T恤的评语是，也只有我们家郑枞会喜欢。

郑枞对满大街的机器猫可妮兔米老鼠之类的大众卡通形象毫无兴趣。他喜欢妖怪。我给他买过水木茂的画集。郑沐如说，可能是怀着郑枞的时候读过京极夏彦的小说的缘故，尽管她并不特别中意那些与其说是讲妖怪不如说是描摹人心黑暗的故事。

毕竟是自己的设计，展示欲隐隐澎湃。在《我的恐龙男孩》中，我让飞奔踢球的男孩穿着那件绘有诡异抓娃娃机的绿T恤。画里是他的背影。我不厌其烦地精勾细画了T恤的图案。心里也不是没有过小算盘。要是有超过五十个读者表示喜欢那件衣服，我就干脆去定制一批作为公众号的周边，也是时候开始做自己的产品了……

没想到那幅画的效果，就好像贼洗劫了银行却忍不住在墙上留下亲笔签名。

浏览微博的同时，我意识涣散地听见自己对着耳麦和小夏交代了什么。不要回应。我说。按理应该再叮嘱青岚一遍，但我已无心力。关掉微博，我放弃了登录公众号，继而关掉手机，换了身衣服出门。在地铁车厢里，我终于回过神，自己在去郑家的方向。去了又能怎样呢？我苦笑着在下一站走出去。是个陌生的站，位于地下好几层，出站的自动扶梯长得让人厌倦。我站在扶梯右侧，心神恍惚。要说我从未想象过这一刻的到来，那未免太过乐观和天真。我只是没

281

想到，当现实中披挂的假面被他人用力撕开，感觉就像血肉相连的皮肤被扯下来一般。假面之下，血淋淋的创痛里——

并不存在我以为应该存在的，我的，真实的面孔。

扶梯尚未到头。我忽然心有所感，扭头看去。一个穿连帽衫戴棒球帽和耳机的男人在我身后几级，低着头。从我的角度看不到他的脸。我是不是在哪里见过这个人？某次在便利店隔着货架，是不是同一件藏青色缺乏特征的连帽衫？我有些慌乱，往上走了两步。

有时候，陌生人对我们来说不存在。快递员，送餐员，餐厅里的服务生，地铁里的治安协调员，街上的交通协管。我们听见他们的话语，看见他们的面孔，可是谁又能说他记得其中任何一个？

从前，我也曾经是郑沐如的陌生人。

那年我十九岁。高三毕业，没考上设计专业，家里不肯出钱给我复读，说不如直接托人找工作。同乡有人在上海的美发店，我跟着来了，做了一个多月就受不了给人洗头并趁机推销产品的尴尬套路，想辞工又不敢，休息日在街上闲走。附近一家红茶坊贴着招工的启事，店里的灯光调得暗暗的，走进去像进到洞穴。店内最亮的是吧台和两张玻璃桌面下装着射灯的桌子，那其实是某种柜台，陈列的是带繁复蕾丝的女式内衣，白色、米色、藕色，在射灯光线里闪着无辜又邪恶的光泽。我不知道那是吧台里的半老女人收藏的设计品，心想不会是奇怪的店吧。我试着和女人说我在找工作，这才得知她就是老板，来自台湾。她自称梅姐。

梅姐收留了我，连同我不知天高地厚的青春迷茫。她听说我爱画画想学设计，有一天指着一桌客人说，喏，那个男的是我们台湾有名的平面设计师，在4A做总监。回头介绍你和他认识，请他多指点吧。

男人半谢顶，鹰钩鼻。他对面的女孩看起来比我更小，笑起来便露出尖尖的虎牙。那是我第一次看见郑沐如，并不知道她的名字。现在回想，她那时应该是十七岁。

念高中的她每周有两到三个晚上在梅姐的红茶坊和男人约会，自以为隐秘。如果在日本，人们会用"援助交际"形容他们之间的关系。我不知道郑沐如自己如何界定她青春期的过往，毕竟我们从未谈起。我也不知道她和男人的交往是否仅限于喝茶看电影。从肢体语言看，他们相当亲密。有时男人在出门时揽着她的腰。

有一次，我趁梅姐不在，让另一个服务生看店，自己溜到对面兰生看夜场电影。在当时，那是我贫乏得看不到转折的生活中唯一的慰藉。我住在带我来上海的同乡和别人合租的房子里，和她共用一间，睡一张起床后必须收起来的折叠床。红茶坊的夜班到凌晨两点，坐夜宵线回浦西，到家三点多，进屋得放轻手脚，不然就会在第二天早上被同屋泄愤般用各种动静吵醒。上大学的想法显得遥远，越来越像是一种奢侈。我一个月挣八百元。在一九九九年，不算太坏。如果说我有不满，那么不光是对寄人篱下的生活，也是对看不到将来的迷茫。

兰生门口的小馄饨一块五一份。看完电影出来，我感到饿，坐下要了馄饨。油腻的折叠桌边已有好几个客人，一转头，我发现旁边的人是她。和老男人约会的虎牙女孩。她旁边是个年轻男人，两人一边吃馄饨，一边聊刚才的电影。如果我仅仅是个陌生人，那么映在我眼里的她该是无比单纯和快乐的学生吧。

283

馄饨装在滚热的搪瓷砂锅里,我加了辣油,可能是加多了,吃着吃着就开始吸鼻涕。我没带纸巾,有些狼狈。这时一张纸巾被递到我跟前。

抬头望时,她冲我笑笑。我感到窘迫。她显然并未认出我。

我想,下次她再来红茶馆,我要说声"谢谢那天的纸巾"。很想看一下坐在台湾设计师对面的她听到这句话的表情。会不会也有一丝丝的窘迫?奇怪的是,她从此没再出现。

那个台湾男人再来的时候,看起来比过去老了一些。事实上也有几个月的间隔。他照例点了泡沫柠檬红茶。我把饮料送过去的时候问他,你的女朋友怎么没来啊?

他说,什么女朋友?

就一直和你一起来的,长头发的女孩。

他有些尴尬地笑起来说,她那么年轻,怎么会是我的女朋友?

我没有立即走开,站在桌边。他这才把视线投向我。接着,像是第一次在幽暗的店内看清了我的脸,他盯着我看了片刻。

我说,我做你女朋友好不好?

人生如同连续的赌局,我第一次扔出的筹码,得到了所谓"新手的运气"。他是个有风度的男人。在我成为他的情人的那几年里,他教会了我很多,从为人处世,到用电脑做设计。也是他在我二十二岁的时候帮我找了PR公司的工作,那家公司和他很熟,人事甚至没问我要文凭复印件,就相信了我在表格的谎话。

就我记忆所及,他从来没有抱怨过郑沐如——从他口中，我才知道了她的名字。尽管他为郑沐如那个不靠谱的妈妈还了一笔债，数额不菲。他一向喜欢不到二十岁的年轻女孩，后来我们分手，也与之有关。我开始和公司从香港挖过来的杰森谈恋爱，不得不说，和自己年纪相近的人交往，毕竟愉快得多。

至今我仍然不知道，杰森提出分手，是不是因为郑沐如。我们分手后两个月，我第一次见到来公司找杰森的她。应该说，是重新见到她。她不记得见过我，也是理所当然。

我的心理治疗师江云水说，在你没有把你的经历从头和我谈一遍的目前，我没法帮到你。你心事太多。你的问题很可能不是来自外界，而是来自你自身。

我也去过教堂，试图通过参加周日的弥撒缓和我日渐被蚕食的睡眠。不吃药根本睡不着。吃药睡着了，也无法避免噩梦。讲给江云水的公交车噩梦，是所有梦境当中最温和的一个。更多的时候，我梦见我是尾随者。

在梦里，我走在她的身后。时间永远是黄昏。街道看起来不像现在的上海，更像是我刚来上海那几年见惯的杂乱的旧街。她走过一群男人赤膊打麻将的人行道，小心地让开正在冲水洗地的鱼贩，在水果店跟前驻足片刻，最后什么也没买，继续往前走。她穿着T恤、牛仔裤和白色帆布球鞋，长发在脑后束成马尾，背影看不出年纪，仿佛既有可能是我刚见到她的十七八岁，也有可能是和杰森谈恋爱的二十多岁，或是三十四岁的现在。她的步伐轻快，像是丝毫没有意识到我跟在她的身后。我们一前一后地走过一条条街市，穿弄堂，过马路，走人行天桥，我不知道她的目的地，兀自跟随不休。走着走着，我注意到她的影子长长地折过来，透迤在我的脚边。我这才有所觉，转头望去，在本该是我的影子的方位，空荡荡的什么也没有。

我在电梯上又紧走了几步，差点撞上前面的人。左行右立。我移到左边，不断往上攀升。上到电梯顶上，我擦了额上的汗，胡乱看了下换乘标志，往另一条地铁线走去。当务之急是甩开身后的人，如果他真的是前几天跟踪我的那个人。

来到下行自动扶梯的顶端，我再一次回头看去。人来人往的地铁通道似乎没有那个藏青色的身影。感到心安的同时，脚下不稳，我赶紧低头。

错了。这边是上行扶梯。意识到错的同时，伸得太急的脚已经踏上第一级传送阶梯，被往后送。我惊叫一声，身后有人将我扶住了。我说"谢谢"，在扶梯顶上的金属平台稳住身体，身后那人却仍然抓着我的胳膊不放。我纳闷地回头。

是郑沐如。

来不及细想她为什么会出现在这里。理智的螺栓纷纷松开落下，丁零当啷响个不停。我挣脱她的手，奔向刚跳离的扶梯口。

在我所有的噩梦里，当我转头发现自己没有影子的同时，会在稍远的地方看到郑沐如。本该被我尾随的她正在尾随我，她的眼睛像两粒没有表情的黑扣子，一动不动地盯着我看。

没有什么比噩梦成真更可怕。

也没有什么比试图跑下逆行的扶梯更艰难。

我以为我会摔倒，但并没有。中间撞到几个站在一侧的人的肩膀。人们用或谴责或惊愕的目光望着我。好不容易下到最后一层,我不敢回头看,正好有趟车来了,我不辨方位地跳上去。直到车门合上,我才长长地出了一口气。

接着我发现,这趟车居然是空的。不,并不是一个人都没有。空荡荡的车厢里只有我和穿藏青色连帽衫的男子,他坐在离我半节车厢的位置。一排排吊环在我和他之间无力地摇晃,吊环上方印着某个App的广告。我拼命思索,车厢的桃红色应该是几号地铁?这趟车究竟开往哪里?下一站是?我看向对面的车门上方,在本该是路线示意图的地方,却不知怎么镶嵌着一面角度朝下的镜子。镜中映着仓皇的我,一头乱发。我看到,在原本是我的脸孔的地方,是郑沐如的脸。

火　星

双雪涛

双雪涛，小说家，1983年生于沈阳。出版小说集《平原上的摩西》《飞行家》，长篇小说《聋哑时代》《天吾手记》《翅鬼》。

魏铭磊坐在汽车的副驾驶，早早勒上安全带，一路无话。临到了高红住的宾馆楼下，他突然对司机说，你停一下，我想回去。司机载上他的前十分钟，一直在与他讲话，单田芳去世了，你知道吧，现在再听单田芳的评书，感觉有点怪怪的，你有这个感觉没？中美贸易战不能再打了，你看新世界的大超市，好大个超市，关掉了，都是马云这个小猴子搞坏的，你说是这个道理吧？魏铭磊也不看手机，也不回答，也没睡着，也不东张西望，只是呆坐着，透过挡风玻璃往前看，天空黑漆漆的，路上没几辆车，刚落过一点小雨，玻璃上还有雨刷的印子，像信封上的胶条一样糊在他眼前。司机说得无趣，渐渐怀疑他耳朵有病，不说了。你要回去？司机问。魏铭磊说，是，原路返回。司机说，那麻烦你再打个车吧。魏铭磊说，我付你钱，你不要担心。司机说，我知道的，看你的样子也不是耍人的，是我到家了，你看这条路，我开进去，就是我的家了，拜托你再打个车，我要收工喽。魏铭磊看了看手表，凌晨一点四十五，确实不早了，他结了车费下车，把自己黑色的双肩包背上，目送出租车开进了一条小巷子里，躲过一些杂物，直到尾灯看不见了。

高红住的宾馆有九十几层，一楼的大堂外面站了好几个西装革履的年轻人，嘴边都挂着耳麦，不过耳麦并不影响他们近距离地交谈。几个人好像一个人的不同时期一样，站成一排说着话，时不时把在门口停得太久的车赶走。虽然已过了午夜，还是有不少人走进走出，车子来来往往，停了走，走了停，有人从车窗伸出脖子争吵，看人逼近马上摇上车窗走掉，有壮硕的外国人从车上走下来，后面跟着玩具一样的孩子，也有人腋下夹着笔记本电脑，下车时还在用蓝牙耳机说着话，靠着直觉走进宾馆大堂。魏铭磊是个小学体育老师，他的主项是足球，后来踵骨断了就不再踢了，不过在学校里他还是教踢足球，主要是带孩子玩，给他们吹哨，解决他们的纠纷。他特别注重运动前的准备活动，这跟他自己的经历有关，如果不是重伤，他本可以成为一个优秀的守门员。魏铭磊个子不高，但是门内技术出色，善于逮捕下三路的皮球，他性格并不张扬，不知为何很快便能赢得后防线队友的信任，大家都愿意听他组织防守，万般无奈时会把球回传给他处理。他有个外号叫"保险箱"，这是教练给他起的，当时看上去确实蛮有前途的。

他掏出手机看了看，高红还没有给他回微信，高红上午的时候告诉他，她的活动地点距离此宾馆不远，也就五分钟车程，但是回来时要走地下车库，请他先到门口，她快到时会微信他。这个细长高耸的家伙就在小巷旁边，挨着两条街的转角，对面是一个明亮的商场，虽然已经打烊，一楼的奢侈品店还是奢侈地亮着灯，好像因为贵重而失眠了。魏铭磊做球员时曾经去过不少城市，二十岁之后就少了，上海他来过，踢过一场平淡的比赛，他还记得那次比赛，在一次争顶中他的拳头击开了对方前锋的眉骨，那是他对那场比赛唯一的记忆，一个和他年纪相仿的少年因为流血而愤愤不平地退出了和他的对决。高红是他的初中同学，那是一个特别的初中，以纪律弛废著称，换句话说就是比较开放，而开放是因为封闭造成的，因为这个学校在城郊的山麓建立了一个分校，初二之后就要到分校去封闭，一周可以回家换一批衣服。少男少女们被锁闭在山脚下，再多的老师和教鞭也是无用的，在图书馆的书架间，在操场的死角处，在宿舍的蚊帐里，许多人了解了自己的和他人的身体。同班同学之间，不同班级之间，上下年纪之间大量的通信，信件有时比身体更让人激动，这些没有邮票和邮编的信在手和手之间，在抽屉和抽屉之间，在抛掷和降落之间传递，造就了许多短暂的情缘，而一旦离开了这个山脚，好像所有已有的情感都失灵了，如同堤坝拆毁，河水转平。可是这些记忆在魏铭磊的心中如同宠物一样豢养着，一刻也没有放松过，如果一幅伟大的壁画无时无刻不在脱落的话，那这些在魏铭磊心中的记忆不但没有脱落，而且还不停地复原，不停地生长，不停地蔓延。初三上学期他去了足校，离开了这所学校，他出众的足球才华使他孤独地走开了，他本可以拥有更多的记忆的，命运却像一个人贩子一样把他拐走了。使他略感宽慰的是，这座分校几年之后也被取缔了，变成了温泉浴场。原来的校舍和图书馆被抹平，重建成一个个小房子，操场处变成了一个游泳池,只有原来的锅炉房还保留着。

魏铭磊在心里掂量了一下,是站在距离大门十米的地方等,还是走进酒店的大堂坐下,犹豫之间他已经站在原地等了二十分钟,于是也不想动了。上海的九月还很温暖,醉酒的人也不多,偶有行人,也都是非常理智地走在路上,小心地瞄着机动车的走势。他一直把手机拿在手里,像盘核桃一样盘着,不停地翻个儿。他结过一次婚,后来平静地分开了,没有孩子,问题出在女方的一次出国公干上,这种事情其实也不用过多地解释争辩,两人当初爱是因为有默契,到了这个时候,默契依然存在,魏铭磊要回了自己的房子,女方认领了一台小汽车,他们两个认识十二年,恋爱五年,结婚两年,达成一致到办理手续只用了三天,之后他发现他再也看不到对方的朋友圈了,而他的朋友圈还向对方敞开着,他等了几天,终于也将其关闭了。夜里几次醒来,他觉得自己可能会死,不是伤心而死,而是着火地震或者心肌梗死,或者头顶的吊灯年久失修掉下来把他砸死了,那倒没什么,只是他要孤独死去了,死在双人床上,没人救他或者替他呼救。他在想是不是这十几年的时间他错过了什么,他忽然发现对方已然成长成熟,而且性格在与世俗的交手中悄悄增加着厚度和神秘,他却还是过去那个人,最大的快乐还是买一双新出的球鞋,虽然自己已经跑不快了。他的学生突然练会了左脚,夜里他做梦也会梦见这件事,想把对方叫起来说一说,自己为了这个付出了多少心思,他喜爱的球队打进了欧冠决赛,他因此焦虑,害怕主帅排出的阵容不符合他的心意,中了对方的陷阱。住在自己要回的房子里,有时候他会恍然失神,他也许还年少或者已经老了,总之他不应该是现在这个人,他的此刻既像过去也像未来,是不是他正常得有点古怪了，以为在公转其实一直自转不休？或者远远没有在世界之中，远离所有人希求趋近的方向，但是他是怎么做到的呢？他一时觉得绝望，过了一会儿又感到自豪，那就这样吧，我谁的也不欠，他对自己说，虽然我不是算账的，但是如果某个地方有个账本的话，我谁的也不欠，他终于理清了自己的思路，必须承认自己，自己，自，己，是他仅有的东西。

大概夜里两点一刻的时候，高红来了微信，说是往回走了，问他在哪里？他回说已经到了宾馆附近，只是有点堵车。高红说，这个点还堵车？他说，有施工，面前一条长沟，马上就过来了。高红说，我会从车库回到自己的房间，你在大堂等一下，会有一个穿帽衫的年轻人把你带过来，你穿什么衣服？他说，我穿蓝色的阿迪达斯运动外套，身高一米七五左右。高红回给他一个大拇指。魏铭磊把手机放进外套兜里，向酒店大堂走去，双肩包紧紧贴着他的后背，好像在推着他往前走。大堂的中央有一个水池，里面游着五彩的鲤鱼，他刚刚站定，穿帽衫的年轻人就走到他近前，是魏老师吗？他说，然后引着魏铭磊走上电梯，电梯向上飞驰，停在八十五楼，魏铭磊有些耳鸣，年轻人看着非常干练，电梯中一直把手机放在耳朵上听语音信息，然后贴上嘴唇说，我跟你说了，不可以，说得太多了，人家一看就知道是你们给写的，那有什么用呢？这不懂？走到房门前，年轻人按了门铃，这时他回头对魏铭磊说，您从哪儿来？魏铭磊还没回答，房门开了，一个大眼睛的年轻女孩开了门，对帽衫说，褪黑素买了吗？帽衫说，谁让我买褪黑素了？女孩说，别废话了，赶紧去吧，谁让你买的不还都一样？帽衫说，傻×。然后转身走了。女孩说，您是魏老师吧？魏铭磊说，我是。女孩说，不好意思，身份证给我看一下。魏铭磊掏出钱包，把身份证抽出来递给女孩,女孩扫了一眼,把身份证放进自己宽阔的裤兜里说,请进吧,娅姐等你半天了,今晚她下台时扭了脚,要不然都想自己下楼接你了。是个套间,温度很高,女孩只穿了一件T恤,两条细胳膊光秃秃地反着光,T恤上面印着一列竖排字:艺术是无止境的纵欲。旁边画着一个裤腰带被人抽走的男人。

高红在初中期间给魏铭磊写过大概三百封书信,涉及当时生活的方方面面,两人平时并不特别熟悉,有些人在一段时间内可以熟得像混合果汁一样,他们俩还是苹果和橙子,并没有混淆界限。两人没有绰号,没有昵称,信的起首都是高红您好,魏铭磊你好,然后说自己想说的东西,询问对方一些事情。具体是什么时候开始通信的,如果以魏铭磊回忆为准的话,是因为一次送信人的失误,与魏铭磊同班,有一个男孩叫作戴明磊,字形迥异,发音却像,而且两人都在班级的足球队,于是魏铭磊代替戴明磊接了信,自己并没有发觉,也回了信。之后两人就忘记了戴明磊,兀自通信了。但是如果以高红的记忆为准的话,她是写信给魏铭磊的,她根本不认识戴明磊,也没有跟他通信的兴趣,她是在一次班级之间的足球比赛里看到了魏铭磊的表现,觉得他颇有大将风度,可靠,和其他急于表现的毛躁的男孩子不同,才决定给他写信的,只是一时笔误,写成了戴明磊。事实只有一个,解释分成两个,这是两人开始通信时探讨的第一个问题,一个根本上的错误或者细节上的错误成了这个联系的第一个扣子,这在两个人的心中都是挺好玩的事情。高红的演艺事业始于舞台剧,之后改了名字,叫作高静娅,进入影视行当,在她的事业发展中充满了自觉,也充满了偶然,其中边边角角,枝枝丫丫不可尽言。目前她已经像一个家长一样可以养活一群人，三十六岁，最好的年纪，也是最危险的年纪，但是确实没人知道，包括她的经纪人、助理、化妆师、家人，她为什么突然想起了初中时候写过的那些信，她没给别人写过，之前没写过，之后也没写过，只在那几年里产生了几百封信，她为什么早不想起，晚不想起，突然在一个毫不特殊的早晨想了起来，然后指示她的助手找到这个人，问这些信还在不在？当魏铭磊说，还在，而且没有丢失一封的时候，她的助手感觉到天塌了下来，也不得不佩服娅姐细密的心思，在很多人恐惧未来的时候，她想起了危险的昨天。高红再次显示出高人一等的风度，她亲自加了魏铭磊的微信，给他订了头等舱的机票，让他把信带到上海来。还是都拿来吧，她在微信中含蓄地说，少一封似乎就不对了，它们是完整的，不能丢下任何一个。

　　细胳膊女孩问他喝什么，他说喝水，女孩给他倒了一杯温水，这时高红从卧室走了出来，魏铭磊站了起来。高红和初中时候相比，明显长了个子，头发也多了，此时她化了淡妆，穿了一件白色的长袖衬衫，底下是一条黑色的八分裤，露出洁白的半截小腿，藕荷色的拖鞋穿在脚上，显得和衣裤非常搭配。只是一只脚踝上裹着绷带，绷带层层叠叠，显得相当协调，好像是一个装饰。高红伸出手来说，魏铭磊你好。魏铭磊轻轻地把她的手团在掌心说，你好高红。高红说，你没怎么变，怎么样，来得还顺利吗？魏铭磊说，顺利，能不能先把身份证还给我？高红说，什么身份证？魏铭磊说，刚才那个女孩不小心把我的身份证装在她的兜里了。高红说，凌子？没人答应，女孩不知什么时候走掉了。魏铭磊说，走得好快。高红说，她一会儿就回来了，她们一天的事情都特别多，经常犯错，你别见怪。你还是变了一点。你说话流利了。魏铭磊说，我以前说话不这样？高红说，不这样，小时候你说话断断续续的，不是结巴，是不流畅，可能是我记错了，我们没怎么说过话。信带来了吗？魏铭磊说，带来了，一共三百一十二封，应该没有遗漏。魏铭磊说话时也在观察着自己，我说话流利了吗？刚才我还很紧张，感觉有尿，现在情绪倒是平稳了些，原因何在？高静娅已不是初中时那个人了，这可能是他放松的重要原因之一。她走出来时，魏铭磊仔细观察着她，一时觉得自己进错了房间，她是高红吗？长得大不一样了，开始时他觉得只是个子高了，发型复杂了，现在看来似乎眼睛的形状也变了，嘴唇也厚了点，下巴也小了，这都可以理解，毕竟吃了这口饭，多少要在脸面上投资，奇怪的是脖子似乎也长了，肩膀也窄了，双腿怎么如此之顺直？他记得初中时她上身长，腿短，坐着显高，站起来显矬，什么样的手术可以把脖子拉长呢？他一时怀疑明星都有替身，就像一些危险的动作需要替身一样。那就坏了。我让她感到危险吗？他在路上其实一直没有思考这个问题，从上楼到进门后的种种，他忽然意识到自己是个危险人物，对的，他是属于过去的权威，是针对现在的刺客，是她无保护措施时代的证人。要不要给你点吃的？她说。他没有回答，盯着她的眼睛看。这儿我也不熟，我们就看看附近哪个评价比较好，她说。说着她拿起手机，他看着她低垂的睫毛，突然意识到自己的污秽和担心之无谓，她是高红，她不是因为当了演员之后，才拉长了脖子，而是她的脖子长了之后，才当了演员的。

魏铭磊说，我一点不饿，信都在这里，你看看，没什么问题的话我就走了。高红说，你还有事？魏铭磊说，没有。高红说，你是专程为我而来的吧，不像你在微信说的正好顺便。魏铭磊说，嗯。高红说，那就别着急了，我们把这些信看一看。高红把魏铭磊从背包拿出的信在茶几上摊开。你看这些信封上还有我爸任教的大学的名字，他现在已经中风了，不会说话了。魏铭磊说，什么时候的事？高红说，别假装客套了，他当时还去学校看过你。魏铭磊说，看过我？高红说，他偷看过你给我写的信，想看看你是个什么样的人。魏铭磊说，看过之后怎么说？高红说，什么也没说。但是他今年卧床之前突然说起了你，就在中风前两天，我也不知道为什么。他一边洗碗一边说，那个小魏在干吗？就是那个每封信的结尾都写"此致敬礼"的小魏。恕我直言，我这才想起了你，你不会生气吧。魏铭磊说，完全没有，只是觉得心里难过。高红说，完全用不着，你没见过他，你的难过是人道主义的，毫无意义。我一般睡前喝酒，你喝一点吗？你要假装拒绝需要我再劝一次吗？魏铭磊说，不用，我也喝一点。我的难过不是这样的，因为他是你的父亲，所以不是这样的。高红没有听见他后面的话，她站起身来从冰箱里拿出一支香槟，这支有点甜，你没问题吧。魏铭磊说，没问题，我没喝过。高红说，没有酒杯，我就不叫人了，我们拿茶杯吧。魏铭磊是个酒量很大的人，但是并不爱喝酒，他自己觉得可能还是自己早年运动员的经历，使自己的身体内部代谢速度比较快，这也有些问题，就是酒精并不能令他感到放松和兴奋，他也不能借助这个东西变成另一个人。相反，他总是越喝越清醒，一些过去不会思考的问题，喝了很多酒之后倒会琢磨，所以他的特点是越喝酒话越少，越沉郁，越像是一个心事重重的人。在他结婚那天，他喝了大量的啤酒和红酒，做了不知道几个游戏，把丈母娘家的几个小伙子全都喝得烂醉如泥，回到房间时他突然感觉到虚空，太太因为疲惫很快睡着了，他久久不能入睡，不知为什么，他忽然觉得自己是个虚伪的人，这是个虚伪的世界，为什么这么想，他也不知道，等他睡着了，他就把这件事放下了，第二天醒来，酒劲过去，他就彻底把这件事情忘记了。高红拿起倒满香槟的茶杯和他碰了一下说，谢谢你能来。魏铭磊说，客气了。高红一口喝掉了半杯，魏铭磊也喝了大概同样的量。高红说，实话说，我有酒瘾，每天不喝睡不着的，其实喝了也睡不着，那就不如喝一点，你说呢？魏铭磊说，你做这个职业，确实压力大一点，我每天躺下就睡着，其实也没什么意思，老是睡着。高红说，你现在还踢球吗？魏铭磊说，很少了，我的脚里面有钉子，我现在教小孩子踢球。高红说，你喜欢孩子吗？魏铭磊说，喜欢，你如果认识他们，也会喜欢他们。高红说，不一定，我这点爱啊，都给了自己了。说着她把剩下的半杯喝下，又给自己倒满了。我记得你当时跟我说过一句话，在信里，你说我们不能只爱自己，只相信对方，我们应该去爱更多的人。魏铭磊说，我说过吗？高红说，你说过，就在这堆信里，我们把这些信读一读吧，你随便抽一封。魏铭磊说，算了吧，我得走了，我明天早上的飞机。

高红抽出一封信，她才发现信封口被红蜡封死了。高红说，我们当时是这么弄的吗？魏铭磊说，不是，这是我后来弄的。高红说，什么意思？魏铭磊说，没有办法，如果不封上，会有东西跑出来。高红笑说，你啥时候变成这样了？魏铭磊说，我看一下这是哪一封。嗯，这里头有一只鸟。高红说，飞出来还能飞回去吗？魏铭磊说，看情况。高红把红蜡抠掉，一只八哥从里面飞了出来，黑色的八哥，小巧如手掌，一下就落到客厅的镜子前面，高红叫了一声，站了起来，手里的信封掉在地上。魏铭磊弯腰把信封捡起来说，这个还是不要弄丢了。八哥站在镜子前面踱步，看着镜子里的自己，突然它说，金子底下有什么？镜子里的八哥回答道，你问谁呢？肥婆。镜外的八哥又说了一遍，金子底下有什么？镜子里的八哥说，有你妹啊，肥婆。你妹好像是个新词。镜里的八哥说完，得意地笑了笑。高红害怕了，说，你怎么变出来的？魏铭磊笑说，我说了，原来里面就有，不是我变的。高红说，你是谁？魏铭磊说，我是魏铭磊啊。高红说，我要叫了，我不认识你，你怎么进来的？凌子？凌子？没人答应。魏铭磊掏出自己的身份证说，给你看我的身份证，我是你要找的那个人。高红说，你的身份证不是让凌子拿走了吗？魏铭磊说，我刚才拿回来了，你不用害怕，只要回答它的问题，它就会回到信封里了。八哥说，是啊，肥婆，金子底下有什么？高红说，我不知道。魏铭磊说，这是一句土耳其谚语，你应该去过土耳其吧，我看过你在土耳其做的节目。一只八哥而已，你怕鸟？高红贴着墙站着，伤腿蜷了起来，她说，金子底下有银子。八哥说，胡扯，全是你的啊？高红看着八哥，忽然说，我认识它，啊，我养过它，它拉稀拉死了。魏铭磊说，你的原话是我的鸟死了，我怀疑是我妈因为我过于喜爱它，而把它毒死了。我趁人不注意把它埋在了我们教学楼门前的花盆里，这样我每天都能经过它。高红说，我知道了，金子底下有蝎子。八哥在镜子前面转了一圈，说，碎觉！镜子的八哥却没有动，然后它一跳一跳，跳进了信封里。

魏铭磊站起来说，抱歉吓了你一跳，这些信就是这个样子，而非我想玩什么花招，这么多年我也被它们折磨得不轻。现在它们是你的了。高红坐下捂着脸说，不行，你得把它们带走。魏铭磊说，我照顾它们二十年，今天我如此辛苦把它们背来，是不能拿回去的。高红说，我求你了。魏铭磊说，如你刚才所说，我们认识吗？高红说，那我烧了它们。魏铭磊没有说话，只见桌上的信封震动起来，三五一行地立起来，在茶几上走圈，如同游行一般，几个略有破损的信封，稀稀拉拉跟在后面，几十秒钟之后，又都叠压着躺了下来。高红说，你想去卧室休息一会儿吗？明天早晨直接从这儿走吧。魏铭磊说，我有自己的房间。你还记得你写的最后一封信吗？或者说，为什么我们之后不再写信了？高红说，我确实忘记了，但是那一天总会到来是不是？她一直没有停止喝酒，眼角因为酒精而耷拉下来，一层油脂也从面皮的后面渗了出来。她边喝着边用粉红色的舌头舔着嘴唇，不知从何处而来的笑容在她的脸上涌动着，她快要抑制不住自己的欲念了，两条腿搭在一起，好像故意锁闭着某处，身子从椅子上探出来，不时地用手抹去细长脖子上的汗珠。我还没睡过魔术师，高红说，这种人是不是在什么地方都能使出戏法？魏铭磊说，我们看看最后一封信吧，既然你还不困。高红说，我当然不困，睡觉是多么大的浪费啊。我精力充沛，愿意醒多久就醒多久。刚才恐惧使她瑟瑟发抖，发现自己无计可施之后，她又对令她恐惧之人产生了某种依恋，魏铭磊能感受到这一点，这也许已经成了她的习惯，他为自己感到羞耻，同时也觉得不虚此行。

魏铭磊从信堆的最底下抽出一封信，这封信的一角略有破损，不过用白纸补上了。他从桌上的烟灰缸里拿起火柴，仔细地把红蜡烤软，然后轻轻打开了这封信。一根绳子游出来，大概一米多长，在茶几上爬行，这是一根普通的麻绳，唯一特殊之处是它是崭新的，如果再过些时候，它就跟其他麻绳一模一样了。高红指着麻绳笑说，绳子。绳子说，怎么这么热？高红说，因为这是南方啊。绳子说，我洗把脸。说着它钻进高红的茶杯，把一头浸湿了，然后爬到冰箱旁边，撬开了冰箱门，兀自吹着冷气。高红说，它还挺可爱的。绳子说，你说什么？高红说，我说，你还挺性感的。绳子突然绷直了一下说，现在呢？高红说，你变态。魏铭磊说，你忘了不少东西呀。高红说，你闭嘴，你他妈的给我把嘴闭上。绳子说，现在好了，大家都把话说开了，嗯？高红说，我还没说完，我撒泡尿都能淹死你，你信不信？魏铭磊点点头，也许是表示相信，也许是表明无计可施。绳子说，为什么要到南方来呢？太热了，我挨不住了。高红说，你就是一只臭虫，什么也不是，你靠吸我的血，是不是？你一事无成，这个世界的好处你知道几样？你以为你是这世界的一分子，傻×，你以为你有自己平静的生活，自给自足，其实你就是住在下水道里的老鼠！魏铭磊没有说话，高红的嘴唇飞快地动着，好像有人在用筷子搅着她的舌头。绳子说，对不起啊，我实在挨不住了。说完，它迅速顺着高红的腿爬上来，缠上了她的脖子，高红还想说什么，一个字也没有说出来，她拼命想把手指伸进脖子和绳子之间，绳子冰凉，没有给她任何缝隙。死之前她的眼睛突然瞪得老大，伤腿伸出来，绷带都要崩开了，似乎伤骨在这一瞬间愈合了，随后她好像突然认出了自己将要去的世界，眼睑缓缓落了下来，把一切都挡住了。绳子拖着她的尸体钻进了信封，她忘记了吗？她和我一样，只是一封信而已啊，进去之前绳子说。

魏铭磊没有回答，高红让他闭嘴的。他从包里拿出透明胶条，把信口封住，然后把所有信装回背包，戴上准备好的鸭舌帽，从房间里走了出去。天微亮了，清洁工人已经站在路中央，用抹布抹着防护栏。背包似乎沉了一点，但是他不确定是不是心理上的。无论是过去还是现在，我都尽了力，他对自己说，这并没有效果，还是老样子，自己，自，己。和所有人一样，他厌弃自己的工作，同时也需要它填充自己的生命。他抬手打了一辆出租车，这个司机非常安静，一句话也不跟他说，老是这样，他心想，要是跟来时的司机换一下就好了，他把背包放在大腿上，双眼看着前方，天空一点点明亮起来，好像信封挨近了火焰。他在心里默念着那封信，这是他无事可干时的通常消遣。

魏铭磊你好：

　　你已离开这里一年，我们的通信也中断了，不过此时我还是给你写信。关于过去我们讨论的事情我已经有了决定，这是我们的秘密，你如问我原因，我说不出原因，你虽然失去了我，但是在某种意义上，我进入到了宇宙的大循环之中，也许我就附着在你将来遇到的事物之上，或者说，如果你将来登上了火星，也许会看到我的鞋子。（如果以发展的眼光看，你在有生之年是有可能登上火星的。）刚才我就把绳子挂好了，试验时不小心扭了脚，不过没关系，一只脚也可以蹬开椅子。除此之外不会有遗书，所以你小子要高看自己一眼啊。再见了魏铭磊，祝你一切都好，像今天一样，在你与你的本性之间没有任何障碍。

　　此致

敬礼（唯一一次模仿你）

　　　　　　　　　　　　　　　高红

2019年1月19日星期六一稿
2019年2月17日星期日二稿
2019年2月19日星期二三稿

湖底的恶童

谢青皮

谢青皮，1996年生于浙江余姚，厦大戏文毕业，现暂居厦门从事影视编剧行业。十八岁开始试着写小说，曾于《西湖》发表短篇小说《穷蝉记事二三》《爱花与惜草》《干完这票就成年》，另有中篇小说《四明街剃阴往事》见刊于《文学港》。

一

2005年2月10日，这是杨青青消失的第三天。我托词身体不舒服，没有跟着父母去大姨家聚餐。母亲走的时候拿热毛巾仔细给我擦了擦脸，并没有露出担忧的神色，然后留下了一百块。

我通过墨绿色的窗户看着他们开车离开，又在房间里待了半个小时，回看着除夕晚上没看的春晚。确认他们不会因为遗忘什么东西突然回来之后，我披上大衣跑到车站前的小店里面买了两根蜡烛，然后骑着车到了城东的废弃灯泡厂。

由于是大年初一，一路上根本没有什么人，我把车停在灯泡厂前湖边的一棵梨树下，绕过湖边的芦苇丛进入灯泡厂，接着轻车熟路地穿过一条走廊，侧身走进了灯泡厂原来的女厕所。

不出意外，杨青青的尸体依然安静地待在最后一个隔间里面，只不过姿势从靠坐变成了侧躺。我过去小心地将她扶正，又恢复成靠坐的姿势。厕所是背阳面，光线不好，杨青青本来白得像玉石一样的皮肤有些发黑，头发披散，看上去比生前更加茂盛。我一边惊讶头发在死后还会生长，一边点亮蜡烛。橘色的烛光下，杨青青的面容看上去柔和很多，我用手又理了理她的头发和黑色连衣裙，将她的头垂向了一个比较自然的角度。这样子打扮一番，杨青青看上去就和生前没什么两样了，从另外一种角度看，因为带上了生人不可能有的一种冷寂，可能显得更加漂亮了。

假如杨青青现在还活着，或者说，她的灵魂出现在这里，看到她现在的姿态和模样，哪怕再过苛刻和沉默寡言，恐怕都要露出欣喜的微笑，对眼前的情况发表赞赏的评价。这方面，我对她倒是了解得一清二楚。基于对她的了解，我知道她是那种固执无比不肯平白接受好意的人，但凡你给了她某种便利，哪怕嘴上什么都不说，她都会在日后想方设法补偿回来。我对这种性格非常不忿，因为她并非出于平等考虑，而是单纯地拒绝因为善意而可能产生的人际关系。

现在的她倒不能称心如意地进行补偿了。我用拇指和食指将她的嘴角分别下拉，使她流露出一种苦恼的神情。看到她这个样子，我心想：好啦，我知道了。

这个时候杨青青的尸体已经不僵硬了，相反非常柔软，简直像是可以拗各种造型的高级玩偶。我轻轻地揉了一把杨青青的胸部。她的胸部才刚刚开始发育，像是两个小碟子倒扣在胸前，穿着衣服衬出的曲线远比直白的裸露要更加好看。

"这样子就算补偿了。"我对她说，杨青青灰色的脸又恢复安详的神情。

对于杨青青的尸体，我并没有告知于众的打算。一方面根本不会有人意识到杨青青的失踪，开学之后老师发现杨青青不见之后大概只会简单地认为她转学离开；另外一方面，之前我和她谈论起遇害少女的时候她难得地表达了自己的意见。杨青青根本不能忍受死后衣衫不整地出现在警察的相机下，沦为破案的工具，她宁愿在某个地方安静地腐烂。我已经帮她避免了衣衫不整的可能，接下来需要做的正是掩藏她尸体的踪迹，避免被人发现。

我并不怎么惧怕杨青青的尸体，冬天气温很低，尸体保存得很好，几乎和生前没什么两样，另外我和她从幼儿园就认识了，她的各种样子都差不多已经见过了，所以现在只不过是多了一种而已。问题在于怎么处理尸体，根据上一次期末体检时候的数据，我只有156厘米，74斤，怎么看都是偏瘦的类型，而杨青青已经有162厘米，体重也比我重上6斤。徒手抱着或者背着显然都不可行，我把自行车推进来，试着用准备好的绳子将她固定在后座上，幸好她也非常瘦削，固定在后座上非常容易。

这样尝试了一下，杨青青的尸体上出现了几条很明显的捆痕，我有些心疼，小心地将她的尸体放回原位。这样一来一去，时间就差不多到了中午。我准备先回去，晚上再来想办法处理。

路上的时候我想起来，杨青青就是在体检之后提出了对自己遇害之后的处理方式。那天算是冬天阳光很好的日子，放学之后我和杨青青回家，金黄色夕阳洒在身上。她穿了一件红色的开衫，头发也是披散着，修长白皙的脖子裸露在外，我问她体检的结果。

"身高一六二，体重八十。"她又问，"干吗？"

"没什么，就问问。我觉得你这个说话顺序很好，假如你先问干吗，再告诉我答案，我就可能不开心。"

她"嗯"了一下，就没有下文了。又走了一段路，我提起最近传得很凶的事情。

"有看电视吗？隔壁学校已经有三个女生不见了，虽然老师不准谈这个，没有错的话，我们学校也有一个不见了。"

"嗯。"

"我看电视，好像消失的女孩子都是像你这样，怎么说呢，发育得比较好？不对，换个说法吧，比较好看的？"

"嗯。"

"最近父母不接送单独回家的女孩子也就只有你了吧？放学的时候车明显多了很多，老师也提醒过吧，最好有人来接。"

"是吗？"杨青青转过头来，一双漆黑的眼眸盯着我，"我每天不是跟你一起回家的吗？"

这个倒是不假，因为父母来接得比较晚，我和杨青青从幼儿园开始就是留到最晚的那一批小孩，准确来说，通常我是第二晚，她是最晚的那一个，甚至我很好奇，到底有没有人会来接她。经常老师走光了，我俩就被留在门卫室旁边休息。

那段时间我痴迷于一种失重的状态，具体做法是弯下腰，将脑袋伸到裆下，然后望向天空。这个时候你会感到一种自己向天空坠落的失重感，接着摇摇晃晃失去重心。就在一次我快要摔倒的时候，杨青青扶住了我，然后向我提出一起回家的建议。那个时候已经六点多了，天色几乎完全暗下来了，旁边的门卫已经开始吃自己的晚饭。她这么一说，我突然意识到周围正在发生的一切，心里出现一种被抛弃的恐惧感，然后马上接受了她的建议。从此以后，放学和杨青青一起回家就变成一种理所当然的事情了。

"对啊，但是我又不是一直陪你到家，去桑林还是有一段路的。"

"嗯。"

"你就一点不害怕吗？"

"嗯，死掉好像不是那么可怕的事情。"

"又不是只会死掉。"

"被强奸吗？这个倒是会让人困扰，我是觉得这样子衣衫不整地死了，还要被警察拿相机拍下来当作证据，放在档案里，实在是太屈辱了。万一要是我出事了，只希望不被人看到才好。"杨青青第一次很认真地回复了。

"很自然地就说出来'强奸'这样的字眼，这点上倒是非常厉害。"我拉住她的书包，问她，"你真的知道强奸的意思吗？"

"知道啊。"杨青青转过身，面向我，右手捂住了自己的胸部，突然微笑起来，"就像你现在经常偷看这里一样，差不多的意思，对吧？"

走在路上，我想，真是遗憾，杨青青再也不能像那个样子微笑了。

二

虽说我和杨青青是长年一起回家的关系,但很长一段时间里,我根本不知道她家在哪。通常到了最后一个路口,我拐头回家,她就一个人继续往前走。她倒是经常来我家,起初我邀请她的时候她拒绝了好几次,后来知道我家有很多书,而且父母很晚回来之后,就来得比较勤快了。我对看书这种事情并没有抱有很大的兴趣,基本回家之后就开始玩游戏机。她坐在我旁边的地毯上看书,一般会留到六点左右。很奇怪的一点是她基本从来不把书带回去,哪怕我主动提出借给她她也不会接受。

有一次我玩到一半,转头看她,杨青青膝盖中间夹着书,左手撑开书,一边翻页,一边非常安静地流眼泪。她注意到我在看她,望向我,忽然整个房间里只剩下电视里游戏的电子音,我什么都没说,换了一张卡碟,继续玩起来。

"你这样子很好。"杨青青说,气息平和。

"这不是很正常的事情吗?"我换了卡,盯着电视,一边说,"有一次半夜,我突然醒过来,我妈还没有回来,本来睡在旁边的我爸不见了。我很慌张,小心地起床,看到通向阳台的门开着。那天晚上倒是不黑,我站在门口,看到我爸光着侧身躺在阳台的扶手上,随时可能掉下去。大概是听到我的脚步声,他侧身翻下来,走到我旁边,看到我满脸都是眼泪,也是什么都没说,拉着我去睡觉了。这样子我就知道,要是有人突然很安静地哭了,什么都不要说,才是好的。"

"好像从来没看到过你哭的样子。"

"没有吧,我看你手上那本书的时候也是哭过的。"

"你看书的样子我倒是也没看过的。"杨青青难得地笑了一下。

"无聊的时候,我就会看,这个房里的书我基本都看完了。你在看《三个国王》吧?"

"你说,公主为什么这么可怜呢?"

"这可能就是没有办法的事情吧。"

对于杨青青提出的问题,我只能给出这样的解释。那天她非常意外地把那本书借走了,然而直到死去她都没有还我,那本书消失了。我记得很清楚,书的名字是《一千零一夜·国王篇》,《三个国王》是最后也是最长的一个故事,差不多占了整本书四分之一的篇幅。后来我尝试过很多途径,想去重新找到相同的书,或者相同的故事,然而却怎么也找不到了,所有的《一千零一夜》好像都没有收录《三个国王》的故事。我也只是依稀记得,故事最开始是讲一个非常英俊善战的王子向一个国家开战,却被敌国美丽聪明的公主百般捉弄,甚至抓住。最后公主不能免俗,爱上王子,和王子一起回国。然而却在王子出征的时候被国王迷奸,怀上了国王的孩子。就在王子即将回国的前夜,公主也即将分娩,她突然又有了之前的魄力和聪慧,逃出了皇宫,最后在沙漠生下来一男一女。由于虚弱,随行的黑奴又强奸了她。公主最后给两个孩子哺乳了一次,自尽在夜晚的沙漠,成为一具可怜的尸体。

现在杨青青也是一具尸体了,我相信就美貌而言,杨青青并不会逊色于小说中的公主。她身体修长,脸型是标准的瓜子脸,眼角微微有些上吊,瞳孔又黑又亮,眉毛细长,通身白得像是玉石一样,唯一的遗憾是一头长发经常不是很整齐。我和她刚刚认识的时候她还不是这样，幼儿园的她经常散发一种类似厨余垃圾的怪味，衣服也不是很干净，面色蜡黄，头发很短，几乎和男生没什么差异。大概到了二三年级，她就逐渐长开了，一下子变得好看起来，身上再也没有那种怪味了，相反倒是充满肥皂的清香，但性格还是非常生冷，几乎不和别人说话，在班上也没什么朋友。

我跟她提过一次小时候怪味的事情，当时她捏起领子闻了一下，告诉我之前她的衣服都不是她自己洗的，房子又很小，厨房和卧室连在一起，家里也没人收拾，所以有这样的味道也在所难免。杨青青对家里窘迫的状况从来没向我遮掩过，虽然如此，每次我提出想去她家玩玩，她还是用这个原因拒绝我。

伴随杨青青逐渐白皙起来的皮肤而来的是她身上或深或浅的伤痕和瘀青，这些痕迹一般出现在大腿内侧、背部和腹部。我妈在医疗站工作，家里面有很多外伤药品。有一次她看书看到一半，突然问我能不能用一下我家的药，然后马上补上，要是不行也没事。当时她口气很随意，但整张脸白中透红，好像刚才说出了一件极其羞耻的事情，眼睛也是一动不动地盯着我。我问她要什么药。她又用那种非常冷淡的口气说：治外伤的，像是瘀青啊，刮痕啊。配合她的神色，倒是有一种非常可爱的感觉了。

我很快拿来了药，她取走去隔壁房上药。我关了电视，坐在地毯上看天花板。过了会儿杨青青推开门，说：有些地方涂不到，你帮下忙。她掀起上衣的时候倒是毫不犹豫，只不过脸已经红到了耳垂。后背上充满了一条条或细或粗的伤痕，有些已经泛紫了，有些还非常鲜红。

我接过药，很仔细地涂在伤口上，顺便抚过她的后背。

我的手常年很冷，而杨青青的后背则非常温暖，尤其是靠近伤痕的部分，同时她的皮肤有一种像是面粉一样的触感，非常光滑。杨青青背对着我坐着，一声不吭，我故意用了点力气，她整个身体收缩了一下，还是没有说话。

涂完之后她穿上衣服，又继续开始看，没有一丝想要解释的意思。我也重新打开电视，插好卡槽，准备继续打游戏。

"疼不疼？"我问她。

"挺疼的。"她点点头，没有区分究竟是受伤的时候疼，还是涂药的时候疼，"你是不是涂药的时候故意用那么大力气？"

"是啊。"眼前超级马力欧又开始奔跑，屋内瞬间充斥了熟悉的电子音，我这样回答道。

杨青青"嗯"了一下，把头发捋到耳朵后面，漂亮的侧脸完整地展露出来。

我俩心照不宣地沉默下来。

三

从灯泡厂出来之后我先回了一趟家，父母还没有回来。我打了个电话过去，对面倒是流露出早上不曾有的颇为担忧的口气，询问我的状况。

"好多了，昨天的菜还很多，热一下就好。"我表达出一种自己完全可以应付过去的姿态，这点倒是毫不费力。

"这样就好，我和你妈可能会吃完晚饭才回来，晚上小心一点。"虽然是在表达担心，但是语气当中已经是一副放心无比的样子。

等话筒上余温消失得差不多了，我骑车前往歪眼的家。我才学会骑车不久，路面上人一多就会慌张，情不自禁朝人撞过去，所以说实话，我并没有很大的把握能载着杨青青的尸体离开灯泡厂。而歪眼车骑得很好，从我家到他住的地方大概有十分钟车程，有一次他双手全放骑完了全程，那种自在的模样让我羡慕了很久。

歪眼的真名叫作郑正，上了两年大学就被退学了，后来成了压模机器的修理师。叫他歪眼是因为他左眼的位置过于偏上，整张脸因此变得相当恐怖起来。他本人倒是非常不在乎这种缺陷，反而相当大方地告知我这是一种天生的残疾。我和他认识是在游戏厅，他几乎精通各种游戏，而且抛开眼部的缺陷，他整个人身体匀称，皮肤白皙，体毛很少，称得上是英俊了，我经常跟在他后面偷偷地学一些技巧，一来二去，就混熟了。

到歪眼家的时候我发现铁门虚掩着，我推开，看到歪眼坐在院子的阴影处，正盯着面前的小桌子上着的一块手掌大小的肉。歪眼抬头看了我一看，示意我把门关上。

"这是什么肉？"我走进了，看到肉的表面是一种不健康的惨白色。

"猪肉啊，我又买不起牛肉。"歪眼说。

"啊，我还以为你挣得挺多的。"我又问，"这有什么好看的？"

"过年了嘛，模具厂都放假了，也就没机器修了，怎么挣钱。这个确实没什么好看的，只不过我在想，这块肉买来第三天了，不知道还能不能吃。"

"完全没发臭嘛，冬天的肉放三天完全没问题吧。"我想起了杨青青的尸体，这样回答道。

"肉这种东西，不是说不发臭就可以的啊。"说着，歪眼将肉用一块小布收起来，"大过年过来什么事情？"

"你说你过年不回家，就想着过来看看你。"

歪眼听了，眯起了眼睛，沉默着一步步靠过来，一双不对称的眼珠在阴影中盯住了我，因为背对着阳光，歪眼的面部显得有些恐怖，我忽然有些害怕。这时候他咧嘴笑了，说："良心不坏嘛，饭吃过了没有，我请你吃饭吧。"

"这个倒不用了，这样吧，作为交换，你教教我该怎么骑车载人。"

歪眼非常爽快地答应了，按他的说法，会骑车和会骑车载人本质上是一样的，无非是熟练度的问题，然后他决定大方地牺牲春假的一个下午陪我练习。

在歪眼家前的空地上，我努力去习惯座位上突然多了一个重物的自行车。最开始的时候我完全不能控制住车把，每次都情不自禁地往旁边的水沟骑。终于在一次跳车之后，歪眼双手扶正我的脑袋，说："别低着头看路了，抬头看前面。"我试着做了一下，忽略了转动的前轮和车把上的双手之后自行车竟然一下子平稳起来。

"学得很快嘛，试试看上路吧，怎么样？"

"可以啊，去哪边？"我问歪眼。

"去灯泡厂吧，那条路人少。"歪眼随口道。

暑假的时候，我和歪眼就经常在灯泡厂前面的湖里面游泳，那边本来算是厂区，后来荒废了，路面平整，常年没什么人，他提出这个地方我倒是不怎么意外。度过适应期之后，骑车变得得心应手起来，除了歪眼的体重对我来说确实算一个负担，但是平衡上几乎没有什么问题了。

在第二次拒绝歪眼换人的要求之后，他突然提起了最近附近少女消失的事情。

"说起来，已经好久没听到那种事情了吧，谁家的小女孩不见了，哪边又有死人的裸尸什么的，做事情的人应该不在这一片吧。"身后传来歪眼的声音，冷冰冰的，语气里没有什么生气。我转头看了一下他，歪眼敛着眼皮，侧头看着地面。

"这种事情不是我这种小孩能够关心的吧，我家里的时候父母要是在谈相关的事情，看到我，马上就会停下来。"

"我觉得你心理会老成一点，一般的小孩不会跟我这种人玩吧，再说也是一起看片的关系了，感觉谈这种事情倒也不会不妥，或者说，正是因为这个年纪，这种关系，才更要谈谈了。"歪眼用一种极其平淡的语调说着。

我被歪眼的话绕得有点晕，没有接话，不过我感觉歪眼的情绪并没有话语中那样洒脱，不然也不会说"一般的小孩不会跟我这种人玩吧"这样的话。老实讲，虽然歪眼已经在我家吃了很多次饭，正常的休假时候我也经常跟他厮混在一起，但是我父母对此根本一无所知。一个愿意跟小孩厮混的大龄青年本身已经非常可疑了，再加上歪眼自身就有很多不好的传言，几乎这一片的人都在饭桌上讨论过歪眼被退学的事情，以及最近发生在他身上的事情。

"说起来，你知道的吧，我刚出来不久。"歪眼对我说。

"因为尸体的事情吗？"

"有很多不太好听的传言吧？"

"也没有很多，基本都在说你就是强奸犯。"

"看来你倒是不信的，不然也不敢让我坐在后面。"

"这两个关系不大吧。"

身后的歪眼沉默了一会儿，突然问我："你见过尸体吗？"

"没有。"我说。

歪眼说，当初他看到尸体是在桑林里。那天他一开始躺在床上，身边堆了好多泡面盒子，房间里弥漫着一种奇怪的甜味。他破天荒地有了一种收拾的冲动，在整理完了之后把屋里所有的窗户打开通风。这时候正好是傍晚，冬天难得的带有温度的夕阳从窗户投射进来，周围的一切突然变得异常清晰，所以房子显得更加空荡，无法忍受这种氛围的歪眼骑上车准备到处逛逛。到桑树林的时候天色已经很暗了，他本来想去找看林的杨平借几本书看看，然后发现杨平家的门虚掩着。

由于杨平家非常之小，就是个两室的小平房，推开之后里面一览无余，他注意到屋子里面非常凌乱，地上还落着一本书。这点非同寻常，因为杨平往日里虽然非常邋遢，脾气暴躁，但是对书非常爱惜，屋子里面的书架每天都会用白布擦上一遍，所有的书都会定期出晒。歪眼关上门，正准备到附近找找杨平，转头就碰上杨平面色阴沉地和他女儿回来。他马上和杨平说了屋里的情况，杨平望着屋内，很平淡地说了句：可能是遭小偷了吧，不过也没事，一穷二白，没什么好偷的。

歪眼说，当时杨平实在太过平静了，就好像是被拉到满弦后静止的弓绳。杨平的女儿一言不发，同样平静地开始整理，不一会儿，一切变得井井有条，仿佛之前凌乱的一幕不曾出现过。

"我觉得当时有些诡异的压抑，就好像整个身体进入了绿色的湖底，我说借我点好看的书吧，最近没事做。杨平很爽快地同意了，拿了三本小说给我，有一本就是刚刚掉在地上的，我翻过来一看，是《马龙之死》，贝克特的，老实讲，我之前看过，不怎么喜欢，但是没有要求换一本，拿好就离开了。

"那时候已经很晚了，我骑了一小段路，路过桑林，看到里面一片漆黑，像是一个黑洞，突然很想进去看看，你明白那种感觉吗？就是突如其来的，非常单纯地想进去看看。然后在桑林的另外一边，靠近田的那一边，就看到那具尸体了，浑身赤裸地靠在桑树上。说起来非常奇怪，当时那么黑，正常应该什么都看不清了，但其实不是这样，那具尸体好像在发出一种奇怪的白色的光亮，我不用走得很近，就可以看清楚她的脸，头发，大腿，有点鼓起的腹部。

"没记错的话，那个姑娘是你们学校的吧，跟你差不多大，不会认识吧？"

歪眼说的尸体身上的奇异的光我倒是不怎么陌生，对我来说，杨青青身上也散发着那种光亮，不用蜡烛和日光，哪怕在完全黑暗的夜里，这种光也会帮助我看清杨青青身上一切细微的痕迹，甚至是耳朵上淡黄的绒毛。至于桑林里面那个姑娘是隔壁班的，头发很短，平日里像个男生，乒乓球打得非常不错，之前一起上过体育课，笑起来的时候会露出洁白的牙齿，让人意识到她其实是个非常可爱的女孩子。

"不认识。"我这样回答道。

四

终究我们还是没有回到灯泡厂，骑到一半的时候歪眼突然跟我说，去桑林吧，他想再去看看那个地方。

冬天的桑林实在没有什么可看的地方，桑树的叶子落光了，光有枝干，林子里面没有生物，安静无比，只有差不多一半的桑树已经被修剪过枝丫，树干也被刷白了，整片桑林在冬日暖阳下散发出一种凄凉的古怪气息。

我跟着歪眼走进桑林，往前走了一段路，然后他停了下来，一言不发地盯着前方，过了会儿，他转身说：走吧。

在歪眼的叙述里，桑林的看护员杨平显然有很大的嫌疑，那天晚上的情况怎么看都有些诡异。但是他没有如实地向警方交代当时的情况。歪眼说，杨平这个人虽然脾气暴躁，但是爱书如命，平常除了定期看护桑林之外几乎足不出户，而且找他借书时还算大方，没有确定的情况下胡乱说上一通，万一害了人家，那样就非常不好了，比如他就吃过人家乱嚼舌根很大的亏。

我知道其中的原因不止于此，歪眼提到那天晚上的时候讲到杨平的女儿，仅仅用几句话就搪塞过去了，其余时候一直在描述杨平不同寻常的状态。真实的情况肯定不止于此，因为歪眼从去年春天开始就已经和杨青青交往了，好几次我都撞到他们在灯泡厂前的湖边接吻，他们的关系大概只有我知道。

2004年11月，气温突然回升，最后一个适合游泳的周日。杨青青穿了一条白色的碎花裙子，蹬着一双自制的木屐来找我，对我说：去游泳吧。

那天的太阳实在很晒，让人不敢相信已经11月份了。我俩走在公路旁边的护栏里面，一边是呼啸而过的汽车，一边是黑色的农田。

"这种拖鞋穿着实在不是很舒服。"杨青青背着手，盯着脚下的鞋子。

"毕竟是你自己做的，能穿就不错了。"我也低下头，注意到杨青青虽然个子已经很高了，但是一双脚还是非常小巧，十个精致白皙的脚趾紧紧地抓住木屐的鞋面，"而且说实话，还挺好看的。"

"这种夸奖，倒是非常难得，谢谢。"说完她忽然笑起来，脱下木屐，跳入旁边黑色的农田里，在田埂上行走起来，我也脱下鞋子追了上去。可能得益于回升的气温，田埂上竟时不时地会出现一块块细细的绿草，杨青青拎着木屐，从一块绿草上跳到另一块绿草上，假如面前没有合适的落脚地，就踮起脚尖小跑一阵，白色的碎花连衣裙一摆一摆的，阳光下格外好看。这样子活泼的杨青青，从小到大我都没有见过几回。

到了灯泡厂的湖边，我试了一下水温就下水了。杨青青坐在湖边的台阶上，盯着湖面，过了一会儿，突然脱下了连衣裙。我这时候才发现，她里面什么都没有穿。阳光下，杨青青又白又亮，全身上下除了一头长长的黑发之外几乎没有任何毛发，双腿修长笔直，小腹微微鼓起，臀部和后背的曲线也开始好看起来，两个小巧的刚刚开始发育的乳房像是两个小碟倒覆在胸部。更重要的是，差不多从这个春天开始，杨青青身上延续多年的伤痕逐渐开始消失，直到这时候已经完全看不出那个美丽的身子上曾经出现过那样恐怖的痕迹。

杨青青仔细地叠好衣服，脸色一如往常，看不出有任何害羞或者愉悦的模样，缓慢地走下湖边的台阶，从脚踝一点一点地被绿色的水面吞没，直到整个没入水面。这不是一个正常入水的姿势，水面上又只有我一个人，她好像就此消失不见了。我突然开始担忧，开始往岸边游去，这时候她突然浮出水面，出现在我的身边。水流从她的面部滑落，她冲我笑了一下，是那种十二岁女孩特有的淘气又有点可恶的微笑。

我游了一阵,觉得累了,回到岸上坐在台阶上看杨青青。她一直是蛙泳的姿势,非常省力,白色的肌肤在绿色的水面起伏,相当赏心悦目。

"去东面的沙地休息吧。"她游过来,浮出水面,对我说。

这湖的东面是一片长草的沙地,据说都是当年建厂区留下的沙子,建到一半,整个厂区就荒废下来了。我和杨青青躺在潮湿的沙地上,身上的水,流入逐渐没入的沙子,或者蒸发在阳光下,微风吹过来,身上变得干巴巴的。

"裙子是刚买的吗?"我问。

"郑正送的。"

"他的眼光倒是不差,挺配你的。"

"今天怎么不停地夸我,挺奇怪的。"她侧起了身子,面向我这一边,我的脖子感受到了她温暖的鼻息。

"之前看见过你和他在这里接吻,现在第一次听你这么大方地提起他,应该是有些嫉妒了。"

杨青青冰冷的手拉住了我的手腕,放在了她的腰上,额头靠在我的肩膀上。

"很喜欢他吗?"我问。

"也没有。"杨青青说,"我是不能理解'喜欢'这种感情的人。"

"那很好。"我说。

五

从桑林回来之后歪眼又拉着我跑到杨平家,他打算当面问问杨平那天晚上的事情。门还是虚掩着,歪眼推开门,里面收拾得整整齐齐的,一个人都没有。

"可能出去了吧。"我说。

"出去了也不可能不关门啊。"

"除了书,也没什么值钱东西好偷的,她家不是都不怎么关门的吗?"我盯着占据一整面墙的书柜,想看看有没有我那本《一千零一夜·国王篇》,扫了一圈也没有发现。

找不到人的我和歪眼只好回去歪眼家。到家之后歪眼突然又拿出来那块据他说放了三天的猪肉,塞到我的面前,逼着我让我闻闻究竟有没有味道。我看着惨白的猪肉,虽然并没有太多的异味,但还是差点克制不住吐了出来。歪眼看到我的窘境,大笑起来。

歪眼家里有很多游戏卡带,通常他都会拿出来和我一起打发时间,那个下午他很反常地没有这样做。他又一次用白布把猪肉包好之后,忽然很用力地将猪肉连带着白布扔了出去,那块肉划过一条漂亮的曲线消失了。

"没怎么跟你说过我自己的事情。"歪眼走进房子,非常放松地将整个身子蜷在沙发上,"你也不问,周围一直有奇怪的说法吧,关于我退学的事情啊,不然也不会一碰上尸体就被怀疑,一连关了一个月,到了除夕才被放出来。"

"怎么,大家传的都不是真的?"我在旁边坐下来。

"这倒不是,起码一大半都是真的。我在大学的时候特别喜欢一个姑娘,日思夜想,经常做梦也梦到,你看我这个样子就知道我不怎么讨女孩子喜欢。这也没错,毕竟郑正是个歪眼,一到晚上走野路还是能吓着不少人。那个姑娘一开始是我朋友,她读书很多,平时很文静,一开始我经常和她聊小说,逐渐关系变得不错。我们学校后山有个池子,我俩晚上就经常在池子旁边聊天。

"直到一个晚上，我照常去池子旁边等她，等到晚上十一点多她也没来，我以为她临时有事不来了，就回去睡了。第二天醒来面前就是警察，然后被带到派出所问话。到这我才知道那姑娘昨天晚上在池子边被奸杀了，赤身裸体地被丢在池子后面的苇丛里面。这样子，我嫌疑自然是最大的，幸好那姑娘身上没什么痕迹和我有关系。最后被关了几天，就被放出来了。那段时间我有点魔怔，一闭上眼就好像她赤身裸体地出现在我眼前。当然，她那个样子其实我没看过，我回去的时候现场都已经处理过了。我天天在她们寝室楼下面逛，饭也不怎么吃，整个人精神状态都不对，过了段时间，很自然地晕倒了。然后就被劝退了。当然明面上的说法是休学，反正我也没有再回去读书的念头了。"

"怎么突然跟我说这个了？"我问他。

"其实我去年开始，找了个对象，说出来有点恶心，她要比我小上一轮，你应该认识，你们班的杨青青。"

"从年龄来看，确实比较恶心，你俩怎么认识的？"杨青青还真没给我说过他俩怎么认识的。

"去年春天吧，不是附近开始有姑娘消失了吗？然后某个地方出现赤裸的尸体。我本来已经差不多忘记大学那个姑娘了，听到那个事情，突然心里面一根弦被拨动一下，我突然很想去现场看看。大学时候我始终没有看到那个姑娘赤身裸体死亡的样子，我始终觉得有点遗憾。这样说好像有些变态，但我当时确实这么想的，我有种进入那个场景的需求，那个场景里需要有一具浑身赤裸的女尸，即便两者长得完全不一样。"

"怎么越说越像你就是那个杀人犯一样。"我戏谑了一下。歪眼听了，腼腆地笑了一下，继续说：

"我就是在一个现场碰到杨青青的，她长得和我大学那个姑娘有种奇异的相似感，一样冷冷清清的。当时人群围着尸体，她站在稍远点的地方，面无表情地看着人群。我犹豫了好几次，终于走过去，问她在干什么。她瞥了我一眼，说看看。我又忍不住问了她一些基本的情况，出人意料地，她都回答了。这样子我就知道她是杨平的女儿，我之前就认识杨平，他家书很多，我经常过去借，也知道他有个女儿，家里所有的家务都是他女儿做的，只不过一直没见过。我问过杨平一些他女儿的情况，他很讨厌他女儿，每次和我说起来，都是说'那个污种'，而且据我所知，他不准杨青青碰一下屋里面的书柜，更不要说书了，原因我倒是不太清楚。

"后来我跟杨青青聊天，发现她不光读书，而且读了很多，就跟我大学认识的那个姑娘差不多。她不是那种会主动说话的人，但是只要我提问题，她就会回答。一来二去，我觉得她应该没有太讨厌我，就很厚脸皮地问她要不要试试看和我谈恋爱，她竟然没有拒绝，然后就在一起了。"

"所以呢，怎么突然说这个？"我问歪眼。

"杨青青不见了。"歪眼忽然死死盯住了我的眼睛，"除夕前一天晚上，死在菜市场的那个小偷，应该是杨平吧，你有听说？"

"这个我就不清楚了，那天我在走亲戚，说到底，我和杨青青也不算很熟。菜市场死人是怎么回事？"我反问他。

"好像是有个小偷那天在那边顺了点肉，被人绑在石柱上泼冷水，活生生冻死了。附近的人跟杨平都不怎么认识，有人说是桑林的护林员。我后面一天才出来，只听了个大概。跟别人打听尸体去哪儿了，也没人知道，好像本来一直没人收尸，过了一个晚上，就不见了。"

"跟我说这些，也没什么用吧？"

"也对，今天晚饭在这里吃吗？"歪眼笑了一下，好像确认了什么似的。我摇摇头，表示晚上还得回家，然后就走了。

离开的时候，我瞥见歪眼站在门口，没有看我，而是死死盯着远处的屋顶，没记错的话，那块惨白的猪肉就掉落在那个屋顶上。

六

很长一段时间里，我不知道杨青青家在哪里。直到四年级我开始养蚕，到处找桑树叶子。我爸告诉我附近有一片桑林，那边我碰到了杨平。杨平是护林员，戴眼镜，看上去四十岁左右，头发长年不剪，乱蓬蓬的，几乎只穿一件土黄色的外套。我碰到他的时候他正坐在林子里看书，看到我之后笑眯眯地问我来干什么。我问他能不能采点桑叶回去喂蚕。他反问我家里有没有书，我点了点头，说家里书不少。他跟我说，要是能把家里的书带来，只要是他没看过的，这边的叶子就随我摘。

第二趟来的时候我带了一套博尔赫斯集，杨平见到之后很是称赞了一番我的眼光，告诉我这套书出版量比较少，基本已经买不到了，虽然他大学时候已经看完了，但是看在我眼光的份上，以后这边的叶子还是随我摘。也是那天，我碰到了来林子里面叫杨平吃饭的杨青青，然后我才知道杨青青是杨平的女儿，住在桑林旁边那个小平房里面。

杨青青家只有两个房间，厨房和卧室连在一起，背对门的那堵墙放着一个巨大的书柜，密密麻麻地塞满了书，我问过杨青上面有多少本书。她脱口而出：2372本。

这之后我经常过来，杨平平时除了出去看林子，基本就留在家里。抛开邋遢的外表而言，杨平为人出乎意料地好，对我这样一个小孩子一直都很客气，没有丝毫大人的架子，他家所有的藏书也对我开放，或者说，他非常乐意看到我来他家看书。

除此之外杨平的手还非常巧，他擅长做木工，家里面的家具基本都是出自他的手，同时，象棋下得非常好。但是一碰到杨青青，杨平的脸色就会很难看，毫不遮掩地流露出一种恶心嫌弃的神色来。

有一天下午，他抓了很多蝉蛹，用色拉油炸了请我吃，最后还剩下了不少，全都扔了，而杨青青一个没吃，非常自觉地伏在桌面上写作业。他家吃饭有两个桌子，一般都是他坐在大桌子上，杨青青坐在小桌子上。好几次他留我在他家吃饭，杨青青做好了饭菜，取走一小部分，很安静地在旁边的小桌子上吃饭。而杨平则非常自然地开始和我聊小说，好像这样子并没有丝毫不妥。我注意到杨青青使用的桌椅都非常小，她坐在上面已经非常窘迫。可以想象的是，这套桌椅应该从她很小时就开始使用了。

桑林靠着一座小山，春末夏初的时候，桑葚挂满桑树，不过杨平根本不许杨青青吃。而我正相反，杨平对我异常慷慨，那段时间里我的肚子和肠子可能都被桑葚的汁水染成了紫色，某种程度上，杨平的慷慨是普遍的，他只对杨青青吝啬和苛责。

那时候也正好是覆盆子成熟的季节，带着杨青青穿过桑树林去山上摘覆盆子几乎是我每年的固定活动。覆盆子和桑葚两者样子有些类似的地方，但相对于桑葚来说，覆盆子的口感更加甜爽一些。由于杨青青分不清蛇果和覆盆子的区别，上山之后基本都是我在摘，等摘满两个袋子，我俩就从一条小路下山，绕过桑林，直接去我家。

就是去年最后一次下山之后，杨青青第一次，也是唯一一次主动向我讲述起杨平和她的故事。

"说实话，你不怎么爱吃这个东西的吧？"杨青青说，"你不用出于某种奇怪的补偿心理摘这个给我吃。难道你觉得杨平对我很坏吗？"

"很怪。"我这样回答。

再怪的事情，要是有理由，哪怕不能认同，也会变得稍微可以理解一点，我非常讨厌这个正确的逻辑。

杨青青告诉我，她出生没多久，她妈就因为虚弱去世了，大概在杨平看来，某种意义上，是她杀了他的老婆，杨平对杨青青的憎恶完全来自他对杨青青母亲的怀念。

"从这个角度来看，我倒不觉得杨平对我很坏了。最开始的时候他只是不理睬我，用一种避免我死掉的最低标准维持着抚养。大概从一个点开始，我长得好看起来了，有时候我照着镜子，就会迟疑，眼前的这个人好像并非杨青青，而是存在于照片里面的我妈回来了。我有了一种离奇的责任感，然后我开始尝试整理房间，收拾衣服，做菜烧饭。杨平注意到了这一点，不过他大概觉得这是我对他进行报复的另外一种手段。从那时候起，每次吃完饭，他就叫我脱下衣服，有时候是用腰带，有时候是用枝条，抽打我。我觉得他真的是非常喜欢我母亲，这就是我不能理解但是又非常羡慕的地方了，我是那种不能理解'喜欢'这种感觉的人。杨平每次抽打我一下，我就感受到他是那样子喜欢我妈。我理解不了,我觉得我喜欢不了谁。我连自己都不是很喜欢。"

"那怎么和歪眼交往了?"我问她。

"我想试试看,被喜欢是什么感觉。我有时候会想,那些死掉了的少女会不会喜欢过别人呢,会不会有被别人喜欢过呢?"

"以后没有机会吗?现在,怎么说呢,感觉不是一个很合适的年纪。"

她抬起头来,眼睛中终于难得地含着眼泪,但口气还是非常冷酷平淡,问:"真的会有以后吗?"

七

有两件事情我欺骗了歪眼。首先除夕的前一天晚上,我并没有去走亲戚,相反我整天都待在杨平家里。那段时间杨平不知道从哪里搞来了两条鸡翅木,空闲下来的时候一直在做木工,我觉得他应该是想给杨青青打一张新的桌子。

我待在房间里看书,而杨青青通过窗子观察杨平做木工时候的样子。她说她对杨平那个样子相当痴迷。这点无可厚非,杨平本来看上去有些瘦弱,身形也不高大,整个人乱糟糟的,但是做起木匠一下子显得神采奕奕,下手又稳又快,手工锯切割出来的平面和电动的差不多一样平滑,同时木屑飞扬,鸡翅木的香气围绕在周围。我放下书,来到窗边,杨青青靠在窗的一侧,小心又仔细地望向窗外的杨平。我站在她身后,把脑袋架在她的肩膀上,然后握住她柔软的手。杨青青什么话也没说,轻轻地挣开了我的手,我觉得无趣,就把脑袋也放了下来。

临近傍晚,杨平停下手上的活回到房间,兴致勃勃地

问我:

"今天留下来吃晚饭吧,要吃什么跟我说。"

"还是不了吧,家里面估计也做好了,那我差不多该回去了。"我搁下书。

除夕的前一天晚上是镇子上这一年的最后一次集市,我并没有马上回家,而是偷偷地跟着杨平来到集市。他还是穿着那件黄色的外套,里面是一件褐色的毛衣,挤在人群中挑菜始终有种荒谬的感觉。你很难想象,一个长年在桑林里看书,在屋前做木工,一个一直形单影只游离在正常世界之外的人突然身边站满了人。没过多久,我就心满意足地观察到了杨平奇怪的动作,他在趁着人多的时候,把肉铺上的牛肉顺进自己的大衣,这和在不久之前杨平跟我吹嘘的姿态一模一样。事实上,杨平买来两条鸡翅木之后准备过年的现金已经花得差不多了。他和我说过,他的双手足够灵巧,而且动作又稳又快,在市场里顺点东西简直和喝水一样简单,根本不会有人发现。

顺走牛肉的杨平若无其事地离开了,摊主照顾着其他生意,周围的人也都没有发现。等杨平到了下一个铺子,我善意地走向那个卖牛肉的铺主,把刚才看到的一切如实地反馈给他。于是杨平一下子就被铺主追上,很轻松地搜出肉来。众人的情绪一下子高亢起来,把他围住,有个人提议干脆脱光了绑到集市旁边的石柱上,等警察来领人,这个提议得到众人的一致好评。于是杨平就被剥光了,只剩一条内裤,双手背缚在石柱子上面,在除夕的前一天傍晚,赤身裸体地暴露在彻骨的冷风里。那个肉铺铺主觉得还不解气,往杨平身上泼了一桶水。

整个过程中,从肉铺铺主突然气势汹汹地追上他询问,到被众人包围，乃至被双手束缚，剥下衣服，杨平保持了一种奇特的镇定，甚至驯服地像是在配合众人的举动一样。警察迟迟没来，杨平始终低垂着脑袋，好像在思考什么非常重要的事情，平静的脸从红色逐渐变成紫红色。集市开始变得安静，流动人群一点点消失，最开始还有人在旁边围看，后来夜色笼罩，空荡的集市旁，杨平又恢复到形单影只的状态，这也是我最熟悉的他的姿态。

"要不要我帮忙解开绳子？"集市上没人了，我走到杨平身边问他。

"是你给那个卖肉的说的吧？"杨平的声音沙哑又虚弱，但是听不出有太多怨恨的情绪。

"嗯。"

"不用解了，有空的话，把青青叫过来吧，叫她过来看看。"

"好的。"

"其实我没你想的那么坏。"杨平说出这句话，沉默下来，有些期待地看着我。

"我知道。"其实我并不知道，我只是有些害怕杨平眼里那种莫名其妙的期待。

说完我就转头跑开了，跑出去一段路，我又回头，杨平完全地浸没在夜色之中，看不清了。

我在路上逡巡了一会儿，慢慢走回到杨平家，杨青青还在收拾门口的木屑。

"你爸出事了，现在被绑在集市那边的石柱子上面。"

"他要你来叫我过去吗？"

"是啊。"

"我现在不想去。"

327

"那就不去吧。"

收拾完屋前,杨青青热了中午的饭菜,我陪她吃了一些,然后又看了会儿电视,差不多到了八点,她说:"去看看吧。"

我俩到集市的时候,警察还是没有过来领人,换而言之,赤身裸体的杨平依然被绑在石柱上。杨平那时候已经没有了呼吸,僵硬无比,脸上却没有非常恐怖的表情,除了肤色有些吓人,整个人像是就这样站着睡着了一般。杨青青什么话都没有说,绕到后面解开杨平手上的绳子。

"你准备怎么办?"我忍不住问。

"去桑林吧。"

从集市到桑林有二十分钟的步程,那个晚上我和杨青青轮流背着杨平的尸体花了大概一个时辰才到桑林。然后杨青青跑回家拿来铲子,我俩挖了一个大概一米深的小坑,把杨平丢了进去。整个过程中,杨青青一言不发,我透过斑驳的夜色依稀看到她整个人处于一种魂不守舍的状态。

"以后怎么办?"离开之前,我这样问杨青青。

"真的会有以后吗?"杨青青又一次回问我,我还是回答不了。

八

男孩子可以对一只青蛙有一千种杀害的手法:摔死,踩死,捏死,油炸,生撕,剥皮,水煮,往嘴巴里面塞进鞭炮点燃,拿钢丝串起来火烤……大家都在这么干,看着青蛙各种奇形怪状的尸体,然后不自觉地露出微笑,并不觉得自己残忍。但是我和杨青青不太一样,我们对这种残忍认识得一清二楚。然而问题在于，我俩在认识之后并没有任何精神上的痛苦感，换句话讲，我和杨青青都是没有良心的人。杨青青说她是不能理解"喜欢"的人，其实不是，除了"喜欢"之外，大多数人类拥有的美好情感她都理解不了，我也一样。正是因为我俩都拥有这样奇怪的特质，所以才能彼此理解，彼此信任。也正是出于这种理解和信任，我才有自信处理杨青青的尸体。

望着女厕里面杨青青的尸体，我这样想着，然后小心地抬起尸体，用一种柔软的棉花绳将她的大腿固定在车后座上。

夜色里面，假如有人看到我，一定注意到杨青青靠在我的后背上，双手紧紧地绕住我的腰。当然，假如杨青青还活着，她应该不会采取这样的姿势，我猜她只会侧坐在后座上。

我另外一件欺骗歪眼的事情是关于他发现的那具尸体。那具女尸被杨青青和杨平从他家搬到桑林的全程我都在远处看着。如果没有意外的话，正常父女俩应该就会把那具女尸埋起来，然而看到一半的我故意闹出了一些动静之后离开了。我想这也是他俩面色古怪突然回到家里的原因。

从去年春天开始，镇子里面逐渐有女孩消失。那个春末的时候杨青青问我真的会有以后吗，然后除夕前一天我和她埋葬杨平的时候她又这样问我。不管因为什么，哪次我都没有回答，现在我终于可以回答了，没有，没有，没有"以后"这种东西。不过这应该是在她预料之中的事情，杨青青从来没有提过将来，有一次我问她，她说她完全想象不出她长大的样子，或者说，现在的她就是她将来的样子。大概很早的时候起，杨青青就已经预料到自己消失的命运了。

所以大年初一，杨平死亡的第二天，我穿过鞭炮的灰烬和烟雾在废工厂里找到杨青青的尸体的时候，我一点也不觉得奇怪。这个时候我已经意识到一件事情，杨青青一直在骗我，当她注视着镜子里面的自己，发现她和她死去的母亲如此相似之后，产生的并不仅仅只是一种责任感。杨平对她的虐待并非出于愤怒或者报复，而是遵循了杨青青本人的要求。那些伤痕，是杨青青试图体会爱意的一种途径。

桑林里面的泥土十分好挖，没过多久我已经挖出足够安置杨青青尸体的土坑，出于优待的考虑，我特意把这个土坑改得非常宽，甚至足够她在里面摆个"大"字。据我所知，这个林子里还有不少人，将来可以做她的伙伴，想来她也不会太过寂寞。

就在我准备把她放进去的时候，我的身后响起了脚步声，还没来得及转身，我的脑袋就被钝物重重敲了一下，连带着脑袋也被弯曲到一个奇怪的方向。我倒在地上，和杨青青的尸体排在了一起。

温暖的鲜血从我的头顶和喉咙向外面流淌，林子里面站立着的只剩下歪眼。歪眼面无表情地看着我和青青的尸体。

"这个地方不是很适合你俩。"歪眼一边说，一边抬起我和青青，一个放在自行车后座上，一个挂在车杠上。我面对转动的齿轮，耳边传来歪眼温柔的声音。

"有件事情倒是骗了你，大学时候的那个姑娘应该就是我杀的，我有些魔怔了，记得不是很清楚，但幸好没留下什么证据。"歪眼对着空气，若无其事地说着，"她可能没那么喜欢我，甚至还有点怕我吧。"

自行车推到林外，歪眼将我和青青装到一辆小车的后备厢。经过颠簸的一段路，歪眼打开后备厢，将我和青青抬到外面，就是灯泡厂的湖边。

"这边还真是个不见人的好地方，也幸亏青青告诉我有这么个地方。"歪眼说着，又从车里拿出末尾拴着铁球的链子，很仔细地又有些温柔地缠在我和青青的身体上，又开始自言自语，"我一直奇怪，镇子上怎么有那么多小女孩不见了，当然，其中一半的去向我还是清楚的，接下来你们大概也会见到她们吧，只不过另外几个究竟是被谁杀的呢？"

我先被扔到水里。沉入湖底的时候，我倒没有不安的情绪，只是想着，这样子大概永远也不会有人看到青青的尸体了吧，她的愿望倒是都在最后实现了。

"晚上太黑了，明明有光的话，绿色的湖水会好看很多。"我这样想到，突然一团光跟着跃入了水中，那是青青的尸体，她周围的一切都变得清晰可见，绿色的湖水包围着她。恍惚中她好像睁开了眼，问我：

"真的还会有以后吗？"

"没有了。"

在N城读"园林"

周功钊

周功钊,男,浙江杭州人,建筑师、写作者,中国美术学院建筑系博士研究生。研究方向为城市营造与实验建筑,导师为王澍教授。曾任中国美术学院建筑系外聘讲师,授课内容为基于传统园林文献的空间营造。相关论文发表于《新建筑》《风景园林》《美术学报》等刊物。

> 哦,夜晚!使人愉悦的黑暗!
> 对我而言,
> 你就是内心欢乐的信号,你是苦恼解脱的结。
> 在旷野的寂静之中,在一座读书的石头迷城里,
> 闪烁的繁星,突然放亮的灯火。
> 你就是自由女神的灯火。
> ——波德莱尔《恶之花》
>
> ……虽处山林,而斯园结构之精,不让城市。
> ——童寯《江南园林志》

L城

我已故的曾祖和我说过，每个中国城市除了自己官方的称呼外，都有一个和自然相关的名字。我出生的L城①被称为"园林城市"，这里所有园林的兴造相传都参照了明代造园大师否道人的造园名著《园牧》。曾祖在我幼时就一直讲述这套在康乾盛世后便销声匿迹的古著中的故事，我除了"围石迷之则为园"一句外，什么也记不起来了。过去由园林（据说每个城市都有三百六十五座）编织成的那些城市逐渐被现代的钢筋水泥所取代，许多园林的名字被篡改，格局也被改得不尽相同。但是L城仍保留南宋的园林城市布局，当地居民依靠城中那块刻印在石碑上的地图，已经将城市千年的草木亭榭、河道陆路转变成了日常记忆的一部分。

N城的纸质地图

我以建筑师的身份完成L城的改建后不久，收到了一封信函，它来自两年前倒闭的"思潮出版社"的老编辑（她曾经帮我完成过书稿的出版）。她将我引荐到N城的"园林城市"计划中。信函中除了几页用公文纸打印出来的关于城市改造的任务书外，还附带了一张宣纸信笺，竖向撰写的小楷字显得格外神秘："将她从方殿华的迷宫带回园林城市。"我并没有听说过这个城市计划和所谓的"方殿华"，但是通过随信附带的行程单，我确定这并不是一次玩笑。我努力回

---

① "L城"这个名字是在1928年开始被使用的。

忆那为数不多的几次造访，N城对于我来说未免有点陌生，虽然它距离L城不过一个半小时的车程，然而我并不清楚它们曾有着相同的名字。

信封中附有一幅N城的纸质地图，它并不像那种百科全书般的地图，我甚至没有办法依靠符号和信息要素寻找具体的地方。图面只存在各种色阶和大小的绿色圆圈图案的重复叠加，交叠之处的暗面中分散地用小楷标下各种名称：江宁、金陵、建康、建邺、白下、升州、秣陵、集庆、应天、南京、天京（它们或许都是N城过去的名字）以及这些内容的绘制者"L城G君"。图底重叠繁密（颤抖和未相交的线条让人觉得这份地图似乎并没有完成）的墨线圈画着各自围合的区域，并填充了不同类别的绿色，这种胶印树脂油墨覆盖了原有图底的文字和注释（上面提到的那些名称都是写在油墨之上），显然这是在底本上重新绘制的。作者在地图硬纸框裱的右侧处用细小的勾线笔留下了如下的提

图1 纸质地图 图面只存在各种色阶和大小的绿色圆圈图案的重复叠加。

示："每一次经历的园林，都是前面园林回忆的组合。"

我首先想到了曾祖的那句话，便开始慢慢寻觅到了后面几篇所提到的地方，这些有关N城的园林片段没有办法确定是否能与地图上的名字吻合，我只能使用虚拟语态来回答你们读到这些短篇后对其所在地方的提问，我甚至觉得这些叙述可以出现在许多你们熟悉的地方，甚至是现代建筑中。园林的潘多拉考验着我们的记忆而不只是辨识。

篇一：石草词园

这座园林过去的名字叫作"海石园"，园林里数不尽的石头是最早让我产生了迷失错觉的物件。正如我们阅读经过翻译的异国诗，词语的误读而形成的意境胜过本初的意境。诗的文本分析与园林山石造型的随性有些许相似。散落堆放的石头（如海一般）无法成为假山，所以你根本无法看全其貌，不自觉地对视野中的石头进行计数。每一个石头和手掌差不多，你可以估量它们的尺寸，甚至是整个园林的大小。

图2 石草词园　你无须缩小自己的比例，或许当重新对这个词语发音后，便可以进入这个无限类比的游戏。

这种和L城园林用石一样出产于太湖流域的石头，经过长时间的冲刷的内核已经中空，它注定需要被别的事物填充。风无意间将院墙之外的花草种子带到石窝中绽放，自然在空洞的词汇中创造了新的词汇，石草已然又是一片园林，石头的细节再次堆砌出无穷的词汇，它是名词也是动词[①]。你无须缩小自己的比例，或许当重新对这个词语发音后，便可以进入这个无限类比的游戏（诗显然很难做到这点）。

篇二：结语园

历史上的有志之士总希望将生命投入到象征永恒的自然，即将谈到的这个园林和死亡有关。它的主人，明代的君王选择了N城东面的一座山来作为人生结语。辛酉年，年迈的君王找到全国最聪明和能干的工匠来为自己这座身后园林的最后一百米见方空地（其北侧便是用于埋葬的后山）的建设提提意见。待了一天场地的匠人次日便和君王说道："您的来世光线将在午时的甬道中（终）延绵。"

匠人呈现了用于建造的地盘图。和中轴线上其他建筑一样，这处最后通向山林的空间是一座门楼建筑，其体量之大足以使人忘记背山的存在。这位精通视觉的匠人有意识地将门楼南侧的广场略向北侧倾斜向下，所以从南部的松柏甬道来到广场后，便看不见那个位于上万块城墙砖垒砌的巨大门楼基座中间的拱门入口（整个基座甚至要比顶部木构楼阁还要高出两倍以上）。

[①] "石"的谐音产生了许多"变体诗"，如《石氏饲狮史》。所以，口语描述的时候会发生很多意外的联想。

"您将会走进那个无梁殿构造的入口,超过三十度的台阶是您最后的攀升;您背着南向的光线,昏暗的环境中只能看到前方点滴的亮光,停歇时您将会觉得这个出口越来越明显。您每一次的步伐将在这个全用城墙砖砌筑而成的拱顶里发生四次回音;您还能从回音中听到夹杂着的、不断重复的喃喃细语,它们述说着您一生的丰功伟绩。当话语停止后,您便能顷刻间遗忘过去的昏暗,看见代表您的那片山林。"

君王已经沉浸在对匠人叙述的想象中,过了许久才问道:"当我回望过去会是怎么样的情境呢?"工匠不假思索地说:"您将会看到南面反射上来的光线已经照亮了那个通道。"君王没有再追问下去,只是反复翻看这份图纸——最后的布景,他或许已经明白这次倾听将是对这处园林的最后一次造访。

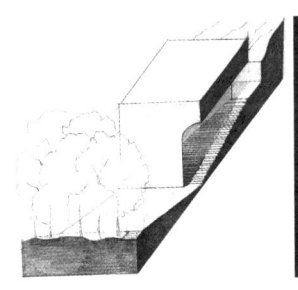

图3 结语园 这次倾听将是对这处园林的最后一次造访。

城市的图案

我一直在意附件中的"方殿华",直到我在地图右下角发现了如下题款:"戊戌年冬月十四,方殿华"。从其鹅毛笔蓝黑色的墨迹可以看出,它应该是这幅地图的底本。我在

《明清历史纪要》的《人物志》第486项词条找到了一位法国传教士的名字[1]，其中记录了他对L城石刻地图的描绘，并附上了这幅底本地图的四分之一大小的图片，但是仍能看出其在明代传教士利玛窦地理术[2]和中国的传统绘图法——"计里画方"影响下，与传统方志地图面貌不同，复杂标识符号和事无巨细的城市图案俨然是一处迷宫。

N城在民国十六（1927）年实行了"首度计划"，美国设计师亨利·K.墨菲[3]用早已影响西方的霍华德"园林城市"（Garden City[4]）理念将这个城市的陈年外痂剥离开，城市的东侧在计划中得到了开放（东侧原先皇宫的封闭布局转变成了中心放射状）。我站在高楼林立的N城，他们遵循着新的城市附言："这类复杂城市（上海、东京、首尔）的新事物已经在重要性或规模上远超过旧事物。"这个城市的工匠已经不再会使用毛笔，景观工程师已经不再关心树的年龄。几近与文化脱节的园林已然成为N城的迷你中央公园以

---

[1] 我在L城的光绪方志的《地理志》中找到了相同的名字，这个同为第486项的词条解释为"法国传教士在方家所建之山林"。我对这个词条的可信度保持怀疑，所以并没有继续考证，因为它是L城的官方地方志汇集中唯独没有收录光绪年号的一册。

[2] 传教士利玛窦带来的西方书籍中有一本由文艺复兴时期的建筑师帕拉第奥所写的《建筑四书》，其中《第二书》第十二章中收录了阿尔伯蒂的一句话："城市一如它所展现的那样，就像是一个大房子，相反地，乡村住宅就像是一个小的城市。"

[3] 亨利·K.墨菲（1877—1954），美国建筑师，完成了燕京大学校区的设计。是中国古典建筑复兴思潮的代表人。

[4] Garden City，也翻译为"花园城市"，是由英国建筑师艾比尼泽·霍华德提出。

及可以直接感知的奇观图案（Spectacle[①]）。

篇三：古围园

我询问N城最年长的老人："该城最大的园林在哪里？"老人回答说："城墙围合的城市是最宽广的也是最高的园林。"在这个极富空间感的描述中，城墙是"園"（园）字拆解出的首要"围合"要素，即《康熙字典》中的古"围"字"囗"，地图中绿色交接处的墨线表达了这个边界的位置。

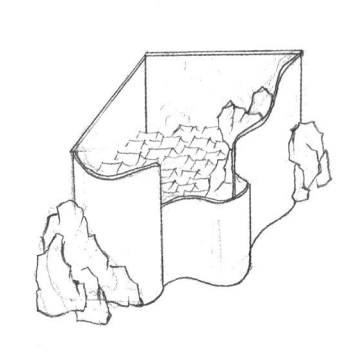

图4 古围园　笔意气连，自然几何显现。

N城的城墙有大部分是重新建造起来的，当经济的力量冲破了实体边界后，后知后觉的文化堡垒才开始被意识到只有用"记忆"才能进行弥补。城市的尺度让我对这个边界失去了判断能力（建筑和汽车在空间的高低两级上都遮挡了你

---

①Spectacle，来自居依·德波的《景观社会》中的"景观"一词。我在这里称之为"奇观"，为的是避免将"景观"一词联想到真正的传统园林。

惯常的视野），从城墙的两侧已经无法看出园林的内外，它与政治无关，文化符号催化并制造了你的记忆。

利玛窦曾向充满好奇的葡萄牙官员这样描述这座伟大的明代城墙："如果两个人从城的相反两个方向骑马相对而行，要用一整天时间才能遇到。"城墙并不能用图纸上横平竖直的线条和精确的数据来表达，我只能用双脚丈量老人所说的"广"和"高"。当城墙遇到自然山体时，工匠自然地选择了让步，他们通过观察地形地貌来决定砌筑的方式：在两侧向外倾斜梯形的基础上，顺应山形在水平向弯折。这种现在依靠计算机的"参数"，早已在明代工匠手中完成。他们可以根据（垂直向）所用砖的数量，判断城墙将永远是整个城市园林中最高的建筑。

园林城市的决策者决定纳山一角于内，希望城内之人不会忘记自然的表情。工匠处理每一块砖和山石的关系：他们是画家，在乎色彩搭配，笔意气连；他们是工程师，将自然用几何显现。他们将自己看成诗人，将名字题写在城墙之上。

篇四：砖画园

我足足走了三十五公里，才阅读完城墙的篇章，其上不同的字迹（出现了许多的简体字写法）题写着它们的年代、地域以及匠人的姓名。如果将这些砖分别以颜色标记的话，我们便能看出隐藏的历史形态：作坊的地域分布或是家族势力的强弱。这篇超过数百万字的鸿篇巨制在最为惨烈的自然和人为灾难中基本保存了下来[①]。

砖类的技术自然也被敏锐的画匠所关注。南朝时期（420—589）的N城就已经出现了"竹林七贤"的砖画[②]，它作为被寄以伦理教化的意识形态图像让人永远铭记。画匠不仅要了解画面的内容，还要注意一笔一画在砖上的刻印位置，以方便烧制。我们习惯在出版物中看见这幅脱离材料观感的拓印画作，失去比例和色彩的黑白图像无法让人联想到这个有着二百四十四厘米长、八十八厘米高、用三百多块砖以城墙砌法砌成的杰作竟然是淬火而成。

意外的是同一时期出现了一座"错序"版本（当时复制了好几座，同样烧制几套更为经济合理）。除了标记贤士姓名以及完整纹样的砖块外都是一条条无法辨认的线条，它们险些被认为是无关紧要的材料（所剩下的只有一半不到）。我没有发现砖上用于拼合的标记，历史学家认为这次的倒错是有意而为之，因为工匠完全能够依靠他们对画面的记忆[③]完成砖画的复原。

石巢园的G君

来到"石巢园"的时候，我便有了和曾祖一起看书的

---

①从这方面来看，中国建筑史的编写或许应将木头和砖石分开叙述。

②这些砖画出现在不同墓葬密室的墙壁上，所叙述的这座完整版位于M1墓室的西侧。

③他们需要将成堆烧制好的画砖重新拼回原来的模样。当然也会有错误的时候，前文提到的完整版中就把刻有"阮籍"和"嵇康"的砖块弄错了。

印象。我在这里居然遇见了熟悉的老编辑，她说G君在此园等候多时。我对这次的见面出奇地冷静，像是去见一位老朋友。G君和我年纪相仿（我以为他已年逾古稀），他不会说普通话，只能用古老的地方吴语进行交流，我能听懂大概，不自然地也会遗漏或猜测一些他所说的内容。

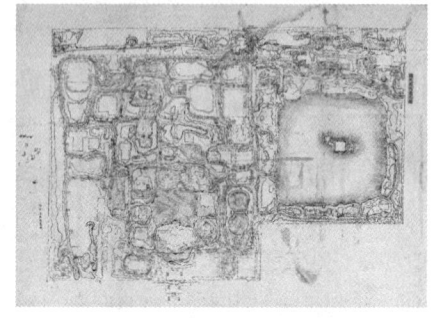

图5 纸质地图　万园之园的地盘图和尺寸口诀。

G君是L城的园师，他因为两年前的一次视神经的病变患上了"色弱"——确切地说是"黄绿辨析障碍"，之后在工作上的失误使得他的工程慢慢减少，现在他只有待在这个园子里。G君过去的工作是负责拆除原有的园林，在原处或是城市的另一处废墟上搭建，每个园子都是在前一个园林基础上建造起来的。处理两个不同对象（场地或者材料）的联系是他的基本功，他需要记忆一整套做法，所以拆除和重建所用的时间是一样的。他认为事物不断复制时，细节遭到遗忘便很容易模糊泯灭。

G君拿出一张和我手上之图极为相似的地图。这是一幅北京圆明园的地盘图样（边上附有尺寸口诀），它的作者是发达于康熙年间的N城的样式雷家族。G君的曾祖作为工匠完成了这项万园之园的工程（它集合了全中国最好的园林），并将这些技术传承给了G君。当我尝试追问这项技术时，他却没有再继续说下去。他收起了那卷图纸，约定在明日申时给我两本书，说我看完后便都明白了。

《园牧》的启发

我如约在申时来到"石巢园"，G君拿出的书对我而言并不陌生，三卷册的《园牧》，它不同于曾祖的一卷本，其布满册页的小楷注释和符号以及扉页的落款"否道人，崇祯四年"，让我觉得它或许便是失传的初本。

G君说，这座"石巢园"正是园师否道人根据此书为明人阮氏所设计的唯一留存于N城的园林作品。其造园意匠之精巧让阮氏十分钦佩，并为《园牧》作序。但是明朝覆灭，这座园子和那些城市园林也随着这本著作的遗失而慢慢湮没无闻。

我顺着和曾祖一起的回忆，试着阅读《园牧》，但因其骈文的文体特征，读起来十分拗口，而G君用吴地古方言朗读却十分流畅，其音调与地方戏曲极为相似。G君说，曾祖教会了他吴地戏曲[①]，并用工尺谱的方式在书卷上做下标记，那些书本中零散的词汇在音韵中整合在了一起，"古著不作标点，每次的阅读都要基于上一次的词句来继续进行诵读"。

[①] 吴地戏曲中有唱说的形式，明代的阮氏也是这类戏曲的能手。

"这和你在地图上所留下的那句话很相近。"我说道。

"没错,这座石巢园也已是经历了我多次拆解重建后的结果。"

好奇心驱使我向G君提出了游园的请求。G君回道:"明代初建此园便有约规,游园只能在酉时,当园中最高的院墙浸没在昏黄的夕阳之下时才可进入。"

"现已酉时。"落日的光线正好对在入口的甬道上。

"我早已料到你会急于入园,便约你申时而来。"

步入园中的我却被其中似曾相识的场景所迷惑,这些不正是我之前所经历的内容吗?

篇五:四方城

我站在园林中环顾这个最小单位的城市形态,暂时忘记了自己身处半亩宅院,我误认为自己是驰骋沙场的君王,足以在雨中得到庇护以待出发。四方城拥有三层四方的台阶,每一层的入口和踏步的数量都是按照五、三、一的变化,而它的宽度则是以相对的比例逐渐变大。由城墙砖砌筑而成的主体尺寸九米见方,其四面高墙也是九米,每侧各开有三米宽六米高的拱门。和结语园的门楼一样,其顶部也是一座木造屋殿,但没有入口可以到达。这个物理性边界围合了最中心的要素,即象征儒家意识形态的石碑,它作为立柱指向顶面屋殿裸露的木头结构(但并不起到支撑作用)。它吸收了城中所有的光线,使我没有办法看清碑上的内容,它或许本身并不是用来阅读,只能听它述说在内观四方光明所见到的一切。

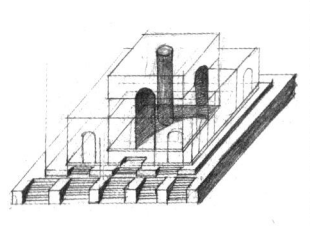

图6 四方城 只能听它述说在内观四方光明所见到的一切。

篇六：迷高园

进入这个园林之前，我就要走上城市一样尺度的台阶，它没有罗马广场般的开放，我需要避让那些用来支撑整个园林的犹如密林般的柱子，城市尺度在这里骤然缩小，光线也被遮挡。密度的错觉让我遗忘了行动的方向和离开地面的度量。当我进入园林，我已经看到数不清的四方城屋殿。园林的边界不再是高墙，而是巨大的城市建筑群，图案化的立面没有办法成为我身体的参照。

我努力寻找园林里的感知来判断自己的标高。我能分清迎面而来的水声和击打巨石发出的回响，我能听到风吹树叶的声音淹没了相谈的欢笑，我能够越来越清楚地分辨喜鹊和百灵鸟的叫声，我觉得身边的光线慢慢变强。我发现已经到了园林的最高点，但是没能找到上来的路径，我选择了继续前进的方向，用倒转的记忆来匹配回归的步调。

图7 迷高园　我发现已经到了园林的最高点，但是没能找到上来的路径，我选择了继续前进的方向，用倒转的记忆来匹配回归的步调。

石巢园的对答

我对记述和空间真实体验的吻合感到惊奇，向G描述了所回忆的之前内容的片段。G君认为我并没有去过N城的那些园林，只是单纯地复述在这里所见到的全部："你已经从《海石园》中的词汇开始掌握阅读城市园林这部词典的诀窍，那些城墙和屋殿不过是一些短语和句子。你应该逐渐明白了我们园林匠人通过这些语句、篇章来重新组合成的这个园林。《石巢园》不过是我将《园牧》中的词汇重新组合编纂的词典，一处纸上园林。"

"这不就是我在两年前论文提及的晚明文人张岱笔下的那处'嬛嬛福地'吗？"

"没错，我阅读过你的论文，张岱通过他的小品文集《陶庵梦忆》中的片段，用记忆方法完成了最后的园林——'嬛嬛福地'。同时期的文人早已经熟练运用传统观念里的分类：平面—多面、围合—拆解、贯通—曲折、轻—重。

将这些散落在城市中的片段，在园林中通过符码进行联系。"

"那为什么我会有如此相似的经历？"

"这来自你的经历，那个最早的回忆，这些对城市的观察都和你的记忆有关，这一次、上一次、上上一次……它们只是这部拥有四百八十六个篇章的《石巢园》中的十二个部分，当然你还远远没有读完。"

"那你是如何关联这些记忆内容的呢？"

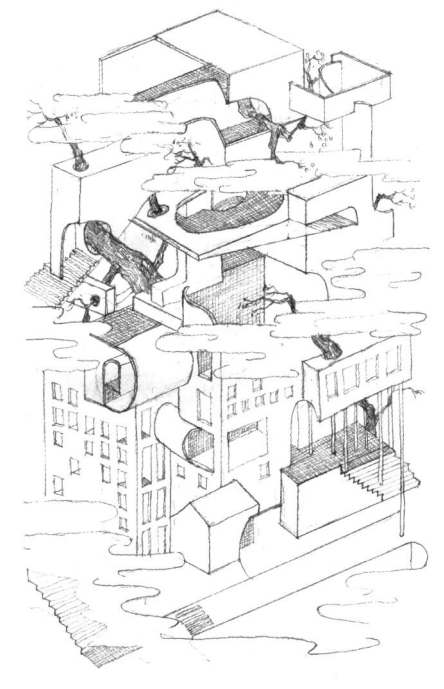

图8 石巢园 由于并没有颜色，这个组合实验并没有开始和结果。我会根据每一种结果完成一个园林的建造，并通过下一次的变化完成它的再一次建造。

"我制作了一个木制'魔方'，每一个面都有九九八十一个小面，这些小面记录了《园牧》收录的关于城市园林兴造中所有的二百四十三个关键词，以及自己记忆中的二百四十三个对象。由于没有颜色，这个组合实验并没有开始和结果。我会根据每一种结果完成一个园林的建造，并通过下一次的变化完成它的再一次建造。"

······

跋

我除了回忆起这些对话外，只记得老编辑后来和我说，L城曾让G君完成一部园林城市系统编年的著作，协助出版的正是她的思潮出版社，但是词类的分类始终没有尽头，出版社随着资金的枯竭而破产。如果说G君说的是正确的话，"石巢园"的变化正是指向作为园林城市的N城的未来境况吗？我将这次的经历以"在N城读'园林'"之名递交到了N城的计划组，两天后便收到了回信。信封里是N城"园林城市"设计的合同书，我对这件事情的顺利进展感到意外，直到我看到了委托人一栏的签字——G君。

——周功钊于N城

我认识过一个比我善良的人

笛　安

笛安，作家，代表作："龙城三部曲"系列小说（《西决》《东霓》《南音》），长篇小说《南方有令秧》《景恒街》。其中《景恒街》获得2018年"人民文学奖"长篇小说奖，曾主编杂志《文艺风赏》。

从前，有一个人，她比我善良。可是这又有什么奇怪的，比我善良的人很多。说恒河沙数那是夸张了，但是车载斗量应该是不错的。只是，这些比我善良的人，大隐隐于市——要遇到他们，也没有想象中那么容易。

我骨子里是个刻薄的人，所幸我知道这个。有时候，我不打算帮助别人，或者打算给别人行个方便，并不是因为我有没有同理心，只是因为，我怕麻烦。比如，我的房客已经拖欠了十个月的房租，我却依然若无其事，因为我不知道赶走一个活人要怎么操作，难道真的像电视剧里演的，趁他不在，把他的东西打包丢在楼下吗——一个已经租住了这么些年的人，打包他的所有家当，工作量太大了。于是电视剧里的画面至今没有发生。不过我的房客,章志童,他是个要脸的人。在第十个月零一周的某个晚上,他给我发了一条语音信息:"橘南姐,实在不好意思,我搬去朋友家借住一阵,押金你先留着,欠你的房租我一定会还的。"

他很体贴,没有直接打电话给我,这样就避免了双方的尴尬——他害怕我说"不行"而引起的等待的沉默,或者我因为害怕他为恳求我做出不得体的举动,而不得不说"那好吧"。于是我在半个小时后打了一行字给他:你当时交了两个月的押金,所以你还欠我八个月的房租总计是××元,没问题的话,你写个欠条给我。先拍张照发过来,然后快递到我家。

我知道即使拿着这张欠条,也没有什么用,可我总不能什么都不做吧。章志童当然不是那种业内有名的编剧。他经常会遇到的情况是:辛苦工作了几个月,好不容易写好了一份大纲,然后这个戏不打算开机了,他已经写完完整的十集剧本,却只能拿到最初的那点定金。或者是:他耗费了一年的时间,算是跟着各位"老师"写完了一个戏,而播出的时候"编剧"那栏里没有他的名字,你会在"联合策划"之类的分类下面看见"章志童"三个字,他还不一定收得到尾款——过去的那十个月里,一定是连这样的工作机会也没了。

房屋中介只用了48小时,就替我找到了下一位房客。过去签合同的路上,我想到了章志童,也不知道那个朋友能收容他多久,也不知道这个朋友是否真的存在。其实他不是一个多事的房客,如果不是我近来很需要钱,我可以再等等他。三个月前,我的老板正式通知我们几个,接下来的半年里,他每月只能付给我们一半的薪水,想辞职的他会理解,愿意留下来挨过这段日子的——就挨着吧,谁还需要他的感谢呢。我没有跟徐丰说起过这件事,三个月来,照旧用我减半了的薪水负担家里原本归我负责的那些开销,不够的部分用我自己之前的存款来补。我甚至没告诉他章志童拖欠房租的事,跟自己的老公,为什么不能说呢——总之我就是没说,我没想刻意隐瞒,也一直没找到合适的说出来的时候。

租给章志童的那套小房子,在花家地。听起来跟名震江湖的美术学院处于同一个街区,但其实,我买下这里八年了,从不知道美术学院究竟在哪儿。小公寓一室一厅,不到六十平方米,在十五层上。八年前,我站在狭小的厨房里,远远地看到"宜家"的黄色字母,觉得这一带怎么这么荒凉——那时我还年轻,八年前这一带的房价也还没有后来那么夸张。我相信用不了多久,这里会变成一个像CBD一样有城市样子的地带;我还相信,这间不到六十平方米的小公寓不过是我繁花似锦的人生的第一步——月供还很艰难我知道,可是我在这么年轻的时候就拥有自己的第一个物业了,往后的日子只会有各种各样想象不了的好时光在等我,不会出什么岔子的。

八年过去了,当初相信的两件事情,都没有发生。

房产中介小哥姓梁,他站在章志童留下的书桌旁边:"孙姐,这就是咱们新的租户。"我其实特别讨厌他叫我"孙姐",但是我一时也想不出该用什么称呼来取代这个。那女孩坐在小客厅的一角,可以打开变成床的沙发明明空着,她却坐在地板上,一只小小的箱子在她身旁。她穿着一件很普通的粗花呢外套,牛角扣子散着,我的第一感觉是这姑娘会不会在发烧,因为她脸上的红晕看起来很突兀。她是那种谈不上漂亮但也绝对不是难看的长相,留给人深刻印象的便是脸颊上的红晕以及开口说话时候的某些颠三倒四的造句方式——让我以为她在发烧的，也许是她讲话的习惯。小梁指指摊在桌上那两份见惯了的租房合同，招呼她过来签字，她像是没听见那样直直地看着我，然后一笑："房东姐姐，房租一定要年付不可吗？可不可以先付半年的？"

她笑起来的样子像只猫。可惜我不喜欢猫。

小梁有点窘迫了："您看，年付房租是说好的，您也没有跟我表示过不同意……您不知道，这位孙姐是吃了上一任租户的亏——那个人连着十个月都不交房租，您换位思考一下——"她又笑了，一只五官端正的杂毛花猫突然成了精："你真幽默，我哪好意思想象自己在北京做房东——怎么换位？"我就看着她，静静地看了两三秒钟，问她："你签还是不签？"她收起了笑容，站起身来，不作声地走到桌边——还算识相，不过，她怎么会这么瘦，我甚至怀疑她那条牛仔裤会不会是童装品牌，她拉开书桌前面唯一的那把椅子，坐下，研究着合同上面的条款，然后把我的身份证拿起来，慢慢地端详。见她已经侧过脸来仰视我了，我不由得稍稍后退几步——她想在仰角的视觉里把我的脸变得庞大臃肿，不能叫她得逞。她这一次的语气里是真的好奇："你是一九八×年的……真看不出来，房东姐姐你好美呢。"

为了少付两万多块钱，不惜昧着良心到这种程度，并且毫无障碍，这样的年轻人——我扫了一眼她的身份证——这个叫洪澄的年轻人不能小看。"没问题就在这儿签字，还有这儿……"小梁的脸红了，我知道他不知道该如何应付这莫名其妙的对话，于是我也配合着小梁，问："章志童的这些家具确定不要了是吗？"

门开了——刚刚我进来的时候没有把门带上——像是现

世报一样，章志童出现在门口。十个多月困顿和窘迫的生活也并没有让他瘦下来，那件我见惯了的绛红色冲锋衣下面，依旧勾勒出那个略微悲凉的肚子。他身上带着一点户外深秋的清寒，那副黑色圆框眼镜的镜片蒙了一点雾气，他也不管，径直地望住了我："橘南姐，我现在有钱了！去年那个制片方终于给我结了一半稿费，你看……"他突然安静了下来，惶恐地看着两个陌生人，然后立刻明白发生了什么。我看到小梁放在桌面上的那只手暗暗地攥起了拳头，人们比较容易对一个失望的大块头心生警惕，也是没办法的事。章志童像过去那样懂事，一言不发地，把一沓簇新的现金放在桌上："十个月的房租。"他没有直视我的眼睛。大家安静了片刻，我真害怕那个洪澄此刻说出几句让他更尴尬的话，于是我抢着说："要不要数一下，我看着，这一沓……好像多了点？"他恍然大悟地抬起头，额头已经渗出一层细密的汗珠，章志童的额头格外宽阔，把他的眉毛眼睛都逼得挤在一起瑟瑟发抖："哦，我忘了，这里面本来还有我打算给你的下半年的房租……既然这样，就……"像是放弃了寻找合适的词，他开始颤抖着手指想从那一沓钱里拿走一部分，但是他不知道该不该一张一张地数，于是他只能试探性地拿起几张，放进衣兜里，再估算着下一次能不能多拿几张。他庞大的身躯弯了下来，为了避免尴尬，他的头快要磕到桌面上去了，冲锋衣的后背上有个巨大的"蜘蛛侠"，"蜘蛛侠"的身体跟着他隐隐地晃动着。

"用不用我帮你啊？"洪澄试探性地问。章志童充耳不闻，费力地一张张拈着钞票，洪澄果然笑了，一边笑，一边看了小梁一眼，嘲笑同盟就这么轻而易举地达成。小梁没有笑，但是却不得不看着洪澄年轻而生动的脸。若是换个场合，不是在这个空荡荡灰扑扑的小公寓里，而是在某个光线暧昧的酒吧——洪澄对这个男孩子的摆布就已经完成得七七八八了。内向的人总得接受生活的教育，无论男女。

"喂，这样好不好？"章志童似乎听出了我这句话是在对他说，立即抬起了头。我流畅地从那沓钱里数出来三个月的房租，放在他面前。然后我看着洪澄："你不是只想付半年的吗？现在可以，你的房租减半了，原先一年的房租你只需要给我一半。但是前提是，你和他合租。"洪澄和章志童的眼神立即对撞到了一起，像是同时被吓坏了。"你考虑一下。"我看了一眼放在章志童眼前的那点钱，"你身上不能不留一点过日子，房租减半了，原来三个月的现在变成六个月的，半年以后，你再转给我另外六个月的。"

"凭什么他就可以只付半年的，我还是得年付？"洪澄嘟起了腮帮子，一看便知这个的确有媚态的小动作她早已烂熟。"因为他租我的房子好几年了，可是我不认识你。"我知道我的语气酷似一个令人生厌的教导主任，但是吧，管用，"——章志童，你把卧室让给女孩子，你睡客厅，反正你需要书桌工作。至于怎么轮流打扫，怎么摊水电费，你们俩自己商量。"

他们俩依然面面相觑，洪澄把腮帮子鼓得像是含了两只乒乓球。但是我知道，问题已经解决了。我把章志童迟来十个月的房租收进随身挎包里，心里盘算着如果徐丰今天不需要加班，就跟他去吃一顿我们都喜欢的寿喜锅。可以考虑告诉他这笔钱是奖金，好让他相信我们公司一如既往。果然，小梁如释重负地叹气："你们真是碰到了好人。"当我走到电梯口的时候，洪澄和章志童一起出来与我挥别的样子，像是一对不那么般配、却有人愿意真心祝福的小夫妻。

这就是故事的开始，我，和那个比我善良的人。我知道，根据每个人对"故事"的经验，这个人要么是洪澄，要么是章志童，只有很少一部分人会以为是小梁——当然不是，我们后来谁也没再见过他了。别笑，这其实是一件非常残酷的事。在任何一个场景，一个事件，或者一个片段的画面里，我们大多数人，一望而知就是配角。但问题是，有的时候我们知道这个，有的时候未必。十一年前，当我第一次看见雪夜，她也就是像今天的洪澄那样坐在出版社那张老沙发的一角。说回眸一笑百媚生那是有点不要脸了，但你就是明明白白地听见了，在她开始微笑的时候，满室寂静了下来。寂静也是可以被听到的，有点像一种自然现象。她好奇地看着桌上一个牛皮纸的大信封，那上面的收件人是我，她的眼睛有一瞬间的迷离："孙橘南——你的名字真比我的更像个作家。"那是我们所有人好运的开始——我成了雪夜的责任编辑，从文字校对，到销售方案，完整地跟完了她的第一本书。然后就在某个毫无准备的时候，知道自己做出来了一个畅销女作家。一个如她一般的人物，算不算是绝对的主角了呢，你猜。

雪夜的文字水准其实很烂，人物形象的塑造也是一塌糊涂——当然还是有"但是"，在她那个你读完了未必好意思讲给别人听的故事里，却有一种非常真实的激烈，和一种看似偶尔为之却恰到好处的冷漠。她的性格里确实有那种把激烈和冷漠巧妙地糅合在一起的能力，这会有效地传达给看她书的人一个信息：那些扁平的地方，那些糟糕的描述，那些不知所云的桥段，全都像是故意为之，她一边深爱着这个故事，一边又真心蔑视着这些人物。她的作品能让你相信——真的可以写得又糟又动人的。当年那家出版社很多老编辑不愿意做她，就是因为不相信这回事。于是，运气就留给了当时刚刚工作两年的孙橘南。不，有一个人不动声色地赌对了，就是我当年的直接领导，我们那个选题小组的负责人，他就是我现在的老板。

雪夜的第一本单行本刚刚下厂的时候，他从那家老牌出版社办完了离职手续，不知从哪里扎来了一笔钱，开办了我们现在的文化传媒公司。当众人回过神来之后，才发现，他已经带走了雪夜，还有我。雪夜成了我们的第一个作者——她的第二本缔造销量神话的小说集，和第三本略显颓势但依旧表现很好的长篇小说都是我们做出来的，其中第三本卖给了一个如今已销声匿迹的网游公司。也就是在那几年，我存够了花家地小屋的首付。然后——就没有然后了，八年下来，我们看似不断地壮大，却再也没遇到一个像雪夜那样的作家。更要命的是，就连雪夜自己——第四本的滑铁卢之后，她想必也知道，运气既然来得莫名其妙，那它要走的时候，与其百般努力还不如含笑目送——于是这四五年她不肯再写一个字，宁愿去视频平台那些没人看的美妆节目当嘉宾，也拒绝再写新书。虽然老板咬牙切齿，但从我内心深处，却觉得，她也许不是一个天生的创作者，却能凭着直觉在命运面前不撒泼，也不抵赖，也是种功德。

当然，有时候也真的很想有个人能替我揍她，吊起来拷打的那种都可以。那天下午，我坐在她的客厅里，耐心地给她解释我帮她找到了一个我认为非常不错的机会。一个跟我关系很好的制片人说，他们想要做一个纯爱电视剧，我提出来能不能让雪夜根据她大概的想法和人物关系先写一个小说，这个小说的影视改编权可以用一个合理的价格卖回给他们公司——反正他们手上一时找不到原创能力过硬的编剧，而且，有了雪夜的名字，至少能保证她的一部分忠实老读者对这个戏的关注。对方正式同意了，我还在为这个计划兴奋不已的时候，雪夜轻松地拒绝了我。

"我对这种纯爱的故事已经没兴趣了。"她坐在我对面的地毯上，抱紧了膝盖，一脸无辜的神情。

"你感兴趣的那个题材不好卖，乖，这几年行情不好，先把这个写了，你自己想写的那个小说可以慢慢来。"

"你怎么知道不好卖？而且那些影视公司会从一开始就干涉故事的情节，这还有什么自由？"

我总不能说"你写得那么烂还要自由干什么"，因为从法理上讲她的确有这个权利，于是我只好换一个说辞："是这样，你知道你现在想写的这一本麻烦在哪儿？读者想要的是，他面前的那个故事能告诉他：他是无辜的，他没有任何错，错的都是别人是社会是什么什么……你还不能直截了当地跟他讲，必须得巧妙设置一些困境让他自己得出这个荒谬的结论——可是你的这个故事满足不了读者的这个需求……"一边说，我一边在心里请求神明别拿我的话当真，对于真正有才华的人来说，上述那些完全不能成立。

"算了吧，橘南，"她轻松地冷笑，"你要是真的知道读者们想要什么，你们公司还能做成现在这个鸟样吗？"

谈话结束。

就是在这个傍晚，洪澄热烈地邀请我去跟她和章志童吃晚饭，在一腔怒火的驱使下，我立即回复她：好。

我顺便在路上买了瓶酒。

珍惜地把酒瓶抱在胸前，迈进小区的时候，正好赶上黄昏。童年时我就觉得，在天冷的时候，在那种漫长下午的末尾，行走在户外的所有人，身上都带着一种"不想再活下去"的气息。小时候，黄昏总是让我如芒在背，我为我自己"还有一点想要活下去"而感到不好意思，我总是自我安慰，快了，很快就过去了，夜晚马上就会来，夜市、大排档、烧烤摊冒起来的带着肉味的青烟，二楼阳台上的炒菜声，临街小酒馆有人划拳——当这些声音降临，"尘世"与"坟场"之间便又重新泾渭分明。

然后我惊讶地察觉，已是初冬。我抱紧了怀里那瓶酒，在它温暖我之前，先温暖它。

"晚来天欲雪——"章志童坐在一个冒着白气的砂锅后面，给他自己夹了一只鸡翅，他开始吟诗的时候通常是发自内心的惬意。"能能能。"洪澄挥挥手截断了"白居易"，"你都不知道给橘南姐盛个汤，有点眼色没有？""拜托——"我做出求助的手势，"你能不能不要这么说话，你现在太像他老婆了。"章志童非常憨厚地一笑："那怎么行，怎么行。"

"洪澄，"我认真地说，"我给你科普一个关于你室友的背景知识，他的意思是说，你配不上他。"

"我懂我懂，"喝了一点酒以后，洪澄的眼睛变成了浅浅的湖水，"我住进来的第二天，就听他讲过他女朋友的事儿了。"

"你真客气，那算什么女朋友。"我笑了。

"我总不好意思说，是打飞机时候的幻想对象吧——"洪澄清脆地说了出来，没听出有任何的不好意思。章志童的脸已经涨得通红，快要染红他面前的白色瓷碗了，于是我们三人用力地碰杯，反正暂时没有别的去处。

章志童的"女朋友"，是一个奇妙的存在。起初我完全不相信的，但是经过他多年来反复地提起与描述，我开始觉得也许不全是无稽之谈。章志童和我相识于七年前，那时候我一个人还月供实在有点吃力，就拜托朋友们帮我找个知根知底的人，把客厅租给他，能替我分担一部分。第一个房客就是章志童，第二个房客洪澄——是七年后，不久前的事情。七年前章志童就在这张宜家书桌上熬夜伏案写剧本——虽然他多半情况下写的都是大纲或分集大纲，我自然会应他邀请，试读他的各种作品或半成品——那时候我就知道，章志童如果想在他的行业里出头，不是完全没可能，但估计会很艰难。他写的故事里，该有的都有，起承转合乍一看都挑不出来什么硬伤，可是也真没有什么令人印象深刻的地方。往往，像他这样的文字从业者，最看不起的就是雪夜那种人。在他们眼里，就是因为雪夜们这些欺世盗名的货色的存在，才阻碍了他们前进的道路。你无法让他们彻底明白事情并非完全如此。

那是章志童最让人讨厌的一段时间，刻薄，激愤，但是对任何事情的批判都不得要领。若不是因为他的房租的确让我的生活轻松了下来，我一定将他扫地出门——基本上，每隔72小时就要闪一次这个念头吧。我想那是一个夏夜，我站在窄小的厨房里思考究竟是切一半西瓜还是切四分之一，章志童突然非常激动地叫我："橘南姐，橘南姐，你来看，快来——"我从没听过他如此特别的语调，就好像他在欣喜地宣布房子要塌了，不得已，我只好举着菜刀冲进客厅。电视屏幕上在播一个我至今说不上名字的武侠剧，章志童像个烟囱那样矗立在画面前面，顺着他微颤的手指，画面上正在播放一群人在树上翻着跟头顺便拼一拼剑法的画面，我不明所以，直到下一个画面，一个姑娘扭曲着一脸勉强算是焦急的神情，问反派："师兄，你有没有受伤？"

"就是她。"章志童讪讪地看着我,"算是我的——女朋友吧。"

我一言不发,转身回去切西瓜。章志童不甘心地跟了进来:"我是说真的——好吧,不算是那种确定关系的女朋友,但是——她偶尔会到我这儿来,我们是中学六年的同学,自从来北京以后——有时候会见见——她有时候,留我过夜……"他的声音羞涩得像个小媳妇,"我也知道,这个事,反正就是她有空了就给我打个电话,她有男朋友了就通知我,我不会去打扰她,反正她都谈不长,反正她分手了会来找我……"

我默默地切完了一整个西瓜,出于对弱势群体的同情,打算请他一起吃。

那个武侠剧里的小师妹——我们姑且叫她郑小姐吧,对于章志童描述的郑小姐的故事,我一直都没有完全相信——我知道同班同学肯定是真的,偶尔留他过夜也不是没有可能——但是这个故事依旧有一些难以置信的部分。直到有一天,章志童不声不响消失了三个星期,回来的时候人居然开天辟地地瘦了一圈——郑小姐正在拍的一个玄幻戏,已经进组了才知道剧本根本无法如期完成——于是郑小姐紧急把章志童叫到横店去,三个星期,那个狗屎一样的电视剧终于有了狗屎一样的后十五集——章志童的名字第一次被打进"剧本统筹"那个分类里,第二年这个戏播出了以后,他强迫我和他一起收看,尤其是最后十五集。

在剧组里,章志童当然,必须,只能是郑小姐的一位临时救火的"老同学",就像在片尾名单里,他只能是"剧本统筹"一样。

再后来我和徐丰要结婚了,我搬了出去,我和徐丰的住处在海淀，离他上班的地方近一点。那几年，拜"剧本统筹"的最后十五集所赐，章志童接工作的运气一直还可以——至少我打算搬走以后，直接把他的房租翻倍了，他也愉快地接受。收拾行李的那些天，我总是跟章志童说，这下好了，当郑小姐偶尔宣他进宫的时候，可以把地点定在花家地。他不置可否地笑，玩笑开得次数多了，我自己也有点当真。

当洪澄终于在此刻正式分享了这个秘密时，郑小姐已经从武侠剧里的女四号变成了偶尔也能在热搜上看到的女明星。所以，我能想象，当洪澄听说章志童的"女朋友"是郑小姐的时候，感受到的震撼远远胜过我当年。这些年里，据章志童说，他依然被紧急召唤去替郑小姐改过几次惨不忍睹的剧本，有一个是电视剧没拍，另一个剧是还没播出。还有一个是播出了并且播得还很不错的网剧，章志童那一次被分到的title是"策划"，那个戏的"策划"，总共有七八个人吧。

"章志童，你知道我觉得她哪里不地道吗——"洪澄已经醉意蒙眬了，但是说话的逻辑却比平时清晰，"她已经是个大明星了——就算你是她的碎催，是她的奴隶，是她的杂役都好——她至少能给你争取一个'编剧'的名头吧？这有什么难的……又不是让她承认她和你睡过。"

洪澄这个才搬来没几天的局外人，说出了我这几年来一直想说的话。

"你一个姑娘，"章志童放下了酒杯，"别张嘴闭嘴就是睡过呀打飞机呀这些粗话。"

"好，文明一点。"洪澄托着腮想了想，"那她现在还临幸你吗？"

361

"她的意思是问,你醒着的时候……"我加了一句。

章志童回答什么完全不重要了,反正已被淹没在洪澄一连串笑声里。她笑起来的声音很好听,像个八九岁的小男孩。章志童尴尬地一转身,一个小小的酱油碟子被他庞大的身躯带得飞了起来,再无力地落在地上。我冲进厨房去拿抹布,不期然地,闯进一片橙色的灯光里。

厨房的灯泡应该是已经换过了,这个光线前所未有地舒服,无论是煤气灶旁边的架子,还是窗台,还是冰箱旁边那张矮凳,都满满地填上了调味品、水果、成串的大蒜、盛满了泡菜的罐子和不知放着什么的粗陶瓶子。就连那个瓷砖已经裂了缝的洗手台,被这满满的家当簇拥着,都有了股娇羞气。洪澄在门边探了个头,我发自肺腑地对她笑了一下。

"章志童怎么会有这么好的运气,"我关上了水龙头,"能时不时被女明星临幸,家里还搬进来一个田螺姑娘。"

"不会啊,平时都是我做我自己的饭,我吃的时候他看着。"洪澄打开了冰箱——冰箱里当然也是一副井然有序的盛况,"这盘中午的泡菜炒饭可好吃了,你要不要尝尝,我可以在微波炉里热一下下。"

"你是哪儿人?"我问。

"小地方,不值得一提,说了好多人也没听过。"她不太愿意谈论自己,即便是在半醉的时候。

章志童已经伏在一堆剩菜之间睡着了,脸上有种幸福的神情。

2019年的春节,章志童和洪澄两个人都没有回家。我嫉妒他们。因为去年春节,徐丰已经跟着我回父母家了;所以按照约定,今年我必须跟他回去。随着启程的日子渐渐逼近,我每天几乎是一睁开眼睛就想去花家地跟他们俩混在一起——那会让我产生一瞬间的错觉,我可以跟他们一样,哪儿都不用去。北京这个城市,一年到头,就是春节那几天最让人舍不得。整座城都空了——只要你不去庙会,如果那个关于"年兽"的传说是真的,那这头巨兽该是多么自由地奔跑在东三环或者三环辅路上,长驱直入,耳边掠过的风声遮盖了炸裂的鞭炮。

那晚我脸上敷了一张蜗牛面膜,靠在床上刷手机。徐丰坐在书桌前面,也刷手机。这样的安静其实挺好,我不在乎结婚五年来我们已经渐渐地没什么话题可说。朋友圈里,我爸和我婆婆几乎同时转了同一篇营销号的养生科普文,我给我爸留言"别信这些,都是胡说八道",然后给我婆婆点了个"赞"——反正他们俩并没有加对方为好友。

"你看这个,"徐丰笑了,"有个社会新闻——一个医院的副院长,也是心脏外科专家,被他女儿举报了——因为他常年吃回扣,医院进的心脏支架好多质量都不合格……这都叫什么事儿,"他笑着摇了摇头,"这个王八蛋养出来一个可怕的女儿,也是报应。"

"我们公司状况不好,这几个月薪水都减半了,一半人辞了职。"我若无其事地说。

"实在不行你也别耗着了,该走就走,在家休息一阵子,我还养得起。"我听见他手指间的鼠标按键隐隐地响动。

"没事,工资减半,工作量减了一多半,正好休息。章志童的房租按时交着呢,没什么大问题。"

"明年我这边状况要是能好一点,咱们把花家地那里卖了吧——就能买个大点的——我是烦死咱们现在这个房东了,三天两头的,一点破事就要来敲门。据说她周一到周六,每天去不同的房客家里敲门。"

"咱们要是真的把房子换了,你妈就更得催着咱们生孩子。"

"说得也是,还是算了。不过好久没看见章志童了,他怎么样?还能接得到工作?"

众人都说行业惨淡,但章志童还真的接到了一个活儿——可能是因为他便宜吧,各家都在压缩预算,于是更容易地想到了他。他的工作内容是把一个原本长度为75集的剧本压缩成40集,更妙的是,他现在有了个助手,就是洪澄。洪澄不工作,也几乎不出去玩,没有任何称得上社交的行为——因此,除去做饭,她这些日子以来就成了章志童的第一读者,以及,兴致来了她会照着章志童的剧本,一人分饰几角地演一遍,用力嘲笑写得过于尴尬或者荒诞的台词,章志童会默默地拿回去修改。洪澄好像突然发现了新玩具,热情异常,除了自愿帮忙试演,还主动提出建议,比如哪条情节线可以压缩乃至删除——当然,她的建议全部被制片人骂了回去。

"你不工作,靠什么生活?"有一次,章志童问她,彼时我正坐在地板上打开外卖比萨的纸盒。

"以前也存了点钱,从家里带出来了一点,花完了,就去死。"洪澄的语气像是在说,如果明天有太阳就去晒晒被子。

"你有没有想过试着学学写剧本?"章志童小心翼翼地问。

"等你名满天下了,如果我还活着,你招我到你这里来打下手吧。做你徒弟。前提是——我还活着哦。"

"你这么讨人嫌的人,才不会早死。"章志童悻悻地结束了对话,"喂,你过来,你把这场给我读一遍……"

"喂,要是节前他们不给你结算工钱,你怎么办?是不是得我来帮你买春节的新衣服?"

把这样的两个人丢在北京过年,我很放心。

令人欣喜的事情偶尔也会发生。徐丰他们公司春节假期内需要有技术人员值班,负责后台的维护,徐丰被安排在初五,所以我们初四就可以如释重负地上高铁。临出发前我迫不及待地打电话给洪澄,告诉她我老公初五会加班至凌晨,我们三人可以在花家地"破五"。

"好呀,吃饺子。"她笑嘻嘻地,"哎,我真的给章志童买了件过年的衣服。"

"速冻的就行,楼下超市应该开门。"

"这叫什么话!"洪澄像是在维护受损的自尊,"我会包,你不用管。"

那是我第一次看到洪澄出现在室外,她戴着一顶灰色的贝雷帽,裹着巨大的橙色围巾,在小区超市的门口极力地冲我挥手,脸上全是惊喜的笑意:"橘南姐,先别上去,咱们在这儿埋伏一会儿,看看等会儿从楼里出来的人是不是郑小姐。"

小超市里没有顾客,老板娘漠然地看着电视,电影频道在放一部喜剧片,可是老板娘完全不笑。我们站在一排货架后面,一人买了一罐加热过的雀巢咖啡,无所事事地盯着落地窗。

"章志童求我出去转两个小时再回去,还要我转告你晚两个小时再来——你不知道他都快给我跪下了。"洪澄瞬间就把脸上的表情调成一副可怜巴巴又有点迟钝的样子,惟妙惟肖。

我笑出了声音。

"你没看到有人进去吗?"

"章志童那个人鬼头鬼脑的,说人已经在咱们楼里了,非要我坐电梯下去以后,才放人进去——而且还亲手给我按了电梯——所以咱们在这儿等等,能看见咱们的楼里都有什么样的人出来……"洪澄皱了皱眉头,"女明星真的会自己一个人出门吗?我刚刚也没看到长得像保镖那样的人过来开道……"

"章志童肯定也给你看过那张照片吧?"我问。

"初中毕业集体照。"洪澄用力地点头,"可是那张照片上的姑娘——怎么说,说是15岁时候的郑小姐我相信,可是你说她不是,我也相信……"

漫长的等候可以让一切目标都失去意义,十五分钟以后,我已经开始完全不在乎郑小姐会不会走出来;半个小时后我开始产生幻觉,觉得推开单元门走出来的那位大妈一定是郑小姐乔装打扮的,反正她是个演员。洪澄已经离开了落地窗,到货架的另一端去打开了冰柜的门,她悠然叹了口气:"没办法,都怪郑小姐,真的只能吃速冻饺子了,不过还好——我提前三天就做好了吃饺子用的那种醋。"

"还存在那种东西?"我大惊失色。

"我用醋把蒜瓣泡起来,有点像腌咸菜那样,泡几天,蒜的味道全都进去了,到咱们的饺子上桌的时候,可以剁一点姜末进去,再加上一点点辣椒油……"

除了食物的烹制方法,她从来没有提过她自己的生活,只有在像对牛弹琴一般给我们解释什么菜怎么做的时候,我才能从她不小心的措辞里听出一点她往日的痕迹——做关东煮的时候她提起过她的大学宿舍,煲汤的时候解释过她吃过的最美味的火腿来自实习的时候办公室里一个可爱的姐姐的家乡……诸如此类，我和章志童早已有了默契，不再追问细节，比如"你学的是什么专业""你在哪儿实习"——章志童是害怕她尴尬，而我则已经习惯了就当她是《聊斋》里来的。一阵寒风从我身体的侧面袭来，超市的门开了，老板娘不满地朝这边看了一眼，在埋怨来人破坏了好不容易积攒起来的一点热气。洪澄专注地盯着冰柜里那些色彩缤纷的袋子，无视那对走进来的中年男女。

"请问一下，这儿的物业——"男人的普通话比较标准，听不出来是哪里的口音，他身边那个女人的声音立即就把他的声音拦在了半路："澄澄——这么巧？还正想着怎么找你住在哪个楼呢……"洪澄静静地关上冰柜的门，转身就跑，动作娴熟得就像她已经在脑子里演练过很多次，我呆呆地看着那个冰柜，柜门附近盘旋着隐隐约约的几缕白气，中年夫妻来不及反应，愣了片刻才想起来追出去，那个女人一边奔跑，一边叫喊，导致声音有种奇怪的凄厉："澄澄，澄澄，你等一下——"我没能从落地窗那里看到郑小姐，却能看到轻盈得像只小鹿的洪澄，那两个追赶她的人完全不是对手，只是快要跑到小区门口的时候，洪澄自己停下了，鲜艳的围巾滑了下来，胡乱搭在她身上，那两个人笨拙地靠近她，我无法知道她脸上究竟是什么表情。我看着他们三人上了小区门口的一辆出租车，洪澄没有抗拒。老板娘继续面无表情地看电影频道，好像每天都会有顾客这样仓皇地从她的冰柜旁边跑掉。我不知道该做什么，于是重新拿出来那几包洪澄选好的速冻饺子，过去付了账。

那是一个漫长的夜晚，我和章志童一起等着洪澄回来，而我们俩也没什么话说。我终究没能看到郑小姐从我们的楼里出来，章志童说，她应该是直接按电梯下了地下停车场——我和洪澄太笨了，果然不适合盯梢。

"那两人是什么人？"章志童一边煮饺子，一边问。已经快要九点，我们决定不顾礼数先吃完我们那份——洪澄也不是计较这些的人。

"我觉得是她家的人。"我靠在冰箱门上，不小心碰掉了冰箱贴。

"我一直都怀疑，她是从家里偷偷跑出来的。"章志童笑笑，"不过这个小孩的厨艺真好，比好多主妇都厉害太多……"

我认为他是在暗讽我，不过我不在乎。

"郑小姐今天来干吗？"我故意认真看着他的表情，"又是有剧本紧急要你救火，顺便临幸一下？"

他静静地把饺子捞了出来，摆满了几盘，我故意不过去帮他——因为此时装作我什么都没问过地帮忙摆桌，也太尴尬。章志童按照洪澄的配方把酱汁调好，终于抬起头招呼我："趁热吃吧。你要不要香菜？她是来找我改剧本的——不过实话和你说了吧，我的女朋友不是郑小姐。"

我也不好催他，只好看着他一连串吃了六七个饺子之后，再开始跟我讲来龙去脉。那个多年以来偶尔出现，常年奴役他的女孩确实是他的初中同学，那几个叫章志童去写的剧本也的确是真实存在的，只不过——女孩是郑小姐拍动作戏或者危险场景时的替身——俗称"武替"。仔细想想的确如此，章志童被叫去参与剧本的那几个戏，要么是古装仙侠，要么是民国谍战，还有一个是当代缉毒警——总之，都存在武打、格斗、爆炸这些场景，所以——这也解释了为何章志童总是不能正大光明地挂"编剧"的title，如果真是郑小姐推荐的"老同学",怎么说也得给个面子——可是武替小姐只能凭靠自己多年来与制片人或者执行制片人相熟的关系,引荐一个物美价廉的熟人,能否顺利拿到这个工作,就全靠章志童自己。

"所以,你们俩在她介绍你去干活儿的时候睡两次,也是真的了?"我今天带来的"松竹梅"很甜,完全是照顾洪澄这种不懂酒的小女孩的口味——可是,这个小女孩在我眼前消失了。

他的眼睛四处搜寻着酒瓶,不看我。

"所以,原来不是她利用你,是你需要她。"

"也不能那么说,"他取下眼镜,额头上又是一层细密的汗粒,"她已经是郑小姐固定的武替了,她们长得确实还有点像——她是这么想的,如果剧本能有信得过的人来调一下,郑小姐的戏份出彩了,对她来说也是好事。你想啊,郑小姐越来越贵了,她的价钱也会跟着稍微涨一点的,我愿意为她做这些,没有关系——你知道吗今天她过来,是郑小姐本人要她来找我的——这是一个电影,郑小姐是女一号,郑小姐觉得一个纯粹的动作片里,她这个角色太花瓶了,所以才想找我,把这稿剧本润一遍,给她加两三场有点意思的戏就好……这是我第一次写电影……"

"你想跟她结婚吗?"

章志童看着我,我知道他被吓了一跳,然后他把眼镜戴回去,动作缓慢得像个老人:"她想嫁个更好的人,她也应该嫁个好点的人,我也这么看——不过她眼光其实挺高的,也没那么容易。"

"你这家伙,表面老实,其实蔫坏的。"我笑笑,"骗我这么多年,你是大明星的男宠——"

"没有！"他急了，"你还记不记得那时候我跟你说让你来看她，在树上飞来飞去挥剑的那个确实是她！你出来的时候镜头就给到郑小姐脸上了，你第一时间先入为主，我也就……没有纠正你。"

其实我知道他为什么将错就错地撒谎这么多年，因为如果那个对他招之即来、挥之即去，弃之如敝屣，想起来的时候才打个响指——如果那个女人是郑小姐本人的话，这个情节，听起来，或许就能合理一点，或者说，听起来会让他好过一点。这么想着我心里很难受，我对他伸了伸右手："烟，也给我一支好了。"

"不好吧。"他为难的眼神特别像动画片里的小熊，"不是要备孕？"

"备你妹的孕。我养得起吗？"

于是他就乖乖地从烟盒里拿了一支给我。那支烟由他的手指传递到我的手指间，然后我就看不见它了，周遭突然一片漆黑，我只是凭借着手指间的触觉以为我还看得到那支烟在何处。章志童从桌子边上起身的时候带起来阵阵噪声："可能是这一层跳闸了。"他往门边走。我坐在彻底的黑暗中，按下了打火机。

这其实是我一直以来不敢说的梦想——我希望世界末日能如此干脆利落地降临，就像是停电那样，一片漆黑突如其来，不要给任何人向任何人告别的机会，要是能有运气，给我多出来两三分钟的时间，我就安静坐在那片永恒的黑暗中，珍惜地呼吸一口自由的空气。若有一支烟就更好了，抽一半，我就去死，绝对不讨价还价。

章志童回来了，我听见门口那张凳子又被碰出了巨响。"橘南姐？"他像是要确认我是不是已经融化在了黑暗里，

"应该是楼上某家人,不知道用了什么电器——很快就能恢复了,跳闸。"然后他默默地坐回桌前,我们二人的眼睛已经逐渐适应黑暗了,他拿起手机的手电,另一只手倒满了两个酒杯。我们静静地碰了杯,谁也没再和谁说一句话。

我隐约听见他又开始吃东西了,我靠在椅背上把眼睛闭上,此时的寂静让我感觉真好。"章志童?"我的声音很轻,"你有没有幻想过,要是认识你的人全体一起死掉就好了,你就自由了?"

他不回答。任何正常人都不会回答这种神经病的问题吧。因为这静默,我觉得室内的空气都开始清新了起来。几分钟后,灯亮了,冥冥中,像是有声音在提示我:十分钟的休息时间结束,现在你该回去好好活着。

眼皮上弥漫着一种橘子皮的颜色,我总算不情愿地睁开眼睛,章志童面前的那盘饺子已经空了,他死死地望着那个一片狼藉的调料碟子,脸上全是眼泪。

"我想过,"他用力地拿左手的手掌在脸上胡乱抹一把,"有段时间,我每天都想。"

"你想过什么呀?"一个突兀的、清亮的声音,犹犹豫豫地从门那里进来。洪澄慢慢地靠近我们,"门怎么半开着?"

章志童这个笨蛋刚刚忘记了把门带上,洪澄在空椅子上坐了下来,没脱外套,浑身寒气,看起来就像是刚刚跋山涉水。

"没什么,他喝多了。"我站起身,"我去给你再煮一包热的。"

"不用,这个就行。"她也不拿筷子,直接抓起盘子里一个冷透了的饺子,狼吞虎咽,"过完年,我可能就得搬家了,橘南姐。"

"咱俩的这个戏还没写完呢,你搬去哪儿?"章志童傻傻地问。

"是因为今天那两个人找到你了?"我问。

"那是我舅舅和我舅妈,他们坐明天一早的航班回去。"她舔了舔手指,又抓起另外一个,"你们俩——这几天,有没有看过一个新闻?有个医院的副院长,他拿了不该拿的钱,用的都是质量不合格的支架给病人——然后这个人被他女儿举报了?"她再舔舔手指,热烈地一笑,"那个女儿就是我。"

有一天晚上,我们认真地讨论过,在我们三个人里,谁是最善良的,或者说,谁比自己善良。

章志童把他宝贵的一票投给了我,因为他觉得在今天的北京没有第二个房东会忍耐他拖欠那么久的房租,洪澄啐了一口:"这票是因为钱,不算数。"但是洪澄又把自己的票投给了章志童,因为她觉得章志童对武替小姐的爱恋太惨了,惨到她已经不好意思再去羡慕武替小姐。最后轮到我了,他们俩一左一右,认真地盯着我,洪澄补了一句:"请珍惜你手中神圣的权利。"我想了想,做了比较艰难的决定:因为章志童欺骗了我很多年,并且他的所作所为客观上已经影响了女明星郑小姐的名誉,所以他扣分很多,洪澄胜出。我们三个人难分胜负,各自得了一票,于是只好碰杯,一饮而尽的时候洪澄突然含了眼泪,当她哭起来,脸上没有半点委屈的神态,让人不知该如何对待她。她用力眨眨眼睛,说:"除了你,已经没有人觉得我是好人了。"

那个刚过去没多久的春天,真是一言难尽。洪澄没有搬走,因为她的问题已经不再是需不需要躲着家人。二月末的时候,一篇字数很多的"深度报道"突然之间席卷了我的朋友圈,那个作者用一种将煽情遮掩得很巧妙的冷静笔法描述了那对新闻里的父女。在那篇文章里,他采访过很多人,除了洪澄本人——他倒是澄清了社会新闻里的各种谬误,比如——洪澄并没有主动去举报她爸爸,而是在公安局开始调查取证的时候——说出来了她看见听见并且知道的事情,其中包含着一些实质性的证据吧。如果你真的相信这篇文字里的一切,那个父亲是一个常规的在小城市获得一席之地的中国父亲,那个女儿是一个随处可见的叛逆且人生挫败的中国女儿(所谓挫败指的是高考失利,然后无法适应父母给安排的工作)——父亲和女儿之间缺乏必要的情感交流,他就差直说出来巨婴女儿需要做点什么来引起父亲的注意了,但是字里行间已经表达得很清晰。父亲的奋斗与折戟酷似《红与黑》里的于连,女儿的反叛与弑父酷似某位我没记住的日本作家笔下的谁谁,文章的最后结尾落在女儿的母亲身上。"我问她:如果女儿明天回家了,你能不能原谅她?她什么都没说,她在流泪。"——非常好,他没有捏造任何事实,只是,他已经不需要捏造了。

我急急地发信息给章志童,想让他阻止洪澄去看这篇东西,可是已经来不及了。随着这篇文章的迅速扩散,那个"举报父亲的女儿"成为微博的热门搜索词条——身后没有任何团队的运作,凭自己本事上了热搜,也算洪澄人生里的一个勋章。至此,就连特稿作者亲自出来写声明说"我从来没有说过这个女儿是去主动揭发父亲的",完全无用。各家自媒体已经开始就这个"举报父亲的女儿"推送了各种角度的解读;粉丝将近千万的大号痛心疾首地质问今天的年轻人为何跟几十年前的那群疯狂的年轻人越来越像;为"女儿"

辩护几句的人立即在社交媒体被打成众矢之的，然后咒骂"父亲"的人和咒骂"女儿"的人在任何帖子下面都能迅速撕咬起来，就像两群野狗；洪澄旧日的照片成绩单都被人肉了出来，万幸的是他们没有人肉出来花家地的地址……

我让洪澄当着章志童的面，把她的手机交给我，寄存三天。我们把花家地小屋的路由器拔了，章志童也兴高采烈地放下了剧本，除了外卖小哥，我们约好不给任何人开门。那个星期徐丰出差去杭州，我躲进花家地的防空洞里，无限自在。网线一拔，哪管外面洪水滔天。自从薪水减半之后，我们公司原有的将近30个员工已经只剩下了七个——到九月，办公室租约到期，我们要么搬到一个小一点的地方，要么原地解散。我的意思是说，我无故缺席几天完全不是问题，反正我已经很久没有看到老板了。

我跟洪澄反反复复地保证，只要熬过这三天，最多一个星期，就能一切平静，因为那时候自然会有其他的热点供众人喧嚣，为了让她相信我，我拖着她出了一次门，我们到楼下那间小超市去采购，老板娘一如既往地没有表情地看综艺节目，对我们的出现无动于衷。只是对于洪澄来说，这样的无动于衷就是极为珍贵的馈赠。所以她一高兴，把冰箱里剩下的RIO全都买走了。每种颜色三瓶。

"姐姐，你有没有像章志童爱武替小姐那样，爱过什么人？"不知从何时起，洪澄对我的称呼从"橘南姐""房东姐姐"，直接变成了"姐姐"。她抱紧了膝盖，蜷缩成一个球体，膝头那两块凸起的骨头，正好盛放她的下巴。

"她肯定没有，"章志童不知为何像是在跟谁生气，"她那么厉害，一看就是从小就一直有男生被她差遣得像狗一样的。"

"我有。"承认这个可真是有点叫人羞涩，但是我决定对洪澄说实话，"是我初恋。"

"我24岁了，"她把笑容埋在手肘里面，"我从来没爱过什么人，也从来没有跟谁谈过朋友，有时候我也想——谈恋爱是不是就像小时候去游乐场一样，是一件长大以后回忆起来也许没什么，可当时就是特别特别高兴的事儿。不过，像我这样，出卖爸爸的人——以后的日子没有特别特别高兴的机会，也是正常的吧？"

"这么说——你还是处女？"我恍然大悟地看着她。

"哎呀，很丢脸是吧？"她一边笑，一边脸红了。

"处女，大义灭亲，亲爹化为恶龙于是手刃他……太厉害了，这简直是'冰与火之歌'。"章志童一条一条地数，滑稽地伸着三根手指头，"童贞女洪澄，请受在下一拜。"

"你怎么不去死啊！"洪澄顺手拿起一张坐垫冲着章志童的脑袋丢过去，我在一旁笑得肠子扭成了一团。他们俩喧闹地厮打持续了一会儿，突然安静了。我试着直起身子坐好，看到章志童头发很乱，神情茫然地在四周的地面上寻找着他的眼镜，洪澄像是一下子断了电，双手交叉着举过头顶，舒展地躺在地板上一动不动，感觉就像一只猫，在伸懒腰的时候突然被放倒了做成了标本。她用一种犹疑不定的语气，继续问我们："那，你们俩有没有看见过，一个人在你眼前，从活着到死掉，全过程不超过一分钟，那种死法，你们见过没？"

章志童诚恳地摇头。

"我就见过。"她的眼神恍惚，像是野营的孩子在看星星，"那个人是我初中同学的婆婆，我小学里的老师，只不过没有教过我，我三年级的时候她教的是一年级，在我们那儿，好多人都能间接地搭上点关系。五六年前她找我爸做过手术，装了两个支架。她不知道那两个支架不好用。那天我们小学同学聚会，我那个初中同学送她过来，聚会的酒楼是我舅舅开的，那时候还是寒假里，没到正月十五，酒楼每天都很火爆——我就让我舅舅给她们专门预留了一个车位，怕她们找不到，我就到那个停车场去等。我同学倒车的手艺很差，歪歪扭扭倒不进去，那个老师也不急，她把车窗放下来看着我，她说哎呀澄澄都多少年没见了你长这么大……然后她的眼睛就突然睁得好大，说不出话来，脸孔颜色也深了，一只手死死地抓着车窗好像是想让我去拖她出来。我那个同学，阵脚全乱了，哭着让我赶紧打120，然后她就忘记了拉手刹，她的车慢慢地滑，慢慢地撞在了一根柱子上，那个老师的手就从车窗上垂下来了，那个时候我脑子里只有一件事——她还没问我后来去哪儿读了大学呢，她一定想要问的。"

章志童的手机屏幕闪亮了起来，他把这通电话按掉了。那个人再打，他又按掉了。

"那个写稿子的人说得不对。"洪澄笑笑，"我不恨我爸爸，我跟他的关系不好不坏，很多人跟自己的爸爸都是那样的——我知道他爱我，我也从来不觉得我从小到大被人忽略，我本来就不喜欢别人特别关注我……我就是觉得，就是觉得一个人不应该像那样死在停车场里。她以为自己已经治好了，她根本没怀疑过。让她那样去死，是不对的。"

"我懂你想说什么。"我深呼吸了一下，"你想说无论怎么样，导致她这样去死的那个人都该付代价，即使那个人是你爸爸。"

她用力地点点头，然后像是困倦袭来了那样，闭上了眼睛。

那天晚上有月亮，我和洪澄坐在飘窗上面，盯着那轮四分之三的月亮看了好久。远处"IKEA"的灯光亮着，月亮把自己的身体慷慨地借了四分之一给他们，好让他们切割出来这几个字母，月亮满意地打量着这片夜晚中幽暗的大陆，很久很久以前，有人问过她：江畔何人初见月，江月何年初照人？这个声音传递得很慢，当月亮听到的时候，已经是几百年后了。月亮淡淡地笑一笑，自言自语：能不能别烦我？也是在那天晚上，我第一次教洪澄尝了龙舌兰的味道。她有些紧张地伸出舌尖，颤巍巍地舔了舔，随即一愣，完整喝下去第一口的时候，难以置信地笑了。

"你记得，"我告诉她，"等你有天真的谈恋爱的时候，你脸上的表情，就会跟现在一样。"

章志童终于打完了那个长长的电话，从厨房里走出来。飘窗已经没地方了，他顺势坐在那张用来睡觉的沙发上，捡起身边那瓶被洪澄喝掉了一半的RIO，紧紧地捏在手里端详着。然后他跟我们说："那个电影不拍了。就是郑小姐演女主角的那部。"

刚刚进入四月的时候，章志童死了。那个早晨我在半睡半醒间看见了窗帘缝隙透出的一缕阳光，我想今天的天气应该不错。然后徐丰推门冲进来，把手机塞给我："这个人已经给你打了六个电话，可是你静音了。"他语气里带着埋怨，我知道他是嫉妒我现在可以睡到十点再慢吞吞起床去办公室。那一端，洪澄的声音带着奇异的颤抖："姐姐，你快点来。警察来了，章志童在卫生间里，警察说他已经死了。"

非常简单明确的"自杀"的结论，章志童把自己吊死在了浴室里。一个阳光明亮的日子，我和洪澄一起坐上了高铁，去往一个我们都没去过的城市，是章志童的家乡，我们去参加他的葬礼。我也是因为章志童的死，才获得了一些新知识——比方说，北京是不允许任何人将遗体带出北京的，一个死在北京的人，必须就地火化。所以，章志童的这个家乡的葬礼，其实就是埋葬那个小盒子。

第二个新知识就是，葬礼也有司仪，而且葬礼司仪就像婚礼司仪一样，有一些套路的发言和串场词。我和洪澄都没哭，因为置身于四周此起彼伏的悲声中，我就突然间麻木了。章志童的爸爸——那个循规蹈矩的人事科长，在众人没有准备的情况下，突然走上去抢走了司仪的话筒，司仪瞠目结舌地看着他，他白发苍苍，穿了一身簇新的中山装，清了清嗓子："今天我非常感谢大家来给章志童送行，所有的殡仪馆的同志们，你们也都辛苦受累了。"他朝向司仪深深鞠了一躬，导致司仪更加尴尬，然后他继续，"下葬之前，我有几句话要说，我非常惭愧，我的儿子给你们诸位添了这么多的麻烦。他是个一事无成的人。对社会没有任何有益的贡献，对自己的小家庭甚至做不到承欢膝下给父母送终，需要我们白发人送黑发人，他没有勇气面对生活的困难和波折，才走出来这懦夫的最后一步。我作为父亲，深深地感到抱歉，是我教育的失败……"

"我操你妈！"洪澄像个饱满的弹簧那样轻盈地弹了出去，我只好追在她身后抱住她，她奋力地挣扎，嘴里喊出来的话我已经完全听不清楚，我只记得周围人都用一种打量瘟疫患者的眼光看着她，那个司仪更加不知所措，保安好像冲过来了。我的耳朵里像是灌进了水，有一种奇怪而遥远的，隐隐的浪涛声。我记得我那时候翻过章志童的朋友圈，他总给他爸爸的书法作品点赞。那是他爸爸退休之后最大的嗜好。他说过,他爸爸最喜欢写的是两句陈寅恪的诗:"一生负气成今日,四海无人对夕阳。"这两句新鲜的行草就像是幻觉那样在我脑子里闪过,配合着耳边的浪涛声。一生负气成今日,四海无人对夕阳——你是认真的吗?你也配。

我应该是没有把这句心理活动说出口吧,我也不确定了,但我知道我的脸上露出了非常诡异且真诚的微笑,于是保安把我和洪澄一起赶了出去。章志童的妈妈和姑妈悠长的号啕声给这场混乱结了尾,我和洪澄狼狈地跌撞着出了墓园的大门,一走到外面,洪澄就恢复成为一个神色正常的人,我的听觉也渐渐地回来了。火车上我们没怎么聊天。洪澄靠着椅背假寐,在我途中从洗手间回来的时候,她和我说:"姐姐,我爸的案子下个月开庭,检察院那边希望我上庭做证。"我说:"嗯。"她接着说:"我真的该搬家了,我不想让我家的人三天两头地找到我,也不想让他们麻烦你,我一个人待一段时间,我到底去不去出庭,我还没想好。那天我还想着,这个事情我得和章志童商量一下……可是我忘了。"

隔了一会儿,她又轻声细语地说:"章志童那个家伙,最后留给我的信,就写了那么短的几行,可是给你写了那么多,不公平。"

章志童把几封遗书整整齐齐地放在客厅的书桌上。给他爸妈的那封只有一句"对不起"。给我的那封,写了满满两页纸,他的字很好看,他若能活得到退休,估计也会练习书法的。

橘南姐:

真是不好意思,不辞而别,给你添麻烦了。

有些话我只跟你一个人说。我不是一时冲动想要这么做的。早在我一直没法付房租给你的那十个月里，我就想做这件事了。我实在拿不出钱，我也没办法从拖欠我稿酬的制片方那里要到钱，最重要的是，我确实没有勇气再这样下去了，那个时候，我跟你说我去朋友家住，是谎话，我去了一个很破的小旅馆，我打算死在那里。

事情就是这么巧。我坐在那个又脏又臭的地下室里思考用什么办法去死痛苦最少的时候，有一个垃圾号码给我打电话，告诉我不需要任何抵押，就可以借到钱。我知道这后面都是陷阱，可是那个时候，看着我空了很久的账户真的一下冒出来几万块钱的时候，我感觉是有什么东西在鼓励我，要不要再努力尝试一下？不然就把欠橘南姐的房租还完再去死吧。然后我又去找到了过去带我工作过的一个编剧老师那里，跟他说能不能借我一点钱周转，我以后可以免费给他干活儿来还——就这样，一个本来打算去死的人，带着两笔借来的钱又回到了花家地，然后就遇见了洪澄，就有了咱们三个人那段非常愉快和开心的日子。

那个贷款公司当然是高利贷，但是，没有几天，我就接到了一个工作。跟洪澄合租的这大半年时间里，我的运气突然就好了起来，我一直能有刚刚够的钱来还贷款公司每个月的额度，我也替那位老师免费干了一些足够抵债的活儿，利息肯定是越滚越多的，我早就想好了，等到我还完我当初借的本金以后，我再去死，虽然他们是坏人，可是他们毕竟——算是救了我一命。

我不停地工作，洪澄也帮了我很多，这段日子可能是我成年以后过得最幸福的一段时间了。但是剧情居然还有反转——跟命运相比，我这个编剧真是输得心服口服。春节前，好像就是除夕的前一天，那家借给我钱的公司老板跑路了，好像有很多人去报了案，总之，我的债，到此结束。看到这个消息的时候我第一个念头居然是：我已经还完当初的本金了，我也还了不少利息，虽然还没达到他们的标准——那么，对于那些买了这家公司产品却损失惨重的人来说，我应该也不算是坏人，对吧？那么好像，留住我必须活在这个世界上的理由，又少了一条。

我把我最后的那个电影剧本也留给你，我觉得这是我写过的最好的作品。原本只是要求我帮忙加两三场戏，结果我不小心重写了一整个剧本。本来我还想好好润色一下，但是电影不拍了。武替小姐今后要怎么样才能活得更好，我也真的帮不了她什么了。更重要的是，这个电影不拍了，像是一个信号，在提醒我，生命里这段美好的福利时光差不多了。不要贪婪。谢谢上帝或者魔鬼，他老人家帮助我拥有了这么一段回光返照的日子，谢谢你和洪澄，当然我也得谢谢我哥——有他在，可能我爸妈那里会好过一点。

如果这是我自己写的剧本，我会让主人公在经历了和你和洪澄这段相依为命的生活之后，重新获得活下去的勇气。但是吧，世事难料，我从你们俩身上，获得的是此刻——因为忠于自己最初的选择，而带来的平静。

再见啦，你要幸福。

还有一件事，冰箱里的那瓶龙舌兰，还剩下一半，你把它拿走，洪澄这个熊孩子好像是对它上瘾了。

章志童

2019年4月8日

但是他写给洪澄的那封,却是只有寥寥数语。

洪澄:

　　你现在深呼吸一下,数到十,再打开卫生间的门,然后报警。

　　以后千万别动不动就说你想去死的话了。你看到了,死是很可怕的。

　　请你相信,我永远都会支持你的,要勇敢一点,你一定会遇到更好的人和更有意思的事情。

　　不要和橘南姐学喝酒。

章志童
2019年4月18日

　　回到北京的第三天,洪澄就搬走了。然后那个临时的号码也停了机。我再也没有她的消息。我想要把她在我这里的押金退给她,但是微信转账的时候,发现我已不再是她的好友。于是我把那笔钱通过银行转到了她写在合同上的那个账户,并没有被退回来,这让我稍稍放了心,她至少能安然无恙地活一阵子。

　　还有一件事我必须要去做,那个倒霉的,需要章志童从75集压缩到40集的剧本,章志童和洪澄一起完成了它。我已经通过我所有的关系,知道了这个电视剧的制片方是谁。我会一直地,不停地,非常有耐心地替章志童讨债,然后把这笔钱转给洪澄,这一定也是章志童希望的。

　　初夏降临的时候,我们公司奇迹般地迎来了一点转机。七年前,我们把雪夜的一个短篇小说卖给了一个导演,在这个六月，电影公映了，获得了非常好的票房和口碑，制片方赚到了钱，男主角据说一定会获得某个电影奖项的提名，而我们的雪夜，也重新开始抢手。我们仅剩的七个员工，再加上老板，一共八个人，今年唯一的任务就是把雪夜小姐伺候开心了，能换来一些为我们赚钱的机会。雪夜最终同意了我去年跟她提出的那个计划，她已经开始跟对方的制片人一起开了几次会，要着手写那个以拿去卖钱为目的的小说。

导演邀请了雪夜参加自己的私人庆功party，我被雪夜拖着一起参加，对外的身份是雪夜的经纪人。导演住在顺义，天竺一带的某个别墅区。一栋说是托斯卡纳风格的三层小楼，我倒觉得，说是温泉度假村风格，也可以。但是那个小小的庭院被导演设计得很有味道。晚饭之后，人们三三两两地开始社交了，我就拿了一杯香槟，独自坐在了那个日式小灯笼的旁边，离人群略远。哦，对了，导演的夫人已经非常热心地科普过，这个严格地说只能叫起泡酒，因为并非来自香槟产区——管他的，其实我有一点眼馋那几个男人们分享的威士忌，好的威士忌喝下去，耳边真的听得见风的呼啸声。于是我想起章志童对洪澄的叮嘱：不要和橘南姐学喝酒。

来宾里也有郑小姐，因为是非常私密的场合，她的经纪人也没有紧盯着她。她此刻坐在离我很近的一把铁艺椅子上，对我一笑，遥遥举了举杯子，然后我们不约而同地拖动了身下沉重的椅子，坐得靠近一点。

"雪夜的新书在写什么？"她问我。

"跟以前的也差不多。明天我把雪夜的全套书都寄到你工作室去。"

"好呀。"她笑了，轻巧如尘埃的飞虫慢慢地在我们身边的灯光那里聚拢，"导演的下一部电影正在跟我谈合作，不过我自己很希望有一天能演雪夜的作品——她的女主角都写得太可爱了。"

"我们求之不得。"我回答,"其实——我认识一个姑娘,她是您的武替。"

"武替?"她脸上的困惑倒不像是装的,"我拍的好多戏都有替身,她们来来往往的,我都记不得谁是谁。"

日式灯笼里的灯灭了,一片绝对的黑暗突然降临。我听见导演洪亮的嗓音从某处传来:"没事没事,诸位少安毋躁,一定是哪里跳闸了……"

日式灯笼突然闪烁了一下,映亮了郑小姐娇艳的侧脸,然后熄灭,然后重归黑暗。在黑暗中,我喝光了自己的杯子。好啦,章志童,我不问了行不行?反正郑小姐根本不记得她——我原本是想把你最后那个剧本拿给郑小姐本尊看看,算了算了,话题到此为止,我知道,你要面子的。

那晚我的睡眠很浅,天色微明的时候便睁开眼睛,身边的半张床铺已经空了,徐丰已经在浴室里开始盥洗。我能趁这短暂的几分钟躲到阳台上去抽一支烟。淋浴喷头的水声让我的意识表层逐渐模糊,我愣愣地凝视着指间那一缕烟雾,我问自己,洪澄究竟有没有回去出庭。真是太不像话了,就连章志童都知道用一片黑暗和突然闪烁的灯笼来给我报个平安,她一个活人,却能销声匿迹到这个程度。洪澄你这样真的好意思?

浴室里"嘭"的一声,随后徐丰隐隐地在叫我:"橘南,橘南——"我厌烦地深呼吸了一下,继续吸了口烟,然后水声停了。"橘南——橘南——"这一次他的声音里掺杂着痛苦。我慢慢地吸完最后两口,细心地把烟蒂掐灭丢进垃圾桶,然后转身走往浴室,直到推门的那一刻,才开始让自己的声音里带上惊慌："怎么啦？出什么事了？"他半坐在浴缸里，手捂着肋下，费力地吸气："没事，我摔了一跤，可能肋骨磕坏了，你别慌啊，扶我一下。"

医生拿着他的X光片告诉我们是肋骨骨裂的时候，我开始流眼泪，医生狐疑地看着我，可能是觉得这个家属的戏未免太多。走出诊室，我扶他坐下，我说我去药房拿药，眼泪持续不断地往外涌，我用力地拿手臂蹭了蹭脸颊。

"媳妇儿，你看你这是干什么……"徐丰的表情被疼痛撕扯得有点扭曲，我想他一说话可能会更疼，"别哭啊媳妇儿，没事的，大夫都说了没事儿，我正好休息两天不用卖命了，你看你这么傻——"他的语气虽然夹杂着因为疼痛导致的呼吸的混乱，可我听得出，充满了幸福与满足。

"对不起，我忘了把浴缸里那个垫子放回去，对不起。"哭泣的欲望像一头横冲直撞的小野兽，在我的身体里胡乱地奔跑着，想要找个出路。

"我媳妇儿是心疼我，我知道——"

对不起，我不爱你了。我的初恋，我的如意郎君。对不起，我永远不打算让你知道这个。

初秋的某日，雪夜打电话给我，她非常直接地说："把你花家地那个小房子卖给我，怎么样？"

"你还看得上那个小破屋子啊。"

"便宜啊，已经是凶宅了，我知道你连租都租不出去，已经空了快半年了吧？我跟你们那里的房产中介打听过，凶宅比正常的市价便宜三分之一还多。我不怕凶宅，那个章志童我以前也见过的，不是坏人。"

"我替他谢谢你。"我笑了。

"我漂了这么多年，乱花了好多钱，现在打算安定下来了，你不应该祝福我吗？而且，就算按凶宅的价钱卖给我，跟你当年比，也还是赚的。"

"那好吧，找个时间跟中介约一下，我也不大了解这些手续。"

"我会好好把它装修一下，找真正有名头的设计师，装修成那种能上杂志的蜗居——不过这么一折腾，我可真的没钱了。必须努力写作。"

"非常好，"我心情顿时愉悦了起来，"好像是尼采说过的吧，人一生最幸福的状态就是保持适度的贫困——我不确定是不是尼采说的，可是我觉得有道理。你只有没钱了，才能安心地写好作品。"

"别提尼采，跟海德格尔那种真正的大师相比，尼采最多算是个豆瓣写书评的。"

怎么回事？肤浅的雪夜小姐偶尔也有金句。

我愿意把那个小屋转手给她，因为万一某日，洪澄回来了，开门的是雪夜，她也不会觉得惶恐，她知道雪夜是谁，她也能轻易地通过雪夜找到我。

可能天道如此，有人命中注定要在决定去死的那一刻才不再卑微，有人命中注定要辱没门楣，还有人命中注定要假装依然爱着她的初恋，他们最终都要回到那个身边全是陌生人的城市。这城市需要祭品的时候，会毫不犹豫地从他们中随机抽取一人，可是，也真的是他们最后的容身之处。所以我相信，洪澄一定会回来的，她必须回来。

我希望雪夜住在那里，最终会进化成一个比我善良的人。

所有住过花家地小屋的人，都应该比我善良。

2019年11月8日　北京

羽 翅

班 宇

班宇，1986年生，沈阳人，小说作者。作品见于《收获》《当代》《十月》《上海文学》《作家》《山花》等刊，被多家选刊转载。曾获华语文学传媒新人奖，GQ智族年度人物，"钟山之星"年度青年作家，花地文学榜短篇小说奖等。小说《逍遥游》入选"2018收获文学排行榜"，并获短篇小说类榜首。有小说集《冬泳》出版。

从杨柳青站下车时，我的背包里装着一套换洗衣物，两本书，一台笔记本电脑，半盒烟，以及一张工作证。证件边缘锋利，上面是我的照片，前几年拍的，神态傲慢，不屑一顾，如今看来，不免有几分羞愧，背面印着一篇小说的名字及评语，于去年春节时完成，出乎意料，发表之后，获得一个文学奖项，影响颇为广泛，之后是开会研讨，登台发言，领受荣誉。刚在火车上，我捧着工作证反复端详，仿佛借此可以捕取一些隐秘线索，从而发现这个时代的某种密码与奥义，却事与愿违，一无所获，只是眼看着它被两侧的书名号渐渐勒紧。

三天前的会议上,我几乎一直处于梦游状态,批评与赞扬均不能打动我,那些壮阔纷繁的话语,于我而言,嘈杂无比。我如坐针毡,甚至有好几次,都想直接冲出门外,点上根烟,再溜回房间,收拾行李,连夜奔逃。但事实上,我却相当规矩,挺直身躯,严谨发言,像一台运转稳定的印刷机,不断复制着自己的谦逊与真诚,并将它塞进每个人的怀里。我在台上一边说着无用的废话,一边想象着自己也在台下聆听,脑海里不断涌出几句歌词,来自二十世纪的某支乐队,他们唱道:我们绝对安全地方谈论着这场革命,我们把手插口袋里前进着,我们只是一个酷爱他的观众。

会后聚餐,我连喝两杯白酒,浑身燥热,根本坐不住,便拎起外套,走去室外。酒店位于城郊,四周寂静,枯树遍布,远处有几座仿古民居,勾勒出荒凉的轮廓,夜色覆压及肩,我忽觉无比沉重,于是绕到后院,靠着石墙点了根烟,给刘婷婷打了一个电话。我跟她说,打算晚回去几天。刘婷婷问及原因,我说,遇上一位以前的朋友,许多年没联系了,如今在杂志社当记者,也来参与报道活动,结束之后,他去做另外一个采访,跟一位隐居许久的音乐家进行对谈,机会难得,我准备同去,也许可以顺便写一点,据说那位音乐家住在郊区,租了一间很大的房子,深居简出,没有家具,睡在地上,室内空旷,而他的全部乐器只是一套鼓,你还有印象吗?我们刚在一起时,每天都在听他的录音片段,从早到晚,循环播放。刘婷婷说,叫什么名字来着?我随口编造了一个,她说,对,我想起来了。

挂掉电话之后,我低声唱起另一首歌,并非来自那位虚构的音乐家,而是一首耳熟能详的流行作品。曾有一段时间，我在沈阳租房子住，小区略显偏僻，以前是化工厂，后来盖了商品房，也卖不出去，据说水质有问题，某种元素超标，黑压压一片楼，入住率很低，夜间的灯火如同星光一样稀有。我走在回去的路上，总能听到这首歌，道边是数不清的树，间隔没有规律，但正值壮年，夏天里，树冠高扬，几乎将天空全部遮住，四五家练歌房分列两侧，招牌破损，装饰随意而陈旧，门口往往摆着两台冰柜，压缩机噪声极大，旁边是成箱的、落满灰尘的空酒瓶。无数做工粗劣的外放音响挂在头顶，唱着同一首不切实际的歌：如果我有一双翅膀，我要离开这个地方。整条街就像一段梦的河流，时间在此不停折返，刚进入时已是尾声，在中部却又遇上前奏，而在离开之后，所有的音符重新凝聚在一起，将你奋力向外掷去，水雾消散，前方的航路渐渐清晰，回首望去，半数的霓虹灯隐约闪烁。

那时我在出版社做编辑，没有开始写小说，有一次，被一位作者拉着喝了不少酒，打车回家，走到一半，胃里难受，急忙喊停，在路边吐了一次。吐完问自己，图啥呢，也答不上来。正好听见这首歌，顺着声音钻进其中一间练歌房，进入到包房里，叫了箱酒，没喝几口，倒在沙发上睡着了，半夜起来时，发现外套盖在身上，身边躺着个女的，烫着金黄的鬈发，缩成小小的一团，手脚攥紧，像只狮子狗，也在睡觉，呼噜打得挺响。我把她的脸扭过来，看了半天，确认自己并不认识，便将她晃醒，问，你是谁啊？她眼睛也不睁，拱进我怀里，说，别管我，行吗，困。我说，不行，我记得我一个人来的。她说，我也是啊，谁不是，咱们都是。我说，这样不好。她说，包房我开的，上个厕所工夫，回来发现你躺在沙发上，喊也没反应，还多了一箱酒，账我都结了,给我唱首歌,我原谅你。我说,不会唱,我把钱给你,我回家了。她说,你回家干啥。我说,继续睡觉。她说,在哪不是睡,你是干啥的啊。我骗她说,写小说的。她从我的怀里抬起头来,睁了一下眼睛,又迅速闭上,自言自语道,等我睡醒,能不能也给我看看啊,我挺爱看小说的。我说,你叫啥。她说,刘晓羽,拂晓的晓,羽毛的羽,好听不。我说,名字一般,解释得挺好。她说,其实我不叫这名儿,但今天就想叫这个了。

我在北京住了两个晚上,谁也没联系,去前门附近看了一场演出,那支乐队当天的表现并不如人意,我有点失望。除此之外,每天就是吹着空调看电视,外面很冷,节目里却还是夏天,人们穿着短袖,裤子提得很高,背起手来,谈论着三峡水库的水位已经落至165米,不必恐慌。在此期间,刘婷婷给我打过一次电话,告诉我说,女儿有点发烧,做梦直说胡话,问我何时回家,我说快了,又问我那位音乐家的境况如何,我说,不好描述,他最近做的事情相当奇怪,你知道,年轻时他在一家电子市场里打工,对各种电器元件非常熟悉,去年开始,那套鼓已经卖给一位卡车司机,换来一堆奇怪的设备,比如旧硬盘、观鸟器、调幅收音机、日光灯的镇流器等等,他拆卸这些设备,进行二度组合,与笔记本电脑连接起来,延展、扩张,做成新的演奏乐器,比方说,昨天演示的是,接通两块转速不同的硬盘,使其相互振动,齿轮与轴承发生物理反应,以麦克风收取这类声音素材,再附上效果器的调变,最终呈现的声响非常诡异,像来自另一个空间。我编得正兴起,刘婷婷听着很不耐烦,还没等我讲完,便打断我说,刚测好体温,三十九度二,等不了你,烧迷糊了,我带她去医院。

我躺在宾馆里，心绪失落，也担忧女儿，几种情绪汇在一起，错综复杂。烟抽完后，我出门去买，楼下转了两圈，也没找到超市，只好向更远处走，不过晚上八点，但街上已经罕有人迹，一是由于天气，据说今天为北京入冬以来气温最低的一天，很少有人出门，二是我住在老城区，位置尚可，但周围都是平房，更近似于县城，陈旧、破败，毫无生机，只有漫无边际的黯淡。一阵风吹过来，红白相间的交通锥筒从街边平移到路的中央，塑料底座不断磨损着柏油地面，发出空荡的坼裂之声，如一枚侧杀出来的棋子，或者一座低矮的墓碑，割开夜晚的界线，将我拦截在外。

我在路边坐下来，掏出手机，订了一张明天的返程车票，然后想给刘婷婷写一条很长的信息，但怎么也说不明白，删改数次，两只手都要冻僵了，也没什么进展。有些话很难表述，一旦落在纸面上，每个字都流露着无可回避的自私，并将演变为拒绝与推卸，所有的句子不会有任何明确的表面含义，它们交织在一起，只会让对方无限次地投射到自己身上，并且认为，你所谓的纠缠、困惑与痛苦，与她目前所承受的相比，并不值得一提；或者更进一步，她也许能想清楚，我们所有人的纠缠、困惑与痛苦，都没什么好说的，彼此心领神会，终会化作一个傲慢、羞耻、令人痉挛的玩笑，许久挥之不去。我写到一半时，大风反复刮开屋上的毡纸，如同掀动着结痂的伤口。一位盲人经过此处，戴一顶棕色棉帽，穿着皮夹克，手持细长的竹竿，在地面上来回斜扫，像在默写一列长诗，轻盈，漫不经心，也像在挥动独翼，使自己飞离地面，抬升一点点，以跨过重重障碍，曾有那么一次，竹竿的一端触到我的鞋子，他仿佛有所感应，但只稍作停顿，打了个哈欠，什么都没说，继续向前行去。

刘婷婷发来消息，告诉我说，女儿已退烧，但还需做几天雾化治疗，急性喉炎，嗓子说不出话来，问我几点能到沈阳。我读到这条信息时，火车正驶过一座大桥，声响剧烈，窗外晨光刺眼，我尚未清醒，按灭手机，低着头向下望，左前方是一座简陋的体育场，四周被铁网围绕，没有看台，只有十几位球员，穿着两种颜色的对抗背心来回倒脚，跑动懈怠，出球绵软无力，我以前干过体育记者，跟着足球线，想起来这里是火车头队的训练场，铁路直属，号称"中国的阿贾克斯"，青训搞得有一套，出过不少好球员，一代人的青春回忆。我正想着那些球员的名字时，列车上的广播响起来，通知全体乘客，前方是杨柳青站，由于停车时间较短，请没有到站的旅客不要离开车厢。我揉揉太阳穴，犹豫几秒，之后拎起背包，来到车门处。列车减速，外面的风景逐渐清晰。

除去远近闻名的年画之外，我事先对杨柳青一无所知，从车站出来后，一阵浓烈的油漆味道扑面而来，十分刺鼻，辗转进入古镇后，愈发难以忍受，仿佛这里刚经过一次装修翻新，砖雕照壁也才刻好不久。街衢冷清，几无游客，许多卖画的店铺刚刚开门，我没走几步，就相当后悔，一切景色均在想象之中，并无新意。唯有古运河里的水，没有任何波澜，倒转白昼，将晨光反射到岸上。

我在附近开了间房，烧壶开水冲茶包，还没喝几口，就倒在床上，准备补觉。我想，如果顺利的话，睡到中午，冲个澡退房，出去吃口饭，买张稍晚的票，这里距沈阳差不多是四个小时的车程，到站之后，估计赶得上地铁。背包里还有小半本书没看完，但前面讲的是什么，已经快要忘光了，只记得一句话，从爱中逃离，也是对爱的完全屈服，年龄越大，便会被这种爱所奴役，在这世界上，没有一条河能将人们从这样的陷阱里解放出来。或者不是这样说的，恰好相反，年龄越大，便越不应该被爱所奴役，在这世界上，唯有河流，能够冲没这样的陷阱。记不清了。

我刚睡着不久，手机铃声响起来，我看了眼屏幕，是一位老朋友，马兴的号码，我跟他许多年没联系，以为拨错，便没有去接，十几分钟后，他再次打来，我只好坐起身，斜倚在床头，极不情愿地接通电话。马兴的声音听起来很亢奋，先是问候，然后跟我说，刚看见新闻，得知我获奖，太厉害了，特意打来电话恭喜。我说，浪得虚名，不足挂齿。马兴说，不容易，这么多年了，还在坚持。我说，不能这么讲，主要是除了这个，也不知道自己还能做点啥。马兴说，谦虚了，兄弟，不错，真是不错。我说，有空喝酒，下次去北京提前叫你。马兴说，我不在北京了，在天津工作，这边政策好一些，能落户，就跟程晓静一起来了，我俩都挺想你的，时间过得太快了。我说，是啊，多少年没见了。

说完这句，马兴和我陷入思考，想着上一次见面是何时何地。我说，应该是在交道口附近的饭店，我那次想看一场话剧，你在加班，来不及去，程晓静跟我一起看的，吃饭的时候你过来了，点了个青椒土豆片，跟我说要做个音乐类的网站，弄得像一本杂志，内容结结实实。马兴说，有点印象，好像是冬天，没怎么大喝，酒太凉了，胃不舒服。我说，对，你骑自行车来的，驮着程晓静回的家。马兴说，我怎么记得还有一次，你来北京开会，还是做什么，反正挺忙，没时间吃饭，那次住在美术馆附近，我们约在一起逛了个书店，我还买了一本期刊，上面有你的小说，本来也没想买，你非让我们看一看。我说，对，那天我先到的，等了半天，书店空调坏了，很热，坐在那里直冒汗，我特别渴，你们给我带了听冰镇的荔枝饮料，好喝啊。马兴说，这两次，到底哪个在前面呢？我想了想，说，实在是记不清了，都得有个三四年。马兴说，不止，不止。

那一瞬间，我忽然非常想见他们，那些安眠许久的时刻，一点一点被唤醒了，每个人好像都有那么几年，只轻轻一跃，便可登上天台。我怀念那段时光。我说，马兴，我在天津呢。马兴听后惊讶，抬高声音问道，你在哪儿呢，现在。我说，杨柳青，这会儿刚到。马兴说，我天，兄弟，怎么不早说啊。我说，来处理一点事情，有空的话，咱们晚上聚一聚。马兴说，太好了，肯定有空，我得赶紧告诉程晓静一声，保持联系，等我定好地方，告诉你位置。

外面的阳光很烈，击穿纱制窗帘，晃着我的眼睛。我睡得不踏实，做了一场梦，十分吵闹，醒来之后，仍有声音回荡在耳畔。我梦见与几位朋友一起去看音乐节，天气炎热，尘土飞扬，令人焦躁，程晓静站在我的左边，右边是马兴，一个我们都不太喜欢的乐队在台上演出，主唱装神弄鬼，浑身是血，说着呓语，其实相当可笑，演出效果不好，但音量给得足，我们只能趴在对方耳朵上讲话，但他们跟我说的是什么，也听不清楚，只能礼貌地点点头。后来马兴皱紧眉头，跟我说了句话，让我转述给程晓静，我有点不情愿，但也不好表现出来，只是拍了拍他的肩膀，将啤酒递到他手里，迎着一段难听的旋律，扎进前方的人群，冲撞身体，像沉溺于一片炎热的海水之中。也不知过了多久，音乐结束，人群散去，我回到原地，筋疲力尽，却无论如何也找不到他们的踪影。夕阳渐落，风越来越冷，抽打着身体和心脏，我一直在回忆，马兴跟我说的是什么来着。

收到马兴的消息时,已是下午,他连续发了好几条,跟我说,想来想去,没什么特别合适的地方,不如去家里喝酒,问我是否可以。还没等我回答,便发来了地址,非常详尽,坐几路车,怎么换车,打车的话怎么跟司机说,走哪条路,然后又说,程晓静听说你来,非要亲自下厨,现在请假去买菜了,你来尝尝,她这两年厨艺有进步,其实还是在家里好,是不是,没说没管,在外面受约束。最后一条是,千万别带东西来,咱这关系,别扯没用的。

我起床洗了个澡,又看了会儿电视,想继续关注三峡的水位,来回调台,却没人再提,只好换件衣服,轻装出门。时间尚早,我决定坐公交车去市内,路上的风景少有变化,幽沉的黄光垂在树与房屋上,随着前行,趋于黯淡,像是正在退场,我又想起早上看见的那支球队,征战乙级联赛数年,未有佳绩,境况艰难。有一次我与他们同赴客场,俱乐部为所有球员买的是卧铺车票,为了节约住宿成本,球员坐了一通宵火车后,直接出场比赛,踢满九十分钟,随后也不得休息,带着一身疲惫与汗水,又踏上返程的火车。我站在公交车门处,想着那次旅程,也许现在的境况仍无不同,他们刚刚结束训练,正要前往车站,明天上午,这些经历一夜颠簸、可能根本无眠的队员们,将站在陌生的阳光下,站在尘土飞散的场地中央,面对空空的看台,踢一场无人喝彩的比赛,而终场的哨声响起之后,又要躺回到狭窄逼仄的铺位上。那一刻我真的很想知道,在这些年里,他们到底是如何克服自己内心的绝望的。

我在食品街附近下车,本来想买些礼物带去,但转了一圈,没挑出什么东西,所谓的本地特色,他们大概已经避之不及,我看着也没什么食欲。最后在门口超市选了瓶国产红酒，七十五块钱，上面蒙着一层浮灰，售货员用抹布擦了擦，也没包装，我直接拎着出了门。

马兴发我的地址离古文化街不远，附近有一处文庙，我进去歇息一阵，此时已近傍晚，起了一点风，吹开池里的浮冰，小鱼藏在下面，一动不动，夕阳斜照，像是存于琥珀之中。旁边是孔夫子的石像，整个文庙里只有我一个人，抬眼望向前方大殿，四处斑驳，一片萧索，有钟声若隐若现，时间仿佛在这里裂开缝隙，我闭目钻入，是一道峡湾，水面平旷，缓缓回落，远处有几艘静止的轮船，偶尔发出一句长久的笛声，形似呜咽，表示即将离泊，抑或横越，各自航行。过了一会儿，我看看时间，给马兴发信息，说，我到附近了，在文庙，有什么需要我带过去的。马兴回复说，好地方，我也总去，能静心，你好好拜一拜，啥也不用，你从那地方给我带啥啊，都是文物，不要违法，出来了联系程晓静，她在家里，我预计稍晚回去，开饭之前。

小区以前是工厂宿舍，后来改名，铁门锈迹斑驳，进出随意，门口还有自行车库，不过已被用作麻将室，接了一排日光灯管，洗牌的声音从里面不断传出来。前后一共四趟楼，每趟共五个单元，中间有个花坛，没种任何植物，只是一片坚硬的冻土，仿佛永远无法开化。我刚走进楼里，便闻到一阵饭菜香气，每户做饭时都半敞着门，再往上走，楼道崎岖，我被一辆拴在窗框上的旧婴儿车绊了一跤，险些跌倒，好不容易爬上六楼，左侧是马兴家，棕红色铁门，上方有接线的老式电铃，我试着按了几下，没有声音，只好用力拍门，喊着马兴的名字，也没有回应，我坐在楼梯上，给程晓静发去信息，说已到门口，也不急，看见了就给我开一下门。大概过了五分钟，里面有脚步声传来，门被打开，程晓静探出脑袋,她穿着一件褐色毛衣,化着淡妆,胸前挂着卡通围裙,图案是一只小熊举着锅铲,兴高采烈地在炒菜。见到我后,她笑着说,你可真能耐,自己都能找过来,敲门了吗,刚在厨房里,开着油烟机,一直没听见。

程晓静递我一双棉拖鞋,跟我说,家里乱,刚搬来不长时间,别嫌弃啊,来不及好好收拾。我说,挺好,比我家强。她说,不至于吧,你家那位不做家务啊。我说,不知道,没太关注。程晓静说,真能胡扯,你随便坐啊,马兴跟你说了吧,他回来得晚,我先做饭去。我说,要不我来帮忙吧,还有啥活儿。程晓静把电视打开,又开了罐啤酒,跟遥控器一起推到我面前,跟我说,不用,准备得差不多了,你先喝一罐,看会儿电视。说完便回到厨房里。

我来回换了几个频道,实在没什么能看的,便将电视关掉,来到书架前,里面错乱地摆着一堆书和碟子,有九十年代出版的中外小说、文论和诗集,书脊泛黄,也有几本新闻学的教材,横放在一侧,我想起来,程晓静也当过几天记者,算是同行。那些碟子看看很亲切,当年我们听的都是这些,现在不好找了,没想到他们一直还保留着。我们三个以前是在音乐论坛上认识的,程晓静跟我一样,沈阳人,大我三岁,马兴是锦州人,在沈阳读书,跟程晓静同龄。当时马兴有点名气,在论坛里很活跃,经常发言,分享资源,几乎没他不认识的乐队,还办过几次演出,我第一次跟他们见面就是演出现场。那时他俩还没在一起,马兴学的是兽医,在农业大学,毕业有点问题,跟导师不太对付。程晓静是师范学院的,分配到一所乡村中学,比较偏僻,没想好到底要不要去。演出结束后,马兴张罗着一起吃饭,在附近的大排档,拼了四五张桌子,二十多人聚在一起,硬菜没要几个,都是花生毛豆，酒倒是一直在上，喝掉一半，洒在地上一半。直至深夜，不少人提前离席，准备结账时，马兴把我叫到一旁，悄悄问道，兄弟，今天兜里宽绰吗？我说，有几十块钱，估计等会儿还得打个车，马兴拍拍我的肩膀，说，没事，回去再喝点儿。过了一会儿，我看见他转到桌子的另一侧，跟程晓静低头说话，两人挨得很近，程晓静一边侧着耳朵听，一边在底下翻着钱包。夜晚正在凝固，路灯照在他们身上，将两人的影子拉得很长，越过碰杯的声音，越过喊声与歌声，投射在更远处，融为一体，不分彼此。一辆出租车开过来，慢速经过此处，无人起身，只好又独自驶离，没人知道这样的夜晚到底要如何结束。

书架下层摞着几本新书，我在里面发现了自己的小说集，随手抽出来翻看。老实说，自从出版之后，我还没仔细读过，主要是不知如何面对，写的时候凶悍勇猛，无所顾忌，回头再看，情与物在文本之中孤独矗立，而冷漠悬于背后，一览无遗。我只读几行，便极其内疚，恨不得立即焚毁，于是将书放回原位，坐在沙发上，饮下一大口啤酒，望向窗外。对面楼正在施工，给外墙刷保温层，屋内没开灯，有点闷热，暖气烧得不错。我环视四周，发现屋子的格局跟我以前租住得很接近，进屋是客厅，南面两间卧室，一大一小，双阳朝向，北面是厨房和阳台，户型不算规矩，住起来倒也合理。喝完一罐酒，我站起身来，想去跟程晓静聊上几句，问问在天津住得是否习惯，房子是租的还是买的，价格大概多少，刚出房门，便听见一阵猛烈的咳嗽声从旁边卧室里传来，我吓了一跳，没料到屋里还有别人，程晓静也没提。我将那间房门推开一道缝，室内光线昏暗，窗帘拉开一半，门边是洗漱铁架，上面摆着红色脸盆，挂着毛巾，底下是几块肥皂，一张单人床占去大部分空间，有位干瘦的老人正躺在床上，眼窝深陷，颧骨凸出，他的身体不断起伏着，呼吸得相当吃力。他也发现了我，将头偏过来，目光垂向门边，我只好再推开一些，朝他点头问候，老人面无表情，嘴唇紧闭，咳嗽两声，茫然地看看我，又将眼睛合上。

我靠在阳台的门框上，向后比画手势，问程晓静说，那是谁？程晓静正在炒蒜薹，刚把肉片下到锅里，油花四溅，跟我说，刚才没顾得上，忘跟你说了，马兴他爸，跟我们一起住呢。我说，啥情况。程晓静说，病了两年，也没别的亲戚，就这一个儿子，只能我们管。我说，你俩都上班，白天可咋办？程晓静说，请了个保姆，也住附近，今天我回来得早，就先让她下班了。我说，之前没听你们提。程晓静说，这事儿有啥可讲的，谁都指不上。我说，还得吃药吧。程晓静说，租房三千多，保姆两千，治病能报销一部分，但也得花一些，再算上日常开销，每个月我俩也剩不下来什么钱。我问，意识清醒不？程晓静说，能听明白话儿，但是说不出来。别看瘫痪在床，脾气还挺倔，保姆喂饭从来不吃，也不许别人换洗，就等着马兴回来，能喝半碗粥。我说，不容易啊。程晓静说，我倒没啥，马兴多孝啊，谁能跟他比，反正他自己也乐意，妈没了，就剩一个爸，老跟我说，只要还有口气儿喘，那就得全心全意伺候，你说我俩这日子，都不知道给谁过的，孩子也不敢要。我说，这没办法，都得赶上，生老病死，回避不了。程晓静，你女儿多大了现在，我总去翻你发的照片，长得可真逗。我说，马上两岁。程晓静说，会说话了吧。我说，会，都能组词造句了，但跟我不亲，态度不友好，就愿意跟妈在一起。程晓静说，女儿嘛，小时候都这样，将来就好了，肯定还是向着爸，这我可有经验，你别着急啊。

程晓静做了四个菜，孜然羊肉，清炒西蓝花，肉片蒜薹，花菇炖鸡，加上一盘切好的熟食，一盘拍黄瓜，凑满一桌。我开红酒时，马兴正好进屋，先给我来了个拥抱，双手掐着我的肩膀说，说，这些年了，你也没啥变化，跟上学时一样，挺好。我说，心态还可以，得失随缘，心无增减，爱咋咋的。马兴说，文庙没白去，受教育了，有效果。程晓静说，还去文庙了，不早点过来。我说，主要是路过，也算逛个景点儿。马兴说，你看我，有啥变化没。我退后一步，盯着马兴，他好像比前些年更黑一些，也更瘦，但眼睛依旧有神。我说，没变化，更立整了。马兴对程晓静说，你听听，多么客观，你总说我老，我现在的同事，平均年龄比我小十岁，每天跟年轻人在一起，很受鼓舞。程晓静说，开饭吧，给你爸的粥熬好了，在小锅里，你看这几道菜，他是不是也能吃一些。马兴低头扫了一圈，转身去厨房取来勺子和铁碗，夹了一块鸡肉，两块西蓝花，细细捣碎，跟我说道，我先进去喂我爸，他只认我，别人谁都不行，完后咱俩好好喝。我赶紧说，你先忙，我这边不用你陪。

程晓静给自己倒了半杯酒，跟我碰一下，问我说，哪个菜好吃啊？我说，都好，挺长时间没吃家里的饭了。程晓静说，再忙也不能不回家吧。我说，也不是忙，就是有时愿意自己一个人待着，想点事情，其实也说不清是在想啥。程晓静说，这样不好，长此以往，两口子的感情都生分了。我说，不至于。程晓静说，听你语气，都觉得心虚。我换了个话题，问她说，最近有没有回沈阳。程晓静说，前年春节回去过一次，不太高兴，我爸和我妈不早就离了吗，又都各自找人儿了，搭伙过呢，所以我像是多余的，在哪边待着都不合适，感觉是在破坏别人家的团圆氛围，他俩都跟我说，只要我好就行，也不图我啥，你听这话说的，就好像我要图他们什么似的。回来之后，我越想越来气，去年和今年就都没回去，打电话拜个年，寄了点东西，就算完事儿，以前的同学和朋友也很少联系，不是带孩子，就是在生孩子，还有打官司闹离婚的，根本没工夫搭理我。我说，都是这么个情况，人到中年，万事无解。程晓静给我盛了半碗鸡汤，说道，我看你这两年过得不错，风生水起，小说集我也买了，不过还没读完。我说，写得不好，随便翻翻，下一本送你们，这次忘了。程晓静说，应该支持的，对了，你还记得小飞吗？我没想起来，问道，哪个小飞啊？程晓静说，也是以前论坛里的，爱听金属乐，抚顺人，跟你挺像，也给音乐杂志写过文章，后来跟我同年去的北京，开始还一起合租来着，他现在自己开公司了，搞科技的，具体不懂，但融资好几轮了，特别厉害。我说，一点儿印象都没。程晓静说，有次喝多，你俩还打过一架，不知道因为什么，给我吓哭了都，后来你就不在论坛里玩了。我说，想起来了，东北大学的那个吧，学计算机，我记得他当时追过你啊。

这时候，马兴端着碗从屋里走出来，跟我俩说，又唠小飞呢。我说，是，她要不提，我都忘了这个人了。马兴说，一码归一码，小飞的人品，肯定是不行，但脑子确实够用。程晓静说，人品为啥不行？马兴说，他行，那你跟他去呗，我也不拦着。程晓静放下筷子，说道，你讲点理，好不？我说，扯远了，马兴，快过来喝酒，等半天了，你追一追进度。

马兴将餐具洗好，仔细擦净，晾在窗台上，在我身边坐下来，没有讲话，先吃几口菜，再端起酒杯，来跟我碰，欢迎我来做客，紧接着，那个玻璃杯在半空里停留几秒，划过一道弧线，敲了敲程晓静的酒杯，再一饮而尽。程晓静盯着他，说道，慢点喝啊你俩，也不是外人。

我与马兴将红酒迅速喝光，又换成啤的，三口一罐，不用杯子，也不就菜，全靠感情，酒下得很顺，不到两个小时，一箱见底。马兴有点醉，情绪亢奋，一直在谈自己的新工作，车轱辘话来回讲，我兴趣不大，但也装得很专注。程晓静听得直犯困，连打几个哈欠，跟我们说，她先去收拾厨房，好久没做饭，搞得一片狼藉。客厅内只剩下我和马兴，他低着头，眼神发直，前后摇晃，拍拍我的大腿，拉长声音说道，兄弟啊。我说，听着呢。马兴说，你不知道，我现在对很多事情，都无所谓，看得很开，除了我爸。我说，能理解。马兴独饮一大口，舌头有点捋不直，声音混沌，继续说道，都他妈以为我爸啥也不知道，其实心里一清二楚，他就是不爱讲，跟谁也说不上，每天晚上，我进去喂他时，他悄悄跟我唠几句，你信不信，这些程晓静都不知道。我说，那我信。马兴说，比如吧，昨天问我，还记不记得在锦州时，有一年刚入冬，突发奇想，想带你妈和你去滑冰，结果冰场还没营业，正在浇灌，三个油罐车拉过来的开水，几个工作人员接上胶皮管子，穿着雨靴，站在场地里来回放，那天特别冷，一阵阵白雾往外翻腾，滚落在脚下，咱仨就在旁边看着，死把着栅栏，腾云驾雾似的，很怕会飞起来，冰没滑上，但也不错，是个景儿，一般人没见识过，晚上回来你就发烧了，折腾好几天，你妈给我好一顿骂，我有点想你妈了，你妈这人挺好，我以前有时候不知道珍惜，总爱闹她，也不为啥，一种惯性，过日子就是这样，不闹没意思，现在有点悔，但这话也只能跟你说，千万别告诉你妈，没必要。

我捏着空的易拉罐，低头四处找酒。马兴继续说，刚才我跟我爸说，今天有重要客人来，他就跟我讲，沈阳来的吧？我说对，他说，一般人你也不能往家里招，实际上他心里都有数，然后说，自己不能乱咳嗽，必须憋住，严肃一辈子，不差这一阵儿，少吃几口，喝点稀的，嗓子就松快点儿。我说，马兴，还有酒没？马兴说，我爸还说，他今天躺在床上，想起一个事情，不知如何是好，我也跟你说说，你帮着参谋参谋。我说，好，酒没了。马兴走向厨房，隔着玻璃拉门，跟程晓静说，没酒了，帮我们再去买几罐，要凉的。我在这边喊，不喝也行，马兴，差不多了。马兴摆摆手，说，还没到位。程晓静没说话，用围裙擦干双手，散着头发，披件羽绒服，穿鞋下楼，一气呵成。

我说，马兴，再往下喝，程晓静该不乐意了。马兴说，不用管她，我方便一下，回来继续。马兴起身上了个厕所，回来问我几点了，我说九点过一刻。马兴说，到时间了，我得去给我爸换一下底下的，再翻个身，不然要生褥疮，那可太遭罪了。我说，走，我去帮你。马兴将我按回到椅子上，说，你好好歇着，等酒，我天天干这个，三下五除二。马兴回到屋内，将门轻轻带上，仿佛进入到一个洞里，与外面的世界隔绝开来，再也听不到任何声响。我来到楼道里，点了根烟，心里想着，抽完这根，也该回去了，趁着还不太晚，再往下喝，局面不好控制。一阵风从走廊的窗户里钻进来，我闭上眼睛，猛吸两口，听见下面有隐约的脚步声，缓慢而沉重，像是一只拾级而上的巨兽，如约而至，夜夜将我逼迫。

程晓静走上来时，我刚点着第二根，她问我，马兴呢？我说，在屋里伺候他爸。她点点头，进屋将酒放在鞋架上，又掩上门，转身来到楼道里，瞪大眼睛，笑着看我，仿佛带着巨大的热情，但却无话可说，笑容也很快收回去。感应灯灭掉，在黑暗里，她轻声问我，你抽的是什么烟啊？我说，利群，来一根。她说，我哪会，你也不是不知道。我说，嗯。她说，给我看一看。我掏兜取出烟盒，向她递过去，她接过来，跺了跺脚，灯光亮起来，她翻看几次，又抛还给我，我一下子没接住，烟盒掉在地上，我们相互看着对方，都没去捡。直到灯光重新灭掉，在黑暗里，巨兽来临，就地生长，变为一棵柏树或者一束百合，根系向下，汲取养分，再朝着我伸出叶片与花瓣。我将烟熄灭，咳嗽一声，跟她说，到量了，就等你回来道个别，我准备回宾馆了，明早还要赶火车。程晓静长舒一口气，说道，那好，下次再聚，我让他去送你。我们一起回到屋里，她对着另一间房门轻敲几下，没有回应，轻轻将之推开，然后转身看我，忽闪着眼睛，又摇摇头，一脸无奈。我走到门边，看见马兴正蜷在床尾，如婴儿一般，缩紧身体，面向父亲，无声无息地睡着了。

出租车刚开不久，我接到程晓静的电话，问我在哪里，有没有到宾馆，我说，放心，还在车上，没喝醉，到了告诉你们。程晓静说，那就好，明天一路顺风。我说，没问题，你们什么时候回沈阳，随时喊我。程晓静没有说话，我听到对面声音嘈杂，有极大的风声，便问她在哪里。她说，在楼下扔垃圾，顺便散步。我说，都几点了，外面冷，你也早些休息。程晓静顿了一下，轻声说道，我过去找你方便吗？再说说话。我说，什么情况。程晓静说，刚才马兴醒了，见你不在，跟我吵了几句，莫名其妙，我就出来了，想自己待一会儿，实在不爱上楼。我说，早点回去吧，省得马兴担心，他喝多了，你也别计较。程晓静说，你住杨柳青那边，没错吧，你的烟还在我这儿，我现在上车了。

我给程晓静发去地址，买了两瓶饮料，坐在宾馆大堂里等待，心绪颇不宁静，想着要不要告诉马兴一声，但这话怎么讲，好像都不合适。正在犹豫之际，程晓静推动转门，跟我挥手打招呼，勉强露出一点笑容。她坐在我的对面，也不说话，眼圈发红，低头看着手机，我拧开瓶盖，将饮料递过去，跟她说，互让一步，都不至于。程晓静叹息道，有很多事情，你都不知道。我说，那是一定的，过日子就是这样，但现在这个局面，我很为难，本来想着多年未见，跟你们聚一聚，结果添这么大的麻烦。程晓静说，跟你没关系的。我不知道该说些什么，便拿起手机，继续给刘婷婷写那条很长的信息。过了一会儿，程晓静的一只手拄在下巴上，另一只将手机举在面前，开始看视频，外放音量很大，我听出来，是前几天演讲的实况录像，我在屏幕上登台发言，温驯自如，滴水不漏，如一片虚构的风景。我听见自己的声音在大堂里回荡，一字一句，凝为更广阔的静寂，如一条绳索，将我们二人缠绕。我跟程晓静说，别看了吧，难为情，我们再聊一会儿，可以去我房间，或者去河边走几圈也行，然后我送你回去。程晓静望了我一眼，将手机收起来，跟我说，讲得不错的，我们出去走走吧。

河水在夜晚醒来，风使其舒展，倒影在深处激荡，再向着四周喧嚣倾泻，走在桥上时，我忽然心生感动，仿佛我和她是两颗缓缓冷却的行星，经历漫长的旅程，徒劳无望，最终搁浅于此，而无数人却从未相遇过。程晓静靠着桥栏，抬起脸庞问我，你有没有想象过另一种生活？我说，我正在小说里度过另一种生活。程晓静说，我睡到半夜时，总会惊醒，睁开眼睛，看着周围的一切，陷入恍惚，想不起自己身在何处，以及是如何来到这里的，那种感觉你知道吧，就是无论什么理由，都没办法解释。我说，也许不需要解释，不妨再将眼睛闭上。程晓静说，我就是这样做的，闭上眼睛，深吸一口气，想想那些无关紧要的事情，就能长出来一对翅膀，在黑暗里飞行，经过许多熟悉的场景，虽然一个也看不清楚。

偶尔有人在我们面前经过，我决定换个话题，跟程晓静说，来，我们玩个游戏，为这些路人编一点故事。比如刚过去的那位，也许今年四十岁，有过婚史，目前独身一人，刚刚回国，之前十多年里，一直在爱尔兰打黑工，与许多流放者共同吃住，条件艰苦，他在街上遭遇过枪击与抢劫，也在午间聆听过异乡的圣诗，阅历丰富，但却没爱上过任何一个女人。由于语言不通，他平日极少说话。直到有一天，不经意间，他想起一首歌，或者只是其中一段旋律，大概在年轻时，曾听一位女孩唱过，数年过去，他只记得几个小节，反复哼唱，却怎么也想不起歌词。他鼓起勇气，问询几位同乡，并小心翼翼为其演唱，仍无人知晓，那些音符从他的口中哼出来后，与脑中的记忆大相径庭，他自觉挫败，辗转反侧，夜不能寐，十分痛苦，不知道这个答案他就无法继续生活下去，最后决定打包行李回国。他没有朋友，也不知道应该待在哪里，只能每天到处走一走，在桥底，在街上，在隧道里，期待有人会忽然唱起这首歌，这样的话，他就很满足了，甚至不需要知道这首歌的名字。程晓静听后笑了起来，说，一个典型的属于你的故事。我说，现在轮到你了。程晓静说，我可不会。我说，没关系，我来帮你。程晓静说，怎么做啊？我说，下一个经过我们的，你猜会是什么样的人？

程晓静想了想，说，也许是有点缺陷的人。我说，瘸腿、失明或者聋哑，选一个。程晓静说，失明。我说，好，先天失明。程晓静说，不是，因为一次事故导致。我说，也行，事故发生时，他多大年纪？程晓静说，十五岁。我说，那他记得一些事情。程晓静说，对，但这些记忆，正在一点一点消失，无法挽留。我说，夜晚，一位正在遗失记忆的盲人，独自来到河边。程晓静说，没错。我说，他为何来到这里？一、散步；二、跳河；三、迷路。程晓静说，迷路吧，我心没那么狠。我说，那么我觉得，也许是与妻子吵架，负气出走，迷失在河边，但不想向任何人问路，要讲清楚来龙去脉，实在太复杂了，他宁可选择沉默，并且继续这样走下去，随处都是尽头。程晓静说，对，妻子今晚跟他说，我无法再跟你一起生活，没有理由，我这么编是不是不好。我说，没有好与不好，他想不明白这个问题。程晓静说，不，他一清二楚，只是不太能接受，短时间内。我说，经过我们之后，他向深处走去，手杖划过河水，像一柄船桨。程晓静说，不行，那还是跳河，他得在我面前停驻片刻。我说，然后呢。程晓静说，听我说说那些无关紧要的事情啊，也许就会好一点。说到这里，我提了一下衣领，转过头来，看着程晓静的侧脸，有点想吻过去，但只一瞬间，便打消了这个念头。

我摆摆手，走下桥去，背对着大路，找到一棵树，对着它撒了一泡很长的尿。程晓静轻声唱起歌来，断断续续，淹没在水浪里。我想起多年之前，认识刘晓羽的那个夜晚，在昏暗的包间里，她也唱过这首歌，为什么我认识的所有人，在某一时刻，都像是同一个人呢。那天后半夜，我和刘晓羽睡醒后，又喝了半箱啤酒，互相敬献对方，她唱歌时，显得有点笨，跟不上字幕，总慢半拍，但眼睛瞪得比屏幕还亮，也有几分可爱。我放下啤酒，从身后抱过去，下巴搭在肩膀上，被她的头发挠得很痒。我说，你住哪里，没地方去的话，跟我回去。刘晓羽嘻嘻地笑起来，半转过头，跟我说，我就住这儿啊，是你没地方去，来到了我这里。

我一边接起刘婷婷的电话，一边往回走，程晓静立在桥侧，拦住一辆黑车，捋几下头发，冲我挥手，上车离去。在电话里，我对刘婷婷说，你猜我今天见到谁了。刘婷婷说，女儿又烧起来了，这几天医院患者太多，估计是交叉感染，病情有所反复。我说，我明天回去，中午就到。刘婷婷说，那就好，她很想你，梦里还一直喊着爸爸。我说，我也想她。刘婷婷说，记得带礼物，随便什么都行，她很好哄的，你知道。我说，知道。刘婷婷说，你刚才说你今天见到谁了。我说，一位朋友，估计你记不得了，回去再说。刘婷婷说，好。

我回到房间，将窗户掀开一角，冷风吹入，我向外望去，一辆车停在不远处，街灯昏暗，但仍不难确认，从车上下来的是程晓静，她抱紧双臂，走到街旁，来回张望，等待着下一辆空车。道路沉寂，堤坝缓缓睡去，她走到岸边，倚在栏杆上，桥上无人，河水在其身后流淌。我又听见一阵低沉的脚步声，自身体的内部不断传来，穿过夜晚与歌声，向我逼近。我不知所措，无处可躲，只好闭上眼睛，想着生命中的某些命题：寒冷，巨兽，血液，虚构。我能感觉得到，一双无比坚硬的羽翅，正在脊背上隐隐挣脱。

去大润发

王占黑

王占黑，1991年生于浙江嘉兴。已出版小说《空响炮》《街道江湖》。现居上海。

一

从学校到田林路柳州路口，不算等红灯，我看了手表，原来要走整整一节课。一节课四十分钟，是我度量各类事件的单位时间。每过一个单位，我需要喝水，落座，休息片刻。今晚六点之前，我上完五节课，用一节课和家长沟通口试得分的公平问题，直到彼此的不信任上升为敌对情绪，又花一节课领家长进主任室，听一人有理有据投诉，另一人频频点头赔笑，一直听到"对年轻老师，你们平常要多注意管"，我已疲倦到尽头了。为保持清醒，我花了大约半节课咒骂眼前的两副面孔，接着把学校上上下下各路仇家咒了一遍。我身体里好像出现了自家楼下的鬈毛阿姨，新被头晒了一天，刚要收进，五楼的浇花水，四楼的晾衣水，三楼的空调水滴落来了。阿姨恨到发抖,一声怒吼含着醋腌大蒜,摆脱重力,升腾,凝成一股风暴,回相邻以恶臭一击。吼完,阿姨气消,头颈略有酸痛,而我感到一阵饥饿。眼前这两位假意告别,一人满面堆笑,一人转向我。我说,上厕所,提起公文包就走。其实只是平时装作业本的帆布袋,白底黑字,印着亘古不变的两行口号:燃烧自己,照亮别人。教你妈的小学英语,去你妈坟头燃烧吧。我把包扔进洗手池,不关心这骂声是否会传向走廊,只听得自己脚下砰砰发响,平底鞋像风雨里一对破败的船,在洪水没顶时执意朝江心划去。

  路上雨停了,又像没停,我分不清。开学以来,秋雨连下几周,肉眼时常无法判断窗外是雨是晴,无非地上总是细流暗涌,裤脚管沾满泥点子,头发因为雨水浸润而变得毛毛糙糙——世上的事这样极端,潮湿从不能抚平人的零星鬓发,反倒叫它们吸足水汽,破了胆从柔顺的草丛里钻出来,弹簧一样歪歪地竖着,十分可笑。我走在路上,看骑电瓶车的仓皇,步行的狼狈,开车的堵,打车的绝望等待,想想年年如此,种种情绪便从马路上翻涌进自己体内,不由将对人的怨转移到这座多雨的巨型城市上。于是不愿去赶左脚踩右脚的一号线了,连排队安检也不愿了,就这么一路朝南,遇口则过,一节课之后,惊觉回程还未过半。不过是七八公里,走起来竟这样漫长。

  我停下来,多半是因为身后几百米处有间企业酒店,路过它叫我背脊发凉。建筑并不难看,只是门口立着一尊大型铜像,我认出他了,这不是旺仔牛奶和小馒头上那个旺仔吗?双手平举,双脚撑开,两束路灯高射下,通体发黄。膨胀的尺寸和金属冷光使它尽失食品包装纸上的亲切快活,眼珠上翻，直通额头，再雀跃的嘴角也无法掩饰大片眼白所泛出的令人害怕的空洞，它像在看我，又像没看，眼睑挂着雨水，反着光，要把一切都吸进深处。仅是路过一瞥，我感到绵延的恐慌，似乎它正保持张开的姿势一路尾随，口中重复着那句从小听厌的广告词，再看，再看就把你喝掉！听这口音，熟得很，啊，学校里来的。我不敢回头。一饿，一慌，迈不动了，就近拐入公交车站，不锈钢坐板上淌着水，我一把揩掉，坐下。望了眼站牌，此地只一路820。行吧，乘几站，再走回去也不迟。

二

我就这样坐着，想自己毕业前的欢脱劲头，可以经济独立啦，还可以和男友同居。然后呢，分手了，谈了一个同事，又分手，于是被另一些同事孤立。这两年我到底干了什么，加过多少班，挨过多少骂，吃了多少外卖，又存下几个钱？悲从中来，雨水将我感染了，突然想起几位大半夜红着眼睛来敲门的好友，我终于也走到这一步了。但我不愿对任何人诉苦，三十了，谁没有呢。我并非没见过他们哭完骂完，倒在满地空瓶里，第二天起来接着做前一天的事，面色无异。只希望此时身边能来只落汤猫狗，不哭不叫，彼此垂怜。但最终，只有一股烟味沾着水汽向我飘近，闷闷地吊住鼻子。我回神一惊，很久没来车了，还是发呆错过了？看一眼电子栏，820到站时间：--:--。这个世界是这样不确定。

又等一歇，毫无动静，隔壁的烟味却不曾断过，一支接一支送过来。我想提醒那人，按照公共场所控制吸烟条例，此处禁烟，这一点小学生都学过。但我没有，烟味是此刻唯一提神的工具。又过一歇，仍不见车，我才想起手机地图，点开，×你妈？下一班早晨六点半？脑血回流，冲撞我空荡的五脏六腑，一时间我竟想不出自己在车站待了多久，一整夜？看手表，明明才八点。再一查，浑身热血凉透，原来末班车是每晚七点，田林人民没有夜生活的吗？雨忽然大起来了，我才记起伞留在包里，只好点开叫车软件，25人排队。我看了看旁边那人，一声不吭，弓着腰抽烟，心想你抽吧，抽完一整包也等不来820。24人。我又盯了他一会儿，越看越像小区里的傻子，早出晚归，游来荡去，挺可怜的。

我走过去，他穿一件黑色T恤，正面印着著名的Pink Floyd棱镜彩虹，心想这傻子还挺有品，只是这种优衣库短袖早就烂大街了。我说，喂，820没了，别等了。

待我走回，他开口，我知道，没在等。

我他妈好心告诉你，你他妈早知道没车你不告诉我？！急火攻心，我杀回去劈头大骂，伸手夺过他指间刚点的烟，踩到脚下碾碎。就他妈一班公交，我在这半天，我他妈不等820还能等什么？！我意识到身体里的鬃毛阿姨吃过饭，在我最虚弱的时刻冲出来了。

我以为你在等另一部啊，他说。

还另一部，你他妈怎么不说等龙猫公交啊？！我冲到站头，把那张孤零零的生锈铁牌敲得砰砰乱响，像在课上愤怒地敲击黑板，尽管我从不敢这么做。这年头学生脆弱，家长凶猛，今天或说了工作以来没能在人前发作的怒气，全撒在这件黑色T恤上了。

他却不动声色，又抽出一根烟，朝天指了指说，大润发班车，也有的。

我望向他头顶那片几乎褪色的纸质告示，被水浸软的性病、办证和租房在风里翻飞,其中混着的一张,隐约印下些时间和路线。我嘴里像被凭空塞进一块臭抹布,撑得说不出话来。

他继续说,820吗,过南站过植物园再过中环,对吗,大润发也一样走。

我想起自己确实见过一个冷清的大润发,离家不远不近。只因不如沃尔玛身处商圈,人们大多舍弃,便日渐过气。但我无法消火,低头看手机,23人。

雨天最难打车了,除非你舍得花钱叫专车。轻轻一句,我情愿把他整个人对折放倒,当成烟屁股碾得煞平。

雨越来越大,车站沉默得只剩水声。我站到电子栏背面,尽可能远离那件黑T,烟味却兜兜转转跟随。过了一会儿,讨人厌的声音拐进背面,来了,他说,走吧。我转头,一部大巴正停在不远处的红灯口子,车头没有打光,看不清。跳绿灯,它近了,大润发免费班车西南线。黑T从口袋里掏出一把格纹折伞,撑开。走吧,他说。这时我的腿竟完全不顾我的脑子和面子,借那折伞所遮挡的一小片空地,唰一下踏上了车,里面真如童年向往的龙猫公交那样,整洁而令人安宁。再也不用淋雨,也不必走路了,车厢空荡,我就近挑了驾驶员身后的位置坐下。黑T收了伞,驾驶员说,来了啊。他点点头,默默走到后门处坐下。

三

车里放着交通广播。除了我和黑T,只多一驾驶员一乘客,看面貌,加起来要超过一百岁。两人聊天,一句话来,一句话去,像在空中抛球。只听乘客讲,当天我送孙子读书,早饭书包帽子拿好,一脚踏出门,孙子还在房间,盯牢电视机不肯出来。我喊,快点呀,小爷爷!孙子喊,阿爷,断掉啦!我不当回事,立门外头催。孙子喊,阿爷来呀,房子断掉了!我吓一跳,鞋子不脱跑进去,只见一部飞机冲过来,两栋高房子拦腰劈落,翻来覆去只放这镜头,老吓人。我催,乖囡走,读书去。路上蛮冷,到底秋天,骑电瓶车不戴帽子,面孔刺痛。我讲,乖囡帽子戴好,早饭吃光。孙子讲,阿爷,火烧到顶,人像蚂蚁一样逃。只听孙子一路烦到校门口。我送好,任务完成,老花头,桂林公园吃杯茶。走进去,两个老头子一面锻炼一面放半导体,我跟后头一听,坐定来一想,才晓得,这两栋高房子,相当于东方明珠同金茂大厦,叫人家撞到这副样子,出大事体。一个老头子讲,美国人面子坍光。另一讲,还是苏联人本事大,不怕死。

驾驶员问,当年几岁?

乘客讲,刚刚退休,返聘不做,无缝衔接跑去管孙子,吃一肚皮苦,自家晓得。到明年正好八十岁。

驾驶员讲,照我看,顶多七十岁。

乘客甩手,老人面孔觉不出,小人呢,眼睛一眨,已经到美国读书去了。

驾驶员问,纽约?

不是,不是,孙子讲起来,大农村,白天、夜里不见人,同上海不好比。我同孙子讲,蛮好蛮好,比大城市安全。

驾驶员笑,讲起来,大城市还是上海安全。你看懋懋,一年四季外头荡荡,出过啥事体?他伸手朝我一指,我吃一惊,顺着乘客的视线望去,才知自己身后还有个人,一身横肉铺开,几乎撑满两个座位,他盯住窗外,不响。

驾驶员讲,日脚过来真快。两千年,我头一轮开免费班车。人家讲,班车多少好开,线路短,趟数少,再不怕膀胱胀出毛病。算不着分店刚开张,生意好到造反,一日六趟,从早到夜,没一趟不是人扑扑满。照我讲,来,是装一车厢猪猡;回,是一厢猪猡外加一厢饲料,譬如开大卡了。一上来,抢座位啊,吵相骂啊,花头不要太多。规定只上不落,有种人偏要拓便宜,门一开,趁机逃出,真当免费公交?到站,猪猡放出,乌泱泱一片,卷帘门外头排队等。丈母娘老年痴呆,问我,阿林啊,人家讲大润发勠钞票?我笑,妈勠搞错,免费车免费,大润发进去,打底一张毛爷爷出来。丈母一听吓坏,哦哟哟,想不着这许多人专门跑去送钞票。

听到此处,乘客大笑不止。我想起不久前Costco开张的新闻,不料黑T也问了一句,爷叔看,同闵行新开的科斯科好比吗?

驾驶员讲,免费车免费,吃饱空自家浪费汽油跑一趟,你看好比吗?黑T一听,笑了。

乘客讲,科斯科不灵,东西一箱一箱买,小户人家吃得光?又不是开生产食堂。还是大润发,来回个把钟头,便宜货挑挑弄弄,样样不缺。他转向黑T讲,这趟车子,我同我老太婆讲,反正是开多少年,乘多少年。

黑T问,大润发进来是两千年?

驾驶员讲,一九九七年,免费班车头一条线路,分公司人轧破头抢。后来每增一条,大家轧破一趟头。抢着的人开开心心,譬如去坐办公室,没抢着的不肯死心。好差事有人不要?我老婆亲眷当车队长,我等三年才轮到。

乘客讲,还可以了。

驾驶员继续,你讲这天,我正好开满一年,调部新车,享受享受广播。车子到站,上来一大批人,闹哄哄,只听得你买点啥,我买点啥,尼龙袋簌簌响,广播只当蚊子叫。开过半程,突然有一个女人喊,勿吵了!听广播!勿吵了呀!我想,怕吵乘啥大润发?没人睬。女人当场暴哭,大家吓了一跳,只听得喊声,要死呀!女儿在美国上班呀!喊到立不住,总算有人让座。女人落座,哭到不休不醒。我讲,先送医院?一个人讲,其他人哪办?另一个讲,要么大家东西放车里,先下去等。前一个讲,出贼骨头哪办?我骂,人要紧东西要紧?!没人敢响。我放乘客到站,指挥统统落车。还好医院近,两只绿灯开到,送进去抢救。急诊保安讲,不曾见过大润发车子开进来,吓了一跳,想不着是好人好事,就待我一根香烟。我来不及烧,调头回转,大家立站头等,上来拎自家东西,坐好,出发,没人多嘴。

乘客讲,这桩事体你做来相当上路。

黑T又问,阿姨后来?

驾驶员甩手苦笑,想不着第二天,这女人同平常一样上我车子哦,一句谢谢也没,笑嘻嘻同人家讲,女儿单位没炸牢,没事体,叫啥,海尔街,还讲全亏一家门信主,要谢谢主。我心里堵牢。不谢我,谢主?没我送去抢救,主会救你性命?真滑稽。倒反是单位里后来晓得这桩事体,领导开大会表扬,有啥用,一毛不拔。

阿姨讲的应该是华尔街,黑T说。我回头瞪他,觉得这纠正多此一举。

乘客讲,这女人我晓得,小气来不得了,每趟结账,大润发袋袋要问收银员讨三只。后来收费,袋袋一角一只,女人同人家讲,看我有投资眼光吗。笑起来像只青椒,辣乎乎。这只青椒面孔,讲起来倒不大碰着了,到美国去?

驾驶员讲,生毛病,女儿不回来管。听人家讲,开春死掉了。

乘客感叹,钞票再多有啥用,收尸也没人来。做人一世,临跑,带得去啥?

进隧道了,窗外光线橙黄,广播信号弱下,驾驶员不再接话。整部车像行驶在生死两界之间,平稳而茫然,黄泉路上,只剩几个陌生人沉默相伴。我们在昏暗的车里,听玻璃茶杯撞击驾驶座的护栏、折伞滴落的水珠在地板上滑来滑去、轮胎腾跃水坑使底盘唰唰作响,唯独听不见彼此等待出口的呼吸节奏。我回头看那个专心的人,他依然专心盯住窗外,像没有呼吸一样平静。

四

小时候,我家附近有一只宝塔顶。塔立于河边,年代久远。只因地基松动,日渐歪斜,人们怕坏了风水,便将塔顶拆下,放至公园,砌一圈矮砖墙围住。我常随邻居老人去早锻炼,每回路过,透过砖墙望见那塔顶平滑发光,直指天际。走近看,侧身却刻满游客的字迹,下密上疏,如同蚂蚁乱爬。

老人说,造孽,拆下来叫人批斗,像啥样子。我问,不是讲为宝塔好?老人说,譬如有一位大将军立于河边,威风吗?我点头。现在杀了头,放过来叫人家看,还威风吗?老人边说边做一个手势,我吓得猛摇头。老人也摇头,他摇起来像一只链条生锈的钟摆,有气无力。他拉我离开,并关照,残忍的事体不要看。

于是我再不敢直视那宝塔顶,哪怕只是透过水杉林远远地瞥上一眼。那座尖利闪光而伤痕累累的建筑，一想到是大将军的头，就相信他流着血、流着泪，相信他因为受到太多次无端的羞辱，而怒视每一个企图靠近他的人。

可猫狗是不知怕的。它们贴着底座休憩，卧睡，我明白，这不过是贪图金属外壳及其阴影带来的凉爽。我想塔顶也明白，因为那片阴影在无人时，会显示出某种毫无防范的温情。可我不明白，鸟类飞向塔顶是什么意图。它们如果愿意，大可以飞向更高、更凉快的树梢。直到那天，隔着水杉林，我看到一只鸟急速冲向塔顶，然后坠下。闷闷的一声，塔顶发出轻微的颤动，林中光影随之变化。我翻过围墙，像踩着冰针一样紧张前行，直到目击一坨血肉模糊的东西平平地烂在地上，烂在最早一批游客留下的刻字旁边。

我大哭。老人说，这种事，你看到一趟，就会有第二趟、第三趟。我眼前便出现第二只，第三只鸟朝塔顶冲去，跌落。我吓得紧闭眼睛，于是脑中出现一个金光闪闪的宝塔顶，那上面，游客的字迹全部消失了，只剩一对翅膀印子无法抹去，我知道，那是它的速度，它的决心。

几天后，我含着一口饭，在老人家的西湖牌电视里看到那个反复播放的镜头时，心里又想起了那只鸟。我想不出那只鸟要经过多少次计算和排练，才能精准地撞入一只宝塔顶。它为什么要撞，是为自己，还是为着宝塔顶？可是，为什么宝塔顶没有塌，高楼塌了？飞机来了，高楼里出现一团乌云，然后乌云爆炸，高楼分崩离析。我朝老人看了看，老人朝我看了看，谁也没说话，我们从没见过那么高的楼，第一次见它，竟是它消失成灰的时刻。在公园里，我觉得自己不曾看清，此时却在电视上完完全全看清了——我看见那只鸟的神情不是愤怒，而是快乐，令我怕得发抖的快乐。我几乎要把那口饭呕出来了。

老人拍我的背说，想不开的人钻进想不开的牛角尖里去，啥事体做不出来。

很快，黑夜重现，广播响起，一次熟练的换挡后，我们的车抖了抖，便迎向高处的路灯，迎向天幕。于是一阵新鲜的节奏渐渐散开，击打在座椅和晃动的扶手之间。黑T兴奋地喊，巧了，这首就是二〇〇一年的。我愣了一下，转头看他，却先看见那个专心的人，眯住眼睛，像一只对光线异常敏感的猫，头微微点着。进到副歌，我才听出是周杰伦的《开不了口》，那年他出了第二张个人唱片。我发现广播和KTV一样，出于习惯或是怀念，总爱停留在看似不久的很久以前。

在歌手含糊的唱词中，驾驶员喝了口水，又向乘客抛出了空中之球。他们的话，大约是大润发生意越来越差，乘客寥寥，线路一条接一条关，工资越发越少。几个回合下来，却又绕回原来的意思。一个说，只听人家拍手，美国人死了好，死了好。我想，不管啥地方，死人有啥好？另一个说，隔出两天，电视里讲，不是苏联，是本·拉登，美国人手腕狠，路道粗，马上打仗。一个说，你看看，又要死人了。

黑T插嘴，不是两天，是隔出一个月，小布什宣布打仗。

乘客笑道，小伙子，对我这种岁数来讲，隔出两天，同隔出一个月，有啥区别？

黑T也笑，爷叔讲来有道理。然后大声说，所以啊，站台上等一分钟也好，十分钟也好，有啥区别。

我怨恨地回了他一眼。

自那天起，我不再怕坐飞机，转而害怕身处高楼之中。

我意识到塔顶所面临的危险,远比鸟类飞行要大得多。而十八岁以后来到这座城市,我无法回避满地高楼。毕业前,我曾在一家外企实习,座位有限,我被临时安排进48层的小隔间,里面堆满卫生和文具用品,我的办公桌,是一台坏了的打印机。我在这里坐了六个月,仅通过邮件同其他楼层的同事往来工作。他们中的许多人,我想,即使在楼下买咖啡撞到我,也绝不会想到这就是几分钟前的邮件发信人。但促使我做下去的动力,从不是这种陌生的秘密或乐趣,而是在48层,我开始主动克服自己的童年障碍——通过频繁地挤进打印机和墙之间的缝隙,踩上窗台,观看这座巨型城市的空中风景。

　　写字楼和宝塔一样,下大上小,所以在地面咫尺相对的,到天上却遥遥相望,又因为空中无所阻挡,人眼勉强能看清一些对岸的轮廓。每天的不同时刻,无数块透明玻璃窗后面的人来来去去,灯光时亮时暗。我见过有人撕纸,有人哭着打电话,有人接吻,有人甩了别人一巴掌,还有人走进会议室,先泡咖啡,然后把咖啡倒入沙发,悄悄离开。但我从没见过有人望向我。他们面孔不一,穿扮却大多相似,时髦得体中流露出自我约束又想要艳压群芳的心气。我不关心他们的具体工作或收入水平,我只是想,他们是否会在某个放空的时刻想起很多年前的一次恐怖袭击,继而为自己所在之处焦虑,毕竟,那些无可预知的航班,时常在他们头顶掠过。习惯是一种有力的练习,我在对人的反复观察和想象中,渐渐忘记了让自己去害怕,于是不再害怕。甚至偷偷住过一晚,实习结束前夜,为了持续观察某个加班的人,我留了下来。夜幕降下,无数块玻璃窗边都亮起了小灯,忽闪忽闪,组成虚假的星空。星空里的那人在电脑前趴倒时,我也不知不觉靠着窗台睡了，再睁眼，他早已继续伏案。那时我下了决心，忽略一封标题为内定录用通知的邮件。次日下午，正是初夏暴晒时，我蹲在窗边吃隔夜三明治，瞥见远处天台上站着几个人，看手势像抽烟，这是常有的。很快，一人将烟头往下一扔，撤回楼里。第二人一扔，也撤回。最后只剩一人，我才觉出眼熟。他抽一支，扔一次，又抽一支。反复几次后，他将烟纸壳往下一扔，点燃最后一支。终于，仅剩的烟头也扔下了。他像要去追那烟头，朝前走了一步，又走一步，他开始突破屋顶花园的边线。我的心拎起，拼命敲打自己面前的窗户，毫不起效。我欲打电话，却不知该打给谁，如何解释方位。就在我手足无措、而他即将逼近的那几秒的末尾，一个霹雳坠下，天瞬间阴了。

那人停住了。我们的车停住了。

窗外掀起一阵狂风，雨水横泼，刮满玻璃。急刹车后，水花集体朝前冲去，形成张牙舞爪的地图。老乘客撑开伞，消失在响声巨大的雨中。驾驶员转头喊，末班回程九点五十噢。我顺着他的视线望去，那副宽阔的身体已套上雨披，正从后门缓慢移出。黑T站在门边，撑开他的折叠伞，朝我点头，我又一次毫不犹豫地钻进那块普通的格纹布面。黑T说，雨大，进去避一避？我说，正好去买把伞。便随着他的步伐落了车，朝入口处走去。地面迅速积起了活跃的水坑，一步一动，我的平底鞋再度划进湖里。

那天，响雷后的几秒内，雨泼下来了，同此刻眼前的停车场一样，那雨大到让天台屋顶处处跳起水花，窗户瞬间模糊。我拼命擦着自己那一面，看到那人渐渐变小，然后转身，收入一扇小门，像一条企图勇敢的蚯蚓，望了望天，又悄悄钻回土里。而我已进入雨中。

我说，要不是这场雨，我都快想不起工作之前的一些事了。

黑T故意怪声，哟，你看起来不像是工作二十年的中年社畜呀。

我朝他苦笑了一下。

五

黑T指着前面那片半透明的紫红色雨披说，戆戆进去，买两板养乐多，明朝到期，今晚第二件半价。一板当场喝掉，一板带上回程，到家前保准空，每天一趟，雷打不动。我望过去，跃动的紫红色底下露出一对洞洞拖鞋，步伐越来越慢，渐趋停下，全心踢打着地面的积水。黑T转弯，带我绕开戆戆掀起的余波。我指着前面那把写着"建设文明徐汇"的大伞问，爷叔买啥？黑T说，爷叔夜里来，当作跑一趟小菜场，九点以后，肉类打小折，蔬菜打大折，运气好，碰到半死不活的水产，当场拿走不谢，照爷叔讲法，老清早爬起来，不如夜里扫荡。我惊讶于他对同行乘客的了解程度，于是随意点了远处一把伞问，那个人买啥？看样子是来和爷叔抢生意的哦，他提高声音。那你买啥，我问。我啊，我就来逛逛。我抬头看他，才发现他生得好高，高到我只能望见一个突出的喉结和下颌骨的底面，因此吃不准他的岁数。回转脖子，眼角余光又恰同那道棱镜彩虹对齐。

顶上的白炽灯管很密很亮，闭上眼睛，脑中仍横着一道一道短促的光斑，再睁眼，愈发感到室内不堪冷清。寥寥几个顾客，钻出来，又遁入货架之中，甚至不如员工红马甲在眼前闪现得频繁。此地与其说是卖场，倒更类似大型仓库。

就连入口处停得满满当当的购物车，也像是某种不幸滞销的过气商品。我极少见到这样的大润发。

记忆里，一旦过了闸门，场面必是乱中有序。人们第一步抢占购物车，第二步冲向离各自最近的甩卖区，一头扎进叠堆，火速挑出临过期食品中剩余寿命最长的一包据为己有，然后扎进下一个叠堆。最可怕的是周末晚、春节前，以及周年店庆那几日，抬眼，黄底红字的巨幅海报下面全是人头，他们走过，留下大码小码脚印，与购物车轮的印记相互取代。即便在冬天，兜一圈也能出一身汗，提着大包小包往出口处一站，吸一口寒风，才算活转过来。头儿年我岁数小，最热爱的食品架永远挤不进，便放弃了在大人的身体丛林中受苦，改去电视机展览柜前一坐，观看家里没有的高清动物世界。但自从听闻有小孩在这一区走丢后，大人便不许去，只放我进一部购物车。这倒使我得以畅快无碍地穿梭在卖场中，免去踩脚之痛。稍大些，无法再坐，改而负责推车。我推着它，眼睛却从不放它身上，饭菜是别人碗里的香，我家的车里，不用看，永远是那些无聊又笨重的生活用品，食用油、洗衣粉、褶皱卫生纸，哪一样放得入嘴巴！我唯一能做的，是悄悄塞几样小零食到车底，结账时趁大人不注意，抢先送上那条终点设在收银员手中的滚动带，心中盼它们快些到达。

不想这么多年过去了，走到食品架附近，我仍被触发出一阵无可掩饰的饿与馋。这两种感觉向来是紧密交织、彼此加强而出现的，像麻花绳子，必定要两股拧在一起，才能生出足够大的力气缠住我本意朝前的脚杆。我望着面前这堵挂满零食的墙，从花花绿绿中一眼认出若干熟悉的包装。白光反射，头一晕，我感到它们纷纷掉落来，砸向我，砸到我的小房间的地板上。

还没吃？黑T觉出我的异样。我抬头，才算第一次在亮处看清他的样子。实在是太普通了，那种放眼望去大学校园里满地跑的寸头方脸，人瘦且黄，不算高的鼻梁上架着粗框眼镜，并不能修饰脸型，也遮不住毛孔粗大的皮肤。那时室友说，你回想一下初高中，应试教育工厂里走出来的男生，十个有八个都长这样，是不是？我无可反驳。这类男生最大的特点是面貌高度稳定，中学显老，大学勉勉强强，真等老了，反而显得后生起来。总之，只要没秃，永远这副样子。

我点点头。估计自己是饿过了。工作这两年，我经常饿过头，有时加班忘记点外卖，有时忘记要错峰点外卖，于是空等太久，也就减了食欲。不过这会儿，我竟又生出一些新的食欲，也许是认出那几样久违的零食，老友重逢，心里忽然激动。正要伸手去拿，我们到那边吃，黑T拉着我穿过零食区，然后穿过酒水区、奶粉区、进口食品区，往低矮空阔的另一边去。一路上没人，我们跑起来，耳边竟响起了细小的风声，我扁平的胃也跟着上下蹿了起来。很快，我闻到烤焦的面包香气，正要停下，黑T又拽住我拐弯，快到了，他说。就在我的胃要被颠得贴成一片之前，我们到了熟食现做区。

小阿姨！黑T朝空荡的半开放厨房喊。

包子还剩三只，拿给你妈，明朝早饭正好。女人边讲边从后厨走出来，闷头递上一袋东西，嘴巴只顾朝另一只手里吐什么吃食的碎屑。

小阿姨，喊你做夜生意呀。

女人的目光扬起，又坠崖似的从黑T脸上落到我脸上，眼睛一亮，嘴便笑开了，喉咙里像灌了油，细细倒出话来。

哟，啥情况，今朝带小姑娘啊，带小姑娘么，到大厦里吃顿高档货，来小阿姨这寻死啊。女人戴上口罩，立刻开火。炒只啥，小姑娘？她看我。我说随便。女人讲，趁年轻，不好随便随便呀，想吃啥就喊啥。你看小阿姨，再开条件要吃啥吃啥，爷叔只讲，老价钱，有啥好吃？她举起铲，指了指斜对过的海鲜摊，玻璃水箱里冒着泡，背后的人发着呆，同几只无人认领的老蟹面面相对。

黑T讲，今朝海鲜摊有啥好货出口转内销？

小伙子精是精，喏，女人取出一个保鲜盒说，爷叔省给自家老婆吃，我不吃，这两天牙肉肿，海货少吃，要么炒饭来一盘？没等我点头，女人就掰蟹腿蟹钳往油锅里扔。她讲，有人吃大闸蟹、帝王蟹，有人吃死蟹的指指脚脚，小姑娘，要紧吗？我摇头。小时候吃过饭，爸爸常带我去菜场后门看最后一批河虾，踢一脚脸盆，毫不动弹，谁还敢要？只有爸爸喊，老板，收货、收货。老板笑嘻嘻连称带送。我们拿回家，趁那活物咽气前火速一剪，一落水，次日晒虾干吃正好。

黑T望着火势问候生意。女人讲，中秋也这样淡，好了，好下岗了，我讲要跑，爷叔不许，讲做做蛮好。这时斜对面喊道，没人来正好，好东西自家吃进，不会错。女人讲，你会算账，倒不见你发过洋财。那人又喊，洋财不想，吃大润发，用大润发，就算小财。女人转而对黑T讲，爷叔恨不得样样吃进，结果呢，媳妇一样不要，同孙子买，万事日本进口。女人冷笑，大润发吗，野鸡超市呀，我同爷叔讲，老头子老太婆自吃自用，勿拿出来叫人看笑，小姑娘，下趟你不好笑话。我摇头，却又觉得这一摇，不小心坐实了女人对我和黑T关系的误认。

女人盛出满满一座金黄小山，插进两只调羹，又从饮料机打来一杯冰镇酸梅汁，两根吸管。黑T觉出尴尬，忙推说，你吃，我吃过了。我吮一口汁，全是底部的粉渣。海鲜炒饭的味道，却并不比那些昂贵的泰国餐厅里的差，只是咬开蟹肉，腥气不免四散，这没什么，总比不知死活的外卖好。我看了一眼价目，也比外卖便宜不少。女人望见我的视线，高声讲，我待人吃一天到夜的边角料，要啥钞票？说完又往我面前塞了半条寿司和一个鲜肉月饼，都是冷的。

我有点饱，问黑T要不要，他正接过，女人喊，不许给。好东西现在留给人家，下趟屋里有好东西，人家不会晓得留给你。这话像是说给我听，又像说给斜对面听。她另取出一袋松散的月饼皮递给黑T，解下围裙讲，小阿姨去旁边买面包，要带点啥？

我主动提出一起过去看看。卖场里的面包，无论如何我都觉得亲切。从前爸爸下晚班，顺路拐进，九点多，当日快过期的面包，三捆两捆地拿透明胶绑在一起，不成样子，五块八块地甩卖。爸爸急着回家睡觉，大概是不会认真挑的。但很长一段时间内，我吃到的面包几乎没见过重样。长的、圆的，咸口、甜口，他买回来，第二天我打开冰箱，总是惊喜。爸爸说，放了冰箱，这一夜就当不存在，不算过期。我吃上去，大体如此，但某些带香肠和蛋黄的品种还是容易坏，味道怪怪。后来爸爸就改成只买吐司，次日早起，煎一个荷包蛋，抹一勺花生酱，两片夹住，叫我带上公交吃。高中三年，我吃了两年多。他走后，我失去了吃早饭的习惯。想起来，我已多年不曾见他。工作之后，我也很久没有认真地想他了，他永远停留在五十出头，而我不停追赶。

我们走过去，仍是那几样不知该叫作常青还是过时的品种，零零散散地倚在货架上，像夜班地铁里累到无法动弹的乘客，浑身散发着绝望的气息。女人却挑得仔细，反复翻看成分和日期，同我商量几句，然后在全麦和红豆之间来回落眼，直到红马甲指明了"今日优惠"。

买一送一，我们无须思考，一人一提全麦吐司折返。黑T正在长桌上默默折纸盒，折一只，往收银台上放一只。我认得出，每个去过大润发并留下电话地址的家庭，后来都会定期收到这样一份购物邮报。薄软油滑的纸张，我将它同粗糙的报纸、小广告和水电通知单从信箱里一起捡出来，扔到桌上，只留一份夹进自己的作业本，然后坐回小房间，撕开透明薄膜，一页一页地翻，像欣赏一幅世界名画的各个部分，又像做生意，每翻过一页，就完成了一份订单。一桩买卖，内心无比充实。直到末页，我看完所有想要的文具，仍舍不得将它折成纸盒，供大人吐沾着口水的瓜子壳。9块9，19块9，现在想来，数字所对应的商品甚至不意味着任何物质欲望，无非是些让人看着就高兴的画片。这又和浏览电商不同，后者随花费的时间而徒增犹豫和焦虑，最后引发令人窒息的空虚，那一刻，再狠的反思也救不回了。

我告诉黑T这些想法。那当然不同，他说，物以稀为贵，网购的选择面太宽了，刺激你欲望的同时又稀释你的欲望，但有一点又是相似的——他流出一丝黠笑，我懂那意思，照片上的东西总比实际上诱人得多。他点头，递给我一张纸。现在看来，这种熟悉的排版和字体俨然过时的审美了，五毛钱PS的水果，成了更早些年在搪瓷面盆底部见到的水果，假得勾不起任何食欲。我尝试折，发现已经不会了。于是意识到情感变动也许并不关乎消费方式，只是时间问题。

你看。黑T另拿一张，平摊在桌上，我看了几秒，很快记起了折法。这近乎一种本能，多年不用，只需稍加提点，便立刻会了。就像小时候的一篇《新概念英语》课文，《潜逃的美洲狮》，我说，因为是第一课，背得最认真，从此以后只要看到puma这个单词，就能脱口而出全篇——黑T立刻背了起来，lesson1，puma at large……我们大笑起来。

六

我们买伞，是去找伞，也是在空阔的大润发散步，穿过一个货架，又穿过一个，像身处毫无提示的迷宫，只有过时的流行歌曲和新晋网红神曲在耳边交替，但并不觉吵。我在消食，我和他说话，说些很久以前的事情，比如超市出现之前的副食品商场，超市里曾发生过的吵架、打架事件、抽奖活动和莫名其妙的商业演出，比如每户人家玻璃桌板底下都夹着的班车时刻表。我说起自己曾在停车场见到小广告漫天飞舞，那是一个夏末的台风登陆前夜，人们囤完货，眼前白茫茫一片，如同北方冬季下雪，电视剧里大户发丧。他说起入口处办银行和电信服务的广告大伞底下，曾有推销员脱了皮鞋，脚臭到顾客怒而报警，保安来赶人，又被活活熏走。我们讨论上好佳和乐事哪一样更长红，酷儿橙汁为什么渐渐消失，弹什么乐器的咪咪才是正宗的马来西亚咪咪虾条，我们单单没有提及电商、代购、外卖、快递，当然，谁也没有否认这些词汇早已填满当下的日常生活——我们只是避而不谈，就像故意绕开戆戆的洞洞鞋所掀起的水花，就像不愿过问一墙之隔的外面是否还下着雨。这是个复古的夜晚。白炽灯亮得让人几乎分不清白天和黑夜，我的脚步停不下来，也就渐渐忘了真正的白天所发生过的事。最神奇的是，大约从上车开始，我算不出自己用掉了多少节课。我的单位时间失灵了。

我想起第一次去大润发，是在小学暑假的傍晚。天特别热，没有一丝风，走出来才惊呼，半个小区都在门口等车。同方向的车一部部来，大家心照不宣地无视，只苦等那部未曾见过面的一小时一趟的免费班车。谁都明白，挤不上，只能再等一小时。很快在下一关，手脚不灵的人被无情淘汰了，他们在车外眼睁睁看着里面的人渐渐朝前移动，像月台上送客的亲属，目光黏滞不舍。只有里面的人晓得，对方舍不得的是车，对人，他们满腔怨愤。我被爸爸扛在肩上，砰一声，额头撞到车顶，硬塞了进去。从高处望下，人头密密麻麻，有的黑，有的白，有的中空，一个小孩从来没机会见到这么多头顶。他们流着汗，说着话，从各自嘴巴里流出不同的声音和语气，二氧化碳浓度渐渐升高。车厢如同过年前的公共浴室，太闷了。有人喊，师傅，开空调呀。驾驶员讲，要乘空调车吗，先丢两块钱进来。那人便忍住不回。大润发离小区很远，事实上，新造的大卖场离城里任何小区都不近。车一路开，人一路涌进来，驾驶员喊，来，松松脚。好事者应道，来，大家一道跳芭蕾舞啊。车内哄笑。人人都想着，快到了，到了就好。谁能预料，到了更不得了。我平生没见过这么多人被关在一个密闭的厂房里，即便是假日的广场和湖边，也不曾挤到透不过气来。过了闸门，同车的邻居很快被冲散了，我坐在爸爸肩上，听他和妈妈约定，如果走丢，一个半小时后回程车上见。

时间本够宽裕，可半路碰到邻居，对方千万关照，去晚了哪还有座，起码提前半小时等车。于是我们绷紧了弦，以最快速度找到清单上的必需品，至于我心仪已久的宝贝，一样都不许买了。匆忙到头，收银处排起长龙，我们三人各占一队，最终一人提一袋往停车场奔去。

可是车太多了，每部面貌相似的大巴外都挤了好几层人，叽叽喳喳等着发车。我们兜转许久，总算见到城南线三个字，但四面早已水泄不通，汗臭脚臭，要把车身轰上天去。幸亏遇到几副熟面孔，大人合力攻占下一张专设给消费者候车的圆桌，东西一放，很快聊得飞起，小孩坐在桌上，蚊子块一个接一个肿。直到驾驶员甩钥匙的声音传过来，众人一哄而上，圆桌派们反应不及，落败而归。过了一会儿，有人大叫，上错线啦！见车内松动，爸爸扛起我就跑，其余人也跟着见缝插针，站稳脚，继续在昏黑的车里大声聊天。又是嗡嗡的一路。

挨到下车，一老太跺脚大骂，造孽，有一袋忘在座位底下了！这话像颗炸弹，一落地，炸翻了旁边的人。只听一个拍头大喊，要死，一样没拿，全在圆桌底下！另一个也哇哇大叫起来。众人忍住不笑。那天夜里，三个马大哈聚在小区门口商量要不要回转，怎样拼车合算。一个只买了鸡蛋，不愿费钱，只是怕老婆骂，犹豫不决，另两个则坚持要去。直到末一趟车到站，人头涌出，好事者插嘴，戆啊，老早叫人家占去便宜了！三人大悟，叹气回家。这桩事后来成为大家等免费班车时的必谈笑料。

听到尾处，黑T笑得走不动路，夸我会编。是真的呀，我保证。他便说回程时定要探探驾驶员口风，看他捡过多少马大哈的便宜。这时，我远远见到先前同车的爷叔在和海鲜摊师傅讲话，原来绕了一圈，我们又回到生鲜区附近了。爷叔戴起老花眼镜，从夹克里掏出一张纸，举得老高，用手指画。我说，爷叔真是好男人。黑T说，爷叔大半生脚翘翘，当官老爷，直到老婆中风，儿女讲，要么当护工，要么当保姆，你选一样，我们承包另一样，爷叔选了护工，做了一阵，实在伺候不动，改当保姆。

我想起爸爸住院后的性情变化，感叹道，每天同厨房打交道，总比同病人打交道轻松点。黑T讲，道理是这样，但实际上，中了风也可以当卧榻将军，家里每天买啥，还是要听指挥办事。我望过去，爷叔正在讲手机语音，地上的篮筐已半满了，塑料袋包裹的食物之外，还挂着一件带吊牌的玫红色条纹长袖。我讲，爷叔到底是贴心人。黑T讲，我从小也在超市买衣服。我看了看他身上的棱镜彩虹，他只好补了一句，在优衣库出现之前。

服饰区一向是我假装不屑的地方。试想自己匆匆忙忙，在一圈薄布的包围下换上一件尚不知合不合身的衣服，走出来照镜子，一脸滑稽，此时恰有熟人推着购物车从不远处经过，真没脸啊。因此我只敢偷偷瞄一眼，再瞄一眼，脚上自管朝前。黑T懂我意思，他说男孩不一样，当场脱当场穿，百无禁忌。我回想一下，确实没少见到这样的男孩，两手一环，上衣从头颈里扯一把，黑黑的肚脐眼就抖搂下来了。我站在两排短袖之间来回张望，仍是印花图样，大众款式，仍旧便宜。

黑T说，我进去逛逛。再出来时，一双迷彩沙滩拖鞋摆到我面前。我低头，才发现自己的平底鞋开口了。知道鞋湿，只是湿了太久，双脚几乎适应了这样畸形的环境，以至于毫无察觉。但我迅速换上了。沙滩拖鞋是儿童夏天必备，廉价、轻便，遇水快干，缺点是容易被踩，从前一进教室，几个男同学就兴奋地互踩起来。可是怎么走？我望着两只鞋中间的防盗搭扣，却不知黑T蹲下身如何一弄，搭扣就松了。你是惯犯啊，我说。他眨眨眼。我顾不得照镜子，在空地上走来走去，虽稍嫌大，仍感到轻松极了。不远处货架上立着一排大大小小的凉拖，再看地上，浸水后褪色的鞋，张着大声求救的嘴。为什么职业女性不是高跟鞋就是平底鞋呢，前者塑造高冷，后者塑造毫无攻击力的温柔，自然就容易被忽视，被欺凌。我穿着新鞋，让脚趾在鞋底和空气之间反复撑开、并拢，它们像在大口呼吸，高声叫着再也不用扮演任何隐忍的角色。

我问黑T，怎么样？他点头。我得意，那中秋假就穿它去吃喜酒。黑T说，索性省了红包，送新人一双鞋。我叉腰大笑，沙滩拖鞋似乎将我暂时解放出来了，每说一句，我都忍不住要腾空蹦跳一下。此后我们走过布料区、灯具区，像走在一些面目无趣的样板房里，而我几乎是甩着手，斜着身，半朝着他的脸一路向前的，嘴也停不下来。我说起自己二十五岁后，开始频繁地参加同龄人的婚礼，掰掰手指，也该有十多场了。

黑T问，你有那么多朋友？

我说，你知道，婚礼只是熟人社交的基本方式。他点头，并说自己好几次走到酒店大堂，见门口摆出两三幅同日的喜宴海报，不仔细看，根本认不出要去哪一场。

只怪化妆太浓，修图太狠，风格又千篇一律，我说。

有一次真走错了，黑T说，仪式看到一半，觉出不对，去外面看名字，我×，赶紧去隔壁宴会厅，心里却老在想刚才见到的新娘。我插嘴，你什么意思？他说，没别的意思，我总觉得名字很熟，脸虽化了妆，也记得起小时候的样子，又实在不算认识，我想了好久，想不出这算哪一种熟人。

我们沉默了一阵，在两排厨房用品之间缓缓穿行，白灯照下，锅碗瓢盆的金属冷光泛着某种不近人情的成熟气质，空调吹向半湿半干的脚，地砖的凉意也蹿了进来。

也许就是，小时候一起上过少年宫奥数班的那种熟吧，我忽然说。

黑T不再往前。他似乎被这样一种既模糊又准确的描述击中了，停在一堆木制碗筷前，像只被高高吊起的细长汤匙。话脱落口，我也感到一阵恍惚。关于那些在少年宫上过同一门兴趣班，偶尔传过作业本，听老师点过名，却从没说过话的人，还能记起的不多了。这样的人，也许在暑期社区实践见过，公园游乐场见过，父母单位的工会活动上见过。总之现在，都是大人样子了，彼此不免会在酒店、医院或下一代的学校里重逢，引发一阵默契而短暂的惊诧。

我感慨道，一起学奥数的女同学已经结婚了，班上成绩最好的男同学，大概已经秃了吧。

黑T看了我一眼，始终没有开口。我不知道他在想什么。

我当年也拿过竞赛奖牌呢，我说，你长得高，从上面望下来，我头顶有没有不良迹象？黑T做出端详的姿态，然后说，中空倒是没有，白头发好几根。

我也被这种诚实的描述击倒了。这时我们已走到食品区的另一头，牛奶冷柜的边框照出一半的我，从这个角度，这束光线，我隐隐望见左脸颊上某块阴影部位的塌陷。据说人到了一定年纪，皱纹会先成为一种焦虑，继而变为一种骄傲。我却两种皆无，每次无意中察觉出自己身上细微的变化，就像当年发现乳房微凸一样，只有成长的惊呼，与惊呼后的不知所措。

黑T突然拿手肘戳我，我吓得惊呼一声。他指指前方，我才看见那具硕大的肉体横陈在冷柜边，雨披垫住屁股，小腿抖动，两板饮料却被大腿牢牢夹住不动。红马甲走过来，递给懋懋一盒鲜奶，又递一只装到扑进扑出的袋子到他脚边。黑T上前，拍懋懋的肩，同红马甲稀松言语，似乎拒绝了从袋中拿走点什么的邀请，又问几句，然后朝我招手，走吧，原来雨具在后面。他往回走，我追上去问，这是懋懋的……妈？看着不像。

黑T说，是舅舅。原来懋懋靠姆妈一手拉大，姆妈病故后，懋懋一个人过。他从小喜欢乘舅舅的公交，不讲话，只看野眼。乘来乘去，人大了，也老了。我回头看，懋懋在玩的手游，我班上好多小学生也在玩。他冲屏幕笑的时候，鼻头柔软地皱起，也像个小学生。若不是黑T提醒，我无法相信他快四十岁。

黑T告诉我，懋懋曾干过几份看门房的工作，都因为坐不住而告终。我说，既然生了只橄榄屁股，又爱乘车，不如去当售票员。黑T笑道，那他最好去当空乘呢，日行万里。我便趁机问起了那个我思考过无数遍的难题，你怕高楼还是怕飞机？黑T一脸茫然。

直到走近雨具架，挑出一把最普通的透明雨伞，9块9，和地铁站的价钱一致，我才讲完了宝塔顶的故事。后来宝塔重修，塔顶被移走，我一心以为它会回归原位，却不料人们新造了一个金光闪闪的塔顶，安于高处。奇怪的是，旧塔顶却没有再回公园。我不知道它去哪儿了。那时老人已死，我无处可说，常梦见一个戴头盔的将军立在雨中哭泣。他哭起来尖而细，像个女人，毫不威风。多少年过去，我可以忘记害怕，但忘不掉那撞击的画面，有时我分不清，是鸟还是飞机，砰的一声，烂在地上。

黑T沉默了片刻，他说，高楼被地面牵住，但飞机不是风筝，没有线。

所以，没依托更可怕？

不，没自由才可怕。

我接不上话。

那你还要继续移动吗？他这么问时，我才觉出自己有些累了。

于是我们坐在雨伞中间，像躲雨、躲空袭，也像躲一只鸟的撞击。光透过伞打下阴影，深浅一片。黑T起身，遁入阴影之中，我不敢回头。我们坐成一前一后，一亮一暗，抛起空中的球。

我说，听老人讲，室内不可撑伞。鬼在外面借你的伞躲雨，你收了伞，再打开，鬼就出来了。

黑T说，你怕鬼，鬼还怕你呢。

那我不怕鬼，我怕吓到鬼。

假如是你认识的鬼，还怕吗？

我想到爸爸，无论什么样子的爸爸我都愿意见到。如果转头就能见到爸爸的鬼，我情愿永远不朝前看。这样想的时候，我掉眼泪了。眼泪说掉就掉，同这个城市的雨一样，却吃不准何时会停。我听到身后的人唱起歌，随广播不和谐地哼着，那声音又近又远，"陪你去看流星雨，落在这地球上"。啊，真老土啊。

流星雨落完，超市广播响起，三十分钟后打烊。我抹了把脸，拍拍屁股，走吧，我说。黑T看了看手表，嗯，走出去正好发车。

我说我不坐回程车，走路就行。

黑T脱离暗处，忽然站到我面前时，他的影子将我罩住。他说，你有没有见过打烊前一刻的大润发？他似乎没有继续考虑自己的回程问题了。我们决定再兜一圈。

七

黑T说，高岛屋八月底离开上海，人们疯狂扫货，关门前几天它又突然宣布，不走了，两头高兴，中间苦了商家，可话说回来，确实卖得太贵。我只听不响。黑T又说，家乐福要退出了，麦德龙也在拍卖，别的几家早不行了。我仍不答。黑T说，滨江有一家莲花开了多年，从前算郊区，现在成了市区，反倒被划作违章建筑了。我说，你怎么知道这么多？黑T不答。我讨厌他脸上掩饰不住的得意。

有一件事你肯定不知道，我说。

黑T停下来。我看着他说，我家小区门口的免费班车去年底叫停了，托相邻的福，这是城里撑得最久的一条线路，也就是说，自那以后，我从小长大的地方再没有免费班车这样东西了。虽然，我补了一句，有没有这样东西，世界还是照转，它从来不是非存在不可的。

停开前几日，驾驶员把消息透给乘客，乘客传到小区里，小区里传到小区外。最后一天，免费班车又开始装猪猡了，一车厢来，一车厢回。白发人空手在站台等，上了车，脸上看不出开心，也看不出难过，闲话照讲，只当相互配合，来完成一桩集体任务。驾驶员讲，这叫回光返照。

当晚的末班车，人并不多，四下沉默。直到开上桥，环城河里的夜游船向桥洞驶来，灯与波光辉映，有人见此便喊，跟船去兜一圈？旁人笑，发啥神经。驾驶员二话不说，方向盘一打，下了桥，就带全车人沿着环城河空兜了一圈。城南线潇洒上路，陆续穿过城东、城西、城北，停靠在人们能指认出的那些曾经拥挤的站点，若有人愿意上来闲乘一段，驾驶员就开门招呼，众人热闹相迎。徐行夜深，再回到城南时，小区铁门已虚掩了。几天后，等乘客的自述在相邻中传完一圈，站台上的大润发铁牌已被工人拆下了。看门人讲，螺丝钉锈光，哪还拧得下，工人只好拿榔头一顿猛敲，铁牌溃败，碎成几片落地，最后被扫垃圾的人收走了。剩下两块新旧线路的铁牌之间，从此空出一个长方形的洞。

听我说完，黑T讲，也许往后，超市也不存在了。虽然这也没什么，世界还是照转，人们还是照过。大人开车路过这里，看到外面停满大卡车，会跟小孩说，看，这就是电商物流的起点。我呢，也只是少了个散步的地方。他这么说时，我们像正走在一条即将望到尽头的路上，穿过墙壁，我们就要与它一同消失了。

于是我说起，我有一个前男友，他把自己最喜欢做的两件事写在社交网络的主页上，逛逛超级市场，看看卫星电视。我们以前——我没再往下说，我意识到和一个陌生男性主动说起前男友，似乎带有某种暗示，但实际上我并无此意图。我只是突然想起那个比我大几岁的男人，那时他已工作，我还没有，我常常赖在他租的房子里，不去上课。他上班后，我看书，看电视，用他的音响听他的CD，醒醒睡睡，直到他下班回来，我们下楼吃饭。饭后走着走着，就走去了附近的大超市，明明没什么想买的，还是买了点什么回来。他说，逛超市让人放松，和让人放松的人一起，就又多了一层快乐。有时我们边走边聊见到的商品，见到的人，有时聊些超市之外的事情，公司里的，学校里的，新闻里的，什么都可以——这些我都没说出来。

我努力将话题扭转回去。你知不知道国内有个乐队叫超级市场？我最早听到本土电子乐是从他们开始的。

那你现在还喜欢逛超市吗？他这么问时，我意识到话题回不去了。也许对黑T来说，他的回答只是对我所释放的信号的一种积极回应。但我并不想将错就错。我干脆说道，我并不怀念他。

我只是问你还喜不喜欢逛超市。黑T笑了。

我不知道怎么回答，太久没逛超市了。可我又突然理解了前男友为什么总是不知不觉地走向这里。工作两年后，我才体会到这种放空所带来的巨大舒适感，正如我曾见到过的，天台上一支烟的救赎。

黑T似乎陷入了自己的情绪，他等不及我的回答便说，反正我一直很喜欢的，从小就喜欢，而且我只喜欢大润发。

因为它是你来过的第一家？

也有这个因素，但主要是我来得特别多。

我表示好奇。

他说，你见过小区里的烟纸店吗？

我点头。我从小住的地方就有三家，一家沿街，两家开在底楼车库。其中一家我最熟悉，老板娘是个不显老的圆脸阿姨，直到现在，见我回家路过，她仍会这样喊我，宝贝回来啦。

我家就是开店的，黑T说。最早从批发市场进货，后来乘免费班车，我和我妈一起来捡便宜。我妈说，看到印花，你就拿，譬如买进三毛，卖出五毛，不会亏。我们大概一周扫一趟，每人准备好两个大袋，空着来，满着回。年节脚边需求大，我妈会临时派我来补点小货，我一上车，驾驶员就喊,你妈生意真好呀。

那你今天是来补小货的?

都拆了,底楼阳台的店面都算违建。我说再盘一个,妈说算了,何苦作对。我念及她身体不好,觉得也对。只是偶尔有老人习惯性来门口喊声烟酒,我妈关照我备着些,当作代购。

我想到自己在车站把他臭骂了一顿,心中有愧,但并不想道歉,便岔开去说,七岁时有一天我忘带钥匙,等到脚酸,只好去小店里坐。后来老板娘睡着了,我躲在柜台底下看电视入迷,忘了这事。大人到家后发现没人,满大街找,几圈兜下来,快要哭着报警,爸爸过来买烟解闷,才发现老板娘还在睡觉,我还在看电视。

如果你在我妈店里,就不会错过。

我问为什么。他说,我妈店外面挂着一块小黑板。

就是那种冷饮价目表?

他摇头,我妈店里每天都有小孩来,像晚托班,还有家长提前把药和玩具放过来。我家店不大,旁边有棵香樟,泥水匠在树下砌了水泥圆桌,旁边放两条长凳,白天供人下棋,四点以后,就留给小孩了。我妈叫我负责写黑板,接走一个,画掉一个,剩下的留在我家吃饭,继续等。

我没敢问他为什么始终没提到父亲。广播又响,离打烊只剩十分钟了。我们约定好要共同目击的最后一刻,正一步步走在头顶的白光里。很快,白光灭了几排,黑T的脸随之暗沉下来。他说,你算不算今天店里最后一个没人认领的小孩?我不说话,也不抬头。

你身上有多少钱?他突然问。我说,你手机没电了?他摇头,移动支付不算。我掏出包,一张二十。他有六十不到，拿出一半，指指我的鞋和伞。然后他说，你觉得，现在临时开一个小店，还来得及吗？

于是，我们决定在打烊前分头把手里的现金花完。

我为这个游戏兴奋奔走着，又有点不安。担心他买酒，三十块买一瓶劣质的白酒，再加几只避孕套，这种后果是可以想见的。同一个陌生的同龄异性聊天，然后喝酒，开房，第二天醒来，迅速消化事实，但来不及洗头了，匆匆离开，穿着同昨天一样的衣服去赶同昨天一样的地铁，掐点打卡时，早有细心的同事从我的神色中识出了这个秘密。但我并不愿像这样度过一晚，和下一个白天。

这样想时，我的脚步仓促起来。原来一个人走路很容易变快，就像一个人吃饭也快。陌生而俗气的旋律从耳边炸开，我心里乱，兜兜转转在毫无兴致的货架前，眼睛扫着一切，又仿佛什么都没看见。我只好慢下，停下，努力回想这晚发生的事，雨，灯光，黑T的脸，黑T的话。可是他说了太多了，嗡嗡的一片，无论如何我也想不起某句确切的话。最后在人工广播的反复催促中，我随手拿了点什么离开。

我走出货架时，黑T也走出来了。我们自觉绕开扫码机器，走向一头一尾仅剩的人工收银台。我踮脚望对面，想从收银员脸上看出些什么，但除了无可遮掩的困意，再无其他。我的收银员是个黄毛，面貌年轻，他的北方口音直击过来，就买这？我点头，又摇头，举起伞，同皱巴巴的纸币一起放在桌上，记不起它在包里躺了多久。黄毛又问，咋不去便利店？我才想起脚上，赶紧脱下，便利店能有这？他笑了笑，扫完，我赶紧穿上。这么短的时间，我竟已离不开它。

最长的一声铃响起了。和中学晚自习的结束铃一样，它均匀，粗糙，但挡不住其中夹杂的兴奋。我站在一扇门边，黑T在另一扇门，我们之间的白炽灯一排一排灭了，灯箱一只一只关闭，最后，远处暗了，近处暗了，整个大润发睡了。我的心瞬间安静下来。红马甲沦为一些黑漆漆的身影，从门缝中匆忙消失，像窸窸窣窣的煤球精灵遁入墙角。保安用手电直逼另一扇门，一个瘦高的身影在发亮。他走过来，我们跨越小门，外面雨停了。

地上的水坑映出明晃晃的光。我大喊，月亮出来了。黑T笑，哪来的月亮，不都是路灯照的。我说，人造月光也行。

我们站在露天，听卷帘门唰啦啦地落下，走出去，末班车刚好发动，驾驶员朝我们笑笑，车里比来时人多一些。它转弯，我再次看到后排窗边那个硕大的身体，他依然专心，像在目送远方的什么，脸上平静笑着。我转头看黑T，他也笑了起来，手插在裤袋。

你帮你妈买的货呢？

今天不买，我只是抽根烟，不小心被你带过来了。

我不愿接话，只说，真够闲的，不上班啊。

以前上班，现在不了。

话太多被炒了？

生了一场病，大半年没去，不愿去了。其实也来不及去了，我们这一行，一旦脱节，就会被抛到社会的边缘。

我不再过问。

其实你不必害怕飞机，黑T说，你见过飞机的影子吗？我摇头。他说，我工作那几年，频繁出差。天气好的时候，飞机下降，我靠窗坐，就会看到飞机的影子落在地上，速度越快，影子就跟着跑了起来，一路跑过楼房、河道、操场、马路，所有这些你以为熟悉但其实知之不多的地方，不知道有多少人和事在发生，在消失。飞机离地面越来越近，影子越来越深，我看着它，想到那里面也有我自己的一份影子，就宽舒不少。人的心总是悬在一点，如果能分出另一点来落在别处，彼此追随着，隔着多远都好啊。

他边说边从口袋掏出一份邮报，撕开，纸片的影子轻轻打到地上，有些透明。纸片降落，停在水迹将褪之处，他将伞撑开并置，我毫不犹豫地坐下。然后他拿出一些东西，卤蛋、话梅、麦丽素、旺仔牛奶，一式两份，依次摆开。他笑，三十块可以买不少呢。

十点多了，如果是小学生，严格的家长就不许再吃零食了。但我可以，最后一个无人认领的人，坐在店里，不写作业，也无人可等，只为一集偶然看到的电视剧而入迷。我可以忘记一节课有多久，忘记多少节课过去了，但只要老板娘一喊吃饭，我会立刻回过神来。我听到黑T说，先拆哪个？

我说，你知道小学英语三年级上册第五单元讲的是什么吗？

他摇头。

我从包里拿出一袋吐司，一副牌，一盒飞行棋，说，Let's have a picnic。

离萧红八百米

郭　爽

郭爽，出生于贵州，毕业于厦门大学中文系。小说、随笔发表于《收获》《当代》《作家》《山花》《上海文学》等刊物。出版作品《正午时踏进光焰》《我愿意学习发抖》。

没有鸽子，没有云，也没有飞机、飞艇或热气球刮起一丝风。天空只是空白无物的拟象。可以猜测蚁群的呓语或城市下水道的呜咽，但千万人口及鸟木走兽的声响都只来自想象。从几万米的高空直坠，道路、河流与房屋高倍扩大，从色块变成高清像素颗粒。比例尺拉回1∶1000，又瞬间跃升太空，大天使或超级英雄的飞翔也不过如此。

魏是昀输入不同地名，免费在城市上空玩飞行游戏。

比例拉到最大时，地球变成一颗可以握在手心的蓝色球体，熠熠生辉。而跌到最低时，他清晰看见所住小区天台上的花盆。按照电子地图的更新时效，花盆下正对的601室的客厅里应该坐着一年前的他，他总是在电脑前的。

他所住的小区在城市北面,城里地势最高处。往南一路下坡二十公里,去到最低处就是珠江边。今天他没有往南边去,鼠标在自己家附近逡巡摇摆。再往北些,往城外围去些,3万一平方米的价格是不是就能降到2万?可银河园横亘在公路对面,截断了北去的风景。银河园是墓园,再往北一片荒凉。

他走进厨房时,隔壁邻居也走进了厨房。他只好关上窗。找房子时,他和鲍琳琳一起在地铁沿线东奔西走,但公寓楼里的小户型,往往朝向、布局、视野都最劣。想要朝南、视野开阔、安静私密,只需要把他们的房租预算上调两千,而他们承担不起。

这是他和鲍琳琳一起住的第四套房子,之前的房子各有优劣。邻居嘛,有过一位疑似性工作者的年轻女人,不同男人来敲门,很快响起叫床声。某个周六下午,他和鲍琳琳正好在家。琳琳听见叫声,从沙发翻坐到他腿上,抬手脱掉上衣。琳琳那时不到90斤,胸部在纤细的身体上像风中的花一样轻微颤动。他们没关窗,也没有拉上窗帘。

鸡翅在锅里收汁,皮已焦黄。贝壳在水龙头下冲着,他双手揉搓。手一触上去,白贝个个紧闭。做菜能让他纾解压力。这半年,他每天上午照例登录报社内部的通信软件,可就像电影里等活儿的苦力,在码头上排成几排任由雇主点名,却总也点不到他。不到一年,部门走了十几个人。走了的人在外面酒桌上吹牛,说留下来不走的都是老弱病残。过年回家时,他跟父亲一盅盅白酒灌下去后也会吹牛,领导喜欢他,大活儿都派给他。而现在,跟他同批进报社的人,像迎来第二春的中年人,急着让记者身份这个前妻下堂。留下来也不是不可以,你得找文字记者、找公关、找企业,他学会了一个新词：甲方。部门同事老陈提醒他，跟紧几个文字佬，不愁没饭吃。在这座城市，文字记者又叫文字佬，他们这样的摄影记者是图片佬，菜市场里卖猪肉的是猪肉佬，卖菜的是菜佬。他才刚过三十岁生日，不确定余生要做什么佬。

他还是给梅芬发去了信息。

八年前刚进报社时他就认识梅芬了。这个行业里最不缺聪明能干的年轻女性，他以为梅芬也是其中之一。两人一起去一个叫归宁的县城出差，那里发生了轰动全国的命案。归宁县和所有县城一样，瓷砖外墙的小楼里人在搓麻将，流着鼻涕的小孩在桌子间拍皮球。他在县城四处蹲点，风物、人脸和疑点一张张在相机的显示屏上成型。

被打之前，只剩他们和北方一家报纸的记者还在坚守。对方也是一摄影、一文字。四人一起喝酒，把啤酒盖抛起，打赌三天之内就会"来票大的"。挨打确实也算"大的"，啤酒瓶盖并没有捣乱。只是镜头摔坏了，储存卡也被抢走。推搡时梅芬摔倒，无大碍，手肘破了皮。北方记者连夜离开。

他坐在床上，听梅芬在电话里跟领导争吵。梅芬不肯走，领导吼叫的声音冲破了手机话筒："你他妈都不知道谁打了你还跟我犟什么犟！给我回来！"手机摔在床上，梅芬把衣物直接往箱子里揽。魏是昀坐在电脑前查看机票，来不及了，他们只能到最近的地级市，最快要明早才能飞回广州。两人决定先离开县城。

机场附近安顿下来后，他打包炒粉带回宾馆，梅芬盘腿坐在床上吃了几口就要啤酒。他用牙咬开瓶盖，瓶身上写着"勇闯天涯"。梅芬又要第二瓶。

他是买了三瓶，但不想再让她喝了，"别喝了。明天一早赶飞机。""那你买来干吗？不是还有一瓶吗？""那瓶是给我自己买的。"梅芬一把抢过瓶子："别那么小气。"喝了一大口，又把瓶子塞回他手里。他拿不准要不要继续喝。

"那司机一直在听我们说话。"梅芬说。

"你意思他是眼线？"

"哪有那么巧，我们站在路边就来了辆黑车？巴掌大个县城，哪来这么多黑车？"

梅芬又把酒瓶拽了过去。他抬手看了眼时间，八点四十分。也许像梅芬一样灌醉自己并不是件坏事，可以让剩下的时间没那么难熬。不自觉地，他举起瓶子喝了口酒。

"你知道讽刺的是什么吗？我们只能上那辆车。"梅芬说。

梅芬闹起来，是一小时后。这之前，她打开手机的K歌软件唱了几首歌，《传奇》《小情歌》《爱情买卖》。唱完像是来了力气，囫囵吞下已经冷掉的炒粉和烤串。食物缓解了梅芬的焦躁，她仰在窗边沙发上，安静了十几分钟，只淡淡说，回去就辞职，没意思，干不下去了。

他把餐盒、竹签、酒瓶收拾进塑料袋里，捆扎起来放在门边，准备离开时带走。梅芬突然说，你是不是觉得我是个老女人？他回转身，沙发旁的落地灯从梅芬头顶打下一束光，她的轮廓甚至呼吸都一览无余。

"你跟我差不多大吧？"他说。梅芬笑了。房间里的空气变得有些局促，两人像暴雨前的鱼，争相将头探出水面吸取氧气。

他想起某次一起出差，他敲开门，梅芬头上包着毛巾，湿漉漉的头发还在滴水。等她换衣服的两分钟里,他用手指挑起床上一条黑色的蕾丝吊带睡裙。布料轻得像不存在,裙子从他手指上滑落。

如今他俩只是两条落水狗。他没有走回去,只拎起塑料袋说,休息吧,明早七点大堂见。梅芬从椅子上跳起来,光脚窜到门前堵住去处:"不要走。"

他低头不看她。

"不许走。"她的语调含混,像命令又像请求。

钉在墙上的穿衣镜映出他们俩的样子。他左边眉骨瘀青,拎着塑料袋的右手指关节全部破损、涂着红药水。梅芬只到他胸口高,双手攥着拳。

"不能白挨打。"说完他拉开门。

梅芬从调查记者转岗去跑娱乐新闻时,报社一阵鼓噪。有人说,她跟男朋友分了手,准确说是男方劈腿,梅芬受了刺激。也有人说,这一年梅芬的稿子要么发不出,要么就被删来改去,稿费少得可怜,人嘛总要吃饭。

无论哪种说法,同事们一面同情梅芬、感慨行业江河日下,一面带着轻微的嘲讽觉得最好的记者当了"狗仔"实在可惜。

梅芬像不知道这些,跟风餐露宿的日子相比,她终于有了点时间收拾自己。头发不再绾成髻,用一根皮筋绑在脑后,衣服也不再是万年不变的T恤衬衫牛仔裤。娱乐部女人多、嘴杂,但她似乎迅速融入,常站在格子间跟同事讲明星八卦、名牌包包。她被压制多年的女性荷尔蒙集中爆发,男同事们嗅出了梅芬的变化,加入追求者队伍。

很快,局势变幻,他回去上班需拨开聚集在报社门口的层层人头和保安。从一楼坐电梯到摄影部所在的十二楼,轻微的失重让不真实感加剧。

办公室里鸦雀无声,同事们都在刷微博,似乎网上的信息才能拼凑出真相,让大家明白究竟发生了什么。

后来有人说,梅芬才是聪明人,早早去了安全的水域。说这话的人,果然很快辞职投至马云麾下。只是杭州不可能是广州。

他跟梅芬再没搭档过。外地不让监督,本地民生新闻变成新出口。路网如毛细血管般铺开,镜头像一叶舢板载着他在城里游弋。民生新闻是柴米油盐,是车祸、纵火、情杀、拐卖之外升斗小民的日常哀喜。最大的事不过是诈骗,几乎天天都有老人、男人、女人、孩子上当。愿意出镜的,在他相机前缩变为吴先生、周女士、陈同学。更多的是物证、街道、房屋这些不会移动的物件,托举起慢慢缩小的视野。这样的新闻跑久了,他的愤怒被磨成一层厚茧,让他开始计较稿费的个位数。终究不过各人自扫门前雪。路过五星级酒店或大剧院时,看见门口装扮精致的人在抽烟,他会想起梅芬。跑娱乐口的同事老吴,经常带回这些高档场所的礼盒。他送不起的。

那时他跟鲍琳琳已经在一起三年了。三年里,琳琳迅速从清瘦的女学生,长成了明艳的女人。躺在床上时,琳琳的身体已经能填满他的臂弯。可两人像棋盘格里僵住的棋子。再往前,他应该买房、跟琳琳求婚。不然就是分手。男女之间还有什么出路呢?琳琳比他更敏感于关系的僵滞,生活的锈爬上她的脸。她的五官并未移位,只微微显出苦相,曾经的甜美和灵动被锈层覆盖,像不知为何扔在小区草丛里的一口铁锅,被雨水与暴晒过早做旧。两人有时吵架,吵完后困在出租屋的夜里,隔壁的叫床声响起,他们刻意避开对方目光，似乎一旦交接就会引爆什么，而在这样的躲避和无能里，简直就要彼此憎恨。

母亲忌日时，他决定回趟老家。意外的是，琳琳说要跟他一起回去。他在山脚的花店买了束花，琳琳捧着，两人就往山上走。

盛夏草木深，母亲的坟头爬满新草。他拧开矿泉水瓶，冲洗着墓碑。墓碑上抬头是"爱妻"二字，父亲的口吻，但这并不妨碍他又娶了新人。他俯身给母亲磕头，琳琳竟也跟着跪下，磕了三个头。山并不高，他们攀上最顶处，看着山脚下铺开的这座城。他在这里出生，长至十八岁。

继母留他们多住几天，父亲并不言语。多住几天，也只能住宾馆，家里并没有安置他们的房间。他于是按原计划当晚离开。父亲开车送他们去高铁站，他坚持让父亲在进站口把他们放下就走，父亲却想开去停车场。两人争执起来，父亲终于训斥他，白养你这么大，有什么用。他更生气了。终究父亲没有撵过他。摔上父亲的车门时，他用力得几乎夹住自己手指。

列车以每小时300公里的速度奔向广州，窗外风景被拉成长长的画片，长得让人无法将之卷起、摊平、回到起点。

琳琳泡好杯面递给他时，几乎像母亲了。他不确定，是杯面的雾气让琳琳的脸化成了虚线，还是自己竟然流了泪，又或者是他看到了未来老去的琳琳。

回到广州，他去银行查了自己几张卡上的余额。当晚，他跟琳琳商量，再攒两年钱，他们应该在郊区给首付买个小房子。琳琳笑了，问他，你这算是求婚吗？他也笑了，鲍琳琳，你愿意吗？"愿意什么？""你愿意嫁给我吗？""我不愿意嫁给你妈，我愿意嫁给你。"

449

如今两年的期限已经过去，卡里的钱却停在一个数字上不肯再增加。

他给梅芬发信息，如果有活儿老吴跑不过来的，可以随时叫他。老吴是梅芬现在的搭档。半小时后，梅芬才给他回了个表情包："没问题。"

夜里11点，梅芬发来信息："明晚有个小活儿你去吧，签我的名字。我跟老吴有另外的采访。"第二条是签到时间地点、联系人手机号。他仔细看了几遍，是个话剧演出。

他走进卧室，琳琳正拿着手机打游戏。"明天有话剧看，想去吗？""什么话剧？"他看了眼手机。"《生死场》。""哪来的票？""我拿采访证，到时你拿票进去看。""帮谁顶活儿啊？""还不是老吴那小子。"

琳琳没有想象中的兴奋。她大学是剧团的骨干。他第一次见到她，就是帮人顶活儿，去采访大学生戏剧节，她在台上演《红玫瑰与白玫瑰》。追光灯打在琳琳清秀的脸上，她明明还是白玫瑰，却裹着浴袍念红玫瑰的台词。

后来琳琳说起过，为什么要去银行工作："每天数那么多钱，就算不是自己的，也让人心安。"她还告诉他，女明星郑裕玲的业余爱好，就是用熨斗把一张张港币熨平整。"红杉鱼，齐齐整整。"他的粤语不如琳琳，但也知道，百元港币全红，是红杉鱼。千元港币全金，是金牛。那时翡翠台怎么都看不腻，从东站坐一个多小时火车出来就是红磡，九龙和港岛的高楼鳞次栉比，海面在薄薄的云层下闪耀金光，他们心中的美丽新世界。

他提前半小时到了剧场。说是剧场，其实是军区礼堂。老苏联式建筑，黄铜把手镶在玻璃推拉门上，水磨石地板铺着几张通向检票口的红色地毯。玻璃推拉门前，一个男人正跟人派名片，嘴里重复着对场地的不满，以及这个城市对戏剧的容纳是多么有限，改来改去最后给安排了这么一个"剧院"。男人高大、北方口音，嘴皮子几乎没停过。但他身边胖墩墩不说话的那位似乎更吸引人注意。沉默了许久，胖墩墩对围着她的一个女孩说："这么一场演出，你们最多也就写个八百字，咱们就不聊那么多了吧。"

他掏出手机，反复看了几遍梅芬昨晚发给他的信息，然后起身走去媒体签到处签下"梅芬"两字，领回装着车马费的信封。几个女记者开始跟胖墩墩闲聊，"陈导""陈导"喊个没完。他把装着相机的背包夹在两腿之间，可就算背包隐形了，行内人仍能一眼看出他摄影记者的身份：黝黑的肤色、结实的上臂、不合时令的登山鞋。他从信封里掏出那三张一百块的纸币塞进钱包，信封折叠再折叠，直至在手里揉个稀巴烂。梅芬当然知道这活儿把通稿改改就能发，让他来不过是施舍。但这算不得什么，跟网上的漫骂和酒桌上的羞辱相比，信封里的三百块钱实在文明。

琳琳带着吃的来了，在便利店里买的促销装面包豆奶组合。他一个人吃完三个抹茶面包，两盒豆奶。琳琳喝了一盒豆奶，掏出粉饼检查有没有掉妆。梅芬来了。还远远的，他就一眼看见了她。她径直朝他们走来，几乎是跃上台阶，却从他们身边擦了过去，对着胖墩墩喊："陈导！"

琳琳转过脸问他："怎么样？"他突然有了耐心，仔细看那张脸："口红再浓些。"

剧场再破也是剧场，戏一开场，舞台上北方的旷野、深冬的寒意就裹挟住他们往另一个世界去了。

深红色丝绒幕布拉开，舞台上飘散着雪花。几乎是全黑。只一个火盆燃亮红光。四个男人猫着身子烤火。

风声呼啸，妇人紧了紧衣裳，比火盆大的肚子高高凸起："哥！这东西要出来……"

妇人哭了起来。

男人走向妇人："使劲儿！"

男人拖拽妇人双腿，众男人拥上，将妇人推来搡去。

妇人挣扎着。

男人们将妇人扛起，脸上是快活的。

"生老病死……吃饭穿衣……"

婴儿啼哭声破开暗沉沉的舞台，引出一束光。

舞台右边巨大、拙朴的木雕显出"生死场"三字，舞台灯光渐隐。

他端着相机弓着身子前后走动。中场休息前，相机显示屏上提示他已经拍了100多张。中场休息15分钟。女洗手间排队的长龙蔓延到大厅，琳琳也夹在里面。

他靠着卖饮料的吧台休息，梅芬走过来："请我喝点东西呗。"他给梅芬选的椰子水埋单。

他舔了舔嘴唇，并没有给自己买饮料，只问梅芬怎么来了。"这导演也拍电视剧的，马上有部大剧要上了。"她说。他一如既往地话少，于是她又说起娱乐行业的浮沉，人人是势利眼，只因傻×遍地。

"我考虑辞职了。"他突然说。

"去哪儿？"她仍旧不看他。

"还不知道。"

"还不知道就先别动。"

"你呢？"

"我什么？"

"会走吗？"

"哈，"她捏扁椰子水的纸盒，"我还能干什么？"

他停顿了几秒说："你不该干现在的活儿。"

"你不也签到领了红包吗？"她终于看了他一眼，却是嘲讽。

"是，谢谢你。"

她笑了："要不你也来跑娱乐好了。"

"我想想吧。不行就去拍婚纱照。"

"别整天苦大仇深的，累。"

"你开心就好。"

"开心？我很开心呀。"梅芬把纸盒扔进垃圾桶。

琳琳走了过来。他给两人介绍，梅芬冲琳琳笑了笑："这戏太好了，我都看哭了。"琳琳没笑，也没回话。

下半场，日本人第二次进村。

军车声、鸡鸣犬吠、日本话……声响混杂，闹哄哄压在舞台上方，又蔓延至观众席中。

王婆自杀又复活、她女儿金枝生下个囡女、她丈夫赵三摔死私生的婴孩。

人和牲畜一起生养、衰败、挣扎求存。

"生老病死！没啥大不了！"

"鬼子进了村，吃你、用你、打死你……"

"今天咱亲自去送死。为了什么？"

"活着！"

"我去敢死队……你，好好活着！"

写着"生死场"的巨型浮雕在众人身后断裂。

散场格外有秩序，人多低着头默默走自己的路。他牵着琳琳往车站去。

这城市从不因夜的到来就睡去，今夜却是静的。两人在

453

公交车站前默默拥抱了一会儿,并不说话。

回到家,出租屋仍是40平方米的一室一厅,吸饱了血的蚊子还是蠢得动弹不得,但他突然想起了些什么。

他打开电脑导照片。

琳琳躺在沙发上玩手机,过了一会儿说:"萧红的墓就在广州。"

"萧红是谁?"

"这个戏,《生死场》,原著小说就是她写的。"

"戏里说的不是北方的事吗?"

"她在香港病死了,后来把骨灰移来广州埋了。"

"香港?"

"那时不是在打仗嘛,日本人。"

"可香港也沦陷了啊。"

"在广州的只是一半骨灰,还有一半埋在香港一棵树下,找不到了。"

"瘆人。"

"香港被日本人占领了,她丈夫担心墓被破坏。"

"可一半骨灰算什么啊。"

"离我们也太近了,在银河园。"

"银河园?"

"我看看啊,喏,地图提示,直线距离八百米。"琳琳的脚丫在空气中蹬了两下,翻身朝向他,"我们离萧红八百米。"

他凑近,看着琳琳手机屏幕上的照片。谈不上美,但也不难看,女作家美一点自然更惹人遐想。

"写这小说时她才二十四岁。跟我一样大。"琳琳嘟囔着,"三十一岁就死了,太可惜了。"

他站起身来，走到窗边望了望。他们住得低，楼宇阻断视线，银河园虽在高处但也并不可见。

他去过两次银河园，参加朋友和同事妻子的葬礼。两次都是大热天，衣服的黑色布料吸收着过多的热量炙烤着他，直至灵堂里低温的空调风将一切冷却。两次，他都带了花上去。其中一次在花店时，老板娘说也要送花上去，于是喊住他说一起走去，说都不想送上去的，客人又不加钱。他回了回神，这个叫萧红的人竟安睡在不远处。半个萧红睡在不远处。

手机振动，一条信息进来："你好，我是胡来贵的妹妹。我哥给你打电话了。打不出去。让我给你发条信息。谢谢你这些年对他的帮助。现在没人说他是杀人犯了。我们不打算回去了。今天八月十五中秋节，祝全家人身体健康。"

他给梅芬回："什么时候发给你的？"

梅芬回："去年。"

"怎么不跟我说？"

"他妹妹前几年给我也发过信息，我删了。"

"说什么？"

"咒凶手去死。还胡来贵清白。"

"对不起。"

"你没有对不起谁。"

"我不知道他们跟你还有联系。"发出去他又连着发，"你应该告诉我。""告诉我是没什么用，至少你没这么大心理负担。""我知道这样说很扯淡，但这事在我心里从没有过去过。"

梅芬不回，他又发："还在吗？""你还好吗？"

"正在输入"了很久后，梅芬发来："我觉得做错了很多事。但没有后悔药可以吃。×他妈,现在我觉得这些都是狗屎。只要收到这样的信息,我都想死。他们真心实意感谢你。你呢?我甚至都把他的手机号屏蔽了。我知道我自己当时是怎么想的。写稿子是了不得的天大的事。现在看全是狗屎。"

"不要这么说自己。你是个好记者,你尽力了,这背后的错不是你的错。"犹豫了一会儿,他又发了一条,"你在哪儿?"

第二天,快中午时琳琳打来电话,说自己走不开,让他去火车站接琳琳的姑姑。人头攒动的出站口,他一眼就认出了姑姑。虽然比琳琳发来的照片里的人老了些,但挺拔的身形在她的年龄段仍然醒目,就像芭蕾演员老去后仍有天鹅般的颈项。一会儿琳琳打来电话,他汇报说正带姑姑在家楼下吃饭,吃完饭让姑姑回家先休息,他安排好了再去报社。琳琳问吃的什么,他说湖南菜,琳琳才放心了。

放下行李,他跟姑姑讲解房子里的设施,像外人一样检视自己的家。一室一厅四十来平方米,卫生间是阳台改建的,马桶坐下来膝盖就会顶着洗衣机。邻居的身影从厨房窗户的空隙里闪过,他拉上窗。他示范电视遥控器的操作、拿出茶叶水壶杯子。母亲如果要休息一下午,需要的也就是这些了吧?他想了想,拉开衣柜取出干净的浴巾,再拎起琳琳的拖鞋摆在沙发边。钥匙也留给了姑姑。他于是背起相机,装作出门去上班了。

这屋子是寒碜了点。但搬家时琳琳坚持说,他们要攒钱买房,能省一点就省一点。结果,他们的东西搬进这40多平方米的屋子时,根本放不下。只能买了几个塑料箱,把东西强塞进去,再把箱子叠罗汉一样堆在卧室一角。

琳琳是认真的。似乎并不觉得是跟着他在吃苦。至少她从不抱怨。他不明白琳琳为什么要这样。其实他愿意她花钱多买几件衣服,可她不。有时候想起这些,窒息感会稍微缓解,两人一室三餐四季不那么折磨人了。他觉得自己并不了解女性,就像不明白父亲常年在外出差时,母亲如何带大他。男人就算在墓碑上刻下"爱妻"两字,又有什么用呢。

琳琳姑姑并没有说什么,还像女主人一样给他也泡了杯茶,过了会儿摆摆手让他快去上班:"没得事,你去吧。"

他跟梅芬约在一家小咖啡馆。六运小区曾入时,但如今走在洋紫荆树下,店面的装修、招牌的字体都有点土了。这家开了多年的咖啡馆,连沙发布都变硬变黄了。除了他们俩,只有两个服务员在懒洋洋擦桌面。地方是他选的。还是搭档的时候,梅芬曾跟他一起来过这家。这家的装修毫无特点,只在天花板上镶了大块的镜子,客人抬头就能看见自己,也能同时看见屋子里的其他人。

梅芬没有化妆。衣服也只是黑T恤、牛仔裤。他轻微地失落,确认自己早已在梅芬心里降级了。昨晚他问梅芬"在哪儿"后,梅芬回:"你女朋友很漂亮。"他没法再说什么。但今天上午,他一登录报社内部通信软件,就看到梅芬发来的信息。发送时间显示是午夜1点。

县城里只有一条主要街道。水泥路面,宽阔平直。商店、洗头房,全部的繁华和娱乐都聚集于此。本地方言里,"上街"一词可代指购物、遛狗、会友、宴饮。有一家电影院,但年轻人更喜欢网吧。跟这条唯一的街道相对应的,是蛛网一样细密的小巷和随处可见的麻将馆。有出租车,但男女老少更习惯骑摩托,从南到北、从东到西,五分钟就能跑遍全城。

他当然记得,这是他跟梅芬去归宁县出差那次梅芬写的稿子。只是后来被删删减减,稿子只登了部分出来。

2009年的归宁县,高一女学生死在河里。尸体被打捞起来时,少女双目圆睁、脸上有伤痕。少女去世前,最后见到她的是给中学看大门的胡来贵。胡来贵口供说,少女跟两个校外的男生一起"往街上去了"。一个偏远县城少女的死,并不具备轰动全国的新闻要素,虽然其中暗含了强奸这样潜在的色情因素。真正让网民、记者都兴奋起来的,是第二次尸检后引发的县城暴动。

第一次尸检结果显示,少女是溺水身亡。家属开始上访、与公安反复交涉,要求再度尸检。死者父母都是农民,育有一儿一女,儿子比女儿大三岁,已考上省城的一本大学。女儿如不出意外,也应该考学、"争气"。调解中,经济补偿方案被提出,死者家属中一位"说得上话"的远房亲戚提出:"我们要30万,让他们两家出。"

在这个县城,30万等于三套120平方米的住房,等于供10个农家子弟读完大学。参与打捞死者尸体的好心人,此时跑去找死者家属,"我没功劳也有苦劳,给我五千"。案发现场周围开始聚集起十里八乡的游民、矿难里吃亏的家属、拆迁安置里失地的农民、伺机而动的混混和黑社会,还有几十上百无所事事的年轻人——他们的父母多在广东打工,无人管教。看热闹的人群很快变成了失败者的阵营。

第二次尸检结果显示,少女处女膜完整。当天夜里,聚集多天的乡民围攻县公安局。照片在网上传开后,魏是昀和梅芬先飞机后包车连夜赶到县城。他们准备大干一场。但很快,县城贫瘠的表层土壤下露出犬牙交错的历史。

梅芬在笔记本上记:前年,副县长带队去发生移民纠纷的乡镇做群众工作,可交涉过程中人越来越多,把干部们团团包围动弹不得。公安去解围,双方僵持中发生肢体冲突,几个移民受伤。当天就有六十几个移民冲去把乡政府砸了。这样的事情发生频密,除了移民、拆迁,本地还有矿,只要警力出动,乡民就冲击执法机关。

被冲击的不只是公安。一次矿难后,死者家族组织了两百多亲族劫持矿主,要求给说法,政府调停也僵持不下,最后本地一位"和事佬"出马,在几方之间斡旋赔偿25万,息事宁人。

梅芬、魏是昀表现出了专业性,到归宁的第二天,他们已经采访了二十多个人。那时他相信,新闻就像折纸,只要你老老实实折对每一条虚线,纸青蛙就能跳起来。直到被打。并不是挨打本身,而是挨打后,他开始没法确定自己在局面中的位置。在他们被打前,死者家属也曾被不明身份的五六个男子围殴。归宁的黑社会在邻县也名声震天,只这年上半年,他们就在归宁弄了四次小型爆炸。三次在楼梯间、一次在荒僻的小路上。没有人员伤亡,但巴掌大的县城全听见了。他们要让人怕。

池水越搅越浑。

如果事情就停止在他们逃离、开庭、结案,似乎这只是千篇一律的县城叙事。但就在他们飞回广州的那个早晨,第二次尸检报告公布后的第八天,犯罪嫌疑人之一、与女死者一起去河边的少年小罗趁看守睡着时咬舌自尽。这之前,小罗曾被传言是县长的亲戚、父亲是开矿的。梅芬看过他的照片,跟一般农家子弟不同,小罗生得白,有一对大眼睛。他寄居在归宁的姨妈家,母亲早已去世,父亲在福建茶场做季节工。正逢采秋茶的季节,梅芬见到他父亲时,他手指上有深色的茶渍。胡来贵这个看大门的开始被人说是"杀人犯",谁知道他跟公安说了什么?他不是唯一一个看见死者跟小罗去上街的证人吗?不就是他害死了小罗?

梅芬的旧稿激起魏是昀的记忆,他给梅芬发信息:留言我看到了。我们应该谈一谈。

现在,似乎事情都淡成了烟,魏是昀和梅芬之间只剩两杯咖啡。窗外是浓绿树影,这个城市的树和花四季不停歇,似不知悲喜。他静静听梅芬说话。他说不出那些分析和道理,就像他没法像梅芬那样用文字表达自己,又或许他没有一个那么需要表达的自己。在归宁时,他看到想到的,跟梅芬也许并不一样。

梅芬说在吃药,抗抑郁的药一吃上了就不能停。

停了会怎么样?他问。

睡不着觉。一直睡不着。梅芬说。

你不能这样下去了。

不然呢?我换个工作?回老家?还是嫁人?梅芬笑了。

他觉得自己说任何建议都很可笑,他才是更懦弱的那个人。梅芬已经三十多了,想到这点,他惊觉自己对这个算不上了解的女人有某种责任感。责任感,比喜欢更可怕,或者说,更危险。

那药能长期吃吗?不会有副作用吧?他问。

我成天犯困,昏昏沉沉。

医生怎么说?

坚持吃药,药不能停。

你心太重了。干这行,不能这样。

天生的,没办法。

跑娱乐怎么样?

我喜欢娱乐新闻,虚假又肤浅。人需要肤浅的东西,不然分分钟会发疯。

他犹豫了一会儿说,梅芬应该换个手机号,不要再陷在过去的记忆里。那些人是可怜人,但他们的生死,本质上跟梅芬无关。

"新闻是冷血者的事业。对吧?"梅芬像自问自答。

"我不想劝你什么,更不是想改变你的想法。但如果你身体垮了,什么也做不了了。"

"魏是昀,你从来都这么现实吗?这么理性?"梅芬笑了。

他说起昨晚看的戏,说不知道为什么,看完后就想起了归宁,然后翻出了当年的文件夹和照片。

梅芬眼神迷糊,像是没听见他说的话,只说某次在地铁上,到站了,她该挤出去,可是腿不听使唤,怎么也完成不了这么一个最简单的动作。她只能蹲在地上,像农民工那样抱住自己的头。她知道自己应该是病得很厉害了。

"到现在我们也不知道谁是凶手,不是吗?我们太可笑了。"梅芬说。

他觉得胸口堵得慌:"我们出去走走吧。"

"走,走去哪儿?"

"去哪儿呢?"

"跟我走吧。"

街景在车窗外迅速闪退,梅芬在往北开,也就是往魏是昀和琳琳的住处方向开。但他可以确定,梅芬并不知道他住在哪儿,就任由她开下去。半个多小时后,车到银河园门口,她方向盘往右一打转进辅道。他终于开口:"去银河园?"

"对啊。"梅芬看着后视镜倒车。

"干什么?"

"看个人。"

两人往山上爬。梅芬带路。爬到最高处,成排的木棉亭亭玉立。虽才初夏,但满目深翠。从高处俯瞰,坟茔消隐,只剩一整座山的岑寂。梅芬往低处走,没走几步左拐进一排阔落的墓道,又往前过了十来米才站定。

母亲过世后,他常常往山上去。一般人眼里的生死结界,也许都会因为至亲的离开而被动摇。那时他还是个高中生,只身上山逗留半日却并不曾害怕。也许他认定,母亲在庇佑他。此刻他有些恍惚,似乎又一次在追索母亲的痕迹。

梅芬扬扬手,让他看。他看过去。那个叫萧红的女作家的瓷照片贴在墓碑上。碑上还用红漆描了一朵阳刻的花,托举着女作家的脸庞。傍晚的太阳在迅速偏移,金线般的阳光散射在墓园,空气里浮着细微的粉色颗粒。他掏出相机来,相机的咔嚓声像最轻的剪刀,裁剪着此时此刻的时空及其他。

梅芬点燃一支烟,放在墓碑前。又给自己点了一支,坐在墓前台阶上抽起来。他不抽烟,但也陪梅芬抽着。

"昨晚我采访了几个观众,问他们看了戏什么感觉。你猜说什么?"

"人命太贱?"

"××日本人!"

两人一起笑。

"该带花上来的。不知道她喜欢什么花。"梅芬说。

"红玫瑰。"

"你俗不俗?土不土?!"

"真正的玫瑰一点也不俗。"

"鲁迅倒是说过她,穿红上衣,就要配红裙子,不然就黑裙子,不能配咖啡色的裙子。"

"鲁迅跟她什么关系?"

"什么关系。"梅芬重复。

"什么关系?"他又问。

"你和我什么关系?"

他不知道该接什么话,把烟头戳灭了。

"我喜欢她。"

"谁?"

梅芬扬起下巴点了点萧红的方向。

"喜欢她什么?"

"想做的事都做了,又早早死了。"

"三十一岁,人生还没开始呢。"

"那是现在。那时的人开始得早。"

"我没读过她写的东西。我没读过几本书。"

"所以你才不会抑郁。"

"你要天天这么损我,也不会抑郁。"

梅芬转过脸,盯着他看了一会儿,不再说话。

他告诉梅芬,自己租的房子离这里直线距离只有八百米。小区外就是个城中村,一到傍晚,小贩的推车就把唯一的道路堵得密不透风。泡在糖水里的青芒果和木瓜,烤面筋和炒米粉,还有炒瓜子炒花生和烤红薯。各种味道,各方口音,全在这条不足两百米的小路上。小路两边是密密匝匝的"握手楼",穷学生、打工仔,一个月一千包网费水电。上班时他有什么烦心事,下了班在这条路上走两趟,就都冲淡了。他再没用,一张图片最低也能赚两百块。这些推车叫卖的小贩，没有城管的日子也只能赚几十块钱。那得卖出几十个芒果或木瓜，或者炒几十上百碗炒粉。人才会把钱从兜里掏出来给你。

"忙着生，忙着死。"他念昨晚的台词。

"你还挺有深度。"梅芬哧一声笑了。

"没想到吧，银河园边上也这么热气腾腾，都是活气。"

"是哪边？"梅芬指指不远处贴着瓷砖外墙的矮房子。跟所有县城一样，城中村的房子外墙都贴着瓷砖。

"那边……下去就越来越热闹，越来越热闹了。"

"你还记得那个冰棺吗？发电机很吵。那女孩被放进去，被拖出来，被割几刀，又缝回去。她家里人让法医每次都切一点。"

"那是取证和解剖需要。你不要往坏处想。"

"我觉得自己也是个残废。你呢，是不是残废？"

"什么意思？"

"你说昨晚戏里，王婆为什么要自杀？"

"她女儿丢人，她男人窝囊？"

"为什么女儿丢人、男人窝囊，这个娘、这个老婆就想死？"

"人活一口气？"

"他们不是像牲口一样活着吗？"

"我应该是个残废。"

"小时候我抓周，抓了两样，一盒胭脂、一面镜子。你说怎么一点都不准啊？"

"哪里不准了，你还不够好看啊？"

"应该是我妈骗我，我肯定抓了别的。"梅芬回身，拨着墓脚的杂草。

"我也抓过。我抓了印章,这才不准吧。"

"如果人生重来,你要做什么?"

"其实随时都可以重来,不用如果。"

"是吗?"

他喊了声"梅芬"。梅芬拧头看他,橙红色夕阳中的脸定格在他相机里。

他给梅芬看照片:"昨晚我看了很久归宁的照片。我很吃惊,那个地方看起来那么穷,那么小,那么普通。跟我记得的一点也不一样。我记得的,那是个不一样的地方。但事实上它没有一点不一样。有几张相片里还有你。那时的你跟现在倒是不一样。不是说你现在好,还是不好。就那是另一个你。如果你总是从取景框里看世界,就会排除很多杂音和干扰,只剩下画面里的信息是有效的。然后我发现,只有瞬间是真实的。比如现在,是真实的。刚才我给你拍的这张照片,是真实的,但在我说话的时候已经过去了。"

沉默了一会儿,梅芬说:"我努力了,你知道吗?我正在努力,一点点把我自己缝好。不然心上都是破洞,像纸糊的房子,一有点风吹草动就呼呼响。我必须缝好,不然就不完整。没人在乎这个,可是我在乎,我必须完整。"

"你必须忘记。"

"怎么忘记?你还记得小罗他爸那双手吗?全被茶渍染黑了。我他妈还问他,你儿子现在有很大杀人嫌疑,你怎么打算?"

"小罗也许并不是无辜的。"

"这重要吗?他死了。死了!"

他沉默了。他们未尝没有死过。完整是什么。他们身后的萧红并不曾完整。

一阵大风刮过山顶，他们的头发胡乱飞舞，拍打着脸颊。梅芬的长发打在他脸上，他并不伸手去拨开。

他去拍过戒毒人员。现在他们俩的精神痉挛，跟戒断反应时的身体痉挛并无二致。虽然痛如百蛇啮身，但他仍拔下了针头，对梅芬说："新闻是毒品。"

琳琳让他从衣柜顶上拿被褥、枕头。姑姑跟琳琳睡大床，他睡客厅沙发。就一晚上，琳琳悄声说。

客厅只贴着玻璃窗纸，即使是深夜，外面还是很亮。他伸手推开窗，躺着看天。光污染的夜空是淡蓝色的。他把手伸到窗户外面。只有一丝风。许多张脸在他脑子里走马灯一般闪过。如果归宁的女孩没有死在河里，今年她就二十四岁了，跟琳琳一个年纪。

如果没有十六岁就死掉，那女孩现在还跟小罗在一起吗？那小罗也不能死。他们或许像父母一样，来广东打工，不过不是在流水线而是做白领。或许去了省城，运气好的话，考上公务员，改变了家族的身份底牌。他们不会留在归宁那个烂泥塘里。

或许又像梅芬说的那样，他们太蠢了，到现在也不知道谁是凶手。照片和文字固定住了什么，又或者流失了更多。他们夺走了人的什么，又或者他们自己一次次被暴力夺取。

他拍了很多张河边的灵棚。少女的亲戚中有人出钱租了冰棺，尸体冻在里面。红白蓝塑料布铺在竹竿上，支起简易的棚子。梅芬采访法医时他在。第二次尸检时，尸体冻得太硬没法完成下体检查。法医让亲属把冰棺断电、放置，再送回来。这个少女一共被解剖了三次。最后一次汇集了省城来的著名法医。尸检过程中，每动一个地方，医生都要跟家属确认。"看清楚了?"至于化验结果,用法医的话来说,家属指望着那些"割下来的东西"能给他们点希望。

小罗自杀后,30万没人再提了。他上网搜过,案发五年时,有记者去回访。归宁县还是只有一条主街,人们继续骑摩托打麻将。没有死去的年轻人长大了,生儿育女,为每月人情往来的份子钱焦虑。在归宁,二十四五岁的人看起来都像三十四五岁。他拍下的那些人,脸被时间加速揉碎。

第二天一早,琳琳和他一起送姑姑去高铁站。回到市区,两人去吃茶餐厅。他问琳琳,你姑姑怎么不姓鲍?琳琳埋头吃她的餐蛋公仔面,只"唔"了一声。他又说,刚给她取票,身份证上的名字是刘丽丽。

"她是我爷爷的干女儿。"

"噢。"

琳琳突然放下筷子:"也是我爸以前的女朋友。他们谈过很久。但这事太复杂了,几句话说不清楚。"

"姑姑对你挺好的。那么多东西真不知道她一个人怎么带来的。"

"我很喜欢她。"

"嗯,我也是。"

"我想过如果她跟我爸在一起会怎么样。"

"你怎么会这么想?"

"我爸一辈子都爱她。"

"你怎么知道?"

"我妈说的。我妈什么都知道。也知道他俩就是不能在一起。"

"她年轻时一定很好看。"

"不知道。是他们老了吗?还是有比在一起更重要的决定？"

"人都有没法解释的部分吧。"

他和琳琳抄近路，从城中村不足两百米的小路回家。周末，还大白天小贩们就统统出动，小推车把路堵得密不透风。呛人的油烟、高音喇叭的促销广告、人冒着油光的额头，声响与颜色如潮流拍打又退落。在这个城市，小贩被叫作走鬼。他突然觉得，做个什么佬可能不是太重要。他牵着琳琳的手，两人紧挨着往前挪。他知道头顶很远的地方，卫星正摄录他们的影像，不久后更新的电子地图上，他和琳琳的头顶也许能幸运地成为两颗黑色圆斑。而更多的黑色圆斑和他们的气味、体温、心跳，只有现在的他知道。未来他可以一次次在地图里飞行跳跃，但比不上此时此刻一步一步往前挪时无声的快乐。

"你知道吗，我开始喜欢萧红了。"琳琳说。

何 主编
平

下　*Flower City Interest*

花城关注

六年三十六篇

花城出版社
中国·广州

图书在版编目（CIP）数据

花城关注：六年三十六篇 / 何平主编. -- 广州：花城出版社，2023.3
ISBN 978-7-5360-9874-9

Ⅰ．①花… Ⅱ．①何… Ⅲ．①中国文学－当代文学－作品综合集 Ⅳ．①I217.1

中国国家版本馆CIP数据核字(2023)第041732号

出 版 人：张 懿
责任编辑：李倩倩　许泽红　许阳莎
责任校对：汤 迪　衣 然
技术编辑：凌春梅
封面设计：迟迟工作室

书　　名	花城关注：六年三十六篇
	HUACHENG GUANZHU: LIUNIAN SANSHILIU PIAN
出版发行	花城出版社
	（广州市环市东路水荫路11号）
经　　销	全国新华书店
印　　刷	深圳市福圣印刷有限公司
	（深圳市龙华区龙华街道龙苑大道联华工业区）
开　　本	880毫米×1230毫米　32开
印　　张	30　4插页
字　　数	670,000字
版　　次	2023年3月第1版　2023年3月第1次印刷
定　　价	158.00元（上下册）

如发现印装质量问题，请直接与印刷厂联系调换。
购书热线：020-37604658　37602954
花城出版社网站：http://www.fcph.com.cn

记忆并存念爱、温暖和热情的文学旅程,
感谢所有的同路人。

目录

先生，先生　　　　　　　　　　　　朱　婧 \ 469
父母　　　　　　　　　　　　　　　淡　豹 \ 487
猫将军　　　　　　　　　　　　　　孙　频 \ 514
遇见未婚妻　　　　　　　　　　　　阿　乙 \ 534
关于南京的回忆　　　　　　　　　　张惠雯 \ 564
我父亲的奇想之屋　　　　　　　　　韩松落 \ 591
破境　　　　　　　　　　　　　　　慕　明 \ 638
体育课　　　　　　　　　　　　　　路　内 \ 675
与铀博士度过周末　　　　　　　　　索　耳 \ 690
东海绮谈集（二题）　　　　　　　　盛文强 \ 725
六脚马　　　　　　　　　　　　　　焦　典 \ 745
BLUES　　　　　　　　　　　　　　东　来 \ 766
毛颖兔与柏木大学图书资料室　　　　双翅目 \ 784
化鹤　　　　　　　　　　　　　　　薛超伟 \ 821
路易逊的伦敦 Lewisham, London　　　王　梆 \ 842
地志三篇　　　　　　　　　　　　　毛晨雨 \ 866
特洛马克——"爸爸去哪儿？"（节选）朱　宜 \ 882
此生再不归太行　　姬　赓（万能青年旅店）\ 917
梦幻丽莎发廊　　　仁科＆茂涛（五条人）\ 923
后记　　　　　　　　　　　　　　　何　平 \ 929
花城关注总目 2017—2022　　　　　　　　 \ 933

先生，先生

朱　婧

朱婧，青年作家，现任教于南京师范大学文学院。南京市第二期青春文学人才计划签约作家，江苏文艺"名师带徒"计划签约作家。出版有小说集多部，2019年出版小说集《譬若檐滴》。

听到宁先生去世的消息的时候，是初春时节，我在北方的家里，室内开着两扇窗，窗外是强劲的西风穿空的声音，这样的风声已经持续了两周。

彼时，我的妻子新得了一幅油画像，是我的师弟为她画的，作为我们的新婚礼物。她很喜爱那幅画，画中的她，发如墨色，恬澹笑容，素色的婚戒戴在无名指上。我想起宁先生，二十多年前，宁先生也得过这样的油画像，是她的先生为她画的。

宁先生去世时刚刚61岁，很突然，也很平静。虽然她独居，但相互关照的女性挚友每日都会联系，彼此也留了住处钥匙。发现不妥后，对方立刻去查看了，所以处理得很早。

这些，是师弟参加先生葬礼后告诉我的。医生说，宁先生的那种死亡方式是没有痛苦的，心脏骤然停止工作，肌体停歇运作，一切发生在瞬间，脑部几乎无法做出反射，去感受到衰弱或者恐惧。我只是不能去推想那一刻如何发生在我的先生身上，几乎不近人情地并未参加葬礼。

我依旧一般生活，晨起与妻子步行到地铁口，转两次车到研究所上班，下午去兼职的文化公司处理事务，傍晚再乘地铁回到我们温暖的蜗居。睡前有时喝一些妻子自制的梅酒，带一点微醺等待睡眠。只是，那段时间会做醒来不记得全貌的梦，在深夜惊起。

生活刻板地推进，会庆幸那种平庸的平静。真实的失去在夜深时逼近我，却总在白昼到来时随日光散去，似乎内心自可以巧妙避开创痛，以求平安。在北方的那几年，我接触了以前全未想过的世界。融合与越界成为大势所趋，我的专业突然从边缘角色变得被主流需要和认可。因为我年纪较轻，一些新型的合作项目，公司多让我去洽谈完成。一个红酒的品牌希望我能选择合适的古诗词，竖排印刷成长长的卷轴，环贴在瓶身上成为标贴，每一瓶酒有不同的编号，对应不同的诗词。某品牌的春季成衣发布，同我洽谈的年轻女性全程使用英文，她与我谈商品与消费主义，谈城市与资本主义。她说我们不仅仅是谈服装，服装可以成为一种思想，她的理想是在博物馆或者图书馆开新一季的早春发布会。一个高端餐饮的品牌，推出适合忙碌中产的半成品煲，可以限时送达家中，只要放在炉灶上，即可完成搭配合理材质精良的家庭供餐。展台设计预期如下：每一种煲都有一个古典的名字，走近会有语音说明，其材质的运用，每种材质在典籍中如何被记载，以及其构成与搭配。如烧鸭腊味煲一例：利苑的烧米鸭和煎海虾放在上位，中层有秘制不传的中药滋补食材包，底层是从银座的Akomeya订购的米，根据甜度、黏度、软硬程度提供不同的选项。展区的背景音乐是粤剧《梁祝》，虽则文辞古怪，念白难听，却别有一种风致，似白乐天说的"呕哑嘲哳难为听"。亦有拍摄Vlog的视频公司期待合作，要求我为视频制作的文化内容提供无误的资料支持，他们推出的精准定位的网络红人获得的不仅有惊人流量，还有文化传人的至高荣誉。这个世界在先生离开之后，似乎变化更快，我看起来也能恰如其分地跟随，顺时应势。先生去世半年有余，母校要为先生做纪录片，专业的老师推荐我为主笔，接了这份工作后，我自然地从文化公司辞去了职位，未必没有感到释然。

回那个南方城市的火车上，道旁树木有节奏规律地退离视线，窗外风景像渐次展开的平淡画卷，深深浅浅的苍灰色调的北方天空之后，渐入雨境，车窗玻璃上雨线斑驳，许多不重要的记忆碎片浮起。我想起我的母校和祖父的母校之间陶谷新村那条小路，我和挚友S君在那条路上消磨过许多时光。那里有三家古书店并列，有彼此不属的相似名字。某个午后，骤雨急至，我们推门避雨，门外笼中的黑色鸟雀扑扇翅膀，室内破旧的风扇呼呼地吹着热风，我们走到书架间，翻看一册《清代学者象传》，互相赌注翻到哪一页我们以后就成为哪个学者。我打开就是钱谦益，让他大笑，亦让我受伤。某个雨夜，同学几人看完电影从山西路的剧场穿过颐和路一带走回学校，潮湿的空气中幽幽浮着无花果树的香气，一行人的身影映在淡黄色石灰墙壁上游走，尤似电影中的画面：空空儿，精精儿，化作红幡子、白幡子相斗，矫如俊鹘，轻若游蜂。雨云泅湿的月光里，转首看到学姐H君曲线优美的侧颜，她丰盈的乌发完全向后梳拢，盘作发髻，露出的额头和耳朵，皆有玉一般的质感和光泽。一路向南，记忆在潮湿中苏醒。

12年前，正是在这个南方城市，甫入大学的我认识了宁先生。那年，有一个新闻事件，历史专业的一个天才少年，为抑郁症所困自杀，留下万言的遗书道出迷惘。可很长时间我看不到窗外，并不知道阴影，内心一片茫茫是因为简净，平心静气地愿意奉献一种劳作耕耘，呵护衷心以为珍贵的事物。

由祖父养育长大的我，幼时由他教授记诵尚不能懂的古文和诗句，回忆起来祖父既受儒家载道的影响，教授我如《谏太宗十思疏》，亦教授我美文如《赤壁赋》，那些诗句在我身上落下种子，生根抽芽，与稚嫩的体魄精神一体地生长。祖父与我说起他早年的大学，他告诉我，六十年前，在那所以满是爬山虎的塔楼为地标的大学，在窗外可眺望紫金山的校舍，他曾跟随他的老师诵读这些文章。他后来去了更南方的蕉风椰雨中再继学业，年迈回到北方的故乡，心中却一直念念不忘度过两年青春时光的南方城市。他讲起过，在他离开那个南方城市的前一年春天，后来成为我的母校，当时还是其前身的女子文理学院，举办庆祝五朔节的舞会。正当好年纪的女孩子们，在100号楼前的大草坪上尽情欢舞，他跟随母校影音部的老师去拍摄，他说那时他见过一目入魂后来却音尘相隔的面孔。多年以后，我逆流南下来到这个城市读书，多少因为祖父。

认识先生的那一年，我18岁，先生49岁，先生身体状况不好，中文系指派我做先生的课代表。我早听闻宁先生，母校的古代文学以谭先生为首，而宁先生是谭先生最得意的女弟子，36岁的年纪做了教授，清诗的研究更是业内翘楚。先前因家事去了国外的宁先生，重返母校，而我又能受教于她席下，对我来说，是很大的幸事。

彼时，国学中兴方有迹象，在古典文学的传授领域一时百态，有在教席上讲求字句解说的前辈，有在大众传媒以现代话术包装古典诗词的闻人。宁先生与他们都不同，多年以后的一日，与妻子观看大卫·洛维的电影 *A Ghost Story*（《鬼魅浮生》），电影讲生人与亡灵的同在与感应，我想起先生的课堂。宁先生不是为了讲求阐释或者唤起共情，她与古人有情，与学生有情，她让往去的和新鲜的灵，在这个空间相遇。连接时间与万物使人易感又孤勇，妄想以一己之身抵达真理。我感受到智识的强烈吸引，先生让我看到最接近理想的那种可能，想成为先生，强烈的贪恋如此被唤起。

先生身量不很高，腰板总是直的，因此总觉得要比实际高一些。她的气质与她的声望并不相称，少有锋芒，也不是那种玲珑的一团和气，先生有她自在的世界与始终的醒惕。下课后，学生会围着提问，她总认真听，想一想再缓慢作答，她不会长时间看着人说话，若对话久了，她会看到别处去。这样的问答结束，我陪先生走回她的研究室，她比平常显得疲态。先生的研究室在中文系主楼最高的一层，与古籍研究所相邻，而中文系主楼本就建于山腰，透过紫红色雕花的窗棂，可见不远处的清凉山的葱郁树木，隐现其中白色山墙和屋宇亭台。先生研究室内的书远没有想象的多，常用的书放在书桌和近旁书柜里。她用的不是一般的书桌，是宽大的巴花木条形桌，覆盖浅茶色的亚麻布，边缘垂须打穗。同学说先生有时会写字，我没有亲见过。我只看到，三五成群的学生来拜访先生，大家团坐于桌前，先生一贯温和地微笑着。某年初雪，先生微微敞开窗户，遥遥可见窗外银杏和鹅掌楸金黄色的叶片还在枝头，清凉山书院的飞檐细瓦已覆上薄雪，冷冽的空气穿窗而入，寒意制造凝住万物的寂静，在先生这里却是另一种安宁。她用带来的英国茶茶包给我们泡茶，热水滚开，气味芬芳。大家说话聊天，热气和话语升腾交织，融开冬日的清颓。先生的研究室不备茶杯、不备多余的椅子，大家每每从隔壁会议室携椅子来，走时再归还。喝茶，用的是印有中文系logo的纸杯，先生也一样。大家离开后，那个房间恢复了那种轻简，几乎不见个人生活的印记。

路先生说宁先生的葬礼他参加了的，其时他在国外开会，一时买不到直飞，转机花费了十个小时赶回来送先生。路老师是宁先生本科和研究所时期的同学，亦是同乡，成为我首先访问的对象。他说，宁先生走得太突然。她躺在簇拥的花束中尤其瘦小，厚重的妆容凝滞住生机，他随着瞻看的人流缓缓走过觉得那不是她，说着，他拿下眼镜拭泪，迈向老年的浑浊泪水悬落松弛的眼目四周，悲伤真切。他说，我们入学那年百废待兴，学生的年纪参差不齐。宁先生在我们班是最小的，她却先走了，我们这些成天还忙着全世界开会的，不觉得自己老，总觉得好时光才刚开始，宁先生一走，却像敲醒了我们。

路先生的回忆，将我带去的是四十年前的我的母校。学生得到升学的机会不易，蹉跎岁月里经历过辛苦，惰性未生，兼以年纪尚轻，不知倦怠，读书可谓如饥似渴。看到曾处困厄多年的先生们，重获生机，渐向老迈也不愿停歇工作，更对专业心存理想，以为承继传统的职责在身。宁先生是有家学根底的，经年富庶的江南小镇民风淳朴，她的家族在当地根基甚深，在动荡的人世未受太大冲击，她接受父亲的指引念书，她曾说起少年时如何细细揭开书橱的封条，拿出书再封上。如此喧嚣中被护佑了一份安宁，又适时地得到升学的机缘，这是宁先生的幸运。

路先生和宁先生同为谭先生的弟子，得到他的亲授。谭先生要求研究生每周须见面谈话一个小时，指导念书和文章，并带着他们做诗选，修订文学史，做些实践工作。这些教导，多是在谭先生家中完成。现在谭先生的住所已经被钉上了黑底银字的铭牌成了故居，我读书时亦探访过，宁夏路的黑色的小门推开进去，是细巧庭院，灰黑砂石小路通向赭黄色的二层小楼，道旁的苦苣已经结成果实，冠毛白色，风吹即散。宁夏路、颐和路、江苏路那一带靠近学校，读书时我们常常流连，那些小路最绕人，也最迷人。黄墙黑瓦，藤蔓爬壁，蔷薇科的花木杂生其间，花时必奋力怒放，引路人停留注目。时有猫悄然潜行在落满松叶的屋顶或围墙上，又突然隐没。

一楼的书房是师生彼时的聚集地。夏日，谭先生坐在藤椅上与学生说话，也是说课，师母送瓜果来，也坐在一旁听。午后暑热，他们边扇扇子边说话。谭先生常用一把羽毛扇，其他人多用寻常蒲扇。宁先生的扇子与众人的都不同，是绣制团扇，细考可能是出自哪位名手。宁先生穿用考究却不自知，有次被古典文献的一位老师打趣了以后，她过一日竟穿了男式的亚麻西服过来听谭先生说课，据说是她父亲的旧衣改的，也很让同学惊讶了一番。谭先生的小女儿，他们的小师妹当时在读高中，偶尔也会下楼来。她扇扇子的方法很有趣，总是倒着扇，扇面向下，几分顽相，这位师妹后来嫁给了谭先生最后带的学生。

天下的美人多矣，读中文系的人，是读着《洛神赋》心生眷恋，经由文学娇养了挑剔的审美，语言构建的想象更无边际，宁先生却诚如《玉台新咏序》中所言"其佳丽也如彼，其才情也如此"。大家对她偶像之心既生，因此也不敢冒犯，不过镌成青春的美好回忆。大三的时候，美术系的展览，有一幅画是宁先生做的模特，众人就纷纷传说了这罕有的事，后来果然画画的人成了宁先生的丈夫。也听说，她和她先生是少年时就认识的，不过在大学时重逢。她天性纯良，为学专注，留下来去研究所已经小有成绩，大概她那时候天赋极好，年纪最轻，心性沉静，确实很早就现出了未来的开阔气象。

  日头转，黄昏至，与路先生告别，走至暮色四合，路灯亮起，身影跟随步履沉默不语。在这个城市我度过了七年的光阴，始终有幸在先生身畔，对先生的眷恋景仰，也影响了自己的很多选择。本科论文我写了《谢朓诗研究》，是因为宁先生本科论文做的是谢灵运的研究。如此在和先生同样的年纪，宁先生做"大谢"，我做"小谢"，以为也是致敬。记得也是差不多的黄昏，我把厚厚的一叠打印稿拿去给宁先生，她仔细看了目录，收好放在包里。我跟随着宁先生走出研究室，走下紫红色木质扶手的楼梯，从中文系主楼面东的正门走出来，走过长长的中轴通道，雨后湿润的空气里早桂的暗香浮动，潮湿的路面落满黄山栾树的细小花朵，沿着台阶一步步走下去，直下山走到主路，道边草地几株红花石蒜在暮色中亦见色浓，是所谓的花叶不相见的不祥之花。正是秋分时节，阴阳之气浮沉交替，日月晨昏长短更迭，我与宁先生道别，她乌发蓬松，脸庞轮廓秀挺，有神驻的荣光，只是我目光落到先生拿着包的手上，看到她极瘦削的、疲态尽显的手，方觉察光阴原来也追逐着我的先生。也是那天，宁先生告诉我,做一位学者,要一辈子的努力,会有很长一段辛苦的路,可也是快乐的路要走。

后来如愿跟随宁先生读研,宁先生让我去做钱牧斋的研究。她最早和我说到的是绛云楼失火一事。钱牧斋在《赖古堂文选序》中写到,顺治七年(1650年),初冬之夜,他与柳如是的小女儿和乳母在楼上嬉戏,不慎打翻烛火,酿成大火,付诸一炬的有他苦心收集的史料及《明史》手稿。钱牧斋说这本书稿是他"忘食废寝,穷岁月而告成",他说这一场火是"知天之不假我以斯文也"。

想起和S君在旧书店的那次偶然,是所谓天不可预虑兮,道不可预谋。我一开始诚然是看不上钱谦益的,是因为宁先生,我开始去读他的诗作,并由此承继了宁先生的清诗研究的道路,我是很久之后才明白了那一刻我是被宁先生选中的人。在研读之后,钱牧斋的海纳鲸吞与沉郁博丽吸引了我。有一段时间,这个城市满街的公交车站牌都是电影《柳如是》的海报。人们谈论的钱牧斋是以年迈之躯迎娶年轻歌伎柳如是的钱牧斋,却不知两人"洞房清夜秋灯里,共简庄周说剑篇"的和鸣,人们谈论钱牧斋是谈论因为水太冷而不肯自杀殉国的钱牧斋,却不知他一生"嫦娥老大无归处,独倚银轮哭桂花"的憾悔。出演钱牧斋的是耳顺之年依然长着多情面孔的秦汉,更让钱牧斋与传说中的形象重叠。可是他其实是一代文宗,黄道周被清军杀死前,说钱牧斋没死,国史就没亡,世人曾经如此深重地寄望他。我曾不齿于他的降清,后来我知道人生在于选择,而选择后的痛苦更逾于选择前。降清后暗中支持反清义举,却屡屡失败,入清后修《明史》,却遇绛云楼失火。如此再读"知天之不假我以斯文也",是非常凄然的。

我读了他的诗文,并且也懂了他的斯文之时,也是该和宁先生告别的时候,为了方便照顾祖父,我选择了回北方读博,自此和宁先生分别。我们分别五年后,她离开了人世。

先生的形貌在我头脑中如此明晰,最鲜明的是她的眉目,先生有古典式的长入鬓角的秀眉,眼神沉郁,像藏月落星的深湖。这五年聚少离多,我本性又是一贯敏感克己,很少主动与先生联系,除了新年亲手写下卡片寄出,在手机联络很方便的时代,我也几乎不去打扰先生。记得祖父患病,犹豫着去同她说,想要回北方读书,先生只点头说她理解。可我心内总觉得惭愧,当初一腔热望跟随先生,现在却好像是背离。后来几年跟着先生推荐的老师读博士,做了一些有影响的发表,也因此得到了去研究所的机会,看起来勤奋,心里念念不忘的不过是不想辜负先生。

初到研究所,我年纪尚轻,专业不错,看起来会有光辉前程,但常觉不安。刚去时,经常陪着一大群教授高才生喝酒,看着他们大谈道德仁义,互相吹捧,每次吃饭都是坐着煎熬。忍不住一次写信给宁先生倾诉,过了几日,收到一个快递,打开是一个长方形的蓝色布裱盒子,外观像古书,再打开里面并列着一对镶嵌在红木上的竹雕对联,红木和竹的表面,有微微隆起的弧度,保持了竹的天然外观,对联写着"尚有清才对风月,便同《尔雅》注虫鱼"。那是宁先生的字迹。按《庄子·天下篇》的说法,每一门学科都有"方术",而在其背后都有一个"道术",即是真理。世人常常在乎方术,因方术易得,也容易兑换成现实利益。玩弄方术者多矣,而道术才是一个学科的秘密。谭先生当年受困,18年的光阴,安于陋室,做了仅正集就有八十五卷的诗稿校注,并将诗文中的典故、人物、地理等等一一注释。追索秘密的人，亦是怀抱希望的人，在个体所能专注的微小空间，宿命性地投浸，书写的是给自己的答案。

从中文系拿回来的资料里，我看到宁先生55岁生日时，中文系给她做庆祝会的录像光盘。因为宁先生生日前夕得到一个重要的政府奖项，系里给她开表彰会，在表彰会结束的宴会现场安排了学生推出早准备好的生日蛋糕，把表彰会变成生日庆祝会。那场活动我也在场的。看到屏幕上宁先生出现，再听到她的声音，一贯的低沉和婉，心里有物理性的痛感。蛋糕推出来时，宁先生少有的表情失色，但只是一小会儿，一贯的教养让她很快恢复了常态，她体贴地拥抱送花的学生，得体地致谢。一切完毕下台，她回到座席，身边是她亲近的一个女性，是她早年好友的女儿，也在中文系工作，一直陪在她左右。在录像里，我看到了当时没有看到的情形，宁先生，我体面文雅的先生，喜怒不形于色的先生，身体微微倾斜靠在那个女性的肩畔，脸转过去，蓬松的发遮住了面孔，瘦削的背脊颤动着，俨然在落泪的，虽然持续的时间很短，但足以被影像记录。

彼时的宁先生，在业内已经获得了至高荣誉，达到名望的巅峰，亦是桃李天下。可是，16年前谭先生就已别她而去，6年前韩先生就已别她而去。天地长不没，山川无改时。草木得常理，霜露荣悴之。谓人最灵智，独复不如兹。人的形体既不能比山川自然，总易消亡，所求的是否是精神的传递呢？留下仁爱学养，留下美好的名誉，影响更多人，这些，是我的先生做到的。做学生，宁先生是好的学生，她继承谭先生的衣钵，保护他的研究和志愿；做妻子，宁先生是好的妻子，她因韩先生的病，放下所有，陪侍三年；做母亲，宁先生是好的母亲，一双儿女都很出色，与她平等而亲密。她在生命的每个阶段都没有逃离她的角色，极力完成。但现在，她只有一个人。

谭先生去世后，中文系在主楼前的草坪上为谭先生做了立像，出自美术系吴先生之手。谭先生旁边是五年前就立在那里的唐先生的像，像造得精微，两位先生姿态之间有所呼应，似信步于此，驻足闲谈。草叶之间，植着几株山麦冬，春日纤细花葶上绽着细小的淡紫花朵，秋日花落成果，圆润结实，一扫柔姿，春华秋实，年年如是。

这以后宁先生花了两年时间，整理谭先生的遗稿，将他的诗作和研究文章按卷分列，做成全集，从誊录到校对一人完成。宁先生为谭先生画过一幅画像，那幅画也被收在文集里。画布上，谭先生目光沉静，表情宁和，手臂和额头的老人斑清晰。看着画像，也好像跟随着宁先生的眼睛，看着恩师，由壮年而暮年，看着生死之墙，在珍重的人面前逐渐变得稀薄，变成一道门，而他随时会穿越过去，走向那不可逆的旅程。宁先生自青年时代跟随谭先生读书，承其衣钵，既得全力爱护，亦以坚韧未有辜负，师生同志，未曾有隔。而生死无量，未知生性敏微的宁先生，如何堪受。

十年之后宁先生离开学校，去国外照顾生病的丈夫，亲送他离开，三年后回到国内，恰我与她相识。记得深秋的一日，晨课，我们在教室等候宁先生，她却少有地迟到。我离开北楼的教室，去往主楼的研究室找她。潮湿的空气凝成清冷白雾，周遭一切皆不真切，我步上主道的台阶，匆匆地走，却不经意瞥见浓雾中的草坪上一团身影。我走过去，看到正是宁先生，她伫立在谭先生的像前，额发已经被雾水濡湿，面容怆然，不知道她已经在那儿站了多久。一起走回教室的路上，她说，今日是谭先生的忌日。

教养拘着我们的举止规范里，种种克制，唯死亡一项，没有正确的方式可以指导。在我遇到先生时，正是先生最艰难时，她依然分出一点又一点光给我们，纤细而饱满。可是作为只懂得仰视先生的年轻学生，怕妄断，怕冒犯，是无论如何也不能体会，更不能帮助先生的。

夜不能寐，妻子觉察，起身伴我，看着城市永夜不落的灯光在窗帘上游走。妻子说，你知道我最早什么时候喜欢古文的吗？我读初中的时候，有一次早晨的课，语文老师给我们读《春江花月夜》，"春江潮水连海平，海上明月共潮生。滟滟随波千万里，何处春江无月明"。我觉得太喜欢，那时候的生命正像那新生的月，于潮波中升起，皎光铺洒，无限可期，诗里就是自己，有愁也是少年愁。再年长些，读"故人通贵绝相过，门外真堪置雀罗。我已幽慵僮更懒，雨来春草一番多"，已能懂得生命的暮光晚景。我们生命的四时原来早已写在了诗句里。

我的妻子也是读古代文学的学生，她硕士毕业后在某古籍出版社的北方分部工作，与研究所有些往来，我们于是相识。我们第一次一起吃饭，坐下闲聊，却谈到了谱系。我的老师是宁先生，宁先生的老师是谭先生，谭先生的老师是著名的周先生。我妻子的太老师是和谭先生同拜在周门的一位老先生，谭先生在专业领域颇有成就，得到大名，而他这位同门在东北教书，不太喜欢写东西，所以也没有什么名气。可他的学生成了我妻子的老师。我在这张神奇的图谱上找到了我和她小小的坐标。对于第一次见面来说是迂腐的对话吧，可是我们认真的讨论多少有其真心。妻子是灵心丰富的人，毕业后放着通途未走，选择这个职业，日常工作多是在各种图书馆影印珍本，让它们再现，让它们被传递。

那些年，在北方的城市，虽蜗居斗室，但心内的乾坤自如自在，似与现世无涉，总能有一些平静。我们各自走过很长的路才相遇，彼此都是独居也能安排好自己生活的人。我向她提出婚姻的请求，意外顺利地获得应允。结婚后，我们换租了一套大些的房子住在一起，房子里一半是我们俩的书。没有婚礼没有新婚旅行，我的师弟为她画了一幅画像，她线条温润的手指上，有我给她戴上的戒指。

记得求婚前不久，她一次出差去外地图书馆影印材料回来，我去火车站接她，她背着有半人高的背包，身量却不高，形容瘦削，显得这个包尤其硕大。她背包里，有所有的工作材料，洗漱用品。回地铁上，她很平常地和我说起她的旅程，乘过夜的火车，下火车后去旅馆开小时房，洗澡整理，换上得体的衣服，寄存行李，去图书馆处理事务，再返回旅馆，换上方便的衣物，回到火车站，乘过夜火车回来。她总能把困难的事做得从容体面，毫不狼狈。乘了一夜火车在我面前的人，在清晨的日光下，尤其清洁的气质和清澄的眼睛，是我心内热望开启的源头，若有一生一世，希望是和这样的人一起度过。

我的妻子每年都会应时泡果酒，再分成小瓶装，仔细封口，用泡沫纸包好，寄出一箱给她的导师。我有时逗她，这样烦琐不如买昂贵名酒送达导师。她说这门功夫也是老师教的，泡酒是老师和师母的每年乐事，只是他们年岁大了，不一定方便，自己泡好送去，总是一点惦念心意。说起来，她的太老师和谭老师都系出名门，却自成逍遥一派，所谓纵浪大化中，不喜亦不惧，应尽便须尽，无复独多虑。得到一种道术去为学，和得到一种道术去生活，道理上却也并无二致，是不能言清道明的内容使我们彼此得到确认。

宁先生去世以后，北方的天空疏阔，季节的流转鲜明，人世间的万千场景再与我的先生无涉固然使我伤感，最让我难过的一刻，却是一日看到"寿限无"这三个字，眼泪滚滚而落，我的伤感，我的软弱，都无法再抵御。寿限无，无限寿，多美好又多天真的愿景。死神携着镰刀在路的尽头等待收割，路的长短无法知道是所谓的寿无量。寿限无不属于我的先生，也不属于我先生的先生，也不属于我和妻子，它是对人世之路的无限延续的祈愿。有生之年走过的时日，像捡起粒粒细石铺就的道路，日月星辰之下有了作为人的痕迹，可最后一粒石子总会悄然落下。

宁先生那位好友的女儿是我后来访问的第二人，也知道她们是亲如母女的关系。宁先生的一双儿女都在国外工作，生前在国内这几年，宁先生与她更亲近。

她说，我的母亲是那种很大气的人，很爱结交朋友，本城几乎半数名人都来过我家客厅。宁老师是母亲的挚友，虽然两人性格迥异。我是很喜欢宁老师的，那种想法从小孩子时就有，比如说，会想如果我是宁老师的女儿也是很好的。从小孩子的虚荣心来讲，是因为宁老师比较好看也比较温柔，我的母亲个性就比较爽朗直接，甚至不拘小节。她边说边要笑起来。

她说，两家住得很近，都住在教职工的公寓。爸妈忙起来双双不在，我和哥哥常常也会去宁老师家吃饭的，她做饭很好吃，且很有科学精神。我们那会儿读书就知道华罗庚的时间统筹法，她就是践行者。我有时去她家时，她还在书房工作，戴着眼镜出来迎接我们，很快她的一双儿女也回家了，她的儿子比我还小一岁，却能自己去幼儿园接妹妹一起回家，从小就很独立的。她去厨房，同时做好几个菜，每个灶头各有分工，一会儿就能吃上饭。菜的色彩、餐具都好看，小孩都能感受到的，她过得很细致，非常吸引人。

宁先生在这个城市独居的十年时光，她从宁先生处听到很多过往。坦然把生命的碎片逐一交出，也是人在老去，在生命和死亡犬牙交错的时光里常常的选择。

宁先生和她的先生是少年相识，韩先生其实是宁先生嫂子的表弟，是看海吃饭的渔民家的小儿子。他们相识于宁先生大哥的婚礼，那是少年的韩先生第一次乘火车，第一次踏上铺着地毯的礼堂，婚礼的宴会，宁先生和韩先生第一次见到。再见面已是5年后，他们在同一所大学重逢，宁先生是出身不俗的天之骄女，韩先生是前途未知的寒门青年。宁先生的父母怕她会因这婚姻受苦，后来宁先生带着韩先生去拜访了恩师，谭先生与宁先生的父母说："我看这个年轻人，除了穷点，没什么不好。"才使良缘得成。

23岁的宁先生，大学毕业到研究所，跟随谭先生做清诗研究。23岁的宁先生，嫁给了韩先生，直到韩先生去世，两人延续了26年的婚姻。宁先生生下小女儿第二年，有出国访学一年的机会，宁先生本已拒绝，韩先生却和她说："你当然要去，出去看看对你总是好的，你现在不去，以后孩子大了更难。"于是，宁先生第一次去国离家。

在外访学的那一年，韩先生在国内照顾两个幼儿，宁先生却踏出了人生的新途。她修炼经史的功夫已经纯然，此时是连接外物，打通脉络。她接触最新的海外汉学研究，知道仅仅章句训诂，碎义逃难，会使中文研究成为现代学术的化外之地。她纠正以前研究的徽实有余，游刃不足，讲中西哲学会通，移用西方文学理论来丰富对中国古典文学的诠释。差不多十年后，两个孩子又先后面临申请出国读书事，从语言预科，到递送申请，事务烦琐，多是韩先生操心，后来，到底牵挂孩童，韩先生办理移居，出国陪伴儿女读书，自此夫妇两人聚少离多，直到生命终点前的几年才团聚一起。青年时的韩先生在毕业的画展上颇受瞩目，他以点彩笔法描摹的渔村晚景很多年后都被同学记得。他后来的创作，停在一个小小的世界。他为宁先生的每一本书作封面和插画，为孩子们留下大量记录家庭生活的画作。他去世后，宁先生为他做的小型画展里，有一幅母亲抱着孩子的绘画，以他最擅长的水墨与炭笔绘成，深深浅浅的灰白色调和晕染的柔光里，水墨线条勾勒的女性怀抱纯白襁褓内的婴孩，不见眉目，唯脖颈低下、脸颊贴近婴孩的温存与眷恋。

所谓夫妻，是互相陪伴的人，宁先生和韩先生皆不是善于交际的人，格外相互倚赖。宁先生每每在书房工作至深夜，韩先生和孩子已经在床上睡得酣然，几乎占满床铺，宁先生在韩先生脚边，靠近床尾的地方蜷睡。夜里朦胧触碰到那个温热的身躯，心下于是安然。很多年后，韩先生去世之前几日，身体似有好转，不用护工帮助，亦能独立行走，她原以为是好的迹象。一日他晨起去卫生间刷牙，她到底不安，跟随过去，帮他拿毛巾杂物，从他的身边经过，手指无意轻轻拂过他的背脊，几日之后，韩先生就故去了。宁先生与友人说，那触感，好像一直停在指尖上，从未离开。

26年，平常来说尚且谈不上半生，却因为生命的短暂，成就了韩先生承诺给宁先生的一生一世。韩先生去世后，宁先生一直随身携带一个古董鼻烟壶，里面放着他的一把骨灰。她独处的漫长时岁，并非总是朗朗乾坤、友伴围拥，而是有独处，有夜晚，有病痛，有衰老。按照世俗的规制仪礼，送走至亲至爱之人，流合适的泪水、道合适的话语，手指尖停栖着最末的身体记忆,亦揉化入骨血,是为共生。录像上,宁先生背过身体,微微颤动的肩胛,总在我面前。

今日,我的先生也赴了死亡的邀约,多少不忍不愿我也不能重新书写那一刻,挽住时光,去留下我的先生。人居一世间,忽若风吹尘,一个人来过又离开,这个世界轻轻晃动一下,什么永远失去了,什么又留下了?人能在什么地方留下痕迹,能证明孜孜的一生不全然是徒劳,不全然是荒诞?

寿限无,它在我心内属于我的先生,它在我先生的心内属于她的先生。在此刻死亡的诡计被终结,人作为注定的失败者,有的不再是等待审判的恐惧。所以我的先生,可以细腻地画下她的先生脸上的老人斑,可以把她的先生的骨灰携带身旁,死亡以物理的方式无限接近她,而她选择领受。

再一次,从中文系主楼的台阶下,拾步而上,经过草坪经过谭先生的像,走到中文系的正门前,仰望赤色匾额上谭先生手书的题字。夜天澄碧,秋草欲萎,虫声哀诉,我再不能遇到我的先生,是记忆把她生命的部分留下来,与我共存。佛教的唯识学讲阿赖耶识,埋藏着一切种子,末那识通过它生起种种"境"。我想起我的18岁,宁先生的课堂,是先生牵动了我内心埋藏的种子,领我走到这里,开启我的可能,注定我的局限。我既不怕迁,更不怕腐,我希望我的宿命也成为我的骨血,腐更彻底,直到骨体消解与岁月同化。我身边有妻子,我的前路有先生,我却不觉得很寂寞。

父 母

淡 豹

淡豹，1984年生，沈阳人。曾就读于北京大学社会学系和芝加哥大学人类学系，以闽南茶乡、四川藏区为田野调查地点，有多篇论文和文章发表于《社会学研究》《人类学与人文主义》等杂志。2013年开始小说创作，有小说发表于《小说界》等杂志。在《VISTA看天下》《ELLE MEN睿士》杂志开设专栏。

爸爸和妈妈失去了他们的孩子。十三岁。整个事件蹊跷、意外、不可预料。从这所中学毕业的一位学生回到学校，用刀杀了六个学生，其中一个当时就死了，另外五个死在救护车上和医院里。共有两位男生和四位女生。一位老师受伤了，几乎死去又活过来，是平素不受注意的中年地理老师，事件后被提拔为教导主任，入党，不过离婚了。

对这个事件有不少解释：优等生内心不为人注意的长期压抑。精神错乱。考试制度的压力使青少年人际关系变形。畸形家庭，主要是母亲的错，也有父亲的错。难以探测的怀恨。人是多么危险的动物啊。中国越来越像日本和美国了，连环杀人犯和变态杀人狂增多，这说明中国逐渐发达。人在人群中也感到孤立，这显然是一种现代病。青少年需要精神支持。

爸爸和妈妈搬了家。仍然在这个城市，但离开了他们居住了十五年的住宅区。其他几位失去孩子的家长组成"痛失会"，爸爸和妈妈没有参加。"痛失会"认为学校对六位学生的死、对其他学生受的伤和惊吓负有比学校目前承认的程度更大的责任。公安局也该负责，有一位女生曾发现有人在校门口附近跟踪她，打过110，接警员说如果对方还没有伤害她就无法受理。确实也没有受理。女生认为那个人就是如今杀人的这个人。

有评论者怀疑女生要借此成名，把自己推向媒体和社会关注的舞台，这样做太愚蠢了，她会因此受到更多的注意甚至跟踪。

不过，从110存储的电话录音判断，女生当时描述的跟踪者体貌特征与杀人者基本相符。但现在无法确定那个人就是这个人，杀人者在警察到达前就自杀了。

一位悲愤的父亲，几位记者，几位教授想借此事在全国范围内推行禁止令制度。必须等到伤害发生后才能去追捕坏人吗？这等于是把潜在受害者当作猎物和诱饵。一定要给有意图杀伤或强奸的人松绑吗？跟踪者和骚扰者就应该被查处，由法院系统颁发禁止令，只要他们出现在其猎物周围500米内就逮捕。警察系统应该是防范性的，不能止于事后侦查。让强奸犯都去死！物理阉割。把他们的大头照片贴到电线杆上。如果他们要搬进一个住宅区，政府的数据库会发出尖厉的声音，警报到达每个居民的家里。有孩子的家庭将在愤怒中发抖，家家户户走上街头，制止他们，监视他们，驱逐他们，他们将找不到工作，买不到房子，缺乏生活来源，饿死。让潜在的强奸犯都去死！110接警员必须系统培训，不该不耐烦，更不能情绪化。我们要建设一个女孩子夜晚出门不会感到害怕的国家。

爸爸和妈妈答应在公开信上签字，但不肯和记者谈话。有一天妈妈上班时头晕目眩，出现了幻觉，她走到写字楼二层的咖啡馆，透过玻璃望着行人。穿条纹制服的服务员身旁的墙壁上悬挂着深棕色木条镶的镜框，海报血红，KEEP CALM AND CARRY ON——保持镇静并前进，她心想这很难，不过还是打算试试，试后面那一半。

爸爸和妈妈不想再与其他家长见面。中介在两天内找到了房子，他们开始前进。

**

有三年的时间，爸爸和妈妈尝试再生一个孩子。先花一年试探自然怀孕。失败后他们怨恨自己居然天真到了会想要自然怀孕的地步。然后是试管婴儿。过程中妈妈试过几种宗教，买了磁疗床，清早平躺在床上监测体温。在尝试怀孕之前，爸爸戒烟成功。他在喜悦中觉得自己什么都能做成。之后他复吸了。

做试管婴儿的两年里，妈妈的心情有很多起伏变化。她说促排卵针改变了她的荷尔蒙，让她像一条河流，湍急，狭窄，波动，不停。有一段时间她持续情绪低落。有时她说叠字，车车，狗狗，去玩玩，溜溜达达，像对孩子说话，也像自己变形为孩子。爸爸怀着惊叹观察她的试验与表演。女人真是有韧性，和男人不同。

爸爸和妈妈去了两次香港。第一次没有成功，替同事带了三台在内地脱销的新款手机回来。回答亲属为什么没有成功的问题时，爸爸比妈妈先崩溃。第二次是秘密去的，也没有成功，妈妈劝爸爸放宽心，没什么大不了，也算意料之中，我们还有彼此。爸爸感到自己要发疯了，去机场的路上，他要求下车透气。妈妈陪他下车，走进与香港的街头相比算得上空荡荡的电子产品商店，正是香港回归二十周年纪念，商店为内地游客打九七折优惠。两人各买了一台新款手机。回家后爸爸换上了新手机，妈妈没有拆封。

还去了一次广州，一起见从泰国来的代孕母亲，很年轻，不说话，用笑回答问题，穿大领口的黄底碎花上衣和灰色宽松运动裤，头发梳起来盘在脑后，仿佛已经怀孕了一般。这一次什么都显得很顺利，求签的结果是中吉，签文内容谈到山川和万里长空的秋景。妈妈面试了保姆公司推荐的两页育儿嫂，在"专业""资深""金牌""王牌"中选择了一位金牌陈姐，比妈妈大四岁。"我们应该把儿童房装修成粉色还是蓝色？"第五个月，妈妈按照广泛流传的建议，在私立诊所B超室里坐在代孕母亲、翻译和中介身旁以迂回的方式向大夫试探。大夫直截了当地说："女孩。"就像嘲笑妈妈的委婉。在走廊里，中介告诉爸爸妈妈："你们付了钱的。"

那么这次降生的会是一个女孩子。妈妈是这样理解的，上次的男孩子被收了回去，这次上天善意地换一个类型。她认为爸爸可能也是这样想的。不过植入胚胎后的第191天，皮查娅（中介公司在联络时称她为小P）胎停育了。

爸爸和妈妈也想过既使用其他人的子宫，又使用其他人的卵巢。后来放弃了这个念头。爸爸和妈妈有过自己的孩子了，现在他们还是想要自己的孩子。

爸爸认为问题不在精子。妈妈认为在所有这些之后，她已经有资格领取辅助生殖医学的荣誉博士学位。或者，有荣誉患者学位吗？

从前妈妈是个为自己做出的人生选择都满足了预期而得意的女人。这些选择不都最好，不都是唯一正确的选项，但在回顾中的确适合于她的人生。在她还不想有孩子的时候，她不怕会显得和别人不一样，在聚会时缺少话题。同学聚餐时她说"别只聊孩子了"，在单位她说"是吗"。等待孩子降生时，她仍旧频繁出差。有了孩子后，她也准备继续申请升职。超出她计划的是，她发现自己很爱孩子，她离不开孩子比孩子离不开她更多。这是一个小小的意外，她随即做了调整，更换到不需要出差的岗位，要求爸爸和她一样围绕着生育这件事重新构造自己，妈妈响应哭声，爸爸努力赚钱。妈妈继续为人生选择感到满意。

现在她的想法改变了。她觉得自己不应该那么晚才生育。31岁——才——得到孩子，44岁——就——丧失了孩子。这太晚了。现在她48岁了。什么都来不及了。她常常发愣，发呆，忘记自己走进房间是要取什么就走出去，忘记已经端起了茶杯，或者忘了向茶杯里倒水，忘记喝水。微波炉叮地响过一声，热好的排骨在托盘上待了两天，下次再打开微波炉门时排骨上的肉裂开了，棕褐的道道干纹。她以为孩子死去后自己会长期失眠，但自己反而是睡得很乱。现在夜里不睡，早上又睡得太多了，常常无法起床，午觉醒来已经日落，让她的心一阵低沉。妈妈想要与记忆力衰退作战，但又想要忘掉，想要与冷淡作战，又宁愿淡漠一点。所有这些也许是前一阶段调整雌激素和促排卵针的错，或者是衰老的后果，无论有没有发生那件事都会到来。但至少让自己能够专注总不是错的？她做凯格尔骨盆运动，屏蔽掉周遭的事，让自己关注数字。渐渐她可以从十个节拍数到二十个节拍了，重复十次。虽然，她想，阴道肌肉派不上用场。早上妈妈边听广播边要泡茶，又调小广播的声音，试着去凝视水壶，聆听热水烧开的咕嘟声音，再专注在手臂端起水壶的力量和动作上，只想茶。悲哀的岂不是恰恰只有通过婚姻才能获得她丧失的孩子？如果可以买来一个孩子，收养到一个孩子，如果那样的孩子也仍然百分之百是自己的孩子，生活就不会再这样淋漓发黏，她就不会再因为播音员语速太慢而烦躁到想要用开水烫自己，想要用厨刀刺穿自己的手掌。现在她不得不用婚姻获得怀孕，用怀孕挽救婚姻。一个人怎么可能同时完成两件困难的事？西西弗斯和石头打架、与石头为敌，而错误本来在于山峰，错在山峰的坡度。如今她的子宫像这只破损的、棕色的、萎靡的、滴着水的茶包。

与此同时爸爸在回忆他一生中做错的事。他始终认为自己是好人，乖，规矩，准时完成任务，努力生活。以前他隐隐担心的是自己是否勤勉到了会在旁人、在女人和年轻人眼中显得无趣的地步，他不曾显现出任何可能坏的征兆。他在军区长大，大家相互认识，走去小学的路上经过一个又一个人家，碰到父母的一位又一位同事，他停下来，对每个叫出姓氏准确的叔叔阿姨，他不是那种会"不叫人"的小孩。他也是不欺负人的大人。孩子还活着时，他几乎没有对孩子发过火，除了一次，孩子四五岁时吵着要听故事、扯着他衣角不肯睡觉、最终把床单拽下来躺在地板上裹住自己耍赖的那一次，而那次他也没有打孩子。他也并不是对不睡觉，只是对胡搅蛮缠发火。他认为自己区分规训与惩罚，他不惩罚人，他只管束。生活应当由一系列基于给定规则的合约构成，沟通，谈判，让步，约束。

现在爸爸不那么确定了。他服从规范，讲道理，对人好。但他从不给乞丐钱。他是否对弱者缺乏同情心？不欺负人是另一种隔离和冷漠吗？他相信原则和立场，区分他人与自己人，他清晰，是否因此他才受到这样的惩罚，要把他变成弱者，让他试试看一无所有的感受，或者生活无法从头来过的滋味？他在不惑之年学会突如其来。生活是由雷阵雨构成的。有死火山，有活火山，有休眠火山，没有任何一座肯与你谈判。他以前是否太残忍？但即便如此，降临在他身上的是不是也未免残忍得过分？

年轻时爸爸相信人的自我完善必然通过一步步的自我摧毁完成，这是他大学时代抄下来贴在书桌膛内侧的格言。他督促自己改掉坏毛病，如果周六去游泳能游十八圈，周日就争取二十圈，带着酸痛的腿。他提醒自己根除惰性，少打游戏，再累也要洗脚。如今在所有这些事之后他似乎又完善了一些。但摧毁自我可以，为什么先要摧毁他的孩子呢？到现在，在对自身的考古得到发掘结果后，再开始给乞丐钱，还来得及吗？意义是什么？孩子已经死了。倘若生活能给爸爸第二次机会，那会是什么？

爸爸想抱住妈妈，又无法忍受看到妈妈。

***

在事件发生之初，妈妈想从生活中逃走。之后新的孩子的可能性拴住了她。她像从未有过孩子那样，买来育儿书，学习正确地对孩子说话。在过去15年里，潮流变得多么剧烈啊。现在需要母乳喂养，标准是越久越好，在孩子抛弃你之前，你不能抛弃他。诸多女人因为无法成为称职的奶牛而陷入抑郁。在以前，妈妈养育孩子的时候，吃奶粉是高级的事情，她当年从进口超市买荷兰牌子的奶粉喂给孩子，未曾因此内疚。现在，对孩子说话有那么多讲究，急事要慢慢地说，纠正生活习惯要幽默地说，不确定的事要谨慎地说。绝不能说伤害孩子的话，从不谈论别人的八卦，伤心时不能归咎于人。如果冤枉了孩子，可能会让孩子终生处在痛苦之中。你要让孩子感到你稳重，可以信赖，始终善意，爱得毫无保留也毫无条件。孩子不是出气筒也不是传承人。

她做错了多少事啊，也许她曾对孩子说的大部分话都是错误的。她觉得亏欠孩子。

最终放弃试管婴儿的念头后，妈妈不再吃促排卵药。她做了额头和法令纹部位的面部注射，切掉眼袋，完成了埋线手术。诊所的墙上挂着女人术前术后对比的照片，侧面照都没有笑容，左边的皱纹明显一些，右边的更平滑也更冷酷。正面照片中，左边的不笑，右边的笑，显得略为年轻。医生告诉她不需要担心，这里有休息室，不少女人在手术后都会在这里住一夜，第二天再回家，以免丈夫发现自己做了整形美容。妈妈想，第二天就看不出来了吗？世间的丈夫是多么粗心的一类人啊。

整形医生说埋线能够把她的面容冰冻在此刻的年纪，46岁。她想，如果能冰冻在43岁，她将作为一个快乐的女人老去。现在她是作为一个绝望的女人老去，不过法令纹是平滑的。

在对自我身体的医学处理方面，爸爸落在妈妈的后面。

他只切掉了痔疮。医生让他多吃粗粮和豆类。

***

第二年的那一天,在孩子纪念日的前一周,"痛失会"打来电话,爸爸和妈妈感到拒绝无能,这一天爸爸去了学校,妈妈头痛,待在家里。后来她听说,这段时间,记者到学校门口堵截学生要求采访,寻找当年受伤的学生回忆杀人过程,访问邻近的小卖部店主。学校严禁学生接受采访。第三年的那一天到来前,爸爸和妈妈关掉了手机。

到第四年的这一天,没有记者再联系他们。爸爸和他的司机去了墓地,妈妈没有。她上午在家工作,中午去超市买菜,送了干洗的衣服。老实说,她不大相信那些关于丧仪的林林总总。反过来,她越来越相信灵魂不死。她想,这六个孩子的墓碑在不同地方。在新闻报道上总是六个孩子,就仿佛六个孩子是一个集体,来自不同年级和不同班级,生前并不相识的六个小人抱在一起。但她只在乎自己的孩子。

亲属一如既往地关心爸爸和妈妈,没有因为时间过去而过多消减,反而仿佛因为认定他们的悲痛应当多少平息了而关怀得更露骨一些。孩子的死如今不再是一个悲伤的、不宜提起的事件,而应该得到理性地看待,它是家庭中一个需要有效填充的缺憾。有亲属问妈妈如今过得怎么样,是否打算收养孩子,说间接听说一户人家可能会想卖掉孩子,不过是个4岁的小女孩,年纪偏大,怕养不熟。也有亲属关心国家大事,在二月时告诉妈妈三月将有法律改革,可能会通过新的规定。"你们的案子也许可以追究学校责任,你们看看要不要找人活动活动,或者去写封联名信。否则太不公平。"

亲属说。

　　一个案子？那是我的孩子。妈妈在心里长长地说。

　　同事不向妈妈提起这些。妈妈自上班以来一直在同一个单位工作，她的领导在这几年对她分外慷慨，给她在家工作的充分自由，实际上，领导积极建议她多在家上班，好像她是有暴力倾向的精神病患者。妈妈也发现同事给她特殊待遇，以宽容的眼神看她，也许是怕她受刺激。新入职的同事大抵很快听说妈妈身上发生过的事，她能感觉出来。她没法真正和他们交谈，虽然她认为是他们先停止真正和她交谈的。她能看到他们心里的疑虑：提起孩子还是不提起孩子？特意不提起孩子就等于提起孩子。

　　当我看不见你时，我是一架提供八卦草料的马车。当你坐在我旁边时呢？我是像瘟疫吗？这样的表达太俗套了，同事并没有避开我，妈妈想。更类似于轻微的花粉过敏，使他们在某些时刻尽量会回避一些话题，又似乎无法不闻到妈妈身上的某种气味。

　　有一段时间妈妈常想关于动机的事。撒哈拉沙漠上一位老妇人走了很久，在绝望的干渴中寻找某种她不确定其存在也不懂其缘故的东西，无法停下，因为她的丈夫死了，孩子也死了，孩子的孩子也死了，她的姐妹也死了，她的兄弟也死了。这是妈妈在尝试宗教的过程中参加一次活动时牧师讲的故事。老妇人没有办法理解这一切，她的生活无法继续，她执迷于"为什么"，为什么这会发生？为什么发生于我？她离开家在痛苦中寻找答案。这个老妇人走进了死胡同，牧师说，因为神的旨意有时是没有理由的，没有你所能把握的理由。你能做的是服从神的旨意，不去质疑他，不去询问他，要怀着希望去相信他的善与正义。

如果没有答案,我为什么要来这里?妈妈不再参加这个组织的活动,然而开始持续地想关于"为什么"的问题。那个凶手是没有清楚的动机的,至少没有大家能够确认的动机。凶手本人也自杀了,因此那些孩子的死没有意义,没有抹平什么以往的不公,甚至没有慰藉坏人。只能追究各个机构的责任,但那也没有意义。究竟为什么杀人?为什么杀了这个孩子?所有的孩子都穿校服。我的孩子跑得不快。也许就是这个缘故。我的孩子特别可爱,也许吸引了他的注意。但我的孩子的脸特别可爱,凶手难道不会因此停下来吗?不过他确实是从身体后面下刀的。妈妈不能再想下去了。

到第四年,在"痛失会"推动下,虽然没有更多的记者前来实地采访爸爸们和妈妈们如今的生活,以及学校的情况,但网络上到这一天仍然有追忆和评论,虚拟的烛火点起来,尤其是,在那起事件后在全国其他地方又有了几起类似的事件。妈妈不希望看到这些事,她也不看新闻,但网络上的评论冲到她的眼前。人们在讨论历史和未来——这样的凶手在世界各地都存在,未来还有可能有更多人受难。也在讨论原因——我们的社会错了、坏了,让人痛心、恐惧。前一部分人认为这件事是偶然的意外事件,凶手是世间总存在的那一小部分变态,后一部分人认为这件事是必然的事件,凶手是社会的果实。这两种看法妈妈都无法接受。

事情发生时,除了死去的孩子,还有几个孩子受了伤,或者留下了心理阴影。有一个男孩子在逃离时手臂骨折了,后来在天冷或下雨时总会颤抖。事发时他是初三学生,顽劣,曾经为了早些进去打饭冲破学校食堂大门玻璃,受到处分。事情发生后,学校补偿他,让他直升高中部。现在,"痛失会"的家长说,这个男孩子的父母正在为他向学校争取大学保送名额。

妈妈不想听到这些。"痛失会"的爸爸妈妈们就好像决计要终生都生活在一起，不和别人，就他们自己，以及其他想用这个事件——案子！——改变或推动另外一些事的人。律师和记者想要改变自己的命运，律师喜欢说，我代表你们的利益；记者喜欢说，我代表公众的利益。"痛失会"的爸爸妈妈们相信这些吗？还是他们也并不相信，但反正认定了总归其他人也不懂得他们，也没法和他们真正说话，或者说不出他们想听到的话？可爸爸和妈妈不想和他们一起在另册中生活。除了生命中都曾发生过这件事外，爸爸妈妈与他们没有共同点。犯人出狱后还要定期聚餐吗？何况还没有出狱，也许永不会出狱了。没出狱时人也想要家人和朋友的探望，不想和其他犯人待在一起。

在妈妈告诉先前定下的那位金牌育儿嫂取消服务时，她告诉妈妈，她正准备改做不住家阿姨，因为她的儿子刚刚得到通知，没有考上研究生，要来这个城市找工作，她计划租房和儿子住在一起，给儿子做做饭。妈妈请她当自己的小时工。阿姨的儿子每天在一家网络公司工作8到10小时，赚130元。他的上一份工作是发传单，每小时15元。阿姨每小时的工钱是35元，不过每天要骑电动车去三四个人家，跑得辛苦。儿子对阿姨说，妈妈啊，你不要那么累，我的工作是有上升空间的。

擦地时，阿姨告诉妈妈这些，妈妈坐在沙发上哭了。

阿姨另一个儿子正在上大学一年级，秋天前需要在四个专业中选择一个。水文与水资源工程、农业水利工程、热能与动力工程、农业建筑环境与能源工程。阿姨拿着手机来问，妈妈去咨询单位里的工程师应当选哪个专业，安排孩子给工程师打电话，让孩子放假来探望母亲时和工程师见面，谈谈未来的课程选择。爸爸提醒她，这样太关心是可能会有麻烦的。妈妈有些生气地说，我认了。有时爸爸全是逻辑，妈妈不堪忍受。

有时妈妈去盲人按摩店。妈妈不太敢看盲人，怕看到不清晰的眼睛，她不知道怎样应对。有一次妈妈脸朝下趴在按摩床上时，听到正在给自己做按摩的盲人女孩子和旁边的按摩师聊天，说某个牌子的手机摄像头特别清晰，比同档次的贵了一千块钱，但咱们这样眼睛不好的，拍下来再看方便。旁边的按摩师说，某个国产牌子比另一个牌子的读屏功能好。妈妈想，我从来没想过手机有——手机需要读屏功能啊。女孩子又说，附近超市的小米不好，煮出来米汤分离，不如早市的。旁边的人让她放一点淀粉进去。女孩子又说，超市里服务台没人，价签看不清楚，以为白菜是五块八一大棵，结果是五块八一公斤。拿了一棵，十多块钱，又还给收银台了。这么说，白菜贵了啊，妈妈想。女孩子说，店里扩大以后，人际关系复杂，她觉得，"在这儿最好就别说话"。妈妈想，原来在按摩店里也有办公室政治呢。她想看一看这个声音稚嫩的女孩子，但只能看到大理石地砖上镶嵌的金色花纹。她是什么样子的？半个小时以前妈妈在她身后，随着她走过灯光昏暗的走廊，恍惚的印象是她的长麻花辫尾垂着一颗紫草莓。又有另一位按摩师对女孩子说，在外面说话做事要小心，他的母亲也是这样教他的。女孩子说："我妈妈跟我说，想学东西就得付出代价。"妈妈又哭了。

还有一次哭泣发生在地铁站。妈妈身边的座位上坐着一个男人，有点像推销员，坐下时先翻看包里的几种商品折页。之后在手机一个顶端标着"说说"的页面上，不断修改自己的发言。

"人生，福气是啥？心情快乐，乡土人情环绕。" 发表了，又修改。"乡土人情好，及时结婚生子，工作稳健，衣食住行好。"

妈妈右手边的男人在看一本《庄股盘口揭秘》。左边的男人在手机上再写下一条发言："交朋友，娶妻子，第一看衣服，衣服相近，才属同类，有缘分。第二看食物。第三看家乡家庭。"到站后妈妈走在地铁站的人流里，转弯，走上楼梯，转弯，走向换乘另一条线的长长的走廊，去她要去的出口。有人向她迎面走来，她避开，跟着一些人走下去，有走得很快的，有拎公文包的，有相互依偎的，有抱着小孩的，有停下来在长走廊边和横幅广告上代言酸奶的男明星合影自拍的，有穿高跟鞋、背帆布袋的，像早晨出门上班时太仓促了，有散散漫漫走下去，走开了，又回头寻找自己的朋友，随即聚拢的。看着这些一个个生活着的人，妈妈又哭了。

＊＊＊

在迎接那个后来消失的，曾经即将到来的小姑娘时（起名叫安安，英文名Stella），妈妈不打算像她对大夫说的那样把房间漆成粉色或蓝色。她认为应当选择一种让谁都会快乐的颜色，未来是不分性别的。在柠檬黄色、青草绿色、太阳橙色中，她选择了绿色。她热诚地布置房间。如今这里成为她的书房，书架和挂画挡住两面绿墙。

每天夜里，爸爸睡着，妈妈在床上躺一会儿，闭着眼睛，滴两到三滴眼药水让自己放松下来。待他的呼吸声变成低低的鼾声，像运转不良的老式抽油烟机开着磕磕绊绊的一挡，她就起身，蹑手蹑脚走出卧室，倒杯热水，到有绿墙的书房去坐着，看旧杂志。有时她什么也不做，就坐在阳台上的藤椅上，盖一张薄毛毯在身上，看星星。有时她不知不觉睡着一小会儿，再在凉意中醒过来，再过一会儿，小区旁的街道就有洒水车和垃圾车开过，将要天亮。她的房间就不再属于她，又是她和爸爸共同的家了。

孩子去世后，她先是失眠，其后在药物作用下睡得太多，之后又失眠。她发现在这个年纪她终于拥有了自己的房间，像一名年近五十的被迫的女权主义者，享有不情不愿的自我，在命运中随波逐流后享受一种既像惩罚又像补偿的自由。起初睡不着的那段时间里，她并不是总在想孩子，而是总想起自己的小时候，好像获得了某种倒退式的新生。亲人们对她说这样不行，她就开始服药，让心情好起来的东西。然而她发现自己容易忘事，于是又停掉了。人们怎么不劝爸爸服药？就好像女人都是情绪，女人无法控制自己，女人的睡着与不睡着都是不情愿的，女人应该被调节。

那些药片也让妈妈不再做梦。本来在失眠之后短暂的梦里她经常梦到自己逝去多年的外公外婆，还有高考，有时在梦里她也能看见孩子。孩子很小的时候长得不太像爸爸，爸爸是长眼睛，孩子是圆眼睛；爸爸是方脸，孩子是心形的小脸，额头圆，出生后两天酒窝就清晰可辨。她常常主动说，这孩子五官不太像爸爸。大家反而因此都说，可真像！就像要为孩子辩护似的，找出孩子和爸爸越来越像的证据，头顶上的旋也在同一个位置，人中也是那么深，也是上端有点尖的耳朵，耳朵位置生得很高，说明骨相聪明。那时这些别人强调的特点让她觉得有点陌生，就仿佛她不那么了解自己的孩子，不够注意孩子身上细小的部分，比如她会注意到孩子的耳垂很大，但她没来得及发现孩子耳郭上端有点尖。

孩子去世后，她也惊讶地发现了很多关于孩子的事。有一位老师对她和爸爸提起，孩子和一位同学传递情书，被老师发现过。她想知道那位同学是谁，去找那位同学聊聊孩子。老师也许看她太热切了，也许怀疑她有追究同学或学校责任的打算，后来又改了口，说记错了人。还有一位同学告诉她，孩子生前爱喝桃汁。妈妈哭了，她从来不知道。她在家只买橙汁和苹果汁，孩子没有说起过。

在自己的房间妈妈回顾自己的生活。这一生的前28年她和父母住在一起。先和外婆，后和妹妹同一个房间。之后和丈夫住在一间单位宿舍。31岁时她生育，她的身体白天属于单位，夜晚属于婴儿。孩子上幼儿园，能按时起床睡觉后，她过起按块划分的生活，最惬意的时光是单位组织外出旅游时，或者她自己待在洗手间时，因此搬家时她坚持要在家中安装大浴缸，虽然丈夫会毫不留情地在她泡澡时走进洗手间，取东西，刷牙，当她的面排泄，走出去时不关门。她从浴缸起身，发现还有一团手纸漂浮在马桶里，膨胀得像胖大海。那时她最喜欢丈夫和孩子都不在家的日子。

现在只要吃下头痛药片便获得舒适，到夜晚她拥有整个家。妈妈找到玫瑰味的眼药水，方瓶子顶扣粉色小皇冠，像小香水瓶。买来全彩图的杂志，适合在绿色房间夜里暖黄的立式灯下看，从时尚到军事，她看一页，就忘记一页。安放一台香薰灯。有时她打扫房间，擦书柜门，四壁发亮。她不再像以前那样听着丈夫的鼾声嫉恨他大开大敞的安宁。如今她在黑暗中对丈夫怀有一种只有对无知者或陌生人才可能产生的爱意。在黑暗中，他的肉体成为家具，是这个家的一部分。而她是唯一的活人。

***

有人建议他们养一条狗,爸爸考虑了这个提议。带大量视频和图片的宠物百科让其他网页打开得很慢,但他不愿意关掉窗口。他对约克夏梗产生了几乎可以称为热切的冲动。他有些担心会不习惯家里有狗的味道,去过一次宠物店后,这个忧虑也消失了,他发现自己非常喜欢狗的味道。爸爸和妈妈约好星期六下午到朋友介绍的狗场去买小狗崽,那里除约克夏梗外,还有银狐犬、柯基、雪橇犬。朋友觉得爸爸也可能会喜欢日本柴犬,不过要看过才知道。整个星期爸爸都在期待星期六到来,星期四夜里他梦见狗走失了,又回来了,跟着一个骑自行车的人跑远,像是在郊外新科技园区那种宽阔又不通向任何有人的地方的街道上,空无一车,他挪动步子却跑不动,不可能追上,在梦里他蹲坐在地上痛哭,回家抖着手开门的一刹那,却又听到狗的吠叫,梦里他觉得这叫声可真熟悉,听惯一辈子了似的。

他不愿意再有可能失去什么了。狗能回来而孩子却不会,他无法抑制住恨意。他预料到自己在现实中可能会在遛狗后用钥匙打开家门让狗进家时因为狗确实能够走进家而憎恨狗。

努力自然怀孕的按时索骥失败以来,爸爸和妈妈很少碰对方。也不是完全没有。二人相处时,房间里用了多年的挂钟走字变得很响。有时爸爸觉得自己和妈妈像尘世中的两个鬼,亲近彼此时才有了肉身具象的形态,短暂地相互依赖。但这种神秘的令他想要哭出来的感觉也并没有让亲近变多,想一想,就过去了。

爸爸发现说谎有清热镇痛的功效。说谎之外,他和妈妈不大说话。他把另一间卧室里原本摆放的跑步机和整理箱移到阳台上，住了进去。

爸爸和妈妈的关系更加文明了，用两小时争吵，用一周相互道歉。

有一段时间妈妈指责爸爸只爱他自己。反过来，爸爸不这样看待妈妈。他觉得自己的心脏很疲劳。

在妈妈尝试几种宗教的过程中，爸爸以科学实验的态度观察和记录样本的效果。佛教，她参加了放生和舍粥活动，都不喜欢。去过普陀山，还不错。试了基督教，但她不喜欢一同聚会的人，其中不少有点反动。后来她落脚于灵修课，参加过在郊区的周末冥想工作坊，居然并不都是坐着做瑜伽、想象蓝天绿草之类的事，也不是让人回忆罪孽之类的事，而是尽量让人跑起来，跳动，让人愉悦甚至欢腾，至少暂时能表现出来这些情绪。还有赤脚舞蹈环节，还与比她年轻二十岁的人以及外国人一起野餐烧烤。她回到家时带着茫然若失的表情。这些关于自然和野草、清晨和裸体的竭力令人重生的试探让爸爸怀着伤感想起童年和家乡。非常奇异，那座江南军区大院中曾是他年轻的叔叔阿姨，现在成为他年老的叔叔阿姨的人们，如今有相当高的比例都在相信基督教的各种古怪的地下变体，有些老人每天吃牛肉，说这是来自西方的神的旨意。红色的肉块是长寿的律令，老人以警觉发亮的眼睛躲避死亡投在他们四周的阴影，想象阴间或炼狱有无数粗野狂躁的土狗在等待不愿养生的人。

***

世界改变了。早在几年前她和爸爸尝试再要一个孩子时，妈妈就发现了。那时妈妈去医院做排卵监测和输卵管疏通，她发现生殖中心的女洗手间小隔间门背后贴着代孕、提供健康卵子、处女取卵的小广告。

现在她和爸爸在夜晚散步，地面上有亮晶晶的彩色小广告。当然城市就是这样。一直以来电线杆上都漆着代开发票的电话。总会有人打电话来问要不要卖房，他们对你的情况清清楚楚。另一些人打电话来问你要不要信用贷款，他们不清楚你的情况，但认为你总有遇到难处的、落难的时候。单元门上和门缝里夹着美女公关的广告和电话号码，他们想你总有软弱的时候。但现在城市的地面上花花绿绿地贴着新的事物，包生男孩、交易卵子、代孕母亲。你有些厌恶地以为这个二十多岁的女孩照片是一种色情服务的迹象，它却是子宫服务的迹象，让人悲伤。

以前让人出卖阴道，现在让人连子宫和卵巢一起出卖。一个套装。

后半夜，妈妈待在自己的房间里哭了。真不重要，就好像你的女性的身体是一只塑料脸盆。小时候那一种，没有特点也不太结实的塑料脸盆，丢了就再买一只一模一样的。这些广告还告诉你可以定制，可以选择你想要的女孩子的类型，选择你想要的未来孩子的类型。

什么都这样容易吗？告别自己的孩子这样容易吗？他们以为可以摘出来，可以塞回去，可以拿走，可以卖吗？妈妈想起孩子小的时候，送去幼儿园时从来没有哭泣过，第一天就挥着手告别，自己走了进去，后来也总是高高兴兴的，周末也想去上学，那么快乐的好孩子，从来没有在公共场所号啕大哭，从来没有过非去索要什么东西，只有一次，孩子三四岁的时候，她带孩子去商场买了一只红色的新塑料大澡盆，孩子一定要坐在那个盆里回家，她端了一路。

　　澡盆里的孩子！她想起小P。胎停育后小P拿到了20%补偿金，是中介机构承诺承担的，另外付了钱给小P做引产手术。在那年，妈妈带着视死如归的心情去广州面试未来的代孕母亲，仿佛走上一条不归路，她已经放弃了有百分之百的自己的孩子。而那时爸爸在去之前对候选人很有些好奇。当时妈妈想，爸爸对其他的女人，可能成为自己孩子的某个形态的妈妈的女人，这样好奇——男人看到的是一具新鲜年轻的女性身体，承载着自己的孩子。而女性看到的是自己的孩子，暂时安放在别人的身体里。男人是不是对身体总有占有欲？是不是代孕母亲像某种古代的外室，专门生孩子的那一种，弥补大房的无能，然而也是某一种房、某一种妾室。科学使得爸爸与代孕母亲不需要接近，但男人是不是还会觉得存在着某种联结，那个女人肚子里是我的孩子，因此好奇，因此对代孕母亲也有某种亲近的感觉？妈妈不觉得亲近，她只是极其极其期待，期待怀胎一个月就可以生出孩子。选定小P，从广州回家后，她心情轻松了许多，甚至对爸爸说，但愿我们的孩子早产几周，让我们早些见到她。后来她也想过，是不是自己太着急了，才会又有一个孩子又一次离开。

　　那时在B超室里看着小P剥开衣服露出肚子，妈妈对她有感谢的心情也有排斥的感觉。如今她不这样想了。她疑惑自己怎么会那样残忍，对另一个女人。

　　现在她听到年轻的、孩子三岁的女同事说，自己嫉妒家里的保姆。孩子对保姆太亲了。有什么事情，孩子先看向保姆，再看妈妈。"我家阿姨，我想撵走她。"妈妈生气地插话，这是不可能的任务！你又要她爱你的孩子，你又要她不接受你孩子对她的爱，你又想要在自己想要割断时立刻割断你所要求她给你的孩子的爱。这还不如男人。男人不要娼妓的感情投入，因为男人起身后就想要马上离开。倘若娼妓投入了感情，男人还会害怕。你自己是女人，你应当懂得保姆也懂得娼妓。你为什么这样残忍？类似的，你要你丈夫去赚钱，更多的钱，超过工资的钱，你又要他六点钟回到家。

妈妈变得难以接近。她和她周围的人不一样了。她认为这不是由于她经历了悲剧，而是因为别人拒绝承认那些显而易见的真理。她知道别人只觉得她乖戾，他们又因为认为她的身上发生了不可名状、没有语言能够真正描述和叙说的悲剧，而在以容忍补偿她。也许她变成了自己从前最讨厌的那种人：觉得自己比别人好，因而挑剔的那种人。人类不能接受这种人啊，人类只能接受比别人有钱因而挑剔的人，以及太过悲惨因而挑剔的人。妈妈不介意被当成后者。

妈妈长久地在心中发表小演说。

***

爸爸和妈妈去找了擅长婚姻治疗的心理医生。

"生活中的小美好，"心理医生说，"每天都要试着发现一件。"

比如今天傍晚小区外河边蛙鸣阵阵，多么美妙，让人领会感恩的含义，要慢慢地，逐渐地，学习珍惜生命中每一天的特别。妈妈耳中的蛙声则如同葬礼上的军乐队。比如若是早餐特别好吃，心理医生说，要想到这是怀有耐心和细心才能做出的早餐，其中独特的配料是爱意。当然也别急着一蹴而就。肯定不容易。此外要为自己设立能够达到的小目标。比如每周保证有两个晚上一起在家吃晚饭。但也不要因未达到目标而忧虑自责。最关键的就是停止自责。

妈妈搜索医生的背景资料，得出结论，如今在中国以心理咨询为生太容易了。"那我也可以当国家生殖医学二级咨询师。"妈妈说她绝对不会再去那个工作室。除了陈词滥调什么都没有，墙上还挂着那人和名流的合影。爸爸认为她太负面、虚无、愤世嫉俗。在孩子死去之前，自己的妻子曾是个可爱又粗心的女人。

可以这样总结，"悲剧把她变成了知识分子"。但这同样是陈词滥调，类似于贫穷使人高贵。饥饿带给人耐性。希望就悄悄躺在绝望之中，只要你肯去挖掘。坏天气遴选出好水手。所有人生经历都能带来成长。战争令人失去双腿而人反倒因此更珍惜生命并爱好和平。不幸给人心灵的深度。

为什么人需要心灵的深度？

***

妈妈发现爸爸在读一本叫《非暴力沟通》的书。她不想模仿他，自己去搜索在线课程，买了《非暴力沟通实践篇·下》，又称习题册。她边做早饭边在耳机里听音频。

有时她觉得事情已经过去很久，但她不时心悸。错误之一在于自己当年不该让孩子去那所中学。年轻时爸爸说他爱她的原因之一是她又快活又马虎。爸爸讲究茶叶，她嫌麻烦，向来只用茶包。她曾和同事一起在午休时间的闲极无聊中在网络上算命，星座师要求她们给出自己的生日与大致出生时刻，她特地打电话给母亲问清自己诞生的精确时间，夜里九点半左右，接近九点四十分。但她同时不假思索地给了星座师自己的阴历生日。当然！她向来过阴历生日。半年后她意识到了这一点，不过这时她已经为测算结果在日常生活中的折射发出过几次惊叹："太准了！"也因此她已经把这位神算的星座大师推荐给两位好赶时髦的同事，现在只好偷藏起这个秘密。第一次听到这个故事时爸爸笑得前仰后合。她怀疑自己其实没有那么马虎，更没有那么快活，阴历生日是个偶然的错误，或者她只是不太在乎。多年共度的岁月中，是他的喜爱把她塑造成了一个力图马虎也力图快活的人，对什么都放心。如果她仔细一些，用功一些，加入她所不愿意加入的妈妈群，更早去查询政策的缺口，更多去寻求别人的建议，她的孩子本可以早一年上小学，也就早一年上中学，也就未必会考进这所中学。类似的，如果她当初不那么快活，如今她就不会这样痛苦。

妈妈发现世界上到处都是谋杀案的新闻。这个世界怎么了！她在机场书店看到一架架的日本罪案小说。封面都是血。出差旧金山，酒店所在的街区里居然有好几家塔罗牌算命的小店。或者是妈妈容易注意到这样的店铺。她走进去，在穿紫色长袍、眼窝深陷、涂蓝黑眼影的女人面前坐下，写下自己的公历生日，眼泪汪汪。

***

晚饭后爸爸和妈妈去散步。也许这是在冥府日历中具有某种意义的一天，夜晚的桥头下飘荡着烧纸的味道，燃起几堆明亮的小火，围着想必是家人的人。一个钓鱼老头儿冲妈妈喊："小姑娘！"爸爸和妈妈愣住了，停下脚步。"小姑娘！吃饭了吗？来玩儿！"穿着随意但算体面的老头子，头发有些长，钓竿末端亮着一盏小蓝灯，坐得端端正正，恐怕是脑袋的某个小角落糊涂了。小姑娘！一种奇异的温暖让妈妈想要哭一会儿。

这时候爸爸应该说点什么，制止那人，骂他几句。至少对妈妈说"老流氓""这是个神经病"。或者搂住妈妈的肩膀。或者牵起她的手，换一条路，或者走得更快一些。但爸爸发现他不想评论也不想介入，这好像仅仅是一件碰巧发生在妈妈身上的事，他对她有巨大的、显著的、他在这样的时刻会尤其明确地感到的亲近感，但丧失了保护欲。

以他自己的标准来看，他不是男人了。

爸爸年轻时，在男人中间，在单位里，在饭桌上，如果谁的妻子打来电话，大家会说，不过是老婆打来催回家的，不用接，或者敷衍几句，继续喝酒。仿佛蔑视家庭让自己很有男子气概，然而实际上又都十分重视家庭。在孩子死去后，爸爸发现如今的情况不一样了。夫妻关系和父子关系似乎都更加重要，男同事第一时间接起电话，以正确的方式过周末，阖家出行。单位组织旅游，可以带家属，常常是年轻的男同事抱着孩子，妻子拿包。他们都会换尿布。有时爸爸对孩子觉得抱歉。

孩子活着时喜欢问他与妈妈相遇的故事，从孩子很小时就开始问。"爸爸，你要细细地讲给我听。"他就告诉孩子刚进单位时他在田径队，跑一百一十米栏，妈妈在排球队，单位组织的活动里两个人总能遇见对方。"再讲细一点。"孩子很感兴趣。孩子会告诉同学自己爸爸妈妈体育都好，小时候孩子为此光荣。后来孩子长大了一些，再来追问细节与细节的意义时，爸爸辨认出孩子的眼睛中有已经爱上了某个人的热情与犹疑不决。体育是一个因素，不过爸爸想，这只是浪漫故事从头细说的必需写法，你在哪里看见了谁，你喜欢谁的头发，谁把你带到哪个饭桌上认识了谁，你先认识谁，其后又意外认识了谁并被打动。一个人一生中会这样看见、认识、记得很多人。而人与人真正建立联系是靠一些小事，那些事让你和她之间的某种关联、某种光、某种程序、某种气味与众不同。有一次爸爸陪妈妈去集体宿舍区附属的修鞋摊取她在开缝后送去修补的运动鞋，他已经记不得为什么修鞋的老头儿要和她强横地争吵，他原本站在宿舍管理中心门外，抽烟等她，听到争吵声，他跑进去代替她争辩，她眼泪几乎涌出眼眶，他一时奋不顾身。从我到我们，从谢谢到不再说谢谢，就是因为这样的事。那天之后爸爸担负起保护妈妈的使命，一条单行道，虽然妈妈始终说自己不需要男人的保护。爸爸想，如果他与妈妈在其他情况下相遇，会愉快吗，会有孩子吗？

孩子活着时他没有问过孩子是否愉快。那时他觉得自己能够判断孩子是否愉快。有时孩子明明应该愉快或者平静，看起来却不是，他便要求孩子高兴一点，别哭，不应该闹，太作了，懂事一点，长大吧。现在爸爸认为自己不配活着。

爸爸和妈妈不再读报。叙利亚的小女孩在死去，朝鲜半岛面对着深不可测的危险，有时也有希望，非洲大陆许许多多的人以不同形式流亡或经受屠杀和矿难。也不再看电视。他们觉得非常难弄，人人都在用智能手机谈工作，很难躲开手机里转发来的新闻报道。不得不读新闻时，爸爸觉得讽刺。"全球招聘局级干部"，爸爸想，全球和局级干部不应该在同一个句子里出现。他奇特地发现自己是个爱发议论、爱批评的人，这与他一生以来对自己的判断不同。

"痛失会"坚持每季度聚会。地点起初在茶馆，后来在一户人家的客厅。爸爸和妈妈在宜家的餐厅遇见过他们一次，那些爸爸和妈妈说，大家都有宜家会员卡，在这里喝咖啡免费，正好一聚。爸爸和妈妈端着放肉酱意面的盘子，既不想坐下又不想走开，在附近一张长桌的边上和人拼了桌。那张桌子旁坐的都是老年人，面前没有盘子，多数很吵嚷，在争辩什么事情，其中夹以两个很沉默的，其中一位老太太嘴角垂到下巴，在抹眼泪。爸爸和妈妈听出来，这些老年人参加了某种集资理财，董事长消失、钱也跟着消失后，他们报案了。他们商议着要到北京去下跪，已经去过一次，火车到达河北前被拦截回来，现在他们试图去第二次。妈妈右手边那个胳膊肘总撞到她的中年人说，微信群不安全，有卧底。还是宜家好。

家具什么都见证了，什么也听不见，什么都听见了。就像中学的塑胶操场跑道，什么都看见了，什么都听见了。后来那所中学把操场重新铺了一遍。

是否能拯救婚姻的只有二人中谁得了绝症？不能治愈，只能治疗，死得很慢的那些绝症。在五六年之中逐渐死去。新的紧张，新的绝望，新的团结，新的亲密。爸爸奇特地发现自己是个爱幻想的人，这与他一生以来对自己的判断都不同。

***

爸爸和妈妈出门去吃饭。饮料单上，两页中一半是果昔，健康饮料，转变成液体的蔬菜，延长寿命的、攥紧健康的尝试，毫无必要的零度可乐。孩子还活着时喜欢吃油炸食物，薯片，天妇罗，炸鸡，一盘软炸里脊会蘸净一整碟椒盐。爸爸会制止孩子，少吃这些，吃有营养的，能长高，个子高多好，你想想。孩子表示不在乎身高，煮鸡蛋不好吃，白灼虾也不好吃。鱼则刺太多了。

"爸爸不要管我!" 孩子年幼时恨恨地说。

他想,整个教育哲学都是错的。个子高?劝魏晋时代的人考虑未来移民火星者的福利。"这是为你好。" 父母根本无法知道什么对孩子好,什么是危险的,什么是致命的。全是错误。而爸爸和妈妈永不能知道自己究竟错在了哪一步。

现在爸爸和妈妈坐在餐桌的两侧。他们谈了一会儿科技与日常生活的变数,虚无缥缈的东西,银行产出票面上的财富,战争的A面与B面,5G将让所有人都能待在家上班。国家在发生很多变化,汇率与房价的走势中有不可测的奇妙,让人们处在似乎永无休止的迁移之中,这种动能与伴随其中的那种一定要将生活变得更好的坚忍耐性是爸爸和妈妈不能够领会的。生在南方的人如今生活在北方,觉得太干燥了。反过来,生活在南方的北方人觉得太潮湿了。但这些人似乎都能令人羡慕地忍耐下去,在生活中持续看到新意,不需要做什么真正的改变。一点抱怨和一点回忆,一点陪伴和一点盼望就够了。

他们意识到晚餐是暂时的。散步是暂时的。永恒的是孩子死去了的现实。日子过不下去了,至少与对方不能,但出于同样的原因,必须与这一个对方,把日子过下去。

2018年1月写
2018年5月1日初稿
2019年5月定稿
2019年7月再改

猫将军

孙 频

孙频,江苏作协专业作家,2008年开始小说创作,出版有小说集《松林夜宴图》《鲛在水中央》,《疼》《盐》《裂》三部曲等。

我把我的小饭店从县城的南街挪到北关,又从北关挪到东门,最后又从东门挪到旧车站附近。在巴掌大的县城里这么腾挪跌宕一番,好像我正一个人对着一张棋盘下棋,把棋子下到哪里,完全是我自己说了算,倒也过瘾。在小县城里,像我这样靠做点小生意混口饭吃的人不计其数。我们都是被永远留在县城里的人。

南街的路面虽然宽敞些,但一条路上几百米内就长出了几十个小饭店,雨后蘑菇似的,密密麻麻令人心惊,小老板们一里地之外就开始拉客。开张几天之后我就盘算,老子还是搬走算了,不在这儿凑热闹了。到了北关又发现,这里藏着很多地头蛇,招惹不起,还是赶紧滚蛋。东门倒是热闹,从前老县城的中心嘛,至今还有府君庙、城隍庙、广生院,虽然都已经破破烂烂，但广生院门口的那棵大槐树已经活了一千五百岁，老妖精似的，还活得挺精神。据说住在这片的居民，连厕所都是拿明朝老城墙的砖垒起来的。可是房租贵呀，开业一月有余，发现连房租都赶不出来，只好再次把我玩具一样的小饭店折叠起来，雇个三轮车，又连滚带爬地迁到了旧车站一带。

经过考察，我发现这是个好地方。首先，房租便宜，荒凉嘛，自然就便宜。其次，这一带几乎看不到饭店。再者，旧车站属于半废弃状态，虽不算热闹，但至少还有客车经过，有人来往。于是直到此地，我的小饭店才算正式开张。说是饭店，不如叫面馆更合适。因为我主营桃花面，辅以凉拌三丝、西芹花生米之类的小凉菜。桃花面的名字听着绚烂夺目，其实也就是一碗刀削面加些浇头，浇头倒是有些讲究，里面必须有肉丸子、红烧肉、小酥肉、油豆腐、海带这五样东西，一锅炖得烂熟，浇上去，才能配得上桃花面这一称呼。刀削面我更是练得炉火纯青，站在两米之外，把面团顶在头上，都能把面准确地削到大锅里去。因为几乎没有人来欣赏我的绝技，我在削面的时候时常暗自落寞。小时候成绩不出色，没有考上大学，父亲原打算把我塞进他们厂里，结果厂子先倒闭了，众人遣散，找不到个去处，没办法，我只好苦练刀削面。时间久了，觉得做饭的时候都像在耍杂技，我就是那个杂技演员。

空闲的时候，我时常站在饭店的玻璃门后往外瞅。我饭店前面的视野相当好，门口是一条坑坑洼洼的旧国道，斜对面是旧车站，旧车站旁边是一大片荒野，杂草丛生，几乎看不到建筑，荒野上只有一片稀疏的枣树林，枣树林的后面有一处孤零零的红砖院子，我知道那院子里住着一个养鸡的老头儿，姓刘。我之所以能认识他，是因为老刘时不时会来我饭店里吃碗面，就着生蒜，喝着面汤，一来二去，不想熟也熟了。

有时候，倚在玻璃门后便能看到客车路过旧车站，放下几个乘客来，有的乘客会来我店里吃面，我自然是求之不得。但我又生怕遇到从前的同学，在外地工作的，一回老家就是衣锦还乡的架势，我对他们避之不及。有时候，小饭店里只有老刘一个人坐在那里吃面，吃完面刺溜刺溜地喝汤。我解下围裙坐在他对面，一边抽烟一边问，味道咋样？他使劲吸吸鼻子，用手抹抹嘴，嘴里喷着刚猛的蒜味，还可以。我说，老刘，你怎么不住到城里？一个人住在这野地里不害怕？他咽下满嘴的面条，又喝了口面汤才说，养鸡嘛，臭得很，把别人都熏着了，就要躲到这野地里来养。我想想也是，便又问，那你家三宝呢？又出去玩了？他一个人住在那红砖院里，养了一只大黑猫，取名叫三宝。我有些奇怪，并没有看到大宝二宝，何来的三宝？但也不好意思多问。

三宝是一只极其威风的公猫，浑身漆黑如炭，毛皮溜光水滑，只有两只前爪是雪白的，两只眼睛则是绿色的，祖母绿一般。三宝从小到大只吃过两样东西，生鸡蛋和老鼠。鸡舍里碎掉的蛋统统喂给三宝，鸡舍里上蹿下跳繁衍兴旺的老鼠一直是三宝的主食，所以除了鼠肉，三宝从未吃过别的肉，也不认得鱼，更不知道鱼肉可以吃。有一次我拿鱼肉喂它，它只是很鄙弃地看了我一眼，然后踱到窗前晒太阳去了。有时候老刘喝酒的时候，还会喂三宝一点，三宝喝了酒很快醉倒，躺在炕上四仰八叉地睡着了，呼噜声比老刘打得还响。

大概是因为鸡蛋比较有营养，三宝比一般的猫雄壮魁梧很多,简直不像一只猫,而像一只小型的黑色老虎,虽然都是猫科动物,但毕竟气场有别。它身手极其敏捷,可以像闪电一般从房梁上忽地跃到地上,又可以像蛇一样无声地游走在天花板上,据说它一天可以抓一串老鼠,然后纷纷进贡到主人的炕头。它吃不完的老鼠,老刘就帮它做成鼠干,挂在房檐下,替它储存着。这都是听老刘说的,他那院子我一次都没进去过。人家从没邀请过我,我也不好厚着脸皮硬要进去串门。

有时候他来我店里吃面的时候,三宝会跟着他一起过来。我饭店的玻璃门正对着荒野里的那条羊肠小径,所以他们一出门就在我的视野里。三宝走路的姿态,简直就像一匹老虎坐骑跟在他的后面。我喂它两颗肉丸子,它也并不知道吃,只拿爪子拨来拨去当球玩,时而抛到空中跳起来接住,时而扔到柜子下面,再用爪子使劲勾出来。我叹道,你这猫当得真亏,除了老鼠什么肉都没吃过,白活了。老刘和三宝共盖一床被子,三宝前半夜出去云游四方,后半夜回来,钻进被子睡在老刘的脚边,还打着震天响的呼噜。

老刘来吃面的时候,有时候会给我拎两只死鸡当礼物。他拎着死鸡的爪子递给我,说,放心吃你的,不是药死的,没毒。我看着两只血淋淋的鸡,其中一只轻飘飘的,但体形完整,好像是缺了内脏。我有点心惊胆战,悄悄问,它们是怎么死的?他一屁股坐在凳子上,搭起二郎腿,慢慢抖着上面的一条腿说,这鸡吧,啊,有个爱好,就是个爱好,就像你喜欢抽烟,我喜欢喝酒,就是个爱好。它们喜欢红色,不对,是不能见红色,一见红色就会发疯,所以嘛,你知道关在鸡笼子里的鸡最怕什么?最怕有伤口,不管是什么部位,只要受了伤,流了血,别的鸡就会哗啦全围上去,使劲朝着那个流血的伤口啄，有时候伤口越啄越大，内脏都被啄出来了，那受伤的鸡有时候就这样被啄死了。虽然死相不好看，但毕竟是肉嘛，炖熟了都一样。早和你说了，不是老鼠药药死的。把心放宽，加点干蘑菇，就是个不赖的菜。

我看着死鸡，皱着眉头说，你自个儿怎么不吃？他要了一瓶二两装的柔绵汾阳王，拧开盖子喝了两口，继续抖着腿说，我从来不吃鸡肉，不对，是自从养鸡之后，就再不吃鸡肉。我说，为什么？他叹气道，你自己养养就知道了。我说，那就给三宝吃嘛。他得意地说，我家三宝打小在鸡笼子里长大，小鸡们都是它的亲戚，它根本就不知道这些亲戚还能吃。

走的时候他一般还要再打包一份小碗面带走，开始时我很是疑惑，怀疑他并没有吃饱。我说，不够吃早说嘛，我给你加面就是。他却说是留着给自己晚上吃的。不过通常他吃完也并不急着走，总要一边慢慢啜两碗面汤帮助消化，一边找些话和我说。到最后，小饭店里只剩了我们两人，分别坐在一张桌子的两旁，我抽烟，他喝汤，半天找不出一句话来。

我猜想，他一个人住在这县城边上，只有一只不会说话的猫做伴，到底还是孤单了些。我便找话说，老刘，最近鸡蛋卖得咋样？他说了等于没说，时好时坏，不好说。我又说，老刘啊，你以前是干吗的？怎么跑到这里来养鸡？老刘说，以前是机床厂的工人，后来厂子散了，总得想法子挣两个钱，要不吃什么，喝什么？我朝空中慢慢喷了几个烟圈，看着烟圈渐渐消散，感慨道，可不，一天抽一包赖烟都得十块钱，现在钱不好挣啊，你说我当初要是考出去了，怎么也比现在强吧。

老刘忽然面色铁青,一语不发地看着玻璃门外。我吓一跳,心想自己哪句话说错了。我们俩半天没再说话,长长的沉默,都呆望着玻璃门外。门外走过去一个胖女人,又走过去一个光头男人,光头男人还趴在玻璃门上往里看了看。我没话找话,问道,老刘,你家三宝为什么叫三宝呢?莫不是它上面还有别的兄弟姊妹?他神情依然冷峻,看着门外点点头,嗯,它上头还有俩哥。我说,怪不得。像是怕冷了场,又赶紧问了一句,你家儿女呢?也不见来看你,莫不是都在外头上班?

我注意到他摆在桌子上的那只手忽然握成了拳头,关节突出,大如核桃,我在空气里都能闻到一种类似金属的味道。我忍不住一阵害怕。只听他叫了一声,三宝,过来。三宝闻声,噌的一下就跳到了他腿上,然后眯起眼睛,像只小老虎一样卧在他膝上。他一边用大手抚摸着三宝的头,一边倨傲地说,我家那小子还算给我长脸,念完博士就留在北京啦,在大学里当老师。我啧啧惊叹,博士都念完了,真是长脸,老刘,你是怎么培养出一个博士的?他慢慢抚摸着那只硕大的猫头,忽然从鼻子里冷冷笑了一声,当年我和我的连襟在一起喝酒,我连襟工作比我好,那天他喝多了,指着我说了一句,你一个烂工人。我说我这辈子就是个烂工人了,不过烂工人也有后代,对吧?时日长着呢,咱们慢慢走着看。

又是一段长长的沉默,长得足以让人昏睡过去。我觉得自己应该再说点什么,说什么都行,只要不让我们之间就这样荒着。但奇怪的是,我一句话都不愿再多说了,我心里什么地方隐隐觉得不舒服。直到老刘站了起来,他把三宝高高举过头顶,然后放在了自己脖子上,让三宝骑在那里,自言自语道，我们回家喽，喂鸡的点到了。

在他站起来的一瞬间，我发现他的裤子拉链又开了，露出了里面的红色裤头。有时候他这样堂皇地敞着拉链就过来吃面，我一直不敢告诉他，怕他觉得我在看笑话。这次我忽然下定了决心，小声提醒了他一句。他连忙低头查看，一愣，赶紧拉上，抱歉地对我笑笑，说，这裤子不太合身，一坐下去，拉链就容易开，站着就开不了。说完他赶紧驮着三宝出去了，笨拙地左顾右盼了一番，看没有车辆经过，这才穿过国道，向荒野里的红砖院子走去，三宝像顶黑色的帽子戴在他头上。我倚在门后，一直目送着他的背影彻底消失。

没有顾客来吃饭的时候，我经常这样，倚在门后，叼着一根烟，看着面前的人来人往。除了长途客车，县城的公交车每天也要从我门口经过六次，我数了一次又一次，不多不少，整整六趟。县城的公交车极小，看起来像长着轮子的大面包，车上只有四五个座位，一路大声放着儿歌，所以每次只要远远听到有粗暴的儿歌声传来，就知道是公交车快来了。在县城里开车是一件很不爽的事情，因为刚踩了一脚油门，就到目的地了，实在没有什么快感可言。公交车又是踩着点晃过来的，所以更多的人还是选择电动车。电动车开起来无声无息，又可以在马路上快速游动，一不小心就蹿到了背后，幽灵一般。到冬天的时候，寒风刺骨，为了保护膝盖，大多数的电动车上都要加个挡风的垫子，骑车的时候，把厚厚的垫子盖在腿上，简直像一人裹了一床棉被在赶路。

我注意到有个老头儿，经常用自行车带着一只硕大的音箱，一直骑到我对面的荒野里，然后取下音箱，拿起麦克风，开始一首接一首地唱歌，唱得极其投入，每次唱完，都要对着无人的荒野深深鞠躬，大声说谢谢。我还注意到有几个女人经常在旧车站前面的空地上跳舞，其中有一个烫着钢丝头的女人每次必在，无论春夏秋冬刮风下雨，她都会按时出现在旧车站旁，像上班一样准时。身上穿的也永远是同一套行头，迷彩裤，马丁靴，冬天是黑皮衣，夏天是黑半袖衫。我奇怪的是，她们在早晨跳，上午跳，下午跳，晚上跳，深夜跳。似乎是除了吃饭时间，剩下的所有时间都在那儿跳舞。

有一次和隔壁五金店的老板蹲在一起抽烟，说起跳舞的事，他笑眯眯地说，这两年县城里就流行跳舞，好事，总比耍钱强，跳舞又不会跳得家破人亡，我老婆现在麻将都不打了，天天忙着跳舞。我抽了口烟，说，我看这跳舞一旦上了瘾，比别的瘾都大。

除此之外，进入我视野的便是老刘的那座红砖院子。每次只要他一出门，就铁定在我的视野里。有时候他会开着他那辆三轮车出门，估计是去卖鸡蛋。三轮车只有火柴盒大，蹦蹦跳跳地跑远了，回来的时候，车里装着一大袋玉米，车顶上还绑着一大袋玉米，玉米袋看起来比三轮车还大，把三轮车压得像块三明治。大约是喂鸡的饲料。还有的时候，他会带着几只少了鸡冠或少了内脏的死鸡出门，把它们便宜卖给一些饭店。我亲眼看见了那些死鸡的惨状后，曾有一段时间给所有的亲戚都打了一圈电话，只叮嘱他们一件事，去了饭店千万不要点鸡吃。

天气越来越冷，初冬到了，路边白杨树的叶子已经落光，树干上长满了大大小小的眼睛，猛地看过去，还真有些恐怖的意味。对面荒野里的杂草都枯死了，变成了衰败的黄色，阳光好的时候，则会变成金色，整片荒野在阳光下闪闪发光，近于璀璨。我的小饭店里生了个铁皮炉子，炭烧得通

521

红剔透，炉子上坐了一只大号的白铁茶壶，水煮开的时候，满屋子都是雪白的水汽，人的脸都消失了，几个无头人坐在桌前吃面。

老刘还是隔三岔五地过来吃碗桃花面，心情好的时候就多要一瓶二两装的汾阳王，就着一碗面慢慢喝酒。天一冷他就把自己一层层地裹起来，毛衣外面穿着棉背心，棉背心外面是棉衣，棉衣外面是军大衣。我之所以能一层层地看到最里面，却是因为，不管天多冷，他总喜欢敞着怀，所有的衣服都不扣扣子，好像又是不怕冷的气概。我猜测，大约是因为他觉得这样敞着比较时髦。不过他天天如此敞着我也就习惯了，裤子拉链倒是再没开过。

这天天气阴沉，铁青色的天幕扣在大地上，空气里已经隐隐飘出了雪花的气味。我把炉子生得分外暖和，红彤彤地蹲在地上，如一只猛兽。中午时分，有两个人携着寒气推门进来了。我一看，是老刘和一个从来没见过的年轻女孩。那个女孩戴着眼镜，从冷天里一钻进暖和的屋里，眼镜上顿时都起了一层雾，镜片变得雪白，她像盲人似的摘了眼镜，眯着眼睛摸着凳子坐下了。老刘的军大衣依然敞着，一直看到最里面一层，身上却散发着一种奇怪的气息，他看我的眼神也不大对劲，使劲盯着我，好像也是第一次见到我。他干巴巴地说话，也不知道在对着谁说，他说，周围没什么饭店，天气又冷，就在这里将就吃碗面吧，大碗的，桃花面，两碗，多加几个肉丸子，再拼个凉菜，多放点五香花生米。

我想，这话应该是对我说的。嘴里答应一声，提起茶壶给他们倒茶。老刘一把抢过茶壶，他的手又硬又凉，铁器一般。他紧张地看着我说，老张，你去做面吧，我来倒茶，这是我小子的朋友，从北京过来的。那女孩不作声，等眼镜上的雾气散了，重新戴上开始埋头看手机，头发垂下来，我看不清她的脸，又见老刘神色不似往常，便连连答应着进了厨房。

饭店本来就很小，厨房只用一张布帘子隔开，所以我即使在厨房里做饭，也能隐约听见他们的谈话声。我关了吹风机，一边削面一边竖起耳朵听着。是老刘的声音，只听他说了一句，他一年都没有回老家了，也有一个月没给我打电话了，我不知道他去了哪儿。沉默了片刻，又听他说，你一个学生娃娃，还是回学校上课去吧，我找着他了就给你回电话，把你电话号码给我留下，我保证给你打电话。又是一阵沉默，忽听老刘猛地把声音拔高了，语气很是凶悍，他嚷道，你这女娃娃是怎么回事？要不要脸？我都告诉你了我也不知道他在哪儿，你让我去哪里给你找去？那女孩开始低低地抽泣，过了一会儿，哭声戛然而止，我听见那女孩忽然冷冷地说了一句，行啊，他就躲着不要见我，他以为他是老师，就可以随便骗学生？我回去就给我们校长和书记写信。沉默了几分钟之后，又听老刘叹气道，你这娃娃要长相有长相，要学历有学历，找谁不行，非要找他！那女孩说了一句，他把我当什么了？连我电话都不接，我就等着他，他必须给我个解释。老刘又是叹气，低声说，你们这些人啊！先吃碗面吧，吃了再说。听到这里，我连忙把两大碗桃花面端了出去。

见我出来，两个人都不再说话，开始默默地吃面。那女孩只吃了两口便把碗推到一边，又开始埋头看手机。老刘极慢极慢地把自己那碗面吃完，又把女孩那碗里的肉丸和红烧肉细细挑出来，夹到自己碗里。那女孩没有抬头看他，只是盯着自己的手机屏幕。面吃完了，他又要了一碗汤，一小口一小口地啜着，最后，面汤也喝完了。我有些暗暗替他着急，又给他端出一碗面汤来。他感激地对我笑了一下，却不再喝汤。两个人又默默地枯坐了一会儿，然后起身，一前一后出了饭店的门。

两个人出去以后，站在饭店门口又说了半天话。外面寒风呼啸，女孩扭脸看着路上来往的车辆，立在那里一动不动，看上去极其瘦弱又极其坚强。老刘依然敞着怀，像把自己剖开了要给人看一般，他嘴里一直在说着什么，但隔了一道玻璃门，我一句也听不见，只能看到他的嘴唇在不停翕动，哑剧一般。屋里的热气一头撞到玻璃门上，凝成水珠，一串一串往下流。我倚在门后，隔着玻璃看着外面的两个人，他们就像站在雨中一样，仓皇潮湿。就这么站了好一会儿，女孩扭头向东走去，老刘一个人在原地又呆立片刻，然后迟缓地穿过国道，慢慢向荒野里的红砖院子走去。

第二天中午，我正在收拾一个客人吃完的碗筷，门开了，进来两个人。我一看，又是老刘和昨天那个女孩，她把眼镜摘下，眯着眼睛打量了一下周围。老刘说，桃花面，来一个大碗一个小碗，拼个凉菜。我答应一声，先拼了一盘凉菜摆上桌，让他们先吃着，然后进厨房削面。我一边噌噌往锅里削面一边竖起耳朵听着外面的声音，但没有听到任何声音，两个人干坐着没说一句话。

面好了，我犹豫了一下，还是在两个碗里各自多加了两个肉丸。老刘剥了一头大蒜，一边大口吃面一边就着蒜瓣，女孩又是吃了两口就不吃了，把碗一推，开始埋头看手机。老刘又把盘子里剩下的凉菜都倒进自己碗里，直吃得满头冒汗，吃完又慢慢喝了一碗面汤。炉子上的茶壶煮开了，开始喷着水汽大声呼啸，我坐在炉子后面，借着茶壶和水汽的掩护，窥视着这两个人。但他们从头到尾都没说一句话，似乎根本不认识对方。吃完之后，老刘用大手抹了一把嘴，出去了，女孩紧跟着走了出去。他们站在门口简短地说了几句话，然后，女孩又像昨天一样，朝东走去，头也不回。老刘则慢慢穿过国道，走回自己的院子里。

第三天中午，老刘一直没来吃饭，倒是来了一男一女，要了两大碗桃花面。我把面端上来的时候，那男人正面无表情地看手机，女人不时用手碰碰男人的胳膊肘，或把手搭在男人的腿上，男人只是专心看手机，并不搭理女人。女人看着面前的大碗，尖着嗓子叫道，哎呀，早知道这么多就不要大碗了，小碗就够了，来，我分给你一点。男人冷冷地摇摇头，拿起筷子，一边吃面一边看手机，女人像在撒娇，人家吃不了这么多嘛。男人眼睛盯着手机说了一句，吃不了就剩下。女人上前抢男人的碗，执意要把自己的面分给他一部分，男人忽然一扔手机，对女人吼道，说不要不要听不见吗？女人吓得一哆嗦，忙松开碗，呆呆坐了几分钟，然后也拿起筷子，开始若无其事地吃面。我坐在炉子后面想，这两人是什么关系呢？不像是两口子。这时忽见那女人也掏出手机说，忘了给咱儿子打个电话了，让他去奶奶家吃饭。男人没吭声，继续面无表情地吃面。

我坐在炉子后面，抽了两根烟才想明白，这几年稍微优秀一点的男生大学毕业后都不愿再回到县城，争先恐后地留在了城市里打拼。但女生求安稳，返回县城的就相对多一些，导致这几年县城里出现了一种奇怪的现象，很多女老师和女公务员找不到对象，眼看年龄大了，只能将就着找一个男人结婚。一条看不见的食物链主宰着众生。我心中感慨，忍不住又想起了老刘那个留在北京的儿子，老刘曾和我抱怨过，他那儿子过年都不愿回家，就是怕他催结婚。老刘说，他居然不想结婚，你说他怎么就不想结婚呢？看那女孩找上门来的架势，这次事情还是比较严重的。

我坐在炉子旁边打起了瞌睡，好像还做了一个梦，梦见老刘推门进来，要了一碗桃花面。声音过于真切，就在耳边，我从梦中惊醒一看，老刘真的就站在我眼前，那个女孩跟在他身后低着头玩手机。我看了看表，已经下午两点钟了。老刘在桌前坐下，把大手往桌上一拍，指甲缝里都是黑色的泥垢，食指和中指上还缠着胶布，他大声说，来两碗桃花面，一大一小。这次连凉菜都不要了。

两个人还是一言不发地吃完了面，又面对面呆坐了一会儿，但还是没说一句话，随后便出了饭店，依然是一个朝东走，一个朝荒野里走。

下午饭店没人来吃饭，我坐在炉子后面，一边烤火一边琢磨着这件事。忽然再次想到一个问题，老刘为什么要一个人住到这荒野里呢？我总觉得哪里有点不对劲。于是便给亲戚朋友打了一圈电话，打听老刘的底细。在一个馒头大的县城里，要打听一个人太容易了，只要拐两个弯便打听得一清二楚。老刘原来确实是机床厂的工人，他老婆和他是一个厂的，早早得癌症死了。老刘一个人带大了三个子女，子女都十分有出息，上学的时候都是好学生。大儿子大学毕业后去了深圳工作，可是工作一年之后就莫名其妙地失踪了，谁也不知道他去了哪里，后来也一直没找到。二儿子读完博士后留在了北京一所大学里当老师，挺有出息。最小的是个女儿，学习成绩也特别好，可是这个女儿在十四岁那年爬上教学楼的楼顶，跳楼自杀了，据说是因为学习的心理压力太大。这件事当时被学校给压下来了，所以知道的人不多。

直到晚上十点，实在没顾客了，我才关了小饭店，拉下卷闸门，准备骑着电动车回家睡觉。整个县城在冬夜的寒风里缩成一团，街上鲜有行人。开始有拉煤的大货车借着夜色的掩护狂奔在国道上，因为白天是不允许大货车上路的。货车庞大诡异的黑影不时在我面前疾驰而过，我站在路边眺望着对面的荒野。夜晚的荒野看上去阴森可怖，如被一场黑暗的大雾笼罩着，依稀能看到一点微弱的灯光，飘动在无边无际的黑暗里，那是老刘的窗口发出的灯光。

一连五天，一到中午，老刘就带着那女孩来我的小饭店吃面，到后来他们已经不再做任何交流，只默默地吃完面就离开了。到第六天的时候，他们又来了，这次都不用吩咐，我就知道要两碗面，一大一小。我在厨房做面的时候，忽听见老刘说了一句，你有这钱每天住旅馆，不如干点别的。那女孩没说话。沉默了一会儿，又听老刘说了一句，我和他也联系不上，你打他的手机嘛，能打通？你说让我上哪儿给你找去？女孩还是没说话，像是睡着了。我把面端出去一看，女孩还是坐在那里低头看手机，老刘正笨手笨脚地给自己剥蒜，指甲缝里全是黑色的泥垢。

吃完面走出饭店，我看到他们站在门口忽然激烈地争吵了一番。我只能看到他们的嘴唇在动，却一点声音都听不到。争吵完之后，女孩没有向东走，而是跟着老刘过了国道，向荒野里的红砖院子走去。我倚在门后看着他们的背影渐渐消失在荒野里，背上忽然一阵紧张，我意识到可能要发生什么了。整整一下午，我都没挪地方，一直紧张不安地盯着那条荒野里的羊肠小径，从红砖院子里出来的话，只能走这条路，而只要走在这条路上，就能收进我的视野里。那女孩一直没再出现在这条路上，那就是说，她还在老刘的院子里，还没有离开。

到天快黑下来的时候，她仍然没有出现在这条路上。我一下午抽完了一包烟，抽得喉咙发痛，整个人却既兴奋又紧张，一条腿站麻了都不觉得。随着夜色的降临，我的恐惧感在一点一点增加，那条小径上依旧空空的，没有一个人影。我甚至几次拿出手机，想着要不要报警。最后我没有报警，却走出了小饭店，穿过国道，向那片荒野走去。我不敢去敲老刘的院门，只是围绕着那红砖院子慢慢转了一圈，试图想发现点什么。荒野已经在半透明的夜色里渐渐狰狞起来，我什么都没发现，只在院子后面发现了一座小小的坟堆，坟堆没有墓碑，长满荒草，却在坟前摆着些五颜六色的纸花，还是簇新的，在萧索的寒冬里看上去十分扎眼。我心想，老刘把院子就建在坟墓旁边，晚上也不觉得害怕？

直到我晚上十点打烊的时候，都没有见到那女孩再从红砖院子里走出来。那院子已经亮起了灯，一点幽幽的灯光，像荒野里的鬼火一般。我站在路边徘徊了半天，不知道该怎么办，最后决定还是先回家睡觉。

第二天上午，我骑着电动车来到小饭店前，连卷闸门都顾不上拉开，就急忙走到那条羊肠小径上细细察看，想看出些痕迹来。结果，就在这条小径上，我发现了几点血迹，已经变成了暗红色。看到那几点血迹的时候，我的脚都开始发软，头在寒风中忽地变大。我想，我可能是这件事唯一的证人，只有我看见了什么，但又什么都没看到。像我这样一个普通人，没什么本事，开着一个小饭店糊口，没见过什么世面，一辈子可能都不会有什么惊天动地的大事了，却忽然之间亲眼看见了这样一个秘密。我又顺着血迹跌跌撞撞走了几步，发现路上还有不少散落的鸡毛。在小径的尽头，红砖院子静静地站在那里，如坟墓一般，没有任何动静。我停住了，不敢再往前走。

中午一点多的时候，饭店里顾客渐少，我正收拾碗筷，忽然有两个人推门进来，夹着一股冷硬的寒风。我一看，吃了一惊，来人是老刘，跟在他后面的正是那女孩，那女孩又摘下眼镜，拿脖子里的围巾随便擦了两下便戴上了。她看上去毫发无损，和前几天没有任何区别。我又是惊喜，又是失望，一时竟说不出话来，张了张嘴没发出声音来，只呆呆地看着面前的两个人。

老刘坐下来，搓了搓两只又大又硬的手，对我说，桃花面，一碗大的一碗小的，多加几个肉丸子，再拼一盘凉菜，多放点五香花生米，再来一瓶二两装的柔绵汾阳王。在听见他说多加几个肉丸，再拼一盘凉菜的时候，我的眼睛忽然就没有来由地湿润了，我拼了满满一盘凉菜摆在他们面前，又给他拿了一瓶二两装的柔绵汾阳王，两个酒盅。老刘咧开嘴对我笑了笑，露出了一嘴黄牙。不知为什么，我不敢多看他，赶紧进厨房做面去了。

等我把两碗面端出来的时候，老刘正就着凉菜喝着汾阳王，那女孩第一次放下手机，手里也捧着一个小酒盅，她伸出舌头轻轻舔了一点，皱起眉头，赶紧吃了粒花生米，然后又舔了一点，又赶紧吃一粒花生米。老刘看着她笑，但两个人始终没说一句话。我把两碗面轻轻放在了桌子上，我竟然有些紧张，因为我在每碗面的最下面埋了一个卤蛋。我怕他们马上就发现了，又怕他们吃到最后也没看到藏在底下的卤蛋。

老刘很快把一碗面全吃完了，包括埋在下面的卤蛋，女孩还是吃了两口就不吃了。我躲闪了半天还是不小心碰上了他的目光，我们相互对视了一眼，又很快闪开了。他走过来付钱，身上还背着一个样式陈旧的人造革包。他把五百块钱放到我面前，我大吃一惊，好半天才说出话来，老刘，你这是什么意思？两碗面大的六块小的五块，一盘凉菜八块钱，一瓶汾阳王三十五块钱，你又不是头一次在我这里吃饭。

老刘把几张钱压到筷子盒下面，又掏出两把钥匙和钱放到一起，然后终于看着我的眼睛说，老张，我问你，你是开饭店的，每天有没有剩菜剩饭？我说，那还用问？每天都有剩菜剩饭。他用大手一拍桌子，说，那就行，有一碗剩饭就够了。老张，我要出趟门，去找我家那小子，我不在的时候，你端碗剩饭，多去我家里看看。

我说，你是让我帮你喂三宝吧，放你的心。他略一犹豫，说，还有大宝。我诧异道，原来你养了两只猫啊，怎么从来没见过那只？放你的心，一只是喂，两只也是喂，包在我身上。说着我拿起那五百块钱，硬要往他包里塞。他突然发怒了，用力把我推开，后退几步，眼睛明亮异常，嘴里却呵斥道，你这人怎么这样！让你拿着你就拿着。

我不再说话，手里捏着那几张钱，呆呆地目送着他和那女孩一起离开了饭店，他们都没有回头看我一眼。我倚在玻璃门后，看着他们一前一后穿过国道，走到了旧车站的前面，那是长途客车路过的地方，经常会有人在那里截车，看见车过来了，远远就招手。如果客车还没拉满人，就会停下；如果已经客满，客车就毫不犹豫地疾驰而过，不做片刻停留。我看到他们两人在那里默默站了一会儿，彼此间并不说话。一辆大客车过来缓缓停住了，挡住了两个人的身影。等到客车开过去之后，我才发现，他们已经不在原地了。

我有一种可怕的预感，我可能再也见不到老刘了。一种奇怪的恐惧感压迫着我，让我几乎喘不过气来。我呆呆坐在一把椅子上，一根接一根地抽烟，中途有两次拿起手机想报警，也只是拿起来便又放下了。

一直到傍晚时分，夕阳西下，半透明的夜色已经在荒野深处悄悄生长了出来，我破例提前打烊，拉下卷闸门，拿着那两把钥匙，穿过那条羊肠小径，朝着小径尽头的红砖院子走去。

这是我第一次走进这神秘的院子。院子的北面有三间红砖瓦房，盖得很粗糙，靠西面的一间还拉着窗帘。院子中间是一块小菜地，因为是冬天，菜地里什么都没长。菜地旁边还打了一眼井。院子南面是一排简陋的鸡舍，我走进去一看，只有空空的鸡笼，里面居然连一只鸡都没有了，槽里的玉米粒还没有吃完，满地都是鸡粪和杂乱的鸡毛。

这时天色更暗了，夕阳即将沉入群山之中。我终于朝那北面的三间房屋走去。最东面的那间是做厨房用的，里面有灶，灶上有一口铁锅，旁边站着一口一人高的大水瓮。墙角立着十几棵大白菜，用破棉被小心盖着，桌子上摆着两副碗筷和一只电磁炉，还有半只吃剩的白萝卜放在案板上。中间那间应该是老刘睡觉的屋子，屋里有张炕，还是热的，炕洞里烧着柴，炕上是一卷油腻枯瘦的被褥。在这里我看到了三宝，那只大黑猫正缩在这被褥的缝隙里睡觉。地上只有几件家具：一个立柜、一个平面柜、一把折椅，墙角立着自己做的洗脸架，架子上摆着一个搪瓷脸盆，还有半块肥皂。椅子下有一个篮子，里面盛着满满的鸡蛋。平面柜上摆着一个相框，里面是一张黑白老照片。我拿起来一看，照片里是一对夫妇，他们身后站着两个男孩子，女人怀里还抱着一个女孩。我认得出来，那照片里的男人正是年轻时候的老刘。

我走到了最西面的那间房前，房间里面拉着窗帘，房间居然从外面锁上了。我看了看手里的两把钥匙，试着用那把小的开锁，结果，锁开了。门嘎吱一声推开了，屋里立刻散发出一种浑浊难闻的气味，但屋里一片死寂荒凉，像是根本没有人住在里面。

我战战兢兢地走了进去，夜色正在加重，屋里又拉着窗帘，所以我走进去之后，一时难以辨认出屋里到底有什么，便茫然地站在那里。等到眼睛终于开始适应黑暗，我忽然发现，有一个人影正静静地立在我面前看着我。我吓得转身欲逃，刚转过身就听见那人影对着我叫了一声，爸爸。我惊恐地回过头来看着那人影，只听他又说了一句，爸爸你看，我把作业都做完了。像是把一个小孩的声音嫁接在了一个大人身上，狂乱稚嫩，带着点哀求，让人听了忽然想流泪。

我摸索到墙角把灯拉开，这才发现，我面前站着的是一个中年男人，身上裹着一件旧棉袄，头发蓬乱，胡子拉碴，一手拿着作业本，一手握着圆珠笔。我发现他看人的眼神不对，直勾勾的，一眨不眨，他盯着我看了半天，又举起作业本说，爸爸，我把作业都做完了。看起来应该是个傻子或精神病人。我忽然想起老刘临走前对我说的话，还有大宝。我背上一阵发冷，一种毛骨悚然的感觉弥漫在我全身的每个角落。

我开始慢慢靠近他，看他并没有攻击我的架势，他甚至有点怕我，我往前的时候，他往后躲了躲，温顺而畏惧地站着，依然坚持把手里的作业本举了起来，对我说，爸爸，你看，我把作业都做完了。我向他伸出手去，他使劲盯着我的眼睛，盯了一会儿，把手松开了。我看到自己的手在发抖，我看着他所说的作业，是一幅画，用圆珠笔画的，如儿童画一般简陋,画上有三个小孩手拉着手,都没有面孔,最小的那个扎着两个小辫,看得出应该是个女孩,那女孩手里还拉着一只小猫。他们的头顶有太阳,身后有一座木头小房子,女孩的脚下还长着一朵花。

我举起作业本,看着他的眼睛,试着问他,你画的这是谁?他盯着我又看了半天,忽然说,我带着我的弟弟和妹妹一起玩,这是大宝,这是二宝,这是三宝,这是我妹妹养的猫,我妹妹最喜欢的就是猫。我几乎有些站立不稳,我说,你就是大宝?他又往后退了一步,把两只手藏到身后,这时我听见他对我说,爸爸,我把作业都写完了,明天就要考大学了,你不要打我,也不要打妹妹。

我后退几步,一直退到门口,好不容易才站稳,这时候我才想起来打量这间屋子,也有一张炕,几件简单的家具,屋里收拾得倒还算干净,只是到处扔着书和作业本,每一本打开的作业本上都画满了奇怪的图像和符号,似来自另一个世界里的语言。忽然,我注意到柜子上有一件奇怪的摆设,是一只白瓷猫,四脚着地,昂着头,尾巴高高翘起,神情骄傲,在这瓷猫的背上,骑着一个用泥捏出来的小女孩。小女孩骑在猫背上,也高高地昂着头,神情欢快,似乎随时等待着和她的坐骑一起奔跑。

遇见未婚妻

阿 乙

阿乙,江西瑞昌人,生于1976年。出版有短篇小说集《灰故事》《鸟,看见我了》《春天在哪里》《情史失踪者》,小说《早上九点叫醒我》《下面,我该干些什么》《模范青年》,随笔集《寡人》《阳光猛烈,万物显形》。曾入选《人民文学》"未来大家TOP20"、《联合文学》"20位40岁以下最受期待的华文小说家",曾获华语文学传媒大奖最具潜力新人奖、蒲松龄短篇小说奖。

二〇〇一年,春节假期过完,办公室主任就如布里丹之驴面对两捆草无法选择那样,在两名年轻的秘书之间望来望去,最后他对我说:"算了,你去吧。"一刻钟后,我随局副政委,乘车至市委政法委,接上一名副科长、一名科员,前往今一乡检查社会综合治理工作。我们四人负责检查北片七个乡镇,今一是第一站。副政委的脸上窄下宽,不大,然而饱满,鬓角剃平,只在头顶保留一小丛夹杂银丝的头发。很多年来,只要我走进水果店,看见码放整齐的一个个鸭梨，就会想起副政委头部的构造。有一天我意识到，他的脸其实是上下同宽，之所以显得下面要宽一些，是因为他总是在笑。也许一起床，他就这样规模庞大地笑。在这世界上，有一些绝对的人，有人从来不笑，就有人从来都在笑，都是为了更好地生存、斗争。他能做到副政委，似乎就能说明这一点。一开始我就是这么想的，这样的表情是后天选择而来的。后来，我见到他在政协上班的独子，看到同样的笑容可掬，就想到这样的表情很可能像卷毛、色盲一样，是作为基因一代代遗传下来的。旋而我又想，在副政委的早期祖先那儿，兴许就已将"以笑脸示人"作为整个家族**赖以生存的观念**[①]，如今副政委和他儿子脸上笑口常开，不过是这一古老意志的反映。

白色的桑塔纳警车沿省道北行，至通江岭的分岔路口，选择左边道路朝西行进。晨光照在后车窗上，也照在路边一栋栋民居的侧墙上。我时常有错觉，觉得明晃晃的呈现肉色的阳光只是刚刚到达这一堵堵墙壁，在我们的眼睛看见墙壁之前，它们先行一步到达那儿，给我们引路。有时它们甚至滞后于我们的目光。一座显然重修过多次的小型桥梁将中断的沥青马路连接起来，解冻的溪流从桥下流过。车辆在这里减速。我们看见一家四口在路边建造他们的新居。孩子抱起一块湿润的橘红色砖头，交给爷爷，后者将它递给自己的儿媳。女人用力将它往上抛，站在脚手架上的丈夫，让戴着手套的右手像发现目标的老鹰一样俯冲过来，在砖头恰好来到抛物线最高处时抓住它。他们一家的视线跟随我们的车辆移动。"师傅，过细哦。"坐在副驾驶位置的副政委摇下车

[①] 文中字体加粗词句系对《追忆似水年华》词句的借用。

窗，对那名丈夫说。他们索性停下来，一齐望向我们，在他们的眼睛和脸庞上闪耀着自力更生的光芒。半年后，这栋建好的民房坍塌。我扛着一台容易走电的松下摄像机过来拍摄救援情况。坍塌是因为地基在急流溅射的洪水作用下出现位移。据说事发前夜，家里孩子出来，绘声绘色地对朋友分享一个发现，说楼板上传来打雷的响声，家里人判定是老鼠过路。坍塌发生时，灰尘**"铺天盖地"**，站在楼顶的老人飞到马路上，直接摔死，剩余人被掩埋在**"成堆成堆的废墟"**中。驰援的干部、官兵、群众把瓦砾一块块扔出去，急切的动作闪耀着人道主义的光芒，同时隐含着对遇难者究竟是死是活的好奇。谜底让人禁不住喟叹，一家三口肢体被砸断，出现瘀青，衣服、头发和紧闭的眼睛上覆盖着厚厚的尘土。当时也是艳阳高照，有人为一名油头粉面、穿白衬衣、始终摆着一副气呼呼嘴脸的副市长打伞。在小孩的尸体被抬出来时——他的头和双手不停地往下掉——因为嫌扛摄像机的我挡住视线，这名副市长粗暴地将我推向一边。

差不多在警车驶入今一乡政府的同时，政府食堂就开始生火。汇报在会客室进行，因为采光不好，这里仍然保留着冬天**"浸入骨髓的寒冷与潮湿"**。房子中间立着一台圆柱体状的取暖炉，乡长不时用火钳拨开壁板，将乌黑油亮的煤块夹进去。炉盖上搁着一个很像出土银器的铝制水壶。水烧开时，乡长给我们泡茶。副政委用的是外边编织有杯套的老式玻璃杯，乡长给它添水时，将头凑过去，**"压低嗓门"**，用差不多只有他两人听得清的声量说："我给你弄个好点的杯子要得呗？"

"兀——要你弄做么事，你看，我这还是橡胶丝编织的，一点也不泡手，用了几多年喏。我算下呢。"副政委接过水杯说。他一边抠杯套的丝条,一边展示给大家(除开我)看。

待会儿他说:"整整二十年。"

检查的程序比较简单。乡长将打印好的本乡综治工作年度总结分发给我们,对着它念,副政委间或打断,问上一些总结上已有答案的问题,**"就像在重奏一段行板乐曲"**,他通过这样的重奏显示自己在检查上态度认真,同时对对方的工作充满赞许。政法委的两人对照综治委年初印发的综治工作要点,对乡长未曾汇报之处,补充询问。此外还有查阅档案、走访群众和单位等内容,合起来就是"听、问、查、访"。我记得乡长将年度总结发过来时,副政委就说:"今一在综治工作方面做得相当不错,由乡党委书记亲自抓,乡长直接分管。"副政委原本计划下午我们一起携带表格去外边走访,乡长说怎么能让各位领导亲劳玉趾,把群众和单位的代表请到乡政府来就是了。副政委称善。有时候,我们感觉这样的检查和汇报未免进行得太快,收工太早的话,会在吃饭之前留下一段无所事事的时间,另外,也是最主要的,这会让双方都感到自己没有尽到责任。因此,每个人都拖慢自己的腔调,将话语抻长。透过窗户看不见厨房,却能看见从厨房那边飘来的热气,一定是炖了好几样的菜。乡长有一次摇下窗把,让室内稍微透气,我们便闻见菜肴的香味。副政委用一根长钩戳动炉内的煤火,然后用它敲打炉体,问:

"这是什么材料呢?"

"这是铸铁的。"乡长说。

"那这个,炉盖呢?"

"炉盖是钢噢。"

"这个呢,排烟管?"

"白铁。"

"你看,我敲打它们,它们分别发出不同的声音。"副政委说,"你看排烟管笔直上去,拐个弯伸到室外,这样就把煤烟送到室外去了。我倒是有一个问题。"

"什么问题?"乡长问。

"室外要是起大风,不是又把煤烟吹回进排烟管吗?"

"啊!毕政委你问得好。起先是有这个问题的,后来师傅在出风口装了一个拐脖,烟往天上送,就吹不回来了。"

"巧啊,"副政委放下钩子,双手击掌,又竖起右手食指在空中摇晃,说,"妙。我们还没听说有风从天上往下吹的。"

那会儿我们正好穿新换发的藏青色警服,它像新版人民币,引起人的好奇。乡长在炉子边烤了一会儿手,过来摸副政委的衣角。副政委马上放下架好的二郎腿,跟着也扯起自己的衣服来。两人像两名沾亲带故的妇女,把其中一位添购的新衣捏来捏去。我家在田铺、二房吴、莫家、城里先后开店,我可是没少见那些去祝贺别人扯了新布或做了新衣的人,他们所表达出的羡慕与赞美之意,使后者意识到自己不单是购买了一件生活必需品,同时也获取了一定的社会荣誉。当然,不少被赞美者同样富有生活智慧,他们(我觉得用她们会更好)会说:"你未必看得中,你要挑总是挑最好,不到合模合式不会出手的。"

"要我说,比老服装还是厚一些。"乡长说。

"厚么事呢,还不是一样,可能是这样的颜色让人看起来厚一些。"副政委说。

"是真厚一些。"乡长又揉捏那衣角说。

"我穿在身上,我还不晓得?有句话叫'鞋合不合适,只有脚知道'。"副政委说。

"对，'人合不合适，只有心知道'。"乡长放下衣角，动作轻得像放下一阵烟或一缕空气。与此同时，他和副政委相视大笑。

午饭在政府食堂吃。乡长和副政委彼此谦让后，一同坐向上面位。桌上摆着山药炖板鸭、牛肉炖折粉、葱炒腊肉、肉蒸面、猪肚煲、清炒土豆丝等菜，乡长说："菜我都交代了，用猪油炒的，猪油硬是好吃一些。"他这样的说法得到副政委的称赞，后者发表自己的看法，说："过去我们总觉得农村的那套做法不好，现在总觉得是个宝。"一会儿系着蓝色围裙的火工端上来两盘几乎一模一样的鱼，乡长请副政委分别尝尝，哪条是赤湖的鱼，哪条是长江的鱼，副政委用筷子一指，说："不消尝的，这条是江里的。"

"佩服佩服。"乡长说。

"我是江边出生的，如何不晓得呢？"副政委说。

"毕政委不忘根本，我听说有些后生连水稻和小麦都分不清楚。"乡长说。

"连葱和禾苗都分不清楚。"副政委说。

酒也备了两样，一样是带包装盒的白酒，一样是用输液瓶装着的本地农民酿造的谷酒，自然是喝后一种。我记得在乡长拔开皮塞子时，从瓶口发出一声孤独、幽微、像是从井底传来的闷响，它似乎是深井里的人穷尽力气制造出的仅有一点求救信号，它带着他们无尽的期待，在我们注意的湖面上激出很小一圈涟漪就消失了。一九九七年至一九九九年我在洪一派出所上班时，常接触这种谷酒。请客的人一般默认大家都喝谷酒，有时会象征性地问"喝白酒还是谷酒（用他们像唧唧啾啾的鸟叫一样美丽的方言发音是骨胶）呢"，得到的答案也都是谷酒。似乎这是再明显不过的：农村人工酿造的粮食酒要好过工厂机器勾兑的白酒。然而无论是什么酒，都足以使我的身体出现极大的反应。可恨那些人总是把谷酒从酒的范畴里摘取出来，或者在酒的功能之外再赋予它另一种功能，硬说什么"谷酒非酒，不过是粮食"，"非但不会伤身，还会健体"。他们一边说一边将酒盅强推到我嘴边，只有我一仰头，不漏涓滴地喝下去，他们才会离开，这使我想起文学史上的一个经典场面——潘金莲鸩杀武大郎——在武大郎呷了一口诉苦难吃、犹犹豫豫地去呷第二口时，潘金莲就势一灌，把一盏药都灌进他喉咙里去。现在我在写这段文字时，好似天使飘荡在空中，看见那个生活在世纪末的乡下的我，一次次抓着自己将要涨破的头，在夜色中回到派出所。我脚步朝着前后左右的方向乱踏，在推开派出所后院虚掩的铁门时，双手随着铁门远去，而腿脚还滞留在原地，人几乎要扑倒在地。我看着这样的我走向后院菜地，蹲下去。全身的重量压在前脚掌上，脚掌那儿出现弹簧一样的反作用力，致使我的上身微微往上一挺。我的左手五指分开，轻轻撑在地上，右手食指则探进喉口，似乎在勾引什么动物出来。有时勾引一次就可以了，有时得好几次。顷刻间，只听哗的一声巨响，大股被胃液搅磨到一半的食物，像是泄洪，夺口而出。食物冲出的力量如此巨大，以致我的身体前倾，呈现出即将翻滚的姿势。从食物里飘出农药那样刺鼻的味道。我呕吐了一次又一次，最后只有呕的动作而没有呕的内容，我的嘴角上挂着银丝，等待我用手背抹掉它。我对已经过满的人生充满悔恨，这种悔恨因为在呕吐过程中生理性地出了一点眼泪而变得更加强烈。谷酒还有一个坏处是让人口渴。我在洪一派出所的同事范随旺，酒后找不到水，打水时又让水桶掉入井里,他**"稍假思索"**,就撑住井壁,左一脚右一脚,踩向从井壁里突出来的石块,一步步下到井底,站在水中痛饮。

"人参哪。"副政委审视着琥珀色的谷酒,轻轻晃动酒杯,送到嘴边。他并未多喝。大家也喝得不多,这是因为下午还有事。乡长说:"毕政委你多喝点,喝醉我安排房间你休息。"又催政法委两位:"王科长、小徐,你们带个头,喝起来。"大家都知道他本意并非如此,之所以这么说,是为了尽地主的本分,不被说成是吝啬。这样的客套并非毫无意义,在缺乏人口流动性的小地方,一个人没有受到符合他地位的招待,几乎可以被自己视为重大的丑闻。我酒量很小,在流体状的谷酒通过咽喉落进肚腹时,一团火就**"从脸庞烧到耳根"**。后来,副政委说:"你看小艾脸都红成这样,要不我们算了吧?"于是有人去给大家盛饭。饭后,乡长和副政委各把左手心举到下颌前,用右手捏着牙签剔牙,去乡长办公室喝茶。两名政法委干部去探访一名退休同事。我因为是第一次来到今一乡,决定四处走走看看。那天的阳光照在身上暖洋洋的,我的脊背先是发热,后来感觉到刺痒。而风仍旧带着冷意,不过已经不是那种让人厌恨的刺骨的冷,人们仅只做了几秒钟防御,就放弃抵抗,坦然地接受它的抚摸。这样清新的风带有一股甜丝丝的味道。沥青路残破不堪,有的地方填着煤渣,穿着带毛领皮夹克的火工骑着载重自行车,小心绕过路上的潦水。很明显他是继承了自己儿子的衣服。车的后架上悬挂着两桶潲水,飘着一股难闻的酒曲发酵的味道。那就是我们刚刚吃剩下的东西,就一会儿工夫,它们就变得如此让人作呕。老火工脸绽微笑,郑重其事地对我点头。一上午只有他每分钟都在忙碌(有可能忙碌从昨天下午就开始了），现在他把潲水送向猪舍，之后还得给孙子做午饭。

因为口渴，我几乎在遇见第一家带围墙的单位时，就走进去。在乡下，一个像样的单位的标志就是砌有围墙，墙沿上端嵌入碎玻璃或瓷片，有的还铺设铁刺，以形成自己的领地和权威。我很清楚，在这种单位的后院，往往有一口水井。光线将我进入的这家单位的后院分成等分的两部分，一部分暴露在像细小的波浪一样起伏的阳光中，一部分笼罩在办公楼下的阴影里。水井围栏是用水泥砌的，突出于地面约有人的膝盖那么高，井栏外的防水层湿透了，说明就在没多久前有人打过水，并且打得过满，以致水大量地溢出。因为被淘米、洗衣的水和清澈的井水反复冲洗，防水层**"好像长了鳞片似的显得斑斑驳驳"**，不过正是因为这样，人们觉得它是一块干净得没法再干净的地方。在防水层外围搁着一个粉红色的塑料盆，浸泡着数件衬衫，盆上搁着搓衣板，放着剪开小口子的洗衣粉。水井外是菜地，生长着叶子肥大的白菜。这一切都敞露在阳光中。我迈上办公楼的后走廊，为四周的过于寂静惊诧。这种惊诧让我想起闯入白虎节堂的林冲，它意味着深入一种陌生，不仅地方是陌生的，就是气氛也让人感觉反常。我感觉环绕我的所有物质都在睁大眼，看着我走进一个它们知道然而无法告诉我的圈套。走廊被楼梯口分为两截，楼梯口那儿搁着一双鹅黄色雨靴。我从楼梯口正对的台阶逐级而下，走向阳光中的水井。我抓紧尼龙绳，把铁桶丢进井里。它侧躺在水面上。我甩动着绳索，使铁桶的巨喙多少能吃到一点水。这样甩动几次，它吃进的水越来越多，后来要不是我把它提起来，它都要沉向水底。我用手轮番抓着绳索，将满桶水提上来。在这过程中，有一些水像雪块那样坠落下去，重新回到母亲的怀抱——就像那些在海外留学的人看到来自祖国的宣传：回到母亲的怀抱。我记得将水桶提出来，蹾在地面时，又有一些水跳出桶外，发出啪的一声响，使地面变得更加潮湿。在我俯身捧水时，我的脸在晃荡的水波中显现出来。它比山间即将盛开的杜鹃要红，简直有对联那么红。

就是在这时，我听见从身后不远处，办公楼的楼梯上，走下一个人。我停止饮水，扭头望去，一名年轻女性正弯腰解保暖鞋的鞋带，准备换上雨靴。几乎在我的头扭过去的同时，它就自己扭了回来，仿佛颈项里装有弹簧合页，让头可以像弹簧门那样在开启的同时就启动关闭的程序。这样匆匆地看上一眼也许和我们人类的习性有关，一位朋友的朋友，她是研究心理学的，翻开她正在读的《人类简史》，告诉我，"即使到了现在，我们的大脑和心灵都还是以狩猎和采集的生活方式在思维"，我们的潜意识需要安全感，对很多事**"不得不给予注意"**，陌生人出现时我们会警惕地看过去，但我们又受教养约束，会不去注视很久。我感觉，对雄性来说，频繁地去观察，还有一个目的，就是发现潜在的交配对象。我整个扭头的时间不超过零点七秒，其中用来看的时间不到它的三分之一。然而就是这差不多只有零点二秒时间的观察，我敢说，比那些美术生围着一名模特整堂课整堂课地观察（他们从各个方位注视，在每一种光线条件下端详），看得还要丰富，还要仔细，还要心潮翻腾和刻骨铭心。她的头发很多，不过并不是像麦垛那样**"高高隆起"**，发丝散发着光泽，向后梳，在脑后结成马尾辫。她的眼睛像头发那样黑，有黑夜那么黑，眼帘生长着长长的睫毛，从这眼睛里射出的是直率和善良的光芒，它们尚不知道怎样去狡诈、冷漠和狠毒。她的鼻子窄而笔挺，鼻尖上没有任何赘肉。她有一张小的盾形脸，但这种小不是以牺牲整体上的协调为代价，不像有的人个子小而脑袋大，或者个子大而脑袋小，她的头是她修长身体和谐的一部分，它只能这么大。也许，上帝在造她的时候太过专注外在的比例，而忽视她有一块稍稍显大的牙床，这使得她的嘴唇微微前突，不过这无伤大雅，因为它还没有明显到成为缺点的地步。她穿着一身浅蓝色的制服。向属员派发制服的机构，都希望用威严、规范的服装夺去属员一部分甚至全部的个性和美，然而现在，与其说是这样一套制服驯服了她，还不如说是成全了她。她纤巧的脖子从扣紧的衣领里伸出来，在领圈和脖子间尚留有一圈空隙。乳房**"像一对肉色的翠鸟蛋，藏在柔软的窝里"**，微微撑起上衣胸部。上衣的下半截像窗帘一样自然垂落，显示她有笔挺的背部和细小的腰肢。能够想象那双修长的腿绝不是病态的骨瘦如柴，长在大腿上紧致而富有弹性的肌肉透过裤子时而显现出来，尤其是在她从楼梯上走下时，大腿这一块的显现就会变得特别明显，这明显的一块区别于裤子的其他部分，就像有时我们在被风吹皱的湖上会发现特别光明、特别平整的椭圆形的一小块水面。

　　水从我的指间全部漏了下去。在意识到她很明显是朝这边走来时，我的脸再次红起来，我很怕自己作为一个大上几岁的男人，在她面前暴露出自己对她有意的心思来。一会儿我想到我的脸因为喝酒本来就是红的，这后一阵红完全可以遁入到前一阵红里，得到它的庇护，以是它的家人的身份对外解释。可是我又想，用这一张红得像猴腚一样的脸见人，不害臊和羞愧吗？因此，我反复捧起冰凉的井水，浇向自己的脸，妄图使它在极短时间内降温。当我停止这一慌乱的动作并且站直身体时，看见她蹲在塑料盆边揉搓衣服。她把袖子挽得很高，双手戴着橡胶手套，一颗颗彩色的水泡从揉搓的衣服间升起。她的脸颊红扑扑的，鬓角有一些碎发不能随着头发的整体归置到后边。从她身上渗出少女肉身自然的香味。她的鼻子在轻轻呼吸，她脸上那些看不见的细小的毛孔也在呼吸，这些呼吸距离我是如此之近。我在这近处看到的，不过是确证了刚才远观她时所形成的印象和看法：我遇见了自大专毕业后所能遇见的最美的女人。并且她极大地缩减了美丽那千差万别、百花齐放的定义，使这个概念仅仅只符合她。我的心上蹿下跳。人们干完了一件事就得离开，仿佛这是必须履行的义务，哪怕他在别的地方也没有事做。我就是这样，我喝完水，站起身，几乎与此同时，就得抬脚离开这里。我从她身边无奈地走掉，而她的形象正像开足马力的蜘蛛，一次次将我的心包围。这种包围和缠裹是如此迅捷、严密，以致使我觉得自己再没有逃脱的可能。刚才，我是那么口渴，要到这里来打水，现在我确信，有一种心理上的饥渴，要比这种生理性的饥渴，远为饥渴。

我们家是在一九九〇年春天进城的，那时我瑞昌刚撤县建市。这次搬迁是在一种恐惧的心态下完成的，仿佛再晚一步，我们这几个孩子就要永远地变成和牲畜一样的乡下人。我的父亲——这个家庭的国王、船长和唯一的发动机——将主要精力花在我、我的二姐和弟弟的转学及如何在城里找地方继续开店上。他和他杰出的助手、我的大姐，认识到自己在城里举目无亲，也不懂城里人，还是应该去做那些乡下认识的人的生意，或者说，只能去做这些人的生意。他在市区南郊一个叫四季春的地方租下一间门面，开百货批发部。且说我父亲的精力被这两件事牵扯以后，就再无余力来考虑他的职位和我们的住房了。作为莫家药材站站长的他,级别相当于市医药公司某个科的科长,但调动后他只是被安排为中药科副科长,这样的人事安排反映了一种数学的美,就是每当你得到一点什么的时候,总是会失去一点什么,很多进城的人都付出降职的代价。我父亲用这个职位向公司讨到的住房,是一排平房里的一个小两室一厅,不足六十平方米,邻居多是皓首苍颜的退休职工。我和祖母、二姐、弟弟以及大姐一家三口住进去。我和弟弟睡的是白天合上、晚上打开的沙发床,有时进来的货堆在客厅,我和弟弟就睡在货物上。父母住在四季春的批发部。哥哥早在搬家前就在一中读书,一直住一中宿舍。在我的记忆中,祖父消失了,经过推算,我确定这会儿他正在九源乡度过自己最后一段优哉游哉的生活。这排平房距市政府只有一箭之遥,海拔却比它低三至四米。我每天离开平房,爬坡去上学,感觉像是从地下的低级世界来到人间。今天,这排平房及它紧邻的一条小港已经彻底消失。我记得雨季来临时,水从小港漫溢而出,使平房前后变成泽国,黄色的水面漂浮着草叶和粪便,我因为赤足把家里的东西往高处搬而罹患灰趾甲。

一九九一年秋天,出于再不能让我们住在蜗居的愿望,父亲在市区北郊农贸街的商品房推出销售之际,出资两万两千八百元买下其中一栋。房子几乎处于北郊的最北端,房后是一个村庄及归属于它的水田和森林。大姐一家三口搬入他们在荆林街买的二手房,哥哥考上山东矿院,我和二姐、弟弟、祖母搬入农贸街新家,不久祖父也搬入。我们搬进去时,三楼的墙砖和地面尚未敷上水泥,因为未通自来水而不得不聘人在屋内挖了一口井。我们和邻居抱着结识城里人的心态来走动,结果发现彼此无一例外,都是农村人。多年后，政府也许觉得这条马路的名字——很多城里人装作是听错了，故意叫它"农民街"——像"黑人路"一样刺目，将它改名为桂林路。至今，这条路还是接待农民进城的一个"港口"，一些住户有了钱去城中心买房后，将这里的房屋出租或转售给新的进城者。也就是在这里居住的几年中，我们未来命运的龙骨逐渐从沙丘下显现出来：祖父和祖母因失去乡下关系的保护，客居于县城，逐渐滑向疯癫或老年痴呆的深渊；二姐、弟弟没有考上高中，弟弟去当兵，他们将在未来更紧密地依赖父亲；我考上省公安专科学校治安系。

这两个住处都是临时性的。我们可以将第二个住处视为对第一个住处的补救，而补救者自己又带来新的巨大漏洞。因为每家都使用水井，地下水屡屡为之枯竭，同时，它距离市区遥远，**"荒凉空荡"**，公交公司没有开通到此的公交线路，人们进城得搭乘"蹬士"或"拐的"①。它距离父母做生意的四季春就更远，路程达四公里。一九九四年秋季，在将我送往南昌念大专后，我的父亲开始考虑为全家买下一栋永居的房屋。也就是写到这时，我忽然清晰地看到父亲进城这四年多来所过的艰苦。并不是我以前没有注意到，或者说，并不是不知道，而是这种"注意"和"知道"被混入诸多的"注意"和"知道"中，它和其他很多事一样，既不显得**"无关紧要"**，也不显得格外突出，它从来没有获得被单列出来进行思考和面对的机会。即便，它有时被单独拎出来对人叙说，这种叙说也没有取得内心的响应，我只是对人说

---

①蹬士：一种由人蹬踩、后厢带顶篷的三轮车；拐的：一种机动的、后厢带顶篷的三轮车，因为起初政府只给残疾人颁发客运执照，因此被人成为"拐的"。

547

我的父亲很可怜，却不意味着我的内心也为这种可怜心潮起伏。人的秉性就是将注意力过度地投放在自己身上，至少我是这样。只有到了今天，到我写到这段文字时，我父亲进城后的一段生活，才像一出"**古典悲剧**"，从"**那些与剧情无关的东西**"里脱颖而出，"**变得明白易懂**"和让人震惊。我清晰地意识到他自进城后每个夜晚都睡在货物簇拥的狭窄的木板床上，被不卫生的环境、污浊的空气、蚊虫和寒冷反复关照，没有一次解手不是借用公共厕所，并且经常吃不上热饭。然后，他的身体在晚年受到残酷的报复，因为缺血性中风，他偏瘫七年，最终因为习惯性便秘招致的二次中风辞世，享年七十一岁。我记得在他死去后，一大股漆黑的血还撞开他的嘴唇，奔涌而出。尽管如此，我认为我在写这段文字时，为生命规律如此毫厘不爽地惩罚一个人所感受的震惊，要大过为父亲如此竭力地牺牲自己所感受的震惊。也就是说，一个人因为早年生活的艰苦而被病魔死死缠上，这件事带来的冲击力，要大过人性伟大所形成的冲击力。

这个巨大的牺牲者，在可以预见的生意差的一天，对批发部进行盘点。有时我们在人声鼎沸的商城行走时，会在路途中间看见某一家门店反锁着门，蒙满尘灰的玻璃门上贴着写有"盘点"二字的白纸，它就像繁盛的花丛中出现的一块墓碑一样，在人的心灵上制造小小的惊骇。而实情是，这表面看起来沉寂的一天，对商人而言，其重要性要超过一年中的其余三百六十四天，就像在宁静夜空下召开的遵义会议要比那些硝烟四起的战争重要一样。商人的盘点和政府的人口普查一样重要，它可以使决策避开"想当然""模糊感觉"的陷阱，变得更为精确。我们家开的批发部，店门由十六块樟木板组成，每天关门，都要抓着木板，对准上下两道凹槽，将它们依次推送进去，然后再从里边上闩。盘点时，我的父亲站在透过木板缝隙渗入的一道道光线里，一手翻动单据，一手按动计算器，不时在总单上记录一笔。之前，他和我的母亲、大姐已经对存货进行清点。他穿着松松垮垮的裤子，一整天地站在柜台前。在他脸上没有任何表情，这种没有表情并不意味着呆痴和没有生气，相反，它揭示出一种极度的投入。人类只有在两种情况下才会如此专注，一种是作为神父诚心诚意地向主祷告，一种是作为商人在算账，这时他们的脑海里没有任何杂念，没有女人、玩笑话、愤怒，也没有对自然（比如风）的感受，顶多，只是在某一个动作重复久了之后，他们才会感觉到身体有一点点酸胀。我的父亲计算出他所想要知道的所有数据（包括目前拥有的现金数目、货物库存数目、欠债数目、家庭支出预算、税费预算、追加或扩大投资预算），在感到稳妥的情况下，开始筹划买房。他想自己做生意太累了，要是房子距离批发部很近可以走路回去就好，另外它要大，住得下全家人，并且不能太贵。仿佛他刚刚这样一想，罗湖桥头就魔法般地出现了一栋四层的楼房，每层近九十个平方米，售十一万元。就像它是意念的产物，而不是自己本来就长久存在那儿一样。

这栋房屋让我、我的二姐和弟弟心情复杂，从房屋所处位置和内部装修来说，它压根不能算好。它处在罗湖桥南侧，在阴惨的天气里瞧过去，像是孤零零地镇守在桥头的碉堡。桥下有一条死去的河流，河床长满杂草，河道中央有一条发光的细流，那是人们倒进去的小便和泔水，有时雨水也停潴在那儿。这条河是城市与郊区的分界线，穿过桥梁意味着走进城市。有好几次，我看见那些穿着蓝色的确良上衣和破皮鞋的农民，在路过我们家时连续猛烈地吐痰，搓掉鞋底那从停车场带来的泥浆,或者掸拂身上的尘灰,这样清嗓子、正衣冠完毕,才迈开自以为庄重的步子,走上桥梁,去城市里。生活在这栋房屋里时,我常手中夹烟,站立于阳台,看向咫尺之遥的城市,并且想:我们一家花了那么大的力气来改变自己的命运,想成为那种无须宣扬和强调的纯正的城里人,却在这样的进化差几米要完成时,因为举动上的兴奋惊醒主宰者,而被判罚永远滞留在这途中,就像马塞尔·埃梅小说《穿墙记》里的杜蒂耶尔,在即将穿墙而过时,被永远"铸在墙心里",我们没有变成城里人,而是变成一个城乡接合部的人,或者说,没有变成人类,而是变成半人鱼、半人猴、半人马。房屋的一层有两间门面,长时间只租出去一间,租给大姐夫的亲戚卖种子。二、三层均为两室一厅,配有厨房、阳台和卫生间。四层除装了窗户,什么也没装,堆满我们家累次搬迁没有扔掉的东西,包括一架风车,这些东西上积满灰尘,可以用手指在上面写字。不将东西扔掉是祖父和母亲的一贯主张,我常批评他们把家里活活弄成垃圾中转站,人家垃圾还会中转出去,我们这儿呢,就是让它们搁在这儿腐烂、发酵、白白地占地方。父亲的生活风格是"如无必要,勿增实体",比如,凳子既然能坐,没必要去刷漆;用碗就能喝水,何必添置茶杯;水泥地面已经很平整,无须再贴瓷砖。他如果看见头发凌乱,就伸手接点自来水,抹湿头发。他见牙膏瘪了,也不会着急扔,总是将牙膏皮像卷铺盖一样卷起来,为的是逼它交出最后一点存货,末了还可能剪开它。在他的统御下,这个家虽然不缺少什么,却也没有一处地方值钱。有时我想,我们家的全部家当,折算起来,可能还不如有面子人家的一双皮鞋。父亲的举动,反映的并不是一个人要和享乐主义作战到底的决心,而是对禁欲生活本身的甘之如饴，我们从不敢向这位独裁者提出什么意见或建议，就是暗自议论或心里愤怒一下也不敢。

不过呢，好在这房子够大，这就使我们在对外介绍它时不至于过于羞涩，在县城，又有几个人有四层楼的房子呢？何况这时候我们家做生意的名声逐渐显扬，开始得到一些人的传说。受我父亲的影响，我的堂叔之一也进入四季春做批发生意，起先人们为了区分他们而把他们分别叫作"大老艾""细老艾"，后来他们在这样的称呼里加一点点糖，使之变得像一顶尊贵的冠帽。有时候，我们还没有为自己并不穷做辩护，就有人先说："你家是不是大老艾，生意做得几好噢。"

一九九五年初，我们家搬入这栋房子时，二层的两间卧室分别住着祖父母、父母，三层一间卧室住着二姐，另一间空着。这年夏天，哥哥大学毕业，分配回市矿产局，住进三层那间空的卧室。此后，二姐出嫁、哥哥辞职去杭州做程序员，退伍的弟弟和大专毕业的我住进三层这两间卧室。到二〇〇一年春，祖父已经去世两年，二姐的女儿出生一年，二姐仍然在药店卖药，弟弟尝试经营茶座，父母和大姐仍然在四季春的批发部忙碌，我从乡下的洪一派出所调回至市公安局办公室也有年余。每天中午是这个家族聚集得最全的一次。现在，在我写这段时，还能听见这个家庭每个成员回来的脚步声。他们先是旋转把手，拉开一楼侧门的防盗门，再推开虚掩的旧木门，走几步后到达楼梯口，将手伸进把守在那儿的另一扇防盗门的小孔里，从里边拉开拉闩。是那种上下楼梯。这些不同的足音出卖了每一个人的理想和生活风格，也几乎是无情地揭示了他们的命运。特别是在今天回望，就会更感觉到这种关联的精确性，仿佛一个人的命运全由他的脚步声决定一样，而实际上，它们只是同一枝条上开出的两朵花，一朵开得特别前，一朵开得特别后。十点整，祖母回来。我相信这位民国出生的文盲老太，这样准时地回来，并不是因为她看了谁家的钟表或者问了谁到了几点，而仅仅是出于害怕，就像我们害怕误火车，而在没有闹钟提醒的情况下，能在凌晨四点准时地醒来。祖母害怕回来晚了，授人以柄，被我的母亲长时间地数落。她们常年相处一室，没有展开一句像样的聊天，除开发泄仇恨，眼睛也不曾对视。祖母总是抓着水泥楼梯的扶手，将她的一对小脚先后挪上台阶，然后抖抖膝盖，继续朝上挪移它们，就好像是背负着石块的奴隶勉力往上爬一样。她唉声叹气，不住地呻吟，倘若是一楼租户恰好到楼梯口附近的水池洗衣，她就会把她在街上已经宣扬几十次的话再次宣扬一次："我真折毛（受折磨）啊，我又屙了起码半碗血。"她上楼后，去自己房里找到积蓄的果皮发皱的橘子，剥开吃，然后去厨房择菜。母亲会在十一点半左右从批发部回来，接管厨房。有时预见到生意很忙，她会提前一天交代我二姐，让我二姐替她回来煮吃的。二姐是从两百米外老正街的药店回来的，她往上走时，脚步像第一次去法院大楼的农民或者一只兔子那样**"惶惶不安"**。她在很小时被我的父亲宣判为没用，判决是那样的深刻、残忍和无法挽回，好比是用一把利剑刺入幼鸟的脊背，使它再也无法飞行。我想就是父亲自己，也会为这次判决所展现出的巨大力量吃惊，就好像他只不过是一介皮囊，有一个**"邪恶而陌生的野兽"**借助他实施了这次惩罚。同时他也为我的二姐承受力如此之弱感到叹息。父亲在他漫长的一生里再也没有责备我的二姐。我们和父亲一样，倾向于将二姐视为弱者。在我的记忆中,二姐很少被请到议事中心,很少有人为她腾开一个位置,请教她:"你怎么看?"她就像是会场里的书记员,被那些争吵不休的议员完全地无视,丝毫也不会被认为是他们中的一分子。二姐很多精力,就是花在向一群对她有成见的人证明自己有用上。有一天,她察觉到,有一块领域极为重要,却形同处女地,家里一直没人重视,她出于近水楼台的原因可以担负起垦殖它的责任。她开始细心整理、记忆从媒体、同事和外地药品推销员那儿得来的"饮食禁忌"和"营养秘方",不仅仅是将自己塑造为知识的传播者,也将自己册封为这个家庭的卫生官,像逮坏人那样逮捕菜里有害的物质,裁决这个可以吃,但不宜多吃,那个完全不能吃,不是致癌就是对心脑血管有害。她只要做饭,桌上的蔬菜一定不会少过荤菜,并且每样菜都会少油少盐,这些菜在她的解释下,变化为铁、锌、钙、维生素C等我们应该补充的元素。后来她自然而然,不吃猪肉,不吃转基因食品,不到万不得已不在外边吃饭。今天,我们在微信朋友圈常能看见一些人为了对亲友负责,频繁转发一些标题以"震惊""不看后悔"开头的养生文章,他们其实普遍善良,他们的善良让我想起二姐。我逐渐在二姐那畏怯的上楼声里面,听到她暗自下定的,要为家人规范饮食的决心。接下来是十二岁的外甥和我差不多同时到家,有时我们在门口相撞,外甥不看我,低着头,也不知道是对谁,潦草地叫一声"舅",就上楼去了。他用这样的态度叫我,说明打招呼并非出自他本意,而只是因为受过我大姐的训斥("你怎么连舅舅也不叫呢?")。外甥上楼时的急切表情让我想起电视上的飞天蝙蝠柯镇恶,他总是拧紧眉毛,沿着一条直线,大踏步地闯向某地。用一个不雅的比喻就是:好像屁股里夹着一截屎一样。外甥到达二楼客厅的同时,将书包扔在我和弟弟曾经在平房睡过的绛红色的沙发上。沙发正对面立着一张课桌,课桌上放着一台闷头闷脑的长虹彩电。外甥总是快速拿起电视机前的遥控器,撅开电源,准确按出两个数字,找到少儿频道。他看动画片时的痴迷,世所罕见,画面出来后,他握着遥控器往后退,然后因为被剧情吸引而停止在半路,直到有人回来,他才将没有退完的路程退完,坐向沙发或凳子。就是在弯腰坐下去的过程中,他的目光也在盯着屏幕,只是用双手去摸坐具。有时他端着碗看电视,扒上几口饭,也不嚼,也不下咽,就那样把碗搁在下颌前把一集看完。我在他大概只有七岁时,曾经夺走过一次他手里的遥控器,他威胁我——"给我,你给我,快点给我。"——几次无果后,去厨房寻了菜刀,高举着来劈我。也就是从那天开始,我再不干涉他看电视了。我的这次让步,让我想起湘潭农民毛顺生,在他那未来十分著名的儿子威胁要跳进池塘后,他开始了对后者的妥协。我相信外甥用同样的方法战胜了他的父母和祖父母,从而获得毕生可以看动画片而不受责备的豁免权。接下来是大姐夫,相比于二姐,他更像是这个家里的主人翁,他或者已经打了一场麻将,或者预备着去打一场麻将。大姐总是凶着脸问他:"又去打牌了?"然后接下来同样凶狠地追问,与其说是责备,不如说是鼓励。"绰(赢)没?"大姐继续问。于是大姐夫从裤兜摸出一把钱,说:"你看,(一)起是绰的,绰这么多。"后来,大姐也打上麻将,而且打得比很多人多,不过看得出来,她不可能沉迷进去。接下来是弟弟。弟弟回来是动静最大的,我们都听见他所骑的踏板摩托车在到家前进行最后一次加速。他别好脚撑,给车轮上U形锁,然后进

554 / 遇见未婚妻

门,他在进来的同时随手带上门,那哐的一下关上的声音使我想到童年时所挨的耳光,以至于能让正在三楼躺着休息的我,带着满头细密的汗,突然坐起来。弟弟总是把双手提到腰际,跑上楼梯。来到二楼客厅后,他**"手里拿着手套"**,像一座塔那样站在那儿,对外甥说:"又在看电视啊?"后者微微歪头,不过目光并未偏离荧屏,他答应道:"啊,舅。"母亲在做好饭后,要么自己在厨房先吃,要么打包带到批发部吃,她去把我的父亲和大姐替换回来。父亲的后背驼得厉害,他穿过的衣服没有一件是在遮掩他的这个缺陷,而是尽量地去凸显它。要是到了天热,就能看见他前胸红红一团,因为干瘦而显出肋圈。不知道为什么他一直没有穿过合身的裤子,裤子总是要大一号,襻带很多,为了不使它掉下来,他不得不系紧腰带。姐姐一般穿得洋气,女人爱美就是这样,她当然爱美,但这不是唯一目的,甚至不是主要目的,她需要跟住时装演变那不可理喻的潮流,而不至于丧失对市场趋势的判断和对顾客心理的把握,后来在父亲和她转行经营超市时,她开辟出整整一层来经营服装。父亲和大姐直到走进门,还在交流和商量从生意里衍生出来的无穷无尽的事务,他们自己也不会注意到,是他们中的谁拉开了防盗门。有时他们停在楼梯半路,直到就所议之事取得一致的看法,才继续上楼。有时即使在吃饭,他们还是在议论。他们的话语中充满他们很熟悉而我们很少听说的人的名字,和一些仅仅适用于生意场的名词和缩略语,这些不透明的单词像一块块不透明的厚石,将他们的事业围在墙内,变得神秘和令人敬畏。他们对待事业的庄重和热情,那种程度或级别,不会亚于卡尔·马克思与弗里德里希·恩格斯,或者皇室里的首相与国防大臣。

客厅同时也是餐厅,在电视机和沙发的中间,摆着一张掉漆的红色方桌。桌子上方吊着一盏灯泡,后来被改换为日光灯,据说这样恰恰更省电。等到我的父亲坐好,接过我的二姐递上的筷子,端起碗扒好一口饭,并且将筷子伸入某盘菜肴,这顿午餐才会开始。菜总是比饭好吃,人们总是愿意只吃菜不吃饭,或者多吃菜少吃饭,在穷困的时候,这个家庭的先人制定出"只有吃上一口饭才能吃一口菜"的纪律,后来,即或不再穷困,出于居安思危的考虑,家长还是乐于宣扬这样的纪律。在父亲夹好菜的筷子往回收时,我们四五双筷子一齐戳向餐桌中心,很像是四五只猛禽张着长喙扑向被撕开的尸体,有时我们意识到自己挡住祖母,就给她腾出位置。她总是说:"要得个。"意思是说她站在后边没什么,不碍事。现在回想起来,进入新世纪后,我们一家在这栋房屋度过的日子,具有空前的稳定性。家庭因为三个儿子未婚并且两个出嫁的女儿也有很多时间生活在这里,而没有被拆开;每个人普遍有一份职业,像祖母即便没有职业,也因为是医药公司退休职工的遗孀而能拿到一份保障;生活上想吃肉就吃肉,想穿衣就穿衣,每个人都处于较为健康的状态;每个回家的人,他的明天都变得可以预知,甚至连大姐夫绰多少钱也能大致预知,因为我们都见识过他牌技的"超群绝伦"。现在回望这段几乎凝滞不前的时光,会感觉它像是**"天边蓝幽幽的船只张着帆翼,一动不动"**,宛如**"摆在玻璃柜中的具有异国情调的夜蝴蝶"**。我曾经在圣托里尼岛上瞧见行驶在海里的白色邮轮,它像被嵌入在一大片深蓝色沥青的中心一样。要到我走过一段路,回头再望,才知道它移动了一些,而我更感觉是天空中有一只手小心将它捏住,移到现在的位置。

这种稳定给家庭的主人——我的父亲——带去一种诸事皆宜的美好感觉，家庭成员也普遍心安。然后有一天，家里的人逐个意识到，这个家庭的次子——一个比较大的星体——逸出了他的轨道。上一次家里有人这样脱离自己的轨道，还是生活在农贸街那栋房子时，是在一九九三年。我记得在我的祖父发出惊恐的第一声呐喊前夕，我们在房屋内相遇时还互相招呼，这样的招呼和往日我们无数次打招呼一样，有着成色十足的亲热。但就在那个窗外尚存蛙鸣的寂静夜晚（它们无力的啼叫宛如有人用木棍刮动木鱼上的齿痕），在子夜，从这位老人的口腔爆发出一声"仿佛源自肉体最深处"的呐喊，喊得撕心裂肺。我想，疯狂的喊叫一定会使他从躺着的床上猛然坐直，这时，喊叫的尖部已经冲破天际，而尾部还只是刚刚脱离他的唇沿。我和二姐、弟弟听得心惊肉跳，从各自卧房跑向他的房间。我们揿亮灯，发现他两眼笔直，一只手抓着被角，一只手指着似乎存在于空气里的某个事物，呵斥道："走哇，你走。"我的祖母一边穿外套一边从另一个房间踮着小脚走过来。她说："你爹这是怎么了？"我们想祖父只是做了一场噩梦。噩梦如此抓人，以致在做梦人醒来后，他的思想、言语和行动还滞留在梦境中。我们或站立或蹲着，在他身旁，频繁地叫唤他，终于使他回过神来。他一一辨认我们，核对我们的名字，安下心来，然后张大嘴，背靠着垫起来的枕头睡着了。我们没有把这件事报告给父亲。当初我们以为这只是祖父正常生活的一次出轨，而实情是，这差不多是他最后一次从那个疯狂的世界回来一趟，从此他就一直待在但丁·阿利吉耶里形容过的地狱世界里。当初我只能根据祖父的表现，推测出他大致遭遇了什么样的惩罚，就像我们根据"衣裾飘拂的褶皱"去想象"微微的海风",或者根据钉子弯曲的形状想象锤子如何用力,或者据"凹"这个字得出"凸"。我看见可怜的祖父坐在床上不住后退,抓起枕头打想象中的敌人,或者,三跪九叩,不停作揖,恳求对方的饶恕,或者,拿头去磕门或者墙壁,或者,抓着脸痛哭,更多的时候,他都是指着什么东西,命令它们作为侍卫去阻挡恶神。我记得有一次他说:"南京长江大桥,我命令你立刻垮掉,立刻,马上。"通过他后面含糊的言语我知道,他应该是透过逐渐散开的雾气,看见隆起的桥面上挤满反攻大陆的国民党军人,他们正从桥北的低处爬上来,要来江西省擒捉他。要到后来,我用手指在一行行字下移动的方式阅读《神曲》,才知道祖父具体受到哪些千奇百怪的惩罚。祖父这样日夜号叫,无限制地透支身体,曾使我们以为他只有三个月可活,但他坚持了六年。父亲送他去过精神病院治疗,后来去探视他时,受不了他像动物园里的猿猴那样哀鸣,又把他接回来。祖父的经历使我意识到,我们的身体绝不可能只经历一个正常的世界。我们所处的貌似宽阔、甚至宽阔到足以让我们徜徉其中的正常世界,其实只是一个混沌、无序、漆黑、充满惩罚和毁灭的巨大整体的狭小一部分,它的小相当于地球之于宇宙、独木桥之于大海,它的脆弱相当于航行在太空中的飞机,能否安全着陆取决于机身的上万颗零件不出任何问题,以及飞行员在过万种操作方式中选择了唯一正确的方式。自从这种意识出现在脑际,我就不时受它的折磨。比如路经剪刀时,我不再认为它只是剪开绳索的工具,它也可能被用来扎破麻袋,刺穿眼球,剪掉麻雀的翅翼,或者在玻璃上划出道道痕迹,等等,简直太多了。或者,耳郭不仅仅只是像卫星锅那样接收音源,同时也便于别人和自己将它撕扯下来,血淋淋地丢向地面。一想到我们只要稍稍游离出一点正常的轨道，就会造成如此多、如此可怕、如此无法挽回的后果，我就会面色发白，额头出汗。在我感觉最痛苦的时候，我甚至在去给讲话的领导倒水时腿脚发硬，因为我害怕把开水泼到他脸上，又用茶杯照着他的脑壳猛砸。在我揭开杯盖把银亮的滚水倒入杯中时，几次听到邪恶之神的召唤："这是个好机会啊，这可是个好机会，你瞧他像被捆缚的牛羊一样，一点防备的能力都没有。"我几乎是咬着牙把水倒完然后迅速盖上杯子离开。我在撤离时心想：我可是差一点谋杀掉领导了。而我和这名领导没有任何仇恨，非但没有仇恨，还想和他亲近，每次在邂逅时，我都**"眼睛发亮"**，微笑着打开嘴，好在他询问时能及时地回答。后来我依靠远离容易使我想到不幸可能性的物体，以及散步、呼吸新鲜空气，逐步克服了这种痛苦。朋友，我不知道你有没有这样的心理经历？

且说在二〇〇一年春季，我们家里的人又一次意识到，家里有一个成员把自己关进自己的世界，对外在的事视而不见，听而不闻。这个出问题的人就是我。我还是在固定的时间出门，在固定的时间回来，虽说以前回家时我并没有表现得对这个家有多眷恋，但从脚步声里还是能听出我的放松的。在我的身上并不曾披有大衣，围有围巾，戴有手套，但在我上楼时，却好像能听见我在卸下大衣，摘掉围巾，撸下手套，准备等下躺在沙发好好休息。但现在，他——我——回家的脚步声变得紧绷绷的，像幼马被拉往一个陌生的地方去一样极不情愿，就像这罗湖路三十二号再不是他的家，而是一艘将他载离他心里的家的轮船。他在这栋四层楼里每待一会儿，分隔的痛苦就增加一分，绝望也更多了一些。有人则听出他缓慢的脚步声里有着过度的沉重，就像那是一双铅腿。他变得容易长吁短叹，不是将手反复插向自己的头发，拧抓它们，就是微握拳头，将它敲向桌面。他比平时抽更多的烟，有时只抽两三口，就将它杵断在破碗改制成的烟缸里，接着又颤抖着点燃一支。一会儿因为被烟雾呛出眼泪，又把它扔掉，就像完全不会抽烟一样。他平时是极爱吃炒花生粒、煎鸡蛋的，容易让贪婪的眸子盯着这样的食物不放（同样在《人类简史》这本书里，解释了人们对高热量食物的热爱来自"采集者祖先的饮食习惯"，因为在当时，这样的食物"非常少见，永远供不应求"），现在即使把它们端到他面前，也无法取悦于他。他仅仅是象征性地吃上几口米饭。以前他多少会陪父母看一会儿电视，展开一刻钟到二十分钟的**"漫谈闲聊"**，但现在他早早就去洗澡，并且对水温是凉的一点也不在乎，就着冰凉的自来水淋浴完毕，此后他把自己关在房里，什么声音也不发出。到了凌晨，会听见他开门去卫生间解手，说明他一直没睡。

上一次他出现这种程度的异常还是在第一次读小学一年级时，他在人生中第一次系上皮带，因为不知道如何解下它，活生生地让一泡急不可待的屎拉在裤裆里。他像如今这样脸色涨得暗红，一声不吭，低着头走过家人，回避和家人接触。吃饭时，他把饭碗端离餐桌，到门外吃完，再匆匆还回空碗。他在空气中留下热烘烘的臭气，那状如**"阿拉伯图案"**的臭气带反映出他行动的轨迹，他的母亲翕动鼻翼，感觉疑惑，很快侦破此案，在他卧房里逮到蹲在墙角的他。"是不是屎拉到裤裆里了？"母亲问。他的羞愧在一瞬间达到顶峰，但因为听出母亲的声音里并无责备之意，羞愧也就顷刻烟消云散。他站起来用手背擦眼睛，号啕大哭。至今，在我回到故乡时，母亲碰见邻居，还会对他们指着我，讲述我的这件童年轶事，事情未讲，先自笑得前俯后仰。"我的这个崽，你说几笑人噢。"她说。因为这件事，我被休学一年。

在夜晚，在二层靠北的那间卧室，我的父母并排躺在床上，就时年二十五岁的我所表现出的反常展开讨论。与其说是他们敏锐地察觉到什么异常的苗头，还不如说是这种异常过于外扬，像煮开的水漫到灶台，浸湿了一整块地面，逼得他们不得不就此表态。"你爷，我总觉得柱喟这段时间太不正常。"妈妈说。父亲回答："我脑子就是在想这个问题。"

"你觉得他是为了么事？"

父亲的思考偏近于理性。他断定我有什么事想自己解决但完全解决不下来，想向家中求援又因害怕责备与惩罚，而不敢开口。

"比如……"父亲说。

"比如么事？"母亲问。

"比如借了高利贷。"

"不可能，我的崽这么老实，怎么会去借高利贷？"

"可能借的时候不晓得背后凶险，听别人美言一句就借了。等反应过来，利滚利已经很大了。"

"不可能，我不相信。我崽还是公安警察。"

"越是公安民警，越在客观条件上容易接触到一些三教九流。"

翌日傍晚，在我起身就要离开二楼客厅，去三楼卧房时，父亲说："等等呢。"长年以来，我在父亲脸上只看见一种表情。在这种表情里，嘴角往下扣，脸往下拉，紧皱的双眉被推到额头前，像是生长在岩壁上的一对虬枝。这样严肃的表情宛如可怕的面具，罩在，或者说勒紧在他脸上。很多次，在他路经某处时，有人叫他"艾叔"，或者"艾老板"，于是他猛然回头。喊叫的人微微举起怀中的孩童，让孩子和我父亲转过去的脸对视。果然，在经过一秒钟的愕然之后，孩子扑打着双手去寻找大人的怀抱，哇哇大哭起来。如此这般，屡试不爽。人们说："要说你的脸是真吓人。"我的父亲回答："是吗？"这张脸也给我、我的二姐和弟弟留下过于恐怖的记忆，我们在漫长的岁月中，多次不约而同地将父亲这张可怕的脸比喻为暴风骤雨来临前的天气。在我们成年后，都不愿意和父亲待在一块儿。有时之所以能促膝谈心，也仅只是为了尽一尽父子或者父女间的礼仪，其实在扯开话题的同时，我们就在寻找尽早离开的托词。这和去充满药水味的病房探望人差不多，都是身在曹营心在汉。这一次，我从父亲这张大黑脸上，看见的却是一种臣仆式的热心的忧虑。我常在那些司机、秘书、下属的脸上看见这种"急领导之所急，想领导之所想"的表情。父亲半仰着头，朝我露出温柔的目光，摆出一副愿为我赴汤蹈火的架势。我想为了这一刻，他准备很久，他告诉自己一定要付出耐心和热情，只有这样才能撬开儿子那紧闭的牙齿，让他把事情说出来。我很感动，这是我第一次在父亲那里看见亲昵。而且现在的我可以做证，自从父亲这样亲昵地对待我一次后，他就无师自通，再也不舍得不对我亲昵。我停下脚步，我记得我的前腿微微屈膝，后腿笔直站住。我的上下嘴唇像被抛到岸上来的鱼儿那样一开一合。只可惜啊，这样的感动对这一段时间我内心所受的煎熬完全不起作用，它们是风马牛不相及的两件事。"你怎么了？看看我能不能出个主意呢？"父亲谦卑地说，摆出一副足智多谋的样子。

"我没事。"我摇摇头,踩下前腿的同时,抬起后腿,继续朝我的卧房的方向前进。这时我的母亲正捏着洗碗抹布站在厨房的门边,偷听我们之间的对话。"我什么事也没有。"我补充道,其实说的意思是你们就别掺和了,你们解决不了。在我即将走出客厅那扇红漆木门时,听见父亲追问:

"你是不是得了艾滋病?"

关于南京的回忆

张惠雯

张惠雯,小说家,新加坡《联合早报》专栏作家。毕业于新加坡国立大学商学院,现居美国波士顿。已出版短篇小说集《两次相遇》《一瞬的光线、色彩和阴影》《在南方》,散文集《惘然少年时》。曾获新加坡金笔奖、首届人民文学新人奖、中山文学奖、上海文学奖、储吉旺文学大奖、首届曹雪芹华语文学大奖等多个奖项。

一

想起南京,首先浮现在我脑海里的往往是那个阳台,也就是我们当时租的位于玄武区那栋六层单元楼二楼房子的阳台。阳台背阴,楼后生长着两三棵老楝树。在我的印象里,阳台上总是布满浓密、细碎的树的阴影。到了黄昏,那些照在树上的夕照光线也会晕染到阳台上,让它浸润在粉红或是橘黄的光泽中。大树后面是距离很近的另外两栋居民楼,在那两栋楼后面,露出另一栋同样规格的楼房的斜角,那是他当时住的地方。当然,我从未去过他住的地方,他在阳台上曾指给我看,说他和几个同学在这栋楼里合租了一个单元。这一带的楼都是二十世纪八十年代盖的那种水泥楼,粗笨平板,颜色灰里发黄,楼的外部砌着一层碎石子,看着倒很结实。有的住户把窗户更新为铝合金窗,更多住户仍保留着几块玻璃组成的、木窗梃的格子窗,一些窗户外面还加了一层丑陋的防盗铁栏。这一带是再普通不过的南京居民区,在居民区里面,好看的似乎就是这几棵树。从半开的窗户里,或是透过通向阳台的那扇小门,总有哨音般的、朦胧的市声传来:车从马路上经过、远去的声音,居民区特有的那种时时浮动着却也并不怎么喧闹的声音——人在楼道里走动、以方言进行的交谈、锅碗瓢盆的撞击声、菜倒进锅里引发的小小爆炸……姑且说是那种带着烟火气息的生活的声音吧,它们既乏味又悠长,甚至带着一点儿忧伤的调子。而和这个居民区隔一条大路,对面没有住宅楼,也没有其他密集的建筑,而是连绵的、郁郁葱葱的树,中山陵、明孝陵、梅花山都在这个巨大的林区里。这构成一种奇特的对比:在冉冉的生活的对面,是碧绿的、延绵无尽的象征死亡的森然静寂。这也是我在南京各处闲逛了一周后,选择住在这一带的原因。

那是二十一世纪初的某年。当时我男友已经收到一所美国大学的博士录取通知,我也辞去了工作,准备到南京的"新东方"集训两三个月的英语。选择南京只是因为它是离我们家乡较近的一个有"新东方"课程的城市。我们的打算是我先考GRE、申请学校,如果我考试失利或是申请不到学校,我们就结婚,以便我办理配偶签证过去。因为男友需要处理些辞职前的事,还要去北京的美国大使馆面签,我一个人先到了南京,选择住处的任务也就落到了我的身上。有四五天的时间，我住在玄武区的一家"如家"快捷酒店，上午坐公交车出门，在南京城里各处闲逛。我每天的安排都是看一两个景点，傍晚时候再去各区找一家房产代理处询问租房市场的情况。我感觉我看了南京城里所有的景点：玄武湖、鸡鸣寺、夫子庙、总统府、颐和路、湖南路……连南大、南师大、东南大学都去看了一遍，最后发现自己最喜欢中山陵一带。每次坐车过了中山门，我就觉得离市区的喧嚣远了，有种神清气爽的感觉。所以，我决定在附近找个住处，因为我每周只需上三次课，住得偏僻一点儿，对生活并无影响，还可以到陵区那些古木参天的路上散步。

有一天，临近傍晚时候，我在这一带的一家"苏果"超市对面的公交车站下了车。周围看起来很热闹，应该是该区的中心地带。在我下车的地方，有很多家临街小店，服装店、花店、日杂五金店、理发店、小吃店……路口有个卖烤鱿鱼的摊子，很多学生模样的人围在小摊儿周围。我后来才知道，这个地方叫"卫岗"，这些学生是南京农业大学的学生。从烤鱿鱼的摊子旁往里走，在一条梧桐树夹道的、安静的路上，就是他们的学校。离"苏果"超市不远，我找到了一家"我爱我家"门店。我进了里面，店里只有一个人。从容貌看，他很年轻，但他穿着白衬衫、深蓝色短风衣，打扮得很郑重。他也是以这种郑重、相当职业化的方式招呼我的，使我误以为他是这里的正式员工。他长相清秀端正，个子不高，但看起来很灵气、精干。不知为什么，我容易对个子不高的男生产生好印象，仿佛那是一种不容易产生威胁的温柔的特征。就这样，他成了我的经纪人，我告诉他我要找一套两房一厅的、家具齐全的房子，和我男友一起住。我后来知道，他是南农的学生，大四，在"我爱我家"做兼职。

我想我们认识的时候他只有二十一二岁，我二十六岁。所以，他那副努力显得成熟、职业化的样子，在我看来，往往有点儿滑稽的感觉。

一开始，我们相处得并不太好，我差点儿要求把他换掉。因为他帮我找的第一套房子让我不满意，房子和家具都很破旧，我对他说，这种条件的房子以后不要给我介绍了。第二套房子我特别喜欢，他带我去看时也很兴奋，说他今天看到这个房源的照片就觉得适合我。看了以后，我当晚要订下来，但他告诉我说对不起，他弄错了，这个房子已经有人订下了。总之，我非常失望，几乎迁怒于他。我们之间的关系大概是从看第三套房子的时候改善的，看完那套房子，我们一起坐车离开。他弄错了公交车号，我们竟然坐到林区里去了。后来，我们俩都感觉不对，只好在一个靠近"宋美龄别墅"的地方下车了。我看着他，他的脸红了，告诉我可能得走一段路，不过这里离我要去搭车的地方应该也不太远。

那是下午五点多钟的时候，林区里的光线已经有点儿暗下来。大概因为旅游景点关闭得早，我们在那条干净得发亮的柏油马路上走着，除了不时有辆车经过，几乎没有碰到任何人。三月初的早春，大树的新叶鲜绿嫩黄，一两处红砖绿瓦、样式古朴的别墅掩映在丛林深处，属于过去某个年代的某位显赫人物。如果没人说话，就只听到两个人的脚步声和风从树梢、林中吹过的声音。我想，偶尔遭遇搭错车的情况，在这静谧宜人的地方走走，也很不错。但他大概觉得深深得罪了我，不止一次道歉，问："你累了吗？你一定走得累了……"又说："一辆出租车也没有，如果碰到出租车，我们就坐出租车。"我想，让他心里有点儿负罪感倒不是坏事，这样他会为我更努力地找房。在他第三次纠结于"没有出租车"这个问题时，我转头看看他，发现他脑门上渗着汗水，而在这样凉爽怡人的天气里，是不应该出汗的。我安慰他说："我觉得走走路挺好的，就当是散步吧。"这大概缓解了他不少压力，我听见他深深吁了口气。"真对不起，我自己也迷路了。但大方向肯定没错。"他说。过后，他仍然每走到一处有长椅的地方，就对我说："你一定走累了，你坐下来歇一会儿。"我们中途休息了两三次。坐下来以后，一开始他总是比较沉默，仿佛专注地想着什么，我认为他这副沉静、严肃的样子也是一种假装成熟的努力。但他也总是忍不住打破沉默的那个人，说明其实他还没有成熟到安于和一个女人沉默相对的地步。他的话越来越多，开始给我讲附近的那些小店，哪一家面店好吃，哪里的酸菜鱼好吃，哪个熟食店的烤鸭和小菜最好……好像他已断定我会在此安家。我们走走停停，等看见卫岗那条主路时，我想我们已经走了将近一个小时。大路上街灯亮了，街上是人们归家时候那种带有温馨气息的热闹气氛。他陪我等公交车，直到我上车离开。我还在车上的时候，收到他的两条短信，问我有没有安全到酒店。后来，他就把这种发送有点儿私人性的短信的习惯一直保留了下来。

二

我最后选择的是他带我看的第五或第六套房子，一个卧室宽大而且带阳台的房子。它的阳台没有像其他房子那样封起来，窗户没有装上铁栅栏，屋里的家具非常简单：老式家具，但冰箱、沙发、床……必需的也都有了。我对他说我很满意，然后，我去了"我爱我家"的门店，在另一个员工的帮助下签了租赁合同,按照合同付了中介费。当然,他也在场。签了合同的第二天,我和他,还有房东在房子里约见,房东把钥匙交给我,说了些注意事项。房东走后,他拿出一个信封,说信封里装着公司给他的那部分中介费,要还给我。

"为什么?这是你应该拿的钱,你花了那么多时间。"我很惊讶。

"你昨天必须签合同、付款,这是公司的流程,但我觉得我不能拿你的钱。"他说。

"为什么?"我问。

"我也不知道。"他说,低下头。

过了一会儿,他说:"我觉得你是我的朋友,我不能要你的钱。"

"我还没觉得你是我朋友呢。我可不想欠你任何东西。"我嘲弄地说。

他愣住了,好像不知说什么好。

我想,他毕竟是个单纯的人,应该对他友好一点儿,于是说:"你拿着吧,就几百块钱,对我来说是很少的钱。你别忘了,我工作过几年,我存了很多钱。"

"你有钱,那和我有什么关系?我只是不想要你的钱。"他竟然不领情。

"反正我不会要的,我就是不想欠人情。"

"你真奇怪。"他嘟哝着。

但他明显拗不过我,最后说那他就用这个钱每天请我吃饭。那天晚上,他说首先庆祝我找到了满意的房子,去吃酸菜鱼,我同意了。我们去了一家小店,人很多,需要等座。南京那一年好像特别流行酸菜鱼,每个店都打出"酸菜鱼"

的广告，吃法其实像火锅，酸菜鱼做锅底，配菜另加。坐下后，他点了一锅中份酸菜鱼，加了好几份菜。又说，女生吃了酸辣的总喜欢吃一点儿甜的，这家店的"桂花糖芋苗"也很好，也要叫一份。那是我第一次知道有这个叫"桂花糖芋苗"的菜，以前我只吃过桂花糯米藕。我开玩笑说："你倒挺了解女生口味的，有女朋友吗？"他说没有，不是忙着学习就是忙着做兼职，没时间注意那个。吃过饭，他要带我在周围走走熟悉环境。他先带我去附近的菜场，是一个带透明顶棚的市场，当然这时候摊位全都关了，只有一两家熟食店还亮着灯。菜场外面有一条小河，也许只是一条宽大的排水渠。我们沿着水渠往我住的地方走。在小街的另一边，也有两三家卖烤鸭、盐水鸭、各种卤味儿和小菜的熟食店，他向我介绍哪一家的哪种小菜好吃。沿着水渠和与之平行的那条小街走到大路口，向右转就是我租住的那栋楼。他送我上楼，楼梯上方有一盏不怎么灵敏的感应灯，他一进入楼道就停住，用力跺两下脚。后来，他一直保持这个习惯，而光也总是在他第二次跺脚之后亮起来，像一层黄雾那样弥漫在灰蒙蒙的楼道里。

就在我和他告别、打算进屋的时候，他突然说，他想再进去看看，检查一下房子里是不是缺什么东西，热水器、冰箱什么的是否照常工作。我让他进了屋，他开始研究那些东西，然后教我怎样用煤气灶、热水器，帮我发现灯的开关都在哪里……我发现他是个非常细心的男人。

"感觉这里生活真方便。而且，我特别喜欢这个阳台。"我心情愉快地说。

"有什么不知道的问我。我对这里特别熟。"他说。

"为什么？"我问他。

"因为我也住在这儿。"

就是在这个时候,他走到阳台上,给我指出他住的那栋楼所在的位置。

临走时他说:"你自己刚住进来,可能会害怕。要是害怕,晚上给我发短信,我的手机会一直开着。明天早上我给你带早餐过来。"

"不用了……"我犹豫地说。

但他打断我说:"你刚来,不知道去哪儿买早餐。我买好拿上来。我来之前会给你发短信的,你起床收拾好了我才过来。"

这种善意似乎难以拒绝。他走了以后,我试图理清这是怎么回事儿。我倒不至于认为他喜欢上了我。把男人的友善当作其他暧昧的企图,这对我来说是最不会犯的错误,在我看来也是最可笑的一种错误。但他为我找了一栋和他自己的住处近在咫尺的房子,他试图归还我理应出的费用,让我夜里害怕时给他打电话,并且打算第二天早上给我买来早餐……这似乎又超出了一个中介对客户应有的殷勤。可另一方面,他没有说任何出格的话,没有任何轻浮的举止。我如果拒绝他的友善,那么粗暴的似乎是我……

他考虑得没错,在这屋子里,在夜深人静、灯都熄灭的时候,我的联想力开始起作用。我在想,这房子里之前住过什么人呢?下午我见到的那个房东是个四五十岁的中年人。那么这会不会是他父母的房子,而他们相继在这屋里去世了呢?我越想越害怕,简直觉得在那个老式的大立柜前面,就站着一个老人的影子,他责怪我侵占了他们的住处……我好几次拿起手机,心想也许和他说几句话会壮壮胆,但最终还是控制住了自己。又过了一会儿,我感觉到手机在枕头一侧嗡嗡振动。我拿起来，看到他发来的信息，说如果我害怕可以随时给他打电话。但我没回，我想，就让他以为我睡着了吧，我明天会告诉他我一点儿也不害怕。

第二天早上，他收到我已经起床的信息后不久就过来了。他手里提着打包的豆浆、油条、煎饼馃子和雪菜包子，说他不知道我究竟喜欢吃哪种早点，就都买了一点儿。

"所以，你打算通过这种方式把你挣我的一点儿钱都花完？"我一边让他进来，一边取笑他说。

"有人陪我吃早饭，我也很开心。你为什么非要理解成还债呢？"他说。

我想，真是个会说话的灵敏的男孩子。

"好吧，那我就没有任何负担地接受你的好意。"我笑着说。

他竟然立即抓住机会："那我以后每天都买早餐上来。"

我没说什么。

"你早上不用上课吗？"过了一会儿，我问他。

"快毕业了，没什么课，大课也不用上。"他说。

我们坐在那张四人小桌前面吃早餐。我觉得他有一种能力，就是让人在他面前很放松，而他到了这里，似乎很自然地也成了这屋子的主人。我吃了一根油条，吃了一个包子，又和他分吃了一块煎饼馃子。

"你挺会吃，我昨天晚上就发现了。你不怕发胖吗？"他看着我说。

"不怕啊。才吃了你这么一点儿东西，就嫌我吃得多了？"

"当然不是，看你吃饭让人很高兴。我觉得和你一块儿我也会多吃点儿，因为心情好。"

"你这孩子挺会说话。"

"其实不会，但我说的是真的。你不要叫我'孩子'，你不比我大多少。"

"至少四岁，也许六岁。"我说。

"大四岁算大吗？"

"当然。"

他说："我觉得你才像小孩儿，迷迷糊糊的。我没见过你这么没心眼儿的人。昨天夜里我说要进来，你想都不想就让我进屋，如果我是坏人呢？"

"我确定你不是。我看人很准的。"

他笑了："你告诉我你昨天夜里害怕了没有？"

"没有，我很早就睡着了。你给我发的短信，我今天早上才看到。"

"我不信。"他说。

"随便你。"我说着，站起来想收拾那些东西，但我发现我没有垃圾桶也没有垃圾袋。他带着得意的神情，手脚利索地把那些东西收拾起来，装进他带来的一个袋子，说他下去时顺便把垃圾丢掉。

"你今天要去超市买些日用品。'苏果'很近，要我带你去吗？"他对我说。

"不需要，从这里走出去都能看见'苏果'。"我有点儿不耐烦地说，不习惯被当成一个没有自理能力的人。

"我上午去学校一会儿，你买完东西给我发短信，肯定要买很多东西，你自己提不了，我去帮你拿。"

他走以后，我坐在餐桌那儿，列了一个单子，从厕纸、马桶刷、垃圾袋到牛奶、水果，好像确实有很多东西需要

573

买。但我不想麻烦他，所以我打算分两批买，买完叫个出租车，给司机一个起步价，让司机帮我把东西拉到楼下。我买的第一批是食品，出租车司机帮我把一大堆袋子、箱子卸在楼下，我自己分四次把它们提到楼上。第二批东西是日用品，更多更杂。我在商店选购的时候，他发短信给我，问我是不是已经买好了。我看了几眼，决定装作没看见。我用同样的方式把第二批东西拉到楼下，正打算自己慢慢往楼上搬运时，看见他走过来。

"为什么不回短信？"他问我。

"什么短信？一直忙，没看到。"我说。

他微微一笑，没再说什么，开始往楼上搬东西。

搬完东西，我让他在屋里歇一会儿，从冰箱里给他拿了罐啤酒。

"你一个人跑了几趟？连这个都买了。"

"你来的时候是第二趟。我只买了啤酒和牛奶，其他饮料我也不爱喝。"我有点儿不好意思。

"为什么不叫我帮你？自己搬这么重的东西上来。"他打开啤酒，皱着眉头喝了一口。

"我自己可以的。"我说，同时也很清楚自己看起来很狼狈，一上午都在搬运东西，汗流浃背，也没有时间整理一下头发。

"你自己不喝吗？"他问，抬头看了我一眼。

"好吧，我陪你喝一罐。"我说，觉得这不失为一个缓解尴尬的办法。如果他看到我像男人一样豪放地喝啤酒，对什么都表现得不在乎，他大概就不会用观看女人的那细腻眼光来看我。

"以后你不要这样了。"他又说。

"什么样?"我假装不理解,喝了一口冰凉的啤酒。

"不要不让我帮你。"

"可我不需要啊。"我大声说,"我不想麻烦别人,如果我可以自己干,我就不要麻烦别人。"

"可是你不应该搬这些重东西。"他坚持他的看法。

我翻翻白眼儿,表示不想再说这个话题。有一阵子,我们俩就沉默地喝着啤酒,客厅的窗子外面阳光闪亮,另一边的阳台上摇曳着零碎的树影。那些隐微而屡屡不断的市声和阳台后面隐藏在树上的鸟儿的鸣叫混杂在一起,形成声响的背景。我们所处的这个情景令我有点儿困惑,我不明白他怎么好像已经很深地进入到我的生活中来。

他似乎打算缓解气氛,突然兴致很高地说:"我饿了,只喝啤酒不行啊。我去买半只鸭,我们一起吃午饭吧。你喜欢吃烤鸭、酱鸭还是盐水鸭?"

我说:"盐水鸭吧。"

他立即拿起他丢在沙发上的手机出门了。大约二十分钟后,他提了几个袋子回来,除了半只盐水鸭外,还买了卤鸭肝儿、两个素菜、三个鸭油酥饼。

"你觉得我们吃得完吗?"我责备他买的东西多。

"有你在,我不担心。"他说。

这句话让我狠狠瞪了他一眼,但也化解了之前那种尴尬气氛。就在我们吃饭的时候,我的电话响了。他好像立即明白了是谁打来的电话,就站起来走到阳台上去了。我和男友打了十几分钟的电话,告诉他房子找得很理想,家里需要的东西也基本上添齐了……我打完电话,去阳台上找他。

他问我:"你男朋友什么时候来?"

"大概还要一周吧。"我说。

"他每天都给你打电话?"

"对,这时候一次,晚上一次。"我说。

"那真好。"他轻轻地说。

然后,他微笑着站在那儿,失神一般凝视着那些树叶或树叶上晃动的光斑。

"来吧,我们继续吃喝。"我拍了一下他的肩膀。

然后我们回到那间面积比卧室还要小的客厅,回到那张四人座小圆桌那儿。桌上铺着一层崭新的、粉红色的廉价塑料桌布,应该是房东为了防止烫伤他的木头桌面而特地买来的。我还记得那粉红色底子上的方块图形,每个方块里都有一朵俗艳的大花。我试图使气氛快乐、自然,仿佛我们是一家人,是两个好哥们儿。在我们日后的相处中,我也一直努力做到这一点。所有那种可能会导致误解的女性意味很重的妩媚举动、语气,我都极力避免,而他也从未说过一句出格的话,这更使我觉得不应该出于某种猜疑、某种自我防护的目的而损害这种关系。于是,我坦然地和他一起吃早餐、一起吃晚餐,有时候也一起吃午餐……我们每天都见面,他带我去他喜欢的菜馆、鸭血粉丝汤店,我们也会一起吃路边的烤鱿鱼、砂锅米线。大部分东西,我都是爱吃的,但我实在不能接受他爱吃的皮肚面和大肉面,那么大的一块五花肉,居然是冷的,上面凝结着一层厚厚的、霜一样的油。

"我看到这层猪油就没有胃口。"我对他说。

"但我还是觉得它比小排面好吃。"他故意刺我说,因为我总是叫小排面再加一份素浇头。

"反正我受不了肉是冷的。"在他面前,我从不掩饰我的不满。

吃完饭,我们常常在附近散步,沿着那条细细的水渠,有时也走到对面林区里那些洒满夕照和树荫的路上去。偶尔，我会疑惑是否不该这样频繁地见面。但我想，他并没有冒犯我，那我为什么要矫揉造作地假装羞怯、害怕呢？那种含义暧昧的闪躲姿态，一向是我不喜欢的，就如同我从不斜着眼睛瞟人一样。我总觉得，直视他人就如同坦荡行事，大多时候，它都能防止对方产生龌龊的念头。既然我们所做的一切都坦坦荡荡，而且，这又使我俩都愉快，那它究竟有什么不好呢？只是有时候，我男友碰巧打来电话，他就走开，走去一边远远地等我。我看着他的影子，觉得有什么东西对他不那么公平。他应该是不想听到这些电话的，而我也不想让他听到，同时我也不愿意让我的男友知道此时有另一个男人在等着我……这大概就是唯一令我感到不安的、不那么坦荡的感觉。

三

只有那么一两次，我感到他站在一个危险的地方。可庆幸的是，他在那危险的地方停住了，因此会使我们日后悔恨、自责的事并没有发生。

那次是我们吃过晚饭后不久，他打电话说他住处的热水器坏了，问我他可不可以到我这里来用一下热水器。

"当然可以。"我大方地说。

过了一会儿，他来了，提了一包东西，大概是他的洗发水、浴巾、换洗衣服之类的。洗澡间连接着客厅。他提着他的东西进去后不久，我听到洗澡间里传来"哗哗"的水声，才觉得让一个单身的男人在我这里洗澡好像是一件不太恰当的事。最后，我走到卧室里去了。过了一会儿，我听见他在喊我，这让我吓了一跳。

我走到客厅里，问他怎么了。

他说他把浴巾忘在客厅了。我简直不敢相信他说的话，我扫视一圈，发现那条蓝色的浴巾落在沙发扶手上。

他大概感觉到我的尴尬，说："对不起。"

"没事儿。"我故作镇静地大声说。

然后，他把浴室的推拉门打开一条缝，我把浴巾从那缝里塞给他。在他接过毛巾的一刹那，我感觉他碰了我的手。我迅速把手缩回来，毛巾掉到了地上。

"对不起。"他又说。那只手把地上的毛巾捡起来，关上了门。

他洗完澡从浴室里出来，我没说话。也许他一眼就看出来我的表情僵硬，他没有像以往那样坐一会儿才走，而是客气地说了声"谢谢"，立即带着他的东西离开了。

他走了以后，我纠结于自己刚才的做法是否对。如果他是故意握了我的手，那当然不能原谅，因为我那么信任他；但如果他只是不小心碰到我的手，那我就是小人之心，我那生硬、冷漠的反应就伤害了这个无辜的人。可我什么也确定不了。我也反复想，自己是不是做了什么令他误解的事，但我也想象不到。我觉得我和他一起散步、一起吃饭、一起聊天，这些本来就是朋友之间可以做的事，除此之外，我并没有给予他任何暗示。但或许就某种意义来说，我每天都和他在一起，那本身就是给了他信息……

第二天早上，像以往一样，他买好早餐上来。我真想问他，他为什么每天早上给我买早餐，难道只是像他说的那样要把我不愿意收而他执意要退的钱花掉？还是这已经成了他的习惯？但我觉得最好还是不问这种让他和我都尴尬的问题。早饭后,他说他白天得在学校,中午不一起吃饭了。这倒让我感到轻松。下午晚些时候,我主动给他发了短信,说我下午要去市区见一个朋友,晚上也不用等我吃饭了。

"你有朋友在市区?"这是他发给我的回复,流露出他不怎么相信。

我没回答他的问题,我又何必对他解释?其实我也无处可去,就又去了夫子庙。我只想去个人多的地方,而那里狭窄的石街上总是拥塞着进进出出的人流,街两边的店铺里放着大音量、节奏猛烈的庸俗音乐。随便走了一会儿,我看到一家号称"秦淮名吃"的餐馆,就进去叫了一盘煮干丝、一碟糯米藕,在其他客人异样的目光里索然无味地吃着,意识到这些天一直都是他陪我吃晚饭。我在那条充其量像条排水沟那么宽的著名的"秦淮河"岸边的游廊里坐着,假装感兴趣地看着对面白墙黛瓦的仿古建筑,还有倒映在河里、把水染成胭脂色荧绿色的灯光。我就这样走走、坐坐,消磨到九点以后,才走去车站搭车回去。上车后坐下来,我才拿出手机看,看到他发来的几条短信,最后一条还嘱咐我回来时让我朋友把我送上车。我回复了一条,说我已经坐上了回程的车。很快,我收到他的短信,让我过了中山门后一定给他发短信,他到车站接我,因为太晚了,我一个人回来不安全。我想到,他的确和我男友一样细心,但又是两种不同的人。我男友有一点儿腼腆、敦厚,他充分信任我的能力,知道在小事上不需要交代我;他却更加机敏、伶俐,还有一点儿让我觉得可笑的控制欲。不过,这种比较又有什么意义呢?

车过了中山门,车上只剩下六七个人。周遭明显安静多了,灯光更稀疏,夜色更漆黑。我努力辨认着行经的一个个车站。空荡荡的车站倒是明亮的,白炽灯管装在棚顶,照着那些颜色鲜艳、光洁的塑料座椅。我终究有点儿担心，快到站时，我给他发了条短信。我以为需要在车站等他一会儿，但在车上，我已经看见车站那儿有个人坐着。我远远就能确定那个人是他。

我下了车，走到他面前。他没有立即站起来，仰起头茫然地看着我，看上去有点儿疲倦。

"等很久了吗？"我问他。

"不太久，大概一个小时。"他说。

"我不是说过了中山门发短信给你吗？"我说，感觉到自己的声音干涩，又有点儿心虚。

"可你没有过了中山门发短信给我，你刚刚发短信给我，还不到五分钟。我怕你不发短信，所以你说你坐上车不久我就下来了，这样比较保险。"他说，眼睛盯着车站前空空的街面。

我想的确是我错了，就在他旁边坐下来。此时所有的店铺都关了，这个平常喧闹、充满生活气息的地方变得十分静寂，仿佛是另一个城市的另一个角落。那种陌生感，那沉寂伫立的路灯，以及春风一阵阵吹过宽阔的马路和路边大树时发出的温柔的声息，这一切都给人一种浪漫的感觉。

我说："对不起啦。"

"没事儿。"他说，叹了口气，站起来，"不怪你，是我自己想早点儿下来等。"

"其实你没必要……"

"我知道，你胆子大，什么都逞强。可这么晚，我不能让你一个人走回家。"他转过头看看我说。

"谢谢你。我们回去吧。"我说。

我们一起走回去，我感到前面那些楼有些异样，接着意

580 / 关于南京的回忆

识到那是因为它们太黑,没有一扇窗户里亮着灯。

"真奇怪,我有点儿不习惯你对我说好话。"他这时突然笑了。

"我说好话了吗?"

"你说'谢谢'……"

"那也算好话?"我忍不住笑,"既然你不习惯,以后我连谢谢都不说。"

"我指的主要是语调。"他嘟哝道。

他又问:"你有没有觉得周围有什么不一样吗?"

"是有点儿怪,好像特别黑。"我说。

"我们小区停电了。"他像是宣布什么好消息。

我惊呼了一声。

"你看,我要不来接你,你一个人回来,楼道里一片漆黑,家里又没有电,你怎么办?"

"我就打电话给你。"我说。

"这么说我还是有一点儿用?"

"那当然,你有很大的用。"

"真的?"他站住了,装作很惊讶的样子。

"当然是真的。"我说,继续往前走。

快走到楼道门口时,我说:"可是家里没有灯,怎么办呢?"

他说:"放心,我给你带了蜡烛还有打火机。"

我们走进楼道,他打开手机照明。到了门口,我在包里摸了半天才找到那串钥匙。平常,就算是白天,我打开两道门也要尝试半天。而现在,两个人局促地紧挨着,手机微弱的光线还不时突然熄灭,我在混乱中更是分不清那些钥匙,似乎每个钥匙都打不开防盗门的锁。他笑着拿过我的钥匙,让我帮忙照明，他一下子就找到了正确的钥匙，打开了门。然后，他让我先在门口待着，他自己迅速在客厅里点上一根蜡烛。等我借着蜡烛的光亮走进屋里、关上防盗门和大门时，他已经在卧室里点上了另一根蜡烛。他这种手脚利落、镇定娴熟的做派，总是让手脚笨拙的我心生羡慕，似乎和他在一起，就不必担心任何事。在这方面，他和同龄的那些毛糙、青涩的男孩子一点儿也不像。有时，我甚至觉得他太过谨慎、深思熟虑了。我有次开玩笑地对他说，我觉得他是个有野心的人，他将来会如愿赚很多钱。

"你喜欢有钱人？"他当时问我。

"不会因为人有钱而喜欢他，但也不会喜欢太穷的人。我喜欢的人必须养得起我，让我不至于为生活操劳。"我坦率地回答。

"他养得起你吗？"他问我。

"他会的。他是个特别上进的人。"我笃定地说。

我们进到屋里，在小桌旁坐下，渐渐适应了抖动的、偶尔还莫名其妙地蹿跳一下的昏暗烛光。后来，他打开煤气灶烧水，那一簇蓝紫色的火苗比烛光明亮多了，在天花板上映照出一个大大的光圈。我们俩稍一走动，墙上、地面上就晃动着被光放大的、形状奇特的影子。后来，我把卧室的蜡烛挪去洗澡间，做临睡前的盥洗。然后我回到卧室，关上门，换上舒服的绒睡衣。那是一套没有半点儿女性魅力的宽大睡衣，会让人变成臃肿可笑的玩具熊。也许正因为它毫无女性魅力，而屋里的光线又那么暗，我才坦然地穿着它，舒舒服服地坐在昏暗中，和他一起喝用立顿花茶茶包泡的滚烫的茶。

"你觉得今晚会来电吗？"我没话找话地说。

"我觉得得等到明天上午。"他说。

"哦。"

"你一个人会怕吗?"他问我。

"有点儿。"我老实回答。

"你要怕的话……我等你睡着了再走。"他说。

我没立刻答话,因为我想象不出他等我睡了再走会是怎样一种情形。他也没再说话,两手抱着杯子,好像在想什么。

我说:"你的样子好像总在想事儿,这种样子的人据说都有野心。"

"又来了。那你呢?"他抬起头,冲我笑了下。他笑起来很清澈、稚气,一下就把他那副深思熟虑的伪装粉碎了。

"我?我是个什么都写在脸上的人。"我假装倨傲地说,在椅子上坐直身子。

"真的吗?"他说,"那你是不是害怕我留下来,等你睡着再走?"

"我当然不怕,我怎么会怕你?"我提高声调。

"可你什么都写在脸上,所以我看出来你害怕。"他说。

我愣了一下,没想到他会说出这种话。我想,大概是这么深的夜、这么昏暗的光线,让他胆子大了。过了一会儿,我才说:"我一点儿也不怕。怕你这种小孩儿?你留下来吧。"

他用那种有点儿费解的、寻求答案般的眼神盯着我,我也直视着他。他先把眼光转开了,扫了一眼黑漆漆的、客厅的窗户。

"你去睡吧,我坐在这儿等。"他轻声说。

583

我想时间早已经过了午夜，确实要睡了。我走进卧室，但没有关门。我想：如果我关上门，那说明我不信任他；而且，他总得查看我是否睡着了。

我把蜡烛从写字桌上移到右边的床头柜上。我迟疑了一下，决定让它燃着，反正那一点亮光并不影响睡眠。我在床上躺下，感觉疲倦，但睡不着。我不好意思翻来翻去弄出些声响，只能在影子一般晃动的烛光里一会儿闭上眼睛，一会儿又睁开眼睛。他在客厅里几乎没有发出什么声响，我想他大概一动不动地坐在那儿看手机。不知道过了多久，我从床上坐起来说："我给你找条毯子，你睡沙发上好吗？"

我听到他站起来，到了房间门口。门开着，他在门口问："你还没睡？我可以进去吗？"

我说："进来吧。"

他走进来，坐在写字桌后面的椅子上。写字桌摆放在床尾，这样，他和床之间隔着一张桌子。

"你睡不着……"他说，"你是怕黑还是怕我呢？"

"我怕你坐在外面太累。"

"那你觉得怎么样好？我就坐在书桌这儿吧，我趴在书桌上睡一会儿。你可以把蜡烛吹了，不用怕黑，也不用担心我看到你。"

"我怎么好意思让你趴在桌子上睡？你睡沙发吧，我有多余的毯子。"我说。

"你是说我可以在这儿待一夜？"

"可以。"我听见自己的声音很镇定。

"那你睡得着吗？"他问我。

"我当然睡得着，因为我相信你。"我觉得有必要再提醒他一下。

"你相信我……"他莫名其妙地重复着这句话，而后奇怪地笑了下，说，"你知道吗？我相信你睡得着，可我睡不着。"

我倚在床头怔怔地坐着，不知道说什么好，同时意识到我必须说点儿什么。过了一会儿，我对他说："好吧，你就等吧。你要累了，就趴在桌子上睡一会儿。"

也许是为了让我放心，也许是真困了，他立刻趴在书桌上，把头埋进手臂，我只看到他那黑发蓬松的脑袋。我断然吹灭蜡烛，躺下来。我发现他说的这个方法很好，因为严严实实的黑暗，以及另一个人也在房间里产生的安全感，我很快就睡着了。但第二天回想起来，我觉得我确实听到了他拿起他的钥匙、离开房间的声音，那声音就像是梦境的一部分。

第二天醒来，我感到度过了温柔、漆黑的昨夜，这个早晨显得更加清爽、舒畅。我想到他虽然年纪很轻，却具有一种难得的君子风度、一种强大的自制力。这在当时让我颇为惊讶。但很多年以后我明白，这克制和坚忍恰恰可能是青春的产物，它源于情感的纯粹和敏感的自尊。而中年人的情感，却往往因掺杂了太多世俗的利益衡量和欲望，看似激烈，骨子里却世故、颓唐。

那天，他来吃早餐时，我发现他看起来心情也很好。我觉得那种轻松就像是我俩共同通过了一场严峻的考验，穿越了一片危险的沼泽地。他对我说，他今天不用去学校，可以带我去一个地方，我肯定会喜欢那地方。然后，我们一起坐车到了中山门，他带我走到和城门相连的老城墙上。天气很好，天空是春日那种透明的青，古朴的城墙两边簇拥着新绿的树枝。走在城墙上，他说他挺喜欢南京，毕业后应该还会留在南京。他问我喜不喜欢南京。"我觉得我也有点儿喜欢这里了,这主要是你的功劳。"我说。这是真话,也可能是我对他说过的最动听的一句话。这样的话或许会引起他的误会,但它毕竟是真话。我想,为什么去担心这种意思美好的诚实的话呢?我们说着话,在那条潮湿的青黑色砖道上来回走着。在我的记忆里,这条在城市之上的、光影斑驳的路,就像一条森林之中的、通向某个秘密所在的古老而神奇的通道。

四

在这些像初春的天气那样明净、晴暖的光阴里,在这份由我们俩共同小心维护的甜蜜友情里,总有一丝焦虑像阳光里的阴影。在我心里,随着我男友到来的日子越来越近,那个问题日益急迫。我当然期待男友到来,可他呢?即使我男友不在意,我们现在的种种习惯仍然不可能继续下去,对我来说,它会被新的生活、新的人代替。可他呢?……

倒是他有时主动提及那日益临近的期限,做出一副对未来有所准备的样子。有一次,他问我:"你男朋友来了以后,我们还能见面吗?"

"当然能。你可以来找我们玩儿啊,我会约你的。"我很有把握地说。我当时确信事情的发展就是如此。

那天终于到了。我男友乘坐的火车预计在当天夜里11点20分到达南京车站,我打算10点从住处附近坐车去。这些计划我当然都告诉了他,而他本来的打算是把我送上那班公交车。但等车的时候,他改变了主意,说他还是把我送到火车站里。"南京火车站很乱,这个点儿你自己去我不放心。"

这是他的理由。我考虑了一下,觉得什么地方不对,说还是我自己去吧。他说:"你放心,他不会看见我的,我把你送到大厅里就离开。火车站一带真的很乱,你下了公交车还得走一段。"大约是因为一种习惯性的依赖心理,我竟答应了。

等车的时候,他很沉默。坐到公共汽车上,他几乎什么话都不说了。我问他:"你为什么不说话啊?"过了一会儿,他才勉强笑了下,反问我:"你说呢?"他那种无可描述的神情和语气,让我意识到我问了一个多么没有心肠的问题。

和其他火车站一样,南京火车站确实是个乱糟糟的地方。他把我送进大厅,找到一个不太容易被人推推搡搡的角落站着。我们无法像以往那样直视着对方的眼睛、自在而坦诚地说笑。时间在沉默中走得很慢,但似乎又过得飞快。他不停地看表,告诉我火车大概还有多少分钟到,好像他不停地精准地报出一个数字,我们就能从某种古怪的处境里跳出来一点儿。我由着他报那些数字。我想,我不应该让他送我来车站,我应该坚决拒绝的。但站在这里,一切都太晚了。

他这时说:"还有十五分钟他就到了。我得走了,你一个人等吧。"

我看了他一眼,不知道说什么好。最后,我说:"那好吧。"

"你一个人小心。"

"我没事儿。"

他沉默不语地又站了一会儿,突然拍了一下我的肩膀,说:"那我走了。"

不等我说什么,他就转身走了。我看着他的背影消失在来往的杂乱人流中,突然有一种感觉,觉得我对他做了一件很可怕的、无法挽回的事。我没有想到,那是我最后一次看见他。

之后的两三周,我和男友忙于安排我们的新生活,我也开始到"新东方"上课。上课的三天,男友会陪我一起坐车去学校,然后自己在附近找家咖啡馆消磨三个小时的时间。除了上课时间,我们大部分时间待在住的地方,偶尔去市区闲逛。日子安定下来,闲散、悠长。那些天,我男友经常在阳台上看书、弹吉他。我很少和男友一起坐在阳台上,因为我担心看见他或是他住的那个地方。有天上午,大概11点钟,我收到他的短信,他问:"你们都安顿好了吧?我可以上去看看你们吗?"我想我的脸色都变了,不知道是什么一股强烈的情绪,让我的泪差点儿掉下来。幸好当时我在客厅里,男友在卧室。我赶快走进洗澡间,反锁上门。我当然明白他是在怎样的情况下才给我发了这么一条短信,可我没法让他来,因为不知道出于什么原因,我至今没有对男友提起他。而且,我认为他们突然见面情况会很糟,我男友虽然温和大度,却是个细腻的人,不至于看不出一些东西,而他虽然喜欢做出一副镇定、深思熟虑的样子,却未必能掩饰得那么好……想了几分钟以后,我给他写了条短信,说我们今天刚好出门了,不在家,改天再约时间吧。我好不容易按了"发送"键,羞愧得满脸发烫。我心里很难受,因为我感觉他就在楼下,他知道我就在楼上,知道我对他说了谎。

而我那句"改天再约时间"注定是句空话,每当我希望这样做时,最后又以种种理由打消了这念头。而以他倔强的自尊心、他对我的了解,他此后再也没有发这种令我为难的短信。天气更暖了。楼后的楝树上开满一簇簇紫红色的花,使空气里飘着一种带淡淡苦味儿的香气。小街街边出现了挎着篮子卖一束束白色栀子花、茉莉花的妇女和老头儿,郊区的农民开始挑着箩筐卖新鲜的枇杷……我和男友在那里住了三个月,经常去菜场买菜,经常去那些熟食店、面馆、小菜馆,却一次也没有碰到过他。我怀疑他已经搬走了。

我再也没有见过他,此后也再未去过南京。年轻时忙乱、颠簸的生活过去,到了平静、安定的中年,我反而比过去更常想起他,想起南京,仿佛如今的安宁让我可以更专注于打捞一些往事的碎片,岁月的流逝又让我生出将其中那些美丽的碎片加以珍存的念头。而当你到了这样的年龄,身边会有很多遭遇过生活不幸、渐渐老去的女人。在很多时候,我听着那种对男人的酸涩、辛辣的批判,心里却总固执地保留着一种善良的看法,并且固执地觉得自己的看法是真实、公允的。我想,那是因为我遇到过真正好的男人,其中当然有他。或许,并没有所谓真正好的人,他们只是在某个时间、某个地方,发出了一个生命真实而珍稀的光,而那光碰巧照到了你。然后,你就会像个见过"珍品"的人,不在意那些庸常之物的虚假和粗劣了。

很奇怪,我已经忘记了他的名字。但那些事、那些场景,还有他喜欢穿的那件深蓝色上衣,他说话时那种仿佛若有所思、极其专注的神情都还非常清楚。而当我想起他时,最后想起的总是那天晚上他和我一起在车站等车时沉默不语的样子,以及在火车站乱糟糟的候车大厅里,他转身离去的样子……年深日久,忏悔反而更深。那无关选择的遗憾,我至今仍觉得我们彼此怀有的是一种不同寻常的友情。只是,如果时光重回,我不会让他在那天夜里送我去火车站接另一个人,也不会忽略他想来看望我的那条短信、中断和他的一

589

切联系……那种年轻时的残忍，那些因此而犯下的再也没有机会纠正的错，深深刺痛我的心。当然，很有可能，他已经忘记了。对我来说，那倒是最让人欣慰的结果。

每当有人提到南京，我心中就会涌起一股异常温暖的感觉，随之而来的是那种复杂的感慨情绪。记忆丧失了很多东西，但似乎也不经意地保留了一些最为鲜明的细节。听到这城市的名字，那些鲜明的东西就突然苏醒、油然升起，仿佛我顷刻间又看到了那灰绿色调的、雾蒙蒙的城市，闻到了居民区空气里那股淡淡的熟食香味，仿佛我们又在晚风里经过那个搭着透明蓝色顶棚的小菜场，沿着那条清澈的排水渠走着，仿佛我又听到那些早晨他的脚步轻快地跑上楼梯、在门口蓦然停住的声音，还有那不间断地透过窗户和阳台的、微弱的潮汐般的市声，当我们坐在那个小客厅里时，这声音往往就把我们环抱其中……每当有人说起南京，我一定忍不住说我喜欢那个城市，我曾在那里住过，我能说出很多喜欢它的理由，但唯有那个最主要的理由是我无法说的。有时，独自一人的时候，当我想到他如今也快四十岁了、不知变成了什么模样，想到我后来过得很幸福、他也应该过得很幸福，泪水竟会涌满我的眼眶。

我父亲的奇想之屋

韩松落

韩松落，作家，影评人。著有《为了报仇看电影》《我口袋里的星辰如沙砾》《越爱越懂爱》《老灵魂》《怒河春醒》等，以及由星外星唱片公司策划、制作和发行的音乐专辑《靠记忆过冬的鸟：韩松落作品集》。

那是我父亲失踪前一年的秋天。那个秋天，父亲和往常一样，每到黄昏就带我去散步。通常，他会走到我的房间门口，凝视我片刻，等我感觉到了他，转过头来，他就轻轻偏一偏头向我示意，我拉开椅子，穿上一件外套，和他一起走出门，走到大街上。

门洞里暗黑，门外落日金黄，出了门，迎着落日走过去，就像被裹上一层金色的蛛网。我们就披着这层金色蛛网，走过两条街，向右拐，穿过一条巷子，走上一条更僻静的河边小路。路的左边是一排房子，房子前面种植着金银木，叶子金黄，红果成串。路的右边就是那条河，河面有20米宽，河水的流速很慢，几乎感觉不到流动。河边有一种极度的安静，看到那条河的同时，心里就像被按下静音按钮。

往常，走到那里，在河边站一会儿，就该返回了。那天，父亲却从裤兜里掏出一串钥匙，对我说，来，我带你看个东西。他带我往前走了几步，停在一幢小楼前，说，你看看这房子。我抬头看了看那幢小楼，它很普通，米白色，方方正正，一共五层，每层有八个窗户，窗户都关着，没有灯光。一楼有门，门关着。然后，父亲示意我跟着他，到小楼的后面去。

楼后有一扇很小的铁门，父亲用钥匙打开门，眼前是一条极其狭窄和陡峭的楼梯，楼梯和门紧挨着，刚够把门打开，除此之外没有一点空地。父亲走在前面，登上几级楼梯，回身等我，等我迟疑着踩上楼梯，他就让我把门关上。我们两人立刻陷入黑暗中，父亲在黑暗中打开手电筒，引我沿着楼梯走上去。

走了20级楼梯后，拐上下一段楼梯，再走了20级楼梯后，一扇小门出现在楼梯旁。父亲伸手去拉那扇门，门很涩，用了很大力气才拉开。我紧跟着他走进去，一个小房间出现在我们前面，房间低矮，只有一扇小小的窗户，窗前摆了一把椅子，椅子正面向着窗户，背对着进屋的人，仿佛等人坐上去，窗外可以看见我们刚刚经过的那条河。

父亲在屋子里站了一会儿，什么都没说，然后带我走出屋子，沿着狭窄的楼梯继续往上走。20级楼梯之后拐个弯，又20级楼梯，旁边出现了又一扇小门，拉开门，第二个房间出现在我面前，房间的大小和格局，和第一个房间没有什么两样，同样有一把椅子，以同样的姿态，摆在窗前。

走出这间屋子，又是20级楼梯，这20级楼梯，和之前的楼梯，不在一个方向，仿佛一把折尺拗向了另一边。最后，第三扇门出现在楼梯的尽头，拉开门，第三个房间出现了，这个房间的形状极不规则，像是一个折纸玩具的内部，充满了凌厉的线条，屋顶像是被一个巨大的锥形刺了进来，而后凝固在一个极其不安全的状态，唯一的窗户也是"【"形的。父亲站在这间屋子里，露出了一种脆弱不安的表情，似乎在这间屋子里有非常不愉快的记忆发生。但他随即克服了自己，摸摸墙壁上那些突出的几何体，在窗前站了一会儿，带我走出屋子，走下楼梯，关好一扇又一扇窄门。

重新回到河边的那条路上后，他对我说了一段话。这些话超出我的理解力，所以我没能记下来，只记得大意。这幢房子，是他设计和建造的，他在这所房子里设计了另一幢隐秘的房子，从外到里，都发现不了这幢隐秘房子的存在。他描述这个房子的话，我倒是牢牢记住了：房子里套房子。最后，他笑着对我说，我把这幢秘密房子留给你。

在以后的散步中，他又带我去看过两幢房子，以及他藏在那些房子里的"另一幢房子"。那些房子，都有狭窄陡峭的楼梯，低矮的房间，以及正对窗户的一把椅子。我渐渐习以为常，觉得这是所有建筑师的小游戏，是一幢房子必然会有的配置。

第二年夏天，父亲留下一封信，从此消失。消失前毫无征兆。我还记得我母亲读那封信的情景，她站在桌子前，表情凝重地读了很久，然后，她用食指和中指，在额头上擦了又擦，那是她的习惯性动作，只有在极度紧张的时候才出现。但她也知道这个动作会显示出自己的紧张，所以马上停了下来，点了一支烟，在阳台上抽完，然后凝视了我一会儿，给祖父打了个电话。自始至终，她都没有给父亲打电话或者传呼。她的这种反应，影响了我很多年，直到现在，我都会在遇到事情的时候，冷却和隔离当事人，似乎他们只要把事交给了我们，就不再是这件事的一部分。

我丝毫没有意识到，那间房子和我父亲的失踪之间，可能有某种联系，所以我没有对母亲说起那些狭窄楼梯上的小房子。直到有一天，我和母亲散步，我习惯性地带着她走上那条河边小路，又一次看到那幢房子，我对母亲说，爸爸在这幢楼上有几间房子。母亲警觉地问，什么？什么房子？我带她绕到房子后面，没找到那扇小门，又转到正面去找那些房间的窗户，也没有找到。

我们试着敲了敲大门，因为那幢房子看上去像是没有人。没想到门却开了，一位看门的老人，满脸疑惑打开大门，上下打量着我们。母亲对他说，她的丈夫是这幢楼的设计师，我们想看看他设计的房子，老人迟疑一下，带我们进了那幢楼。我们从一楼走到四楼，每一间房子都有房号，秩序井然，根本没有那几间秘密房子的容身之地。

回去的路上，母亲没有责怪我。因为，我很小就显露出狂想家的潜质了。7岁那年，和父母亲坐火车南下，经过四川和西藏交界处，看到那些被云雾笼罩的高山，我对他们说，云雾里有一头巨大的鲸鱼缓缓飞过，飞过我们头顶的时候，我甚至看见了鲸鱼灰白色肚子上的纹路。父亲和母亲，当然没有看到这头鲸鱼。所以，父亲的小房子，经过我说出来，也带上了狂想的色彩。

母亲若有所思地走在路上，笼着双臂，像是把手笼在一件不存在的棉袄袖子里。对她来说，这就是一种失常状态了。每当她专注地思考某事时，就会卸下一切防备，变回她最早的样子，民心市场卖鱼少女的样子。

是时候介绍一下我的外祖父和我的母亲了。我的外祖父，出生在一个商人家庭，但在很长时间里，他都不能做生意。有段时间，他已经无法忍受家里的贫穷，准备出去倒腾点什么了，一场抓捕投机倒把分子的行动或者那样的学习班，总是会及时出现。他就心惊胆战地缩回去了。一直到1980年，他才终于在民心市场开了一间小小的水产店，我母亲充当店员。也就是在那里，她认识了我的父亲，他就在市场附近的建筑设计院工作，住在设计院的单身宿舍，时常来市场买菜。

一年后，他们结婚，1982年，我出生，也是那一年，政策变宽松了，前几年因为"投机倒把"获罪的商贩得到平反。外祖父的生意也是在那一年开始扩张，一间店变成两间，很快变成五间；他又开设一间小小的工厂，生产暖气片，并不时打听别的赚钱机会。他听说有位大学老师，发明了一种冷凝技术，立刻上门求购，以极其低廉的价格，获得这项技术，开始生产相应零部件。

这也奠定了他之后的生意模式，他在大学和科研机构四下搜罗，寻找失意的、不被重视的技术人员，购买他们手里的专利技术，能够自己生产的，就自己生产；生产不了的，就加价卖出。他之所以赞同父亲和母亲的结合，有一部分原因就是，父亲是建筑设计师。外祖父在那时就认定，人们当时住的破房子都要被拆掉重新盖一遍，到那时，父亲肯定很有用武之地。

母亲不用再去市场亲自卖鱼了，她开始学习另一种生活，学习插花、茶艺，听音乐会，但每次学习，都以她耐心用尽而告终。她内心细腻，却不拘小节、举止粗鲁。她嘲笑插花班里的阔太太，绘声绘色地描述她们的举动。她们中的一位，稍有风吹草动，就背着全套心脏监护仪来学习插花，她时常大笑着模仿那位太太把装着监护仪的包背在身上并不停挪动，以显示其存在的样子，并且说"别人戴金项链，她是把监护器当金项链戴"，直中本质。全然忘了，她此时也能算得上一位阔太太。而她们一定也在背后嘲笑母亲，描绘她的举止，比如，她从卫生间出来，总是急匆匆地，边整理衣服边往外走，全然不顾身上穿的是什么牌子的衣服。

有一次，在另一家插花学习班（因为她已经在上一家插花学习班，凭借大大咧咧的举止，把自己搞成了笑料，但她的说法却是"我又把那家插花班搞臭了"），她看到旁边的女人，认认真真地用一束红玫瑰，插出一个心形，终于忍无可忍了。她夺过那些玫瑰，嘟嘟囔囔地说，花长这么大可不是为了让你摆成一个柴死人的心的。她把那些花打散，加入白色粉色玫瑰、非洲菊、百合，最后编织成一个花圈。而那个女人在旁边哭起来了。晚上，她回家的时候告诉我们，她又搞臭一家插花班。总之，人类可以玩的东西不多，即便你有钱了。人类狂想中那种无边际的欢乐，和手头有限的玩具、有限的玩法之间，有着巨大的鸿沟，会让投入其中的人产生饥渴和失落。那时候是这样，现在还是这样。

我的父亲和她恰成对照，他们一静一动，一个戏剧化，一个极力抹杀自己的存在感，但他们却有一个共同点，就是常常若有所思。他们的相处很淡，但却总有一种抑制不住的笑意四处弥漫。他总是装作打击她，她总是装作被打击，他给她起了很多别名，并且根据她身上的新动向不断更换，她总是装作很生气，却又喜不自胜地接过来，例如其中一个别名，108，那是嘲笑她打碎了至少108个花瓶；还有一个，莫扎特，是因为她有个闺密，在女儿学钢琴之后盯上了她，莫名其妙地给她灌输"你也喜欢莫扎特但你自己不知道"这样的想法，她被迫买了很多张莫扎特的唱片。

他们在一起的那些年，是我的黄金时代。

基于这样的出生和个性，父亲的失踪虽然给她带来深重的打击，却并没有摧毁她的生活。她在报纸和电视台都打了寻人启事，却没有收到回音。她也设想过各种情形，被绑架，被谋杀；和某个女人甚至男人私奔；厌倦了现在的生活，想要换个地方重新开始；患有某种精神疾病，突然暴发了。她甚至还怀疑，父亲是参与了国家的保密工作，去西部建设秘密基地了。

一年过去了，两年过去了，我们没有接到勒索电话，没有收到收容所的通知，也没有政府工作人员前来慰问——在那时的都市传说里，参与保密工作者的家属，会得到政府的慰问，慰问者什么也不会说，只会郑重地告诉你，TA是去为国家工作了，并且留下一些礼物，临走的时候还会向家属敬礼。

一年以后，她已经从痛苦中挣脱出来了。一个偶然的机会，她认识了"摩托界"的朋友，从此爱上骑行。那些热爱摩托骑行的男人粗鲁地宠爱着她，一边照顾她，一边在话语上贬低她，他们打开酒壶，喝一口再递给她，在野外聚餐的时候，走开十米放着响屁撒尿，当着她的面讲述各种厌女的段子。

比如我曾听到的一个（他们认为我不懂得其中隐晦的意思，所以会当着我的面说出来），一个商人想要抛弃他的情人，很久都不去他们共同居住的房子，也不肯付生活费。他的情人找到办公室来，他不肯见她，她于是托秘书带话："需要交房租了。"他让秘书替他回答："你的房子太大太冷了。"母亲却跟着他们一起大笑。

她骑着摩托，越走越远，最远去过哈萨克斯坦。

父亲失踪的时候，我只有9岁。母亲没有对我隐瞒，但也没有用"失踪""离家出走"来描述父亲的消失，她只是告诉我，父亲要离开我们一段时间，也许将来还会回来。这样的话语，在电视剧和电影里出现的时候，通常指向死亡，从母亲嘴里说出来，我却知道，那不是死亡，也不是失踪，是我现在还不明白的一种情形，它虽然没有那么容易被弄懂，却不一定是坏事。

因为我有一位这样的母亲，我并没有伤心和失落很久。但在一年一次选择课外兴趣班的时候，我放弃练习了两年的跆拳道，选了绘画。因为一次神秘的感受。那次神秘感受，出现在一节美术课上，当时的我，正在画板前画素描，却突然有了一种奇怪的感觉，似乎有人站在我身后，看我画画，并且慢慢躬下身子，握住我的手，教我画画，就像童年某天，我站在父亲的图纸面前，他所做的那样。那种温暖、安全、幸福的感觉，像电流一样通过我全身。我以为，选择画画，似乎就还会被父亲笼罩。

那种感觉再没来过，父亲也没有出现，没有任何消息。27年过去，我也到了父亲失踪时的年龄，做着和父亲相近的工作，在东京一家漫画公司里画画。我制作的漫画里，有一个是由我创意的，这是个名为《奇想建筑》的系列漫画，主人公是"香川教授"，他是一个30多岁的男子，身高一米八四，浓眉大眼，精短黑发，喜欢穿正装，以及西裤和衬衣、风衣和短夹克，在户外会戴各种帽子：波洛的礼帽、福尔摩斯的猎鹿帽。

香川教授从小就被历史上一些人对信仰的忠诚打动，成年后，他以探访信仰之谜为由，奔向世界各地的奇异建筑：

石柱上的小屋、悬崖上的城堡、朗香教堂、梅尼耶巧克力工厂、基日岛乡村教堂、上海的1933老场坊、陕西的塔云金顶观音殿、贵州的梵净山、山西的挂壁公路、东欧的未来建筑，以及安东尼·高迪的那些作品。

他负责解说这些建筑的设计方案、建造过程、建造者的故事，也负责抛出一个问题，那就是，人们为什么要修建这些建筑，甚至是在战乱年代，在人们食不果腹的时候修建这些建筑。他总会把这一切归结为某种信仰。在他看来，那些建筑是信仰激发的狂想，是向着宇宙的呐喊，是某种狞厉心绪的凝结物。所以，在每个奇想建筑背后，总有一个阴郁的故事。

香川教授有个伙伴。在这个系列进行到第二年的时候，他来到了中国，在西安遇到了一个当地的少年，这个少年叫李斌，是他临时找的助手，帮助他探寻秦王地宫之谜，并在关键时刻救了他。从那以后，少年李斌就成了香川教授的助手，和他一起冒险，并且解开各种信仰之谜。

这其实是两个过时的形象，不论浓眉大眼，还是黑色短发，或者西裤衬衣，都已经很久没有出现在漫画里了。甚至连少年的名字，都不是现在的中国人会用的名字。我却打着复古的幌子，固执地坚持了他的形象特质。但我当然知道我真实的想法：香川侦探的样子，就是我父亲的样子。至于少年李斌，就是我想象中的自己。

画《奇想建筑》那些年，我看过很多资料，也见过很多建筑师，我把父亲带我看那间房子的经历，假托为小说里的故事讲给建筑师们听，并且问他们，这在现实中有没有可能实现。一位英国设计师告诉我，伊丽莎白时期，有一位建筑师，用一系列建筑构想图，探讨过在一个建筑里藏下另一个建筑的可能。这些构想图起初叫"屋中之屋",后来,建筑师用他喜欢的一位同时代诗人的名字,将这些图画中的屋子命名为"约翰·弗莱彻之屋"。

画面上充满了扭曲的建筑结构,神出鬼没的走廊,繁复的装饰,各种琐碎的细节。把目光落在不同的角落,会获得不同的结果。当你久久盯着其中的几根柱子、几条走廊、几面墙壁时,你会慢慢地把它们组合起来,于是,一间房子就慢慢浮现出来了。搭建这间房子的逻辑,会在短时间里影响到你,当你挪开目光后,还会依照这个逻辑搭建别的房子、别的走廊,最终,你会获得一个按照你的临时逻辑建起来的建筑。而那些雕刻着花纹的边角,在画面上浮动着,让这个过程充满趣味。

但如果你闭上眼睛,静默片刻,把之前的印象清除掉,让目光重新回到画面上,把视线落在一个新的角落里,盯上一会儿,又会有新的逻辑出现,走廊重新衔接,柱子开始颠倒,上一次的墙壁,这次也许变成了地板;上一次的地板,这次或许变成了走廊的一部分。最终,你会得到一个新的建筑,和此前完全不同。据说,有人在一张"约翰·弗莱彻之屋"构想图上,看到了15幢不一样的房子。

这位建筑师始终不得志,从没得到过重视,也没有得到机会主持建设一幢真正的房子。他在39岁的时候去世,那些被命名为"约翰·弗莱彻之屋"的图画,在50年后,被他的后代卖给了法国的收藏家,从没被展出过,也没有被制作成印刷品。回答我问题的英国设计师,曾在瑞士的一座私宅里,看到了其中的几幅原作。在他看来,构成"约翰·弗莱彻之屋"的,不过是一些视觉诡计,但他也承认,他本人没有能力创造这样的视觉诡计。

更多时候,建筑师们会告诉我,类似我那个故事里的房屋,在图画中有可能实现,但在现实中是不可能存在的。历史上有许多传说中的密室,和我的故事里描述的屋子相近,但在关键的地方有区别。人们说,狮身人面像里有一个密室,藏着足以改变世界的文件和器物,也有人说,慈禧太后的卧室里,有一个隐秘而曲折的通道,通向一间密室,密室里藏着她搜刮来的金银财宝,因为这间密室非常隐蔽,以至于八国联军攻打北京,她向西逃亡又再度返回后,密室都没有被人发现,财物也保存完好。

现实中的密室,除非是以屋子为入口,向着地下延伸,或者伸入屋后的山体,否则很难不被发现。在我的故事里,一个外形规整的房子中,藏着三间房子和楼梯,很难施工。何况,那是八九十年代,盖房子是大事,容不下任何游戏,减少房子的使用面积,做出三间不明用途的房子,在情理上是说不通的。任何有经验的施工员,都会发现这里面有问题。

还有建筑师告诉我"白城恶魔"亨利·霍华德·霍尔莫斯的故事。他生活在19世纪中后期的芝加哥,为了满足杀人欲望,他在芝加哥建起一幢大楼,大楼里有一百多个房间,遍布暗道、暗门、机关、陷阱和地下室,地下室里还有巨大的炉子,用来焚毁尸体。建造这座大楼的过程中,他不断更换建筑工人,以确保没有人能掌握较为完整的拼图,理清他的秘密。即便这样,当人们终于发现他的杀戮,冲进这座可怖的大楼时,房子的所有秘密立刻大白于天下,像一个被无情掀开的蚁巢。就是说,在一所地面上的房子里制造密室,并且永远不被人发现,是不可能的。

我父亲的房子,很可能只存在于他的讲述里,是他的讲述,为我建立起了某种幻觉。我可能被他的讲述催眠了。他讲给我听的,是一个"奇想建筑"——这是我从一本建筑家的随笔集里看到的词语,在我看到这个词语的那个瞬间,我就决定画这套漫画。

《奇想建筑》连载了五年之后,我决定结束这个系列,因为我慢慢意识到,我恐怕再也见不到父亲了。2018年5月19日,我画完当期的稿子,交给助手们去做后期,在那一期的结尾,我向读者做了预告,这个故事将在下一期迎来最终章。我用冷水洗了把脸,在窗前站了一会儿,然后,我意识到,我正像母亲那样笼着双臂。我立刻放下双臂,打开手机,打开微博,随后就看到那个帖子。

写微博的人名叫stella2216,是个女性账号,加了"V",而且是"金V",微博认证的身份是"画家,ZOO主编"。她开宗明义:"有福利,转发者里抽出十位送最新款iPad,符合要求的应征者送最新款iPhone。"随后,她写了一个故事,说如果网友看到、听说或者经历过类似的故事,可以和她联络。

"我要写的事相当奇怪,你可以当成我的幻想,当成梦也可以。那时候我8岁,我父亲每天黄昏带我出去散步,他以前也每天散步的,不过都是一个人,从那一年开始,不知道为什么,他散步的时候会带上我。其实我小时候很宅的,不太爱出门的那种,但我父亲特别帅,可以当明星那么帅,我就很虚荣,很愿意跟他出去走路。他带着我散步的时候,会经过一个游乐场,游乐场入口的地方,有一个恐怖谷,恐怖谷是利用山里的旧防空洞改造的,就是灯光闪烁,特刺激,有很多人戴着面具在里面装神弄鬼,还有小喇叭放鬼哭狼嚎的声音那种。起初呢,我们只是从那个恐怖谷前面走过去，根本不会停下来看。结果，那天父亲在恐怖谷前面站住了，说他要带我去看他在这里的一个房子。那时候游乐场已经下班了，恐怖谷的入口已经锁上了，游乐场一个人都没有。他带我绕到恐怖谷的一面墙边，那个墙快要和山连在一起了，墙上有个小门，他拿出一把钥匙把门打开，然后让我进去，里面是一条白色的小通道，墙壁特别光滑，像个管子那么光滑。我走在前面，他跟在我后面，拿出小电筒给我照亮，我们就在管子里走了一会儿。大概走了一百米这个样子，我感觉是他在我身后的墙上按了一个开关，前面突然亮了，我眼前出现一个特别大的大厅，就是维也纳金色大厅那种，但是没有座椅，也没有舞台，就是一个大厅，柱子半藏在墙壁里，墙壁和柱子都非常光滑，屋顶是穹顶形状的，有很多雕刻，所有这些都是金色的。大厅里有很多壁灯，还有一个大吊灯，垂在半空中，灯光也是金色的。怎么说呢？就像走进一个藏宝洞。站了一会儿，我父亲说走吧，就领我走了出去，出去后，又拿出钥匙锁了门。后来我跟父亲说，还想看那个金色大厅，但父亲再也没有带我去。第二年，他留下一封信，然后离家出走了。离家出走之前什么事都没发生，他跟我母亲感情很好，他们从来不吵架，他的情绪也很正常，没有抑郁症什么的。父亲出走之后，我还带我妈去游乐场那里找过那个小房子，没有找到，连那个小门都没有了。事实上，那个金色大厅，多半也是不存在的，因为，恐怖谷和游乐场，已经把山体里的防空洞全都占满了，不可能留出那么大的一块位置给金色大厅。我妈说我神经病。后来我父亲再也没回来，已经15年了，我很想他。当然我写这个不是寻人启事，我是想问问，你们有没有在书里看到，或者听到这样的故事，或者经历过，如果是在书里看到的，请把书页拍下来,和书名一起给我。有小礼物。微信、邮箱、微博私信都可以。半年内有效。"

那条微博是3个月前发出的,在我看到的时候,那条微博被转发了59731次,有32321条回复。回复千奇百怪:"你妈说得对,你的确是个神经病。""有钱人发个胡思乱想出来的事也这么兴师动众!""你去《聊斋志异》里看看。""一个大主编文笔这么差!""少女心有很多种,这也是一种。""iPad是哪一种?可以说具体一点吗?""iPhone可以选颜色吗?"

我按照她留下的微信加了她,加完之后,觉得还不够,又写了一封邮件,把我的经历写下来发给她,并且告诉她,我不需要她送我iPhone,我只是想和她取得联系。但随即我又想到,那正是"MeToo"运动最激烈的时候,我的回答这样离奇,和她的经历如此相似,会不会被她视为骚扰,于是我又加上了一段自我介绍,附上了我的作品。总之,我毫不遮掩想要和她联络的愿望,竭尽全力表达我的诚意。

一分钟后,我收到了回邮:我需要尽快见到你,这非常非常重要。我又发了邮件:如何见?在哪儿见?一分钟后,我又一次收到回邮:你能在5月20日赶到湖北苍阳县吗?11点30分,我在阳江路91号的285咖啡馆等你。

我查了路线和航班,苍阳在襄阳附近,距离襄阳130公里,飞机和高铁不能直达。我决定坐当天下午的全日空出发,晚上到达武汉;第二天一早坐两小时动车到襄阳,在襄阳坐出租车到苍阳,在那里住下,然后第二天一早去咖啡馆。之所以这样安排,是担心任何一个环节的延误,会导致我不能按时赶到咖啡馆。订好机票和动车票之后,我给她发了邮件,告诉她我会按时到达。

行程很顺利，预想中的延误都没有发生。我按计划到达武汉，也按计划到了襄阳，约好的车也按时来接我了。不过，当我在后排坐稳的那一瞬间，司机转头说，苍阳这几天要地震，你是不是不知道？我反正没事，把你送到我就走了，你要是去了，万一地震了，就算没事，也是住没得住，吃没得吃，走也走不掉，你好好想一下，反正我不赚你这个钱也可以，不要说我没有告诉你，让你去地震的地方送死。

"送死"这两个字相当刺耳，但我沉浸在自己的各种念头里，并没有在意。我搜了苍阳的新闻，却只找到一条简单的消息，5月20日，在苍阳有一场防震逃生演习，要求全城居民参加。我又查了一下这个县城的人口，全县40万人，县城14.8万人，把这14.8万人疏散到安全的地方，要耗费的金钱成本和时间成本，都是很难衡量的。显然，苍阳的地震消息，是防震演习演变而成的谣言，但这么大规模的防震演习，也的确非常少见。不过我毕竟生活在日本，已经被日本气象厅发布的地震警报搞得百毒不侵，对现有的科技水平能否预报地震，也非常怀疑。我还是决定去苍阳，为了安抚司机，我主动加了一倍车资。

我在5月20日上午10点，到达咖啡馆。咖啡馆里只有两桌客人，一桌是拖着行李的游客，正在吃早点，另一桌只坐着一个年轻女子，面前摆着电脑，电脑的光映照在她脸上。我看了她一眼，觉得她就是我要见的人，果断地向她走过去。她看到我，立刻放下手里的杯子，很快站起来，脸上浮现出一种看似动人的假笑：是你吗？是我。

她并没有马上坐下，在假笑迅速消失的同时，她开始仔细地打量着我，非常明显地，依次打量着我的五官，从眼睛、鼻子、嘴巴，到头发和发际线，甚至还微微侧了侧头，看了看我的耳朵。她的目光毫无表情,但却有一种难以掩饰的激动,是好战者听说战事即将开始的那种激动。就在我刚刚觉得不自在的时候,她就迅速挪开视线,垂下眼睛,用一种毫无感情的口吻说,你可能知道这里马上要有一场地震演习了,所以我们的时间不多了,我们要提高效率。我叫许丽虎。

她不算好看,但非常美。脸小,瘦削,线条很硬朗,波波头掩盖了她脸部线条的不完美,头发染过,非常黑,口红是浅紫罗兰色的,和黑发形成一种差异,看到她口红颜色的时候,我在心里试着换成了更亮的红色,但最终觉得,还是现在的颜色更适合她。她穿着一件很薄的黑色夹克,蟒蛇皮做领边,暗黑中透出银亮,夹克下面是一条玫瑰红色褶皱长裙,手上只系着一条细细的链子。这些衣服饰品,我都看不出来历,只有她领侧的胸针,是我认识的牌子,那是一款梵克雅宝的狮子胸针。

她示意我坐下,自己也急急忙忙坐下,落座之后,却沉默了片刻,脸上又出现了那种动人的假笑,嘴角弯着,眼睛也似乎笑弯了,甚至笑出了一点点眼角纹,一切都和真的一样,但这种笑容,我实在太熟悉了,我微微笑着说,你也是电脑脸。

其实我真正想说的是,你也是电脑脸假笑。是的,电脑脸,就是那种久久对着电脑,失去了表情的脸,但脸的主人不甘心就这么丧失了表情,社交生活又督促他们要以笑脸示人。于是,他们练习出各种假笑,比真笑还像笑容,还动人,更能表达各种情绪的精髓,但它终归是假笑。这种假笑,只有同样练习过假笑的人才能识破。

她听懂了,迅速收起假笑,换上一种有点自嘲和倦意的真实微笑：你也是，但你不要练习笑，社会对男人和女人的要求不一样。好了，我们的时间真的不多了，进入正题，我想听你的故事，你的父亲母亲，你的家族，你觉得能说的一切一切。重要的时间节点也给我。这很重要。给你一个半小时，然后是我的一个半小时。

我从祖父一家开始讲起，祖父的出身，祖父的生意，民心市场的那间水产店，我母亲的性格，她在插花班的所作所为，她骑摩托车去哈萨克斯坦的经历。每段经历，都特意强调了时间，1980年，1981年，1984年；去哈萨克斯坦，是2005年的事。

在开始讲述父亲的故事之前，我拿出一本《奇想建筑》，翻到目录页上，指着香川教授穿着风衣的特写给她看，告诉她，这个人物是我按照父亲的样子画的。父亲没有留下照片和视频，在我画画的时候，父亲也已经离开了很久，所以未必能准确地反映他的相貌，只是个参考。

她拿过那本漫画，认真地看了很久，又往后翻了几页，说，画得不错，我还没有告诉你，我也是画画的。

我毫不意外，我说，我已经通过你的微博了解到了。我开始讲父亲的故事，他的生活细节，他散步的习惯，他带我去看的那所房子，说到这里的时候，她打断我，那间房子有多大？我想了想，对她说，当时我只有8岁，不能估算房子的面积，凭借记忆推断，应该有20多平方米，和一个标准间差不多，当然，这只是个参考。

我继续讲述父亲失踪那年的事。显然，那时的他，已经准备好了，要在那一年离开，但他并没有对我和母亲更温柔和更体贴，他像往常一样上班下班，在黄昏出去散步，像往常一样经常走神，喜欢站在阳台上，看着某个地方，一站就是很久。有个晚上,他站在阳台上的时候,我们这一片突然停电了,在20世纪80年代,停电是很普遍的,但他并没有马上回屋,而是在阳台上站了很久,才推开阳台和屋子之间的那扇毛玻璃门走进来。

那天晚上,月亮非常亮,外面像白昼一样,亮到反常,他推开毛玻璃门的瞬间,地上立刻出现一块白色的方形,他就从屋外反常的白昼里,走进那一块白色,整个人就是个黑影,还带着户外的寒意,黑影没有说话,也没有任何声音,像是被脚下的一个传送带拉进来一样,猛然进了屋子。

那一刹那,我突然觉得,他不是我父亲,而是一个鬼怪或者外星人,至少也是个陌生人,那一瞬间,他借助黑暗,显露了原形。我转头跑进了另一间屋子,在我进屋的瞬间,来电了,我不知为什么,像昏了头一样,也有可能是想求证什么,又一次跑进父亲的屋子,灯已经亮了,他坐在沙发上,正在翻看什么。看到我进来的瞬间,眼睛里没有表情,但转瞬间,他就像是身体里有什么东西满格了一样,表情涌了上来,涌进了他的眼睛,他对我说,停电的时候,不要跑动,免得磕着。

我想起许丽虎对时间的要求,又补充了一句,那是1991年8月,一个月后,他留下一封信离家出走。随即看了下表,我整整讲了1小时20分钟,于是对她说,我讲得差不多了,现在是你的时间。

她拿出一册速写本,翻开第一页,推到我面前:这是我父亲,他也没有留下照片。从画像上看看,和你的父亲很像,但我不敢确定他们是不是同一个人。我拉过那个速写本,看到了一张在某些地方让我很熟悉的脸,浓眉,大眼,脸部线条非常硬朗,更难得的是,她画出了他的眼神,那是一种在苏美尔人留下的泥塑上很常见的眼神，泥塑的眼睛往往像失神一般，向着略高一点的地方望去，为了强调这种专注的失神，塑像的人会着力刻画眼睛周围的线条，让眼珠鼓出来一点，有些眼珠，鼓得像是患有甲亢。她画的她的父亲就有一双微微鼓出的眼睛和专注的失神。看到这个眼神，我有点失望，也有点庆幸，那不是我父亲的眼神。

她的外祖父是从做小电器生意起家的，后来改做印刷，在八九十年代，印刷还是个好生意，但这个生意有个缺陷，尤其在那个年代，这个缺陷就更加明显：印刷设备需要不断更新，永远会有新设备出现，新设备永远更好，更准确，在电脑普及以后，设备更新的速度越来越快，"赚的钱全换了设备了"，她外祖父无数次这样说。

这或许是真的，因为她外祖父最终换了行业，卖掉了设备，拆掉了厂房，在印刷厂的土地上盖起一个商场，并且发展成一个电器城。电器城商家林立，鱼龙混杂，经营和居住区域划分得不明确，于是接连出了几次小火灾；警方又长期在这里蹲守，抓黄碟贩子；电商兴起之后，电器生意也一落千丈。他于是痛下决心，调转方向，把电器城改成美食城。他吸取了电器城的种种教训，认真做了规划，重新做了装修，定期组织商户开会和联谊，美食城生意逐渐上了轨道，成了当地的品牌，一直经营到现在。

外祖父做印刷厂的时候，她的母亲在印刷厂制版；祖父做电器城，她的母亲就在电器城里收租；外祖父做美食城，她的母亲就在美食城里开了一家串串店，起初每天去收一次账，后来一周才去一次。她的母亲，心安理得地享受着父亲的逐渐富有给自己带来的便利，一点都不焦虑："幸亏我是女的，要是男的，就要出去做事证明我没有靠爸爸，我巴不得证明我要靠我爸。"

她有了充足的时间做自己喜欢的事,旅行,看电影(这是电器商城的DVD贩子帮她培养的爱好),在寺庙里帮助居士们做事(却从不皈依),在慈善团体做义工(却从不登记注册,理由很荒唐:没有像样的证件照)。她还加入了一个合唱团,在合唱团参加比赛却缺少服装经费的时候,匿名捐出一笔钱给每个人做了衣服。负责做衣服的领队,没想到捐助者就在合唱团里,吃了回扣,制作的西装"薄得像手帕,袖子短得哟,连手腕都遮不住",比赛之后,她退出了合唱团。

她就在印刷厂时代认识了自己的丈夫,他在建筑设计院工作,来厂里印刷一本建筑图片集,她给了他成本价,还给他加了塞,排在一本畅销的写真集前,工人不得不加班,为了安抚工人的怨声,她用自己的钱给工人发了补助。外祖父察觉了自己女儿的异样,要知道,他挂在嘴上的话是"生意可以不赚钱,但不能赔钱",女儿一向执行得很好。第二个月,母亲就带父亲回家吃饭,回答了祖父的疑问。那是1992年。1993年,他们结婚,1994年,许丽虎出生,许丽虎9岁的时候,父亲留下一封信,离家出走。

母女两人,有身体硬朗头脑灵活的商人家长,和一个生意火爆的美食城作为靠山,安全度过哀伤期,但许丽虎很久之后才知道,这种哀伤是内伤,要绵延很久,时时发作。其表现是,母亲再也没有结婚,而她先后暗恋上了外祖父最忠诚的合伙人、自己的中学老师、大学老师、画家老师、画家老师的朋友,她喜欢的演员是王庆祥、董勇、孙淳、尤勇和王志飞,她在社交软件上筛选网友的时候,也把年龄区间设定在35岁以上。她从没对朋友讲过自己对男性的偏好,因为她深知这意味着什么。

她从小学画,后来在一家网络杂志做美编,这是本小众潮流杂志,主打游戏和二次元。杂志很小,内部竞争没有那么激烈,她很快就成了主编,也延续了前任主编的很多做法,包括每年一次的主题征文。主题征文面向中小学生,可以是文也可以是漫画,文字篇幅在5000字以内,漫画在100幅以内。

3个月前,他们发起了2018年度的征文,主题是"诺言",两个月后,截稿期到来的时候,他们收到了3436份来稿,大部分是文字稿。"3436,这个数字我记得非常清楚,后来我意识到,把它倒过来,就是我父亲告诉我们的出生年月,1963年4月3日。当然这只是个巧合,但我发现我一直在刻意寻找这种巧合。"

征文本来不需要她全部过目,他们把所有的文章分类打包上传到网盘,作为公共稿库,邀请了30位比较老练的作者来看稿和审稿。大部分稿子,在第一关的时候就被刷掉了,最后选出100篇稿子,进入第二轮;这次是交叉审稿,每篇稿子要经过5个审稿者的审看和打分,最后缩小到20篇,这20个人是最终的获奖者。她只需要粗略地看一下第二轮的100篇稿子,再认真看一下最后的20篇稿子,给出最终意见就好。

他们拉了一个微信群,交流看稿子的心得,时常摘出滑稽的、荒唐的段落来,作为消遣。在评选已经进入第二轮的时候,一位审读者转了一篇文章进来。这篇文章没有通过第一轮筛选,他是偶然在稿库里看到的,觉得很有意思,就转了进来。文章的作者,是一位12岁的小学生,生活在安徽,他的文章叫《父亲的诺言》,图文并茂。

她把面前的电脑转过来，word文档页面上正是这篇文章。我调整一下电脑的角度，甚至没顾上跟她打招呼，就开始读下去。

"人们常说，不能轻易许诺，因为许下诺言就要实现，我希望这是真的，因为我的爸爸就给我许了诺，他说他将来还会回来看我。

"我的爸爸很帅，明星也比不上他，他去学校开家长会的时候，同学的妈妈总是跟他要电话。但我爱我的爸爸，不是因为他比明星还要帅，而是因为他很爱我，对我很有耐心，跟我说话总是很认真，愿意听我讲我胡思乱想出来的那些东西。每当我想出什么有意思的故事，首先想到的就是回家讲给爸爸听。在回家的车上，我复习着我的故事，希望它更有逻辑一点，先讲什么，后讲什么，大脑就像电脑一样忙碌着，因为爸爸总是说，一个故事最重要的是逻辑。

（这里有一张插图，是他给父亲画的肖像，针管笔线条画，上了淡彩。不出意外，这也是一个浓眉大眼的男人，这个男人，和我、和许丽虎的父亲都很像，但嘴的形状、眼神和表情，似乎又有差异。他画得非常好，笔触成熟，细节丰富，远远超过普通学画孩子的水平。）

"我的父亲，也不像别人的父亲那样，总是咋咋呼呼，总想着把别人的风头压下去。他很稳重，说话很稳重，走路也很稳重；他嘴里说出的每个字，似乎都很有分量；他走的每一步，好像都很爱惜脚下的路。自从我认识了我的爸爸，我就觉得别人的爸爸都很傻。我的姥爷和我妈妈也经常对我说，你爸爸是世界上最能给人安全感的男人。

（这里有插图，是一张他父亲的全身画像，针管笔线条画，上了淡彩。画中人是个高大的男人，穿着衬衣和西裤，站在一道墙壁前面,双手插在裤兜里。猛一看和我的父亲很像,细看又有差异。)

"但是谁也没有想到,我爸爸做了一件事,让妈妈和我都失去了安全感。在9岁那年,他写了一封信,放在桌子上,然后就悄悄离开了家,再也没有回来。

(这里也有插图,画面上是一张信笺,上面写着:"清黎和小亮,我很爱你们,很爱很爱,但现在有很重要的事需要我去做,我要离开你们一段时间,希望你们好好生活,享受生命。"字体来自字体库,信笺上还画着一串泪珠。)

"爸爸的离去,让妈妈难过了很久,但妈妈还是振作了起来,她说,爸爸走了,她就既是爸爸,也是妈妈,她要学着像爸爸做爸爸那样做妈妈。她比以前更勤奋地工作,还培养了很多新的爱好,比方养鱼养花,她也有了很多新的朋友,他们也和她一样有相同的爱好。

"我也难过了很久,但似乎也不那么难过,因为父亲曾经告诉我,他将来还会回来的。一想到这句话,我就不那么难过了。

"这句话是他在我8岁的时候说的。那是一个黄昏,他带我去散步,经过我家附近的体育场,他突然停了下来,并且对我说,他在这个体育场里,藏了一个很大的机场。我说爸爸你真会开玩笑,这个体育场我进去过,里面就是一个体育场,没有别的东西,再说,体育场里为什么要藏飞机场呢?爸爸笑眯眯地看着我,然后拉开一扇小门,带我走了进去。

(两张插图,图一是体育场的内景,和任何体育场都没有什么两样,看台上没有人,足球场上有淡绿的草坪;图二是一个机场式的建筑,有巨大的通道,巨大的候机厅,所有这些都是银白色的,机场里一个人都没有。)

"眼前是一个很大的通道,有50米宽,墙壁和地面都是银白色的,很光亮,什么东西都没有,也没有休息椅。我们顺着这个通道走了很久,我都走累了,眼前出现一个候机厅,长和宽有四五百米,也是银白色的,空空荡荡的,什么东西都没有。

"通道和大厅都很亮,但是看不到灯在哪里。我和爸爸站在大厅里,根本看不到影子。在那里站了一会儿,我跟爸爸说,这个地方空空的,我很害怕。爸爸就带着我从原路回来了。在回去的路上,爸爸对我说,他以后还要回来,带我到这里来。

"但是他再也没有带我来过这里。第二年,爸爸就离开我们了。但是我有信心,爸爸说话是算数的,他肯定还会回来,带我去看银白色体育场。希望那一天快点到来,我等待着,等待着……"

(最后一张插图,依然是针管笔画的,画上是一个男孩子,眼睛很大,穿着卫衣,身后是夜晚的城市,一些屋子的窗口亮着灯。这张画的日漫趣味,和他对自己的美化,显露了他天真的一面。)

看到我抬起了头,许丽虎问我,有什么读后感?我说,文字和画都比较早熟,例如第一句,他写的是"人们常说",而孩子们会写"大人们常说",还有一些表达很越轨,但很有趣,例如"自从我认识了我的爸爸""她要学着像爸爸做爸爸那样做妈妈"。画得也很好,这个你也看得出来,只要给他时间,他能画出来。当然,这不是重点,重点是……说到这里,我说不下去了。

是的,是的,重点是……重点是……所以我马上就按他留下的联系电话打过去了，从联系人的名字看，那应该是他妈妈，的确，电话也是他妈妈接的，那是一个很柔和、很明快的声音，而且……一点陌生感都没有……一点都没有……就像……我和我妈妈说话，那种感觉，既熟悉又恐怖。我跟他妈妈说明了来意，非常非常诚恳，生怕说错一个字。第二天，我就从成都飞去了他们所在的城市，和他们母子俩见了面……见了一面，在一起处了三天。许丽虎说。

我可以猜到一些了，我说。

是的，她说，在去之前我就猜到了一些……去之后就彻底证实了……也是一个生意人家庭，生意做得非常成功，但也没有成功到有皇位要继承那种程度，妈妈性格非常爽朗，是……不难从痛苦中走出来的那种人。

我说，我懂了。

她的眼睛灼灼地望着我，没有假笑，也没有痛苦的神色：如果只是我一个人经历了这些，我可能会以为那间金色大厅是我的幻觉，但我在3个月时间里找到了你们，我相信这不是幻觉。其实，在找到小亮的时候，我就有了更大胆的猜想，这个世界上，还有没有类似的人和类似的事情？所以我发了那个微博。

但那篇微博的文字不是你写的，我说。

是的，不是我写的，我太严肃了，严肃到写一条微博都要用半个小时，所以我请了一位作者替我写，我说，她写，她熟悉网络的口吻，知道怎么利用自己的性别。我还加上了抽奖，买了粉丝头条，请朋友转发。总之，我就希望它传播得更广，有更多人看到。然后，连回复带私信，我收到了5万条信息，大部分都是没有价值的，只有200条，符合我的要求。但这200条里，有些明显是编造的，筛掉，有些内容是重复的，我保留了叙述更完整更清楚的，把叙述不好的筛掉，就这样，剩下了31条。31条，有些来自唐宋传奇、明清小说、历代笔记，还有些来自民间传说、名人回忆录、口述史，还有一些，是《飞碟探索》和《奥秘》杂志上的神秘现象报告。

工作量一定很大，我说。是的，但好在，我有一个编辑部。她低头从身边的包里，拿出一个文件夹。"现在女人的包越来越荒唐，大得像是要从家里逃走一样"，旺达·塞克丝在脱口秀里这么说过，而她用来装文件夹的就是一只非常大的托特包。

她打开文件夹，推到我面前，我看到第一页是一篇古文，立刻面露难色，她马上觉察了，对我说，我也和你一样，我们这代人，遇到古文，和半文盲也差不多，所以后面有白话文翻译。

第一篇出自《聊斋志异》。

  太原有个书生，姓王，才华在当地也是数一数二了，参加科举考试却屡屡不中，不免很受乡亲嘲笑。一天，王生出门散心，走在街上，迎面走来一个穿青色衣衫的汉子，看到王生，竟像是熟识一般，抚掌大笑，对王生说："你的事我听说过一些，听你的经历，再看你愁眉苦脸的样子，让人很是同情，不如你拜我为师，我教你作文，保证你能获取功名。"王生听到这句话，不免激起心中的怨气，就对那人说："我虽然没有什么才华，却也不能随随便便就拜人为师。看你轻狂的样子，也不像是能够为人师的。"那人大笑着说："我们是萍水相逢，也是很难获得对方信任的。不如这样吧，今天傍晚，你到城外仁寿山下的松林里来，我召集了一群爱读书的人，在那里清修和研读。你若有兴趣，也可以前来，和我们一起学习。"

王生回到家里，觉得这事很是离奇，但他又有几分好奇，不知道自己是不是遇到了异人。于是把事情经过告诉家人，并且表示出想要赴约的意图，家人大惊，极力阻止，王生的念头反而更加坚定。晚饭后就慢慢向着城外的仁寿山走去，走了大约二里地的样子，看到一片松林，隐隐有一点灯火，等到他走到跟前，才发现松林深处有一处小小的宅院，只有三五间房子的样子，两扇窄窄的木头门，油漆已经剥落，看上去很是寒碜。王生犹豫着叩门，随即听得院内一阵响动，有人来开了门，正是白天所见的那个青衫汉子。

青衫汉子把王生迎进门，爽朗地笑着说："大家都已等候你多时了。"然后鼓掌三下，把王生拖进一道门，没想到其中别有天地，亭台楼阁一应俱全，不远处还有一座华丽的大厦，楼上楼下灯火通明，一股兰麝之香扑面而来。随后，几个汉子从各处走出，个个都是神采奕奕的样子，又有几个少女，簇拥着一个美若天仙的女子走出，她们身上的钗环衣服，都是宫中才有的东西。王生置身其中，竟然并不觉得局促。

众人拉着王生进入大厦，筵席已经摆好，王生也就泰然坐下，与众人举杯畅饮。酒过三巡，青衣汉子脸色微醺，谈到兴头上，就会拍打王生的大腿，王生虽然觉得古怪，但也能够接受。如此这般聊了一个时辰，青衣汉子突然收了脸上的笑意，也不再拍打王生大腿，郑重其事地说："你的文章虽美，可惜当世之人重官位，如果官位低下，文章也就不能传世了。阅卷的官员，都是靠八股文进身的，恐怕不能为着阅读你的文章，换一副眼睛和肠胃，倒不如你换了眼睛和肠胃再去作文。"

王生不明就里，喏喏应答，又饮下几杯酒，渐渐失去知觉，恍惚间，看见青衣汉子搁下酒杯，走到他面前，朗朗笑着说："我这就为你换一副肠胃。"说话间，伸手探进王生的肚腹，将王生的肠胃拽出，端详一番后，念念有词，并且用手指点环绕，仿佛在作法。

王生大骇，怎奈饮酒过多，动弹不得，只能眼睁睁看着众人围着他的肠胃，有的指指点点，有的拍掌叫好，有的咯咯笑，有的像是出着主意。过了一炷香的时间，青衣汉子停下动作，对着王生的肠胃端详了一会儿，点点头，露出满意的神色，又将肠胃塞回王生的腹中，动作就像闪电一样。王生瞬间清醒，身上也有了力气，低头看自己的腹部，并没有伤痕和血迹。

众人看到王生清醒了，一阵喧嚷，半推半搡地，把王生送出门去。到了门外，笑声、喧闹声瞬间就消失了，王生急忙回头，依然只能看见那处小小的宅院，转身拍门，却再也没有人回应。

王生回到家中，家人见他神色恍惚，关切地询问他的经历。王生不知说什么好，就随意应付了几句。等到睡到床上，就听见腹中肠鸣不止，一直到天亮才停止了。

过了一年，又到了乡试的日子，王生惴惴不安前去应试。到了考场中，坐在桌子前，心头空茫一片，手下写个不停，却不知自己写了些什么，等到写完掷笔，就立刻清醒过来，却已经是太阳落山的时候了。王生出了考场,想起考场中的经历,恍如一梦,竟然回忆不起来一星半点。没多久,发榜了,他中了乡试第一名。

知道消息以后,王生急忙出城,去仁寿山下松林间,寻访青衣汉子。那处宅院还在,窄门紧闭,他敲了很久的门,也没有人开门,于是翻墙进入,那三五间房子也都还在,只是空空荡荡没有人住。他走进每间房子查看,都只看见狭窄的小房子一间,四面墙壁也光秃秃的没有装饰,看不见当日那些亭台楼阁和大厦。他用手逐一叩击墙壁,也不见有什么异样。在小院里伫立了很久之后,他闷闷地翻墙出来,回到家里,想起当日那场欢宴,笑声和语声似乎都在耳边。

乡邻渐渐知道了他的遭遇,都说他一定是遇到了狐仙,只是赞叹,狐仙竟有助人获取功名的举动,或许王生也有些仙骨吧。可叹这样的际遇,不是人人都能有的,像王生这样的幸运儿,世间也没有几个,而文章有官位担保,才能传世的现象,到现在也没有停止。

第二、第三篇出自《阅微草堂笔记·滦阳消夏录五》。

乌鲁木齐每年有5个月天气极寒,动辄积雪超过一尺,不能在户外活动,也不能在户外做生意。有个叫林霈言的生意人,不知道这里天气的厉害,在11月初,载了一车茶叶,从甘肃南部来到乌鲁木齐,准备送到昌吉去。有人劝他不要贸然上路,他却不听劝阻,出城而去。他出发时还是晴天,路上却遇到天气骤变,突然间风雪交加,他和两个伙计眼看性命不保。就在此时,茫茫风雪中,缓缓走出一个穿着羊皮袄,戴着羊皮帽子的老人，手里拎着一个木制的房子，只有狗窝那么大，虽然在风雪中，老人却丝毫没有瑟缩之态，似乎是刚从很暖和的屋子里走出来一样。老人走到林霈言面前，把手里的东西递给林霈言，让他把木头房子靠着路边的山坡放下，打开房门。林霈言浑身颤抖，依言照做，等到门打开以后，却发现自己已经置身于一间屋子里，屋里有炉子，炉火正在熊熊燃烧。转过头，老人已经不见了。林霈言和伙计在屋子里休息了一天，等到风雪停止才走出屋子，就在他们走出屋子的一瞬间，那间屋子又变成狗窝大小。林霈言带着这个木头房子，返回了乌鲁木齐，把房子珍藏在密室里。第二年春天，他载着茶叶再度上路，快到昌吉的时候，迎面走来一位老人，正是当初赠送木头屋子给他的那人。林霈言上前下跪道谢，老人微笑接受，等到他再次抬头，老人已经不见了，回到车上查看，那个木头房子也消失了。

乌鲁木齐这地方，曲折深巷，常有不可思议的事情发生。我曾听把总蔡良栋说，有人在城中开设"鬼市"，售卖各种违禁物品。他带人前去调查，却发现这"鬼市"神秘莫测，不断变换地点。后来，他们抓捕了参与"鬼市"交易的人，严加审问，才知道，那间"鬼市"是由一个来历不明的泉州人掌控，他在城里到处寻找空屋，以低廉价格租下，随后稍加改装，就变成了"鬼市"。在他改装前，那空屋就是一间陋室，七八尺见方，但他不知用了什么邪术，将屋子扩充成几十丈见方，容得下许多人在里面交易。一旦那"鬼市"被人发现，他就弃之不顾，转而去寻找下一间房子。那"鬼市"一旦被弃，就再度变回数尺见方的陋室。这是官府屡寻不获的原因。

第四篇,出自《关山寻路:陆仁棠回忆录》,陆仁棠口述,姚橹湘撰写。

听闻前方战事失利,黄世昌军行将赶至,医院里顿时慌乱起来。黄世昌系土匪出身,对待俘虏极为残忍,如果被黄军捕获,命运无疑十分可悲。我们简单整理装备,自医院出走,向郴州方向撤退。南峡口镇居民,此时也都知道兵败消息,携家带口,向郴州而去。

我与2名勤务兵、1名枪兵、20多名伤兵及3名护士同行,另有50位南峡口镇居民跟随,行进速度极为缓慢,我不由得心急如焚。戎旅生涯至此,前路茫茫,护国行动屡遭挫折,战争陷于胶着,不知何时才能看到局势明朗。

正在难受之际,天空又下起绵绵细雨,所幸此地多红砂土,并不十分泥泞,只是雨水浇透全身,加之饥肠辘辘,不免更添几分沮丧。就在此时,走在前面的镇民说,前面山谷里就有一间小庙,可供军民休息。我们顿时提振了一点精神,加力前行。果然在山谷深处,看见一座小庙,不知供奉何神。走近小庙,庭院里种植着几簇修竹,另有一左一右两棵桃树,墙壁干净整洁,屋瓦上不见杂草,显然有人打理。近前叩门,就有一位老者前来开门,表情动作与常人略有差异,细看才知是盲眼人。

我率先进了小庙,四下打量,见小庙只有十尺见方,青砖墁地,一座清简的莲台上,端坐一位观音,没有饰品，也无幔帐，除此之外，空余地面甚少，不知如何能容下近七十军民。

盲眼老者并不知我们人员众多，侧身让我们进入。其后发生的事算得上古怪，七十军民，挑筐背箱，陆续进入庙堂，庙堂竟不显挤迫。众人或席地而坐，或摊开铺盖躺睡，铺盖之间尚要留出容纳行走出入的空地，庙堂反而越显宽敞。我不免疑心，是否青田墟一役时的枪伤，影响了视力，加之天色阴沉，没有看清庙堂大小。虽然心中存疑，却不断说服自己，于是昏昏睡去。

本想第二天一早就离开此地，没想到雨越下越大，终于酿成洪水，将山道淹没，我们就在这间小庙里停留了5日。其间，盲眼老者拿出草药，帮助照料伤兵，伤兵伤势渐缓，连日疲顿也稍稍消退。5日后，我们告别老者，扶老携幼，再度上路。我仍然心中存疑，走出小院后，假装丢下东西，回身寻找，推开庙门，眼前仍然只是一间斗室，十尺见方。盲眼老者当庭打坐，听见开门身，也不回头，只缓缓道："去吧，去吧。"

沧海桑田，驹光如矢，中国也从旧社会来到新社会，许多事情不复以往，然而想起这件事，我仍然大惑不解，但也只能由它去了。

第五篇，出自《走近飞碟》，1988年第六期，《目击者》栏目。

1978年，在山西工作的时候，我有过一次近距离接触体验。那是8月的一个傍晚，天气很热，我在野外工作，突然看见眼前飞过一个发光的圆珠状物体，只有一颗花椒粒那么大。我以为是萤火虫，心想怎么会有这种形状的萤火虫，就随手捞了一下，很可能把那个物体抓在了手里，手掌感到一阵刺痛，赶忙放开了它。就在这一瞬间，我感觉我整个人被吸进了一个管道里，管道两边都是耀眼的光柱，飞速掠过，然后眼前突然变得开阔了，我像是飘浮在太空里，地球就在我下方，我正在俯瞰我们蓝色的星球。只要我对什么地方多看一会儿，我就会出现在那个地方，一会儿是热带雨林，一会儿是沙漠戈壁，一会儿是高楼大厦，一会儿是大洋深处，周围有鱼群在游动。就这样飘浮了一会儿之后，眼前的一切都消失了，我仿佛置身于一个实验室里，实验室很大，有一些物件，都是蓝色透明的。就在我好奇地四下打量的时候，手掌又是一阵刺痛，我从那个管道里退了出来，身边还是有耀眼的光柱。再睁开眼的时候，我还是站在野外工作的地方，手心很痛。我张开手，看到手掌里有一块小小的灼痕，有点歪斜，边缘不很整齐，像是用一把牙刷头烙出来的。后来我把自己的经历告诉家人，家人说，我很可能是抓到了一只野蜂，被蜂刺到，中毒以后产生了幻觉。

第六篇，是"私历史FM"公号上的文章，题目是《三十五年前，我是昆仑山下的找油人》。

……每天完成作业之后，我们就聚在队长的帐篷里喝酒打扑克，当时也喝不起好酒，就喝当地人用苞谷酿的酒，一边喝酒一边谝闲传（闲聊，唠嗑），就那么听说了好多事。内蒙古来的勘探员巴特尔说，他以前跟过一个勘探队,在阿克苏附近的戈壁滩上找油的时候,看到一座山,拔地而起,就像埃菲尔铁塔一样,山脚下有一个房子,灰白色的,门洞都能看得见。那座山看着很近,走起来很远,差不多有5公里,他们几乎都以为那是海市蜃楼了,却终于走到了跟前。到了房子前面,才发现那是一个石头房子,也不知道是什么人修的,哪年哪月修的,有个门洞,没有门。他们好奇,就打了个手电筒进去看了,刚进去觉得里面很小,走了两步,乖乖不得了,眼前是一个特别大的走廊,有50米宽,三四十米高,看不到头,不知道到底有多长,墙壁都很整齐,像是用水泥糊过一样。最奇怪的是,走廊里看不到灯,但是有光,能看到很远的地方。他们走了一会儿,看不到人,心里直打鼓,又害怕里面氧气不够,把人放翻就麻烦了,就退出来了。出来之后,他们商量了一下,一致认为那是一个废弃的秘密工事,有可能是国民党修的,为了潜伏下来搞破坏。回去以后他们就向上级报告了,上级很重视,就组织了一些人到那个地方去找,结果再也找不到了。因为谎报情况,他们队长差点背上个处分。

看到这里,许丽虎从我手里拿走了那些文件,说:时间不够了,后面的那些故事也大致差不多:《拾遗记》里的,《子不语》里的,《云南民间故事选》《古代神话故事》里的,笔记里的,地方志里的,还有各种口述实录。看这么多也够了。其余的故事,我会发到你的信箱。我想知道的是,你看了这些故事,第一印象是什么?

我:须弥芥子。

她：似乎是这样，似乎也不是。现在，我们先关心一下和我们有关的部分吧。我们需要理一下父亲出现和失踪的每个时间点。你说话的时候，我记了一些，你的父亲，应该是1951年出生的，出生日期是？

我：6月5日。

她：好。你的父亲是1951年6月5日出生；1980年，你的父亲29岁的时候，和你的母亲在水产市场认识；1981年，你的父母结婚；1982年，你出生；1991年9月，你9岁，你的父亲40岁，他留下了一封信，离家出走。在我这里呢，时间线是这样的，我的父亲1963年4月3日出生；1992年，也是在他29岁的时候，和我母亲在印刷厂认识；1993年，他们结婚；1994年，我出生；2003年，我9岁，我的父亲40岁，他留下一封信，离家出走。好了，再来看看小亮父亲的时间线，他是1975年5月15日出生；2004年，和小亮的母亲在建筑工地认识；2005年，他们结婚；2006年，小亮出生；2015年，小亮9岁，小亮父亲40岁的时候，留下一封信，离家出走。看出来什么规律了吗？

我：时间线是平行的，平行相差12年，孩子9岁，父亲40岁的时候，必须消失。

她侧脸看看窗外，说：在我遇到小亮的时候，就发现这个规律了，找到你，只是又一次验证了这个规律。在小亮那里发现这个规律之后，我想了很久，为什么是12年，为什么是40岁。然后，我想起一个电影……

我知道是什么电影了，我和她几乎同时说出来：《这个男人来自地球》。

她低下头：如果他只是在40岁失踪，如果只有这么一个特征，我不会这么联想。但还有那个房子……所以我想，他必须在40岁的时候离开，因为，人在40岁之后，会老得快一点，而他肯定还是不到30岁的样子，甚至在他应该50岁的时候，还是这个样子。

我：也有可能，他会定期对婚姻厌倦，和一家人守在一起不耐烦了。

她：也有可能是别的原因，但是，那肯定是一个我们想象不出来的原因。还有他为什么要在28岁的时候出现，或者说，以28岁的年龄出现，我还没有想明白。我也肯定，那是一个我们想象不出来的原因。

我：他也可以在我们5岁的时候离开……

她：所以我们想到的这些原因，都只是我们理解能力之内的原因。我们只能凭借3个个案归纳出一个规律，但不知道为什么会有这个规律，也不知道这个规律在第四、第五个案子上是不是同样适用。

我：那你觉得，我的父亲，你的父亲，小亮的父亲，是同一个人吗？他们似乎不是很像。

她：我想过，有可能是一个人，既然他能做出那个房子，那么，改变一下相貌的细节，应该不会太难，至少不会比在一个体育馆里，建起一个来历不明的机场更难。但后来，收集到的故事越来越多，我又想，他们可能是一个人，但也可能是很多人，可能是同一个部落里的人，也可能是从……同一个飞船上下来的，或者是同一个地方生产的，类似于同一个批号的机器人。

说到这里，她沉默了一下，又说：这个假想太可怕了。好了，父亲的时间线有了，再理一下他选择对象的方式。

我：我们的母亲，都很相似。家庭富裕，性格爽朗，但也不是豌豆公主类型的，都穷过，做过很艰苦的工作。总之，抗压能力强，自愈能力也很强，不会因为丈夫失踪，就完全无法生活。

她：因为他知道自己有一天会离开，他在遇到她之前，就在为离开做准备。

我：为即将到来的40岁做准备。

她：也有可能是别的东西。让他不得不离开的东西。

我：在离开前，还要把那个房子的事告诉孩子。

她：可能是让他们知道自己的存在，就像……立下一个纪念碑，但这个纪念碑又是不那么让人信服的，因为是从孩子嘴里说出来的。到最后，就连孩子自己，也不太相信自己看到的和听到的。他们只好忘掉，或者当作记忆里的异常事件，封存起来。

我：也有可能，他是为别的事情做准备。

她：也有可能，没有那么一个房子，我们的确是被植入了一段记忆。我们都那么爱幻想，那么爱创造，针对我们的特点，给我们植入一段记忆，应该不难。办法很多，一、反复说给我们听，洗脑；二、催眠；三、带我们去一个电影拍摄现场。

我：都有可能。随后，我们同时哈哈大笑。

她放慢了语速：但是，那个房子……那些房子不是毫无联系的，现在已经知道的3个房子是有关系的。第一个，你看到的那个，只有20平方米，20平方米的三间房子，加上楼梯。第二个，我看到的那个，是一个金色大厅，占满一座山的内部，有几千平方米大，几十米高。第三个，小亮看到的那个，是一个巨大的机场，几万平方米。这些房子，越来越大，指数级地扩大。就是说，不管他是一个人，还是一群人，他的能力都越来越大。从一间光秃秃的水泥房子，到金色大厅，到一个空旷的机场。下一个房子，或者说空间，应该更大，但是我不知道会有多大。

我愕然地看着她，我还没有想过这个问题。

她：我也概括了他制造这些房子的，或者说，空间的手法。你看到的那个房子，是"嵌入"，在一个大建筑里，嵌入一个小空间。我看到的房子，如果用一个词来概括他的手法，那应该是"占据"，一个空间，被另一个同样大小的空间占据。小亮看到的那个空间的制造手法，是"扩张"，在已有的空间里，开辟出一个更大的空间。嵌入，占据，扩张。那么，下一个词会是什么呢？当然，你不要被我用的这三个词语影响，还可以是另外三个词，撑开，填充，膨胀，但结果是差不多的。那么，下一个词会是什么？

还不等我回答，外面响起防空警报的声音，凄厉而广大，在整个城市上空回旋。一遍结束之后，另一遍又来了。和防空警报一起泛起来的，是某种嘈杂声，看不到来源，但却能感受到其存在的嘈杂声，像宏大的耳语。

好了，我们走吧，她说。她开始收拾桌上的笔记本和文件，把它们统统塞到那只大包里，然后站起来，停顿一下，迈出了步子。她走路的姿态非常夸张，大幅度地耸动着肩膀，像在笨拙地跳舞。

车祸，她说。她知道我在想什么，根本没有回头看我。

我们并肩走在街上，起初，我还要适应一下她的步伐，很快，我们就能达成一致了。街上人多起来了，有人背着包；有人拖着拉杆箱；有人推着轮椅，轮椅上坐着老人；有人牵着狗；还有人不断地从路两边的门洞里走出来。所有人的表情都很轻松，像是去参加一次远足，看一次焰火表演。我想起有一年去看音乐节，在开场前，人们默默走向入口，场内已经响起了音乐，我们不知道是不是已经开演了，有一点轻微的焦急，但更多的是释然，演出终于要开始的释然。

她走在我身边，耸动着肩膀，执着地看着前方。我想起佩索阿的句子："秘密的守护者都是残缺的人。"

但我知道她不是完全安静的，她思绪翻涌，好像要在沉默的间隙里，找到一个豁口，可以让她开口。终于，人群中传来一声尖叫，随后又是一阵哈哈大笑，有人笑着跑开，那些声音勾画出一场恶作剧。借着那阵骚动，她开口说话了：知道我为什么会来这里吗？

我：我刚刚想起来要问你。

她：一个月前，我发微博搜集故事的时候，看到了这里防震演习的消息。我觉得这个消息不太寻常。现在的科技，还预报不了地震，只能地震预警。预警是什么？预警发生的时候，只有几十秒可以逃生了。所以，没有人会做这样的防震演习，只会做逃生和疏散演习。你生活在日本，应该知道这些的吧。

我：所以？

她：所以，我用了很多时间，了解这个防震演习的背景、发起人、组织过程、耗费的金钱、防震演习的方式，一切一切。但所有的消息都告诉我，这真的只是一场防震演习。这个时候，你写来了邮件，我想，我们可以在这里见一面。我还邀请了小亮和他的母亲，但是小亮要考试，五月份，孩子们都要考试。

我：所以，你已经默认了，我们的父亲是同一个人，而不是来自同一个飞船的一群人。

我是这么期待的。她说。

体育馆就在路的尽头，从外面看上去很大，但很简陋，墙壁是灰色的，围绕着体育馆的水泥路，却像是新修的，在水泥路两边，种着银杏树。体育馆的入口很好找，在靠近入口的地方，开着几家售卖体育用品的小店。

进门，穿过黑暗的通道，进入体育馆的一瞬间，我以为会看到一个金色大厅，或者白色的机场，都没有，眼前出现的，就是一个体育场，草坪、跑道、看台，和任何一个标准的体育馆没有什么两样。我没有看许丽虎，我知道她也一定感到一种尖锐的失望。

汇集在场地里的人还不多，我们找了看台上的位置坐下，她毫不在意地把那只包放在身后充当靠垫，尽力让自己舒服一点。

那个下午的后半段，我们就在体育馆里度过。我们聊了各自的童年，父亲的琐事，聊了又聊。一种亲切感在我们中间蔓延。晚饭时间，我们分享了她带来的零食，每人半块脱脂蛋糕，几块巧克力，一种吃起来像水果的软糖。周围的人，也把他们的食物分给我们。一种游戏般的、共患难的感情，临时出现在我们中间。不过，遗憾的是，当我们想要加微信的时候，却发现那里面完全没有信号，只好存了彼此的电话号码。

体育馆里的人越来越多，但在志愿者的指引下，人们并没有过分慌乱，先到者上看台，看台坐满之后，其余的人就坐在场地中央。场地上有志愿者用木屑画出的方格，方格中间留出了通道，人们就坐在方格里。穿着黄色闪光马甲的志愿者，在格子之间奔走。

嘈杂声越来越宏大，像是一片海被引进了盆地之后感到拘束，要冲破盆地的狭窄，用浪潮的声音作为突破。但就在那宏大的嘈杂声里，开始有人唱歌，起初，是一个女孩子的声音，她悠悠地唱了一首慢歌，但在歌曲快要结束的时候，她越唱越快，越唱越调皮，像个玩笑。最后，她在笑声里停止唱歌。很快，有另一个声音接了下来。

一群老年人，在一个老人的指挥下，开始合唱，都是些过去年代的歌。他们的声音，很快盖过零星的歌声，并且吸引了更多人加入。嘈杂声渐渐变成了歌声，像一堆黑色的、密密麻麻的点变成了线条。

就在老人们的歌声还没结束的时候，看台上有人用喇叭讲话了："同志们，朋友们，今天我们在这里进行的，是一场防震演习，这次防震演习，动员了全县城的居民参与，是我县、我市乃至我省历史上，规模最大的一场防震演习。这次演习得到了全县所有人民的支持，我们向大家的支持表示感谢。大家知道，自然灾害的发生是不可抗拒的，但是人们可以通过有效的措施，有组织的预防，把自然灾害造成的损失降到最低限度。这是我们举办防震避险演习的初衷。我们希望，通过举办防震避险演习，能够使大家进一步了解应急避险常识，提高面对突发事件的应变能力，帮助全县人民提高自救、自护的能力，也能增强互帮互助、尊老爱幼的思想意识，促进家庭美德建设。

"为了达成这一目标，圆满完成这次地震避险演习，从4月中旬开始，我们就成立了由县委书记芮文斌同志担任组长，县委、县政府主要班子成员担任副组长的防震避险演习领导小组，从组织上为这次活动提供了保障。同时，我们召开了领导小组会议，确定了本次避险演习活动的指导思想、方针政策，明确了责任，并且落实到人。随后，我们在全县范围内，进行了广泛的动员宣传，通过层层落实，狠抓动员，我们让全县人民提高了对防震避险活动的思想认识，了解了这次活动的时间、地点和方式方法,并且建立了网格化的避险演习分管小组,层层传递,人对人传递,确保不落下一个人,不留下一个死角,不让一个人、一个家庭不被关注,不让一个人、一个家庭处于网格之外。"

我已经很久没有听过这样的讲话了,而且又是在那样一种特别的情形下,不知怎的,我竟然从这个讲话里感到一种暖意。它和中国人的所有讲话一样,有一种正统、笃定、达观,似乎怪力乱神不存在,崩溃流散不存在。它又有一种隐蔽的世界观,自给自足,不往宇宙深处望,也不往河海荒野深处望。我曾经以为,只有中国人的演讲是这样,后来发现,世界上的演讲大都如此,演讲本身,就是一种信心的表演。

就是用语言,临时建造一所房子。

讲话结束之后,专业演员上台,唱了几首歌,跳了几支舞,演了几段地方戏,大约历时一个小时。随后有人宣布,防震演习胜利结束,请大家按照志愿者的安排,有序退场。这个晚上,可能就这样结束了。我和许丽虎对视一眼,静静地坐在原位,等人们散得差不多之后,才向着出口走过去。

是不是很失望?她说。

开始我没想到会产生期望,但现在有了失望。我说。

但现实没有让我失望,在那句话结束之后,在我们都以为故事结束的时候,故事才真正开始了。在我们走出体育馆的同时,她站住了,我们都听到她包里的手机在连续振动。她拿出手机,嘟囔着"这个时候来信息",但在她看了一眼屏幕之后,她僵在了那里,很久很久,就在我已经不顾礼貌,准备凑过去看她的手机时,她把手机递过来了,手机屏幕上有一条来自新闻APP的信息:

"中国地震台网正式测定：5月20日21时29分，在湖北省苍阳县（北纬3×.×× 度，东经1××.×× 度）发生7.8级地震，震源深度12千米。"

我们根本没有看懂这条信息是什么意思，随后我醒悟过来，拿出自己的手机，打开微博，微博上已经随处可见和这场地震有关的消息了："一个巧合是，在湖北苍阳的地震发生之前，当地政府组织了一场防震演习，全县居民，都在地震发生前，被有组织地疏散到了当地的体育馆、学校操场和公园，在地震发生时，他们正在紧急避难场所欣赏歌舞表演。目前没有房屋损毁和人员伤亡报告。"

我和她站在那里，呆立不动，各自心绪翻腾。那一瞬间，我们上空似乎出现一个旋涡，而旋涡的中心就是我们，我似乎能看见旋涡里的云雾翻卷，它们像一个巨大的黑灰色的冰淇淋筒，竖立在我们头上，并且缓缓转动。

就在那时，整个城市突然从慵懒的寂静中醒了过来，尖叫声、吼叫声、高声说话的声音，和摔门声、汽车启动声慢慢泛起来，开始是隐隐约约的，不能确定的，随即变成尖锐的、明亮的，似乎有一根根刺，在整个城市的四面八方，从地下刺了出来。这些尖锐的声音，这些尖锐的，像是来自地下的刺，很快汇聚成一片。整个城市都被各种狂乱的惊呼、笑声给充满了。

体育馆对面的那些楼宇上，不断有人跑出来，有人站在单元口喊叫着什么；有人跑到离楼宇远一点的地方，仰着头看着他们的楼；有人从我们身旁的马路上跑过去，伴随着号叫和惊叫，我隐隐约约地听到他们喊的是："出鬼了！出鬼了！"

等到再有人从我身旁跑过去的时候，我拉住他的手臂，问他发生了什么，在被他奔跑带来的惯性拖着走了几步之后，他和我慢慢站住了，他喘着气告诉我："出大事了，我的家里什么都没有了，我们整个楼上的人家里头，什么都没有了。"说完这句话，他挣脱我，边跑边看着我，随后扭过头，加快了步伐，很快消失在马路的尽头。

我走回许丽虎的身边，把我听到的只言片语转告给她，尽管我也不知道这到底是什么意思。我于是拉着她，对她说，到对面的房子看看就明白了。

她跟我走了两步，又突然站住了，像在想什么，然后对我说：不对，银杏树没有了。

什么银杏树？我说。在我说出这句话的同时，我突然明白了她在说什么。体育馆外环形路上的银杏树不见了，一棵都没有了。

她拉着我，沿着那条水泥的环形路，向左走了30米，没有看到一棵银杏树。我们折返到原点，又向右走了大约30米，依然没有看到一棵银杏树。我们再次回到原点，她迷惑地问我：这条路上原来是有银杏树的吧？我没记错吧？

我：你没记错，我也有印象，很整齐的银杏树，大概有5米高。

她：现在一棵都没有了。

我们沉默下来，同时转身，向着对面的楼宇走过去，我已经隐隐约约想到，我们可能看到什么，一阵很久没有出现过的慌乱、燥热、恶心感开始浮起。

对面的小区院子里，已经站满了人，他们和自己居住过的房子，保持着一定距离，远远站着，观望着，议论着，似乎那是个凶案现场。我们从他们中间穿过去，听到他们正在激动地讨论，"见了鬼了，见了鬼了"，"地震把房子震成了毛坯房"，"我报警了！派出所说他们办公室也是空的","把命保住也算不错了"。

我们走进那幢楼。一楼左手的人家,房门大开着,月光从屋子里倾泻出来,幽蓝、淡白,铺展在地上,勾勒出里面房屋的门框形状。院子里人们说话的声音,被这幽蓝和淡白,瞬间推远了。他们的语声,像是被一道水的帘幕隔开了。这月光、空寂的房间和被隔离的声音,都让我感到一阵熟悉的恐惧,转头望望身边的许丽虎,她和我一样毫无表情,似乎用什么把自己凝固了。我们站在门口,仿佛那里有一道看不见的薄膜,无比脆薄又无比坚固,但冲破它,也许只需要一个小小的动作,甚至呼出一口气。终于,我重重呼出一口气,那道薄膜不存在了,我们迈步走了进去。

玄关、厨房、餐厅都空无一物,也没有经过任何装修,似乎是一间刚刚交付的空房,墙壁和地面都很光滑,有着未经装修的房子特有的阴冷。向右拐,是客厅,客厅很大,月光扑面而来,我像是和一个迎面而来的火车头相遇了。

我和许丽虎在那里又一次站住了,只是,那一瞬间,我突然有了种奇怪的感觉,似乎我正在变成一个漫画人物——变成我曾经画过的少年李斌,和同样变成漫画人物,变成波波头少女的许丽虎,站在一间画出来的房子里,我们面前是巨大的月光,月光也是画出来的,锯齿状的光芒,刺到我们身上。我们身边,似乎还有用黑色粗体的英文字,写出来的拟声词。

在漫画状态里停留了很久,我们同时转身,回到了有血有肉的状态,我们走出屋子,走到人群里,从人群中经过的时候,我还听到有人在向别人倾诉:"演习之前房子还是好好的,演习回来就变成毛坯房了。"

我和许丽虎重新回到大路上,月光照着大路,路上空无一人。她说：我知道第四个词是什么了。嵌入、占据、扩张之后的第四个词是什么了。替换。

我静静地等着她说下去。

她：他的能力越来越大，这一次，他先用他制造的空间，占据了那些体育馆、操场和公园，然后让人们在地震快来的时候躲到这个空间里去。这个空间看起来没什么异样，但当我们走进体育馆的时候，可能已经在另一个维度的空间里了，地震不会震到那里，这个地球上发生的一切事可能都到不了那里，当然，手机信号也不会抵达那里。就在所有人躲在这个空间里的时候，他用他制造的城市，把震塌了的城市替换了，包括城市里的所有楼宇和房屋，他都给换了。当然，他不负责装修和置办家具，也不负责做绿化。

我和她同时笑了起来。

月亮已经升到了中天，月光异常明亮和透彻，一些鳞片状的云，被这光芒逼退，慢慢在天空中消失，我们像在海底世界，向着水面仰望，那些楼宇仿佛海底的沉积物，只要月光再亮一点，就能把它们涤荡干净。路上没有人，也没有车，被月光照着，显得无比宽敞平坦，宽敞的大路，就那么悍然地，向着一个方向伸展着，似乎是被月光推出去的。我们就那样，沿着那条月光大路走了下去，没有说话，也不想什么心事。她在我身边行走着，起伏和耸动着身体，但却没有之前那么剧烈了，我甚至怀疑，在这条路上继续走下去，她和我，都会恢复出厂设置，变成最初的样子。

楼宇渐渐稀少了，路边开始出现草地，渐渐地，草地连成了片，人的痕迹越来越少，路也越来越弱，慢慢没那么宽广，也不那么明亮了，似乎，它所代表的人的世界，到这里变弱了，不那么毋庸置疑了。路越来越窄，越来越薄，最终悄无声息地，消失在了浅浅的草地里。像是河回到了自己的源头。我们就在那里站住了，眼前是广大的月光，照着浅草的旷野，什么都被涤荡干净了。

在草地的中央，一个人站在那里，只留了背影给我们，他穿着大衣，戴着一顶平淡无奇的礼帽，他的穿着，和这季节不甚相合。他静静站在那里，沐浴在月光里，仿佛他就是在月光里生、月光里长的。

我和她对望一眼，向着那个背影，走了过去。

破　境

慕　明

慕明，本名顾从云，1988年生，2016年开始创作中短篇幻想小说。作品散见于网络平台、征文、选集、杂志等。部分被译为英文、意大利文。曾获"豆瓣阅读征文大赛"奖、"未来科幻大师"奖、"华语科幻星云"奖、"银河"奖等，入围2020年《收获》文学排行榜中篇小说榜。

一、李如山

2019年，我读博士到第四年，既没有准备论文参加学术会议，也没有向业界投递简历，那年发生了太多无法可想的事，不得不放缓生活本身。即便如此，理性似乎仍在从越来越大的孔隙中不断流失。在尝试锻炼、早睡早起、摄入蔬菜全部失败后，我放弃抵抗，整日在剧场、博物馆和艺术讲座间游荡，并说服自己，自由既然能定价交易，应该也可以预支。

我见到颜菲是在学期末，校园里到处是悬浮的细微树粉。一次学生竞赛，题目是"为巴黎圣母院设计重建方案"。在摩根图书馆里，我看过抢救出的文物巡展，四百年前的手抄本上，天青石颜料与银行商标的蓝色相似。颜菲倒数第二个上场，投影开启后，残破的拱顶与塔楼仍然裸露，搭着黑色光传感器阵列，像没拆除的脚手架。然后金属结构消失，木梁生长为尖塔。她说，这是混合现实摄像头里的场景，也是观者对教堂的最初印象。接着尖顶开始变形，白金火焰燃烧。她说，这是灾难一刻的定格。人类心灵中，悲伤与智慧有同样的力量。

她声音不高，口音也算不上纯正，只是用词大而重，我忍不住打了个喷嚏。

光影变化，花岗岩上叠加软性陶瓷、相变材料、植物填料混凝土，尖塔变成穹顶、与植物融合的曲面、不断上升的螺旋，无所定形，无限循环。她的声音也上升，说最终的形状需要观者调动自己的情感、思考和想象，建筑艺术与人类思想一道发展，在过去，只有极少数的大师能将飘浮的思想固定在近乎永恒的形式里，但是今天，混合现实将跨越时空，赋予每个观者表达与沟通的权利。这就是最好的继承与发扬。

有观众说，没人会整天从手机摄像头里看世界，我们已经受够了虚假。

虽然看不清，我却能想象她的表情。剧本徐徐展开，正是自白的高光时刻。我说，维克多·雨果。

她停了一下，说，维克多·雨果说过，人的思想改变，表达方式也会随之改变，每一代人的主导思想，不会再用原来的材料和方式书写出来；石头写成的书尽管牢固持久，在某一时刻，也要让位于更为牢固持久的纸书。现在新的书写方式已经出现，你可以称之为虚假，但如果感官无法分辨，真与假，又有何区别？那台词她显然已练习过无数遍，却仍带有某种不似表演的激情。

那种激情后来变成一场漫长的燃烧，点亮也烧掉了许多比尖顶更坚固的存在。而在当时，它点燃了我心里的一道枷锁。大学三年级后，我再没有亲近的女孩。那时我觉得，心智不协调的身体关系与强暴没什么两样，所以，当有女孩眨着眼睛，以三角函数的解法向我搭讪时，刚升起的兴趣迅速熄灭了。并不是智识，而是理解世界的方式，神经网络的结构和深度。

交往第一年，我长进最大的是厨艺。当然，我们谈论文学与建筑，也谈论认知原理与人机交互。颜菲对我的研究方向很感兴趣，但这反而让我犹疑更深重。五大道上的奢侈品店橱窗里，价值一年奖学金的设计师手包挂在机械手臂上，她笑着说这是最火热的未来主义时尚，科学与艺术的粗糙结合，互不理解才能互生倾慕，互相攀附。我想从她的语气中分辨出揶揄味道，却总是被那种表演似的真诚困住，分不清是过于真诚而显得像表演或是相反，只好用可掌握的细碎事物为模糊关系加注。我拆掉烟雾报警器，在宿舍的小煤气灶上学会了煎炒烹炸，在只剩下快餐店的夜里，拎着加蛋的烤冷面或者加辣的炒米粉，穿过路灯下摇曳的树影。她吃东西和观看一样，特别专注，好像要从每一根米粉、每一个像素里提炼意义。更深的夜里，我看着她睡去，仍不确定自己是否真正进入了她。她的脸不算漂亮，只是让我想起十四五世纪时的木雕圣像，虽取材自乡间女子，眉眼低垂，却给人一种男女同体的印象。天亮时，她很早就背起饱胀的书包去上课，我拿着饭盒回去，在那些遮蔽天空的美丽树冠下，一个接一个地打喷嚏。

颜菲学的是新媒体艺术。这个概念像科学、青年和中国菜一样，有着外部无法想象的驳杂内部。认识她之前，我对比特呈现的艺术不感兴趣，无论是数字建模还是互动设计，离我的工作都太近了，实验室里的神经信号模型远比浮夸的机械手臂更接近可能的未来，而我不能确定，美、心灵，或者真实本身，在那个未来中的形状。颜菲对真实的态度则更放松，虚拟现实将观者带往任何地点，增强现实则将任何事物带到眼前，结合两者的混合现实，与梦境或文学一样，关键还是在造境。在人心的画布上以想象定义真实，对于她也是工作。即使关乎未来或想象，工作也还是工作，将城堡拆成沙砾后，并没有浪漫的幽灵在其间游荡。

那场比赛她输了。评委说，电子元件的散热很可能破坏脆弱的木结构，没有评价其余部分。其实即使赢，也没什么区别，不过是北方冬季里一两次莫名其妙的暖和天气，平均后留不下任何痕迹。有一天路上有冰，颜菲滑了一下，咖啡泼在胸口上，我摸纸巾，她忽然说，他们不懂，那些都不重要，真实和完整，都是相对的。我说，得有耐心。从哥白尼到爱因斯坦，连相对这个概念本身，都没那么容易被接受。她问，只有科学这一条路吗？我说，至少是最显然的，也许不是路，它包含质疑自我的方向，可以说是道。她想了想说，道不唯一。宋画已经会删削细节，呈现庄严气象，宋人讲"三远"，也是讲相对的真实。我说，山水画用离散的形式展现连续的印象，其实与视觉感知的过程差不多。人的眼睛和大脑也是这么工作的。画论讲真境，与其说是天地万物的常道，不如说是人的常道。她慢慢擦掉羽绒服上的咖啡，过了一会儿说，寒假去堪萨斯城吧。看宋画，就咱俩。

二、杨思游

菲菲小时候，我没时间打扮她，一直剪个假小子似的锅盖头。性格也像男孩子，斜跨着自行车大梁，在校园里能骑一下午，回家满身是泥，洗干净才发现摔破了，也不知道哭。长大后文静了点儿，开始留长头发，给她梳头，倒知道喊疼了，我仍然没时间，又怕屏幕伤眼睛，就从图书馆给她借些书。闲书我看得少，记得住名字的，还是上大学时流行的那些大部头小说。她倒也看得进去，有时看完说不喜欢，可过一段时间又说要看。后来有一次家长会，老师给我看她的作文，一篇议论文，写什么记不清了，只记得红笔画了几个圈，下面批语写道：思想过于悲观，情感过于泛滥，要多读积极乐观的正能量作品！我敷衍了老师几句就回家。

到家时，菲菲正在练字，学的是颜体，字大而拙，极用力。我看了一会儿，在她床边坐下，打开笔记本做数据标记，项目开始的时候，刚生她。过了会儿，她放下笔，开始啪嗒啪嗒掉眼泪，毡子都洇黑了。我拍着她的背，看看压在字帖下的书，《红楼梦》《巴黎圣母院》《卡拉马佐夫兄弟》。

妈妈。她问，妈妈，为什么，越是美好的东西，就越容易受伤害、越容易被毁掉？

那时我和老颜刚办了离婚手续，怕影响中考，还没告诉她。以前但凡她噘嘴抹泪，都是老颜逗笑她。我看看屏幕，一万多件档案，两千多座模型，一百多年前的园子，留下的不算多。我说，妈妈也不知道。不过，美好的东西，总会留在人心里，只要在人心里，就有重现的希望。哪怕为了记住它，会疼，它也还是活着，它靠疼活着。所以别怕疼，别怕眼泪。知道珍珠怎么形成的吧？就像那样。

她考上了重点高中，高二分文理，她文科成绩更好，但选了理科。高考报志愿，我给她填了医学院，她在交表前一晚上，改成了工科的数字媒体技术。我说女孩子学这个，太累了。当时我的颈椎病已经有点严重，头总发昏，记忆力也跟着下降。医生说没什么办法，只能少看电脑，当然办不到。菲菲她听不进去，说妈妈你不懂。我说，我算不上大专家，但也干了半辈子，而且你的特长，其实也不在这方面。她说，你们那代人，是会什么，就干什么，爱什么。我不一样。我选这个，是因为我想要。我问，你想要什么？她说，能变强的东西。知识体系和思维方式。我想要蚌壳。

我看着她，小时候姑娘跟爸长得像，老颜抱她出去玩，都说这一看就是爷儿俩。越大越像妈，可还是有些地方不像。老颜也是这么说的。他走的那天是立春，我烙了春饼，切了肘花，又添了盘饺子，他喝了两盅，说这些年辛苦你了，可是人一辈子就这么长，想明白自己要什么，已经不容易了，妈那边你也知道，这样对大家都好。我收了碗说，吃完了，就走吧。

上了大学，菲菲每周末回家，晚上吃完饭，去遗址公园散步，天色半明半暗，胡琴吱呀抻着，时间难得慢了，我想问问她有没有男朋友，还没开口就被她看出来了。她说这世界变得太快，少操心她，多想想我自己该怎么面对。我说再怎么变，有些东西还是不变，要是见什么新鲜就上赶着，那就不是你妈了。她没回嘴，俩人又走了一段，天黑看不清，只闻见淡淡的河水腥味，水蚊子浮起来，绕着人嗡嗡打转。走到桥边，该往回了，她终于说，想出国念研究生，已经申请了学校。

回来我想了很久,还是给老颜打了电话,第二天钱就打过来了。走之前,我想不出该给她带什么,翻箱倒柜,拿了一挂人家送的珍珠项链,珠子久了有点发黄,品相还算大气。她笑我,说那边没人戴这个。临进安检,我抱她,她像我年轻时候,肩背薄,隔着T恤衫能摸到一节节脊骨。她趴在我耳边说,妈妈我走了,你的壳,能打开了。

可我已经忘了。人老的过程,就是慢慢忘的过程。我继续教课,写论文,带课题组,学生来了又去,从她的哥哥姐姐变成弟弟妹妹,园子长得慢,资料太少,工程量又大,上千万资金下去,能覆盖的面积只有十分之一,各种软件更新换代还快,前一届做完,下一届整合,几乎就相当于重做。横向资金越来越少,几期评审后,部里的态度也比较微妙。模型里,大片的空白填不上,总让人想起西洋楼残破的水法。菲菲打电话回来,偶尔问到,我也没多说。视频里,她脸圆了,一笑露出粉红的牙肉,我几乎放了心,直到很多火灾的那一年。

第一次是教堂,第二次是人和画。网上的评论一波波,很快都过了,她还问我,真的有用吗,妈妈?我知道,她是等我再说一遍,我让她从小就相信的东西。我说不出来。她长大了,但还不够老,不明白有些东西就像太阳,只能在清晨或者黄昏注视,在其余时候,刺痛眼睛,晒爆皮肉,得偏过头去,以手指着,用嘴念着,人其实是靠自己的指和念活着的。我的心已经是颗坑坑洼洼的核桃了,可我懂。学校里每年都有指标,个个都是天之骄子,说来也都是一些小事,就是扎在肉里。我有点儿后悔了。

她知道。挂了电话,从此对我关上了心门。第二年最难的时候,她回不来,也只发风光美食,第三年也一样。到了第五年,她回家了。

三、韩濯

2020年前,我在一家小电商做品牌经理,主攻女装,早上跟时尚博主谈合作,中午上高铁,去厂里盯打版。厂子在浙江某镇上,下火车还得打一段车,出了城,就见到白墙灰瓦,青绿水田,被黄昏的雨斜着印在车窗上,照得手机上精修的脸也生动了不少。那时我想着,等能退休,就从附近老乡手里收个院子。再开工,代工的单子取消了大部分,周转不起来,光库存费就能拖垮厂子。那边的老板都挺体面,结清最后一笔款,送我去车站,车还是擦得锃亮,只是宝马7系换成了老款睿翼。副驾上坐着个二十出头的男孩儿,一问是刚毕业的公子,准备回北京上学。老板摘了眼镜,边擦边说,盛世商贾,乱世读书,小韩,你也是聪明人。我笑笑,没说话。回到北京,整理一遍通讯录,捋了捋几个成功案例,辞了职。

那年之后,咖啡馆里谈项目的少了,屏幕上,不是考研模拟,就是国考真题,但我感觉不太对。散户都进场时当抛,说是乱世读书,书上说"道不离器"。单干后,我写过文案,修过图片,策划过直播,还当过模特。名片上的头衔是新媒体咨询,负责制定媒体渠道战略,优化渠道组合,简历上的案例分析对标麦肯锡,只不过号称大几百万的单子,一个人包干。营销其实就是理解对方,试探底线,跟谈恋爱挺像,将自我定义的价值传递给受众,又有点像艺术。我大学时搞过几年舞台剧,编导演都干,各方面略懂,直播门槛低，受众广泛，文字讲究精准定位，靠积淀，不过，不考虑扩展，转化率最高的媒体还是我这个人。发现这一点后，我又赌了一把，控制线上时间，多去线下。

2024年9月中，大半个中国的投资人都到了西山。香山饭店是四十年前的先锋建筑，名家手笔，铺地的鹅卵石比鸡蛋贵，如今成了经典，挺符合创业营几位导师的品位。我从以前客户那儿搞了张媒体票，看了几场路演，觉得屋里憋闷，走到天井里，服务员正摆鸡尾酒桌，一张张蒙了白布，阳光从玻璃屋顶透下来再反射，开了空调还是热，大师再有远见，也没想到温室效应这一出。在连廊里绕了半天，终于找到一个没人排队的洗手间，挺潮、挺阴，我洗了把脸，正补发油，听到隔间里有人哭。哭声压着，吸鼻涕为主，我听了一会儿，看人没出来的意思，问，哥们儿，来多久了？里面没声，我接着说，没事儿去天桥逛逛，怎么拉场子开锣，怎么用话留人，该要钱的时候怎么杵门子，都有，犯不着在这儿跟自己较劲。纸还够不够？里面断断续续问，你谁？我说，你要是想刷公关稿、上访谈、认识人，出来我给你张名片。我不是资方也不做产品，只负责排忧解难，俗称做媒的。里面哑着说，哪个媒？我说都差不多。等了一会儿，人拉门出来，轮到我愣了一下，她红着眼睛翻白眼，说都什么年代了，不知道无性别公厕？我乐了，说怎么不知道，以前胡同里茅厕，男的进去把裤腰带挂门上，女的挂烟袋锅子，比飞机上那自动锁的都早多了，刚从国外回来？她没说话，打开龙头哗哗冲水，我看了眼名牌，颜菲，公司名字没听说过，叫真境。

那天下午我没跟别的场，查了查资料。公司年中在海淀注册，注册资金不多，业务方向写得很泛，大股东就是她自己，还有个占比较低的文化公司，法人名字眼熟，但搜出来的都对不上。我想了半天，记起来是某名人的经纪人，三十出头，很能干，找我拉过直播营销的线，结束后庆功宴，替名人喝了很多酒，说茅台配女人，不醉。名人也姓颜，挺平易近人，带小儿子上过亲子综艺，查不到其他子女的消息。

人这边的线索，差不多摸清楚，下面看业务。路演只有一分钟，自吹自擂常见，用热词儿说贯口的也不少，抖好包袱的差不多能成，像她这样，说完了都没明白要干什么的不多。技术部分不难理解，也是混合现实应用，通过数字建模，将线下场景搬至线上。20年后，混合现实的线上购物就慢慢起来了，美妆利润高，门槛低，跟得最快，直播间里开手机摄像头，立刻试色主播同款；家装也不落后，拖一拖模型，合租房布局再差，也能找到尺寸正好的那一件。内容行业都还在试水，体量偏小，资方兴趣不大，走在最前面的游戏业，大都抓的是调动情绪这个点，当时最火的是虚拟恋爱，东莞的娃娃厂建模，厦门的三维云存储，深圳的通信技术保证高速传输，号称大湾区产业链整合。可她不讲用户画像，不讲情绪引导，更不讲内部收益率，讲认知、剥削、建构、解构，像是直接从论文里抠的词。和这些动词组合最多的，是俩名词，一个是真实，一个是自由。

酒会的时候，她在湖石边上，抱着胳膊，好像穿不惯高跟鞋，轮流单脚站着。二环里不让建高楼，以前杨树上总有喜鹊的窝，初中时我还捡过猫头鹰雏儿，不知道哪儿来的，热烘烘一小团，站都站不稳，送到救助中心，养好后说给放山里了，再没见过。我过去站颜菲旁边，说，真挺没劲的，是不是？她不搭话。我见花径里有串儿红，一挂挂鞭炮似的，掐了串递给她，她犹豫了下，摘了瓣儿放进嘴里。我也摘了瓣儿，说这北京人爱吃花儿：玉兰油炸，紫藤做饼，串红嘬蜜——你说这是俗还是雅啊？她说，你觉得自己特聪明是吧？我说那倒不是，其实干我们这行，眼神比脑子重要，听比说重要，跟你们还不太一样。她问，那你看出什么了？我说，看出你怕像八哥似的，给关住。她哆嗦一下，说迟早关不住。我说那是，你有东西。但怎么做，能做成什么样，可以一起看看。她问，不怕空城计？我说愿赌服输，司马懿也穿过女装。

当天夜里她发过来在国外的注册信息和资料。当时最早的混合现实平台叫墨菲斯，国内没开放，上面的应用介于游戏、影片和交互式小说之间。比较有意思的是，用户可以选择扫描采样，将身体模型和各种姿态上传，优化后集成到混合现实环境里，叫虚拟具身化。最容易理解的场景是心理分析，用户创建两个化身视角，一个穿白大褂，切换视角，自问自答；另一个是易装，保留基本身体参数，其余的年龄性别种族，自由排列组合，一个人可以拉起一个剧组。她的应用就以这个思路为主，2023年初上架，14个月后停止更新，又过了一个月，股权人发生变动。

我琢磨了一星期，还是觉得步子有点儿大，旁敲侧击了几次，听不出她态度，也没太急。一个月后，她叫我去饭局，在魏公村附近一家盐帮菜，第一次见到她妈妈。坐下一刻钟，来了一男一女，都是部里的少壮派，思路很清晰，上来就问如果将现有的圆明园数字化项目产业化，该走什么方向。我看看颜菲，又看看杨老师，知道饭局其实是赌局，吃理性经验，也吃直觉运气。我说5G布局十年过半，优势是海量信息即时传导，传到终端需要高密度呈现，只有混合现实能够实现。这是最后的媒介，用户黏性和转化率都是碾压级，圆明园本身虽古老，全面数字化却是走在了浪尖上，我们可以在现有基础上，将数字化的园子做成平台与渠道的起点，在即将到来的混合现实生态圈占位。他们问，平台与渠道？我说，就像"抖音"和"淘宝"。两个月后，方河东岸，本是清帝悬挂西洋油画的线法墙上，偶像代言填满空白，她向领导解释，真实是一个相对概念，万园之园本就是想象产物，兼容中西，在古老遗址上植入新的梦境，并不比让石头和代码渐渐风化更叛逆。我向广告商解释，就是新生态里的广告，只不过被定价交易的不仅是注意力，还有真实感。

2024年的最后一周，北京下了三天大雪，出了两条新闻，一是人类首次登上火星，二是两大科技巨头在圣诞节前同时发布了新一代混合现实眼镜，称移动纪元将在十年内落幕，股市狂飙，业界震动。我和她在涮肉馆隔着铜锅干杯，水汽里，第一次看见她笑得那么开心。当时我以为那就是赌运的巅峰，酒上了头，有一瞬间的恍惚。吃完饭，我送她回家，学校里没什么人，踩在新雪上，噗噗直响，俩人七扭八歪，路灯时亮时灭，我拿出手机打光，说这以后只能当手电筒使了。她没回头，说手机都没了，还手电筒？走过最后一个亮着的路灯，她忽然停下，我看见前面有个人影，拿支手电筒，照出一束昏黄的光，向我们走过来，羽绒服上的积雪像一支白色粉笔，从晦暗中一点点画出人的轮廓。

四、李如山

许多次，我将自己投射到过去的某个时间点，改变一两个情境条件，推想决定与行动，到最后，虚构总会与现实产生交点，像天才的预言或蹩脚的故事，共同之处在于无人聆听。警告特洛伊人的卡珊德拉就是这样一个蹩脚的说书人，微妙之处在于，说出真实那一刻，她已知晓自己的命运。这是比西西弗斯的循环更徒劳的递归，因为结局包括了讲者本身。关于自我的探寻也类似，理解越多，缠斗越深，一步步走入只有一人得见的困境。

2022年勉强毕业后，教职渺然无望，我搬进颜菲的住处，仍在实验室挂靠身份，每天坐地铁穿越城市。地铁上常有流浪艺人，在吊环上旋转身体，推童车演唱歌剧选段，或者兜售自出版小说。那是个健壮的黑人青年，穿免熨衬衣，背双肩包，手中持书，低沉温柔地重复，这是一个关于女人的故事，一个美丽女人的故事。十元一本。十元。书约一寸厚，装帧精良，无人购买。又有一次，一个中年男人忽然情绪失控，挥舞领带，大声咒骂人群、总统与上帝，周围人纷纷躲避，直到车门再次打开，三位美丽的年轻女士走进来，金发的、褐发的、黑发的，坐下后，不约而同地拿出书。男人安静下来，退到车厢一角，抚平衬衣褶皱，羞怯张望。到家后，我将快餐盒放进微波炉，看到客厅兼卧室里，二手家具和快递纸箱堆叠出奇怪的角度，像埃舍尔的画布，终于下定决心，将自己磨成一枚合格的螺钉。

入职前，我和她去了次大都会博物馆。二楼的亚洲馆人不多，我在巨大的《药师经变图》前，与温柔慈悲的目光对视，几乎落泪。她挽着我说，没事儿的，豌豆公主才是真正的公主。我问，那你是寻找公主的王子？她笑了，说我是响当当一粒铜豌豆。三个月后，她在布鲁克林的一间公寓画廊开毕业个展，我将前几个月收入换成场地租金，以及三套最先进的头显设备。一居室里有厨房，当观者从混合现实体验中脱离时，迎接他们的是刚出炉面包的黄油香气，或者是煸炒花椒的辛辣味道，有人说那是整个体验里最美妙的时刻，揭示出真实世界有更丰富的细节和更深厚的质感，她就带他们去厨房，看一尘不染的大理石台面上，多烯酰胺类物质在蒸馏器中混合。当时，大部分混合现实作品着重塑造场景，传递体验，感官为媒介，共情为手段，理解为目的，但她说那还不是艺术。在她的作品里，理解是起点，思考与感受本身才是艺术语言，观者需要理解环境，想象出四维空间的结构，或是控制感官，选择看或不看，听或不听，方能走出迷宫。颜菲说从文艺复兴到抽象表现主义，四百年，心灵的自由才终于在绘画这一媒介的两端实现，而混合现实以前所未有的深度劫持感官，如果仅仅满足于廉价的传递和煽动，很快就会变成枷锁与欺骗。我想反驳，假如受骗是心甘情愿的呢？但不知如何开口。

展览持续两星期，观者寥寥。2020年后经济不景气，传统雕塑和架上绘画是更保守的投资选择，一幅马蒂斯的原作等同金条，新媒体艺术市场紧缩；而在学院派看来，比起呈现绵延的人群或者起伏的警报，缺乏政治和身份议题的纯粹探索，且作品又出自亚裔，不够先锋。她开始在下城区穿梭，与私人艺术顾问喝咖啡，也接委托创作。有一天很晚了，我在一座红砖大宅外面等她，地图上显示是安迪·沃霍尔的故居之一。她失魂落魄地出来，我吓了一跳。回到家，她才说，客户非常年轻，是某个著名藏家的孙辈，正在建立自己的收藏，有意买下毕业作品。我站起来，拿出两只杯子，没有香槟，开了一瓶气泡水。她没动，接着说，要求很简单，所有的概念设计，三维模型和逻辑代码，都不能再发布在任何平台上，或者用于任何展览。我说正常，价值来源于稀缺性。她摇头说，我已经拒绝了。我呛了一口，气泡水中的二氧化碳全都聚集到头顶，形成一个巨大的空泡，然后砰然炸裂。我问，你到底想要什么？她看着我说，你难道不知道？我问，你以为你是谁！咱们在哪儿？她叹了口气，说，你还是不懂。我忽然控制不住自己，将一只酒杯砸得粉碎。

那天晚上我沿着河跑了四十条街，雨后潮湿未退，高楼在水中失去轮廓，只剩下一支支笔直的、向下燃烧的火柱。水景公寓在一百多年前曾是精神病院，刚开业就塞满病人，人数超出容量两倍，后来被迫关闭。病人变成建筑工人，建起一栋栋教堂、学校、医院，然后散入黑暗，和输气管道、垃圾转运系统一同成为看不见的城市基建，沿用至今。我回家时，颜菲已经睡了，地砖被细细清洗过，用小苏打擦掉了陈年油渍，露出苍白接缝。

她没再去下城，开始关注直播、游戏、通俗小说。那段时间我刚申请了工作签证，每天早上先检查邮件、短信、论坛，中午吃公司楼下便利店的沙拉，下午喝免费咖啡，生活前所未有地规律，体重与精神都趋于稳定。吃掉近两百盒沙拉后，我从茄子、口蘑、鹰嘴豆和花椰菜的混合中尝出了蟹黄的味道，这让我觉得和世界的关系已恢复正常，不用再直面理念的真实，而是可以像大多数人一样，依赖模仿、比喻和指代度过一生。对于艺术或艺术家而言，可能太过粗糙，但一把没有柄和鞘的刀是无法使用的，需要一个设备，一个接口。就像我的工作，将颅骨内和电路板上的精神活动解码再编码，通过数据线相连，我也是她的接口。而与我的工作不同的是，人作为接口，需要一头锐利，一头迟钝。其实从一开始，这就是我想到的方式。

2023年初，我帮她注册了真境，首个版本沿用之前的感官设计框架，套了一个类型故事外壳，观者通过切换视角，自己扮演少年、智者、公主、巨龙。每一个视角都有独特能力，例如智者长于逻辑思考，视角中世界有辅助线铺开，提示复杂表象下的理性与秩序；公主则善于感受联想，影像和声音文字都以更高精度呈现，不只是准确，还有丰富和深邃。各项能力通过正反馈加强，形成一个简单的强化学习系统，学习的对象是自己的认知与感知，包括潜意识与无意识。视角之间除了事件，也通过梦境、回忆、致幻剂和各种形态的虚构相连，各个叙事维度的时间地点因果关系延展层叠，界限不明，可以从任意一点、任意视角开始代入探索。我是第一个观者，完成后，场景消失，我看见自己的脸，疲惫得像一个没有句号的段落，接着像素碎裂，纷纷而下，拼成六个单词，是一行诗。我一个词一个词念出来："I am large, I contain multitudes." 摘下头显时我想起来，是惠特曼。然后我就倒在床上睡着了。

五、刘玉洁

刚上北京那年，我坐了一整天地铁，从丰台到海淀，从海淀到朝阳，把我姐的路在一天里又走了一遍。丰台的市场已经拆了，建了个大公园，草地剪得齐齐整整，像刚出的青麦，在老家，草和麦一样，也能长到齐腰高，能扬花结籽。我姨说，当年我爸先出早市，再出固定摊，一个月挣两万。他喝多了也老念叨，说比城里人挣得都多，供出俩大学生，一儿一女，知足了。我说，也没见哪个大学生来孝顺你，还不是靠我这个初中生？他摆手，那不一样。我走前，他说，二妮，你念书不行，又没上过北京，跟你姐不一样，她是文化人，身边都是有头脸的，别给她添麻烦。我说，你卖菜都能挣钱，我就不行？再说我什么时候麻烦过你、我妈，还有她？我只欠我姨。他就又摆手，那不一样。唉，不一样。

我在燕郊附近租了间房，美容院包吃住，但我不想睡美容床。孟姐说，恁矜贵，你姐当年就趴在泡沫箱上写作业，照样读到名牌研究生。我说，那你咋不说我弟？我妈陪着读，一学期学费就几万，还只上个民办。孟姐的男人就笑，说二妮人漂亮，又会说，过几年肯定能当店长，也不差。他瘦高个，笑起来眼睛一弯，每天晚上我洗盖毯毛巾，他都叫我把衬衣也熨了，黑的四件，白的四件，交错挂着。我爸说他是个二尾子，邻村都知道，我不信，农村人眼花，给我说个对象，肉堆得看不清脸，还说人长得排场，就是胖了点，我说要三十万嫁妆，一斤肉五千，减下来再砍价。

我干了小半年，没找我姐。每天上午十点上班，晚上九点下班，到家先做手膜和面膜，再躺着看看主播，有时也刷点礼物。加了语音粉丝群，但我不太说话，白天要想各种话拓客，一天下来脑仁疼，总说话气虚。我想着多攒点钱，就买个二手的眼镜，听说混合现实直播间里，主播就像坐在身边一样，根本不用说话，脸上的妆都清清楚楚。有些主播的化身还开了户外直播，能一起逛圆明园、太古里、SKP，叫真境北京。我爸离乡二十多年，回到老家，也没过上真北京人的日子，我姐倒是过上了，只是那男人虽然保养得不错，手比小姑娘都白嫩，但年纪能当我爸。一想到这个，我就觉得离我姐挺近。小时候她回姨家过暑假，麦和高粱分不清，旱厕也用不惯，天天嚷着要回家，好像生她的地方倒不是她家。我就说，咱爸说了，下学期咱俩换换，她就气得眼圈红了，比我大好几岁，倒像是我妹，那时候，我也觉得离她挺近。

干了快一年，我跟客人聊天，没人听得出我是哪里人了，开始有人说我手嫩，问我眉毛睫毛都做的什么项目。孟姐给我涨了点工资，叫我以后回老家盘个店面，我觉得没啥意思。客人里有几个姑娘，每隔几天就来，做完就上进城的公交，挎包里装上服装，到了试镜的地方再换，公交上怕人盯着看。她们住附近的连锁酒店，两张床拼成一张，比我住的每月贵二百块钱。我想着先攒够买眼镜的钱，也去试试，当群演也行，到时候再给我姐发个视频。

我没等到。那天晚上有客人加项目，孟姐先回去了，做完后，店里只剩下我和她男人。之前我以为，另一种生活就像一件衣服，穿上就行，那天我明白了，裹在自己外面的不是衣服，是皮和肉、骨头和血，需要一把撕烂了才能脱下。我从撕裂的地方出来，看着那些黑色和白色的衬衣，和我的身子一样，在影子里飘来荡去，我的手和脚还在动，好像不知道它里面已经没有我了。自己出来了，就不觉得疼，不会怕，不用忍着说不出话的憋屈。我没有了感觉，但还能动，推着我的是念想，现在我觉得它们小得可笑，可我也变轻了，像个气球，越升越高，向下看，连成一片的灯是城市闪亮的脸，城市的脖子露出皮肤本来的纹路，一条看不见的界线，挡在脖子和脸之间，我和光亮之间，黑色像河水一样，漫溢开来，然后就结束了。

我姐打了好几次电话找我，又发信息问我住哪儿，我都没回。我姨说过，我爸当年骑个三轮，怕给我姐丢人，都是离校门口远远地等。现在我离她又远了，离所有人都远了。我从孟姐那儿辞了，用攒的钱买了几身服装，又办了个模卡，我不难看，而且我已经学会怎么把自己的身子脱下来，交给别的人了。大概过了一个月，我收到一条信息，邀请试镜替身，要求年轻女性，身高一米六五，体重五十二公斤左右，健康灵活，能吃苦，报酬优。

地方离得不远，是间平房，门口挂个粉红色的塑料帘，墙根有一堆烟头。我在门口站了一会儿，掀开帘子进去，里面的一个男人见着我笑了，说这是来了个刘胡兰啊。旁边的女人说，你少说两句。你是刘玉洁吧，你别怕，我叫颜菲。你可以叫我菲姐。

六、韩濯

大概是2027年夏天，有一次，我去给杨老师家换路由器。颜菲那阵特别忙，吃住几乎都在办公室，团队几十号人，大多刚毕业不久，物质与精神上都需要一个家长。有时候我接她，她刚系上安全带，头就开始一点一点了，然后就哐哐敲车窗，敲醒了，揉揉，接着睡。开过通惠河，眼镜里有显示了，山川非我心，我心即山川，十个大字，龙飞凤舞，高悬夜空，下面还有一行小字，真境给您至臻体验。她这时候就醒了。我问，亲自写的文案？她说，你又知道了？我说，高端大气，云山雾罩，挺好，从卷烟到房地产，高附加值的都得这么干。她叹气，说你知道吗，有些东西你不懂，也不装懂，反而有自己的一套说法，可能是好事，也可能不是。我说，这就说远了，风筝天上飞，地下得有线，球员往门里踢，场下得有教练，这就是革命分工，懂那不是我的事儿啊。她问，就没别的？你知道英文里有个词叫grow apart吗？我说，那咱不用见外，股权就是血缘，杨老师的事儿就是我的事儿。她没说什么，降下车窗，点了根烟，风声呼啸。

那年杨老师的状态已经不太好，经常记不住近的事儿，就像个洋葱，长在最外面的也最先剥掉。见了我又是拿拖鞋，又是倒茶。我说，您别忙了，我弄不了多久。她拿着杯子站住，不知所措，仿佛重要的不是行动的结果，而是行动本身的节奏和旋律。我赶紧接过来说，得嘞，您坐。她在沙发上坐了一会儿，我差不多弄好，说，成了，您一戴眼镜儿，就能见着颜菲，再过两年，咱们的实景覆盖率上去了，再给您加个万向走步机，足不出户，想去哪儿就去哪儿。她说，小李，我最近又忘了不少事。我回头，她一只眼睛看我，另一只眼睛微斜向一侧，看着我背后的某个东西。我听颜菲说过，问题出在对时间和因果关系的感知，不再是直线，而是网状，类似梦境，有时看起来没有道理，是因为混淆了虚实边界，随意穿梭，而我们只能看到或理解实的部分，从这个角度看，也许我们才有问题。我说，现在别说您了，年轻人记性也不好，全都提笔忘字，也正常，笔都用不着了，记个音儿就够。她说，菲菲记性好，心又重。我说，能干大事，是您教育得好。她停了一会儿，说，鹦鹉。我问，鹦鹉？她说，菲菲养过一对鹦鹉，她爸在花鸟市场给她买的，最便宜的绿虎皮，她可喜欢了，天天喂小米。我说，嗯，虎皮聪明，养好了能飞，招之即来。她说，就是一直没学会说话，也不怎么叫，后来笼门不知道怎么开了，一只掉在阳台上，已经硬了，一只不见了，她找了好几天，最后在小区草坪里找着，混在草里，半个头壳陷下去，像被踩了一脚。我说，嗯，被关久了，勉强出去了也难活。她说，她再也没养过鸟。我说，嗯，鸟还是得飞，就算会说话，不能飞也没啥意思，白长成鸟样儿了。她说，小李，你们的事别急。我说，您看差了，我没想怎么着。她说，这两年的事，我很快就会忘了，可你们还得等很多年，很多年哪。我问，您说的是哪一年？她闭上眼睛说，我真怕。那壳里，得是什么样儿啊？我实在不知道怎么接话，走到门口，打算换鞋，想了想，又转回去，杨老师还坐在沙发上，对面是电视墙，电视柜上，一边是路由器，一边是盆君子兰，墙上挂一幅字，挺草，前两个好像是"解衣"，后两个不太好认。我看了一会儿，忽然想起来墙后面是颜菲的房间，推门进去，掏出眼镜戴上，看见两个虎皮鹦鹉在窗台上踱来踱去，似乎很不耐烦，见我进来就叫，快点儿，快点儿。我一打开窗户，它们就扑棱着飞走了。

七、刘玉洁

以前我以为，要想穿上那件衣服，就得先脱下自己的衣服，像我姐那样，是命。但在菲姐那儿，为了脱下衣服，我得先穿上另一身衣服。一件黑色连体衣，从脖子到指尖，裹得严严实实，不知道是什么做的，穿上又凉又滑，勒得很，一遍遍做出各种动作时，衣服里那些小点点很快就变热，像是要烙在肉里，有时又像冰碴子一样，还有时候丝丝拉拉地疼。菲姐说，我的感觉其实是神经信号，会被解码再编码，成为下一代化身的基础模型参数，传感贴片很快就会和眼镜一样流行，到时候，真境里的明星不但能说能动，还能摸。我想的却不是这个。我问，就是说，到那时候，他们的冷热，他们的疼，是我的冷热，我的疼？她说，某种程度上，也可以这么理解。我点点头说，这点儿不算什么，再多也忍得住。她说，不用忍，你要放松身体，打开感官，你的感受才会是他们的，是所有人的。她说得挺认真，可越认真，我越想笑。我姐早就明白的事，我也早就明白，只是之前一直不想认，她却以为我不明白。她问，你笑什么？我说，女人的身子，本来就不是自己的。她问，那什么是你自己的？我想了想说，是念想。我什么也没有，只有念想是自己的。

那个地方很偏，下了公交还得走一段，是个胡同，只剩下几间房。进门后隔成两间，外间摆一张席梦思，对着一个大显示屏，还搁了几张桌子，堆着电脑和各式各样的电子设备。做动作时，数据公司的标记员就在旁边采数据，一帧一帧给三维视频里的身子拉框。我每周去三次，每次她都在用电脑，有时候抬头看我们这边。我知道她在看什么，其实用不着。数据公司的人是辆大面包车拉来的，大多数是小伙子，也有上年纪的，从早九点干到晚九点，人经常换，都穿统一的灰色制服，不说话，眼睛像是被吸在屏幕上一样，根本不会抬头看我。我看得出来，他们和我一样，是被念想引过来，又拘在这里的。他们留下的是眼睛，我留下的是身子，虽然我还买不起，看不见，用不了。

中午休息的时候，我在里间脱了紧身衣，十一月初，屋里刚点上煤炉，汗珠又凉又滑，胳肢窝、胸底下和臂弯里像沾了一层鱼鳞，抹掉又长出来。我摸着胳膊、锁骨，看着胸脯投下的影子，想着另一个人用它的感觉，但想不出来。菲姐隔着门说，外在世界和内在感觉都可以模拟，都可以是假的，只有愿望是真的。只要有愿望，你的身子，就和你长大的地方，你住的房子一样，都限制不了你。我明白她的意思，那个晚上我就明白了，但我不知道她为什么和我说这个。难道她不知道，这世上假的东西比真的多，比真的好使么？我说，真境不也是假的？过了一会儿，她问，你小时候看过故事书吗？不是课本那种。我想了想，村委会院里是有个阅览室，门口挂个镀金牌子，是我姐跟的那男人捐的。平时锁着，放假才开，里面很阴，放了两个铝合金书架，有些《象棋入门》《养鸡新技术》什么的，都落了灰，也有人家捐的旧画儿书。我记得有一本只有几十页，讲的是个想演戏的老太婆，收留了很多没人要的影子，在白床单上演皮影戏，每个影子都有名字，可以变成各种形状，什么都能演。最后一个影子又大又黑，老太婆收留了它后，就升了天，天上是一座更大、更好的剧院，在那儿继续演。最后一页没有字，只有图，画着天上的剧院，绿莹莹的，怪瘆人，黄光从剧院的门里透出来，老太婆和影子都黑黢黢的，旁边好像还有人用铅笔写了字。我说，看过几本，有啥用呢？菲姐说，故事不是真的也不是假的，故事是把真和假连起来的东西。真境以后会是个故事，谁都能写的故事。所以要记着愿望。到那时，只有愿望能告诉你写什么。坚持住，不远了。

我没太听明白，但知道了原来她也是个被念想推着的人，这让我觉得离她挺近。我在三河的批发市场摆了个卖夹馍凉面的摊，不去菲姐那儿的时候，就在摊上守着，守着和我爸、我姐一样的人，等着自己也不知道是什么的东西，种的睫毛都掉秃了，还是没等到。那天是腊月里了，我回得晚，见早上的粥碗沾了一层厚厚的冻，没啥胃口，就先躺下了。迷迷糊糊，听到刺啦刺啦的，以为是耗子，就没起来，然后电灯砰的一声灭了，啥也看不见，只闻到塑料烧焦的呛味儿，听到女人的哭喊和噼里啪啦的拖鞋响，烟尘一股脑儿冲进肺里。我摸到窗边，使劲儿推窗户，推不开，然后，我就又从自己里面出来了。我看见火光一朵一朵炸开，黑烟推着我向上，向上，到了那个绿莹莹的天堂，原来是一片庄稼地。我撒开腿跑进地里去，青麦里到处是飘荡的黑影，又唱又跳，我看不清他们的脸，但我知道他们是谁。我姐的影子站在田埂上，向我伸出手来，她的手又凉又滑，影子们聚拢过来，贴在我身上，越裹越紧，再也不用脱下来了。

八、李如山

最后那半年，我有过两次机会。第一次是在2023年年底，公司的酒会。当时我终于拿到工作签证，升了职，去五大道上的御木本选了一枚珍珠戒指，她说过，比起钻石，更喜欢时间和经历的痕迹。颜菲的项目出现在几个独立评论网站上，虽然只是几十个词，嵌在不断刷新的报道里一闪而过，也是颗糖，慢慢含化，能支撑很长一段时间。酒会在布鲁克林一座布杂艺术风格的老建筑里，和十九世纪末巴黎学徒的其他作品一样，有宏伟穹顶，矗立在车流中，像时间的一个不动点。快结束时，我去洗手间整理了一下，回来见她在和公司老板聊天。老板早年学古典学，在业界浸淫多年，仍喜欢引用塞内卡与塔西佗，有种居高临下的内敛，那晚他举着半杯葡萄酒，谈起《红楼梦》中，视角流动连接人的内在与外在，营造全景，早已用文字打通虚实界限，居然有些手舞足蹈。离开时他对颜菲说，别让你的设备限制你。那是公司的广告词，当时是手机时代晚期，键盘、鼠标和触屏还是人机交互的主要手段，我们马上要推出直接利用神经信号的外设。她立刻回答，眼前的世界越广阔，手中的自由越重要，您走了一步好棋。散场后，她兴致不错，挽着我说，混合现实与神经外设乃至脑机接口的结合是必然，这么明显的东西，怎么绝大多数人看不到？我说，嗯。攥紧口袋里的丝绒盒子，计算走路的速度和月亮升起的时间。走了一段，她停下说，你看。我望过去，光秃的树干在棕石墙面上投下影子，张牙舞爪。她说，十年前，他就是在这儿死的。上吊。也是个冬天夜里。我没反应过来，问，你说谁？她没回答，接着问，假如你从生下来就有特权，比别的人看得多，比他们更有力量，你会做什么？我说，你也知道，特权和权利是两个词，"priviledge and right"。她说，至少可以把底线拉高。我有点着急，就说，本质上没区别。熵增不可逆。她问，可这不是最重要的事吗？我说，造永动机的那些人可能也觉得很重要。她停下，问，你这么看我？我说，不是这个意思，我当然理解。她放开我，往前走去。月亮按时升了起来，砖墙间，正好能看到钢铁大桥，凌驾于河流与灯火，天地间像有水光漫溢，她踩在化了一半的雪里，嗒嗒走着，大衣下摆露出紧绷的小腿，溅满泥点。

第二次是在2024年春天，大都会博物馆的明轩。建在新古典式大厦里的苏州园林，游鱼在五大道上空悠闲摆尾。她生日。庭院空寂，她在楠木回廊里坐下，仔细观察玻璃穹顶下复刻的半亭、山石、水泉。我那时已在视频里见过她母亲，虽未深谈，只大概了解她的工作，和颜菲一样，她会突然发问，有时用书面语，但更沉默。我以为我懂得了理性与幻想、教堂与园林之间的关系。直到那时我还以为，理解是座可以连接一切的浮桥，我要做的只是把身后的木板不断挪到身前，一步一步走过去。戒指在我手心里。我说，山水画里，真境与山水的具体位置无关。园林是对山水的想象，可以在任何一地实现。你想做的，在这里也做得到。她说，还缺一样东西。我问，是什么？她像往常一样，没直接回答,而是回以另一个问题,你觉得,在这里,能做最重要的事吗?我说,可以。科学没有边界。实际上在这里更自由。她说,自由。我们懂自由到底是什么吗?无法分享的自由是特权,特权就离囚笼不远了。我说,我懂,但是哪怕意愿良好,也有很大的可能混淆善意与善行。这几年,我们都见到太多了。她没说话,再开口时,声音变得很轻。她说,我小时候,回乡下奶奶家过了几次暑假。那时我爸还在家。我最喜欢跟着大孩子捉蚂蚱,然后在田埂上烧麦秆,蚂蚱烤熟了很脆,像油条。每天奶奶还给我掏一个热乎乎的鸡蛋,自己不吃。你知道吗?农村的鸡是会飞的,鸡窝在门梁上,白天鸡养在院里,傍晚要飞上去。后来读诗,"鸡栖于埘""羊牛下来",才明白写得好,一上一下,是动态的,也知道没读过诗的人说不出这好,没见过鸡窝的人也懂不了这好。我不知道该说什么,只能点点头。她接着说,有一天,奶奶在院子里缝补,我趴在她腿上闭着眼,她以为我睡着了,就跟旁人说,她本来叫我爸把我送回来给她带,再在城里生个男娃,我妈不愿意,跟她吵了好几架,才算了。没想到我妈教书的人,吵架能那么凶。我好久都不敢睁开眼睛,那感觉我一直记着,发抖,喘不上气,但是得忍着。不只是单纯的害怕或生气,而是那种你以为的世界,你以为的理所应当的生活,你以为的真实,全部被抽掉的感觉。就这么一句话。我所在之处,走过的路已经比别人顺利太多,也就只有这一点限制。就这一点就能毁了所有,就这一点让我能懂一点点。我知道,你可能懂不了。每个人都在他们感受的囚笼里。所有真能做点儿东西出来的人,都在想着打破这个囚笼。不只是他们自己的,也是别人的。那些真受了大苦,却说不出话的人的。让他们能为自己哭,能听见一两个相似的音调,把自己无法言说的东西说出来，成为打破别的囚笼的声音。在一片黑暗的森林里，有一群看不见，飞不了，也碰不到彼此的鸟。但是他们能听到彼此的叫声。就知道有人还在。就能活下去，也必须活下去，为了别的鸟。就靠这回声活着。这就是这个森林的全部意义。园林是个梦境，需要有人梦游其间，这里没有人，没有鸟叫。

那枚戒指始终在我手里，结婚前被我放进了银行保险柜。很久以后，我才意识到，珍珠其实是一滴凝固的眼泪。

九、韩濯

2028年过年前，我和颜菲去过一趟事故现场。是个厂房改的群租楼，一层商铺，二层出租，起火原因是地下室服装厂违规存放的泡沫塑料。二层是回字形楼道，房间几平方米到十几平方米不等，中间的没有窗户，靠外的安着防盗网。颜菲走来走去，每间里都是熏黑的残骸，看不出什么区别。后来，她在楼道拐角处停下，那儿有个铁棍拼的简易衣架，占了楼梯一大半，上面挂着炭化的衣服，长长短短，已没有颜色，还维持着原本的形状，人一靠近就簌簌掉渣。带我们进来的大爷以为我们是媒体，说你瞧瞧，就是这些东西，谁那么没素质给放这儿了，关键时刻碍了事儿，要从根儿上解决，还是得给清退了。她说，这不是根子。出了一个笼子，还有别的笼子。我赶紧说，您受累，我们自己看看就成。那时候我已经觉出她有点儿不对，主要表现在说话，有时候说到一半就停下，开始别人还以为是等着鼓掌，后来发现如果不停，讲着讲着就听不懂了，是用沉默当保险阀。董事会的其他人很有意见，私下里也问过我几次，我都说是她家里人情况不好，压力太大，过一段就好。也不算说谎，杨老师已经需要护工全天照顾，完全不认识我，颜菲过去，也只能和她说说小时候的事，读画儿书，回老家什么的，有时候她们像对对子，一人说"吾有大患，及吾有身"，一人接"及吾无身，吾有何患"，诸如此类，靠现成的句子维持关联，更多时候只是一起坐着，好像沉默也是一种只属于她们的语言。出来后，开车往公司去，真境已经和导航做了集成，街上标记蹦出来又缩回去，从六环到二环，越来越密，过了北京饭店，标记没了，她说，咱们认识也三年多了。我说，是，三年三个月零十天，照这个趋势，五年计划能超额完成。她说，没想到你还有计划。我说，是你的计划，我搭个顺风车。她问，然后呢？劈柴喂马，周游天下？我说，也没那么潇洒，就是靠变化吃饭，懂得什么东西都别扎太深，见风使舵，不是什么好人。过了一会儿，她说，董事会那边，我打算退出来了，不参与经营决策。我说，是，也该休息休息。现在基本上了正轨。我虽然是独立董事，也能继续跟，趋势在这儿，总体问题不大。她摇头说，我就没等到，我妈可能也等不到。我说，感官模式都在真境。等整合完，与其说她是我们的替身，不如说我们是她的替身，新文案不是写了，我感故我在嘛。她转过头看着我，问，你真这么认为的？我说，我不懂，但是你说的，我信。做我们这行的，眼神比脑子重要，鼻子比眼神还重要。这风里有味道。火烧火燎的焦味儿，甭管烧的是啥，再烧自个儿先煳了。她又有一会儿没说话，我扫了眼，她盯着外面，长安街上的白玉兰灯柱亮起来了，像火柴一样在车窗上一根根划过去。等划完了，她问，你是不是觉得我这人特没意思？我说，这说不上，就是想的比说的多。跟一般人反着。她喃喃自语，你觉

665

得这是好呢，还是不好呢？算了，当我没问。直到车停，她一只脚跨出去，才说，我想什么说什么完全不重要，做东西的人，最重要的东西不用说。明白了，也就结束了，剩下的就是信。信的路最难，最长，没有尽头。谢谢你带我一程。开得一直挺稳。

2031年，真境被收购前，出了三条新闻。第一条是商业火星旅行的价格降至千万美元级别，创始人称发达经济体的上中产阶级可选择出售房产支付费用。第二条是脑机接口行业在近两年迅速成长，投资比跃增第一，国家将从政策资金上全面支持，规划成为全球主要创新中心。第三条是多部委联合发文，规范引导混合现实内容行业，连起来读，未来呼之欲出。一年前，我在董事会上建议，削减下一代规划的传感贴片等硬件项目，专注于感官数据收集，应用场景开发，再次押中，却没有当年的兴奋感。到了这个年纪，我有点儿明白，大多数所谓的机运，其实是登高望远，位置交换时间，赌博不过是爬山，更关乎体力与路径，还有常被忽略的起点，而非偶然性，更非天才与决心。收购完成后，母公司宣布，全面整合真境的感官数据与原有用户画像，混合现实场景与社交、电商、文娱平台，立足真境中国，打造真境世界。对大部分人来说，工作并没有什么变化。颜菲不再担任具体职务，仍是高级顾问，有一间转角办公室，天气好时，可以看到天空的影子映在玻璃上，那是一种近乎透明的蓝色。有时我路过，看她仍在修改数据与代码，但几年间没有项目报告，不知道在做什么。

收购激励第一次行权后，我托朋友在千岛湖附近找了个地方，四面环山，按古法建了几间清水泥加原木的房子。竹林深静，只在晨昏有密集的鸟鸣，像雨滴敲打房顶，出门看时，却不见踪影。湖中特产一种花鲢，挤成乒乓球大的圆子推在汤里，肥白荡漾，吃过的人都说，这么好的地方，想长住，不过和我猜的一样，没人能待超过两晚。颜菲也去了几次，我请她题个字挂在门厅，她挥笔写，樊笼里。我说，太不给面子了吧，不就是没有信号？她问，笼子就一定不好吗？我说，见过那俩绿虎皮。她问，鹦鹉是能飞重要，还是学说话重要？我想说是飞，刚张嘴，又觉得不太对。她笑了，说，你们都太聪明，不知道有些问题只有笨回答，愚公移山，精卫填海，能想出这些办法的，不是傻子就是女人。不能飞，那就将天地也装进笼里啊。我问，更大的就更好么？她说，能好一点儿也是好，也可能完全错了，不过那是以后的事了。再说，还有什么别的办法吗？

十、颜菲

究竟从什么时候开始，笼子成了我生命的一部分？或者从什么时候开始，我意识到了笼子的存在？也许比我以为的更早。最早的记忆，并非来源于视觉，而是听觉，是临睡前讲故事的声音，我是那么渴望声音，以至于他们很早就耗尽了想象，不得不翻来覆去地读着为数不多的几本画儿书。我在幼年时显露的唯一天赋，便是在来客时表演阅读，我可以一字不差地"念"出书上的故事，却认不出任何一个单独的字。因为对声音和记忆的依赖，我的读与写都慢于常人，第一次学写字，领回作业，看到练习簿上红笔写的"9.7"，沾沾自喜，回家之后，才知道那是日期，真正的分数，是我不认识的那个"差"字。妈妈教我书法，希望字迹如同面容，至少不要成为障碍，而我常常边练字边哭，因为柔软的笔尖是如此难以掌控，完全写不出我想要的样子。当我终于能自如地阅读书写时，束缚又变成了英语单词，变成了数学公式，变成了一切挡在我和本质之间的东西。我曾经以为生活的意义在于不断地学习、体验、掌控，从一种语言到另一种语言，从一种形式到另一种形式，目的是穿透，直抵外壳之下。但外壳无穷无尽，更可怕的是，每理解一种，它也就粘在了我的身上，成为我的鳞片，我的外壳。我对世界的了解越多，对他人的体会越深，就越无法用一种天真的，只属于自己的语言创造。鳞片渐多，外壳渐厚，当自以为包罗万象的时候，我已成了自己的囚笼。

有没有不存在隔阂的世界？有没有不会成为特权的语言？曾经有答案。曾经有人认为，知识的流动是天赋人权，应像呼吸一样自然，因此放弃了专利，他被称为"互联网之父"。二十多年后，知识的分发成为新的特权，另一个人反抗，上吊而死，他被称为"互联网之子"。那是二十年前。之后，那世界就和人曾建起的无数世界一样，从云端坠落，成为泥泞中又一座高墙林立的城。人用语言筑墙。每一个词语和每一次沉默都变成砖块时，只能弃城而亡。真境不再盲信所见，而是加入多重感官，不再认为大脑主宰认知，而是重视身体经验。我相信感知比语言更能抵达灵魂本质，但当我真的以她的感官去体验，被窒息，被焚烧时，意识消失了，一片空白。我披上她的衣服，她进入我的内部，但笼子是空的。

信的路越往前，越窄，也越暗。在少有人走的幽深处等着的，究竟是什么？还是说，已经有人从各种路径到达过，知晓过，但由于某种巨大的，可以撕碎一切的东西，不能说也不敢说？知识被赐予，感受被模拟。我对她说过，最后属于自己的,是愿望;我没告诉她的是,愿望和所有想象一样,都源于记忆。真境里,记忆是锚点也是禁区,可记忆就更真实牢固么?真与假有什么差别?我记得许多虚构场景,都如同切身体验过,而另一些图景一闪而过,即使看过、听过、流泪过,还是会因为恐惧或抗拒而怀疑,有过这回事么?妈妈相信记忆,为了重现一些记忆,脖颈深深弯下去,付出另一些记忆,宏大的,微小的,梦幻的,现实的,在没有尽头的迷雾里。她后悔了么?我问过她,但她已说不出完整的词语,只能吐唾沫,和婴儿一样,在最想说的时候,下巴永远泛着光,涎水如蛛丝挂在胸口上。后来,她不再出声,也不能躺下,嘴唇和指甲透出紫黑色,像身体里有一瓶墨水打翻了,渗进皮肉里。她仍活着,但忘了呼吸,忘了时间本身,能感觉到每时每刻,也只能感觉到每时每刻,无休无止冲入感官的碎片与噪声。她变成了一个个切片中的离散存在。我只能相信那个完整的、连续的她仍以一种稀释的状态活在我的身体里,她的愤怒,坚持和欲言又止,骑车带我时耸动的肩胛骨,湿透衬衣下凸起的肩带和温热的背部。当原本的知觉记忆从身体里消失时,存在于我身体里,不断闪现的她的视角的副本,是否才是真正的她?她看着窗台时在想什么?我有权力么?

十一、李如山

2034年9月上旬的一天,晚上十一点左右,我接到一个连接请求:李如山你好,要事,盼复。ID:昔文山人。信息是中文。结婚后我搬离了市区,和太太住在近郊,战前风格的联排别墅区,树荫浓密,晚九点后只有遛狗人出行,到火车站的距离和学区评分都恰到好处，有一两家中餐外卖店，只有店名是中文。太太是在一次会议上认识的同行，韩裔，每周末去教堂，喜欢加州卷和湖南牛，更多的时候我们吃烤三文鱼、芦笋、通心粉沙拉，健康、明确，没有争议。我转动眼球，视网膜投影上的汉字失焦又对焦，昔文？山人？人山？什么人会用这个ID？我轻眨三次眼，一个男人出现，身形瘦长，留背头，向我伸出手来，李如山你好。我没伸手，问，你怎么知道我是李如山？他笑了，说，Russell Li——李如山，李博士。找人咱们是专业的，不输中情局。我问，你是真境的人？颜菲让你来的？他不再笑，盯了我一会儿，目光极犀利，像三维扫描仪，试图通过外在挖出我的本质，再加以转化利用。他说，李博士，尽管第一次见，但我们的共同点可能比你想的多。这件事虽然不是颜菲所托，不过如果你信，我叫韩濯。

按照韩濯的说法，事情不算复杂。颜菲在2034年8月30日最后一次出现在办公室，之后数字货币与文明码均无记录，处理得很干净，似乎早有准备。我问，找人你不是专业的？韩濯真人比化身老一点儿，头发没吹，潦草地塌在额头上。他说，两点。第一点，因为专业，知道什么人能找。我说，没有交易记录，她走不了太远。接入就能定位，除非在信号静默区。北京附近，也没有大型射电望远镜吧？他又盯了我一会儿，我感觉到，他阅读人，就像我阅读文字、图像或公式一样。他说，没有。你不是北京人吧？我说，在海淀上过四年大学，然后就出国了。他点点头，说，第二点，请你来，不是找人。她没留下消息，但一直在工作。三年来没断过。唯一一次例外，是她妈走那天。我看看他，又环视四周，办公室很空，除了工作站和云台投影仪外，只有一幅黑白版画——埃舍尔的《天与水》。我问，这是她的？他说，我买的。我说，有人讲过，在图书馆藏本书，就像在森林里藏片叶子。真境的代码规模总有一百亿？他说，一百七十五亿。内部安全部门的头儿跟我关系不错，上面暂时不会注意到。我问，那你为什么还要找？他往视域里推送了一个界面。开发界面仍和以前一样，黑色屏幕上闪动绿色字符。他说，八位字符密码，强度等级极高，她没用生物信息加密，可能是没来得及，也可能是别的。

我靠上椅背，伸直腿，转了半圈。天刚擦黑，窗外有轻柔的蜂鸣。真境的整合进度比墨菲斯快得多，联邦空管局还在论证立法时，北京高楼里的人们已经习惯从无人机上取咖啡。相似的速度差体现在很多方面，我想起读博时导师去过一趟松江的神经所，回来感叹，他们竟然真有一万只猴子，其时，我正因为两只猴子的数据差异伤透脑筋，但因为动物保护组织的抗议无法得到更多。问题本身的确不算复杂。我问，我怎么信你？他又笑了，说，你已经在这儿了。你信的不是我，是她，是你自己。此人五官大，笑起来表情夸张，因为陡然变丑而极有感染力，我感觉自己似乎在用颜菲的视角看他。智者、公主还是巨龙？这个问题难以回答，只能从简单的入手。我说，八位字符密码，强度极高。他说，是。我说，意味着混合大小写字母，数字与常用标点符号。他说，是。我说，也意味着不是任何语言里的现成词语，将字母简单转写为数字或符号也不行。他说，是。我说，也意味着不是个人信息，名字、生日、ID。他说，是。有想法了？我说，形式本身已经包含很多信息了。他问，你们搞科研的都这样无中生有？被苹果砸到就叫万有引力？我说，那叫抽象。也可以理解为一个逆向的比喻。他问，内容呢？她想说什么？我说，这要问你了。他站起来，走来走去，衣服？身体？感官？记忆？圆明园？火？鸟笼？鹦鹉？你们知识分子真他妈的麻烦。

时间一分一秒过去，没有头绪。我接入真境，四处游荡，模糊地意识到游荡可能开始于许多年前，从未真正结束过。渴望与恐惧规划出名为理性的路径，但命运往往更接近梦境。我在漫无边际的行走中接近了汉白玉水法，七层水帘重叠，红铜鹿角涌出八道喷泉，没能在教堂上完成的想象，在园林间以全然不同的形式展开。我想起她说过，到最后，技艺与信念还是变成了工具，你说，在建西洋楼时，传教士后悔了么？幽暗中有些微亮光，我慢慢靠近，池底的细小阴文刻着一段段经文，破碎的反光闪烁在水面上。

我切回开发界面，查了查，试了几次，写下字符串，1Cor6:19。界面渐渐亮起来。韩濯盯着我，什么意思？我说，一句经。身体只是圣灵的宫殿，并不只属于你自己。他伸手过来，拍了拍我的肩膀说，可惜了啊，哥们儿。

十二、韩濯

李如山这人有点儿意思，反应快，话不多，耐琢磨，看不出相匹配的情绪，像人工智能，倒让事情容易了些。颜菲的事我有感觉，其实她一直没怎么变，到了某个位置，没变化的人往往弄出大动静。以前总想着到了山顶，什么事儿都该清清楚楚，但现在不确定，糊涂和明白一起增长，快到四十，反而返老还童，一无所知。我觉得问题还是在知识，但很多有知识的人在我看来很蠢，让他们的知识也没那么可信，能让我信的人不多，可以说是日渐稀少，但我还是赌了一把。如今能赌的机会越来越少，小散户面对庄家没什么翻盘可能，这一把也许就是最后一把，至少我的运气一直不差。我觉得颜菲可能也是这么想的。

她做的事不复杂，备份。真境基于真实世界构建虚拟环境，通过脑机接口提取感官信息构建化身，人和环境的交互其实是化身和环境的交互，一人一件，接入穿上，登出脱下。她把这些代表感受模式的数据体匿名化后备份，混淆在海量环境数据中，没有语言，没有规则，只有一个个身体与环境的交互模式，在真境里以无法描述的形式游荡，总共三十万个。信息很简单，没头没尾，最后留了个对子，像绕口令，假作真时真亦假，无为有处有还无。我看了一会儿，没想明白。李如山说，时间差不多了，删了吧。

我回头，他没看我，转椅朝着窗户外面，睫毛很密，半闭着盖住眼睛。我问，什么意思？他说，大观园，园子里要有人。我琢磨了一会儿，好像明白了一点儿，又觉得不太对，问，这就是了？那思维、记忆呢？他说，可以忘的，也可以学，他们有时间，可能比我们还多。我问，那至少得有意识吧？一个人身子里有一个，这算什么？大锅粥？他转过来，抬起眼睛，说，笼子里有鸟，打开笼子，它绕着树飞，就不是鸟了么？这么说也不准确，其实可能根本就没有鸟，只有在视网膜上停留的运动轨迹，让人想象出鸟的样子。人为了活下去，能想象出很多东西。

我站起身，打开窗户。秋夜，天高气爽，无人机群的光点在楼群间盘旋，聚拢，散开，远处是城市参差不齐的边缘，更远的地方，流动的光幕勾出山脉的轮廓，真境里的北京，能看见西山。我问，这些有多少是已经证实的，多少是你想的，多少是你觉得是她想的？他摇摇头，好像说话脱了

673

力。我拉开颜菲的抽屉，又翻了一遍，找到一盒烟，她抽一种苏打爆珠，我嫌淡，一直没抽过。我塞了一根给李如山，他攥在手里。我捏碎，吸了一口，挺凉，玻璃杯里冰块配汽水。

我说，要是我选择信，就是说，"我"可能也是假的？

他说，是想象。有真实的部分，但很难分出来。

我说，像是故事。

他说，可能吧。

我问，故事只属于编故事的人吗？

他说，我不知道，可能也属于讲故事的人，听故事的人。

我说，人也差不多。

他说，也许吧。可能建筑师一直活在建筑里，写作者一直活在文字里，每一次都被下载到新的神经网络里复活。

我问，没有作品呢？

他说，交谈、经历、理解、回忆，萍水相逢，至亲至爱，感同身受。浓度可能不一样，但可能早就渗透了不同的身体。只是没什么人这么想过。这问题太深，我真的不知道，没人知道。

我说，我觉得她知道。我信。如果你也信，那她的很大一部分，就还在这儿。

我转向他，伸开双臂，北方秋夜的风吹胀我的衬衣，透过T恤灌进我的身体，我觉得自己像刚刚跃出水面，凉爽，光滑，紧绷，急着抖落水滴。我看见他转过身，背后是银河似的城市光海。我们从银河的边缘离开，一步一步，缓缓退入更深的黑暗里。

体育课

路　内

路内,1973年生,著有《少年巴比伦》《慈悲》《雾行者》等。

谁能想到呢?我们化工技校——著名的流氓学校,在1990年被称为戴城十大不敢惹的单位,与日晖桥派出所齐名的地方——竟然没有操场。

这年9月开学,教学楼推平重造了,我们背着书包在楼下看了好一会儿,问明白了才敢进去。化工系统有钱,这些单位长年向运河排放各种污水,向居民区喷射各种毒气,一分钱都不会赔给老百姓,它们当然富裕。它们要做的跟黑社会没大差别,就是交钱给市里、局里。局里觉得化工技校太破啦,影响到局长的形象,终于决定拨下资金,把一排红砖房子推平了,造了四层高的教学楼。进去一看,墙面雪白,钢窗锃亮,每层楼都有男女厕所。我们感动得不得了,跑到阶梯教室的电视机前看世界杯的录像,踹开每间教室门往黑板上乱写老师的名字,我们发现目前只有三个班级的学生在上课,而教室有二十四间,一楼以上完全没人,于是我们又跑进顶楼的女厕所里看了看,把大飞反锁在了那里。那一整个下午大飞就在一个很高的位置上向远处挥舞着汗衫。

但这个鬼地方仍然没有操场,因为地皮不够。教学楼后面有一块很小的空地,一个只剩半块篮板的篮球架,其他啥都没了。这对我们来说太过狭窄、乏味。门房老乌龟一激动,还种了很多蓖麻,傻×也不收蓖麻籽,就种着,图个开心。那里面有蛇!

我们的体育老师姓汪,50多岁,一个秃头男人,开学以后,他看到这操场就发出了一声娇喘。这意味着他仍然不用带我们做任何球类运动,非常省力。这是一个没什么自尊心的体育老师,他打乒乓球不如黄毛,打羽毛球不如花裤子,打桌球不如我,跑步跑不过我们大部分人。我们顺便问了一句,有没有室内运动场所,造这么大的房子给弄间乒乓球室总可以吧?老汪说他们忘记了,造楼花费很大,没余钱买任何体育器材了。

亚运会要开,化工局觉得钱太多,也想搞搞,把各单位喊到一起说咱们弄一场田径比赛吧。这消息传到我们学校,校长特别重视,让老汪带着我们去街上跑圈,选几个能跑的,长跑短跑,跑不死的可以马拉松,老汪只得照办。我们上了街可就不再是池中之物,沿着运河,铁三角一马当先跑出去,他还穿着皮鞋。老铁是区田径队的,因为打架被开除了。由于老铁跑得太快,我们不得不狂奔着紧跟,老汪不知道我们想跑到哪里去——按路线应该在城东大桥转弯,然后绕回来,但老铁钻进了涵洞,一溜烟往火车站去了。我们也全跟着。老汪急啦,他想吹哨让我们回来,一摸胸口发现哨子没了,哨子在阔逼手里呢。老汪不得不发疯一样追我们,如果我们成群地跑丢了,那确实会对社会造成很大危害。可是他一个50多岁的秃头老男人,跟我们比跑步,那不是跟比性功能一样吗?他可能赢得下来吗(除了猪大肠这样极个别的超肥怪胎)?跑到纺工职校那儿,我们还停了一下,因为我们有一半人的女朋友都在那里,打个招呼还是应该的。大飞一回头看见老汪扑倒在地上。

"老汪摔啦。"

我们哈哈大笑,等着看老汪爬起来。等了好长时间,我们的女朋友全都从学校里出来了,缠着我们去买冷饮,我们买了冷饮,女朋友们舔起了冷饮,猪大肠从街道远处气喘吁吁跟上来——老汪他妈的还是没爬起来。贱男春稍微有点医学常识,他老妈是护士,他说坏了,老汪可能挂了,这病叫马上风。我们跑上前,把老汪翻过来,他面色发紫,气息全无,一只手还打在我脚背上,让我起了一层寒栗。接下来我们一群人抬着老汪往医院狂奔,后面跑着我们舔冷饮的女朋友,再后面追着几个警察,警察后面跟着一群看热闹的老百姓。

我们就这样把体育老师给跑死了。

老汪去世以后我们才意识到,他挺好的,他的体育课尽管没有球类运动,但也不会安排太多的队形操练,让我们在蓖麻丛里愚蠢地晒着。他喜欢给我们讲人生哲学:你们将来做工人,做工人要学会偷懒,不然你会累死。这类朴素的道理被我们深深地记住,尚来不及实践,他就把自己累死了。

体育课必须上,还有那个化工局的田径运动会。第二任体育老师是我们的机械制图老师,他能胜任这个教职据说是因为他老爸当年做过体育老师,但他本人,结巴、瘦弱、近视、迂腐,看上去是他老爸质量最差的那颗精子制造出来的。为啥质量最差的那颗跑赢了其他的，连他自己都说不清楚。他给我们安排的唯一的运动，是跑楼梯。老天，这学校终于有楼梯了，可以用来跑了。

这项运动确实锻炼耐力，但它让我们所有人发疯并失去耐性。这么上去下来的，跑一节课，到头来他发现我们班40个男生全都躲进了各楼层的女厕所，在里面抽烟骂街呢。对的，我们班没有女生，40个，全男的，每次我都得把这件事说上三遍别人才能理解。如果你不理解，你可以去监狱里体会一下那滋味。这件事最后的结果是：老师跑上跑下，反复不停地把我们从四个楼层的女厕所里揪出来，第二个星期他膝盖积水了，他给自己报了个工伤，连机械制图课都没人上了。

后面连续两个星期，我们校长无耻地让门房老乌龟来代课。不得不说，老乌龟是能镇住我们的，他会武术，他还有两个儿子也会武术。他的下盘功夫不错，马步一扎连200多斤重的猪大肠都推不倒他，然后他一脚就把猪大肠蹬进蓖麻丛里去了。昊×曾经跃跃欲试想拜他为师，因为昊×有点瘦弱，他希望自己能强壮起来，追得上纺工职校那个跑得贼快的芳芳。后来大飞一脚把昊×踹进了蓖麻丛，他就断了这个念头，专心做大飞的小弟了。

我们班四十个人并不齐心协力。纺工职校的芳芳经常对我说，女人多的地方，是非多。她将来会进纺织厂，那地方女人很多很多。然而事实是，全是男人的地方气氛也很尴尬，男人喜欢拉帮派，认小弟，吃豆腐。我们班主要三派人：一派是团干部，可以不用提他们，他们将来会分配到效益最好的硫酸厂，在一堆腐蚀物和腐蚀性气体中享受光荣；一派是以大脸猫为首的黑脸帮，他们的主要战绩是打平过第八中学（俗称野八中）、烹饪职校、园林技校、轻工中专，他们极其蛮横，极其无知，在面对美好的事物时会茫然；最后一派，当然就是我、大飞、花裤子、飞机头组成的白脸帮，有时阔×和黄毛也会加入进来，有时还捎带上刀把五和昊×这种不成器的东西，我们的主要特点是长得白，不爱被晒黑，我们的战绩是进了纺工职校以后——女生会掏钱请我们吃冷饮！

老乌龟的体育课上得有声有色，他太沉醉于这一工作、这一额外的奖励，居然要求每星期三下午的固定休假也调整为体育课，让我们跟着他扎马步，校长居然同意了。太阳炽热，到9月底我的脸已经被晒成了咖啡色，很快将是褐色。同志们，那是"做六休一"的年代，我们所有的欢乐都指着星期三下午去纺工职校约女生玩，我们不可能在星期天冲到她们家门口去，她们的爸爸和哥哥会打死我们，因为我们来自该死的化工技校。总之，我们得把半天的假期夺回来。

我们的基本原则是不能在上课时打老师，请记住，这是天条，朝他脸上吐唾沫也不行，这种肢体冲突会把警察招来。老乌龟在上体育课时就是我们的老师，没人敢动他，等到下了课，他就是一个低贱的门房。在接下来的一星期里，他先是发现自己小间里的枕头不见了，又发现起夜用的痰盂被人扣在了床上，最后，他新买不久的一套运动服，居然是白色的，他还不知死活地晾在食堂边上，被人用红色粉笔画了个大乌龟。尽管粉笔很容易洗掉，但他心里应该知道，我们只是给他留了点面子。

老乌龟的老婆是一个讲话谁都听不懂的外地大娘，星期三下午她提着那套白色运动服，已经洗干净，似乎变大了些，她骂骂咧咧地坐在篮球架下面，一边晾衣服，一边看着我们扎马步，还有她丈夫。我快累昏过去了，过了一会儿老乌龟站直了身体，走过去劝他老婆回家。于是我们全都喊了起来，老乌龟，你不要偷懒！他老婆听不得这个绰号，从地上爬起来，照着我们轮番扇耳光，打得又准又狠。我们四散而逃，并且意识到，老乌龟这身功夫可能是跟他老婆学的。后来老乌龟自己都看不下去了，冲过来拦腰抱住他老婆，企图将其搬出学校，他老婆使了个鞭腿，一脚把他掀到蓖麻丛里去了。

他种的这一大片蓖麻终于救了他，但即便这样他也没有悔改。星期三下午，我需要这半天的休假。

我17岁的时候，天天觉得饿，但这不是国家造成的，是我发育了，无论吃多少，两三个小时必能消化干净，我是一个强壮的工人阶级的儿子。当时我妈心脏病住院，我每天放学直奔她的病房，就为了吃医院里提供的下午餐，有时是面包，有时是袜底酥。我妈对我挺好的，坐在病床上看我吃完，会在心里默默告诉自己不能死，要是她死了，我的营养就跟不上，身高就会停在一米七二，而我爸的秃头也会从前额蔓延至颅顶。作为一个时髦、正派、有志气的工人阶级的妻子，这是她不能承受的痛。

还有一个对我很好的妹子是纺工职校的芳芳，前面说过，跑得贼快，她有一双匀称的大长腿，肺活量惊人，短跑能和我打个平手，长跑我们没比过，主要原因是我讨厌长跑这种神经病一样的运动，我跑着跑着会做白日梦，看见饭岛爱。大飞他们经常嘲笑芳芳，因为她长得不够好看，黑黑的，因为她单方面喜欢我，而他们都认为我喜欢的是财经中专那个美艳不可方物的姗姗，更因为她曾经失恋过，她爱上了第一中学长跑队的周志亮，而周志亮跑着跑着就跟第三中学的黎丽娜勾搭上了。

爱情这种事情，我爸讲不清，我也讲不清。那时因为我妈病着，我只能在学校食堂吃午饭，我爸给了我每餐两元的预算，而我每餐必须吃掉四元才够饱。我校食堂是校长亲戚办的，他们搞了一套复杂的价格体系，老师一个价，团员一个价，轮到我这种人，菜价贵到天上去了，一份豆芽两元，一份饭一元，我吃上了饭就吃不上豆芽，吃上了豆芽就吃不上饭，全都吃上了又当如何？一片肉都没有。有一天中午我吃得实在太不爽了，冲到蒸饭间打开蒸柜，顾不得烫，随便拿了个搪瓷杯子揭开就吃，后来被机械制图老师揪住。那是他带的菜，他也挺可怜的，一碗红烧豆芽，也没有肉。我感到非常绝望，去食堂赔了老师两份豆芽，然后吃光了他的豆芽。中午骑车乱逛，我在纺工职校门口遇到了芳芳。

"你好像不开心？"她说，"失恋了吗？"

"我没有肉吃！"

她把我带进了纺工职校，在操场边的一棵大树下，让我安静地坐着等，并提醒我不要抽烟，抽烟会被赶走。我说不用担心，我和我爸最近都穷得买不起烟了，我爸在家找烟屁股抽，结果他发现我已经抢先一步抽光了所有的，我们爷儿俩商量着今后每天只吃一顿，余钱用来买烟，我们不这么干的一个重要原因是怕我妈心脏病发作。我这么絮絮叨叨，芳芳已经跑远了。我在树下找了根枯枝放在嘴里吸了两下，过了一会儿，她跑了回来，手里端着一个饭盒、一个搪瓷茶杯。她走到围墙边掰了两片蓖麻叶子，铺在地上，打开餐具。我看到米饭和红烧肉，还有一个鸡蛋。我快昏过去了，她递给我叉子说："吃吧。"

"你吃什么？"

"我吃你吃剩下的。"

老天做证,周志亮,你应该去死。我蹲在树下吃了两块肥肉,感觉自己又开心了起来。我是个有志气的人,不能吃光妹子的午餐。"你妈做菜手艺真好,就像我妈一样好。"我赞美道。

"这是我自己做的,你再吃一个鸡蛋。"

我是个没志气的人,我吃下了鸡蛋。她捧着饭盒在树下吃,我看着她,帮她赶蚊子。过了一会儿她从耳朵后面拔出一根弯弯曲曲的香烟给我。"我课桌里就剩这一根了,"她说,"少抽点,出去了再抽,你的肺,迟早有一天跑不过我。"

我就这么爱上了她,我忘记了财经中专那个美艳不可方物的姗姗,事实上,我从没跟姗姗搭上过半句话。

9月的最后一堂体育课,一场细雨落下,没完没了。这种天气没法再扎马步,我们应该早点散场回家,但这天老乌龟被校长通知,立即选拔出800米、200米、100米以及跳远、跳高、跳绳的选手,因为,化工局那场倒霉的运动会,国庆节之后就要开始啦。老乌龟完全蒙了,他毕竟只是一个门房,领会不了文件精神,经他调教之后这个班上有40个能扎马步的男生,而运动会并没有扎马步这项比赛。

这天下午老乌龟让我们举手,谁愿意参加,立即报上名来。我们全都对着他奸笑,只有铁三角举手,他要参加马拉松。老乌龟松了口气,后来他发现也没有马拉松这项,局里不想再发生跑死人的事故,他让铁三角去参加800米,那看起来也挺远的。老铁摇头说去你的吧,800米我才不想跑,我就想跑马拉松,过瘾。老乌龟没办法,跑去楼上请示校长,过了一会儿跑下来说:"校长说了,没有人报名就一个都别想回家。"

坐在我身后的大飞已经极其不耐烦,在1990年的9月,我们这位嚣张跋扈的大飞变成了一个浪漫而沉默的人,有时会突然发情。他正在经历一场恋爱,对象是旅游中专的明明,一个明眸皓齿会讲几句英文的长发少女,她几乎是白脸帮的女神,不过六个月后大飞将会栽在沟里,被她永远抛弃。当时他并不知道这一结局,他将自己的每个星期三下午都许给了她,并发誓在毕业后一定会离开化工系统,到酒店系统去陪着她刷浴缸。大飞坐在我身后,双手在桌板上做着一串刷浴缸的动作,晃得我前后乱抖。我一回头看见他眼中的火焰,左眼是明字,右眼还是明字。我知道他绷不住了。

"星期三下午应该休息!"大飞跳了起来,"我要回家。"

"他是要去旅游中专找那个叫克里斯蒂安娜的女人。"大脸猫在教室另一边大声嘲笑,克里斯蒂安娜是明明的英文名字,但这个名字并不应该从黑脸帮嘴里说出来,它是一个秘密。这个城市里没有其他女人有英文名字。大飞很是惊愕,花裤子比他反应快,立即指出,是昊逼投靠了黑脸帮,泄露了我们所有的心事。

"是的,"大脸猫把昊逼搂了过来,用胳膊夹住了他的少白头,"因为你们抢了他的女人,那个叫芳芳的,跑得贼快的。现在昊昊是我的小弟了。"昊逼横着脑袋冲我笑了笑,冲花裤子挥了挥手。我猜想花裤子前阵被丹丹给吻了这件事,也已经传到别人耳朵里。

"上课不要讲话!"老乌龟拍讲台。

大飞站了起来:"你知不知道自己只是个门房?他妈的你只是个门房你知不知道?"他走向老乌龟,飞机头拽了他一把，没拽住。"我们在讲什么你听得懂吗？"大飞指着老乌龟的鼻子。我替他捏把汗，手快点的捏住他的食指就能把他掰得跪下。老乌龟果然出手了，不过大飞更快，他的手只有克里斯蒂安娜能握住，其他人休想。他及时地缩回了手指，让老乌龟抓了个空。我们鼓掌。"我要去找妹子。"大飞扭脸走出了教室，又撂下一句话，"星期三下午应该休息！"

"我应该怎么处理他？"老乌龟问。

"旷课。"大脸猫回答，他还夹着昊逼，后者已经翻白眼了，"一学期累计旷课三天就可以开除了。"

"旷课半天呢？"

"那就是旷课而已。"

老乌龟被我们绕晕了，也就是说我们每个人，在这个学期里，都拥有五次拂袖而去的机会。这当然不是事实，但如果我非要这么干，他也拦不住。这当口有一个化工局的干部敲门，后面还有两个警察，问校长室在哪里。以往这种级别的干部都应该是老乌龟开路引道，但他现在不是在上课吗？他不得不撂下我们，带着干部去找校长。干部对老乌龟很不满意，说你们学校怎么这么乱，门房是个女的，还在跟学生打架。这么一说，我们听到大飞从校门口传来的惨叫，因为下雨，窗都关了。我打开窗，大飞的叫声变得连续、凄厉，好像还在喊我和花裤子去帮忙。

我们冲到校门口。这天下午全校就我们一个班在上课，老乌龟代课后，他就让他老婆来充当门房，也就几小时的工夫。他老婆把大门锁得紧紧的，抱着胳膊守在信件柜那儿，大飞没废话，要求她开锁，她要求大飞拿出她老公签署的出门证，说了三遍大飞没听懂，校门还是锁着，大飞急了。克里斯蒂安娜在雨中等他,在雨中,等他。我要缓慢地讲出如下这句话——没有一个男人能受得了这种煎熬。他扑进门房,打开抽屉找钥匙。钥匙当然在那婆娘手里,他翻了很久,一回头看见干部和警察走了进来,婆娘又锁上了门。大飞在原地待了片刻,只等警察走远,又扑过去抢钥匙,老乌龟的老婆往他下体踢了一脚。我们的大飞,他仍然躲开了,除了克里斯蒂安娜没有人可以踢中他的下体,但他被激怒了,他还了一个鞭腿,因下雨地滑,踢出去半脚就摔倒在地,老乌龟的老婆立马骑到他肚子上,往他脸上乱打。大飞朝这婆娘连连吐口水,然后他像摔跤运动员一样翻过身,用屁股拱翻了老乌龟的老婆,往抽屉那儿爬去,后者虽然倒地,一只手还拽着大飞的裤带。大飞往台阶上爬了三层觉得屁股很凉,昂头一看,雨水正落在他的内裤上,臀部还有两个洞。大飞惨叫起来。

"如果你去约会,你应该穿条好一点的内裤。"花裤子抱着胳膊说。那当口大飞正在哭,他的裤子一半在腿上,一半在老乌龟的老婆手里。

后来发生了什么我已经不知道了,那天太乱,我还看见我们校长爬到了窗台上,然后被警察拖了下去。我趁这工夫翻墙出去,连自行车都不要了,徒步跑向纺工职校。细雨落在我眼睛里,那滋味就像我有很多伤感的情绪无处倾倒。在化工技校,如果你表达这种情绪,你会被笑死,但当你踏进纺工职校,你会被它包围。

我看到芳芳在操场上奔跑,我看到了一个从未看到过的她。假定在此后失散的岁月中我会忘记她,那么只要我走在细雨中,闭上眼睛,就会看到一个穿田径服的妹子从我眼前跑过。她短发,长腿,黝黑,脸上沾满汗水和雨水。她在

1992年进入某纺织厂做女工,三年后工厂关门,人们散去,她以这一姿态跑出了我的世界,再也没有回来。

"你为什么要练跑步?"我对着她喊。

"我们纺织单位,也要举办运动会。"她喊道。

"你参加哪项?"

"800米。"她沿着跑道又跑了一圈,来到我眼前,回答我。

"有奖金吗?"我跟着她跑了起来。

"如果打破纪录,他们说,我可以去市田径队。"她说,"虽然是业余的,虽然还要做女工,但也许还有别的机会呢?"

"你他妈的真的是个进步女性。"

她停了下来。她有点伤感,是的,我曾经在她面前说过,那个将要去涉外酒店上班的克里斯蒂安娜是进步女性,我从未将这一用词送给其他任何妹子。"你呢?"她问,"你打算参加哪项?"

"我不想参加任何一项陪着傻×跑跑跳跳的运动。"我说,"这件事你做有意义,我做的话可能正好相反。"

"你应该参加,做进步男性。"她天真地说。

"世界上从来没有进步男性这种说法。"我说,"把我当一个瘫子看待吧。"

"饿了?"

"还没跑就饿了。"

她就穿着这身田径服,披着件衬衫,带我走出学校,沿街找了个小摊吃馄饨。雨落在馄饨汤里,9月末的天气正在变凉,到了10月,你又能去哪里?我吃完了馄饨,她一口没吃,看着我。我从裤兜里找出香烟给自己点了一根,把烟灰随意弹在湿漉漉的街道上。摊主走过来收碗，对她说："你怎么穿着胸罩出来？"

"这是田径服。"我说，"全世界都是这么穿的。"

"你怎么这么黑？"他又多嘴。我把一截烟屁股扔进他手中的碗里，我当然不能回答他全世界的女人都这么黑，或者世界上还有比她更黑的女人。这他妈的都是什么屁话？"你觉得我一个人打不死你，是吗？"我拉起她离开。

在陪她走路的时间里，我说起1990年世界杯，巴西队压着阿根廷打了80分钟，马拉多纳晃过三个巴西队员传球，"风之子"卡尼吉亚一蹴而就，然后，大半夜的，我所在的农药新村远近发出一阵欢呼，我爸激动得把我妈给摇醒了，我妈激动得尖叫起来：啊，那个长头发的。卡尼吉亚，我也想留这么一头长发，给自己取个绰号叫作风之子。我讨厌跑步，但我喜欢足球场上的奔跑，告诉你为什么——在足球场上，你可以匀速跑、变速跑、向前跑、侧身跑、跳着跑、微笑着跑、扭过头跑、挥舞着双手跑。只有这样你才配叫风之子。

"你根本不理解跑步。"她说。

"无所谓，等我技校毕业了，我就给自己留一头长发。"

"像个硬汉？"

"像个内心软弱的人。"我想起克里斯蒂安娜对大飞的评价，我借来用用总是可以的。

我们直走到化工技校门口，这时我才想起应该换条路走，不过无所谓。我们班的人散落在各处，有些在墙头，有些在窗台，有些在门口。"校长被抓走啦！"飞机头高兴地对我喊，"造房子贪污钱了！"

"大飞呢？"

"他还在为裤子哭。"

我向他挥挥手，也向墙头另一边的昊逼。黑脸帮居高临下看着我，过了一会儿他们全都笑了起来："你找了个黑妹。"

我没理他们，继续带着她往前走。然后我觉得有人拽了我一把，老乌龟从学校里跑了出来。"回去上课！"他对我喊道。我叉了他的脖子，老乌龟朝我腰里撞了一膝盖，这老东西疯了，接着他老婆又冲了出来。我把芳芳拽到身后，顺手从旁边甘蔗摊拽了把刀过来，指住这对雌雄双煞的鼻尖。花裤子和飞机头跑了出来。

"你不再是人民教师了，"花裤子对老乌龟说，"你从来也不是教师，只是门房。你的课结束了，星期三下午我们应该放假。"

我不去看老乌龟失落的眼神，到了10月，你又能去哪里？我扔了刀子，带着芳芳向远处街道走，细雨仍未停。他们还在喊她黑妹。

"你知道吗？皮肤黑的妹子，在我家那片街上，人们都会喊她'黑里俏'或是'黑珍珠'，她身边应该是一条浑身雪白的汉子，最好是长发，有浪里白条么么白，胳膊上再刺一朵牡丹花。到了夏天，妹子穿一身肚兜，汉子赤膊，肩并肩走在街上那叫一个好看。"

"如果是很黑的汉子呢？"

"那他妈不就像两个乡下来的傻×吗？"我脱了汗衫，光膀子走在她身边，"怎么样？"

"好看。"她把衬衫也摘了。我们沿着街道走去，接着我听到后面一阵脚步，是花裤子和飞机头。"脱。"我招呼他们。这两人也脱了,白花花三条赤膊汉子,我想起还有大飞。

"不要喊他了,如果他也脱了,只穿一条三角裤在街上走,我们真的会被人耻笑的。"花裤子说。

"我被你说服了。"我说。

与铀博士度过周末

索 耳

索耳，1992年生于广东湛江，从事过出版、媒体和策展工作。著有长篇小说《伐木之夜》，中短篇小说见于《收获》《花城》《单读》等刊物。曾获第三届"《钟山》之星"文学奖年度青年佳作奖。

探访时，小男孩向她袒露了自己的真名，她记在本子、录音笔和脑颞叶里，万无一失，就像昆汀的电影里那辆名为"死亡证据"的特技车。可他的真名最终还是被撞毁，遗失了。她不记得他是姓李还是姓黎，不过，管他叫什么，我们知道他叫小男孩就好了，这是他的绰号，也是名字，都不需要加个双引号之类的，甚至他的内心就住着一个小男孩，小男孩需要和母亲对话，这也是他愿意接受她采访的原因，她这么认为。初次见面他一言不发，因为脊椎病发作，坐了很矮的椅子，她用力挺直上躯，脖子上扬，眼睛从脸上弹出来，这才能隔着玻璃窗看到他花白的头顶，那块地方还很茂盛，只是颜色不太讨人爱，看到这里她就想伸手去拔掉他的白发，二十多年前她就是这么对她老爹的，每到黄昏前，老爹自觉把她拉到阳台的网床旁，把头顶交给她。小男孩比她爹小不了几岁。在肉体上，他是她爹，她则是他的宝贝囡囡；在精神上，尤其是他们搭上话后，没聊几句，他就马上变成了她的小男孩。不过这是理想的状态，因为她有时候也会觉得自己的身体老了，眼角浮现细细的鱼尾纹，病痛也开始包围过来，而小男孩总有用不完的精力，四肢雄健（脊椎病没发作的前提下），她猜想这是小男孩长期住在监狱中的缘故。因为住在监狱中的人，可能是世界上最幸福的人，他们每天只需要面对一堵光秃秃的墙壁，对成年人来说，这太简单了。别总以为成年人就应该有复杂的心灵，要么你向前看，要么向后看，如果法律规定，人不用通过犯罪就可以自由选择进入监狱，那排队进去的人将绕赤道一圈，比在北京摇个车牌号还要挤破头。所以我们为什么没有进入监狱的自由呢？他们之间的访谈不是很成功：她很难听明白小男孩的口音，那种南方人的塑料普通话，小男孩说"斧头"，她以为是"虎头"；说"用袋子装起石头"，她以为是"用呆鸡脏洗蛇头"；说"后来很多人都倒下了"，她以为是"耗累很多银都到下了"。说不下去后，小男孩就给她讲《红灯记》李铁梅的故事，她听不明白，就当作是美少女战士的故事、奥特曼的故事，或者圣斗士星矢的故事。她要慢慢消化小男孩的故事。她坐城轨回家，听一堆钢铁在底下隆隆地消磨，从早磨到晚，春天到夏天，铁轨底下的绿草撬开土地，她也成为其中一部分。六月份小男孩出狱，她去接他，见面时小男孩从窄门里大步走出来，非常得意，每走一步，地面都在摇晃。她没想到小男孩这么高大，她只到他脖子下方的锁骨那里，像某种眼珠子朝上的比格犬。接着她跟小男孩说,她还是没办法理解小男孩为什么对炼铀如此执着。对这个问题,她已经思考了四个月,结论几乎为零,既然小男孩已经从监狱的禁锢中逃离,为什么还要投身于这一不可完成的事业中,相当于从一种禁锢到另一种禁锢,而不是自由到自由?小男孩微笑着,没有回答,反问她城里有什么好玩的游乐场。她知道一家性价比很高的游乐场,于是她把小男孩带去了。入口处的售票员递给他们两张红绿印花的票子,他小心地收进口袋里,把它们当成唯一的财富,他身上确实什么也没有,一个被剥除得干干净净的人,在真空里飞行,突然跳伞到这个星球上,他一定惊讶于这些眼花缭乱的物态,他凝视在广场上穿着短裤衩跳舞的老头儿、拿着闪光的砖头互砸的细佬仔①、挎着鱼皮背包兜售冰块的后生、烫头踩高跷的咋娽仔②、穿西裤往垃圾桶里扯着竿子钓鱼的阿叔。他看着这些人,以一种从二十年前穿越而来的目光扫描,把他们定格在未来的画面。她这时考虑到小男孩今晚住在哪里,她还没问过小男孩这个问题,他很可能无家可归,因为他是一个干净的人,纯粹的人。一个跟家庭扯上关系的人不可能同时干净而纯粹,也不可能有爱,离家庭越近,就越不可能有爱。换言之,有的只是一种沉浸。在小男孩身上,至少她没看出来。她让小男孩走在前面,紧随着他的视角很有趣,歪歪斜斜地漫游,至少是上一代人,久违的漫游,小男孩走到哪儿,她就跟到哪儿,她感觉快贴上小男孩的后背了,他的影子很轻易就能把她吞进去,真是个巨人,小男孩估计有一米九五,有强壮的心脏,这比什么都重要。他的血液里流

---

①粤方言,小男孩。
②粤方言,女孩。

着钡和氪，危险的钚，夸张的铀，大量的钋铍离子、雷酸汞、叠氮化铅，可能还有一些发臭的硫，如果没有强大的心脏，小男孩肯定撑不下去，他也无法长年累月地琢磨着他的研究。所以，这样看来，二十年的牢狱生活对他来说无异于一次小憩，把他从辐射的长期戕害中解放出来，有利于他的身心健康，不然他可能就没法活生生地站在她面前了。当年的判决是如此体贴，他应该感谢救命之恩。她心念一动，或许关于小男孩的访谈可以这么写，那篇访谈已经停滞很久了，她一直苦恼找不到什么好的角度。这时，小男孩已经穿过冰雪世界厅，在门口，玻璃墙内的几只北极狼瞧着他们，脚下是一汪蓝琉璃制成的假冰山托盘，远看似是浮在半空，隔着几米，能感到阵阵寒气。它们前足连接爪子的肌肉在萎缩。沿楼梯上去的平台，往回看，有一块露天的箱式区域，种着草皮，棕熊在上面活动，离他们最近的一只，伸出头，把脖子直直挂在箱子边缘，眯眼假死。小男孩在那里逗留了一会儿，阳光滑过脸庞，一边明亮一边阴暗，好想用什么东西把他从中劈开。她想，不然和他交往下去，他就像一把利斧反过来把你劈成两半。这时，小男孩突然开口说，他想起了很多年前他爹养的一条狗。那时小男孩才七八岁，那只狗却已经垂暮，身体庞大、滞重。它到底有多大呢？大概有三个他那么大。他总觉得有一天狗会吞掉他，也不知从何时起，他老是做这样的梦；尽管狗对他还是忠心耿耿，把一根粉笔扔到门前的石筑水沟里，它也能给叼回来，只是动作慢了许多，以前用一分钟，现在得用十分钟。为了这多余等待的九分钟，小男孩很生气，有什么办法让这条狗恢复青春？有一次，狗从水沟里给他叼回鞋子，毛皮水淋淋的，它的眼神让他吓了一跳，它恐怕很快就要行动，趁他睡着，一口把

693

他吞下去，然后找个地方安静待着，等消化完，它就能变年轻。它就是用这样的方式活这么长的。小男孩想先下手为强，于是等狗熟睡，小男孩用刀把它的头砍下来，那颗头嘴巴还张着，他就把它装进布袋，扔到土坑子里，剩下的狗肉他和老娘煮着吃了，连吃三天，非常幸福，因为那时候他们连着饿肚子大半年了。他爹不知道这件事，还在山里忙着炼铀呢。两年前，一个叫亚历山大·庞克莱·门别捷夫的苏联人到这里勘察，完后手指头一指，当时报纸都这么写，"广东湖南边界发现世界第一大花岗岩型富铀矿"，一个宝藏带就这么被划出来了。小男孩他爹就组织村里几个人，头也不回往深山钻去，用铁锹锄头砸出个秘密基地，并在那里度过了下半辈子，直到临死，他爹都不知道那条狗的下场。小男孩说，如果她还在写那篇访谈，这些可以写进去，他完全理解她的写作遇到了怎样的困难，她这个月来还没落笔一个字，来游乐园玩其实也是为了工作，不然陪一个老头儿这件事本身就没什么乐趣，困难就是用来克服的，小男孩说。当然是这样，她接过话头。他总是能给她信心，每次听他讲话，那股劲儿就能轻易感染到她。小男孩说，那是因为她仍然相信他。他们边聊边朝着摩天轮走去，两旁的树影投在他们的衣领、口袋和袖子上，黑色的浸进去，透明的汗气冒出来，小男孩接着刚才的话题，幼年时那场人狗之战，看起来是他赢了。可最近小男孩有种感觉，越来越强烈，可能他根本没杀狗，而是狗吞掉了他，变成他的样子继续活到现在，因为他最近又做起了那个梦。梦中，那条狗足足有他三倍大，伸出舌头就能把他从头到脚卷起，小男孩又怎么能砍下它的头呢？他饿得都没有挥刀的力气。那个记忆的假象是狗的愧疚之心造出来的，小男孩说，所以，至今他才敢承认，自己就是那条狗，不管怎样，他只是想活下来。听到这里，她心里发笑，是个好玩的笑话，她没表露什么，不想影响他讲述的状态，虽然他越说下去，距离她完成这篇访谈的目标就越远。他讲话很感染人，她宁愿他少讲一点，她信赖自己的观察，不比他滔滔不绝的言说差。可最近这几个月，她反复跟小男孩讲的是：请多说点什么，请说话，讲下去，请支持我，我需要你的配合。可能她也不清楚迟迟不能下笔的原因是什么，职业道德使她反复说同样的话，使她焦虑，急速瘦下去。这是一次全新的减肥疗法，她从未试过，但也不值得推广。这个行业里，像她这样的人已经是珍稀动物，她亲眼见识过其他人的墓碑是怎么被立起来的——那些优秀的前辈和同侪，一眨眼的工夫，他们的嗓音就哑掉了，蒙上眼睛，被埋进土里，腐烂，跟随着物质循环之河，流入宇宙，在晚餐前的电视时间，变成挂在天边闪烁的星子。而她还在继续工作，继续聆听、记录、写作，继续生命形态的运动，继续把希望寄托到下一篇报道上。尤其是这次报道，她觉得势必会撼动整个世界，就像核弹亮相广岛。这次报道就是新闻界的超级弹头，她如此深信，不仅是因为她报道了什么，而是因为她和小男孩之间的交往，让整个工作变轻松了。登上摩天轮时，她感觉座位晃了几晃，小男孩过于庞大，不得不猫着腰，挤进这个狭小的空间内，她顿时感觉四周填满了小男孩的身体。他每天锻炼但难免松弛的肌肉，从胸口的衣领处跑出的汗味、细密的胡楂、手臂上弯曲的体毛、隐现斑点的脖子上方发皱的皮肤、被烟熏黄的牙床和指甲，统统向她挤来——他们从未如此接近。小男孩缩着背，紧贴身后的玻璃板，头仍然抵着舱顶，他呼出的气打在她脸上。同样，她也是。她第一次在小男孩面前感到尴尬。认识大半年以来，她以为两人的关系已经足够亲密，既已亲密到能合作写出一篇报道，同乘摩天轮也就不在话下。但现在看来还差得远。她回想起以往乘坐摩天轮的经历，不说二十次，也有十几次，对面都是不同的面孔，年轻的、成熟的、活泼的、阴鸷的，但那都是愉快的记忆，至少在那一刻是纯纯的夏天炙烤的味道。只有这一次，跟之前的体验完全相反。随着座舱上升，地面几十公顷的荔枝林在视线中收紧，如同地毯表面卷起的毛球，树梢透出赭黄的反光，延伸至远处的山岭。人和兽都变得小如浮尘，车辆从树影的缝隙间穿过。来自冲浪馆的水，通过圆形的管道注入池中，绿莹莹的，人们坐着飞车经过时，水雾会痛击他们的脸。但她听不到他们的叫喊了。在半空中，无数放射性元素从小男孩身上的毛孔飞出，全打进她的毛孔里。玻璃窗和地板在颤抖。辐射让机器失灵，他们也许会掉下去，她惊恐地想，小男孩是个如此危险的人物，以往她只看到了他的和蔼，忽视了他的危险，这个人可能是整个社会最危险的人，就像他的绰号"小男孩"——1945年首次出现在人类历史的原子弹。他也把自己当成了那个唯一。在那个遥远的粤北山村里，他考试第一，体育的跳远和铅球第一。也是第一个走出去的大学生，第一个在珠三角当老板，第一个百万富翁，第一个在狮子山下开歌舞厅，第一个由西江游到伶仃洋，第一个在珠江电视台开《午夜》栏目，第一个会说五种语言的人。不过，最让他自豪的身份，还是第一个炼出铀的博士。小男孩可以这么说，因为他做到了连他父亲也没做到的事。"铀博士"，村里人都这么叫他父亲。但他父亲在那个深山的基地里从未炼出哪怕一克的铀-235。没进山前，父亲在初中二年级教化学，满村桃李，走在田垄上，随时都有人停下劳作，冲他点头致意。唯独自己的家门，父亲却很少进去。小男孩对父亲几乎没什么印象，只记得高、瘦、穿白褂子。母亲也很难描述父亲的样子，每次小男孩问起，她就会很生气。小男孩听别人说过，父亲在学校里跟学生好上了，这才很少回家，这也很能理解，那个年代不谈恋爱的师生，不是好的师生，但小男孩觉得事情的真相远非如此。没人知道父亲在山里干了什么。父亲进山后的几年，村里人还把他们家当成英雄的家庭看待，孤儿寡母怪可怜的，畚箕满了有人悄悄去倒了，柴堆在门口有人给偷偷劈好，隔三岔五还有人从厨房的窗缝里塞根红薯进来。小男孩跟伙伴们玩，别人都让着他，"铀博士的仔"，请他当孩子王。别人问他，你乳父几时炼出铀啊？炼出来了我们就不怕美国了。小男孩心里没底，随口说快了快了，今年就能炼出来。他们就在地上用碎砖头画原子弹，有人把原子弹画成波罗蜜，浑身是刺，有人画成他家的炉子，滚烫滚烫的，还有人画成一头水牛，黑黝黝，大肚子，铀就是牛胃、牛百叶、金钱肚，油油地流出来，冒着几年不遇的香气。生产队已经很久没有分牛肉了，等这次把铀炼出来，上头一高兴，说不定会犒劳一下。小男孩在地上画了几根紧张的曲线，别人问他画的是什么，他回答说是地震，原子弹就是地震，他当时觉得地震是一头最可怕的怪物，从后山的罗仙洞里冲出来，身上旋着火光，舌头唾沫晶莹，每个毛孔都能打出响鼻，眼睛一睁，茅草屋就跟抽干的气球一样干瘪下去，那些石头、瓦片、石锥、臼子、车辁辘全飘在天上，星辰般周转，最后掉到哪家，哪家就捡起来，风水轮流转。当然，小男孩从未经历过地震，也只是听村里的老人提过。后来真有一次，半夜里被母亲扯起来，地震了，她说，快走。小男孩晕乎乎地下了地就跑，鞋都穿反了。他只看到墙外烛火耀着,传来层层人声,夹杂狗吠,四处敲门板隆隆的声音,不断有人被唤醒,从乌木的窄门中走出来,或光着脚,或裸着膀子。小男孩还看到一些坚硬的乳房,顶着薄薄的麻布上衣,这些都是不常见的景象。他看到这些人加入户外露天守候的人群中,一同注视着他们的房屋,审视着他们的家园,他们在其中生活了几十年,却未必了解它所有的模样,他们目不转睛,生怕错过了某一瞬间,魔法一施放,这些土地就会大变样。他们嘴巴也没停下来,找人大声倾偈,说着一些没意义的话,好像跟平常也没什么区别,不过是大家约好了,一起半夜出来看星星,如此而已,根本没什么地震。大家在外头等着地震,而地震始终没来,要是来了,大家可能都不存在了,在睡梦中一切不复存在。当时母亲紧攥着小男孩的手,或者她只是想攥住自己的手,又冷又黏,小男孩个头只到她大腿根部,侧着眼睛,余光瞥到她被烛火照耀的脸颊,左凹一块,右凸一块,宛如那被雕刻的瘆人的洞壁。母亲一定在想父亲,小男孩也在想父亲,要是他在,至少他们不会有那么多未知的恐惧。地震那晚没有跑出来,之后却跑出了别的猛兽。共和国的第一颗原子弹,在当年的国庆后成功爆炸。小男孩的竹床都能感受到来自遥远西北沙漠的震动。消息传来,生产队确实杀了一头牛,做好羹,分到各家去,唯独漏了小男孩他们家。自那以后,村里人的态度来了个大转弯,哪里有什么"铀博士"?分明是个癫佬、黐线①,全家都是。小男孩和母亲走在外头,常常能感到别人目光的戳点。他困惑于村里人闪电式的翻脸,为什么会这样呢?他的脑袋里还无法理解其中的逻辑,或者说,这逻辑的

---

①粤方言,疯子、神经病,一般用于辱骂。

链条还没安装到他的脑袋之中，但总有一天会安装上去的，没有人能躲过这道工序。自出生以来，他就等着被那只钢铁的触手抓取，置于冰冷的铁椅上，尼龙绳紧紧捆住全身，动弹不得，钻头旋动，带起阵阵妖风，血液受恐惧的诱惑升至头顶，头盖骨经受着这种重压，挤出一种细密的爆裂声。他只记得这声音，其他的都已忘却。很快，他就被机器弹出，从蠕动的传送带上掉到现实生活当中，他也做得很成功，不管是学业还是事业，他都远超过其他同时代的人，因为其他人都没有他的预见。别人还没做信贷，他就先做起来了；别人还没搞房地产，他就先炒起来了；别人还没投博彩，他就搬来了国内第一台双色球摇奖机。可这些不能让他真正满足，小男孩在接受采访时说，这些无法解决他年幼时的困惑，为此小男孩变卖掉所有财产，全身心投入到家父未竟的事业中，并且超越了父亲，提炼出了纯度极高的铀-235。如果没有这项工作，他不会变得如此快乐，在充满氩气的实验室中，给铀化合物脱硝时喷溅出血红的二氧化氮，仿佛乡间氤氲的朝霞。小男孩说，跟这份快乐相比，本就短暂纤薄的生命，更像是一眨眼的工夫，谁还会计较它危不危险呢？α射线、β射线、γ射线，在这个危险万分的世界里，它们只是快乐的谐谑曲罢了。小男孩的这些话都被她记在了录音笔里。在一些失眠的夜晚，她放在枕头边反复播放，仔细咀嚼他口中发出的时而扁长、时而夸大的圆润的元音。她也许听明白了小男孩的语言，可爱的口音，充满童真；也许什么也明白不了，他传递给她的信息是彻底无效的，尤其是在这万丈高空之上，她根本听不见对面这个人说了什么，反正也不重要。小男孩其实是想问她丈夫的事情——单纯出于一种关怀。小男孩重复了好几遍，她才反应过来，回答说丈夫还好,准备动手术。一种罕见的脑神经外科手术,国内能动这种手术的医院没有几家。她先前跟小男孩不经意间提过这件事,没想到小男孩记得清楚。她丈夫很难说罹患的是生理上的病,还是心理上的病。体检报告很健康,没有一丝问题,也见过一些心理医生,到后来,心理医生只要见了他们夫妇,就偷偷躲起来,他们在诊所里玩起捉迷藏的游戏,在仓库里他们找到了医生,像揪着鼹鼠似的,把他背到屋顶,威胁他若不治好丈夫,就把他推下去。医生马上接口说他宁愿被推下去。因为他从未见过这样的病,完全超出了他的理解范围,这种病症,很可能无法治愈,在可预见的三十年内都不可能。作为医生,他不会去治不可治之病,这样会影响他职业的成功率。成功率,一串有效率的数字,比一个真实的活人更重要,这就是我们嘴边常挂着的话,不管什么话,说得太多就会成真。小男孩想,她肯定需要一笔不小的钱。小男孩很想帮她,但他也拿不出钱来,无论是在这高空之上的密闭玻璃空间,还是别的什么场合,他都是个穷光蛋,他的亿万财富一部分随着实验室里的化学反应消逝在空气中了,一部分被没收充公,塞进了执法人的衣囊,最后一部分,也是最关键的一部分,还留在他的大脑里,取之不尽,用之不竭,是造物者之无尽宝藏也,如果可能,小男孩愿意把大脑给她,哪怕给个十分之一,她也能用上几辈子。这绝非诳语,不知道有多少国家都想得到他的大脑,黑市的价格,一克已经炒到了六万美金。一旦他的大脑出现在市场上,《防止核扩散条约》将成为一纸空文,这足以改写人类历史。但就是这么稀罕的一颗大脑,只是被她用来采集报道的素材,当成拼凑成她那篇文章的积木,未免有点可惜,小男孩一直跟她强调这个,她何必这么执着于写作呢?就算这篇报道轰动了一时，又能带来什么改变？再怎么着，这也不过是一篇文章，老掉牙的媒介形式。文字不会再深刻影响人的任何感官，相反，它在稀释所有人的心灵，腐坏他们的脾性，让他们从日常的紧张生活中获得一丝毫无意义的放松，论实际效果，还不如一块切猪蹄筋时能快速反弹的砧板，或者是电商售货架上打八折的烤箱。毫无意义。还不如让他们持续机械的日常，如此机械下去，生生世世，机械的大脑互通宇宙。她就是把这样的工作当成了宇宙。小男孩看着她想，说明这个社会对她的教育是如此成功，他眼下能做的，只能是尽力配合她，完成这篇报道，好像她一完成她的工作，丈夫的病就马上能好。此时，座舱正缓慢下行，旋转即将终结，小男孩一边想，一边感到了一种眩晕。她在他对面，脸颊贴在铝合金的边缘，若有所思，瞳仁里的黑色过一会儿才抖一下。小男孩才发现她的眼睛很大，超出了正常的比例，风景都能倒映在她的眼球中，他能借此看到地面的景色从另一个方向和他们运行的轨迹相反，直接插进她的眼角膜。一声响动，摩天轮停了。人们陆续从座舱下来，他们也跟着下去，会入人流，热浪徐徐向他们脸上扑来。通向场地出口的狭窄小路两旁，有一些中年人在卖菠萝和荔枝，还有一种浸泡在冰水中的青柁果，蘸上辣椒、盐特别好吃。他们在小摊前停留了一下，她观察到小男孩咽下唾沫的样子，于是掏腰包买了一点，装在袋子里拎着。小男孩被这香味勾住，跟在后面。她边走边心里暗笑，觉得自己像个小偷，偷窃了独眼巨人的装备。她故意加快脚步，让巨人没那么容易追上她，她一会儿东，一会儿西，一会儿快，一会儿慢，她突然停下来时，小男孩差点把她撞倒。她从来没跟丈夫玩过类似的游戏，近似的只有和老爹玩过，那时她还是小女孩，老爹则是一个蹒跚的巨人，他们玩瞎子摸人，她躲在楼下的鞋柜里，从缝隙的余光里，看到老爹正准备下楼来找她，一只脚正迈过楼梯的台阶。我在这里，她喊道。蒙着眼睛的老爹一激动，一脚踩空，从楼梯上摔了下来，把腿摔断，打了半年的石膏。这件事过去很久，她都不能确定自己最原始的动机。也许只是为了赢。只是为了赢得某样东西很简单，但你不能赢得一切。走到环球飞车下面时，她把手中的袋子递给小男孩，小男孩接过去，有点犹豫，接着把水果放进嘴里嚼起来，热带的酸让他皱起鼻子，脸上的肌肉更加松弛，似乎一阵流动的空气就能带动这些帆布似的褶皱。她越瞧越觉得亲切，那些令她觉得亲切的瞬间都不是小男孩的正常状态，或许他从未有过正常，他的正常很早之前就被剥夺了。酸食可以使小男孩成为正常人。她在心里默默记下这一句话，又是一个可以展开的角度，又可以写两千字，甚至五千字，体量在不断扩大。她最早接到任务时，觉得不过能写个千把来个字，应付一下得了。但自从丈夫出状况后，她对工作的热情顿时减退，初次见小男孩时，她的眉毛就画了一半，口红在唇上凝固干裂，惨兮兮。铁墙内的那人也差不多，因为脊椎发病强忍着疼痛，那个有强烈自尊的人忍受疼痛的模样富有魅力。如此交往越深，她就越发觉，小男孩所忍受的简直是无法计数，因此他所散发的魅力也同样是无穷无尽的。他每天只睡眠三个小时，小男孩对她讲述说，他会上二十个闹钟，轮番提醒他清晨六点起床，迅速投入快乐的工作中。他会先打扫实验室，整理毛发似的拂拭夜晚受潮的金属导芯，检查超声波清洗器里的污垢，让蒸馏水器的冷凝管和恒温水浴锅的不锈钢托盘闪闪发亮，刚好能够反射从窗户照进来的第一缕阳光；马弗炉是一定要看看的，是他的能量源泉，伸手在上面还能感受到昨天的时间燃后的灰烬；然后到餐厅里用早餐，在院子里放松肢体，早晨的工作最有效率，喘不过气来，中午用餐后他才会歇息一下，游泳二十分钟，接着躺在椅子上读卡尔·波普尔的《猜想与反驳》，那"世界3"的理论让他陶醉；有时候在读张东荪和胡塞尔；此外，他还对分析哲学和语言学感兴趣，并且写了厚厚两千页的笔记，但最终被他烧掉了，理由是他无法忍受自己的文字，他唯一承认自己无能的地方是文学，他对文学和文字没有信心，天生如此。下午他一般会埋头到各种资料、卷帙、论文里面；夜晚会继续白天的实验，此时他的感官最为敏锐，随着时间推移，钟表敲响零点过后，他逐渐深入的敏锐却带来了另一种困扰——连几百米开外的青木瓜发酵的气味、云气挪移把月影暗中遮蔽的响动、螳螂跳跃到配偶背上旋即滑落，以及人们在床榻上翻滚时皮肤和被褥摩擦的信息，他都能感知得一清二楚。这其实是很要命的干扰，他硬着头皮干下去，直至工作完全无法继续为止。那时大概是凌晨三点，驱动大脑从最高挡减速至最低挡，然后渐渐熄灭，但对他来说也不是简单的事情，上床，闭目，一些遥远的梦仿佛黑色的骏马，一路驶近，嘚嘚响，从后院到走廊到玄关到客厅到卧室，把来自荒野的温热鼻息吹到他脸上，然后等待下一个工作时刻的到来。他不信奉超人，小男孩说，他做的每件事都是出自本能，他做的就是普通人本该做的事。实际上，普通人做的事和超人做的事都是由现代社会来界定的，目的是把一小部分人捧举到高处，把他们从同胞里独立出去。我们现有的社会，是一个虚伪又脆弱的结构，它无法承担所有人的潜能被完全开发的风险。虚伪又脆弱。只要认清这个本质，就不难理解他何以能够像超人一般工作，绝不浪费一秒钟，并且忍受着那些数不尽的粒子在体内冲撞的痛苦，他一停下工作，胸腔和胰脏就犹如被千万根针刺，大肠和精索打结并翻转三周，他说。当然最可怕的是脊椎，有时深陷入背部，有时凸起来，由于长期磨损，它已经不知道成了什么形状，可能是椭圆，也可能是菱形，最终会从体内消失，距离那一天也不会太久。倘若他继续那样工作下去，将来发生什么谁也不知道。小男孩所做的只是在和时间赛跑。他赢了，在录音中他声称自己提炼出了高纯度铀-235，在法庭上他也这么说，但没人能找到他的罪证，无论如何审讯，小男孩都说他炼制的铀就在实验室里。他一口咬定，口气带着懒洋洋的骄傲，说服所有人认定他有罪，包括法官也相信他的罪，因为从未有人如此急迫地想把自己送进牢狱里。审判员也觉得，不过是做个顺水人情。但他们都想错了，小男孩自述说，他绝不是想到监狱一游（恰恰相反），小男孩只是想保卫那个事实，也就是他真的炼出了铀，那是他一生最大的成就，不容抹杀。这比自由什么的要重要得多。一定要把这句话放到报道最显目的位置。作为标题，小男孩对她强调说。她说当然，可能是一句屁话，回答小男孩时，她的大脑一片空白，可能是因为他的塑料普通话，可能是采访远超她的预想。过了几天，她对小男孩有了更大更隐秘的兴趣。可能连她自己都说不清楚，说出来就会令她胆怯。若是小男孩说的那个铀真的存在，她的任务就是把它找出来，借小男孩之口。像小男孩所说的，她也不过是在用自己的方式去保卫那个不容置喙的事实。吃完水果，他们沿着人工坡道爬上去，本来想玩太空滑板，却还是放弃了，体力不足以支撑下去。小男孩开玩笑对她说，这就是人生中让你不得不服老的时刻之一。她也笑了，因为小男孩虽然是在开玩笑，但他还是很严肃。就如同他穿有衣领的短袖格子衬衫、裤脚把一双表皮有点发皱的靴子裹得严丝合缝一般严肃。她找了一张石凳，小男孩也跟着坐下，那里视野开阔，可以看到还有另外几条小路顺坡而下，有些业已荒废，满是石头杂草，堆积着建筑材料和刨起的黄土。后者像一块巨大的布丁，温暖可爱。黄土背后是一排黄皮果树，顶端的枝条上挂了被遗弃的风筝，透明的尾翼融入日色，散发同样的白光。这时大概是下午四点，气温并没有减弱，他们坐的那个地方可能是唯一稍显阴凉之处，偶尔有风，夹杂着潮湿的热，从他们脖子和腋下擦过时带走的水分极其有限，但每次都是新鲜、细微的刺激，他们仔细品味着，眼神在四周游动。这时，小男孩突然指着某个方向，说，看那里。她顺着他的所指，看到地势低洼的远处露出的红墙黄瓦。那是一座庙吗？她问，并不确定自己是否看清楚了。妈祖庙，小男孩告诉她，那是珠江口地区第二大的妈祖庙。她想知道为什么小男孩这么肯定就是第二大，不是第一大，也不是第三大。他的讲述的权威总是不可抗拒，照理说，她当记者，这么多年来，也跑了不少地方，可小男孩就是有资本说，他走过的桥比她走过的路多。小男孩接着说他想起很多年前大学刚毕业，他没有去分配好的机关上岗，去了深圳一家公司当饮料销售员，一份被人睇低的工作，饮料也不好喝，他却借此见识了许多地方和人士，因为他是最不起眼的人，也是最被需要的人，他运行在城市的血管里。他见识过在广州码头来回穿梭运送香蕉的木船，有时候还能碰到越南女老板穿着拖鞋，歪歪扭扭地沿着河道走，对面的白天鹅宾馆在水面映出墓碑般的倒影，某一年的圣诞节他在里面住过，和霍英东的表舅在一楼大厅的吉祥物前合影；还吃过玉堂春暖餐厅最早的鱼翅煲，那时的鱼翅还是货真价实的。当时他和一个外省来的姑娘谈得火热，那姑娘住在惠州会馆，也就是廖仲恺被刺杀的地方旁边。两人分手后她还去深圳找了他几次，他们去了"世界之窗"和"锦绣中华"，目睹那些可笑的微缩模型被人群围得水泄不通，还有很多天真的小孩子，手里挥舞着亲手制作的紫荆花旗和国旗，在夜里通明的街道激动地奔跑。他从那个世纪走来，那个世纪离他而去。他清清楚楚，汕头的二十亿骗税案登上报纸头条的当天，他正走在海关钟楼之下，那些穿着西装皮鞋的骚乱的人从大厦中走出，越过他，趴到海边的栏杆上啼哭，他不知如何安慰他们。年轻之时，他流过的泪不比他们少。亚洲金融危机那年，他还亲眼见到一具自尖沙咀新世界酒店二十六层跃下的尸体，恒生指数的广告牌就在路对面，他的菲律宾富商朋友，站在旁边惊呼，声音在嘴巴里共振，第二天，他们就成功签下合约，那次是他最成功的谈判，完全压过在澳门收购威尼斯人赌场的履历。他还记得第一次下注是在公海的夜航船上，黑暗似铁，船似梭，一位陌生大佬在赌桌旁叮嘱他，手稳气平，该晒冷就晒冷，那晚他把自己的手提箱填满，跟着大佬到房间里吃早茶，大佬手指上的大钻石，就那样射进他眼睛里，连带着那些枪声、雨衣、失踪的汽车、撕碎的电影票，湾区五十年一遇的十七级大台风。他当时看着大佬，就像她现在看着他一样无辜。后来，他拜大佬做契父，在马来西亚操弄了两年的烟草公司，他也许会一直做下去——如果不是契父在巴西被一粒子弹夺走性命，打破了他的虚伪生活的话。谢谢那粒子弹提醒了他。最根源的东西。此时，小男孩突然停下讲述，也许是觉得自己讲得太多，这些东西，在他那里无非是一些内在的噪音，小男孩担心会偏离采访的主题，虽然他也不知道那个主题是什么，但留给他们的时间不多了。小男孩希望自己在她那里是一个见证者而不是讲述者；因为亲眼见到一个东西，比描述起来要难得多——描述一个东西总是不经意的。哪怕是像他这样精密谨慎的思维，有些话一出口，它就不再可信，而观察那些事物需要更高的理性。三十年来，他一直通过观察去理解它们的变迁，把它们植入记忆，咬合为自身的一部分，并使它们不受岁月的腐蚀。这其实很困难。为何旗帜举起又落下，为何大厦建成又倒塌，为何琳琅满目的商品和条条框框的道理，集聚又离散，变成虚幻的互联网代码。理解了这些，化学公式就不过是给小孩子的家庭作业，他只用了半年时间，就学会了把铀炼出来的全部诀窍，可是要付诸实验，需要的是无穷尽的时间，就算炼出了铀也不是终点，一切才刚刚开始，小男孩说。他人生的下半场，或者说，他整个人生才刚刚开始。这些话要让她领会还需要时间。他们已经离开石凳，从一条小路下坡，然后绕过一侧，经过五米高的垃圾山和漂浮着蝌蚪尸体的水坑，重新绕回游乐场崭新的场地。在这之前，他们要弯腰穿过栅栏。几乎是同一时间，他们从头顶到尾椎骨的直线低垂下去，探进栅栏空隙，她听到一连串噼里啪啦的声响，她认为是小男孩身上发出的，小男孩却说不是。他可能并不想说谎，他也可能是听不见。声音确实存在。小男孩和她在路上继续争辩，可是谁也不想承认自己在变老，承认自己弯腰的一瞬间，确实比几年前延长了那么几拍，甚至，跳出了尴尬的切分音。"不存在的音响"，就像小男孩口中的那条狗，无可奈何地老去，他也不甘心自己在她眼里就成了那么一条狗，最终被她斩首、埋葬。于是他们走到大摆锤下面。小男孩突然冲她大声喊，别说那么多，来比一比就知道了。小男孩的意思是坐上去，看谁先闭眼睛，谁的胃先受不了，谁先叫喊出声。输的人要讲一个秘密。她想也不想就答应，缘由可能是她觉得自己没有什么秘密，可是小男孩就不一样了，他身上大大小小的秘密，少说也有几千个：有一般秘密，有超级秘密，也有终极秘密。没有这些秘密，她的核弹新闻就无法完成。来做个交易。做交易时大脑才会停止思考，让它放松一会儿。她觉得小男孩一直都太紧张了，仅仅因为如此，他说的话才没法让她明白，可能这就是他的活法、他的紧张、他的裸命。排队等待时，她就在想这些，刚才小男孩为什么反应这么强烈？她最初只是想开个玩笑，所谓玩笑就是两个人走在路上，突然毫无征兆地定下一个目标地，开始赛跑。谁都玩过这个游戏，跟你的亲人、爱人、朋友，越亲近的人你才越无顾忌。可小男孩把越亲近的人越看作是最大的敌人，好吧，放马过来。她回忆起老爹那条打满石膏的腿，论相爱相杀，她也不会输给任何人。游乐场的服务生差点阻止了他们的比赛，因为小男孩的高龄，他已经不再适合玩这个项目，服务生说。但小男孩是听不进去的，小男孩只会反复向服务生证明他就是个小男孩，心理或生理，他都是独一无二的小男孩。争论陷入僵局时，她帮了他一把。她告诉服务生，她是他的监护人，一切问题由她承担。最终服务生屈服了。他们顺利坐上大摆锤，在尾部的环形座舱缓缓准备死亡摆动之前，她问小男孩之前有没有坐过，小男孩回答说，当然。二十多年前或三十年前，他带儿子坐上去过。那时儿子考了全校第一，而他醉心于实验，已经半年没见儿子了，那段时间儿子蹿了十厘米，超过他的肩膀，说实话他也吓一跳，儿子很可能会比他高，也会比他聪明，恰好说明这种基因的强大，注定不会被什么外来的基因所打败和摧毁，而只会越来越强劲。祖荫庇佑。

这时摆锤开始启动，小男孩的话停在这里。她其实挺想听他讲儿子的事情，因为他是第一次提起家庭，如果不是他提，她不知道他还有这个概念，还不仅是概念，是他所得意的成就。她还在想象他儿子的长相，突然，一股力令她后仰，脑袋被按向皮椅，她不自觉地张开手脚，做出保护的动作。小男孩在笑，她看到了，笑声立即被周围人的喊叫掩盖，他们已经进入状态了，放松，她心里说。她侧过头去，小男孩用眼神示意她向下看，地面的轮廓逐渐变形，被视线磨成亚光，有人打着阳伞，有的手举过头顶，还有人孥着头发像锃亮的蘑菇云，虽然她也不知道他们是谁。换过来，他们在底下向这边观望，也只会看到一群蚂蚁般的生物，被绑在线圈上晃来晃去，谁会在乎蚂蚁在想什么？接着摆锤一甩，接近一百八十度，她差点叫出声来，就算不是从喉咙发出，也是从胸腹间发出的，而小男孩似乎什么也没听到。她的胃好像给这么一下移动了几厘米，悬浮在半空，经过漫长的停顿，马上随后向下俯冲，坚实的地壳向她撞击，紧擦着她的影子，心脏怦怦跳，还没跳够，又被甩到另一端的空中去。这次，她只觉四肢似乎在脱离自己，整个人从圆环座舱中凸出来，别人都在位置上，目视着她。独一无二，只有她跟其他人不在一个位面，像阿姆斯特朗，回眸凝视破旧的星球，独一无二，也是孑然一身，最高级的特别，也是最高级的孤独。随即她被翻转过来，血液流向大脑，肺压住了气管，再次以加速度下坠。这么几趟过后，她已经无法忍受，这场游戏、赌博、比赛，她根本没有赢的可能，因为邻座的小男孩一声不吭，几乎感觉不到他就在旁边，他玩这个游戏，就好比一个军人在医院挨了一针管，不会有什么反应。她这才发觉，小男孩并没有把这个当成游戏、赌博、比赛，他当成了一场战争，跟他在实验室里经历的战争相比，跟他日常所忍受的苦难相比，这个只能算是摸几把鸟枪、打几发铁炮的程度。小男孩可正是这样的战争狂人和不断地挑起生活里争端的人。几秒的真空中，她朝小男孩瞥了一眼，然后电话就在大腿间振动起来。只有她自己知道，振动充满焦虑，可她此时没法接听。等摆锤停下后，她从上面下来，走了几步，看起来没事，在椅子上一坐，胃酸马上反涌，她狠抓着扶手开始吐，小男孩站在旁边，冷漠地观赏着他的战果，一言不发。这时，她的手机再次响起，更加焦急。她伸手到裤兜里，掏出手机，再掏出纸，仔细把嘴擦干净，然后走到一旁去接听，十分钟后她转回来，眼圈发红。小男孩这时有点无措，很难分辨她的反应有多少是因为输了比赛，又有多少是因为这通电话里的信息，但怎么说他都有责任，他不该那么冷酷，虽然他们也还没那么亲密，他们只是一场合作的伙伴——虽然在小男孩看来，这场合作很可能最终是无意义的。小男孩边想边来回踱步，等她情绪稍微稳定下来，他立即凑近过去，对她说，其实是他输了。她有点蒙。他认真地重复了一遍。他才是真正的输家，他会给她讲他的秘密。本来不是一件复杂的事情，小男孩的口气却让她怀疑起了事实，他总是有改变事实的能力，不管是不是她输了，小男孩都可以拍拍她的头，给你块糖吃吧，别哭了。包括接受她的采访也是对她的施舍。小男孩本来可以拒绝这次采访，像他这样的人，就算从监狱中出来，也并非一无所有。她等着他开口，他们并肩走着，尽量让谈话的氛围更舒适一点，他却想先知道那通电话到底是怎么回事。好吧，这时已经无法分辨是她在采访小男孩，还是小男孩在采访她。刚才的电话是她的小叔子打过来的，她说，小叔子告诉她，她丈夫刚刚被推进手术室,小叔子问她在哪里,她如实告诉他。得知她正和另一个男人在游乐场,小叔子气得破口大骂她花娘婆。她连小叔子的秽语都诚实转述出来。小男孩没想到他今天出狱的这个日期竟然是这么个情况,那么,她为什么要来接他呢?他们今天为什么要来游乐场呢?她为什么不去陪着丈夫呢?因为她也好怕,她沉默了几秒后回答。她回想起以前把老爹送进手术室里,同样的医院,同样的房间,出来后老爹的头发都被剃光了,苍白而安静地躺在那里,一道刀疤留在头颅上。她离他远远地坐着,心想,以后再没有办法帮他拔那白花花的头顶了,他看上去像个假人,橡胶做的玩具,不合格的产品,在流水线上待命,很快就要送去火化炉里销毁,一刹那的事情,从大活人,到沉寂的玩具,远超出她最快的反应速度。她卡发条了,回想起几个小时前老爹在餐桌上还问了一句话,问她什么时候生小孩,温和、漫不经心,没有收到回应后他冷却下去,如同所有因衰老而熵减的老人一般。他跟其他人没什么区别,每天按时刷牙、入睡、散步,吃几粒鱼肝油,跟街坊邻居下下象棋残局,给狗洗澡,小心计算着剩余的日子。她和老爹都相信,只要坚持这么小心计算下去,日子就会无限延长,那个终极的警报就不会那么快来到。当然,最终证明这是一厢情愿,谁也没想到,一根不起眼的血管爆裂,就毁掉了一个人每天计算亿万次的大脑,被盖上白布,驱赶入冥府的马车。她当时在那里守了好久,一分一秒地流逝,倒没有特别悲伤,甚至可以说,离那种情绪还很远,她只是想知道,长久以来把他们这个世界和那个彼岸的世界隔绝开来的规则和链条是什么,一定中间有什么,一堵可随时开口的墙,或一张通行证,或一套异国口音的暗号。她想弄明白这些语言,得不少时间,她的职业没法回答，虽然她也做过无数报道，东奔西走，记录下那些消逝之物。比如她专门坐长途汽车，去报道一只在揭阳老厝翻出来的几百年的榕树根，看着它一点点地在曝晒下死去；她还在江门拍过岸边坠落的过冬的鸟，被古惑仔小孩压弯的碉楼横梁，被推土机推倒的祠堂、大屋、会馆，收破烂的浪人在街头枕着状元的牌匾过夜。有时候领导一个电话过来，她又会立即出现在粤西，两条村子为了各自尊奉的海神，聚众火并，在笔记中她写道，这些人看起来比《喋血双雄》里的成奎安还要狠。她还录了一些隐秘的声音，有婴儿学语时艰难吐出不成文的地方话，有庙祝喃喃念经，有郎官训斥娘婆，有战争时偷渡过来的越南女人在水泥地里拖着鞋走路的响动，有做海人拉纤的口号。各种各样，爬满了她的光碟、存储卡、优盘、移动硬盘，不知有多少TB的容量，最终存下来的不足十分之一——有的被家猫抓烂了，有的搬家时遗失了。就连这些也在死去，记录死去之物的载体也在死去，这是个最容易保存的时代，也是最容易弄丢的时代。她没法搞懂这些逻辑，所以她好怕，怕丈夫也跟老爹那样，动着进去，静着出来，最终变成一堆粉末。理性这时候帮不了她，她试过，老爹走后，她发了一条悼念在朋友圈，很多人在下面评论、安慰和关心，她从来不知自己有这么多的朋友，后悔了，想删除这条状态，如此轻易，她想不透的是，仅仅通过社交媒体就可以将一个人埋葬，只是发出简单的一串字符，就能够立起一座墓碑，任由人们追悼行礼，照这样，她可以用这种方式，杀死并埋葬任何一个人，任何一个人也可以这样杀死并埋葬她，如此往复，直到生命的死活变得无关紧要，所有人都习惯且接受了这一点。她说，在周遭的自由的虚伪的轻率的粗糙的浮夸的时代的毒气中渐渐麻痹，只要想到这个,她就没法在医院里多待一秒,这就是她要离开丈夫身边,跑来跟小男孩共度这个周末的原因。工作,工作,工作,愉快地工作。小男孩安静地听她讲完,好像并不在意她讲了什么,尤其是最后讲到工作。小男孩撇了撇嘴,这不是工作,小男孩说他不觉得他们达到了工作的状态,因为那是人类所能达到的最完美的状态,他们现在还远远不是,而是在晃荡。小男孩很无情,说这话时,他低低的嗓音恰好混合着花丛里广播的音乐,构成立体的和谐。他们经过一座白象雕塑,那是几何块面的躯体,象鼻向上卷曲构成一道回环,夕阳刚好从中间穿过。雕塑周围,人们匆匆走过,有些人停下脚步,拿出手机给它拍照,他们两人出现在镜头里,微张着嘴巴,谁也没有看对方,看起来就是毫无关系的两个人,因为一点微薄、廉价的情感捆绑在一起,而且在镜头里,这份微薄和廉价被放大了,包括他们的距离、步伐、甩动的手臂。他们之间的言语战争,从最早见面时就开始,长久持续地拉锯,她有时候多说一点,是为了引诱小男孩去讲述,而小男孩有时候故意让她多说几句,是为了把自己隐藏起来。就在这几句话的间隙,他们有丰富的空间,不像那只巨大、傻乎乎的摆锤,只会从左甩到右。她此时发觉,小男孩不是那么可怕了,他身上窜动的粒子流,会跟随着情绪而变化,若他高兴时,它们就潺潺流动,温柔可爱;可是若他感到了沮丧或愤怒,粒子就会在体内横冲直撞。她当然希望小男孩的好心情能稳定下去,至少现在还不错,今天就没有白费,别看他满口理性,小男孩就是小男孩,要把小男孩哄开心没那么难,让他赢就好了,要是他还有什么不开心,刚才赢得的那场游戏已经解决了一切,就连他说起话来,也是满嘴糖果的香甜,而不是中年人的牙臭和烟味。他接着她刚才的话题,用社交媒体埋葬一个人没什么丢人的。小男孩说,他甚至都没办法给父亲送葬。父亲消失了,原子弹爆炸后一年,母亲改嫁,对象是同村的跛脚男,跛脚男平时爱在村头的树下跟小孩们一块捉蝉,小男孩还记得这位继父迈进他家门槛时,一下子就认出了他。是你,继父笑嘻嘻地说。他顿时感到莫大耻辱,这耻辱是母亲给他的,母亲的耻辱是父亲给她的,父亲的耻辱是谁给的?当时小男孩的大脑里还没有太长远的逻辑,他离家出走了十来天,藏在牛棚里,牛被虻虫咬得闷雷般哞叫,总在夜里惊醒他,他慌张地滚下草垛,以为是又一枚核弹爆炸。当时小男孩老朦朦胧胧觉得,世界在大战,美苏的导弹在太平洋上空相互打着招呼,没有什么安全的地方,哪怕在他们这个最不起眼的小村庄,也可能经历着比核弹爆炸可怕百倍的事情。那段时间里,小男孩还住过桥洞、防空洞、学校的仓库、看林人的棚子、废弃的米缸,饿了便去地里偷香蕉和木薯,渴了便捧前山的溪水来喝。清晨坐在草坡上,瞧着砍摘过的甘蔗林里焚烧的黑烟,那股特别的气味,混合了发酵的蔗糖、牛粪、露水和氧化的植物纤维的气味让他宁静。这种宁静属于无知者,小男孩那时候就想,自己可能从未在这里存在过,从未生活在这个山村,别人看不见他。有一次,他睡在庄稼地里,放羊的人赶着黑羊经过小路,他跳起来,想吓唬跟在队尾的几只羊,它们却悠然地从他面前溜过去,小男孩被自己逗笑,又有点难过,想起了那只忠心耿耿的狗,可能是唯一在乎他的生物,却永恒地被他吃掉了。他想起住在海边渔村的外祖母,想去找她,得穿过一大片木麻黄林,耳边尽是西风刮起的恐怖声音,泥水渗进鞋子里,又黏又痒,落日的红光从极远处掠过沙地,射在山头被剥得精光的岩石上,仿佛抹得油亮的面包。他馋馋地盯了它好久，忘了时间，也迷了路，也不知是怎么回来的。他还去进山的路口守着，一有什么人影出现，他就以为是父亲，其实他都不知道具体是哪座山，也未必能认得出父亲，但那是他当时最后一根救命稻草。最后饿得撑不下去，小男孩爬回家里，母亲和继父看到他回来，也没啥大惊小怪的，当作什么也没发生。生产任务很重，他们每天起早贪黑干活，饭也顾不上吃，小男孩这才发觉，母亲正以惊人的速度精瘦下去，是一种向内的力，人变得沉默下去，言语在体内化作干瘪的结晶，甚至连一句关心也显得多余。又过了两年，村里乱起来，父亲这位"铀博士"，自然是第一位被斗争的对象，流氓、神棍、"大毒草"，大家决定把那条唯一通往深山的道路堵死，让这位老妖不再出来作怪。众人运起砖石和大树，填进那道垭口凿出的通道里。多年前也是这些人，注目着一群英雄的背影在那里消失。如今一切颠倒，他们要把那个恶魔的裂口堵住，像是个无底洞般，他们把所有能废弃的东西都扔进去，即便是那个匮乏到没什么可称之为垃圾的年代，他们仍然献出了自己的那部分，就是为了把小男孩的父亲永埋在深山之中。继父也在众人之列，依旧笑嘻嘻地，一手扛着木头，一手提着装石块的桶，热火朝天。小男孩远远地望在眼里，心底一点点变凉，恨意却渐渐浮上来。他转身往回跑，发誓记住在场所有人的名字，终有一日他会复仇。小男孩边跑边不自禁地兴奋颤抖，但他知道自己头脑清醒。回到家他发现母亲坐在门槛上，他走近，母亲转过脸问他，做完未？小男孩不知母亲所指何事，只愣愣地点头。母亲抿紧了嘴，慢吞吞地起身，递给他一块饼，一声不响，回屋里去了。多年后小男孩才理解母亲的微妙心思，那是更高明的、成年人的做法，而当时他还很生气，认为除了他自己,世界上已不存在可信任的人。从此他只信自己,所以拼命学习,立下新的希望,只有学习能使他强大起来,就连红宝书都是这么教的,知识就是力量,只有强大起来才能去解救山里的父亲。新时代的刘沉香劈山。他多么努力,也多么幸运,毕业后,正好是恢复高考的第一年,他正是那五百七十多万考生之一。借用糖厂临时改造的考场,黑压压的人头按在凳子上,旁边热水壶一放,花花绿绿,凳子底下横插出来洗刷得灰白的军裤、沾泥的凉鞋,其中不乏有的人刚喂饱小孩过来,袖子染着饭粒和乳臭,有的人则刚劁完猪,脸上红扑扑的,还带着搏斗的痕迹。这些场景远看过去,就是一幅伟大的波普艺术。在其他人还在挠头磨笔时,小男孩早半个小时就提交了试卷,然后到大队去把自家牛牵出来,在草坡上遛,碰到的人都以为他没去考试。放榜结果一出来,他的名字排在第一,也是唯一,全村唯独他考上了大学。那之后村里人的态度又是一个大转弯,不过,这些已不再重要,小男孩借此从一个村子里跳进了城市,从一个阶层跳进了另一个阶层。现在回想起来,这是那个年代才可能发生的深刻改变,只要这质变发生了,这条路打通了,它自然会有一股推力,推着你不断往上走,你连拒绝的本事都没有,你想向左向右向下,都不行。你不会想念那个涨高的位置,因为一不小心跌下来,堕落,变质,腐烂,他认识很多由此而富的人都那样,兜里满满揣着钱币,肚子里是滚动的油脂,巨大的重量,从上面摔下来的结果就更残酷。小男孩说,但是他不一样,经受住了考验。等他再次回到老家的那座山村,用钱买通了那些人,也买通了那些挖掘机的机械臂,它们在山里的鸣响仿佛肺痨病房里回荡的咳嗽,足足三天,才把那个多年前被堵上的通道打通。他一个人走进去,开始很小心,脚下是散落的腐木、石块和湿润的苔藓,景象和外面没什么不同。谷地狭长。后来地势向下,道路变得愈窄,很快出现了山洞,洞与洞之间有隧道相连,黄色的铀矿石四处可见。这些洞穴中间,隐藏着父亲的秘密基地,凭着血缘的直觉,找到它并不难,它就在此处,无时无刻不在招呼他,他现在给出回应,听见了自己的剧烈心跳,在黑暗中,碳氧钙铋化合物和磷的氧化物的光芒交织,他一一清点基地里的财产,作为浸出槽的几个木桶,地上散落着曾用来过滤沉渣的十几个麻袋,胶结在一块,硬邦邦如铁。有当成反应器的两口大铁锅,被厚厚的铁锈包裹,里头有重铀酸铵的粉末,混入沉淀二氧化硅的白烟。墙边还有许多的铁锹、锄头、锤子、锥子、瓶瓶罐罐。再往深处就是未炼的矿石,一层叠一层,一层比一层失败。逐级往上,自深深处,失败者的气息,单单站在那里就能感觉到,父亲什么也没炼出来,他的骸骨就在角落里,颅骨低垂,陷入胸骨,上半身靠墙而坐,股骨和腿骨向前呈一个角度张开,那就是父亲,再没第二个人是这般模样——哪怕是完好的父亲,小男孩也未必认得出来,但他相信自己的判断。接着他还发现了骸骨上的伤痕,肋骨上几道,咽喉处是致命的一击。就在他认为就要接近真相的时候,洞穴里突然摇晃起来,说出来都不相信,地震这头怪物,在多年前那个空虚的夜晚,它放了全村人的鸽子,却偏偏这个时候跳出来。小男孩匆忙冲出基地,连父亲的骸骨也顾不上,只一眨眼的工夫,山洞倒塌,那个秘密基地就消亡于眼皮底下,那些外头的机械臂被滚落的山石砸成残疾,也伤了小男孩一条胳膊。他抱着头,蹲下去,等一切停止。万幸没有大碍,他站起来,好像得到了什么,又好像什么也没得到,他只记住了那个失败者的角色,好像是故意的。这就是那个所谓的"规矩"和"链条"在他身上干的好事,故意要把那个图像输入他的大脑中,好不残忍,跟玩把戏似的。所以,哪怕是为了抵抗这些,小男孩也要把铀炼出来,抵消掉血液里那些失败的基因。小男孩说,显然他成功了,大成功,他炼出的铀饼,比国家级的纯度还要高几个度。小男孩说着这些时,声调也比平常高了几个度,她期待听他说下去,录音笔在裤兜里已经就位多时,等待那些字音从他机关枪似的嘴巴中扫射出来,甚至于,他讲了什么,其实不重要,把他的声音记录下来,就是重大的历史时刻。她都没有防备小男孩会突然向她发问,他问她,是否觉得他的成功不过是依仗了道具的便利,相对于他的父亲,他不过是享受了时代的红利,顺风顺水,单单是做实验的设备条件就不可同日而语。所以说小男孩并没有比他父亲聪明多少,还可以说,小男孩的才能远远不如他的父亲,因为在同等条件下,父亲能比他更快地炼出纯度更高的铀,只是父亲永远没有那个机会。他低下头,直勾勾地看着她涂了Burberry 97号色的两张唇,她的回答正从那里跳出来。她没法判断,正如她从老爹和丈夫的病床前退却一样,她和小男孩截然相反,小男孩是她所见过的人当中,意志最为坚定的。她说,他就不应该问出这样的话,这样的自我怀疑没有多大意义,意志克服才能,正是他一直以来所恪守的原则,默默忍耐一切,吞噬这个时代无以复加的噪音、表象和狂流,让他完成了普通人无法完成的事,这本来就超越了才能所度量的范畴,同样是她在报道中着力状写的方面,往这个方向上写,才会引起更多人的喜欢。当然不仅仅是为了让他们喜欢,而是能够真正影响到他们。这不是一件容易的事情。她觉得自己说得没错,但后半段激怒了小男孩,报道!

采访!他生气的是她永远把职业挂在嘴边,永远把身份和角色看得那么重要,同时也要不停地考虑如何打造别人的人设,把虚假的碎片砌起一堵墙,把自己也砌进去,就为了那群毫无鉴赏力、连一堵假墙也能看得津津有味的观众。他在监狱里可是对着一堵真实的光秃秃的墙看了二十年,看着它由白变灰,凝聚尘埃,接着刷子就过来,带着飞舞的颜色和气味,有时候刷成浅绿,有时候是灰蓝。这对他来说,就是播放幻灯片的幕布在变换,他半生的图像在此展开、轮播,所得的唯一结论是,他只是一个纯粹的人,天命如此。因为任何人只要自我视察过久,都能得出同样的结论。他长久地炼铀,同时也是长久地视察自己,他当然是最了解自己的人,知道自己的极限在哪里。而现在恰好是太多人逃避这一点。就像很多年前,大概是世纪之交,在县城与县城之间走动的杂技团里,其中有一项最火爆的项目叫环球飞车,特技演员骑着摩托,在银光闪闪的铁环轨道上越转越快,每个观看的人都想知道这速度的终点在何处,演员也更努力地驱动油门,无休止地和自己竞赛下去。一边吐血一边向前跑的马拉松,指数级增加的核弹头,光速印刷的钞票和跳跃的账目。这才是拴在我们脖子上最显目的链条。小男孩说,如果说他这大半辈子的工作和不知疲倦地超越自己,带来了什么结果的话,那也不是炼出的纯铀,而是这个道理。他最大的成就也是他最大的失败。小男孩在狱中悟出了这个道理。他庆幸自己有缘得见那个杂技团表演的现场。当时他和儿子正在客途中,是他提出的旅行计划,为了缓解青春期的儿子的轻生念头,他们从夏天开始了从城市到城市的长途旅行,仿佛也在追踪着杂技团的巡演。终于在某个珠江支流边上的县城他们追上了彼此。小男孩,和他的儿子——观众席上的万分之一，和黑压压的人群连成一片。他们的眼里只剩下那颗发光的铁球，悬浮于绿色的夜空，星星点点从网眼射出；演员和摩托的连影仿佛丢进铁镬中的一柄坚硬铁锤，移动、翻滚，碾过一切的马达声音；尾气在拼命地排泄，轮胎摩擦过铁轨，释放出瞬间的热能，车头的装饰灯单单扫射过来就能把视力融化，摩托每绕过一圈，观众就是一声叹息。这叹息同样也是像奇观般闪闪发亮，环绕着白热的铁球内轨。他甚至不记得，那些穿着反光衣服的表演者最终达到了怎样的速度，那必定是超人的速度。完成这件事已经不能用人来形容，是一束束电子，绕着原子核旋转，或者最终是另一种结局，变成逃逸的中子，朝虚空而去。小男孩从中看到了，那是核裂变或核聚变的极限，也就是他的工作无法再往前推进一步的时刻——尽管当时还远没到那一步，但他提前预判了它的到来，趁早缴械投降，他心里说，他就可以完全松懈下来，好好在泳池里游几个来回，尝尝午后的樱桃点心，再美美地睡个大觉，该干啥干啥，弥补他被偷窃的人生时光。但是他儿子不这么看，儿子个头已经超过他两三厘米，站在他胳膊可触及的地方。虽然两人之间不到一米的距离，他却感到儿子的背影距离自己很远，又令人窒息——儿子三年前就解开了原子在不同介质中自发辐射概率的微分方程，两年前学会傅里叶分析，半年前测出低耗材料下的低氚滞留的临界值和等离子体的磁约束数值。儿子是个比他更厉害的天才，也正是在儿子面前，他发现自己身上的平庸，以至于自我怀疑，就像刚才所说的，要不是沾了时代的光，他不比父亲好到哪里去。而儿子的天才血统比他纯正百倍，也可能炼出比他炼出的纯正百倍的铀，做到他不可为之事。当他开始这么想时，儿子就离他越远，从一个牙牙学语的婴儿，逐渐充气膨胀，脱离他手中的线。他想起儿子只有三四岁的时候，还是个左撇子，为了纠正过来，他让儿子用右手抓着凳子，然后举着儿子的小身躯转圈圈，儿子开心地大笑，奶声奶气，他也觉得亲切、快乐。这快乐是真诚的，不掺入任何杂质，是高级的铀，有时候不需要刻意提炼，它自然会找到你，可这终究是属于人生中的稀少时刻。小男孩不可能借助这样的时刻来安心，他的心灵上的那个缺口，需要持续不断、高密度的填充物。所以他在实验室里捣弄仪器的时候，儿子不知不觉地长大，还不知不觉地超越了他，就好比当晚他们都观看了那场环球飞车，他从中看到的是自己的极限，而儿子看到的是超越极限。儿子目光如炬，令他也感到害怕，他怀疑儿子能看到未来，身为一个炼铀者的悲惨未来，儿子能看穿所有细节，却默不作声。那晚他们看完表演回去，已经半夜，在旅馆住下。那里的墙纸潮湿卷缩。睡下两个小时，儿子偷偷起身，他紧跟出去，其实他压根睡不着。他跟着儿子从楼梯直上天台，光线昏暗，只看到一汪反光的池水。儿子脱掉衣服，赤条条地下去，开始游动。小男孩惊异地注视着这一过程，儿子下体初生的茸毛、线条坚毅的小腿，以及扑腾起的水花，安静地坠入四周的花丛里，似乎一下子被蒸干。他仿佛看到自己在工作的间隙游泳的模样，因为他们如此之像。他看得入了迷，他原来不知道自己是这个样子，在儿子身上，他才看到这些特有的姿态。不知过了多久，儿子爬上来，蹲坐在游泳池旁，冷得发抖，却没打算穿衣服。他忍不住走过去，问儿子到底想干吗。儿子抽泣着，回答他，不想自杀了，咱们回家吧。儿子口气近乎乞求，小男孩反而有些失措。这几个月来他将炼铀抛到一边，全心投入陪伴儿子，也是为了弥补这段缺失的父爱，终于有了一点成就，他却感到失落，好像这点成就来得太快了。他没法确定他们是否要就此和解，对抗才是他最擅长的状态，小男孩不知道他们之间的关系最好是和解还是对抗，或许对抗的时候想着和解，和解了又会想起对抗，永不满足，永远运动。直到回去的路上，在大巴车中，他才想清楚，无论是对抗还是和解，对他都没有区别，对儿子也是，他们脑子里想的只有一件事，就是前进，为了向前一步可以不择手段，这就是他们三代人的基因，优良的竞争因子。也就是这时候，他才发现儿子身上的重大的秘密，为了隐藏这个秘密且不断前进，儿子确实花费了不少心思。他怎么也预料不到，儿子身上竟然藏着一个可怕的核弹，或者说，儿子本人就是核弹，一旦引爆，周围几个城市都将化为齑粉。这不是比喻，也不是说着玩玩的，是小男孩亲眼所见，他以自己昂贵的大脑做赌注，这是真的。饶是如此，面前的这位女记者、女作家、温暾的女性主义者，仍然目瞪口呆，过了好久才反应过来，她问他这是如何实现的，核弹如何进入人体？小男孩纠正她，不是由外而内地进入，而是自内而外地生成。至于生成的过程，他也不甚了了，有可能是儿子解开符拉索夫–麦克斯韦方程后出现的，可能是儿子第一次偷偷探视他的工作室的时候，也可能更早，是他用浸泡过硝酸铀酰的手抱过襁褓的儿子之后，或者他把受感染的精液射进那个人民教师的阴道中的时候（儿子他妈，小男孩一向叫她"人民教师"，这样会让他好受点，抵消掉一些被她所背叛的不适感），这个危险的生命就开始形成，如果说小男孩是个足够危险的人物，那儿子还要比他危险万倍，以亿万计，就连这种稀有的危险，他们父子俩都在竞赛着，看谁比谁更危险。当然，结果是儿子赢了，哪怕是他站在儿子旁边，都能清楚地闻见那股临近死与毁灭的气息，是镰刀的腥味，焦土的腐臭，高悬的时钟指针倒计时地往前推动，嗒嗒作响，令他恐惧，做起噩梦，梦里只剩下一片光秃的土地。这一次，儿子完全超出他的掌控，这枚核弹，这个人，说不准什么时候会爆炸，这就是竞赛的最终结果，某日某时某分某秒，爆炸作为最高艺术形式宣布一切的终结，真的终结了吗？小男孩吞咽了一下唾沫，似乎在想着尽量延长谈话的内容，因为这次，很可能是今天最后一次。夜色四笼，游乐园内所有带轮子转动的器材都逐渐慢下去，停止，星星亮了起来，云朵和月球开始移动，又到了晚间新闻的黄金时间，一切静悄悄，一切无变化。他们往出口走去，遥遥望见一群保安列队在广场的棕榈下，胖乎乎的队长，进行着今天的工作总结，然后散开各自清场。今天结束了。她和小男孩心里同时冒出这一念头。他们即将进入广场，两个影子在地面上淡然交错，很快就要步入未知的离别，她的录音笔悄悄地不知何时停止了记录，因为没电了。却还有太多的信息未记录。这时，小男孩开口说道，这才是他愿意进入监狱的真实动机，监狱能给予他十年、二十年的囚禁，让他和儿子隔离开，若他们还在一起，竞赛就还会进行下去。不能这样下去了，一个人只要有理智、有良知，他都会做出这样的选择，不能引爆这颗核弹使成千上万的人无辜丧命。他应该对监狱和法律说一声谢谢，谢谢至少还有这么一条退路。并且在徒刑期间，他受了宝贵的教化，深刻反省，学习到许多东西。那不是知识，但比知识更高级，他终于明白如何在这个蓬勃向上的社会里做一个好公民，做一个受人爱戴而不是危险的公民，他也从不觉得这二十年的生命是被剜走了，恰好相反，他变得更充盈，一切都是值得的，和儿子分离这么多年，让儿子成为孤儿，独自在社会里长大，变老，现在也是"奔四"的人了。经过这么久的时间，小男孩相信儿子身上的核弹早已经消弭于无形，同样也多亏社会的教养，时间能解决所有问题，现在他做好准备去见儿子了，这就是他出狱后的归宿，他并不是无家可归的，他和儿子之间，将是一段全新的健康的关系。小男孩说到这里，她连忙补问他，是否知道儿子住在什么地方，如何能找到儿子。此时他们站在出口广场的边缘，三百米外大街上人来人往，在谈话的终结之处，他们同时感到脑袋空空，女记者求救一样向小男孩望去，她得仰起头才能够得着他上飘的声音，虽然他仍然口齿不清，声调怪异，无法理解，仿佛来自遥远的世界。她笔下的铀博士回答说，这也正是他最大的困惑，今天所碰到的每一个陌生人，看起来都酷似他的儿子。半年后她在那篇著名报道里如实反映了这句话。

东海绮谈集（二题）

盛文强

盛文强，1984年生于青岛，作家，海洋文化研究者。著有《渔具列传》《海怪简史》《海盗奇谭》《海神的肖像》《岛屿之书》等。

盛将军事略

公敏毅忠恪，尤善治兵，终以积劳，卒于任所。

——严澍《盛将军神道碑》

爱新觉罗氏当国之际，东海海盗蜂拥而起。水师出兵征剿了几回，却是败多胜少，折损了兵卒战船，到后来龟缩在旱岸上不敢出海。那时节，海盗啸聚岛屿，行踪不定，随时登陆大肆劫掠，抢夺钱财粮食，还要掳走男丁和女子，胁迫男丁为盗，强娶女子为妻。

海坛岛常有海盗过路，岛上百姓苦不堪言。到了嘉庆年间，终于有一位盛将军奉命弹压海盗，带兵进驻海坛岛。盛将军抵达海坛岛那天，海面上摆满战船，盛将军在船头的太师椅上端坐，手按剑柄，四顾睥睨。他身后站了两个兵卒，左手边的捧着茶壶，右手边的捧着水烟袋，随时伺候。将军就在从容悠闲中冲向了码头，船速飞快，而盛将军的举止迟缓，快与慢之间的巨大落差，更显得胸中有甲兵。大船停靠在海岛，盛将军在众人簇拥下登岛，留下部分兵丁看守船只，大队人马在码头列队，向岛上进发。

岛民在旁观看，还抬手指指戳戳，盛将军和他手下的兵卒，都觉得身上不自在。民宅的院墙上探出头来，手搭凉棚向海边瞭望。在海滩上拾贝的渔妇也直起身，望着密集的兵船。阳光经海水反射，照得人睁不开眼，盛将军和他的兵卒都成了影子，在海边移动。到了近前，一个个从黑漆漆的剪影中走出，摇身一变，胀大为圆滚滚的人形。

岛民以手加额，互道万幸，原来朝廷还没有忘记这弹丸之地，终于派兵来保护百姓了。在战船之上倚着一排生铁铸就的烟囱，烟囱的开口斜指天空。有人说那是火炮，用火点燃了烟囱屁股上的油纸捻儿，烟囱口就能放出霹雷电火，还伴有巨响和强光，足以令人双耳不聪、双目不明。无坚不摧的霹雷，连高山也能瞬间铲平，要是对准了人，千军万马也会化为灰烬。这东西也不太准，有时会炸裂开来，伤到自己人。可又听说海盗手里也有不少铁烟囱，到了开战时，火光闪烁，朝着水师的战船喷吐火舌，多年来水师战舰损兵折将，就是输在了火炮上。盛将军这次带来了十门红毛国的大炮，堪称当世威力最大的火炮。为了增加大炮的威力，炮筒上还贴了龙蛇蜿蜒的朱砂灵符。

有了火炮助威，盛将军有些飘飘然。他对左右说："在东海，红毛的大炮不会超过十门。"他本想说只有自己这十门红衣大炮,而左右随从却没反应过来,掰着手指还在计算。自从盛将军在岛上屯兵,海盗许久不敢来犯,只派出哨船,装扮成渔船,远远地窥探过几次,见盛将军的兵营里人来人往,海盗的哨探赶紧掉转船头回去了。岛民对盛将军刮目相看:"早就该派一位将军前来坐镇了,不过,现在来也不晚,正是时候。"

盛将军原本是行伍出身,早年是伙头兵,专司埋锅做饭。行军时他背着锅跟随,与敌兵交手时,他也要上去冲杀一阵,后背的铁锅帮他挡过不少兵刃。他是从伙头兵一步步拔擢起来的,后来也毫不讳言自己的出身,还引以为荣,逢人就要大谈"兄弟当年做伙头兵时"云云。那年他隶属李西岩总兵的麾下,军中得到情报,海盗要大举登陆劫掠,李总兵率部提前赶到,在野外安营扎寨。透过树林的枝丫,看见远处海面上透来的波光,探马来回穿梭,报知海上的动静。

那时盛将军还是伙头兵,红日西沉时,他开始做饭。前一天刚下过雨,柴草潮湿,他含着竹管在灶下吹火,呛得眼泪直流。火燃起来了,照亮了他脸上的汗滴,锅里炖着狗肉,是留给几位长官享用的。

肉还未熟之时,探马来报,海面上出现海盗船,正朝着岸上驶来。李总兵下令,全军开拔,向海滨地带进发。狗肉加了艾叶,在锅里随着沸汤抖颤,盛将军不舍得扔下,急切中拿绳索穿了铁锅的把手,连锅带肉一并拎走。他一手在前抓着缰绳,另一手提锅,随着大队向前进发。

战马飞跃沟壑,锅里的沸汤溢出来,溅在马身上。马惊了,猛地摇头摆尾,盛将军没提防有这股大力,手里的绳子也撒手了,热锅飞了出去。紧接着,这匹马急往前冲。海盗已经登陆,盛将军骑着惊马,闯进了海盗的队列之中。海盗顿时阵脚大乱，还以为是官兵的主将冲杀过来，只见马上骑着一人，正在闪电般突进，马来得太快，面目还来不及看清，马蹄已经踢倒了好几个海盗，海盗的阵形大乱。李总兵见状，当即下令擂鼓，带着兵卒冲杀上去，竟然获得大胜，海盗自相践踏，倒在泥水之中，海盗的两艘战船也被缴获。

战后论功行赏，伙头兵作战勇猛，论功排在第一。功劳簿呈上来，李总兵特意在伙头兵盛某的名字下点了两个点，不久便破格提拔为把总。此后这位把总见风使舵，半夜时总兵军帐里的灯还亮着，人影闪动，知道总兵还没睡，他便亲自下厨为总兵烹制夜宵，深得总兵欢心。此后十年之间竟然一路扶摇，做到了参将，这即是后来的盛将军。

盛将军刚做参将不久，上峰派他带兵驻扎到海岛去独当一面，与陆上的守军互为犄角之势。在海岛的日子里，盛将军经常亲临灶间，检查伙食，看米面肉菜的成色，兴起时还亲自下厨，施展一下旧时的刀勺功夫。锅里暴起大火，照亮了众人的脸，只见他手腕一振，将锅里的菜蔬抛上了半空，人们抬头观看，望着那些菜蔬的碎屑升上了最高处，稍做迟疑，就开始坠落。他肩膀用力，带动手臂，锅随臂走，落下的菜尽数收到了锅里，一众伙头兵齐声喝彩。

亮过手段，已是意兴阑珊。他把锅交给伙头兵，众星捧月般走出了厨房。临出门之前，盛将军指着墙上挂的刀铲，命人都收纳到木柜里，免得伤人。他的手下连连称是，做出恍然大悟状。更多的时候，盛将军在厨房里并不动手，而是看伙头兵做，火候不到，放盐过多，他甩手就是一耳光，打得伙头兵原地转圈，脸上隆起五条手指印。

有人劝道："请将军手下留情，些微小事，不宜惩罚过重。"盛将军怒道："不能打人，我做这将军还有什么意思?"说完便叉开右手的五指,作势要打,"老子做到将军,还用你来教我?"兵卒不敢多言,退在了一边。他们私下里议论道:"到底是个伙头兵出身,整天围着厨房转,这样的人怎么能带兵打仗?"

话音还没落地,就传到了盛将军耳中。毕竟有些殷勤的告密者,像蜜蜂一样不知疲倦,嗡嗡出入将军的大帐,将军就是最艳丽的花朵。起初盛将军只是一笑而已,毫不介意。后来听得多了,不由得有些恼怒了。思量再三,他决定主动出击,去海上寻找海盗的巢穴,与海盗的主力来一次决战,毕其功于一役,到那时,就没人笑他是个伙头兵了。

他的船队在薄暮时出发。本想借着夜色掩护,哪知刚到海面便迎头遇到大雾,先前的星斗月光也都藏匿不见,雾气汩汩流泻,堆叠在船头,愈是驱赶便愈发浓烈。船队难辨方向,在海上踟蹰不前。这时船舷一侧出现了两盏红灯,在大雾中施施然前来,眼见那两团红光渐大,似要撞进船队中来,众将官身上脸上都映出了红光,盛将军也变成了红头发、红胡子。船头一阵骚动,满船兵将都以为那红灯是海盗的舰船袭来。

在慌乱中,盛将军看见了大炮,赶紧从兵卒手中夺过火把,擎着火苗往引信上戳去。海上大雾,引信潮湿,燃烧时冒着浓烟,过了许久,大炮才隆隆醒来,炮弹向着那两盏红灯飞去。炮弹扰动气流,在浓雾中凿出了一柱空白地带,从那空荡荡的圆筒里望过去,红灯的光亮更为刺目,像太阳一般炽烈,令人不敢直视。后来盛将军还念念不忘,经常跟部下说起那时的场景:"就像一口烧红的锅。"

只听扑的一声,居然打中了,中弹之处似乎柔嫩,不像是硬物。两盏红灯骤然灭掉一盏,另一盏忽亮忽灭地闪烁。

盛将军又点燃了大炮的引信,还没等射出,只见剩下的那盏灯跳跃着远去了。就在这时,海面上起了大风,将雾气吹散。炮弹飞出,径直落在海水中,海面上炸起了巨浪,空中下了一场急雨。月亮和满天星斗又回到海上,只见海面空荡荡,并没有海盗船只。后来有人说,盛将军开炮击中的不是海盗船上的红灯,而是龙的眼睛。在大雾弥漫之际,龙看不清道路,就要拿眼睛点灯。

  盛将军的出征一无所获,在大雾中胡乱放了一炮,竟然打中异物。人们都说他打灭的是龙的眼睛,他也起了疑,不知是真是假,终归是"宁可信其有,不可信其无",心里犹觉胆寒,此后龟缩在军营里不敢出门。这一战使盛将军获得了意外的成功,他的声望达到了一生的顶点,远胜于剿灭一股海盗。在人们茶余饭后的闲谈中,盛将军成为天神一般的人物,他打瞎了龙的眼睛。盛将军听闻以后,也暗自得意,命军中的书吏写了捷报,派人送去总兵那里请功。总兵看了捷报,以为荒诞不经,随手往桌案上一扔。

  盛将军没有想到,海上射龙目,是他戎马生涯的顶点,到了顶点之后,便要走下坡路了,像他锅里抛到最高处的菜。这一日他觉得烦闷,趁着天色大晴,便带着几个兵卒出营去闲逛,美其名曰查看地形。一行人登上了岛屿的制高点,俯瞰全岛。这里是岛屿中心的一座山,登临送目,海风扑进胸襟,眼望着脚下房舍,还有远处的万顷波涛,不由得豪气顿生。盛将军抬起右臂,指点前方的海面,对众人说道:"自从我来岛上,海盗逃匿,不敢来犯,就连海上的孽龙,见我也要让路。"

  话音刚落,空中飘过一块方形的乌云,平移到众人头顶,乌云的四条边缘刀切般整齐,若不是内部有黑云翻滚,众人还以为那是一块黑毯。乌云来得出奇，盛将军和部卒仰头观看，乌云投下阴影将众人笼罩在内。这时，乌云中降下闪电，电光的鞭梢触到了盛将军的头顶，把电流传进了他体内，盛将军的全身都被电光包裹缠绕，瞬间又都熄灭了。

有人闻到了焦煳味，走到近前细看，盛将军已变成了焦炭，脸和手都是黑漆漆的，身上的衣服裂成碎片，在风中剥落。在众人的惊呼声中，盛将军仰面倒地，他指向前方的手臂仍保持不动，此时的指尖已经垂直指向天空。众人沿着那根焦黑的手指，一齐朝天上看去，翻滚的方形乌云中露出了一只巨大的龙爪，五个趾尖形似黑铁秤钩。龙爪缩回时扰乱了云层，现出了窟窿，周围的云絮齐来聚集，及时填补了漏洞。在那一刻，众人隐隐看到乌云中有一盏红灯。方形的乌云自行卷起，缩成一条黑线，随后凭空消失了，阳光重新照在了众人身上。

盛将军的儿子闻讯赶到岛上奔丧，随船带来了一位风水先生。据说这位风水先生是南七省的堪舆名家。盛将军的儿子今年刚十九岁，沉沦下僚，不得拔擢，父亲亡故以后，更是断了倚靠，他想要重振盛家的门楣，于是想到请风水先生泛海来到海岛，为他的父亲盛将军寻得一处佳穴。按照秘传的风水理论，死者在风水宝地安葬之后，其子孙必能得以显贵。盛将军的富贵来得太快，去得也快，他的儿子有了更上一层楼的野心。这正是：由穷入达易，由达入穷难。

在岛上盘桓几日，风水先生无所事事，终日饮酒，四处游荡，直到有一天，他在一处向阳岙口中停下来，不再挪动脚步，眼望着岙口吞进的一湾海水，在阳光下闪耀着碎金，他眯上了眼睛。盛将军的儿子听说了，急忙赶来和风水先生相见。

刚到了风水先生的身后,风水先生就知道他来了,没有转身,就说:"有一处佳穴,却是在这岙口里的浅滩之下,海水之中,沿着岙口的中线,去往海中二里,用船做棺,到了位置把船凿空,就能保你盛家子孙代代显达,出现的大人物难以计量。"

盛将军的儿子将信将疑,他倒不是担心父亲葬在水里:"那么,盛家将来的大人物有几何?"

风水先生朗声道:"就像东海的岛屿一样多。"

东海的岛屿,大大小小加起来,少说也得有几千个。盛将军的儿子掰着手指暗自盘算,面现喜色。

船棺如期下葬,盛将军的儿子也就放了心。盛将军去世后,朝廷新任命的将军还没到,这时节,盛将军的儿子俨然是一岛之主,随意驱遣父亲的旧部,日渐跋扈起来。风水先生也受到了冷落,减去了酒肉,换成了窝头,撤去了丝绸被褥,换成了干草,许下的酬金也想赖掉。日子久了,忽想起这风水先生既然会布局,同样也会破局,这样慢待,恐怕他前去施个破法,干脆把他关进马厩里,用铁链锁了,和马在石槽里共同进餐,好教他无法动弹。

这一日,食槽里有兵卒加水,水中有小鱼一尾,风水先生捉鱼在手,又撕下一条衣襟,咬破手指写了几个字,塞到鱼嘴里,向空中一扔,鱼不见了踪影,一直在空中飞行多时,终于落入海中,摇头摆尾,直向北游去。

风水先生的徒弟在遥远的北方。这天早上,他在井中打水,摇动辘轳,来自大地深处的木桶重见光明,水桶里有一尾鱼,在水里转圈,忽然抬起头,吐出了书信,正是那风水先生的衣襟。徒弟展开一看,才知道师父落难,被人锁在了海岛,不由得勃然大怒。这口水井的底部通着海眼,小鱼从这里进入内陆。徒弟急急南行，到了东海边，乘船前往海岛。

他到达海岛时已是夜晚，潜入军营的马厩，找到了师父，将师父的铁链砍断，看管马厩的兵卒正在赌钱，师徒二人互相搀扶着逃到了海边。

"徒儿来得正好，今天一定要帮为师报仇。"风水先生说。

"怎生报仇？他们人多，我们只有两个人。"徒弟说。

"你要把他家的风水破掉，我们再走脱，就算是报仇了。今天晚上，那座船棺会有动静，盛家后代的大人物，今晚都要从船棺里出来，到尘世当中去游荡，到了合适的时候，便会降生到盛家，成为显赫的人物。你只要候在海边，登岸一个，你便拿刀砍一个，千万不要放过任何一个。"

徒弟点点头，扶着师父在礁石后倚靠。师父连日来遭毒打和捆绑，又不得饮食，失去了力气，这大开杀戒的事，只好由徒弟代劳，好在要杀的不是真人，而是一团团人形似的虚影。这时，船棺上方光华大炽，先有一人蟒袍玉带，头上顶戴花翎，骑着马从海面上经过，如走平地。等他到了岸上，徒弟从礁石后蹿出，手起刀落，将那人斩于马下，人和马都消失不见。骑马的似乎是武将，官服上的补子绣着猛兽之形。紧接着，还有乘坐轿子的文官，补子上绣着珍禽之形。

"原来是一群衣冠禽兽。"徒弟心中暗骂，攥紧了刀柄，一一砍杀了。再往后出来的大人物，却一改本朝服饰，换作了贴身装束，上衣有四个方形口袋，下边是笔直的裤子，再往下是黑皮鞋。徒弟一个也没放过，照样把他们砍为两截。这些人都是虚影，倒地之后轻如败絮，随即消失不见。再往后，还有人穿着半截袖的白衬衣和黑色直筒裤，也被一刀砍中。

此时的徒弟已经力乏了，他挥刀砍了一夜，船棺之中车水马龙，纷纷涌上岸来。再往后更有奇装异服，又出来五位，有男有女，都在青春年少，一路谈笑风生，从海面上踏波而来。他们穿着黑袍子，戴着黑色的瓜皮帽，帽子上顶着一块四方的黑盖，其中一个尖角指向前方，方块黑盖的左侧，垂下了一束红穗，每个人的手里还拿着一卷白纸，不知是作何用。

"那方块的帽子，是两百年后的装束，就像现在的状元帽，是科场功名的标志，不要让这奇装异服给吓住，年代不同而已，并无大变，赶紧上去砍杀了吧。"

徒弟强打着精神，一连砍掉四个，还剩下一个，砍得偏了，砍掉了头上的帽子，那人匆匆逃上岸，往松林里一钻，就不见了。

这时的船棺不再有动静，看来就是这么多了。"只逃走了一个。"他跟师父说。"不妨事，这个已经被你削去了帽子。两百年后，世上才会降生这样一个人，他难以靠帽子招摇，却要凭真本领，对他来说未必是祸。"

在夜幕的掩护下，师徒二人离开了海岛。盛将军的船棺从此暗淡无光，再也无人知晓。据说后来逃掉的那一个就是我——早年科场蹭蹬，如今只能靠卖文为生。

老人鱼

天有长庚星，海有老人鱼。

——聂璜《海错图》

金山卫的王农山御史致仕还乡之际，已是古稀之年，齿牙松动，两鬓萧疏。想起宦游在外的日子，顿觉平生无趣。他的后半生都在矛盾中度过，昔年同游的朋友风流云散，夏允彝、陈子龙抗清战死，而他却做了清朝的官，旧友便都不上门了。他在康熙年间做过御史，暮年回归故里，勉强算是乞得了骸骨。他终日往来于山林之间，倚在树下听着风声，策杖攀上山顶看海上波涛翻滚。

王御史想把山林景致挪移到家宅之内，有这种想法已经不是一两天了。适逢有人卖地，便派人去买了下来，筹划建一园林，种千竿竹，竹林后盖书房三间，在此读书，名曰旧雨斋，自己题了"旧雨斋"三个大字，请工匠刻了匾，他指挥着仆人爬高挂在了正堂之上。又据地势起伏，在高处堆叠假山，有石阶盘旋通往高处，山顶有凉亭，可在此纳凉。园中点缀奇树幽花，耳目为之一明。又在低洼处掘地为池，引入活水为溪流，注入池塘中，又从另一边开了泄水口。园林无水不活，经溪流的蜿蜒贯穿，园中景致都与溪水相邻，沿着水流的方向前行，便寻到了池塘。池上拱桥斜跨，可趴在桥头观看水中游鱼，一看就是半天，直到太阳跃入中天，晒得他脊背发烫，才起身回转。

此处园林作为养老之地，工程耗费甚巨，当地百姓称之为"王家花园"，眼睁睁看着平地上起了一座宅院，院门紧闭。王家花园落成那天，亲朋好友都赶来祝贺，众人聚在书房中，但见窗外竹影沙沙，窗台上兰叶葳蕤，桌案上珍本图谱堆叠如山，香炉中烟雾笔直升起，众人啧啧称奇，眼之所见，耳之所闻，鼻之所嗅，皆是清雅之物，用王御史的话说，就是要"去一去三十多年的官场秽气"。这是过来人的话，年轻的小子们，哪觉得官场有秽气？只觉得香喷喷。

仆人献上一轴手卷，是王家花园的全景图，由王御史亲自绘制，参照了工匠的图纸方位，均用青绿山水之法绘出，草木竹石皆有明朗润泽的风致，每处景致用小楷标出名目。两个书童各执手卷的一端，王御史在图上指点点点，顺着他手指的方向，众人在纸上先行游览了一遍。

这时管家王福来报："禀老爷，外面有个渔夫求见，说是从海上得了件宝贝，好像是个活物，在筐子里一拱一拱的，也不知是什么，他说要献给老爷。"

王御史来了兴致，对王福挥了挥手："让他进来，请到外面凉亭去。"转回身又对众宾客道："诸位和我一起去看看，是什么稀奇宝贝。"

众人簇拥着王御史，穿过了回廊，在廊柱、画栋和藤蔓、叶片的光影交错中缓缓通过，众人身上光斑频闪。来到凉亭之内，亭子外面有溪水环绕，白鹅卵石铺的底子，明净可人，众人皆称妙。王福引着一个渔夫，朝凉亭这边走来。渔夫戴着斗笠，挽着裤腿，脚上穿着泥浆浸透的草鞋，身上的衣服倒是干净，不见一个泥点，在他手里拿着竹篓，似乎格外沉重，不知里面装的是什么。

来到凉亭之内，见王御史居中坐在石椅上，还有几位白须的老者坐在王御史身侧相陪，年轻一辈的就在左右侍立，凉亭内狭窄，有的人站在了凉亭之外，向渔夫这里观望。渔夫还真认得王御史，上来就要磕头，王御史绕过石桌，把渔夫搀起来。渔夫抬脸看着王御史，说：

"今天我在海上得了一件奇物，要献给御史大人，听说王家花园今天落成，特地献来宝物庆贺。"

说着，他把竹篓放在石桌上，揭开盖子。这竹篓的外壁是活的，能分成四片，向外展开平铺，其中有一坨白亮的物事显露出来，人群中惊呼起来。原来是一个硕大的头颅，俨然画屏上的寿星，头圆而长，额头球状凸出，两眼目光炯炯，口中喷气呼呼作响，再往下是皱纹密集之处，褶皱中有小蟹出没，还有两条细长的腿，向前盘成了一圈，将这大脑袋稳住，不至于歪倒。就在石桌之上，凭空生出了这件怪物，打开的竹篓平铺在桌上，怪物身上有水渗过竹篓的缝隙，沿着石桌边缘滴落，地面上已经积了一摊水，在水滴的连续坠落之下，这摊水动荡不安，镜面破碎又聚拢。

王御史老眼昏花，只见渔夫把竹篓拆卸开来，露出一坨白亮的圆球，他凑到近前，俯身细看，圆滚滚的肉球蠕蠕而动，在白色的底子上，还罩着青灰的薄纱，不细看难以发现这层颜色，它们由无数细小的颗粒组成，在凉亭的阴影之下，怪物的颜色也随之变得更深了。吸引王御史的，是怪物的眼睛，两只鸡蛋大的眼球，镶嵌在头颅两厢，眼眶围了一圈翠绿，金黄的眼球明亮而又活络，眼波流转，在眼球中映出了狭长的黑瞳孔。

王御史逼近了细看，与怪物的眼光交接，怪物的瞳孔骤然收缩，缩成了一条竖线，从那竖线里窥人，王御史一惊，赶紧往回撤身，怪物的大脑袋也晃了几晃，幸亏有两条腿盘坐，才稳住下盘。怪物的嘴部是凸出的一截圆管，随着气流的鼓动而起伏，发出"呼——呼——突——噜"的杂音，众人侧耳细听，想要分辨它在说些什么。人群安静下来，怪物的声音格外清晰，均匀递送到每个人的耳朵里。

起初众人认为那只是一串毫无意义的杂音，来自异类的啼鸣，或许是被执之后痛苦的呻吟。生活在高檐广厦之下的大人先生们，何曾接触过这类奇幻生物？听了多时，才发现它的发音并不简单，它的语调愈发急速，音节也复杂多变，似乎是在讲述自己的来历，眼珠转动，向众人扫射，众人面面相觑，没有人听得懂。

人群中走出一位老者，打断了怪物的话，他环顾四周，对众人说："诸位，此物从海上来，似乎是神物，故能口吐人言，只是所说语言难以通晓，似应为上古之音，佶屈聱牙，看来此物当有千万年的寿数了，今日得闻上古正音，幸甚至哉。"

渔夫赶忙接言："不错，此物是鱼中最长寿的，能活三千年以上，俗称寿星鱼，也叫老人鱼，俗语云'天有长庚星，海有老人鱼'，说的即是此鱼。此鱼深藏在海底，一百年才出现一回，恰逢御史大人花园落成，正是福泽绵长的吉兆，大大的吉兆啊。"

"不错，果然是好兆头。"又有一青年书生进了亭子，朝王御史拱了拱手，又向众人道，"记得《神异经》里提到过'西海有神童，乘白马'，谓之海童，道是个孩童模样的少年郎，今日见到老人鱼，当属海童之类的神物，不过，看它皱纹堆叠，倒像是耄耋老叟，不妨称之为海翁，若有张华再世，便可以记到《博物志》里头了。天工造物之奇，实在难以逆料，跟随伯父左右，真是开了眼界。"

这青年书生是王御史本族的侄子，当众卖弄了一番，还不忘拍马屁，众人纷纷点头称善，王御史也是捻髯微笑，对那年轻人道："贤侄果然渊博得很。"青年书生甚是得意，他环顾左右，用力瞪了瞪眼角，想让那双小眼看上去更加明亮。他东瞧西看，眼光落在了老人鱼的嘴上，耷拉的肉管，管口黑洞洞的，滴着水珠，他上前拨拉几下，笑道："这嘴还真像是那活儿。"

人群中一阵哄笑，也有几位长者皱起了眉头，青年书生见势不妙,讪讪退了下去。然而,众人的兴趣却不在他身上,而是围拢过去看老人鱼。有那擅长丹青的,早已掏出随身携带的笔墨,开始在纸上摹写老人鱼的形貌,身后围着一群人在看。又有一人取出洞箫,呜呜咽咽地吹奏起来,更为老人鱼增添了几分幽玄之境。在乐曲声中,老人鱼恢复了安静,它似乎也懂得音律,眼皮向下低垂,眼球沉浸在眶中,在泪水中悬浮。

王御史转而问渔夫:"我看你谈吐不俗,也像是个读过书的,怎不求个功名上进,也能光耀门楣,却做了渔夫?"

渔夫道:"小人自幼读书,怎奈连战连败,未能如愿。如今逢进必考,眼看无事可做,家中贫寒,只好跟舅父到海上去捕鱼,补贴家用。"

王御史命人赏了渔夫五十两银子,说:"你拿着银子回去,就不要出海打鱼了,好生读书。"渔夫千恩万谢:"多谢老大人厚赠,我回去攻书,争取早日上岸。"说罢,向众人长揖,带着银子,欢欢喜喜地回家去了。

老人鱼搁置在王家花园里。消息不胫而走,全城轰动了,都说王家得了个海怪,人们来到王家花园,都想要一睹老人鱼的尊容。

一天之内,王家花园的访客就有三千多人,老人鱼早就被移到了竹林之中的空地,摆了一张桌子,老人鱼趺坐在桌上,桌子四周钉了木桩,拦着绳子阻挡观众,只能在绳子之外观看,不得靠近抚摸。在密集的人头潮水中,独有一处空白,那是风暴的眼,老人鱼位于风暴眼的中心,偶尔颤抖一下,浑身的褶皱荡漾,隐约看到内瓤里的脏腑,漂浮在水做的身子里。人群中也不乏饱学之士,有一位赞道:"好,肝胆皆冰雪,如此透彻,定然不是妖邪之辈了。"

前来看热闹的人群，王家一概欢迎，大门敞开，刚装的门槛磨掉了油漆，竹林里的土地松软，众人合力踩出了三条小径，王御史命匠人沿着人们踩出的小径，铺设了石板，变成了石板路，石缝之内撒了白沙，那是去往竹林中心的通道。

王御史坐在凉亭里，石桌上搁置茶点，他的客人已经散去。现在，更多的游客聚集在竹林中，从凉亭望过去，人流在竹林中出入不绝，形同集市。管家王福欲言又止，王御史看了看王福，问道："你想说什么？"

王福说："老爷，有句话不知当讲不当讲？小人的父亲在海上营生，从小跟父亲在海上，见过不少新鲜玩意儿，这个老人鱼，倒像是个大章鱼，只是有两条腿，就显得有些奇怪了，章鱼有八条腿，方才我细看了，好像是有人切去了六条腿，只剩下两条，切口的断茬还在，就在大脑袋下面。"

"我岂会不知这种献祥瑞的把戏？只是园林新成，图个吉利，不便点破罢了。暂借这怪物一用，来传一传我家园林的名声。你传出话去，有谁想看老人鱼，尽管放进来看，门房不准阻拦。"

王福愣了一下，应了声"是"，转身去门上照应了。不多时，又有人流拥入，在回廊檐厦的转折之处，都有王家的仆人在引导行人通过，朝房中窥探的乡民，皆被仆人劝阻。此刻的王家花园，变成了博物馆，展陈的是一奇幻生物，人们焦灼不安，唯恐奇迹消失。

在不远处的竹林中，人群不愿散去，眼看夕阳就要沉陷下去，却仍在地平线上徘徊，迟迟不肯落下。这时，老人鱼忽然膨胀，浑身上下攒着力气，忽从嘴中喷出大团水雾，仿佛时间停滞，众人惊得张大了嘴巴，水雾升腾，恰似热锅的蒸汽，团团涌出，将老人鱼覆盖在白雾中，影影绰绰的，看不真切，人流的包围圈受惊向外扩散，风从竹林顶端落下，那团水雾散尽，再看桌上的老人鱼，已经消失不见，只剩下一摊水渍，倒映着半空中交错的竹影。

"妖怪，妖怪！"人群中炸开了锅，早已有人跑到竹林外，但还是有人眼尖，看到桌子底下有异物蠕蠕而动，浑身沾满土，身子圆滚滚的，正是方才立在桌子上的老人鱼，它在水雾的遮蔽之下，滚落到了地上，还滚了一身泥。逃走的人重新折回，蹲在地上看老人鱼的狼狈相，泥土和竹叶包裹在身上，随着它的喘息，沙砾从身上滚落，落下大片的土痂，露出里面耀眼的白肉，两条细腿像鞭子，在地上抽打，方圆七尺之内的地面烟尘四溢，沉重的肉身匍匐在地，或许正在宣泄它的愤怒。

看热闹的人群中，有一孩童折了一根竹枝，去捅老人鱼，老人鱼吃痛，一条细腿抽出，卷住了竹枝，夺了过去，拿着竹枝向孩童打来，嘴里还发出了吱吱的尖叫，震得众人耳鼓生疼，那孩子吓得哭了起来，蹲在原地动弹不得，竹枝抽打在他脚踝上。孩子的父亲从人群中出来，赶忙扣住孩子的腋下，把孩子凌空拔走，孩子的双腿还在半空中踢腾。

老人鱼扔掉竹枝，躺在地上喘着粗气，椭圆的肉球一起一伏。经过这一番剧烈的运动，它身上的泥沙脱落大半，露出里面青白的皮囊，还有几处擦伤，狭长的伤口，白肉向外翻着，流出了淡蓝的汁液。难怪它的外皮有些发青，在它体内，流动着蓝色的血，当它愤怒时，血液在体内奔涌，脸面上就会呈现出鸭蛋壳的青碧，清澈之中又有阴郁，仿佛暴雨来临之前的天空颜色。

原来它没有什么神通，最多只是会喷水罢了。众人心里稍稍安稳了一些，同时也觉得兴味索然，这等神物，也有灰头土脸的一面。原本指望它显露一下神通变幻，起码要宝相庄严，令人心生敬畏，毕竟是跟天上的长庚星相对应的，哪知如此狼狈。

天黑了下来，众人陆续离开王家花园。老人鱼被人们看了一天，又掉在地上摔了一跤，奄奄一息。王御史见老人鱼委顿在地，于心不忍，命两个仆人用竹筐抬着老人鱼，到海边去放生了。仆人来到海边礁石上，合力挟持竹筐，如同泼水一般，硬生生地把老人鱼泼出去了。黑暗中白影入水，两条长腿催动，瞬间不见踪影。

不出三天，王家花园就名声在外了。官宦之家的私家园林，原与百姓无关，却因老人鱼的陈列展示而打开了大门。在乡人眼中，王家花园是一处神秘的所在，亭台阁榭与奇花异木的交织，令人迷失归路，又有老人鱼这样的奇物在王家花园里公开展览，见者到处传讲，就愈发神奇了——王家花园的植物叶片肥硕，秋来结成一人多高的硕果；日暮时分，王家的用人四五人合抱一只果子，喊着号子，朝宅院深处走去，果子熟透时自行爆裂，汁液喷洒红雨，院墙上浸染堆积的也染成了紫色。据说还有西洋使者送给王御史的礼物，一株食肉树，护院的家丁夜里在树下小解，被食肉树的锯齿叶子裹去了阳物，尖叫声在大宅中响起，楼中渐次亮起了灯火，人声和犬吠搅乱了夜晚。

王家花园的秘密不止这些，老人鱼在此展出，似乎与王家花园的气息正相宜。在一座充满异物的私家园林中，老人鱼适时出现，镶嵌在奇花异卉之间，与那些花木一道，共同展示造化之奇。老人鱼是活物，似乎更能吸引人，它成为当地人的共同记忆。到后来，竟传说老人鱼能口吐人言，预知未来之事，更有甚者，说老人鱼能飞天遁地，瞬息间千万里之外，还能穿宅过户——它在深夜里从海中飞出，在低空翱翔，到了海滨人家，便跳窗而入，用两条细腿倒悬在房梁之上，起夜的人在黑暗中猝然相遇，半空中倒挂着一只头颅，还有两只眼在夜里放光，看一眼就会失魂落魄。

  王御史听到这些，暗自好笑，所谓野叟乱弹，难免荒腔走板。那只经过修剪篡改的章鱼，如同鬼魅一般，在人们茶余饭后被频频提起，成为平淡生活中的调味品。上至八旬老叟，下到三岁孩童，都在谈论王家花园。王御史走在街上，听到背后有人说，看，那是王御史，就是那个王家花园的主人。这种结果，是他乐于看到的。又有人说，王家花园里有长寿的老人鱼，王家的御史大人定然要长寿了。这种话，也是他乐于听到的。渔夫得了赏钱，王御史得了美名，可谓皆大欢喜，这都要感谢那头怪模怪样的老人鱼。

  又过了一个多月，王家花园的细处已经收拾停当，工地上的废料运走，假山上的青苔滋生，移栽的花卉也重新打起了精神，新宅退去了火气，人工添置的木石，在空气中暴露久了，也变得熨帖，此时的宅院最为宜人，王御史叹道："又离自然天趣近了一寸，可惜的是，人工之力，永远无法抵达天公之力。"

  这天王御史正在读书，阳光透过窗纸，管家王福跑进来，说："老爷，上个月来献老人鱼那个渔夫，在海上出事了，半边脸皮让海怪给撕掉了。"

  王御史一愣："他遇见什么怪物？"

  "说是府台大人的母亲要过八十整寿，渔夫出海去找什么祥瑞，好去府台大人那里去讨些赏钱。他舅父说，网里打上来一个圆滚滚的东西，有八条腿，腿上有吸盘，吸住了他的脸,他硬往下拽,就把脸皮拽掉了。"

"如此说来,倒像是又抓到了大章鱼,难不成他又要故技重演?"王御史站起来,在屋里走来走去,"达官贵人家的喜事,比沙砾还要多,只要家业不败,便日日是好日,上哪里去找那么多祥瑞?"

王福说:"要找祥瑞,去海里找,倒是不难。海里异物最多,只要选些不太常见的货色,再动点手脚,就能蒙骗一时了。"

王御史听了,眉头紧锁。他想起渔夫的面孔,黑灿灿而有光泽,如今被章鱼的吸盘撕去了半边脸,恐怕要半边红、半边黑,成了阴阳脸。想到这里,王御史不觉头皮发麻。

六脚马

焦 典

焦典，1996年生于云南，北京师范大学文学创作博士研究生在读。作品发表于《人民文学》《十月》《诗刊》《雨花》《星星》《青春》《飞天》《汉诗》等。获第六届"青春文学奖"中短篇小说奖、2020年"中国·星星年度大学生诗人奖"、首届"京师—牛津青年文学之星奖·金奖"等。

哎，我跟你讲，你莫看我是个女的，在这一片，骑摩托没有哪个骑得过我。你们不是都爱去大草原骑马吗？你坐着我的摩托，跟着这路上上下下，起起伏伏呢，不就跟骑在马背上一样吗？

你讲我骑得不快？这你就不懂了。这里的山路这么多弯弯，快一点就翻下去，这么老高，警察来找都找不到尸体。你莫着急嘛，路还远得很，慢慢看风景嚜。

对了，你晓得我们这里那场著名的猴子大战？到现在红河人还在津津乐道。

有两群猴子，一群从河谷那边游得过来，成群结队龇牙咧嘴的；另外一群就从山上慢慢地下来，一只接一只地倒挂在树上。一边攻，一边守，嘴撕手挠，打得满林子的猴毛乱飞。山里面那些鸟啊雀啊的吓得全都飞起，连我也只敢远远地望着。按翻一只就往死里挠，周围那些猴子见了，也就全部围上去，等得打完走开，地上那只猴子往往血肉模糊，整头整脸都被抓烂了。你问为哪样打架？我也不是十分了解，听人说是因为原来的那些香蕉园被整成生态林，林子绿了，猴子的脸也跟着饿绿了，打仗就是自然的嘛。

跟着猴子打仗的消息一起传到我们耳朵里边的，是斗波从山边边上掉下去，摔死了的消息。他是个正经八百的当地人，这个正经也好像让斗波生下来就跟通到外面的东西有点仇，每次不管是坐板车还是面包车，都要出点麻烦，不是摔掉点皮，就是擦掉块肉呢。所以喽，听到斗波在山路上摔死的事情我一点儿也不奇怪，一心只想看猴子打架。看看看着，发现在那乱战的猴群中间，正奔着一匹马，左突右避，艰难向前，四条马腿都直直地绷着。

马腿绷着还怎么跑？

我赶紧大喊："是哪样？"

这一喊，马上的人转过头来，没有提防，竟是斗波的老婆，前面牵绳引缰的人是春水，戴个红头盔，我差点以为她脑袋被猴子给挠得开了花。再仔细往前看呢，哪是什么马？不过是春水那辆吹风吃土了许久的大摩托。两人四条腿，紧紧箍在上面，远远望去，挤出马腿的样子。山路又窄，左跳右跳的猴子碍得她们骑得越来越慢，摩托汽缸当当地响两声，低头丧气地停了下来。

自然喽，这次又是没有跑脱。

几乎都是这样的，在尿意把人憋醒之前，那辆老摩托嗡嗡的引擎声就已经把人吵醒。睁开眼睛，又是一天的清早。春水的老公鼾声响得跟什么似的，一双黑脚，一直黑到膝盖，板板地伸在外面。至于春水呢，早已三把并作两把洗了脸，一条腿已经跨到摩托车上去了。

春水是这附近第一个跑摩的的女人，日日年年，在山路和柏油路之间转。车站、路口，摩的一排排地停起，人一走出来就乌泱乌泱地挤上来，拽包的拽包，拉衣服的拉衣服，身材小点的，还不等你说不，就已经被按在摩托上坐着了。然而春水，也不拉人也不吵架，有人来问就轰起油门走，没的人来也就趴在摩托上，手轻轻地拍着摩托，好像在安抚一匹真正的马。家里平素的开支，都在她那汽油马背上。最怕送那种拖家带口去大医院看病的，一家三四个，屁股全部压在摩托上，都要多扭两转油门才跑得动。掏起钱来，像被抽枯了的井水，挤不出多的两块，转两个山弯弯，遇到个交警，反倒可能被罚出去。

为了这一辆车，吃苦不少。大女儿去世的时候，春水还在摩托上。不知道遭了什么虫，大女儿嚷身上痒得很，大个大个的疱，抓得十个指甲里都是血。当爹的耐不住闹，拔开一罐杀虫剂，手指尖上喷喷，慢慢往女儿皮肤上抹。土方法，见效快，抹了立马停了痒。背上腿上还好说，身子前面，自己不能抹，把杀虫剂丢到大女儿手里，自己蹲门外面吸水烟袋。猛地听见摩托的隆隆声，以为春水回来了，站起来一看，是别个。那人嘿嘿笑："等老婆呢？"懒得说话，蹲下继续大口吸水烟，水泡咕噜咕噜响。那人捏一把刹车，扎在门前："等不着喽，载一个小白脸，故意颠起骑，骑一路，颠一路，早就颠到宾馆里去喽。"说完，拍了拍屁股灰，又扭起走了。水泡是咕噜不起来了，这种话听了没有一千也有八百，满肚子憋火进了屋，大女儿仍旧在那儿号。哗一口："毛叫了，跟你那个妈一样，天天叫起给老子丢脸！"大女儿渐渐止了哭，待到晚上春水回家，手里拿一支白药膏，地塞米松，大女儿身子已经硬完了。春水咧开嘴想哭，被老公一拳头打在脸上："跑你妈的车，天天在外面乱搞，这都是报应！"说完却自己哭起来，嗷嗷的，像狗叫。

哎，你也莫骂他，他一辈子没读过几天书，每天在家里帮着看娃娃，在这边男的里面已经算是可以的了。春水，春水读过书，她妈是马帮红颜。你不晓得马帮红颜？这是说了好听，其实就是没了老公的寡妇。说是她爹以前跑马帮，有一些钱，可惜有一次走烟帮就没回来，不知道是死了，还是跟那些没良心的一样在别处找了新的，这种事都是很常见的。

哦，斗波，你是问斗波的老婆为哪样要跑？这种事，我也不好和你直接讲，毕竟人家两个现在还在一起。我这么和你说吧，斗波的老婆是从河那边来的，不是自己来的，是别人带过来的，你明白吗？不明白就算了，今天天气好得很，你来的时间还挺合适的。

你看你看，你们大城市读书的人就是不一样，讲哪样一点就通。你晓得就行了，莫到处去讲，小心他们来打你。其实斗波老婆第一天来的时候，我就晓得她待不住。直挺挺一个杵在门口，不讲话，眼睛里黑黑的，像要下大暴雨。我见过的，她这种就是长了马眼睛的女人，别个女的像驴，温顺吃得苦，每晚被老公骑在身上打几个巴掌、踹几脚，第二天还是起大早干活。她这样的不行，哪个都管不住她，只要她那两条腿还长在身上，她就一定会跑。

斗波老婆叫什么？这我还真不知道，她刚来的时候不会

748 / 六脚马

讲我们的话，到后面点也不管她叫什么了，这些从河那边过来的女人，名字就是拿来忘记的。这个女人真的是胆子大，第一次是让人从河里给捞回来的，自己拿绳子捆几捆木柴捆，就敢往河里放，还没到河中央就被水冲得七零八落。河里好危险，面上看着流得不快，其实下面水冲得你游都游不动。第二回更胆大，敢往山里没路的地方跑，那山路，是能随便走的吗？山也是活物，山里的时间会伸长也会缩短，一下雨，就会泡发膨胀，跟干木耳似的。反过来，如果是毒辣的大晴天，就会被晒得起褶皱，走一步其实就迈过了三四步的距离。那几天正是雨季，连下了几天的雨，等人找到时，破衣烂衫，饿得直啃草，然而一双赤脚，还踩在隔壁山头。

你莫笑，她不是当地人，哪里会晓得土山土水的威力？你问后来？后来脑筋就转过来喽，晓得土办法是对付不了土山土水的。能指望着离开这片地界的，除了长翅膀的鸟，就是春水的那辆大摩托了。

一转过山，更多的弯弯绕在眼前。

"走起！"

一声喊，新的屁股又落在摩托车坐垫上，一层假黑皮，磨成个蜘蛛网，时不时吐出点黄黑色的纤维棉。

去哪里还不是几脚就到？天没刮风，但耳边呼呼的，感觉山都在转着跑。上到一个大坡，舍不得给油，干脆两个人跳下来，扶着往坡上爬。

"大姐，坐你的摩的还兴自己推车呢？"

春水撇撇嘴，怪人多话似的："冲到半截上不去，我们一起摔到沟沟里，你的这点儿车钱还不够我买药的！"

"我看是你太抠搜了吧！舍不得磨摩托，留着给你养老呢。"

脸上红红，落得有点儿难堪，转眼看见自己的手指盖里，积了一层泥，赚钱吃饭，还管那许多！"莫讲了，不想坐就算了，这一截路我也不要你的钱了。"

巴巴地望一眼那山，要是自己腿着走，还不软成根面条？只好不说话，跟在后面推摩托，慢慢地过了坡。

这招屡试不爽，又省下几滴油钱，春水喜得按两下喇叭，招呼着又跳上车：

"走起！"

等到送完客，这时候路上已经没什么人了。这个时候还在路上转，天黑都到不了。天一黑，人的眼睛就蒙上了，山兽精怪，都敢在路上拦着你。然而春水还是一个人，在路上慢慢跑。日头远远地挂在西边了，老摩托红漆银把，肚子里发动机轰轰响，像匹老战马刚下了战场，银枪还支着，喘确实免不了的。遇到大坎子颠一下，嘎吱叫一声，后车架屁股，前转向照灯都擦破点皮，这又是挂了点彩。速度很慢，春水一双腿闲闲散散，老将军似的，跟着自己的老马前前后后晃。

遇到个电三轮，才从城里回来，按按喇叭："嫂子，还不回去？没的人了。"

"晓得没的人了，我就转着看看。"

"有哪样好看的？除了石头就是车。"

"车子好看嗟，有辆车么哪里都可以去。"

"莫看喽，天黑了赶紧回家烧火，你老公娃娃都要饿死了。"

这正是说到春水怕处："白天娃娃吵，晚上男人骂，在我这辆老马上才能有点清静哟。"

这哪里像是一个母亲说的话嘛，斜着眼睛看看她，踩起电三轮又走了。

其实倒是听了话早点儿回去好,不然也不会惹得那么多人笑。

缓缓骑过一个弯,耳边的声音突然之间转换了频道。那些风声鸟声都停了,轰隆隆的响声慢慢地压过来,震得耳膜都在动。莫不是地震?心一下子抖起来,在这山路上遇着地震,那石头下饺子似的滚下来,还能有个活?春水捏起油门想跑,光一下子暗了,太阳哪落得了这老快?这一抬头看,满头顶都是直升机的轰鸣声。因为山高,简直就从头顶上擦过去似的。里面坐着什么人?黑乎乎一团看不清,手里拿着的黑色枪杆倒是泛着光,看得明显。一点圈子不打,刹那间就直直地飞过去,在空中越来越小,最后连个影子也不剩下。

再不敢耽搁,油门拧到最大,也不在乎那点油了,轰轰地往家赶。

一进屋就插上门,卷被子收衣服,双手忙得看不清影:"赶紧走了,刚才我看见部队的飞机都来了,个个拿着枪,肯定是有恐怖分子来我们这边了。"春水老公一把拽回行李,对着春水小腿就是狠狠一脚,拖鞋都踢了飞出去:"你这个癫婆娘,去了几趟昆明脑袋都进水了,还恐怖分子,恐怖分子来这里找你这种老婆娘?那是治安巡逻!"

第二天出门就遇着笑:"嫂子,昨晚恐怖分子钻你的被窝了?"

说完旁边嗑瓜子的老奶也跟着捂嘴笑,笑完还把几个白头凑到一起,不知道在说什么话。

走两步发现斗波老婆在那里招手,满脸也是笑,春水就皱起脸来瞪她,怎么,不学好,光学坏。近了才看见眼里一汪泪，心里一下软起来。斗波老婆说："姐，我请你喝酒嘛。"

白喝哪个不愿意？跟着就去了杂货店，前面卖东西，后面喝酒打牌。焖锅酒端上来，喝一口，辣得上不来气，肯定是刚蒸出来的头道酒，度数高得很，呛出眼泪来。旁边看一眼斗波老婆，倒是喝得香，一碗酒放在中间，自己拿一把小调羹，小口小口地舀起饮。春水觉得好稀奇："你怎么喝酒跟喝汤似的，还拿调羹？"斗波老婆笑笑："我们那里都是这样喝的，喝得慢，不会醉。"说起家，春水也为她感到难过了，转个话尖："昨天你看到飞机没有？""看到了，黑黑几个，一下子就飞过去了。姐，我相信你说的，我们家那里常有坏人，走在路上掏出刀来就砍。这些人什么都没见过，所以哪样都不害怕。姐你见得多，心眼好使，反而会受苦。"这样说着，倒是春水眼里酸起来，人家反过来在同情自己了。自己何曾是瞎说的？那次送姑娘去城里读书，在火车站刚下车，就遇到坏人，半米长的西瓜刀拿出来，白闪闪的。抱着姑娘钻在一小妹开的书报亭，外面的喊声是一样都听不见了，眼前模模糊糊地扩开一片景，有一匹矮脚马，好像就是爹没走以前送给自己那匹。自己跟姑娘跨上去，跟飞似的，一下就高过树，高过山，飞到云里去。云里有雨，湿湿地沾了一脸。伸手往脸上一抹，手里一片红，那个小妹，已经是倒在自己眼前了。

斗波老婆于是说："姐，你带我走嘛。"

你看你看，前面又有个老脓包把别个车子撞下山，现在跪在交警面前哭。你莫看我骑摩托是肉包铁，比那些坐在车里面铁包肉的要安全多了。这种弯弯都是小意思，我骑摩托,可以把弯路拉直,把直路卷得弯起,往上的坡变成水往下淌,向下冲的坡升起来变成个楼梯,走着都可以爬上去。你个见过人家打铁?这些山弯弯就是我骑摩托日日年年捶打出来的。太阳大,我就轻轻地压,给路面磨得又光又滑,像小女娃娃的脸蛋。下起雨来,技术差的么就莫开山路了,但对于我来说正是好天气。路里面吸饱了水,我就屁股压摩托重重地磨,把路压得又紧又踏实。有裂开的口子,压着摩托朝两边甩,几转就合拢了。没的我嘛,每年修路都认不得要修多少回。

你看,那个老脓包打电话喊他老婆,算他聪明,让他老婆跪着哭比他哭值钱多了。哎呀,莫乱来嘛,咋个要往山下跳嘛,这个女人也太憨了,赔钱偿命都轮不到她嘛。好了,我们又得等起了,这下子救护车又得多叫一辆。哎呀,这些医生快点嘛,再晚几分钟么这个女的肯定救不回来了。哪样事都不能拖,一拖准要出事情。就像当时要是不等那个法国人唱歌嘛,斗波老婆也早就跑掉了。

春水给斗波老婆看相片,旧旧的一张,几面墙做背景,自己小小一个拿着个鼓锣。两人默默地看了好久,春水说:"这是我小时候的家,墙是掺了糯米面粉砌的,多少年都不会坏,我们马帮的房子都是这样子的。"看着听到外面面包车轰轰响,伸出头去望。五颜六色的服装,还有两台大音箱,隐隐约约探个头,在车厢里颠。

斗波老婆觉得稀罕:"这么大音箱,不得把人耳朵震聋?"

春水去城里经常见过的,商场门口搭个台子就放起歌,其实什么都抽不到,白白给人凑了人气:"没哪样好看的,回你屋头收下重要的东西,我们趁着他们闹赶紧走喽。"

斗波老婆仍旧探着头:"姐,我们听完那个法国女的唱完歌再走嘛。我出来一趟,什么世面都没见过。这么老久没回家,让我听听她唱歌,回去我就说去了法国了。"

话筒里"喂喂"两声,大家都聚拢起来了。听着报幕,法国女人走上来,棕头发、红花裙,皮肤却白。听介绍,说是当年跟着滇越铁路来云南的法国人后代,喜欢喝普洱,喝着喝着就留了下来。这也难怪,在法国当药卖的好东西,在这里不过就是一碗水。然而还是新奇,掌声雷动。随即唱一首《马铃儿响来玉鸟儿唱》。每到一处"哥哥",下面人便"蝈蝈蝈蝈"地叫。一曲唱完,掌声更加响,个个都高兴得很。

斗波老婆说:"姐,怎么法国女人也是这个样子呢?"

"不管它是洋猫还是洋狗,到了山里滚一圈泥就是土猫、土狗。"

斗波老婆沉思一下:"姐,你说的话很有道理。"往屋头赶的脚又加快了些,"这下回家又怎么跟他们讲我去过法国呢?"

水继续淌,鸟只是飞,台上依旧在那里演。

换了一男迓腔,穿一身灰衣,一双大脚故意小小地迈,在那里唱楚剧。行弦过门拉起,哦呵哦呵地,唱的是泼辣农妇焦氏,勤俭持家但又嫌鄙婆婆,为着琐事动手要打老婆婆。老公曹庄见状怒火中烧,举一把砍柴刀就要把老婆砍死。老太太跪地求儿,家中的狗嗷呜一声血溅三尺,一命呜呼。唱到爆彩处,台上曹庄大喝:"贱人休走,看刀!"

台下斗波登时站起,两太阳穴青筋暴起:"连个戏子都敢拿刀治住婆娘,让她伺候老妈,我真是个尿货!"

喊一圈没找着人,拉都拉不住,就往回跑。等走进屋子头，斗波老婆正在床上，袜子沾着灰，披一件斗波的迷彩外套。不等斗波走上来，自己先迎出去。拿一块毛巾拧拧水："怎么弄得满头汗？我来给你擦擦。"这下弄得斗波倒有些哑口，一手接过毛巾坐在条凳上，一手伸去想拿水瓶。"我帮你拿嘛，要哪样？"水瓶怀里圈住，送到斗波手里，转身又坐回床上，衣服纽扣闲闲地解散了，将着就要躺下去。此刻也管不得什么男人气概了，两只脚鞋跟一踩，拖着鞋就蹿到床边。斗波老婆手推推："莫着急嘛。"斗波说："我其实爱你爱得很，我要有五十块，我都会给你一百块，另外五十块我去卖血给你。""我晓得的嘛，我也爱你噻，你以后莫那么防得我了，我是你老婆，不是你家的猪嘛，不会跑到别人嘴巴里头。""好的嘛，好的嘛。"说是这么说，眼睛耳朵已经不在脑壳上，早就转到了手心里，手摸到哪里，就跟到哪里，打个战，抖两下，不消说，连自己老娘叫什么都早就忘到沟沟里去了。

天黑了，想要扭灯，却看见一个背包鼓鼓地躺起。刚才也是心急眼瞎，这么大个包都没有看到。鞋也顾不上了，蹿过去两手一拽，行李塞得实实的，按都按不动。火气一下又冒到头顶，转过头，一双黑黑的眼睛望着他抖，说不出一句话。终于是几个拳头，肚子软软的，一打就会陷下去，脑壳是脆的，像西瓜，拍起来砰砰响，哭喊声也布满了这一个天空。

是呀，不要说你，我们哪个听了不怕嘛。人不是猪狗，哪能那样打的？要不是春水去了么，那天人怕真的要被打死喽。具体的我也没有亲眼见到，所以我也不能跟你乱讲，反正威风得很。那天我刚跟朋友吃菌子回去，对了，你个爱吃菌子？现在七八月份，正是菌子旺的时候哩。哎呀，没的事情,哪里会那么容易中毒嘛,那些都是自以为胆大的人吃杂菌才会出事。我们只吃自己认得的,黄牛肝菌拿点干辣子炒炒,金黄黄的,又油又香。

反正就是那天我吃完菌子回去,就遇着春水。香味还在嘴巴里头,看见一帮人扛着铁铲、大锄头,拿着斧子、镰刀,霸着路走着。虽然认得不是冲着我,也把我吓一跳。春水甩起根鞭子走在最前面,打到地上噼噼啪啪响。我躲得一边问她:"去哪点?"她摸摸我的头:"去斗波家,斗波那个没娘养的,不把人当人。"我拉得她的衣角,跟她讲:"你们吓吓他就行了,别闹出事情。"春水拍拍我的屁股让我赶紧点回家,然后喊一声:

"走起!"

喝这一声彩,真是让我腿肚子打战。身上的血一下子往双腿灌,挨了电门一样,我要是匹马,当场就得抬蹄子飞跑起来。平常听人这样吆喝,晓得不过就是赶羊吃鸭,究竟不怎么有气势。春水的鞭子一打,嗓子一喊,地上和心上都被卷起旋。我躲在后面看他们,一行人也不多言多语,把家伙都紧紧地握起,跟在春水后面走。好像哪个也拦不住他们,毒蛇猛兽拦不住,恐怖分子拦不住,逢山开路,遇水过河。我想当年迤萨马帮闯天涯,走通东南亚也就是这个样子的。

不过我跟你讲,这世上有些事情真是奇怪得很。小的时候听外公讲,二十世纪里也不知道具体哪年哪月,反正他们一些人驻扎在金沙江旁边的一处小野山上。等得月亮把窗户填满的时候,山谷里面哗啦啦作响,风声隆隆的,个个都从梦里面被吓醒。等得提起脚赶到时,一道巨大的切口从小半山处直刺入金沙江,两边的树木都向外边翻起,仿佛有哪样巨大的东西挤压过去。抬起眼一望,只见得一个庞然大物轰然滑入金沙江，一下子就不见了踪影。有一个当地的住民就讲："是巨蛇。"第二天大家就忙起收拾东西，不敢再待下去了。你说光天化日之下，咋个会有能把山都劈开的蛇嘛。不过想想，现在脑壳顶上就有宇宙飞船在太空里飞，山里有条大一点的蛇也是很自然的了。所以这并不算得奇怪，真正奇怪的是一个人，昨天见到还威风凛凛，眼睛里翻着火，第二天再见到，那个身上的火好像就灭了，这种事，你说怪不怪嘛。

后来我看到，春水的心好像就是这样说麻就麻的。

第二天春水家门口聚了一帮人，都是些白头发、灰头发的男人，间或杂着几个黑头，不停地吸烟，搞得乌烟瘴气。斗波拿绷带缠了手，纱布裹了头，蹲在地上哎呀哎呀地叫。春水拨开这些臭气走出来："搞哪样嘛？"斗波叫得更凶："哎呀，我不跟女人讲，喊你家男人出来。"我来到门边，睁大了眼睛看起，很害怕他们会动手打人。这时一阵怪响突然从林子里面传出来，嘶嘶的，像马叫，又像鸟叫，甚至还有点像蛇吐芯子。我看那些人还在吐痰吸烟，我就跟春水悄悄地说："有奇怪的动物来了。"春水把我拉到旁边："是六脚马，哪个找着了哪个就可以骑上它飞上天。""飞到天上干什么？现在不是有飞机吗？天天在天上飞。"春水没回我，只是拍拍我，让我去树林子里看六脚马。我走了好久，和我比起来，山太大了，一棵树比我高，一块石头比我重，有时连一棵不知名的野草也比我强韧。绿得很，野得很，转儿个弯也不见有什么东西。日头越走越沉，四面冷寂下来，我什么都没看到，只好转头回去。回去就看到春水正在给斗波递烟，左边脸蛋又红又黑的，她跟斗波讲："对不起。"

第二天全个屋子都漫着豆腐香，我闻着味来到厨房，春水在炸石屏豆腐,斗波跟春水自家老公坐在堂屋里,等着吃赔礼。听人平常讲,这个豆腐出了这地方到哪里都做不成。你就把师父带着,把点豆腐的酸水带着,只要脚迈出这片土地一步,这豆腐做出来不是苦就是涩。香得很,看那些好豆腐,一块的肚子鼓起来,一块的肚子瘪下去,翻一个面,又在锅里弹两下。转头一想又气得很,这样的好豆腐,等会儿竟要进了坐在堂屋的那些坏嘴的肚里。

春水手里抓了把什么?白灰白灰的粉,哪里有这样子的作料?往豆腐上划几道小口子,蘸着粉往里塞。凑近了一闻,这股子味道再熟悉不过了,这不就是那水烟袋落下的烟灰吗?平日里都是这样的,那些个男人或坐或蹲,挨在墙边,嘴巴对着烟袋嘴猛吸一口,水烟筒就烧开水似的咕咚咕咚响一阵水泡。眯起眼睛,把烟咽进肚子里滚两圈,吼吼哈哈地猛咳两声,拎起烟哨子抖抖烟灰,又传给下一个,那烟味混着汗臭味,熏得人眼睛疼。

把露在外面的烟灰擦掉,抹上一层辣椒面,稳稳当当地挨个放盘子里。春水对着我狡黠地笑笑,眼睛里亮亮的,好像欢喜得很。这样的心思,我自然立刻心领神会,拼命忍住笑,端起盘子就往堂屋里走:"豆腐来喽!赶紧吃起!"

我憋笑憋得肚皮又酸又痛,时而眼睛看看盘子,时而又落到窗户外面去。豆腐早已下肚几块了,依旧是在那高声喊:"好兄弟!""吃!好哥哥!"焖锅酒一大钵端在桌上,一手是碗,一手是筷,就着一口酒,两块豆腐又烫烫地下肚。夹一筷子就落一点,盘中剩下的豆腐被烟灰落满头满身,像发霉了一样。偏头偷偷看一眼春水——眼睛紧紧地望豆腐,激动得喘气都快了许多。春水老公看一眼那烟灰豆腐,夹起来往嘴巴里头送,咂摸两下,肥舌头转两圈舔舔嘴唇，依旧是："好弟弟！吃好喝好！"

我看着他们把那些烟灰豆腐都直直地咽了，一下子觉得舌头好麻，用手一擦，竟不知道什么时候咬破了一大块，流出好多血来。我转头看看春水，一张脸呆呆的，好像陷入一片很远很厚的雾气里，咋个都走不出来。春水的心，应该也就是这个时候，和我的舌头一样麻掉的。

我们这里的生活其实平淡乏味得很，但我们这里确实有六脚马。

六脚马比人心善，早晚寺里和尚念经，它就会自己慢慢去听。大殿里不去，自己一个马悄悄地到偏殿。虔诚得很，六条马腿屈着跪地，好像自己就是那个木鱼，僧人敲一下，马蹄子点地一下，照样清脆。长年累月地听，也就真把自己熬成了块木鱼。死了以后寺里办超度，跟木头棍子一样，一点就呼呼地烧，马蹄子烧碎了掰开一看，是一粒已成形的舍利子。所以喽，这就是佛祖给六脚马盖了戳了，从此就不是凡马，超脱俗世。这不是讲来骗小孩的那种故事，我们这里的人都知道的。

那天斗波老婆最后一次来找春水，头发乱蓬蓬的，像鸡窝草。其实走得很慢，手里边拿一根半粗不细的树枝丫丫，当根拐杖使。实在耐不住，话都憋不到进屋就破口说："春水姐，你再最后带我一次嘛。"

其实哪个都晓得是最后一次了，我不好打扰她们，坐在外面抠墙皮。小块小块的，抠了一半天，龇得我指甲都快出血了，才白了一小片墙。看看旁边，都是黑阴阴的，这一小块白反而显得很难看。我又只好看狗，两条土狗屁股挨在一起，八条腿在地上走。实在是见不得，随便捡一根树枝就往屁股中间砍，结果树枝断了也砍不开，气得我狠狠踢了那公狗的屁股一脚。两条狗嗷嗷地跑开了,留下我一个显得更加寂寞。于是我实在等不了了,准备去向春水告别,说我先走了。

手慢一点儿,还没来得及敲,听见里面说:"我晓得他会跟着我,山路那么陡,推下去摔死了哪个也不会怀疑哪样。""做了心不安的,以后走夜路都会怕。""我倒想走这条黑路,死了就在路上继续走,走到寺里求菩萨把我送回家。""你信我,把你自己搭进去,我吓吓他嘛,保准他颠得屁股跑掉。"我赶紧缩回手,蹲在墙边继续抠墙皮,等到身上的汗像雨一样把一切秘密都冲刷干净后,我才站起来,使劲跺跺酸麻酸麻的脚,对着屋里喊:"我走啦!别人还等着我一起搭车呢!"

后来的事大家就都晓得了。

斗波老婆说要去城里逛步行街,买几件新衣服,从家里带来的那些,脏了脱下来揉搓,穿在身上也被撕打,这破一个口,那刺啦两线,穿着实在有些羞。屁股刚坐上春水的摩托,斗波就也跟着上来了。犹犹豫豫地,想上车又想起自己以前回回坐车出事情,摸摸脑壳,摸摸脸巴,感觉得哪点都好像有点儿疼。

春水捏起钥匙要走,斗波又往前挨挨:"再加我一个嘛。"春水把头发往头盔里塞塞:"我骑得快得很哦,你也晓得,到时候么你莫怕嘎。"一面想得,斗波一面屁股挪到坐垫上——城里边不像这土山土水的,老婆一下子跑掉么,喊多少个人都找不回来。伸手把老婆往前推推,三个人把摩托坐得满满当当的,"哎呀不怕的,过了天生桥我就下来自己走。"斗波老婆轻轻掐一把春水的腰,春水左手收离合,左脚挂一挡,听得发动机速度起来了,高挡一挂,摩托就跑起来了。

这一路走起来自然是熟得很，遇到紧缩弯，入弯路长长，出弯路一小截，收油、刹车、降挡，春水屁股往内侧一倾倒，两个车轮子就漂亮地划过去，再错开一点就要冲到路外面。最痛快的还是过大弯，住在这点的人，比喝焖锅酒还喜欢的，就是坐着春水的摩飙大弯。大弯肚子庞大，跟大象肠子似的，过的时候紧紧挨着内侧，靠看是看不出弯道深浅的。就算是那些骑着川崎、杜卡迪的，在这种老山路上看不出明显的弯道顶点或临界点，想跑山跑赢春水的老国产顶杆机，还是差点儿意思。春水慢入快出，该放速度的放速度，摩托一点不向外偏，要是只有春水一个人，那膝盖都能碰到地上，擦出煳味来。春水和斗波老婆都快活得很，只有斗波，吓得满头冒汗，抓得摩托的手都捏青掉。

过了就是那条长长的直路，春水最喜欢的，平素里没客人便在这条路上慢慢骑着吹风。刚才过弯冒的那层汗，经风一吹，丝丝孔孔地凉进心里，舒坦得很。张起眼睛看，视线开阔空旷，好像不是山，是在一片青天上。

忽然地一转，云没有了，天没有了，是大块大块的山石，长在薄薄的山坡上，声音喊大点么都要掉下来。这段路却没有见过，又小又窄，地上尽是些牲畜的脚印子。"嫂子，走错掉了吧？刚才直直走就对了。"春水油却给得更多："这条路更近。"这些山弯弯一个都没见过，一下子这里有一个拐，一下子那边有一个圈，转来转去，一路给油往上走。

斗波怕得有些遭不住了，说话都抖起来："嫂子，怕是不对吧？我咋个感觉越来越走到山上了呢？"春水接着开，过弯不走漂亮的弧线了，直进直出的，扭头冲着斗波一句：

"你打你老婆的时候威风得很嘛,现在咋成尿包一个了?"想想前不久的事,斗波晓得春水啥意思,左望不是,右望也不是,只是干干地咂咂嘴。

春水生气地啐一口:"怎的,你还敢整她?我今天就敢把你整废掉。"老摩托突然地颠起来,油门一紧,手捏刹车前轮哧哧擦地,颠得斗波屁股飞起来。刚落回坐垫上,油门又一松,右脚踏板前一踩,后轮咯吱咯吱地叫,磨得斗波满嘴牙齿酸。

再往前面就是个大急弯,斗波往路外面望望,大片的田小得跟块青苔似的,烂棉絮一样的薄云就飘在路下面,心都要吓得吐出来了,哑着嗓子喊:"整慢点!"春水问一句:"以后还敢?"直接方向打死,给高油门,迅速弹开离合,老摩托直接原地转了一圈。

没听到回应,就只有一声怪叫,斗波想自己跳下摩托,一松手,直接就被抡一圈甩了出去。还没来得及伸手去拉,斗波就悠悠地掉下了山。山很高,风也很大,斗波死得又轻又安静。

春水一下子还没反应过来,本来是想吓得斗波回家去,以后不要再找麻烦,哪个想到他竟然有这么大的胆子,敢松手跳摩托。捏起刹车停下来,老摩托哼哧哼哧地喘着,斗波老婆在后面讲:"春水姐,各路神仙都看着,他摔死了不是你的事。"春水扭头望一望她,斗波老婆嘿嘿地傻笑,眼珠里黑黑的光一下子就灭了。

再往前走就遇到了那两群猴,龇牙咧嘴,斗得血肉横飞。比往常多走好远路,摩托车胎也烧得严重,渐渐行得慢,汽缸当当地响两声,低头丧气地停了下来。斗波老婆下了摩托,对春水说:"姐,连猴子都来拦路,我注定是跑不脱了。"春水拉拉她，意思是不怕的，一起走出去，斗波老婆摇摇手："其实我想做的事也做完了，斗波死了，我不想走了。"

我说过的，我们这里确实有六脚马。

等得大家跑过来找到斗波老婆，春水已经不见了，她那辆老摩托留在原地，发动机都还没熄，沙沙地喘着，单腿撑在地上，窸窸窣窣地抖。像匹老马，跟随主人厮杀了大半辈子，肌肉缩成张老皮，四条腿都发麻，颤颤巍巍地要走了。

大家正手忙脚乱，一阵奇异的味道好像突然从草根里，从树杈子尖上，甚至从猴子的屁股脸里涌了出来。猴子的叫声全变了，疯狂地四散开来，露出惊恐的神色。铺天盖地的气味笼罩了我们，像寺庙里烧得浓浓的香，但又夹杂着雨后树林子的植物臊味。想赶紧跑，鼻子脑袋里都灌满了这味道，腿轻飘飘，使不上力。

然后就响起了那声熟悉的吆喝：

"走起！"

好像一把老木桨，深深地往水里一划，脑子里糊涂的一片就清亮起来。水波一层层，连接了过去和未来，荡开那些发腥的水萍和臭鱼一样的腐烂记忆，荡到了猛野井的盐水里，荡到了越南的棉花地里。真是奇怪，不知道是谁的声音，好几个，随着水波一下下地涌到耳朵里。手里拿几团花边丝线，就换了半包白胖棉花，说着这下好了，回家去么，老婆又可以做几件新衣服。可是自己一个十来岁的女娃娃，哪里来的老婆？转身又拍拍身上的灰，不知道在外面走了多久，头发里一股酸味，手上却沉甸甸，一箩筐鹿茸、熊胆、麝香，药材的苦味涌到舌尖上，让人尝到瘴气的湿热和山石的冷酷形状。

再往前走么，怕就要穿到水波的背面，走到上辈子的时间里去了。赶紧掉个方向往回跑，撒开了腿跑，扯开领子跑，让风呼呼地往里灌，像很久之前和很久之后的母野马那样，把自己里里外外都吹个干净，吹个透亮。风很大又很软，吹得头皮凉凉的，拿手一摸，头发已经全数脱落了，然后是手和脚，常年被紫外线晒得黄黑黄黑的皮肤渐渐透明，那些支棱着的骨头也渐渐融了形状。不晓得跑了好久，跑得烧豆腐和烧饵块的味道忘了，自家房子的样子忘了，山路哪里有弯也忘了，在跑得连自己的名字都快忘了的时候，又响起一声：

"走起！"

那些丢了的颜色、味道和名字一下子回来了，又把今世的自己全部想了起来，我对着人群大喊："是她！是她！"

空中突然传来湿漉漉的嘶鸣，像猛地剥开一个多汁的桃子，桃汁四溢飞溅出来，落到眼前、落到脑后。春水驾一匹马在空中奔腾而过，六条马腿飞快地交错着，出后蹄，出前蹄，接着是一个潇洒的飞跃，中间的两条马腿始终嗒嗒嗒地敲击，像愉悦的三拍子音乐。像春水的老摩托过弯一样，在人们脑袋顶上划一个精确的弧度，无论是身姿还是速度都震得我们双眼发直。

我们当中有胆小的，不敢看，抱着脑袋蹲在地上发抖，像一只落水的老公鸡。我刚从混沌的幻觉中清醒过来，像一张湿透了又被大太阳晒干的纸，又脆又透明，什么也不怕。春水骑着六脚马在我们头上打转，我就对着天上喊："还有我！还有我！"喊了老半天，嗓子眼里都喊干了，六脚马也没有落下来，也许它根本就不会落下来，如果它落到地上就会变成春水那辆气喘吁吁、半死不活的老摩托。

很快六脚马就飞走了,大家全部浑身大汗,在地面挤成一团,像一个湿淋淋的大拖把头。

你看,我说我骑车厉害得很嘛,这不就到了?像刚才那些抢速度撞山的,水平不够冲到路外面的,在我这点都是不可能存在的。我给你留个电话嘛,你以后要是还需要坐摩的么,随时喊我噻。

哎,这个风吹得真是舒服得很啊。你来的这个时候真是太好了,田里还水汪汪的,你看看这些梯田,这么陡的山,硬是变成一块块田,平平整整的,你看最大的那块,有两三百米长呢,哪个能想到这是我们的老古人做出来的?

你回去我怕是接不了你了。我家在城边上,现在天也不早了,我差不多就要往家走了。哎呀,这点好是好么,哪个会几辈子住在这里嘛。特别像我们这些读过书的女的,在这点是住不下去的。说了你莫笑,我真呢还是正经读过书的。

对了,刚才挨你吹了这么久的牛,都没跟你讲,春水就是我妈撒。她骑着六脚马飞走的时候,我就在想,其实一直想走的不是斗波老婆,而是我妈。不骗你的讲,看得她走掉的时候我心里还是很难过的,甚至有点恨她,我想大声地喊她,你快点回来!但是她一转过脸来,我看到她的腿已经跟六脚马的腿融在一起了,我一下子哪样都想明白了。春水的腿本来就是马的腿嘛,她两条腿骑到四条腿的马上,不就变成六脚马了?

所以呢,最后我就对着她使力喊:"妈!你跑快点!"

好了,不挨你多吹了,我真呢要赶紧回去了。等会儿天黑了,山路上有好多古怪呢。30块钱,现金、微信、支付宝都可以,零头就不要你的了,留个回头客嘛。

BLUES

东　来

东来，20世纪90年代生人，曾获豆瓣征文大赛首奖，PAGEONE文学赏首奖，已出版短篇小说集《大河深处》《奇迹之年》。

一早上，需要承认一个精子冒冒失失，于她不知情时，穿破了重重壁垒，在子宫里着床，和一颗卵子结合，形成受精卵。她惶惶不宁，接受身体里多出一颗豌豆大小的泡状物体。在接下的九个月里，它会长到黄豆、葡萄、苹果、南瓜那么大，长出耳鼻眼口，像蝌蚪一样伸出手脚，在温暖的羊水池里游泳，通过脐带与她紧密相连，继承她一部分相貌，以及性格里的莽撞和卑懦。它也将拥有一颗油桃模样的心脏，在适当的时刻开始跳动，和她的心律齐舞。它会将她的肚皮撑成一个硕大球体，大到直接可以把杯子平放在上面看电视。它计算着时日，在应许之日到来，从一条狭窄的通道里挤出头，又挤出四肢和躯干，贸然而来，又贸然地离开，好像一个果子，熟了就掉，留下几条无法抹去的妊娠纹和松弛阴道。

她计算它究竟在哪一天乘虚而入，两周一次性生活，并不严格的防护，像缝隙稀松的城门，算准了一夫当关、万夫莫开，偏偏还是开了。兴许是上个月月初的那次，两个人都喝了一点儿酒，久违地碰到彼此的皮肤还觉得有些弹性，不像地底陈列多年的老尸。她醉意里嘟哝，别搞出个孩子。张蓝哈着气，顾不得，还说，搞出来一个又怎么样？她口气轻浮，说，养着呗，还能怎么样？张蓝说，你说的。啧，口不择言，一语成谶。几天前，她梦中艰难诞下一个蝉蛹，金黄且巨大，透过半透明的壳，朦胧可见蝉的轮廓，薄翼蜷缩，口器轻轻颤抖，忽然之间，蜕去了皮，鼓噪起来，将她吵醒。早晨醒来时，她复述那个梦，他打着哈欠，说，也许是夏天要到了。现在想来，那是个征兆，子宫入侵梦境，在潜意识里释放电波。

马桶两个星期没刷，手里拿着验孕棒，两条杠是罪状宣判书，内心潮涌密集，冲刷脚背，有些细菌或细虫爬上了膝头，轻微地痒，四壁朝她迫近，将她挤压进小小的方块，无法动弹。据说人一天有六万个念头兴起又落下，所存不过千，所记不过百，其他念头轻易消散于虚空之中。想她还未成形时，只是潜藏在空气中的无名混沌，不小心被原始欲望驱动的男人和后知后觉的女人捉住，从此脱离了飘忽无形的玄邈，禁锢于肉身。她问过所有儿童都问过的问题："我从哪里来？"母亲闪烁其词，有一回说她是从胳肢窝里蹦出来，有一回说从一堆落叶里寻出了一个襁褓，有一回又说她是从幽谧的洞中掉出——这是最接近真相的一回。等到她知道怎么回事，已经十岁，身体逐渐脱去了蒙昧，棱角冲出来，夏日午后，趁着父母不在家，她躺到他们的床上，头枕在柔软的羽绒枕中，脚尽量伸直，想象他们在夜晚交合，想象自己从无到有的过程——一个毫不意外的意外，一次没有归途的出发。阳光扎眼的正午，她倦怠而潮湿地睡去，私下认为，生日不是从母体剥离的日子，而是精子和卵子相遇的那天。她甚至觉得，人从那一刻就有了意识，从那一刻就成了人。她把自己的生日倒拨了九个半月，从冬天拨回春天，这样算起来她在杨柳依依的季节被捉住，被精准地从飞絮中挑拣出来，塞进了肚子，生出血、长出肉来。

"你爸爸，他很久没有碰我了。"她十岁时，母亲用倦怠的口吻说，手指在嘴唇上来回摩擦。

她听了怪恶心，心里面痒了一阵，像是被隐翅虫叮过，忍不住伸手在脖子和脸上用力挠抓。

停顿几秒之后，母亲又说："我们很久没有做爱了。"她跑到卫生间去吐了。

精神分裂，诊断书中给母亲病症的称谓。诱因是，她九岁时，父亲杀掉了母亲精心养育的一只羊羔，用沙姜黄酒炖成一团烂肉，端上桌给一家人吃。母亲哭得厉害，拿了一把挑筋的刀冲向父亲，然后像个沙包一样被打倒在地，父亲夺去了刀，朝着母亲的脸上挥拳。母亲晕过去，醒来双目血红如炬，使劲吸了一大口气，厉声尖叫，脱光衣服奔出门去，一路高歌，狂奔了三个小时，像条泥鳅，又滑又敏捷，躲开众人的追捕，倒在河边泥潭里，滚了又滚，在河边满身污浊地睡去。众人把这样的母亲抬了回家，一人捉一肢，就像抬一头死猪，扔在了地上。周围人嗤笑不休，她不忍看，找来一条毯子，盖住母亲的身体。母亲后来频繁出入精神病院，频繁地离家出走，频繁地自残。虽从不将刀刃的方向对准她，但强迫她观赏自残，当着她的面拿剪刀剪去了自己的一小片舌头，拿那一小块鲜艳的红肉喂了狗，她吓得高烧不退，梦中不断重复剪舌的场面：母亲木然地伸出粉色的舌头，手里拿着剪刀。母亲发病时，管不住自己的嘴，喋喋不休又事无巨细地描述和父亲的床事：父亲长着那样的家伙，如何野蛮地进入，又暴君似的乱捅，把容器捣烂，自顾自爽，不管不顾地离开。母亲拿住她的手在自己的身体上摸，于是她很早就知道了女人身体柔软如棉，散发红热的气味，形状像个葫芦，胸前缀两个脂肪袋子，因而她害怕发育，身体不得不变成一个葫芦，里面兜满籽；害怕夏日结束，葫芦炸开身体，种子到处散播。母亲看着她惊吓的模样，似乎是为了安慰，说，这辈子只有一次称心如意的性事，就是怀她那次，往后的都是侮辱和强暴。

那是春天，乍暖还寒之后，气温稳定，穿单衣冷，穿夹袄热。父亲和母亲在舞厅里认识，20世纪80年代末工人文化厅没落之后，改成迪斯科歌舞厅，舞池中央的彩灯不停旋转，落下斑驳破碎的光，也隐去褪色的墙壁。音乐震天响，狂欢的男女在舞池中央摩擦身体，气氛燥热，那时节没有酒也没有药，也没有DJ，甚至没有歌，只有无处不在的焦渴感和不安分的手脚。他们彻夜跳舞，恨不得变成野兽，把四肢抛卸出去，只剩下嘴唇，在疲倦中互相亲吻。父亲烫了一头绵羊细卷，穿时髦的白色西装，系红色领带，音乐响起来，应和着节拍跳舞，脚步在地面滑擦，像在云端漫步，又像行走于玻璃上，光束聚在他的身上，在他的周围描出一圈毛茸茸的光。一个晚上，他换了七八个女伴，跳遍每一首歌。

母亲是新客，来舞厅不过两三次，穿着黑色垫肩的小西装，西装里面是一条无袖红色连衣裙，进门之后脱下来拿在手上，裸着臂膀，耳朵上坠着蓝色塑料耳环，将耳垂拽得通红。人多地方她待不自在，独自坐在墙边的折叠椅上，目不转睛地看同来的女友与一个陌生男人搂抱不休。流连舞厅的人总是被人指指点点，好女孩不会去，但母亲来过一次就很喜欢，里面的味道咸潮，闻起来像是夏日暴雨之后的池塘，让人想要扎在里面。母亲刚刚学会时髦，买了第一支口红，每天出门之前都将嘴唇涂成两片会飞的花瓣，也学会了将脸抹得雪白，学会了穿超短裙、紧身衬衣、黑丝袜，以及如何将头发绑出复杂的辫子。喧哗震天里，在一个只有他们知道的瞬间，四目相对，父亲被母亲的嘴唇吸引，朝她走过来，坐在她的身边，询问她的名字，因为音乐声太大，不得不用喊的，没说几句就住了嘴。两个人从舞厅的窄门走了出去，走到刚刚下过雨的湿漉漉的街道上，才9点钟，路上已经没有人，仅有纵横的两条大路装有路灯，其余的街巷隐入昏暗。他送她回家，却把她带到河边的草滩上，借着一点路灯的微光，两个人缠在一起，父亲急得无法脱下裤子，母亲的连衣裙上全是水。母亲把父亲年轻时横冲直撞的凶莽错认为激情，胆战心惊又无师自通地回应，被冲撞得浑身疼痛。事毕之后，他们不顾春寒，在湿漉漉的草地上抱着睡了一小会儿，父亲把母亲送回了家，他们连彼此的名字都没有问清。

她就是那一刻被捉住的，结束了懒散的灵的生涯，在子宫里悄声寄生，直到被发现，促成一场草率失败的婚姻。结婚之后父亲依旧每晚去舞厅跳舞，在昏暗混乱的舞池中宣泄精力，他以好乐风流出名，又以狡黠暴虐出名，他天生精力充沛，目光炯炯，性欲过剩。母亲怀孕之后去找舞厅找父亲，在舞池中穿梭，在明暗跃动的灯光中寻找丈夫，拉了他往外走，被失了面子的父亲扇了一巴掌，才清醒过来，明白舞厅中那股又咸又潮的味道是沼泽的味道。为了逃避这段前途昏暗的婚姻，母亲曾饮下江湖郎中的堕胎药，据说百试百灵，偏偏到她这里失效，她那么顽强，紧紧攀附在子宫里，把那当成温柔的宫殿，母亲只好不情不愿地将她生下。

　　数年之后，舞场又改回电影院，父亲在家的时间多了，和别人合伙做放贷的生意。穷苦人抵押最后的财产，以期望渡过难关，最后被利息剐去一层皮，这是他在下岗大潮中找到的生存之道，周围人家如一艘艘小船在浪里沉浮，费好大劲才喘过气，他们家却逆流而上，发财了。父亲这个人，别的无可说，于钱上的运气总是很好，大概是豁得出去、不要脸的缘故。有了钱，父亲那泛滥的精力和情爱，都付诸外面那些不知姓名的女人身上——发廊里的粉色灯光，每晚都投来暧昧妩媚的钩子，异乡来的暗娼几乎把他掏空；剩下的一丁点儿残渣，才丢给母亲，其实什么也不剩了。夜夜笙歌，经常伴以酒，喝完酒，再回欢场，他的夜晚被这样填满。他越是风生水起，母亲的脸色越是暗淡。印象中，总是母亲挑起争端，两人像野兽一样朝着对方嘶吼，越战越勇，一浪接一浪地互相辱骂，东西一件件被砸到地面，发出沉钝的声响。父亲动手，母亲还手，父亲夺门而去，母亲把家里所有杯子都砸碎在地，地面上全是碎片和玻璃碴子，有些碎碴子嵌入缝隙无法扫除，在某些平静时刻跳出来割脚，家里到处是这样的陷阱。周而复始，她早已习惯。有一次，也许该了断了，母亲已经从厨房拿出刀，哭喊着向父亲砍过去。她躲回房间，反锁起门，等待怒火平息，或者杀出一个结果。结果，外面没有了声音，她疑心赢家正在毁尸灭迹，蹑脚走出去，轻轻拧开主卧的房门，往里看去，里面两个人正不分彼此地交缠，男人在上，女人在下，赤裸着身体，无声地用手脚拧住对方，结合成奇怪如螳螂的姿势，女人咬着牙小声说，我要杀了你。她胃里泛起一阵酸，合上房门，离开了家。

母亲疯后，发病时会毫无征兆地脱去衣服，在街上乱跑，口中污言秽语不断。真是讽刺，没有发病时母亲最和气温柔，发病了却满口脏话。她总是守在家里，以防母亲跑出去丢人。"妈，穿上衣服吧，求求你了。"她追在母亲身后喊，母亲扭手扭脚地拒绝，两颗乳房如同拨浪鼓甩动，一身白肉颤抖，像条巨大的人形的虫，和披着衣服的母亲是两个样子，衣服是比皮肤更重要的包裹，人的肉体是那样的丑陋和羞耻，沉重的负担。闭紧了门窗，那些秽语传不出去，只泼到她一个人身上，母亲厉声咒骂：父亲的下面已经烂透了，到处流脓发臭，长满凸起的红疣，像是一棵烂掉的花菜，过不了多久就会齐根掉落，他所有的情妇也都烂穿了，他们最后会一起得艾滋，全身流脓，化成肉泥，千人踩，万人踏，该死的王八和鸡婆、杂种和姘头。她坐在椅子上，无助又无言，等待母亲从狂病中清醒。这些话她都听进去了，全身刺痒，如许多无形的蚂蚁从她地底涌出又爬到她身上，原来人是会烂掉的，做那些事情人是会烂掉的。

也许母亲说的是对的，父亲确实在外感染了花柳病，很长一段时间家里都弥漫着消毒药水的味道，一向强壮的父亲突然间抓了许多中药回来，早晚在厨房煎药，皱着眉饮汤药。家里的毛巾和衣物用开水反复汆烫，父母的衣服和她的衣服分开洗涤，因而她总是穿着褪色的衣服，衣服上不知哪里来的破洞。父亲独自一人搬去了三楼亭子间，再也没有搬回来，但他还是每晚出门，开着他的灰色奥迪出入酒肆饭馆，凌晨一两点才回家，更多时候是不回。这城市不小，他在外的行迹，不必特意去打听，总是有各方途径将消息送入母亲的耳中,她也跟着听了许多风流韵事,譬如父亲为了追女人,送了好几个商铺店面出去,以及他在KTV里干的那些混账事。他在X酒店长租一间房,每隔几天都带一个不同的女人进去,有时候是荒唐的两个。每回听闻,母亲总要勃然大怒,痛骂父亲是猪狗,如此挥霍,不得好死。这种辱骂成为例行公事,把两个已经没有关联的人联系在一起,假装还在一条船上,背后是敌视与冷漠。父亲以罕见的激情和毅力保持了对年轻女人的爱好,当同龄人逐渐失去这份热情与能力,或疲于追求声色时,他依然长盛不衰,在猎场追逐,用他那杆烂掉的枪。

　　生病之后,母亲的活动范围不超过方圆一公里,有条无形的地界跨不出去,母亲又不工作,又没有朋友,每日所做,是拖地、洗衣、做饭,以及将所有的家具和物事擦拭一遍,擦得什么东西都失去光泽,露出底下暗哑的雾气。家里干净过头了,莫说父亲,有时候她走进来,也觉得无处下脚,光脚放在地板上,一个汗印子;走两步,一串汗印子;母亲已经拿了抹布来擦,她只好走远一点儿,母亲又顺着脚印来擦,她只好又退,直至退无可退,母亲就这样划出地盘,只给她留出立锥之地。这真不是人待的地方,她也会这么想,得赶紧离了这里。可怕的是母亲的精神病也许是遗传,往上数几代,每一代都有精神分裂的病患。藏在基因中歇斯底里的定时炸弹,现在传到她的手上,不知道是不是个哑弹,还是倒计时早就开始,秒针嘀嗒嘀嗒地走,悬在头顶的达摩克利斯之剑随时落下,她都来不及为摊上这样的父母感到痛苦,马上就开始忧心自我世界的爆炸,无论她走到哪里,都有一根引信掌在母亲的手中。

　　于是事情又回到她出生前的场景,父亲和母亲从舞厅回来，路过那座桥，欲望鼓如风帆，父亲将母亲推搡到河岸，两人借着春天柔软的草地做爱。母亲的身体像气球一样膨胀，小腹逐渐隆成小丘，而母亲本人对此一无所知，直至周围人察觉出变化，两个人匆匆结婚。那时候母亲才20岁，中专毕业，参加工作才两年，不得不忍受着腹部的重力、手脚的浮肿、夜晚脊椎被压迫的痛苦，以及不安分的胎儿在腹中的拳打脚踢。生完孩子之后，母亲又被奶水困扰，源源不断滋出的奶水胀得乳房剧痛，婴儿的吮吸过度用力，像是要一口气将乳房吸干，乳头被她初生的牙齿磨烂。婴儿总在哭泣，比别人家的孩子哭得更加厉害，醒过来便开始哭，偏偏声音嘹亮，要将屋顶掀翻，无论如何安抚，都停不下来。老人儿说，这种孩子三魂七魄少了一缕，哭是为了找魂儿。她到四岁才停止夜哭，也就是说，有四年多的时间，母亲没有睡过囫囵觉。母亲说，她们母女上辈子有血海深仇，今世冤冤相报何时了。

说起来或许无人相信，她记得自己在羊水中游泳的情形，黑暗而温暖的池水，头顶上方母亲的心脏有力跳动，尽管子宫狭小，可是从这一头游到那一头需要很长时间，那是个近于宇宙的地方，她在鼓声似的脉搏里反复安睡，不必在意时间。她也记得应许之日来临时，自己是如何奋力躲藏，想要停留得更久一些，但有股来自地心的力，一直拖拽着她，要将她从暗处拖到明处，将她放逐。手脚被四壁紧紧束缚，无法动弹，一只大手抓住了她的头，像拔萝卜似的将整个人拔出来。她也记得空气瞬间灌满胸腔的辛辣，以及随之涌起的失落，她伤心得大哭，泪腺却还未发育完全，因此没有眼泪。

现在有个东西进入她的腹中，像当初她进入母亲的腹中，它尚未具形，却在暗中嘿嘿大笑，一双冷眼，看她接下来怎么办。

内心潮涌密集，湖水一遍遍冲刷上来，几乎打湿脚背，那些念头从哪里来，又去了哪里。她孤立无援，无法站立，现在她谁也不想告诉，独自一人抽烟，看着烟气消失在洗手间的白壁之中。坏事情发生，以前发生过的一切都成了蛛丝马迹，乃至于与张蓝初识的那个周日过度明媚的阳光都是帮凶。他在植物园里亲昵地呼唤每一种植物的名字，吹着口哨与藏在树冠中的鸟对话，走路时鞋底擦着地面的样子，种种让她惊奇的特征，全部都是灿烂阴谋。只不过，这些在交往之后不久就已经厌倦，成为需要花费很大精力才能对抗的懈怠。

人为什么这么容易厌倦，这么容易感到绝望，又这么容易恐惧？软弱者如她，费九牛二虎之力从那个人间奇观样的家中逃窜出来，胆战心惊地走到现在，从小就打定主意，不要孩子，她要彻底荒废子宫，这个身体除了完成生死，什么都不生产。离家多年，她不曾回过一次家，父亲想要来探望，都被她拒绝，以至于父亲悄悄打过来的钱她都嫌脏，分文不动地封存，等待来日归还。看见父亲，她立马就会想起烂掉的花菜，母亲的颤动的白肉，那股子长久弥漫的消毒水味道，小城市里箭矢般乱飞的流言，似乎重回泥沼。

她向来独来独往，不是故意，是笨拙，不知道怎么和人保持恰当的关系，人和人之间微妙的平衡她怎么也掌握不了，只能甘心做个怪人。讨厌裸露肌肤，恨不得把自己裹成粽子；也无法与人接触，只要被人碰了一下，全身都会战栗；更无法参与那些成人对话，忍受不了任何有关性的话题和暗示，一个字也听不得，偏偏人分雌雄，不是有丝分裂，到处是明示或暗示。每次闻到空气中的荷尔蒙,都会回忆起家里那些藏在缝隙中的碎玻璃碴子,仿佛它们又偷跑出来,扎破足底,偏偏脚心又那么敏感。与敏感相伴的是厌恶,家里没有镜子,不必照见自己,她讨厌自己的胸部,讨厌月经,也讨厌夜深人静时偶尔无法遏止的对爱抚的渴望,又讨厌着讨厌一切的自己,作为人的原罪。母亲的强迫症也被她继承,水、空气,世间万物,遍布着细菌病毒,肉眼不可见的毒,摸过碰过都要清洗,稍不留神就会进入身体,引出什么奇奇怪怪的病,烂掉某个隐秘器官。她一天洗手几十、上百次,滥用消毒药水,手上的皮肤常年皲裂,皮屑乱飞,伸出手每每叫人惊奇,甚至躲避,仿佛她才是不洁的那个。明知是病,应该去医院,又怕让医生探知母亲的疯,推导到她,给她开出治疯病的药,或建议她住进精神病院,讳疾忌医至今。人要是能够真正地斩断过去就好了,就像婴儿斩断脐带那样,她这么想,她还年轻,才30岁,前路还很长,过往不会一直回魂,终有一天它会消解,成为腐殖质,或许还会成为养料,但那之前,她要在泥沼跋涉很久。她到30岁都是处女,周围人都看得出来,老处女会散发一种老处女的气息,不男不女,表情失控,肢体僵硬,衣装也古怪不入流,连头发丝都根根直立向上,全无一点风情,很少有人会多看她一眼,如果多看也仅仅是猎奇,这个世道里罕见的老处女。

直至遇见张蓝。失败者和失败者相互吸引,一眼能够看出彼此的不幸。第一次见面,酷暑天气,张蓝身着蓝紫条纹长袖衬衫,每一粒纽扣都扣严实,勒着一条过长的黑色西裤,大热的天额头沁出豆大的汗,不住用手帕擦汗,擦完又将手帕叠得方方正正地塞回衬衫口袋,对着人们笑,好像才刚刚学会笑，羞怯又寡淡，和她一样，一举一动都不合时宜。刻板与紧闭的衣着里面，包裹着许多死而复生、生而复死的挣扎。至于为什么相逢，她已经记不大清，应该如此这般的一场群聚，两个格格不入的异类，像是贴错的两块马赛克，不得不团结在一起，众人指派，张蓝，你，送送她吧。张蓝满口答应。她没有拂人面子，散场时，和这男的一起走了。恰好住处不远，一公里的路，没有打车。快走到住处时，张蓝突然弯下腰，拨开草叶，眼睛发亮，指着一小片白色的蘑菇，告诉她，这是簇生鬼伞，Psathyrellaceae。蘑菇在路灯下，菌伞犹如团团鬼火，像它们的名字一样。现在想来，这也不算什么奇特的才华，可她还是有些着迷——经他念出，菌物的名字如此贴切骄傲，如它们生来就持有这个名字，是天神赋予的旨意。她心被微微吹动了。

"不要小看它们，以为它们只是这个世界的点缀，其实它们是主人。"这个古怪的男人说。

"哦。"这个古怪的女人说。

"任何一个孢子能发出来，都不容易，不能仗着长了灵长类的手脚就去随意攀折。"循循善诱。

"说得是呢。"谦和平顺。

他们决定多见面，多说话，多多地了解彼此，怪人也有春天的，但要淡化过去。她对张蓝说，她的父亲做生意，母亲是家庭主妇，家里比较压抑，所以逃出来了，自己过活。至于父亲是个性瘾患者和暴力狂，母亲精神分裂，她一分也没有透露。而张蓝告诉她，他如此行为保守，仅仅是因为他的母亲太爱他，把他看护得太好，他在家里感到窒息，所以逃了出来，也一个人过活。好的，好的，那就这样，不需要说更多。

张蓝带着她参观自己的房间，房间配着小阳台，阳台用玻璃全包改成了小型温室，种满热带植物，绿色自上而下铺盖下来，一些不知名字的草叶如珠帘垂坠，鸡蛋花的香气浓烈，熏人欲醉，满眼绿。墙上挂满张蓝从各地搜罗的蕨类标本，整个书架上的书一半与植物相关，挂在墙壁上的一只培育箱里几只黑蛹，正在准备破茧而出。他一定花费了非常多的时间和精力经营这里，方寸大的房间是他的逃亡之地，完完全全属于他。里面的温度和湿度都很高，窗帘被褥全都沁湿了。她进门先吸一口气，再慢慢吐出去，这里是各种各样细菌病毒的培养皿，本该让她害怕，但那日她意外地觉得亲切和安全，说，这地方真是你的？张蓝笑笑，说，是，南国温室，就是小了一点点儿。他指着墙上的蕨叶说，你看，这是狗脊蕨，这是水蕨，蕨是古老的孢子植物，存在四亿多年。她听着，渐入恍惚，他低低沉沉的声音成为意义不明的背景音，昏暗灯光下，张蓝也退回到十几岁孩子模样，眉目灵活，没有一丝疲态。她想，这里就是巫地，此刻他就是个小孩，但这房间的时间魔法对她无效。她忍不住伸出手来，摸了摸他汗湿的脸，自己先忍不住，全身都麻，手指头辣辣的。

她说，再给我说说你的事。他说，行。他对植物的热情自小开始，喜欢钻图书馆，一本本翻看植物图录。那时候的彩印书可不多，配图都是白描线稿，辨识植物靠的是想象力。经过长久练习，他闭上眼睛，就能看见一颗种子发芽，瞬息长成参天大树，叶片舒展，花朵绽放，几千种植物的名字与形态印刻脑海，常见的园林植物更不必说，张口就来。熟识草木之名，走在路上，他被一种巨大的熟悉感包裹，仿佛它们接纳了他，他也是它们中的一员。城市里也有许多不同的植物，它们有着不同的表情，秋日里会结一串串皮质蒴果的栾树、红得动情的冬青，还有绿艳的鹅掌楸低调的花。他说，要是做棵树就好，长在旷野里，扎到地下去，原地不动，用根系去探寻肥力和水源，春来秋去，发芽开花结果凋零，长生不死，可惜这辈子做人。两个人齐齐叹气。

秋天到冬天，下了几场雨，天越来越冷。初雪那夜，张蓝约她出来走走，路上一个人影都没有，细雪纷纷扬扬，掉在衣服和头发上也化不掉，气温跌破了零度，两个人缓慢走着，雪被踩扁，发出嘎吱嘎吱的声音，她的肺也被清冽的空气浸透。张蓝轻轻地感慨了一句：这种天气也就你愿意陪我出来走走，多么好的雪。她也生出喜悦，感受到一丝古典的诗意。两人将冻成冰棍，快到她的住处，她让他到家里喝了杯热水，待手脚暖和，聊了几句，张蓝告辞，走的时候两人不知怎的拥抱起来。张蓝仅仅把手环住了她的腰，鼻子贴着她的额头，呼气，只吹得她额头发痒，但他的下身却鼓胀着，热乎乎地贴着她的小腹，她全身都僵硬了，像被点了定身穴。张蓝问，可以吗？她想说，不可以，再等等。可是喉咙里只能发出呜呜的声音，听起来竟像是恳求，张蓝把她抱到了床上，把她粽叶一样的衣服脱去，露出缺少日晒的白皮和松弛的赘肉。张蓝的身体干瘦如柴，只有手臂和大腿挂着一些肉，像只去皮青蛙。两个丑陋的人。她又想起父亲，想起那些令自己良心不安的噩梦，以及疯魔的母亲的呓语，脚心剧痛难忍。张蓝不停地抚摸她，从脖子开始，塑个泥人儿似的轻轻捏着，一直捏到脚趾头，如此反复，用了点力，把她周身的僵硬都化解，让她能够安然地和他躺在一起。你好像一种蛾子。他说。她停下来，问，什么蛾子？他说，朱砂蛾。他找来手机给她看，是种鲜艳的红黑色间杂的蛾子，有着细巧的翅膀和笨拙的身体。他说，朱砂蛾剧毒，幼体时以吃剧毒狗舌草为生，长大后生出黑红色的花纹，其实很美丽。

他继续用手指捏塑她，把她的身体捏得更加柔软，更接近流质，好包裹和冲刷他自己。她的委屈远大于快乐，还有疼痛，还有屈辱，还有莫名其妙在黑暗中钻出的父亲的面孔，张皇不敢去看张蓝的身体。她呜呜咽咽，张蓝只好停下来，坐在床边，似乎耗尽耐心，马上就会起身离去。突然有一种激情从心底喷薄出来，她扭过头来，对张蓝说，你抽打我吧，用什么都可以。张蓝说，你说什么？她起身，找了一个塑料衣架，放到他的手上，说，你用这个抽打我。张蓝说，这算什么？虽这么说，他还是顺了她的心意，手拿衣架抽打了她的背。他还是怜惜，不肯用力。没有感觉，再用力一些，她说。他下重手，举起手来，划出一条弧线来，拉出一阵风来，塑料与皮肉相弹，产生嚓嚓的声音和热辣辣的灼痛。麻烦你，打到皮开肉绽为止。她说。

疼，但这种疼却消解了另一种疼——如同一层厚茧铺满心底，年深日久，是刻意被疏远的病源，日日相伴的麻木不仁，原来她守的早已是一座空城，身体早就自顾自逃走了。就是要疼痛，才能找回自己，才能从那层层厚茧之中捞出一个人来。父亲飞扬的艳事、母亲发癫的秽语、对于隐疾的忧虑、性病、强迫症、病菌、孤僻、恐惧、陌生，连同她的身体一起被打碎，重组，给她一个角度回首：小事情，不过如此。越疼越真，到肉的感觉真好，最好拆解她的骨头，或者烧化了她，重塑了她，解放了她。要是做棵树就好。她在迷幻之际，似乎听到他的言语。树在春天也会开花，一朵朵一簇簇一丛丛，谎花和真花夹杂。他打开她，像打开一个花苞。他救了她。

有段时间他们每天做爱，在张蓝湿漉漉的温室中，或在她朝北阴湿的房间，藤缠树、树缠藤地抱着，像两只蜗牛紧紧吸在一起，身体中间不留空隙。她才发觉，父亲那古怪的生命力也传递给了她，她每天不由自主地想那些事儿，想兴致勃勃的虐待，想到脚趾酥麻、口中焦渴，迫不及待见到张蓝，和他贴在一起，仿佛他们曾经连体，被迫分开。

他们共度了世外桃源一般的第一年，像被和风吹起的风筝，飞入平流层，再好不过的一年四季来了一轮，又过了平静平稳的一年，到了第三年，忽然相看生厌。她偶尔梦见母亲，依然精神恍惚，也会想起父亲黑秃的头，夫妇紧挨一起，俱带着陈年发酵的疲惫和终究无力挣脱的窠臼。她端详着张蓝肥白的面孔，也想问一问，父母亲是否也曾有过短暂的和睦，片片飞花的春天。

她想起那个初夏的早晨，六七点钟的清凉，母亲从市场回来，手里拎着一个篮子，揭开覆盖在篮子上的布，里面卧着一只明亮洁白的羔羊。母亲小心翼翼地把羔羊放在地上，看它晃晃悠悠用透明的蹄走路，用脸颊蹭它柔软的绒毛。她伸手去摸，摸到一团温暖的云气。母亲悉心地照顾这只羔羊，给它取名，喂它吃奶，为它洗澡梳毛，带它去郊外吃干草。她们一起养育它，直至它头上长角，变成世界上最神气洁白的羊，散发着羊的乳香。然后有一天，她放学回家，院子里的血蜿蜒着流向下水道，空气中扑鼻是肉香。她走进屋，父母扭打，像野兽在厮缠。她径自走到厨房，打开锅盖，一股白气蒸腾，锅里炖着世界上最神气洁白的羊。母亲的羊羔被炖了。

她的羊羔呢？有朝一日，她的羔羊也被人偷去，杀了放血,她会不会像母亲一样步入疯癫?张蓝不像个能杀羊的人,但也说不准,他用大头针钉住彩色蝴蝶时会露出怡然自得的神情,也会用面包虫喂养青蛙,只要在家,他都独自待在那个温室洞穴里,他大部分热情都投入伺候花鸟虫鱼,剩下的只是无趣和庸常。她很久不再进温室,因为潮湿和醉氧,因为对里面的一切不感兴趣,也因为看不得张蓝在无用之事上汲汲营营。他们同在一个屋檐下,却对对方视而不见,忽视并不比仇视更好。

激情早退,欲望收缩成一个又小又紧的核,只有余温。她不知如何和张蓝建立更真实的联系,他也和家人切断了联系,他有无法共享的秘密,他也无力投注更多精力和情爱,顾前则顾不了后。偏偏他们两个孤鬼碰在一起,脱离故园,没有根基。

她更不知道怎么和他养育一个小孩,难题还没有解决,竟然乘人不备,悄悄升级。要是告知张蓝这个消息,他会作何反应?会叫喊,还是会平静面对?会不会从此消失,躲着她不见?她觉得他极有可能立刻买一张去南美的机票,从此不归。她更有种无力感,想着竟然重蹈母亲的覆辙——做一个孩子的母亲,是一个听上去甜美的陷阱,她一直小心翼翼避开,唯一一次不小心,还被钻了空子,仿佛早就被推入猎场,一直被围猎。而一个漂浮无羁的灵被捕获,从此失了自由,沦为柔嫩的羊羔,她为之惋惜。

她从马桶上起身,冲水,走到客厅,给张蓝去了一个电话,等待的嘟嘟声中忽然又生出一点勇气,如同火车驶出隧道,一口气钻进去,而远处的光亮正在等待。那边接了,低低沉沉一个男声,说,你还好吗?她拿着两条杠的宣判书,告诉他,有个意外来临。他惊呼一声,不可置信地反问。她重复又重复，真的真的。电话那头一阵复杂的静默，直至深吸一口气，又呼出一口气，也不知道这半分钟他有几多念头兴了又灭，灭了又兴，在过往里兜大圈，或以怀疑的眼光将他们的关系再度审视，往前路看一眼，然后艰难地挤出一个决定。

他说——那，我希望是个女孩。

毛颖兔与柏木大学图书资料室

双翅目

双翅目,作家、学术工作者,喜爱理论与幻想的连续体。出版作品集《公鸡王子》《獪狦学派》《智能的面具》。

一

柏木大学,简称柏木大,寓十年树木,百年育人,松柏气质,世世长青之意。柏木大属名校。他考入时,柏木大正逢发展瓶颈期,拨款不足,资金不够,又需启动科研项目,散碎的人文学系合并为人文学院,看似壮大,教学人员缩水,院系稳住了。副领导说,柏木大谐音百慕大,正似科研教学要逆水行舟,驶入暗流,古来真正踏入象牙塔的人不多,近了看,才发现环着象牙塔的沉船遗骸。他又说,最好的棺木也是柏木。他后来推进人文学院图书资料室的修缮与数字化工程,成果斐然,去了其他高校高就。学院资料室成为他值得称颂的宝贵遗产。那里库藏丰富,校内外师生慕名来访，纷纷耐不住，不自觉捐书。不到一年，书库藏书超过校图书馆。资料室座位紧俏，他每每预约抢位，方能占着临窗有树的好地方。

他导师说他是认真人，有寒窗苦读的耐性和愣劲儿。他的方向偏门，研究文艺复兴时期的自然哲学。柏木大有他要的资料。欧洲文艺复兴不止于文化。彼时，艺术、自然哲学、神学仍未区分，人类刚刚获得向已知世界之外瞭望的双眼。他钻研宇宙的图样，分析星球图的表面星空与神交相辉映的思想根源。报考时，他对导师说，我查了，柏木大有西方和近东商人带的古书，最早到明末清初，其他地方的古籍收藏都没有。他导师若有所思，问他拉丁文水平，最后说，欧洲的参考资料更多，地方语言你也学点，我呢，还是建议你准备出国交换，外国的书比这里好借。入校后，他才明白，柏木大人文学院资料室的书随缘随借，不以个人意志为转移。

柏木大系清末民初旧学，存中外古籍，抗日救亡没赶上转移，当地奇人异士因地掘墓，又深挖数丈，向外扩展，柏木为墙，造下庞然地下室，保下书籍无数，也私存了历代野史和禁书。新中国成立后，柏木大地库经历书籍移出、防空改造、废料堆积、废物堆积、粮食囤积，终于在21世纪恢复本来功能。资料室分两部分。人员出入的功能区不大，不到二百平方米，位于学院楼东南区的半地下夹层。阳光从地面往下渗，他抬头便是裸露的树根。真正的底层书库巨大，据说比地基还深，撑着整座学校。市古籍处在全国范围内收集文物级书目，够不上标准的，不管品相，都进了资料室地下书库。早年负责人只管往里码书，完全不分类，年长日久，书页粘连，新旧混杂，层层叠叠，味道古怪，更没人愿意踏足地下书库。副领导上台，大刀阔斧搞院系合作。他受深海勘探启发，决定用机器人解决书库残留问题。地质学院进行初步扫描勘探，信息学院协助数字化，人工智能学院承担机器人与图书物流的设计。很快，原是古人棺木的地下书库被现代化了。黄铜色的机器人们承包所有书籍的分类、存取、清理、修缮等工作。资料室的图书管理员没增加，反因退休，少了两个。他们现在不需亲自搬书理书，主要负责敲键盘。人工智能并不代表精准。机器总有故障。程序一直没能彻底完成图书的编目和定位，约二分之一的书借不出来。地质学院认为，原古墓情况复杂，不建议活人下去。学院也有不成文规定，学生以及普通的讲师、副教授，没资格进入地下书库。他念了一年博士，才第一次获得入场券，后来想想，不知算早算晚。

他自律，待资料室的时间固定，总碰着同一图书管理员。她胖乎乎的，戴宽边眼镜，是喜好古代物件的后现代人，既看《文选》，也躲在一体机荧屏后，对着书目表格偷偷打任天堂。那天，他关注已久的一本书突然出现在系统"可借"范围内。书目介绍多了书架定位与星象插图。土星环旁诸神密布，是他要的参考资料。他询问图书管理员。她没抬头，让他自己搜外文数据。他当然知道，没有。他也知道，地下书库藏的那本是十三行收的图册，内附上世纪博物学家注释。她游戏打得正酣，月下古墓，丧尸、狼人、吸血鬼正三家对砍。他没好意思打扰，绕到期刊室，准备翻翻新文献。她的宽边眼镜出现在书架另一边。他们隔着书脊，她悄悄说：你要的书，刚刚入编，找书机器人没权限，我下去也麻烦，不好找。她放一张卡，手轻轻推，卡片似抹了油，沿着粗糙书页滑向他。她解释：这是权限卡，刷进去，自己找，防火门自己拧，别怕，里面没活物的，按想的找就行。说罢，她急匆匆打游戏去了。他们的交易偷偷摸摸，而房间安静，周围人全听着了。有人吃吃笑。有人提醒：小心，怕了就回来。

他知道传闻。地下书库原为官墓，墓葬主人与皇家沾亲带故，据称还传了点儿龙脉。柏木大新校区依着地下书库选址。设计师强调，风水好。虽为墓地，周有乱坟，但年轻的师生人气旺，镇得住，且官墓本地势奇佳，方能于百年乱世保下精神财富。只是新校落成，除了喜迁的前任副领导，没人敢动地下书库。改造后，大部分任务交由找书机器人，特种书还需图书管理员。应聘者几乎都吓跑了，留下的属稀缺人才，被供起来。他们并不勤奋负责。时有学生老师亲自下去，十之八九，吓得半死，惊魂未定而归，还总两手空空，得仰仗管理员亲自取书。

楼里四部电梯，只三部通地下书库——其中两部机器人专用，只一部可以载人。他等了许久，数字一直闪烁"负三层"。他有些紧张，紧张导致焦虑，焦虑让人急躁。他决定走楼梯。走廊按紧急出口设计，很窄，仅够两人并肩。楼梯反复曲折，走一层打四个弯。快走到时，他听见"咔啦啦，咔啦啦"的声音。一架机器人扛书20斤，缓慢爬楼，看额头条形码，是最早一批。它关节已锈，黄铜色更显破旧。他小心绕过它。它开口说话：四号电梯已坏，你可乘三号电梯返回。他隐隐听见楼上惨叫。它评价：倒霉鬼，不该下来。它脑袋宛如倒扣水桶，没面部表情。它迈动老朽膝盖，"咔啦啦，咔啦啦"离开。它走了。他感到后背有冷汗。他安慰自己，文艺复兴末期，科学革命前夜，万物皆机器的理论一时盛行，只是对于两三百年前的欧洲知识分子，机器不是冷冰冰的死物，它们是活的生命。

二

地下书库入口位于地下三层。地下三层有三层高。他绕过墙角，瞠目。巨大防火门暗沉无色，宛若金属黑壁，20世纪的设计，说是防火，不如说防鬼出，防盗入。建的人来不及讲究，用西洋技术，直接堵住甬道。他找到标示，百年前，德国造，旋转手柄似反坦克炮的钢筋轮。他用手施力，一层油灰。他插卡，没反应。四周空旷静谧，暗黄灯泡微微闪烁。他再次插卡，卡折在里面。他不想落荒而逃，用体重猛压手柄。防火巨门表面发出窸窸窣窣的声响，四个轮子先落地，连接轮子的细长四腿带出底盘，另一式样的黄铜机器人从门内爬出。它身后背壶，壶口修长，像花剑剑尖。它开口：这是钥匙口，不是读卡口，非紧急情况，大门不开，请走大门表面开的小门。它用壶口指右下，约1.5米高的小门，得猫腰进。

卡断在里面了。他怯生生说。机器人将卡抠出来，拼接，粘连，验证无误，帮他找着小门表面暗红色读卡屏。他个子高，爬着进。他回头，隔着门框问：门为什么这么小？机器人声音瓮声瓮气：本为机器设计，也给人用。为什么不专门给人设计一个门？改造指示，资料室地下书库修缮采取全人工智能方案，并没有考虑人的因素。那为什么还得人下来取书？因为修缮工程没结束，还在持续，会一直持续。

他想继续问，小门自动关闭，毫无声响，链接轴承抹一层新油，想来，它是上油的守门人。灯光更加幽暗，他开手机灯光。地下没信号。他理应畏惧，但他开始兴奋。放眼望去,密排库的密闭书架看不到尽头。不知是地库本就广大,还是手机光线走不远。旧书与金属书架的味道塞满鼻腔,年长日久,浓厚古老。他熟悉。老纸张、老物件表面氧化,生出细菌,虽损坏,却多附着了一层活物。人读书,书吸收人的气息。书与书架带了人的意志。他靠着借来的旧书,成长,考学,远离山林故土,进修,科研,一直向着知识的殿堂走,辗转于不同图书馆,走到这里。密闭书架表面贴着油墨指示,手写体,让来者连接地库内网,地库系统将自动发送密码。他安静等待,三分钟后,收到网络短信。内网已获得他的查阅申请,书库位置检索逐层展开,与外网情境很不一样。他心有怀疑,决定先按指示走。

走过九层密闭书架,四周不再平静。越来越多、大大小小的黄铜机器人相继出现,动作比地面灵活许多。大号的哐当哐当摇摆手柄,小号的将自己身躯挂入书架边缘内嵌轨道,嗖的一声滑到相应位置,取书,或反向运作。它们不借助视觉系统,也能感受到他的脚步。他没急着找书,他在参观,他甚至帮小号机器人递了一本书。终于,一只大号黄铜人开口:你走偏了,那边。他问:为什么地面书目的位置和地下完全不同?那机器人侧身对他,没转脸,没再动,胸腔嗡嗡作响,似在揣测他的来路。隔一会儿,它才说:你借的书,偏门,刚入编,还没嵌入地下书库的分类系统,不稳定,我们不会给它确定的位置。它抬头:地面书目只是表层体系,不必全信。

它说得没错。他走了很久,走出了大小机器人的主工作区,走到寂静边缘。密排书架变为开放书架。他寻着复杂编码,爬上高梯,戴上手套,伸手探着书架顶层,取着书。出乎意料,书很旧,却没灰,养护得很好。书内封粘着一撮白毛，动物毛，软软的，很新，几分钟前刚落下似的。他没马上离开，借着高势，手机灯往远照。地库地貌发生变化，头顶天花板已成石壁，凹凸不平，书架越来越稀疏，远处的摆放已不规整。他屏息倾听，隐隐传来开掘的声音。一个带轮机器人呼啸而过，左右挎电子铲与电子钻。地下书库仍在扩张。他瞧见往下走的楼梯口。

楼梯柏木扶手，上蜡未久。台阶宽大厚实，榫卯镶嵌。地下四层与地下三层无异，只天花板更高，地库边缘更加遥远。地下五层高五层，楼梯曲折不断，他觉着像走近洞窟，天花板却十分平整。密排书架不再直抵顶端，相反，吊装密排架装接轨道，自上而下悬空滑动。黄铜人斜挂着取书放书，动作轻快，杂技一般，大多在理书与编目，很少往上层递送。他准备继续向下，被一个大个子拦下。对方检索内部系统，观察他腋下用特种纸包的旧书，声音如鼓：你已取书，请速返回。难得一游，他当然不舍。他转动大脑：我取的是专业书，要绞尽脑汁看的，但我还想再借一本，他顿顿，一本枕边书。

大黄铜人问：什么意思？

枕边书不是快餐消遣，也不适合正襟危坐读，虽睡前翻看，但不是无聊地催眠。枕边书能引人渐入佳境，又能跟着人的心思一起入梦，很像人类的伴侣，可能比伴侣离灵魂还近，希望你懂。他心中忐忑，觉得大家伙无法理解，又补一句：真正的枕边书值得反复看，据说能伴人一生，要认真选，我才一层层下来。

对方转动玻璃球眼珠，正色道：最多再下一层。

地下六层恢复书库应有模样。楼顶很低，灯光昏暗，仍是密排，书架与轨道却是木制，工艺精巧。他抵住诱惑，没往地下七层走。他想，这吊诡的地方如全面人工智能，成为一个系统，就没必要第一次便探测系统阈值。他漫无目的闲逛。书架按民国年份编排。他依次转动手柄，一排排书架整个吱呀作响，横向移动。书混乱码放，没有机器人编目。手机显示低电量，他一面转动手柄，一面低头研究系统。地下六层信号微弱，数据时断时有。

他感到不远处白色光点闪烁。他抬头。书架间，尽头处，一把木凳子。

白动物一闪而过。

他吓得断了呼吸。

许久没声响。他缓吸气，轻迈步，穿过书架，走到椅旁。柏木椅朴实无华，只有棱角，没有装饰。他探头左右打量，走廊空旷，只这一把椅，恰好摆到他对面。他瞧见书架侧面标签，多一行字：桂水寒于江，玉兔秋冷咽。字边，一本书单独立着，与其他书保持距离，专为他准备。

《毛颖杂记》

他的心扑腾乱跳，探手取来，没有目录，第一页摘四行诗："毛氏颖出中山中，衣白兔褐求文公。文公尝为颖作传，使颖名字存无穷。"第二页名曰《毛颖传》，却不是韩愈写的小故事，标着五幕剧，却只列第一幕。灯光越发昏暗，他调亮手机，低头阅读。

杜撰的怪异故事讲一个兔子种群。它们拔毛为锋，制成毛笔，俗称毛颖。毛颖兔制成的毛颖笔写起东西自成章法，自古及今，无不纂录。阴阳卜筮、山经地志、字书图画、九流百家、官府簿书、市井贷钱，毛颖笔皆自主编撰。毛颖兔本长居山中，后被人发现，几乎全抓来做了毛颖笔。人们得了便宜，以文人墨客自居，忘记毛颖兔和毛颖笔才是与物相齐的纂录者。

手机灭了，整个地下六层同时变暗。而他的心正跟着毛颖兔遍走五岳，并未惊慌失措。他眼前的黑暗似乎透出光亮。月相图由远及近，月球表面神灵散尽，只余水晶宫的老兔。柳叶摇摆，它捣弄桂花花瓣，但它心思难安，双眼如焰，突然跳离明亮月盘，跳入他怀，跳向地面，贴着地板，往光亮处跑。它速度飞快。他抱紧书，迈步狂追。毛颖兔知道他的极限，总比他快半步。他跑得精神恍惚，力竭气喘，恢复意识时，已站到防火大门外面。守门机器人告诉他：电梯修好，即将闭馆。

他手心汗湿，不知为何全是墨迹，借的枕边书反完好无损，全新一般。

他重新打开第一页，内容变了。

——奇毛难藏果亦得，千里今以穷归君。

三

他将《毛颖杂记》压到枕头下面，没舍得读。书不厚，他怕读完便没了。他又每天读两页，期待看完后，再去资料室地下书库借本新书。不到一周，他知道自己多虑了。《毛颖杂记》字大行疏，每次翻开，内容却不一样，不仅收录中国诗词，也断断续续连载外国寓言故事。不到一月，他已读了三个版本的龟兔赛跑。永远读不完，也永远读不厌。深夜，他用手指掐着纸张，透过灯光，观察《毛颖杂记》。书页不厚,旧得发黄,却有韧劲,光透过书页,对面的字迹却透不过来。他有时怀疑这是材料研究所的高科技把戏。又一个深夜,窗明几净,满月当头,他福至心灵,爬到阳台上,借着月光,发现了《毛颖杂记》的小乐趣。月色明亮,每一页都有兔子的水印。每一页兔子的动作有些微不同。他对着月亮,轻轻地、迅速地,依次松开书页。哗啦啦的声音十分清脆。一只兔子从月亮上落到书中,合入书里。

那日借书登记,图书管理员见他抱书两本,日落才返,两眼放了光,表情比遇着游戏的巅峰时刻更加兴奋。她戴手套,扫描大图册,放到一边,然后打开《毛颖杂记》,内封显示:月中辛勤莫捣药,桂旁杵臼今应闲。她抬眼,提醒他:你领口有兔毛。她又翻到中间一页,书提醒:玉关金锁夜不闭,窜入滁山千万重。

毛颖是兔子,他告诉她,这意思是,离开月宫,游玩人间。

她岔开话题:这书没入目录,按规矩,不能外借,不过,你既然把它带到地面,我就没资格干扰它的去留,要不,你打个借条,我还留着退休老馆长做的登记卡。她钻入立柜底层,捧起条状木盒,结构老旧,不染灰尘,内装硬纸借书卡,占盒子三分之一。《毛颖杂记》没出版社,没版号。她观察书的外观,写下书的模样与内容。

他不禁问:其他借书卡也记没编目的书?

对。

他探胳膊想取,被她拦着。她面目严肃:你去地下书库,看见什么,借回来什么,是你的自由,到了上面,别人借的东西,就和你无关。

可你知道所有人借的所有东西,你管理它们。

我是图书管理员，一般人当不了，而且，我在编。

她态度强硬，没再理他。他悻悻而出，有些遗憾。走出百米，他突然定着：在编？或许她指的不是人类编制，而是书库编目。院系大门通宵敞开。他刷卡返回，电梯已停。他沿楼梯来到地下三层。远远望去，巨大防火门表面贴满黄铜机器人，地表也挤满机器人。它们互相清污，检修。图书管理员高高坐在三角梯顶部，身旁放一台薄薄的黄铜色笔记本，游戏手柄也多一层黄铜色外接装置。她一手敲击计算机，一手摆弄手柄，口中计数，十分专注。他没敢向前，藏在拐角。图书管理员驾轻就熟，点卯完毕，高高站起，吹一声金属口哨。机器人们迅速翻动地面、大门与墙壁，三秒内，消失干净。他赶紧返回，又只能轻手轻脚，总算走到一层，还是被叫住。

她说：什么都没瞧见，对不？

对，就像你也不知道我借了什么。

他们隔着昏暗白灯，相视而笑。

他最后问：你怎么应聘到这职位的？

一般人进去，和你一样，拣着书，我呢，拿的是控制手柄。

他向来不信邪，这一回，他摸摸脸，猜测命数或许另有计算办法。

自然科学称之为规律。

四百年来，科学的规律体系变了又变，天地日月却一如既往。若毛颖真结了山川异志，它自会告诉《毛颖杂记》为何落入他手。他没花时间查毛颖的来源，反寻人问了学院资料室的招聘。所谓的知情人皆含糊其词，不明就里。图书管理员的履历却不难找，本校本硕毕业，博士未念完，隔年入职资料室。她研究唐传奇，肄业后去做了游戏架构，不知为何返回。人事朋友告诉他，档案记录，她读书时有一次违规。那时地下书库没经历数字化，宛如洞窟。深夜，她提灯前往地底，消失三天三夜。院系惊动。复返时，她毫发无损，乐呵呵地，拒绝吐露地下所经所历。为防其他师生模仿，校方决定，立即改建地下书库。他的好奇由毛颖转向图书管理员。只是她专注自身世界，生人勿近。他每日去资料室看书，也只与她相视点头而笑。

不论如何，图册实属古书，全国独份，放到案头，让人读前总想焚香沐浴。

他的研究算不得创新，只挖掘西学财富，化为东用，以方便后人。20世纪中国的大半学问皆循此路径。现如今，人们无法同清末民初的学人比肩，又无须做得比欧洲人好，只要材料引得比同行快，便有立足之地。他导师戏称为，拿来流量。他很认同。他们一拍即合，结为师生，却都未能幸免，同在自西向东的浪花中扑腾。他起初想跑过浪花，自考博到入学，一度辗转于会议，却无法达到预期，求得生活与志向平衡。他于是收回杂念，专注书本与出国。地下书库一游，他发现逆流之路。

通常做笔，用狼毫或羊毫，兔毛柔软，并不常见。冬日夜晚，他读《毛颖杂记》，正讲到英国的彼得兔与人类打得鸡飞狗跳，毛发乱飞。翻页，又一撮兔毛。他仍留着从地下书库带回的绒毛。他寻一小盒，集中摆放。隔天，他去资料室。图书管理员难得没玩游戏，捧着市面流行的墨迹电子屏，用游戏手柄自带的软头笔，涂涂抹抹。他靠近。她遮住面板。他递上借书信息。她说机器人能找。他问如何才能再次下去。她回答不由她定。他问：你的笔哪里来？她推眼镜，回答：你不是有吗？自己做去，面板也自己买。

她比他更了解地下书库的个中原理。

一时间，他阅读兴致减少，双眼只跟着书脊、书缝、书的装订线；初时，总能找着兔毛，尔后频率渐少，绒毛越发稀疏。他花了月余，才凑齐所需材料。古玩街能做兔毫笔的人少。他得的东西又金贵。他一家家访。最后，尖嘴猴腮的年轻人告诉他，东区拆迁前，一位老先生从不拒单，只是不常挂牌，拆迁后，他随家人去了安置房，你可去查查。信息并不复杂，一搜便得。安置街道距柏木大新校区不远，同样依坟头而建，平的都是无名碑。他没费多少力气，按地址找着居民楼，进门便是老先生。供电站限电，老先生借门房电机充平板。他打开盒子。老先生点头：毛颖笔。老先生又问：你练书法吗？我都用毛笔练电子书法啦，这款杂牌墨水板是好的哩。

没几天，老先生制好笔。因兔毛罕有，老先生分文不取，只摇头说：以往的活儿不做了，新东西才弄，新东西好哇，只是真正弄新东西的人少。

他忍不住说：您的电子墨水板就是新东西呀！我们最不缺的就是新技术了。

老先生继续摇头，点他的脑壳：旧东西在这里，旧的怕新的。

他没太弄懂，但也知遇着高人。老先生为他制柏木笔盒，附赠洗笔套装，非常现代。公共场合，他拿出来，虽讲究，但不扎眼。周围人只道他买了新鲜的高科技玩意儿。只图书管理员偶尔观察他的笔，死死盯着，却没多问。他想，幸亏《毛颖杂记》的怪异只有一个半人知道。图书管理员算半个。

他模仿老先生姿势，用毛颖笔批注墨水屏文献。白日一切正常，深夜赶死线，他凭本能标记修改，内容反更加优异。期末，他帮导师批完论文，想再读一读地下书库取的古籍，不慎睡着，醒来时已是凌晨4点。不知何时，他的笔自行涂抹古画，有限的天穹外，多了一层云雾。古代学者想象过奥尔特星云。太阳之外，光总有尽头，终将消失于黑暗。光与暗交接的边缘仍存薄薄尘埃。塞琉古说，宇宙是无限。

他端详着，分不清细碎的尘埃是他所画，还是图册本就有。他困得头昏脑胀，转身上床，习惯性地打开《毛颖杂记》，读到五幕剧第二幕。天地间出现一个兔唇的毛颖人，早年生活于圆圆的月球表面，觉着平和又无聊。他偷跑进下界群山，同毛颖兔玩得甚欢。秦始皇的将军蒙恬向南伐楚，于群山中大猎。有人听说过毛颖人，建议蒙恬取了献于章台。蒙恬放弃百兽，独独围住毛颖，带毛颖人和毛颖兔返归秦王都城。始皇果然高兴。

四

他心有戚戚，懂了毛颖笔自有意志。他于白日尝试两次，任毛颖笔自行书写。文章果然漂亮，他自愧弗如。他动过念头，不如直接任毛颖代笔，完成学业。导师读罢他的新文，夸赞不已。他自羞愧，决定不再仰仗毛颖的智慧，从头来过，自行钻研。想通后，他神清气爽，返回资料室还书。系统显示，古老图册编目又变，表层系统无法定位。图书管理员瞧他手中握笔，让他自行去地下书库，自己去问黄铜人，确定摆放位置。

距前次进入地库已有四月。这回，他不紧不慢，扫描卡片，钻防火门小门，于地下四层遇着高大黄铜人。

它说：直接去地下七层。

他应：从地下六层取的。

它答：地下七层以上属实然区，有人欲借，我们上架，书籍便进入人类知识的分类系统；地下七层或再往下，属或然区，人类借的概率微乎其微，它们的内容便不再归属于表层世界。

他说：可我借过这书，做过拍照和摘抄，还……还不小心标注过一些图画，我写论文，会引摘的内容，它就会进入人类知识系统。

大黄铜咔啦啦转头，没再理他。他悻悻下楼。与前次不同，地下六层与地下七层灯火通明。画册书籍突然出现标签，显示具体年代位置。他想赶紧记下。他一直以为这书具体年月已不可考。但他手中只有毛颖。他尝试电子屏、衣袖、手心，不论怎样写，都留不下痕迹，用手机拍照，一片模糊。时间久了，周遭能见度变低。不能久留。他只得心中默记新信息，急匆匆将书归库，黑暗抵达以前，逃至地下五层。

刚出防火门，手机跳动，滑键接听，父亲疾病突发，正紧急手术。母亲动作迅速，救回父亲一命，结果还需术后确认。等待时间，母亲声泪俱下，可不许他开视频。他抱紧手机，蹲于树下，盯着毛颖，几欲折断。入夜时分，结果出来，肿瘤虽位置刁钻，急性压迫血管，所幸只是良性。手术顺利。他又抱着笔声声泪下。他家地处偏远，父亲捡回一命，但需足够收入，才能留下这命。

那日起，他放下地库之事，干了代笔的行当。亲人相助，友人募捐，导师劝慰。他痛定思痛，为自己立下两个规矩：其一，恩情须还，仰仗自己；其二，自家的研究学业，不能用毛颖。

他未将毛颖归还图书资料室。相反，他借着毛颖，注册几十号用户，披上白马甲，只要文字工作，给钱便接。他开始只做本科研究生的课堂论文代笔，然后全文撰写博士著作、全文翻译外文名著。不久，代笔不再局限学术，电视剧本、游戏剧本、网络小说、杂文、游记、评论都可洽谈。急缺钱时，他一人一笔做了上万水军，扮演事件或角色的"黑"与"粉"双方，造就了相关热搜的整个舆论。他亦觉得过了。父亲病情稳定，他急忙收手，去接家长里短、戏说野史的杂活儿。一年过去，父亲已能正常生活，他的多重身份毫无暴露。家人问他钱从何来，他答学校师友介绍了收入高的兼职。导师友人问家里经济，他说仰仗富贵的亲戚。没人再多问，一切顺理成章。毛颖横躺于笔架上。他不知是畏是喜，是弃是谢。

他仍阅读、写作，没落下研究，忙急了，也不忘睡前翻两页《毛颖杂记》。恍惚中，他觉到书里的童话与寓言，大多平和近人，让他愉悦，却多是外国故事。毛颖本纪（他自创了称呼）则只有庙堂与野叟，只写极富与极贫之事，只讲礼乐或礼崩乐坏，以为说教或猎奇。它不管我们这些中间人的命数。他开始做梦，反复徘徊于一个故事。月中玉兔来到人间，没等官宦犬牙抓它，它自己先找着红绦金链的去处，不久便被层层进献，被养着奉为翰林之宝。它不再饮泉栖草，而珠箔加身，翡翠为食，居于花笼，白毛如雪，取来为颖。它毛发不绝。它见毛颖纷纷落入主宾客席，也不以为意。他的梦越来越长，细节日渐丰富。临近清晨，梦与现实贯联对接，清明澄澈。玉兔更似《石头记》里的通灵宝玉，下来走一遭，见得人世朝暮繁杂，非常喜欢。但它属天上玉兔，非女娲遗石。它丹眸转动，落银河光彩，所向人间，写下文才，却不沉溺，一副潇洒样子，观世人荣落。他透过梦境，瞧见了远方蓬莱，知道它终将回首峰峦，幡然而返。

每每醒来，他浑身困乏，像刚从山中大猎返回。只是家事暂定，学业进步，他不及多想。

以防万一，他不再携毛颖笔进入图书资料室。管理员觉着奇怪，却也没多问。借还书时，他们相视，点头，并不多话。他发现她的键盘和游戏机打烂一个又一个，外接手柄总完好无损，崭新一般。毛颖笔亦是如此。每到代笔，他放弃键盘，用淘来的大面板墨水屏，手写录入。他不需动脑，毛颖自然书写。有时毛颖写着，他跟着默读，读到兴致处脑袋飞转，毛颖的笔法却会减慢。当他产生自己的想法时，毛颖便写不动了，卡在空中，等他续写。他续过几回，效果不佳，绞尽脑汁时，笔杆折断，他总需找老先生修笔、洗笔。老先生感叹毛颖的笔尖不是一般物件，不沾灰尘，真脏了，稍微一涮，便恢复雪白的绒毛模样。老先生从不问毛颖来头。他们心照不宣。

毛颖笔尖不染世俗，方能代笔，写物性文章。他拿着笔杆，若想介入，反阻了毛颖代笔时一窥人间的机会，笔杆当然要折。所幸他只做代笔文章，能任毛颖自由发挥。渐渐地，他练就本事，毛颖代笔，他眼睛读，却心不在焉，心的深处，又跟着文章内容走，如在梦中随波逐流，任故事发展。代笔结束，他身心如梦初醒，偶尔能记一些细节。他也不焦虑。他知道毛颖文章已融入潜意识的纷杂背景中，不会消失。

他寻的书日渐偏门，托图书资料室的福，总能找着。有时虽从外馆借调，但最罕有的总藏在地底深处。他与图书管理员熟了。她不知从何处多弄一张卡。书只要是特藏，他便径直去地下书库。黄铜机器人都认得他，时常为他指路。一次，书借得多，大黄铜机器人甚至帮他扛书，尾随至防火门门口。又一次，适逢地下书库检修，施工队跟着图书管理员下去，待一天，检修完毕，一切正常。他好奇心重起。图书管理员送大师傅离开。他踩着闭馆的点儿，来到地下三层，第一次瞧见防火门大开。他本以为高六米宽五米的钢铁墙壁会向前开启。他没想到，它们虽是墙壁，但能左右回撤，彻底退入地洞的腔体之外。此时此刻，黄铜机器人如码头船工，成群结队，安装齿轮杠杆，机械结构密布成网。它们于沉默中保持节奏一致，一寸一寸将墙壁复位。墙壁背后，数不尽的密排书架没有尽头。这回，书架没有彼此紧贴，它们互相拉开距离，保持两人的宽度，延伸至无穷远方。你永远不晓得书库的容量。

五

他开题顺利，报告题取宇宙崇高与人心惟危。文艺复兴前后，人们相信，宇宙如层层蛋壳包裹，地球与人类位于中心。漆黑的天穹仅是最外一层黑暗。而黑暗之外，是上帝与水晶天的光芒普照。星星便是蛋壳缝隙透出的光亮。它们启示人类，彼岸世界无穷美好。启蒙与科学打破旧思。宇宙为虚空，黑暗即无限，地球位于偏僻轨道，人类并非出于上帝之手。神圣故事不再以三角的稳定形态构图，人与生命不再占据绘画主角。风景画满是狂风骤雨，静物画有骷髅与死蝇。欧洲人开始用纯粹的黑暗表示宇宙与存在。康德论证，崇高出于自然浩瀚。万物雷鸣，天地苍茫，渺小人类无法消受宇宙洪荒。人又总需克服无限的恐惧与死亡的怪诞，思想便尝试为自然建立法则。立法之时，心灵获虚构的避风港，暴虐宇宙似乎不再威胁，人类对它突生敬意，称为崇高。他讨论，科学规则的底部，未知仍汹涌蓬勃，冲击人类心灵。上自科学星图，下至民间戏作，博斯的《人间乐园》，丢勒的动物，戈雅的巨人，透纳的晨昏。绘画暗示，稳定体系总风雨飘摇，崇高不仰仗规则，而来自规则外的世界。人心惟危，无法离开自身界限，只能想象崇高，但没法真正理解宇宙。

部分老师怀疑他的论证，所有老师赞叹他整理的图文材料。他导师圆场，即便疏漏，他整合的内容也已成学术贡献。外校老师问他：参考图例哪里来的？市内古籍馆不全，你跑了沿海多少省图？另一老师补充：这一章讲文艺复兴的波斯天文学源头，国内材料不全，英美的文献也不够，你去了远东小国？他没多想，直接回：柏木大图书资料室借的，地下书库全。本校老师适时保持沉默。他的导师再次圆场：我们的电子文献特别齐全，但原本古籍不够，他还得去外国进修，对不对？本校老师以目示意，他亦发觉说多了，赶忙找补：抱歉，表述不准，图像更直观，传播广，国内能搜到，我正申请留学项目，准备去英国，那里文字材料全。他导师开玩笑：抢的东西多。气氛活泼，话题转移。

那晚，他夜不能寐。他专注自己小小的学术宇宙，忘记别人如何钻研学问。他枕着《毛颖杂记》，脑中回忆柏木大人文学院的文章著述。早几年并不尽如人意。图书资料室修缮后，人人皆称文献好借。数字化工程结束，人文学院更成果丰硕，一扫缩编前的萎靡态势。院里师生曾言，以小博大，却未形成自傲之风。近年来学院成绩蒸蒸日上，生源壮大，教师员工却个个低调内敛，活得闲云野鹤。报刊采访问他导师：科研压力日增，为何柏木大人文学院仍悠然自处？他导师正色回答：道家讲垂拱而治，我们只顺手成文。有人批判柏木大只出顺手文章。他则清楚，顺手是小趣，是博人一乐的东西，比不得顺手出的洋洋洒洒长文。他导师近五年不写期刊论文，每年却著作不断。

导师也拿毛颖？

他心下唏嘘，不知该不该问。他恍惚入梦，五幕剧的第三幕径直上演，讲毛颖在文明世界的生活，只是不知毛颖是月球人、是兔，还是笔。它们忙于为秦编撰。它们善随人意，正直、邪曲、巧拙，皆一一随着人世的逻辑，编撰为可理解的图文说明。人们忘了自己为何拥有编撰技巧，完全忽视毛颖。它们也不多说，从不泄露毛颖编撰的奥妙。两厢默契，两厢沉默，人间毛颖没留任何痕迹。

隔天，复见导师，没等开口，他导师先抢了话头，点评开题与近期投稿论文，然后话锋一转，问他：你写电子屏的毛笔，哪里买的？他低头答：是毛颖笔，资料室地下书库捡的，笔杆找附近老先生做的。他导师继续发问：你拿毛颖做了学术？

没，但我用它做代笔。

代笔？

资本欲望和战争消耗的文章，是我写的。男权返祖和灵长类雄性社群结构的关系，也是我写的。我既批判崇拜，也营造狂热。我写中国人喜居山林、饱游饫看，写欧洲人凝视天穹与宇宙，写美国式的现实主义荒诞，写非洲的图腾、中东的藤蔓，写大洋洲土著的梦境宇宙。

他导师笑了：你认为，灵长类没有人类那么残暴，干不出真正伤天害理的事？

对，不，都是代笔，毛颖成文，我接的工作要求话题度，或者得写得简单明了，能带来异域的刺激或者心灵鸦片。他停顿，又叹气：也不能全认到毛颖头上，我参与撰写，潜意识记得的。我就是毛颖笔墨的呈送管道，各种内容流过去，总会挂些在我这里。

挣得多吗？够还医疗费？

他点头。

没拿毛颖做学术文章？

没有。他抬头直视。

他导师略微惊讶，而后恍然，轻轻叹气，说道：你比我们强，你有了自己的方式，有了你和毛颖独特的关系，我不会干扰。一句话，向外走远，向内走深。你该去柏木大以外的图书馆看看了。

他们又聊些家常，他道谢离开。走时，他问导师，是否也有毛颖。对方答：就像抓阄，每人从柏木大地库拿的东西不同，最现代的玩意儿，还要数图书管理员的游戏手柄。

他了然返回，安心准备出国。日子临近，资料室书库越发无法满足他的借书申请。又值书库检修，他提前得知，早早等着。待图书管理员与大师傅下去，他手持毛颖，缓步跟随。黄铜机器人瞧见他，没有作声。他跟到地下五层，走丢了，正着急，图书管理员自正前方复还。游戏手柄正面朝下，落足地面，细细碎碎迈步，走在她前方，像个宠物。她微微皱眉，打量他手中毛颖。毛颖笔锋微微向左摆动。地底无风。她耸肩，让他过去，嘱咐他跟着毛颖的指示走。毛颖找着靠近边缘的楼梯口，直奔地底。一时间，他不知已到了第十八层或第十九层。地面逐渐阴湿泥泞。楼梯止处,脚陷水中,冰凉刺骨。毛颖不再指引。他远远看着维修大师傅的工装铁铲,不由得向前,走近了,灯光打亮,物件都干净,只不见人影。他扫视周围,地底不再宽广,远有墙壁,内嵌大小不等的甬道。他看见洞口有白毛,忍不住想拿,却迈不动步。着急之时,大师傅喊他,让他回来。他暂时作罢,走回楼梯。大师傅问他:是这里的,还是别处的?他摸不着头脑,回答:柏木大的。大师傅笑了,催他回资料室,说如有缘分,总得复返。

您下来维修什么?

捞泥,捞出来,堆到那边角落,机器人用来修护上面的书库。

六

他申请游学项目,一年间分别待了三个地方,波兰的克拉科夫,意大利的博洛尼亚,苏格兰的爱丁堡。三座城市旧学丰富,古建筑列世界名录。大学城位于市中心,柱石林立,穿廊道便似返回文艺复兴与启蒙时代。同为大学城,柏木大很新,旧事物全压在地底。克拉科夫旁边是奥斯维辛。他到时已近冬天。欧洲内陆寒冷,地球气候日渐异常,没到中国立冬,克拉科夫便雨雪不断。他直接厚衣棉服,怕深冬温度断崖下跌,赶紧冒着风雪,乘巴士去奥斯维辛。旅游淡季,游客寥寥,荒野肃杀,讲解员自带苍凉气息。他独自顺铁轨行到哨岗,然后独自折返,走至焚化炉废墟处,一脚踏空,侧身着地,听到一声脆响,没起身,赶忙翻找毛颖笔。竹制笔杆断成两截。笔头绒白,雪落而不化。波兰保安身材壮硕，脊背如石，小心蹲到他面前，观察毛颖挂雪，用他不懂的语言赞美毛颖。大个子扶他起来，安慰他，用英文说，雅盖隆大学的植物园有中国竹子。他仍心下黯然，担心不再有完整毛颖。暮色提前降临，风停息，雪愈大。离开前，他最后望一眼行刑墙，白色活物一闪而过。他不放过任何可能，但墙脚积雪，不见痕迹。弹坑亦被白雪填满。不，一半是雪，一半是绒毛。他用手捏弹坑上半部，柔软温暖，毛颖质地与中国的又不尽相同。他捏了一撮。

雅盖隆大学有最早的天文学与数学独立教席，哥白尼求学于此，只是最初学医。他的项目挂自然科学史方向，可浏览中世纪与文艺复兴手稿。图书馆相应负责人已认得他。或确切说，负责人稀罕毛颖。大学图书馆建馆近七百年，藏书百万，古物沉积。老负责人生于二战，自认见多识广。他初到雅盖隆，第一次看哥白尼《天体运行论》原稿，忍不住掏出电子屏，用毛颖摹画记录。老负责人靠近，赞美。负责人懂毛颖是古物，好奇古物为何能与现代技术契合，便问毛颖何来。他不便细答，回应本校图书馆所得。老负责人半信半疑。他再去图书馆，老负责人发觉毛颖短了，笔杆折断，便告诉他，植物园的木材属自然科学，沾的是生机，图书馆老书室的老木头属文物，才引智者亡灵。老负责人声称有废弃蘸水笔杆，可送毛颖。他半信半疑，跟着老头儿横穿大学，走到皮革装饰的巴洛克走廊尽头。侧有暗门，逐级而下，走到底，小屋阴暗。老头儿手提马灯似的光亮，仔细挑选细长盒子，选了小巧柏木盒，掀开盖，一支小巧柏木笔。他放下灯，摘下笔头，将笔杆递与他，告诉他，二战期间，雅盖隆教师大多被害，地底小屋存了他们的旧物。校方有不成文规定，斯人已逝，遗志仍存，应走向四方。他没多问，收下笔杆，毛颖镶嵌。自那以后，他笔稳了，书也读得深。枕边仍放《毛颖杂记》，他读得少了。他的梦没断，看见持笔的毛颖四海为家，点墨为城。圣诞时他用毛颖抄了诗句，赠予老负责人，说，笔秃愿脱冠以从，赤身谢德归蒿蓬。临走时，老负责人又用弹壳做了笔盖，告诉他，这子弹曾打穿他祖父肩膀，没将祖父打死。祖父是克拉科夫本地人。二战时，祖父英勇，他们全家生还。

到博洛尼亚，万物回春。古城廊道如骑楼，从城外延伸至城内，爬至山顶教堂。他收到柏木大通知，图书资料室进入二期修缮工程，全由机器完成，力求建立全面、网状、便捷的存取书机制。图书管理员发来邮件，说如发现资料室没有的书，记下来，回国补充。他问具体修缮计划。管理员回，信息学院和人工智能学院只管开发深度学习，具体架构，机器自知该如何处理。他总心存怀疑。而自毛颖得了柏木笔杆，好运不期而至。雅盖隆老负责人从布拉格修道院图书馆印了教堂钟表结构图，转赠与他。博罗尼亚大学刚建立近东研究所，他能读到阿拉伯天文学几乎所有资料。罗马艺术与科学中心成立，正式恢复旧名，猞猁学派。他以访问学生身份入会。学派箴言，以猞猁之目洞悉自然奥秘。毛颖仿佛借着欧洲的柏木，进入另一片大陆的自然历史。他继续收集材料，并不以毛颖著研究文章。毛颖却表达欲旺盛。驻地孔子学院寻着他，让他写中意文化交流的稿件。他乐得接此外快。毛颖落笔文章，令人喜爱，他读了则觉似曾相识。公众号颇受欢迎，主编亦让他得空做些插图。他让毛颖自行编撰，画出的模样似波洛克泼的油彩，只是更为疏朗。主编觉着他有艺术才能。他回答，夜晚梦的。入夜，果有相应梦境，墨迹遍布，没有实景，色彩浑浊。毛颖重现设计插图的过程，用的吴昌硕颜色、黄宾虹皴擦。醒来，手边研究文章正写道：哥白尼并未发现太阳为宇宙的中心，亚里士多德并未错认地球为宇宙中心。他们建立模型。人如白驹过隙，宇宙并不改变。人无法直接接触宇宙与生命，人编撰的模型则触及万物，造就现实。他瞧着毛颖笔，琢磨万物模态是否为人所撰写。他想着毛颖种种，脑仁生疼。按理，毛颖属志怪世界，应归远古仙术，可他的毛颖只写现当代东西，依着技术才能实现。

博洛尼亚周边，有葡萄园与葡萄酒，可闲逛不尽。学校友人喜爱他文章，邀他四处品尝。他高兴时，也忘记毛颖给的困惑。临近夏至，艳阳不绝，大学师生开始散去，到海边寻凉爽地方。友人往南意家乡度假，恐返回他已到爱丁堡，便告诉他，可独自去郊外老庄园。友人父亲有一架仿制的小巧"捕星器"，可赠予他。毛颖教他不怯盛情。老宅交通不便，到时又是傍晚。管家让他住一夜。他打开木盒，并排放"捕星器"与"三弧仪"仿制品。哥白尼求学博洛尼亚，由医转天文，借助时兴的仪器，重新审视宇宙。三年来，第一次枕边没有《毛颖杂记》，他夜不能寐，辗转许久，起身逛老宅。老屋不大，但有书房，挑高两层，有螺旋木质楼梯，书架崭新。友人家学深厚，族谱计算到文艺复兴以前。其已故父亲研习本国历史，藏书丰富。他并未取书，只一层一层浏览书名，走到一层角落，发现地有暗门。他犹豫，不自觉拿出毛颖，弹壳笔帽锃亮，取下来，笔尖拐弯，指向地下。他轻轻触暗门，自动翻转，水泥楼梯。地下一层藏宝贵旧书，地下二层应急使用，地下三层储存美酒，还有地下四层。四周漆黑，不再有灯，他屏息迈步，好似返回地下书库。很快，他双足踏入泥泞，洞穴不大，只有一条甬道。他算着时间足够，沿路前行。周有壁画，颇似主教堂的地狱模样，没走多远，视野宽广，来到中庭似的场所。穹顶钟乳石闪烁，远处有光，光中人影晃动，仔细瞧，那人正用铲垒泥。

柏木大的维修大师傅。

他想喊，但心中紧张，口不能言声。大师傅发现他，没认出他，但大声提醒：太远，电不够，回去吧。大师傅反复用不同语种呼喊，也不知何时学的语言。他手机电力不足，只得作罢，战战兢兢复返。他明白了地底的空间是另一模样。爬回地下一层藏书室，他坐着歇气，而后不由得静息。对面的书他认得。从地下书库借的第一本图册。土星环旁，诸神尽在。他找着毛颖涂过的画作。有限天穹外层，云雾环绕，云层外面，又一层坚实土地。仿佛地底天穹前后相接，层层叠叠，没有尽头。

七

他拨通视频电话，问友人家传书库的秘密。友人学医，不常使用书屋，也不知地底甬道。临行前，他又去拜访，问了管家。管家一直笑而不语，最后才说，老教授提过，他也总是能下到地底，每次回来，都能找着祖辈藏的罕有珍本，或者获得一些灵感。夏至，他乘飞机抵达苏格兰，收到管家信息。管家首先祝他游学顺利，然后告诉他，老教授晚年行动不便，无法远足，去地下书屋的时间反越来越长，回来时总说去了哪座图书馆、见着哪位久未谋面的挚友。管家告诫，应将一切压在心底，有缘再道。

爱丁堡大学早于柏木大，落地了图书与数码材料的自动编目、可视借阅、远程阅读功能。据说,一些技术属世界前列,无人可比。大学主学区与图书馆位于城堡山,他租住对面高地。山不大,不止一座,起伏壮观。城市临海纳山,纬度高,夏昼长。读博期间第一次,他待不住了。他腋下挟毛颖笔与电子平板,闲逛高低不定、宽窄不一的道路。小巷酒馆依山挖洞,里面聚集喝酒闲聊的师生,通过可视眼镜讨论实验与文章。他兴起,接了几笔大活儿,靠毛颖奋笔疾书几个昼夜,买下新款增强互动镜。爱丁堡自制局域信号分享。大学挖空三座山,地底连通,建成数据处理中心,供学校与市内长居者使用。镜片较厚,图层界面富有纵深,毛颖天然能与虚拟画面互动。他身坐高椅,目视远方,持毛颖,于虚空描画虚拟内容。有时窗口过多,他须伸胳膊,够着远处。本地研究者没见过如此先进顺畅的互动笔头。他不再蜷缩于屋中或图书室。他辗转于酒馆、咖啡厅、室外公园,引起足够关注,一天,一位研究员当面邀请,说信息互动实验需懂行的测试者。

地下实验室静谧广大。研究员亲自解释,说全息互动图文并茂,看似直观,却并非单纯、粗糙、信息密度不足或欠缺逻辑。如果直观之外,逻辑恰当,符合人潜意识与本能,直观便带来智性、感性、启示,如米开朗琪罗的《圣家庭》、格列柯的《天堂人间》、丁托列托的矫饰构图、埃舍尔的悖论。当然,直观的逻辑须培养,须重构。研究员很有民族自豪感,认为苏格兰启蒙质疑神学规律,是真正启蒙的发源地。苏格兰人用科学重释万物,于是蒸汽驱动世界、进化驱动人性、资本驱动社会。但苏格兰人不认为自己造出的规则趋于永恒。休谟就觉得事件前后相继,不出于自然规律,只来自习惯。启蒙学者让天上法则降落人间。

他则心有戚戚，不知该自主动笔，还是毛颖主笔。全息互动全然铺展，藏有爱丁堡全部文献。他先按捺毛颖，自行按图索骥。爱丁堡书目丛网枝杈密布，连贯为热带雨林一般的分层植被。直观背后的确充满逻辑。他寻完自身所需的书目，装作感叹，说忘了摘笔盖。研究员自远处强调：我就说嘛，他刚刚只是热身。他仔细瞧，不知何时，研究员旁立一位老研究员，身材高挑，鹤发苍眉。毛颖已依自己意志，沿人类文明的思想线索，狂舞起来。他尽量压节奏。毛颖则非常兴奋。他们相处多年，它第一次显露自身快乐。它也第一次接触复杂算法的直观界面。它显然并不满意。不到五分钟，它已穿透图形，进入代码架构。负责的研究员犹豫是否叫停，老研究员拦着他。

那毛颖笔自代码顶层往下，毛颖颜色随界面与数据变换，最终浸透黑色。一小时后，它修订底层设计，却仍不满足。它笔芯使劲往地底戳。他只得开口问：下面还有什么？研究员回答：核心服务器。他问：我们能不能下去参观？老研究员点头：下午可获得权限认证。午休时间，研究员偷偷告诉他，老研究员有特殊通道，研究员自己都没进过爱丁堡的地底世界。据说千年来，上自领主君王，下至窃贼大恶之人，大多动过心思，用过地库，不断改造。直到去年，爱丁堡地库才修缮成功，书目丛网得以构建。等待时，他浏览消息，柏木大同爱丁堡签订合作协议，引进数据库技术，继续资料室地下书库二期修缮工程。报道喜庆，图文丰富。原副领导返回，却没进资料室，只在院门口与师生合影。

爱丁堡地库没声响，没机器人运作。维护、修缮、调整，皆由人为。这回，毛颖笔摆脱他手，一蹦一跳，自行去了。他心下紧张，大步追赶。研究员终于问：到底哪儿弄来

811

的？他只有照实回答：柏木大地库捡的兔毛，做成颖，笔杆与笔帽是雅盖隆二战已故老师的遗物。老研究员并不多话，紧盯毛颖动作。毛颖笔宛若维修工，重接数据连接方式，甚至探入机身内部，久不出来。

它能改造芯片。老研究员总结。

三人不再作声，跟着毛颖一排一排检修。走至尽头，毛颖敲击地板。研究员招呼他，一起撬开地面，下有甬道，石制地板，并无寒气。光之所及，墙壁内嵌线路。毛颖一蹦一跳引路。没走多久，便见暗门。他轻轻推开，博洛尼亚郊区，地下书屋。他不再惊讶，潜心跟着毛颖走。道路渐宽，湿气变重，他听着叮当作响的声音。远处有人大喊：再挖深，最后拿柏木贴墙。拐弯处果有柏木墙壁，侧有装饰，拆了来填墓，看模样是清末柏木大本地的雕刻。他想上前看，毛颖笔咚咚咚跺地，不让他前行。研究员们不明就里。他则想到时空的通路果然古已有之，只是他没运气，没法往过去走。他折返，紧跟毛颖，没多远便到柏木大地底。石板铺路，墙壁浇筑，维修大师傅与图书管理员正清点书目。他与毛颖带着人到了。所有人面面相觑。没人准备戳破任何事情。

最后，图书管理员瞧见老研究员白褂外的徽章，问：您来自爱丁堡大学？她伸手：我们是柏木大学人文学院的图书资料室管理人员。老研究员从善如流，搓热手心，笃定相握，说：很高兴同贵校合作。图书管理员赶忙说：我们有从苏格兰格拉斯哥运来的《人类理解研究》较早的版本，可否请你们寻人鉴定？老研究员点头答应。维修大师傅说，就在那里，又自感叹，怪不得今天总被它绊倒。他和研究员各自抱一摞书，老研究员持毛颖，按指引回返。临走时，他与图书管理员互换困惑目光。倒是大师傅提醒：路面不平，小心脚下，早些回来。

隔天，爱丁堡数据中心的地板敲不开了。研究员将书送至古籍修复处。老研究员请他们参与家庭聚餐。席间，他们心照不宣，没提地下事情，只说拣了旧书。倒是老研究员提了曾一度遍布欧洲的猞猁学派。传言中，学派成员只属附庸，猞猁才是洞悉世间的通路。他便跟着讲了韩愈的《毛颖传》：山间兔子，养万物有功，后成神灵，又复化为兔，落到人间，进而成人，被携入朝，写尽天下道理文章。只是人类赏不酬劳，以老见疏，它们就消失回去。而世间百态已被它们标定，人与物按着它们写过的线索繁衍至今。研究员点头，说事情总是相通。

夜晚，毛颖戏剧又入梦中，第四幕没讲毛颖故事，而讲它带来的世界。人心惟危，毛颖的编撰上抵造物决策，下至自然物质的纤毫妙处。毛颖画冰山，将人世比作冰山露出海面的部分。它休闲时抵达人间，修饰冰川的峰峦与沟壑。它也认真工作，只是都在海面以下。冰体结构支持冰山，非人类所能把控。冰出自海，人只见过海面，以为那是宇宙全貌。毛颖则懂得海底暗流，懂得冰体如何破碎。它成功设计了一座又一座冰山。它的笔法并非异志仙术。它来自别样的智慧。人世只是毛颖创造的体系之一。它有别的想法。它按需所取，迭代物种、人类与社会。

八

他刚回校，便收到图书管理员信息，地库修缮二期工程即将完工，将有多人队伍视察并检验成果，让他也参加。他不明就里，找她当面问询。她将他拉到地下三层。漆黑墙面与黑铁巨门投射唐三彩纹样，看来已不似藏旧物之处，更像博物馆。她说：你瞧，新书库要求有展览性质。她摇开小门，密排书库消失，取而代之柏木书架。木材厚实，做工简约。他说：我以为是数字化修缮，这是申请遗产。她使眼色：不冲突。这一层申请重点古籍项目，再往下，还是以前的规划，所以地下书库现在分为三区：古籍展示区、密排书库、模糊层。

模糊层？

不要装，你是走过模糊带的人。

我走过甬道，像洞穴，只是更矮、更窄。

她若有所思，说：我到最下面，上不见顶，下不见底，只有一层烟雾，到膝盖，有时烟雾厚了，过腰，就有危险，这手柄就变红，就嗡嗡大叫，让我回去。大师傅一直说他没见过雾气，只有浅浅的河床，周围全是烂泥。

他们沉默。

他想到现实问题：检验组一定去最底层吗？

对。这也是我找你的原因，我的手柄定位编目，你的毛颖定位编目外的路。

可上次怎么处理的？

上次我失踪，然后返回，没人敢下到底。这次所有人都相信改造完工了，不再有神秘事件。前副领导虽然不信，但改造工程返图和数据显示非常完美。前副领导还是决定参加，一起陪着下来。日程定了，是明天。

他点头，但并没有信心。两人逐级而下。地底世界变化不大。她说大部分黄铜机器人会躲藏到地库边缘的墙壁里面，检验组视察当天，只能看到少量精装机器。他们边走边取书。大个子黄铜人紧跟其后，负责扛书。她负责未编目内容，但她知道方位。他羡慕她取书如探囊取物的模样。底层世界变得更为广大，空旷无边，仍能听到机器人于远处不断深挖，让人觉着能从柏木大地下书库挖出所有想要的东西。

毛颖落出他手，直插泥沼，笔锋向上，不再指路。他伸手，拔不动，再使劲，它陷得更深。他不敢动了，眼见毛颖由白至黑，没入空无。

它离开他。

她吓得抱紧手柄。两人不知所措。

她最后问：明天还来吗？

他答：来的。

他再次夜不能寐，内心清楚，他之于毛颖，只是借势而作，他自身并无生产与创造。他留恋毛颖，只因毛颖带来他无法企及或把握的世界。他起身撰写毕业论文，写到风景画于文艺复兴后期出现。人类第一次于心灵版图之外，瞧见上帝普照之外的自然。自那以后，一个并不宁静的世界渗入人心。狂风骤雨，地动山摇，古神降临，人的造物反噬人类。人类小小的头脑与身体无法消受真实世界，也无法凭借自身了解真理的知识与美妙的感受。艺术与科学取代上帝与神话，构成新时代数不尽的表达体系。只是它们渐行渐远，离开文艺复兴初期，人类刚学会一窥世界的时刻。他写道：中世纪认为五为整全，毛颖属于整全以外。他删除毛颖，写：人类智性的进步，来自整全以外，只是欧洲人的不可知，自天降临，中国的，则源自地底。

天已见亮，一夜无眠。他打开《毛颖杂记》。戏剧故事的第五幕突然抵达结尾。终于，人类厌倦于毛颖的编撰，说毛颖的毛已被拔尽，毛颖的灵气已消失。人类觉着自己已有了书写万物的能力。始皇变得不满意毛颖，自然而然疏远了它，不再见它。最后，全人类都忘了它。毛颖们却很高兴。它们终于离开庙堂，离开市井，返回广袤山河，长了新的毛发，重新养育丰草长林的世界。

他合书，重新翻页，《毛颖杂记》变成无字白本。他赶不及黯然，图书管理员语音，时间提前，让他快来。

以往人文学院门可罗雀，建院以来从未如今日般热闹。几十年来，人们口耳相传，柏木大地库凿通古人墓穴，又存亡者书籍，即便引作高校新址，年轻师生也镇不住地下阴气。柏木大本不应信邪，但新世纪依赖，时代回转，启蒙渐失，处理地库遗留的隐患逐渐变为紧迫日程。大屏幕展示改造后的地库实貌。地下三层的巨门色泽庄重，书架赤色为主，存有已修复或复制的重要书目。往下六层皆为密排，机器人色泽明亮，体表光滑，穿梭取书，除却维修人员与图书馆馆员必要看护，不再需要师生亲自取书。旁白解释，地底仍处开发阶段，全智能施工。画面较为昏暗，特质机器人如小型盾构机，挖出他见过的甬道。

他以学生代表身份，同图书管理员一起引路。前副领导面露犹疑，进入地库，则更心有戚戚。图书管理员松开手柄，只带平板导航，解释不要乱走，怕碍着取书机器自动线路计算。检验组人员强调：自适应系统需要测试。那人走离图书管理员设计的路线。他与前副领导皆屏住呼吸。那人走两步，被四轮移动书盒绊倒。盒子长方形状，质地雪白，看似纸盒，实际坚硬。那人摔破鼻梁，他赶忙去扶，见一侧书架上放着白色纱布，质地柔软，粘有白毛。他抓纱布，协助捂伤口，扶正鼻梁。那人似乎没觉着疼，只吓着了，不知摔倒前看到什么。一时安静。前副领导赶忙代为解释，说数据中心算力不足，自适应系统主要用于机器之间的自行协调，地库墙壁与地底新建层的开掘与维护也颇费算力，因此不建议外人下来，除非跟着管理员引导。众人面有异议，却并未反对。服务机器人抵达，送伤号返回。一行人继续参观密排书库。一切规整有序，明亮洁白，刺得眼生疼。有人转动手柄，对面有椅。他仿佛看着白兔，其他人狐疑。图书管理员补充：我昨天验编目，累了，坐着歇，忘收回去了，下次让机器人收拾。

他们终于抵达楼梯尽头，但没到模糊带。整个地库止步于此。他与图书管理员松一口气，没再紧绷神经，盯着每个人动向。他们并未看见，前副领导目视平展的墙壁，面露惊异，冷汗流淌，却探出双手，用力推墙。整面墙如防火门般往后退却，后面空间上不见天，下不见底。数不尽的黄铜机器人躲在里面，突受惊吓，四肢着地，纷纷择路逃窜，进入洁白的地下书库，撞倒撞碎无数密排书架。它们持续不断往外涌，如大坝决于蚁穴。他无法立足，眼看着前副领导半个身体压在钢铁巨物下面。他找不到图书管理员。他试图援救。他看着白兔落入书库。

如诗中说，它飞若白鹭，走若白马，口衔柏木笔杆，双目若灯火入夜，转身如雪后月明。它于纷乱中跳跃打转。他忘记一切，迈步跌跌撞撞跟随。它很快厌了，掉转方向，跳入黑暗。

他也跟着一跃。

九

他见万物清明，恍若隔世。检验组已成功视察地库，返回会议室，进行报告。气氛热烈，前副领导获得赞誉。图书管理员与他坐于边缘。他发现一人鼻梁有疤，问旁边的人，答是前年来柏木大，撞倒书架留的。他又对图书管理员说，自己似乎丢了东西在地下。她点头，说她好像也落了东西，然后悄悄透露，如果拿东西没还，会忘记借的事物；还了，记忆就回来。她以前试过。他仍有不舍，说快毕业时再还《毛颖杂记》。前副领导虽受赞美，仍郁郁寡欢，会后宴席，亦兴致不高。他问导师，导师言每涉及地下书库修缮，前副领导总陷入抑郁，或许这才是他成功的奥秘。宾客将散，前副领导拉他到角落，问：我没去过地下书库，对吗？他绞尽脑汁回忆，细想毛颖种种，答：就我所知，没去过。对方不信，继续问：真的？他心中没底，说：您应问问图书管理员，她做登记。我以前问过她，刚刚又问了，她说不记得，系统登记也没有。他们二人同时望向图书管理员。她攥着手柄，一脸踌躇，看到他们，只得耸肩。次日，前副领导再次升职，又离开柏木大。走时，他面有忐忑，没人知道他如何成功指导了两次修缮。

他不再持笔，心中落空。但他论文写得顺利，借书总有黄铜人相送，偏门书籍也能由算法寻到。他偶然于走廊见着熟识的黄铜人，大个头不认得他了。他当自己被毛颖拒绝，十分沮丧。

图书管理员劝他，说：人类才不是万事缘由，你更不是。或许，毛颖只是借着你跑出来，看看世界，顺便为自己修了一道数字化和智能化的门户，这样，它就可以通过算法书写世界，闲杂人等也更难干扰它自己的自由世界。

他知道，她说得没错，她配得上图书管理员岗位。他只陷在循环中，而她已掌握了书库的真谛。他与她对视。他不会问她地下的经历。

他的文章与结论越写越偏门。他导师仍支持他，希望他扎根大城市。他觉得自己的根脉已自行折断，钻入地底。他的心再也扎不进柏木大的地界。他决定离开，返回家乡，从事科研与教育。他导师颇为不解，他答辩后，才恍然大悟，问道：笔呢？他鼻头第一次发酸，顿了顿，才回答：丢在地下书库的最底层了。他导师慨然，对他说：可你去过真正地底，我在柏木大二十余年，也只去过地下四层，我的大多师友和我一样，我一直想，留下的人，没法走得更深。

他离校前最后一件事，便是还书。他将所有行李寄存到门口，飞奔着返回人文学院图书资料室。图书管理员接过《毛颖杂记》，翻开，书如唐僧取经时得的白本，她没有多言，转身亲自回地底书库。他一直等，直到阳光转向，落日不再，图书管理员方才复归。她手中捧书，仍是那本《毛颖杂记》。

她说：我拿着这书，没有黄铜人接手，我就调手柄，倒是有数据指示，我往下又往上，一直在跑，累死了，就是不给准确信息。地下书库可能也犹豫不决。最后，屏幕才显示，此书不再编目，可流通于世。

他一时手足颤抖。

她笃定递书：它是你的了，第一次有书愿意离开。

他错过飞机，在修笔老先生处借宿一晚。他借着月光，小心翻开《毛颖杂记》，时隔近一年，书页重现一行字：使颖名字存无穷。

他想，人果然不可心存念想，否则万事皆成命运。

自那以后，他不再思索书与世的佯谬，变得越发耐心。他抵达西南边陲家乡，在南部山区谋一教职，过上头枕大山、脚踩大川的日子。横断山草木长青，地质奇险，物质长期落后，数据与虚拟建设走得更快。几年后，学校让他负责全息阅览库与虚拟现实教育改造工程。他仿着柏木大，腾空大学地下仓库，将纸质书细细码入，地面图书馆做成明亮的增强现实互动空间。项目落地成功，他拒绝其他高校邀请，遂成为图书馆副领导。他得空时便翻翻《毛颖杂记》。书里不再出现新的诗句或故事，但旧物也有趣。他总能看到一句：谁知山林宽，穴处颇自好。

他的博士论文终得出版。他通过文艺复兴前后期的天文绘图，讨论人类的理性无法真正弥合自然力量。怪诞与惊异总从知识体系的缝隙渗入，人的心灵总备受折磨，或得到启示。他最后写道：我们仍在蒙昧边缘，刚刚瞧见智慧，便将其葬送，不过智慧一直存在，在都市角落，在山林之间。他已不记得自己写过的大部分内容，想来或许当时只是毛颖作祟。

后来，一日傍晚，天朗气清，日月交相辉映，山野皓皓。他已离校，又想起欠一位老师一本书，便返回图书馆，来到地下书库。地面凭空出现空洞，俯视有梯。他不再战栗或慌张。他顺梯滑下，反复曲折，抵达深处，脚踩泥泞，沿甬道远行，没走太久，发现地底河床。大河十分宽广，涡流卷动，却无声响。他极目眺望，瞧见灯光处，柏木大的黄铜人正修筑矮矮堤坝。堤坝上面，维修大师傅与图书管理员同时与他招手。他们手指河的中心。

他瞧见他的毛颖笔，正静静逆流而上。他目送它，去了地下书库远古的未来。

（注：文中柏木大地下图书馆设定与幻叟共同完成，特此感谢，也请期待更多相关故事）

化　鹤

薛超伟

薛超伟，1988年生于浙江温州，现居杭州。2014年毕业于复旦大学MFA创意写作班。作品散见于多种文学刊物。

演山被自己的心跳吵醒，睁开眼，盯着黑夜里的空无看了一会儿，房间慢慢显出轮廓。他无声诵经，调整呼吸，胸闷渐渐好转，心跳也平复下来。窗外万籁有声，蝉叫里捎带一些风，半月池扑通一响，又安静了。他不能很快入梦，心里头有事。父亲常跟他说，别老皱眉，小孩子哪有这么多心思，要快快乐乐的。可事情没有那么简单，是心事来寻他。在这佛堂里，师父说，烦恼即菩提，烦恼多了，就没有了。师父的话比较合他意。

现在，师父就睡在旁边的禅床上。她平时严肃，睡着时，也保持着清净僧相，不打鼾，绝少梦呓。演山有几回夜里醒来，甚至不确定她有没有躺在那里。师父四十岁出头，法名常觉，长得瘦，跟他母亲相似。

他拜过很多师，有气功师父，有道教师父，也有常觉师父这样的释教师父。以至于,年初到上海的一家医院里做手术,见到医生,他也脱口而出,喊了句师父。从上海回来,父亲听乡里人说,明寂堂的果云住持是得道之人,一些生了病的人跟她一同起居,一同念佛,身体就好起来了。于是父亲带着他来到明寂堂,来了才发现,佛堂的住持已经换了人。他皈依在常觉师父门下,是演字辈,法名演山。他喜欢这个名字,就在心里叫自己演山。

禅床吱呀一声,紧接着又带出一串吱呀。是师父起来了。演山没出声,不想让师父知道自己没睡。看窗外的天色,还没到早殿的时间。她没开灯,穿好僧衣,摸黑出去了。一会儿,窗外有一束光晃动,他猜那是手电筒的光。师父去做什么呢?他坐起身,看到光束往西边去了。雪隐在东,香积厨在西。他想,师父是去香积厨偷吃吗?昨天午斋,他跟父亲吃到了发霉的豆腐渣。好像只有他俩吃到了似的,师父们都没有反应,如常地吃着碗里的食物。父子两人交换了眼神,忍耐着把豆腐渣吞下去。想到近处的事情,他放松下来,重新躺下,渐渐有了睡意。

他睡到自然醒。阳光落在屋内,他躺着,听窗外的动静,那里面藏着季节和时辰。白天的声音,他可以放心听,没有夜间那般凄清。他听到有人敲磬,还有几位师父在唱诵,若远若近,如雾弥散开来。听久了,会觉得那一切不是人为发出的,而是天地间自有的。这是小镇中的小小佛堂,外头是草地,再远处是居民区,但隔着墙,他觉得,他在一个离开自己的远方,休憩着。他在床上赖了一会儿,起身走到窗边,拉开插销。有只小动物急急地从榉树上窜下来,是松鼠。这树上有好几只松鼠,师父说是一大家子,但通常一次只出动一只,还是谨慎的。他学师父的样,从橱柜里拿出一袋生花生，抓一些在手里，准备去喂，松鼠大概看出他不是它熟悉的常觉师父，背过身去，抬头比量了一下自己与树枝的距离，跃到榉树上，榉树繁茂，松鼠很快就隐到不知何处去了。

演山下到一楼，穿过东厢前的小路，走到道坦，道坦前的门就是山门了。他听佛堂的僧人说，道坦是新修的，整个明寂堂都是新修的，原先佛堂只有一间小殿，常觉师父接手佛堂后，募集善款，雷厉风行，盘下旁边的旧厂房，在三年间把佛堂做成了现在的模样。仍是小，但建起了大雄宝殿，后有面阔五间的圆通殿和左右厢房。道坦上两边分立六座小柱，柱上有六尊青石沙弥盘腿而坐。

道坦上，父亲已经在黄葛树边打太极拳了。父亲打了十年太极，很有架势，蹬地时石板砰砰响，令人心惊。树叶都被惊到了，飘下来几片，演山抬头看，是两只鸟飞走了。许久，树枝还在微微颤动。他寻一尊欢笑的青石沙弥，在其跟前席地坐下，练气功。师父教他的静功，是一种吐纳法，与周围的空气交流，同禅定有几分相似。约莫半小时，睁开眼，发现父亲在旁边守着他。父亲扶他起来，两人走到大殿，对着佛像拜了三拜，穿过殿门，去后面的香积厨吃早斋。早斋没什么问题，粥是粥的味道。父亲说要去集市一趟，买些东西。演山说："我也去。"

"太远了，你留在这儿。想吃什么？爸给你带。"

"嗯，四季豆。"

"就四季豆？"

"我也想吃羊蹄，但在佛堂，最好不吃嘛。"

父亲笑，从饭头师那里要来一只编织袋，离开了。其实，那是演山的一个小秘密。小时候，母亲去菜场前，问他想吃什么，他就会说四季豆。他觉得四季豆应该是四季都有的，这样他随时都可以拿它应对，母亲就不用有选菜的烦恼了。

演山在门口站了一会儿。香积厨是西首厢房里的一间，厢房和墙围出一个小院，小院里挖出了两口半月池，池边修了护栏，成对相望。池水清澈，只是水而已，不做他用，没有游鱼，也没有杂物。演山去过一些寺院，凡有水处，都沉着许多硬币。这里没有硬币。

他到禅堂坐下，摊开佛经，等着师父来。他晓得，一般禅寺的禅堂用于坐禅和参话头，不念经。在这里好像没有那么多规矩，禅堂可以学经，也可以开会，一室多用。相较于别的寺庙，他格外喜欢明寂堂，正因为它的局促。和小小的他，以及内里更小的心脏，是相映的。

常觉师父走进来，檀香气味也飘了进来。演山觉得好闻，挨师父近一点。近了，他愈加感觉到师父的疏瘦。人瘦了，会显出锋棱，大概也是因为这样，他对她既敬且畏。以前的一些师父，圆胖的，都温润慈爱。是那些发霉的食物，是简约的生活，让师父这样瘦下去吗？他听过一个故事，从前饥荒年代，有个和尚将寺庙里仅有的食物拿出来，分给灾民。自己没吃的，日日瘦下去，有一天，就变成了鹤，飞去溪边吃马蹄草。

演山偷眼看师父。她念《楞严经》的第三卷，为他叙说大略，不做详解。她仍披着袈裟，结跏趺坐，在除了寮房以外的地方，她都是这样严整。师父曾说过，僧相威仪，是自己的修持，修行者要与自己相处，有没有人看见，都没关系。

演山把注意力转回到经文上。经的第三卷有许多"但有言说,都无实义"。他感觉奇怪,既然如此,佛为什么要言说呢?弟子又为什么记录这些经文呢?他向师父提出这些问题。师父问他:"你向佛祖祈愿的时候,佛祖答你吗?"

演山说:"不答。"

"佛祖不答你,你下次还祈愿吗?"

演山说:"还祈愿的。"

"你的言说落到哪里去了?"

演山摇摇头。

"莲花不着水,日月不住空。可又有那名物,称水中莲、空中月。言说无实义,是因为领悟真如自性的人,看清了世界本来面目。身处无明中的众生,还是要依靠言说。"

演山想了想说:"师父,好难啊。"

"难没关系,慢慢感受就好。"

"师父,如果我一直都不懂,怎么办?"

"路遇石子,有人会踢一脚,有人不踢,踢不踢石子,路都好走的。"

学完当日的经,演山听从师父的话,在院子里散散步,消化一下经文。院墙外面是荒地,有时候会听到小孩子跑跳、嬉闹,现在近中午,没有人,都是蝉鸣还有草木的声音。一会儿,草木呼啸起来,传到耳朵里变得拥挤,声音里还有声音,好像一些喜欢隐藏自己的有灵之物也愿意寄身在风里热闹一下。以前在大别山养病的时候,他听到林子里有一种鸟,会重复唱一句"谁是傻瓜",不是真这样发出人声,而是声调类似,附会一下就是如此。当时还经常听到一种类似蛐蛐的声音,可又比蛐蛐的声音低沉。有个伯伯跟他说,那是蚯蚓翻土的声音。他就迟疑地信下来了,时间长了,忘了那份迟疑,再听到那种声音,就跟人说起蚯蚓。父亲说,那就是蛐蛐,人家逗你的,翻土怎么会是这样的声音?误解有时是这么有趣。便有了刻意的误解,时不时地,他有意骗自己一下,让事物偏离常规,在脑海里铸成新的逻辑。

在他老家有个词叫"无空讲",是"胡说"的意思,而他觉得,"无空讲"不应该只是这个意思,他喜欢这三个字的组合,在心底给它换了个意思,把所有那些幽微的不可解的现象,称为"无空讲"。比如鸟为什么会一直问"谁是傻瓜",这就很"无空讲"。这样一来,当他念叨着一些奇怪的话时,父亲就会说,你这是"无空讲"。演山会欣然表示同意。

在墙边站了许久,演山走到另一侧,靠近香积厨的一段不是墙,是一间小屋。这间小屋有些年代,重建时没有被拆除。寺院大多讲究对称布局,主殿的两边,建筑往往成双,明寂堂也不例外,独独这间屋子,小而旧,孤零零窝着,毫不起眼,又因为它的不起眼而显特别。他推了下门,锁着。夜里,师父未必是去香积厨,也可能是进了这间小屋。小屋的顶上有烟囱,看来以前是间灶屋。上了锁,难道是因为供奉了灶王爷?他知道,一些小寺庙,为了讨好信众,会供奉一些本教以外的神仙。他走到屋子侧面,往窗里面看,里面有灶台、洗菜池、一口水缸,还有一些杂物,没看到神像。

"演山。"有人在身后喊了他一声。他回头看,是定慈居士,她正端着洗衣盆出来。定慈居士说:"不要在太阳底下晒。"他应着,走回到屋檐下。

定慈居士是借住在明寂堂的。以前她在自家修行,虔心礼佛,不仅花费许多精力,也买许多佛器佛像。那些佛器佛像,慢慢侵占了家里人的生活领地,因此闹了不少矛盾。有一天，吵过一架后，女儿问她，妈妈，对你来说，我们是什么呢？是你修行的障碍，还是能够帮助你修行的工具？定慈居士听了很难过，想了一段时间，做了决定，处理掉那些法器，找到这间佛堂住下。一年间，春夏在佛堂礼佛，剩下秋冬的时间，回到家中，不管佛事，做一个纯粹的尘世中人。

定慈居士坐下来，一边搓洗僧衣，一边说："那小屋里头有个镇堂之宝，除了住持，其余人不能进去的。"

演山说："镇堂之宝？灶台吗？"

"是那口大水缸。"

演山说："一口破水缸，是镇堂之宝？"

"不破，不是好好的吗？"

"我家里也有这样的宝贝。"

"嘿，你这孩子，也会揶揄人。没你想的那么简单，就像常觉师父说的，物不因材质而贵，贵的是人的念想。"

演山蹲在檐下，陪定慈居士说了会儿话，听到父亲回来。父亲把一个编织袋扛到香积厨，演山也跟进去，看父亲和饭头师清点食材，有西红柿、四季豆、丝瓜、佛手瓜、洋芋之类一大堆。父亲拿出一根茄子，轻抚着，格外珍视，对演山说："我一看到摊位上的茄子就流口水，茄子有肉味的。这镇上羊蹄出名，我还想偷偷买一根来啃，因为有这茄子，忍住了。"演山说："爸，茄子好吃，其他的也好吃，我都喜欢。"想把话题掩过去，又有点欲盖弥彰。饭头师笑呵呵，没说什么，似乎很理解世人的嘴馋。

父亲给饭头师打下手，演山也帮着择菜，他爱掰四季豆，清脆有声。忙活一个多钟头，到了午斋时间，一张大桌上摆出八道菜，如宴席一般。演山观察常觉师父的吃相，端正的姿态，饭一口一口，细细咀嚼，师父们的好恶依然不形

827

于色，但他知道是有滋味的。他希望师父多吃点，不要在吃上面节省。他住在安佑寺的时候，那位长得像弥勒佛的宏仁师父，不喜欢寺里的斋饭，钟爱寺门外一家饭馆里的馒头。出家人不好显示贪吃的模样，所以宏仁师父总叫他去买，从山门进出，如果拎着一袋馒头，过于显眼，就让他背着书包去。馒头买回来，打坐的时候，宏仁师父就掏出馒头吃，以为他不知道，他听得出来的。因为有这先例，他以为出家人都会偷吃，不然，怎么扛住过午不食，又能长得胖乎呢？

吃完饭，演山就午睡，打坐，慵闲地等待一天过去。在这里，行走坐卧都是修行，什么都不做，也是修行。打坐时，听不见外头的蝉鸣蛙声。反而是蝉鸣蛙声消止的瞬间，会让他倏然一惊，睁开眼，发生什么事了？也没事，可能它们就是想歇一歇。他啃一个苹果，啃到流汗，甚而睡着了，醒来，苹果已经氧化了一部分，拿起来接着啃，将果核扔到窗外的草丛里，如明月掷入井中。对抗蚊虫，是最劳神的事。用蒲扇挥赶，去而复来，再赶再来，妥协后布施于蚊虫，又难以忍受。用指甲在痒包上刻卍字，敷以口水，摩挲着摩挲着，日头就渐渐西斜了。这是一九九八年的夏天，他十三岁，再没有比这更好的一天了。

过了几日，有个香客挑着一筐西瓜，送到佛堂来。佛堂里偶有香客来还愿，演山也见过两三次。那几次，父亲都过去打听，问人家是还的什么愿。有愿意说的，有不愿意说的。有一天，父亲就跟那不愿意说的吵了起来。他走过去，拉拉父亲的手，父亲回过神来，连忙跟人家道歉。演山知道，父亲想打听到一个案例，一个痼疾得愈来还愿的案例。

这次，送西瓜的香客过来，父亲上去帮忙搬运西瓜，什么多余的话都没说。香客走后，父亲蹲在瓜堆边敲敲摸摸，最后捧出一个，放到竹篮里，拎到院子里，将竹篮浸没在半月池中。到了晚间，演山跟着父亲在院子里乘凉。定慈居士要搬藤椅给他们，父亲说不用，台阶很干净。坐了一会儿，父亲起来，将半月池里的西瓜打捞出来，抱到香积厨切开。演山在屋外听那脆响，就知道是一只好瓜。父亲嘱他将西瓜送到僧房，分给几位师父吃。他端着脸盆，急急地走，心跳又加快，有些难受，但脚下步伐不减。回来时，他走慢一点，以免让父亲看出来。还好，父亲和定慈居士在聊天，瓜都候着，没动。他拿一瓣西瓜，坐在他俩边上，含一口，清甜得想念一声阿弥陀佛。将子颗一颗吐尽，咀嚼着，齿间无挂无碍。

镇上的人声，从上空蜿蜒而来，有呼朋引伴的，有喊孩子回家的，有喊"你再不回就别回来了"的。其实他听不清，即便听得清，也不懂这边的方言，他猜就是这些意思。夏天的夜晚，都是一样的，人从暑热中脱身，要庆祝一番。在老家的夏天，黄昏边，他们会朝院子里泼水，简单清洗，等到晚上出来，地面已经干了，将凉席铺上，人就躺在院子里，左邻右舍十几个人，三四张席子，男女长辈要避嫌，分席而卧，小孩就不避了，随意寻一个空处躺过去。那头大人喊自家小孩，小孩说一声，我在这里。这里，也不知是哪里。那头就安心了，反正没跑到院子外边去。他躺在凉席上，听着大人们讲古，听到鬼故事，他也不怕。那时他还小，不知死亡是什么意思，世上还没有什么值得担心。

演山望着院子里的灶屋，向定慈居士问起水缸的事。

定慈居士说："水缸？"

演山说："前两天，你说灶屋里的水缸是镇堂之宝，它怎么就成宝了？"

"那是前任住持亲口指定的。"

"师父的师父？"

"对，果云师父。"

演山想起来，半个多月前，他和父亲找到明寂堂来，其实就是想见果云师父。佛堂里的僧人告诉他们，果云师父已于两年前圆寂。父亲带着他拜了本师和诸位菩萨像，打算离开，在殿外遇到借住佛堂的定慈居士。定慈对父亲说，其实都一样，能治病的是佛法，不是哪一位出家人。父亲觉得有道理，再看这里环境清幽，没有太多香客游人打扰，就捐了香火钱，住下了。

父亲说："我在镇上听人讲过一句话，果云师父能背动一间佛堂。"

定慈居士点点头，说："这是一种说法。明寂堂最小的时候，实际的佛堂已经没有了，只有一位僧人，果云师父。果云师父就是一间明寂堂。"

果云师父接管明寂堂是在二十世纪四十年代，恰逢乱世，半座佛堂毁于兵燹。二十世纪五十年代，明寂堂又被征用，改作粮库。果云师父生性忠厚，不与世争，搬到仅存的一间寮房里起居、念佛。那时，她在路边捡到一个女婴，想留在身边，但自己也吃不饱饭，实在没办法，抱着女婴挨家挨户询问有谁愿意收养，她问遍了镇上的人家，终于将孩子交托出去。过了几年，果云师父挂念那个孩子，就偷偷走到人家门口看，看到一个五六岁的女娃，背着数十斤的柴火，往这家人的院子里走。果云师父一眼就知道，这是她当初捡到的女娃。她上前询问那户人家，能不能把孩子领回来自己养，遭到拒绝。果云师父从怀里掏出一个指甲大的金佛，双手合十念了三声佛号。金佛是她师父留给她的。她记得师父说，丛林清苦，此物予你傍身，世事无常，他日可以换碗粥喝。她没拿金佛换粥，换了个女娃回来。她为此还惶恐过，会不会贪多了。到二十世纪七十年代，佛堂又被一家纤维厂占用，整体拆建，她就和小孩住到灶屋里。有人来灶屋赶她们，果云师父指着灶屋里的水缸说，这口水缸有二百年历史，不能动，动了，菩萨会怪罪。工厂负责人似乎也有所敬畏，就允许她们在灶屋里住着。有一天，果云师父对孩子说，你也大了，想做什么，要早做打算。孩子说，想当出家人。果云师父说，不用当出家人，出家人有什么好？孩子说，出家人不会孤单，家人全死掉了，还可以跟菩萨说话。果云师父流下眼泪，给她剃度，取了法名叫作常觉。二十世纪八十年代，纤维厂搬迁，决定转让这里的土地。果云师父向信众筹资，买回了土地使用权，修缮了原先的念佛堂。至此，才安定下来。二十世纪九十年代开始，她收一些香火钱，让人住在佛堂，跟着她念佛。收的钱仅做佛堂日常开销用，不用于扩建。果云师父怕有一天，寺庙又被毁掉。建很多殿堂，塑很多佛像，毁掉可惜。她晚年一直节俭。临终时，她对常觉说："这佛堂里没什么东西留给你，那口水缸是镇堂之宝，传于你。以后，由你来当这个家了。"

从过往里抽身而出，定慈居士起身收拾西瓜皮，将盛西瓜的脸盆拿去清洗。父亲取来扫帚，清扫地上的西瓜子。

演山说："爸，以后，师父也是一间明寂堂。也会流传一句话，叫作常觉师父能背动一间佛堂。"

定慈居士放好脸盆出来，说："常觉师父岂止是一间明寂堂？以后她要把佛堂做成一座大寺，到时候，恐怕要叫明寂寺。你跟爸爸来还愿时，别走错了。"

演山说："还要做大啊？我觉得现在刚刚好。"

定慈居士说:"没有什么是刚刚好的。做大了才能让人记住。道坦上的青石沙弥看到了吗?常觉师父专门请人雕的,小小的六座,造价不菲,如果没有那青石沙弥,好像佛堂在外观上也没什么区别,还可以省下一大笔钱。那为什么要造?因为别处大寺有十八罗汉,甚至五百罗汉,明寂堂小,就从小处做文章。信众见了,就会记住,就会跟人说,那间明寂堂,有六尊石雕小沙弥,很是可爱。"

演山说:"为什么要记住呢?佛家不求这些吧。"

定慈居士说:"寺庙做大后,等到破旧了,衰朽了,大众会有遗憾,会想着法子去重建它。"

父亲说:"是这样。念佛堂毁了,单靠几个人的愿力,也重建不起来。没了,也就没有了。"

第二天清早醒来,演山回想着常觉师父和果云师父的故事。他下床打开橱柜,在抽屉里找到一个茶叶罐。昨晚听到故事时,他就想到了这个,之前他帮师父在抽屉里找零钱时发现的。他打开罐子,里面有一个金佛,是佛祖的像,小小的,旧了,金身上有一些更细小的黑斑。也不知道算不算贵重,是放在罐子里了,但罐子就这么袒露在这儿,没有锁起来。是故事里的那个吗?是常觉师父又把它找回来了吗?似乎,只要是果云师父的东西,师父都要保留下来。堂宇、灶屋、金佛。他把金佛放回去。只是看看,不算做坏事吧。关上橱柜,他忽然想起来,没锁起来的是金佛,那锁起来的,肯定是比金佛更贵重的什么吧。

上午,跟师父学经,演山读到几个句子:"亦如翳人,见空中花,翳病若除,花于空灭。忽有愚人,于彼空花所灭空地,待花更生,汝观是人,为愚?为慧?"说的是一个眼睛生有翳膜的人,常看见空中有虚无的花朵绽放,眼病去除

832 / 化 鹤

那日，这空中的花也消失了。却有一个愚人，在那空花消失的地方，等待花重新绽放。本师和富楼那尊者都批评这个愚人的行为，是被无明遮蔽了眼睛。演山倒是觉得，愚人有趣。眼睛有问题的人，可以看见空中花，对于这样的现象，同样作为病人的演山，完全能够理解，但他不为陷入虚幻感到苦恼。苦恼已经够多了，就让空中花变成一件好事吧。

他到院子里闲走。灶屋失去神秘感，变得亲切。而屋里头的水缸，他听过它的故事后，已对它高看一眼。他又凑到灶屋的窗户前面，往里头看。那是一口外观普通的大水缸，缸身没雕花，也没上漆，可能曾经有漆，早褪掉了。缸口覆盖着塑料膜。他想，塑料膜底下会是什么？是腌菜或者笋干？他家里也有一口大水缸，用来泡笋干。父亲带他离家之后，就剩母亲一人铡笋干、泡笋干，凌晨四点，还要骑着三轮去南门头卖笋干，与这里早殿的时间差不多。偶尔，他会思念母亲，只是静悄悄地思念，怕有玄远的某物知晓了，自作主张做那信使。他其实习惯了在外的生活，母亲也习惯了他们的不在。

下午佛堂出了点小变故。两个小孩爬上道坦的围墙，翻进佛堂内，在菩萨像周围打闹。常觉师父叫人把两个小孩抓起来，绑了手脚，吊起来。师父这样做让演山很意外，虽然她平日严肃，但他也没见她真正动过怒。以前在安佑寺，他踏大殿门槛，宏仁师父只是拿戒尺打他手，对于寺外的信众，更是温言相告。有香客劝说常觉师父，请她消消气，常觉师父说她没有生气，只是按律施以惩戒。两个小孩的长辈寻过来，赔礼道歉，常觉师父也不放人。她说，小孩不懂事，在菩萨像前嘻嘻哈哈，菩萨不会怪罪，但是山门大开，他们偏要爬墙进来，扮作贼人相，这一点不可饶恕，好像佛堂是人人都可以侵占的，是人人都可以损毁的。小孩起先倔强，到后来终于哭出声。直到太阳下山，常觉师父终于松了口，说："让小孩回去吃饭吧。"两个小孩被领走后，佛堂又静下来。鲜少人语，树悄然立着，树影比树热闹，在墙壁上涌动。

晚上，演山看见师父照例在灯下抄经。屋里灯光昏暗，每次抄经时，师父都会点一盏油灯。他坐到师父边上，看柔顺的毛笔尖在纸上轻轻刷过，纸上就新添几个秀丽的字，心里头痒起来，也想写字。师父不让他写，他硬要写。师父只好说实话："你的字师父见过，不好看，以后练好了再来。"

演山在一旁笑个不停。笑够后，又看师父写字，突然注意到，师父的袖口上有金色的秽渍。他伸手帮她抠，没抠掉。师父说："大概是袈裟的金箔沾上去了，不要紧。"演山点点头，伸出手指，在灯火里穿来穿去玩着，突然火抖了一下，以为是自己撩到灯芯了，连忙停手。火抖个不停，才晓得是起风了。演山护着油灯，一会儿，灯火还是熄了。师父顺势停笔。演山眯起眼看，正写到"乃至无老死"，"死"字没出来。他看得难受，说："师父，写完这一句呀。"

"抄经须诚心，停了就停了，下次再接上就好。"

师父招呼演山坐到床边。演山双盘，师父将手放在他的胸口，念诵经文。做好这番睡前功课，演山躺下，师父替他盖好肚子。演山说："师父，我要蒲扇。"师父的房间没有电风扇。师父把蒲扇拿给他，关上灯，各自睡下。黑暗里，演山听着自己的心跳声，想起一些事。几十年前，师父和果云师父就一起住在楼下小院里的灶屋内，那是怎样的光景，他想象不出。即使他已经过得很辛苦了，他也想象不了那样的人生。可能，这世间所有人都有病痛，有些病痛在身内，有些在身外。大家都是痛的。想到这里，他没有感到安慰，反而变得难过。他喊了声师父。

师父问："怎么了？"

"师父，你会变成鹤吗？"

"这是什么问题？"

演山跟她说了饥荒年代，有和尚化鹤的故事。

师父听后，说："你知道那是什么意思吗？"

"就是人变成鹤呀，师父，有别的意思吗？"

师父说："丛林不讲神通法术，只讲因果。变成鹤，也是可能的。"沉默了一会儿，她又说："师父不会变成鹤，放心吧。"

演山说："那就好。师父，你要多吃点，不要瘦成鹤。"

师父说："好。"

听到这一声保证，演山高兴起来，可以抵消一点烦恼。佛堂无人敲鼓钟，他渐渐睡去。

白天，学完经，演山在檐下放空。云好看，不太薄，仍然透亮，离树和屋顶咫尺之遥，等真正飘到二者上方，又远了。偶尔会有鸟掠过，速度之快，连影子都迟疑，慢了半秒，才跟着飞离。安静的时候，人会注意到影子，因为跟它们共处一个悄无声息的维度中。演山站起身，走下台阶，身影跃入光中，他也悄然进入那个世界了。他四处走，让自己的影子与树、与栏杆、与门扉的影子贴合。他走到大殿前，与雀替一起栖身在梁柱之间。躲在这儿，就能赢过所有人了吧。

835

父亲从大殿拜完菩萨出来，问他在做什么。

"捉迷藏。"

"捉迷藏？跟谁？"

"我也不知道。"

"傻孩子，不是晒进热毒气了吧。来，爸帮你摘一下。"所谓"摘热毒气"，就是徒手刮痧，在相关穴位又掐又拧，痛得很。演山连忙走开了。父亲又把他喊回来，走进屋子坐下，父亲把手放在他胸口传功。气功师父说，普通人的气，对心脏病人有帮助。

黄昏边，演山到佛堂外面玩。所谓玩，于他来说，就是换一个地方静坐。日落里的小镇，喧闹而安宁。他坐在河边一块石头上。河里头有一些男孩在游泳，离他们不远处还游着几只鸭子，两方看着都十分惬意。水不是至清的，泛着浑绿，但水里有一幅清晰的夕照图，毫不省颜料地在水里洇开，整条河看着便很洁净。有几个小孩蹲在河埠头的台阶上，拿米筛捞鱼。按常理来说，就是捞着玩，没什么好捞的。演山凑过去看，桶里竟有好几条鳝鱼，忍不住赞叹，厉害呀。他们回头看他，里头有个男孩朝他笑，问一起玩吗。他说不用。过了一会儿，他们不捞了，提着桶走到岸上。刚才那个男孩走向演山，问他，你住明寂堂里的吧？演山说是。男孩说，来养病的吗？演山说，你怎么知道？男孩说，你一开口就是普通话，看着又面生，肯定是外地来拜佛的。然后来佛堂的小孩嘛，都是为了养病。男孩在演山旁边坐下，身上只穿着底裤。几个小孩收拾完东西走了，男孩仍坐在石头上，他游过泳，要先烘干底裤再回家，不然母亲要骂人。

男孩说："我妈让我带储水桶游泳，我才不呢，被人笑死。"

演山说:"听妈妈的,别逞能。"

"嚯,你看着跟我差不多大,居然这么讲话。我也要这么讲话。"

"我不是在教训你,我自己做什么都很小心。小心点,不丢人。"

男孩点点头,问他:"你在佛堂里每天都做什么?"

"念经,打坐,吃饭,睡觉。"

"好玩吗?"

"好玩。"

"听你语气就不好玩。"

演山笑说:"就是那种,静悄悄的好玩。"

男孩表示理解,在他脸上看了一会儿,说:"你的嘴唇是紫色的。"

演山伸出手,说:"我的指甲也是。"

"我以前认识一个大哥,也像你这样。"

"他也是来佛堂养病的?"

"对。那时我八岁,他跟我现在一样大。他不会游泳,不会抓鱼,但他比别人都厉害,会折很难的纸飞机,飞个不停。你会折纸飞机吗?"

演山说:"只会两种简单的。"

"没关系,我已经会了。下次我教你。"

演山应着。一个在石头上烤底裤的小孩,为打发时间随口说出"下次",不作数的吧。但他没想到,男孩又接着往下说计划。

"下次,我带你坐船。我叔有一条船,卖西瓜。买瓜的人担着箩筐来。我叔把瓜往岸上抛。"

演山问:"不会摔地上吗?"

"也有。我叔抛得好,容易接。瓜卖得差不多,船腾出空间,人可以躺在船上,人跟着船流啊流。你不游泳,肯定不知道从水里看天的感觉。天上的云,就像河里的柳絮一样。你看久了,就分不清自己在哪里了。"

演山说:"你这么描述,我就看见那场景了。"

"真的?"

"真的。"

"下次,你会过来坐船吗?上回我邀大哥,他说他马上要离开了,过段时间还来,就没来了。"

"放心吧,我还要待一段时间。"

"那等船过来,我去佛堂找你。"

"好。千万不要翻墙,从正门走。"

"我知道。"

男孩很高兴,问他叫什么名字,演山报了法名。男孩说他叫阿俊,丢下名字,一跳一跳跑了。演山看着那个只穿一条底裤的瘦黑身影,忍不住笑了。

晚饭后,演山回到寮房,看到师父在窗边喂松鼠。有师父在,演山靠近它,它也不跑。心里想的是"它",也许不是同一只,这只比上次那只胆大也说不定。花生比松鼠的脑袋小一点,松鼠的爪子又比花生小一点。它双爪捧着双仁花生,翻动,找到合适角度,几下就把壳啃穿了。它不低头吐皮,碎壳像锯木时的木屑自然纷飞,约莫半分钟,花生开了一个口子,像一条小舟,它用舌头将花生仁舔出,忙忙地吃起来。

"师父,我们叫它松鼠,是不是应该喂松子呀?"

"松子多贵!禅林的松鼠,也该克勤克俭。"

演山笑，觉得这时候，师父也像小孩一样。

目送松鼠离开，演山关上窗，做了睡前打坐的功课，与师父各自躺下休息。他心里回响着松鼠啃花生壳的声音，很快就睡着了。到半夜，却突然醒过来。他先听自己的心跳，是正常的。也没有做噩梦。他往禅床望去，望了一会儿，终究看不出来师父是不是躺在那儿。他壮起胆喊了几声师父，无人应他。他下床，凑到师父禅床上看，才确定她不在。窗外的天色，还远远没有亮起来的意思。这些夜晚，师父究竟去干什么呢？他决定去看看，如果师父是偷吃，他可以叫师父分一点。

他穿上衣服，下到一楼，走进院子里。禅堂里发出微弱的光。师父应该不在禅堂，禅堂跟大殿一样，点着长明灯。他往西边看，灶屋也亮着。他轻轻走过去。灶屋闭着门，门缝里漏出光，他看到，锁已经打开了。他走到围墙边，透过灶屋的小窗，往里面看。师父果然在里面。她背对着窗，坐在那口镇堂之宝前面，手里拿着什么东西，晃动着。他看了一会儿，师父把手从身前移开。原来她手里拿着画笔一样的东西，她用画笔去蘸身旁一只大碗里的颜料。就在她俯身的时候，演山看见了水缸里的东西。

水缸里坐着一个人。

那人身上缠满纱布，一直缠到头顶，没有一丝外露的皮肤。师父蘸好颜料，在那人身上涂画。他知道，师父是在刷金漆。

当演山明白自己看到的是什么时，那一切景象都模糊了。是肉身佛，师父把她自己的师父，做成了一件佛器。他在别的寺院听过，缸内放大量防腐香料，刷上石灰，把僧人的尸体放进去，封缸三年，称为坐缸。他现在看到的，是第二个步骤,给尸体刷漆。他慢慢往后退,退回院子里,站了一会儿。他希望师父发现他,走出来,他就会跟师父争吵,他会告诉师父,那样是不对的。师父会用什么佛家的道理说服他,让他安下心来。但师父没走出灶屋,她很专注,正全身心做着自己眼下的工作。这一切,可能在那个女孩十几岁立誓出家的时候,就已经注定了。

演山往开阔的地方走,走得很快,最后几乎跑起来。跑到道坦,他停下来,坐在地上,身体里传来震动的声音。他的心跳和呼吸多努力呀,它们希望快一点,再快一点,这样才能维系下去。而他,从来是个不紧不慢的人,有些跟不上了。但跟不上,仍然要走下去呀。演山坐了一会儿,想明白一些事,起身慢慢往回走。

他知道人都有秘密。比如,他经常看到,父亲跪在圆通殿的一侧,将脸埋在蒲团里,一动不动。他不敢走近,怕看到父亲是在哭。他在殿外就知道,父亲跪拜的是延命观音。圆通殿里除了中央的三位主尊,两侧只有延命观音跟前设有供案。他自己也有秘密。他给自己设的寿限是二十岁,超过之后,活到的都是赚的。现在他十三岁,要努力抵达那里,他要去二〇〇〇年,还要去更远一点。

这天他跟父亲坐在佛堂的院子里。他不跟父亲说水缸的秘密,有些事,他是准备忘掉的。等他日重新拜访已经成为明寂寺的这座大寺,香火环绕,他跟父亲看到果云师父的肉身像,要与父亲一起发出惊叹。

"爸爸,我不会死。"演山说。

"又在无空讲了,别说不吉利的话。"父亲说。

"我们做个约定吧,把现在作为一个点,我会在现在等爸爸。等以后,爸爸想我了,你就来这一天找我。我还会跟你说话。我会知道,你来了。"

"爸不用想你,爸不是每天陪着你吗?"

"每天在一起也可以想念啊。"

"也对。那妈妈呢?"

"嗯,那以后我跟妈妈再约定一个地方。这里,就只是我俩说悄悄话的地方。"

"好。"父亲说,对演山笑。

起一点风,树影在墙壁上轻轻挠着,它们挠好久了吧,如此轻轻,经年累月,也剥掉了些白灰。叶子飘进半月池,静水里发出一些空声,别人未必听得到,他能够听到。夜晚的时候,半月池偶尔会扑通一声,是它们在悄悄嘀咕吧。一池水会照见另一池水,一朵花会衬映另一朵花,他坐在这里,能听到远方的人,能听到很久以后的人。

路易逊的伦敦
Lewisham, London

王 梆

王梆,出版有电影文集《映城志》,数本短篇小说绘本集。电影剧作《梦笼》获2011年纽约NYIFF独立电影节最佳剧情片奖。作品曾发表于《天南》《中华文学选刊》《芙蓉》《香港文学》《长江文艺》等杂志,入选美国俄克拉何马州大学《中国当代文学选集》,美国"文字无边界"文学网站,2016年秋纽约古根海姆博物馆"故事新编"中国当代艺术展。非虚构系列《英国观察》入选《收获》2018年排行榜专家榜第六位,入围2019年青年文学奖。

有人说,2020年的疫情,将为移动时代画上句号,人类将回到各自的部落,过起自保、封闭、敌视的洞穴生活。我觉得这是不可能的,因为我曾在伦敦,确切地说,在路易逊(Lewisham)的伦敦生活过。

一

本性上说,我是个宅人,用唾沫和泥把自己砌起来便可耗过前半生,后半生再专心致志地做关于飞越的梦,圆满。但这种"宅人哲学"位移到英国之后,就渐渐变得难以为继了,其中一个原因是天气。英国的冬天是个讨厌的、无所不在的怪物,伸着一条长满冰刺的舌头,没完没了地舔着你的脊背和脚趾。砍柴要扮成雪山飞狐,半夜上山,非法而低效;加油站门口捆成一束的木柴,鹅颈般纤细,两分钟就火化了;炭也是,25公斤、11.99英镑一袋的炭,估算好燃烧进度,审时度势地烧,也不过三天。没有暖气片么?有是有的,但对于我们这种小户人家,晾衣房是绝对的奢侈品,只能向英国小市民学习,买几只暖气片专用的晾衣排钩,按纤维尊贵度,把湿衣服分成三六九等,层层叠叠摊上去。哪儿有暖气片,哪儿就有湿衣服,就像哪儿有生活,哪儿就晒满了生活的尿片一样。

室外虽然也很冷,但运气好的话,就会遇见太阳。太阳总是戴着一顶英气十足的船夫帽,驱赶着火焰色的四轮马车,向每一个路人,无差别地挥洒着免费的、不含洗衣液味的暖气。所以只要是晴天,哪怕举国上下都在倒春寒,你也能看到有人在草地上瘫成仰泳状,身边搁着一本陪泳的诗集。夏天的太阳就更诱人了,除了船夫帽,从头到脚一丝不挂,像从神谕中出走的罗马灶神,全副身心沉浸于勾引,双瞳剪水,目光如炬,不仅浅山和青草全军覆没,就连热爱黑暗的深海巨章,也忍不住浮出水面,像吸猫一样,触足绽放,猛吸眼前那妙曼的灵光。当然,也只有寒温带的太阳才有这般魔力,我以前在亚热带遇到的太阳,几乎通通都是悍妇,年纪轻轻就爱上扒皮。

英国夏天的太阳不但妖冶,还很流连,入夜九、十点也不肯离席,给人一种"光阴银行"的幻觉。为捉住一截太阳的余息,我经常迷路,加上天生的路盲潜质,迷路迷到自成一格,仿佛不迷路就会失去人生方向。

位于伦敦东南部的路易逊,是我在英国的第一个落脚点,也是我"迷失伦敦"的第一站。从我租的布罗克利(Brockley)"无敌街景小阁楼",到路易逊的露天集市,间距不到两英里,就经常被我神清气爽地踩出三四英里来。反正我也不是特别有所谓,伦敦没有死角,只有时间。码字为生的我也一样,盘缠没有,时间大把。只是苦了那些手足并用,为我指明方向,最后发现我又莫名其妙回到原地的路易逊人。

路易逊是一块"重庆大厦"的拼图版,路易逊人大部分看上去比我还黝黑,这是因为祖上来自非洲和加勒比海等地的移民,占了当地人口的47%,因此路易逊还流传着近170种异族语言,它们像热带鱼似的,在寒温带的大街小巷里畅游。只需把耳蜗里的隐形接收器稍稍朝某个方向定位,再把心跳固定在一个相对舒缓的频率,就能听到那些悲伤或深情的声音。

在闹市中心,聆听鸟叫的过程,也是一样的。

当然,只要我一开口,这些美丽的声音就消失了。剩下的是滑行元音+牙买加+伦敦南部英语,或伦敦非裔工人阶级英语+Faithless[①]的说唱。"wicked"的意思,不是邪恶,而

---

① 无信念乐队,英国本土的一支多族裔电子乐队。

是"酷",上帝是一个DJ[①],辅以黑人特有的,局部用力过猛,整体却协调完美的肢体语言。

"可看到前方那个剃头店?不,不,不是发廊,是剃头店!对,对,转进去,不要跟别人进店,要一直走,看到一座公园,那儿有个门,它不是正门,是后门。你必须从后门走到正门……对,对,免费,英国的公园都免费。出了正门,朝左拐,直走,过了第三个十字路口,向右拐,就是露天集市了,那里有座维多利亚钻禧年[②]修的钟楼。你会找到的,祝你好运!"

路易逊地处波澜不惊的小山丘,上面覆盖着树林、花园、房屋、铁路和街道。山丘的底部是看不见另一个山丘底部的。路易逊随处可见的,维多利亚时代的联排住宅,不时闯入视线,混淆着记忆的套盒。许多建筑,不管内里多么迥异,按伦敦城那堪称文物级别的市容管理标准,其外表几乎和三百年前无异。窗门不是桦白色,就是邮筒红,要不就是那种和女王鞋帽匹配的皇家蓝,门前的袖珍花园,也几乎长得差不多,不是鹿蹄草,就是葡萄牙月桂……等我好不容易找到那座"维多利亚钻石年修的钟楼"时,路易逊的露天集市都已经快打烊了。

因为临近打烊,本来就已便宜得让人咋舌的果蔬花卉,再次拼盘放血,买一送一。15个有点过于温软的橙子,1英镑;24个工业养殖大鸡蛋,1.5英镑。从路易逊火车站蜂拥而出的下班人群,走过路过,绝不错过,只是恨不得开拖车来,再坐热气球回家。

---

① 无信念乐队的成名曲之一。
② 指维多利亚女王登基60周年。

845

和保守古旧的英式住宅区相比,露天市场简直是一个异域世界:滚着金黄豹纹的衣料,涂画着绿色番杏或海南瓜花的橙色桌布,形状奇特的深海冻鱼,似是而非的甜点,足以令象群和斑马失色的大件首饰……从日常生活用品到虚拟世界用品,应有尽有。各种小摊,沿着中心大街(high street)的主干,一线排开,踮脚也望不到尽头。摊主中不乏非裔女士,眼珠黑亮,眼白澄清的黑色小孩儿,猕猴似的,勾在母亲那健壮顶翘的臀部上。

打烊前十分钟,我的购物欲达到了顶峰,除了那座被鸽屎覆盖的"维多利亚钻石年修的钟楼"以外,几乎什么都想买。无奈囊中羞涩,只好抱着两棵西班牙大白菜和一盘巨型香蕉,悻悻而归。

一位戴着金项链,肩膀上有部族刺青的非裔小哥,用标准的伦敦南部口音反复告诫我,它们可不是普通的香蕉,是一种叫"普兰霆(Plantain)"的车前草大蕉,必须烤熟才能吃。

没想到,第一次品尝普兰霆,我就吃到了加纳国粹"卡拉维拉(Kelewele)"。话说我租住的阁楼底下,有一个荒草萋萋的后院,主要用来晒衣服。一楼的租客是一对小情侣,姑娘来自加纳,高挑性感,声音沙哑,在伦敦某自杀热线做接线员,她的荷兰男友通常在地铁口卖无限流量上网卡。小情侣热爱普拉提、说唱乐、涂鸦艺术和公平贸易,还不时在后院聚众烧烤。冷冻肉铺买的便宜鱼肉,必须加神秘繁复的香料,才能去掉雪柜的密封味。所以只要我晚几分钟收床单,纤维里就会渗入一股奇异的焦香,让人饥肠辘辘,辗转难眠。

好在加纳姑娘非常豪爽,不管你如何假装拒绝,她死活都能把你拽下楼来。所以很快我就成了她的常客，脖子上挂着一只相机，以"美食配美照"为名，混迹于她的烧烤档中。眼见那种叫普兰霆的，任凭我如何用力也做不到皮肉彻底分离的巨型香蕉，到了她的手里，三下五除二，就被剥皮去梗，剁成了小圆块，再扔进吱吱冒泡的葵花子油里浸炸，一直炸到金黄为止，最后佐以姜丝、辣椒粉和海盐。加纳姑娘说，它叫卡拉维拉，是加纳国粹。它让我想起了我的小学门口那久违的地沟油炸番薯饼。为了吃卡拉维拉，我烫伤了舌头，弄脏了领口，怕显得不善交际，还主动交代了一段狗血情史，中间那层香浓酥化的蕉甜，至今难以忘怀。

时值世界杯，满街都是随时准备决斗的人，气氛紧张热烈，加纳姑娘也难免情绪失控。原来她出生在一个"足球之乡"，她是老大，底下四个弟弟，足球是她和弟弟们维系血缘关系，共同掩护罪行，一起偷鸡摸狗的纽带。家里能踢的都踢扁了，除了煮鱼的铁锅。家门口的晒鱼场是童子军的演习基地，世界杯前一个月，她和弟弟们便已疯狂备战，在屋檐上插小国旗，用废渔网搭球网，和三街六巷的孩子过招，踢得鸡飞狗叫，妈妈暴跳……据说加纳足球的乌龙城寨就是这样练成的。尽管直到2006年，加纳才好不容易挤进了世界杯。

加纳姑娘家因为鱼卖得好，所以在20世纪90年代初就有了彩电，在她那夸张动人的描述里，那可不是什么普通家什，而是一座3D影院。有渔船的开船来，没船的打五人摩的，实在什么都没有的，就砍一只普兰霆骑上去。人来齐了，辈分高又懂科技的，郑重其事地拧开电视，狂欢便开始了。加纳姑娘和弟弟们每天都兴奋得睡不着，苦的是那些妈妈，端酒送菜，洗碗拖地，直到最后一个球入网，才总算从一场旷世的疲倦里解放出来。

几乎每个路易逊人都有一段"加纳往事",长在黑夜的身体里,被墨色的胆汁包围着。白昼是看不见的,只有月亮和夜莺,才能偶尔将它唤出来。

二

那是2010年,我初来乍到,像一只南方的壁虎,掉进了冰窟般的伦敦。我租住的"无敌街景阁楼",是维多利亚时代的遗留建筑。租它,不是因为贪恋文物,而是因为房租便宜。便宜的原因有几点,一是老式木窗,木框已变形,且无双层玻璃,也没有家具和洗衣设备。二是中下层民宅改装的出租屋,肉少皮薄,墙里一半是砖,一半是像砖一样坚硬的寒风,外加隔壁的对话和绕梁不绝的古怪回音。暖气倒是有的,就是昂贵,连奈保尔那种级别的作家都觉得肉疼,我这种三脚猫就不用说了。当然,终极的原因是——路易逊。

我被告知,路易逊鱼龙混杂,夜晚不要老出门,尤其是一个姑娘家。有个老朋友在通信软件Skype上听了我的描述,甚至还皱了皱眉,我理解那是出于某种对"未知事物的恐惧"。路易逊充满了肤色、样貌、服装,甚至皮肤质感与我完全相异的人,彼此的语言、文化以及成长背景也截然不同。但我并不觉得他们可怕,也不想疏远他们,因为他们也没有谁刻意疏远过我。在"陌生和未知"这个层面上,我们是平等的。这种平等观一旦建立,剩下的,就是交流问题。

你知道去哪儿才能买到筷子吗?我冲着一个包着头巾,感觉像是刚从骆驼上跳下来的阿拉伯人问道,他二话不说,几秒钟内,便画好了一张通往唐人店的地图。而加纳姑娘却觉得根本没必要花那个钱，悠悠然打开电脑，刷出了一个叫"自由循环（Freecycle）"的物品交换网站，并盯着我完成了注册。"自由循环"简直就是阿里巴巴的山洞，几乎什么都有，只要输入想要的物品，再输入邮编，几英里内的同类物品，新旧不一，便呼啦一下冒出来。比如输入"洗衣机"，果然就呼啦一下十几台，写明了没有损坏，摆在物主的杂物间或洗衣房里，擦得干干净净，一副"快来认领我"的着急模样。这阵仗，闲鱼、鲜衣网或贰货都无法媲美，毕竟是免费的午餐。

我在"自由循环"上认领了一台洗衣机，一个日本大海碗，一大扎竹筷，一套令时光倒流三十年的呢子西装，一棵金钱树，以及几个标注为"隐形鞋架"的收纳盒等。与其说我爱上了旧物，不如说我爱上了凭认领旧物走家串户的时光。

有的物主住在超大的宅邸里，有漂亮的花园和处置不完的新欢旧爱，大到手风琴、钢琴、衣柜、床垫、冰箱、电视机，小到纽扣、窗帘、鞋子、碟子……网上贴出广告，依然无人问津，就在前花园摆个露天摊子，把想清走的东西放在里面，摊子上贴一张"请自取"的条子。那种连不要的相框也擦干净，旧皮鞋还附上鞋盒的物主，不是有身份就是有强迫症；而那种连厕纸架或针线包也要慷慨相赠的，多是受过良好教育，热衷环保，秉信多元主义的中产阶级白人。

穷困潦倒的物主当然也随处可见，此地混不下去，必须到别处谋生，退房时捉襟见肘，甚至没有余钱，将搬不走的家什家电运到郊区的大型废品回收中心，只好眼巴巴地等着我这种初来乍到的新人认领。马足车尘，搬进搬出，俨然已是路易逊的常态，那种叫"Van & Man"的小型搬运车加司机，因而在此过得风生水起。司机们通常是孟加拉人或土耳其人，个头不高，力气却不亚于托塔李天王，收费也挺便宜，且一旦开启话痨模式，就很难关上。毕竟又当老板又当搬运工，分身无术，免不了牢骚满腹。

凭着"自由循环"，我感觉自己也一下子变成了路易逊人，和物主搭讪时，连口音都变得有那么几分路易逊了，这大概就是所谓的"潜移默化"吧？安置好新家后，我就为自己办了一张巴士卡，它是伦敦海陆空里最便宜的，每周只要16.60英镑。从凌晨到午夜，随上随落，遇上地理天才，一卡在手，便可无缝隙抵达伦敦任何一个角落——尽管我从未遇到过地理天才。

路易逊的双层巴士453，披着一身邮筒红，慢条斯理，摇头晃脑，半个小时的车程，可以拖上一个小时，但我还是很喜欢它，因为它可以直接把我送到市中心的特拉法加广场。从广场下来，穿几个羊肠小巷，便是泰晤士河岸，那里是戏剧的天堂。有国家大剧院和各种小型剧场，还有一座和"客家圆楼"结构相似的环形舞台，全年上演莎士比亚四大悲剧，入场券5英镑，仅唐人街一碗牛肉面的价格，却相当好看，刀光火影，水磨功夫，连盔甲据说都是按都铎王朝的织物法，一针一线穿起来的。至今我仍记得自己站在一块黑色帆布里看《麦克白》的情景。听起来很魔幻，操作起来也未必不可行：钻进一块巨大的黑布里，经过密密麻麻的躯干，找到一个洞眼后，再将脑袋从洞眼里释放出来，继而进入首级的汪洋。《麦克白》是莎剧里最短的，对我来说，却形同中世纪一样漫长，必须睁着被舞台烟雾喷得血红的双眼，麻木地维持着某种待斩的姿态，还要大力击掌叫好，因为你不看别人，别人也会看你。

"观众也是戏"的传统，据说已经流传了很多年。观众席的灯光是永不熄灭的，这个惯例，直到二十世纪后，才有所改观。翻看英国剧作家约翰·盖伊（John Gay）的名剧《乞丐歌剧》1729年的铜版剧照，几十个演员，戴着怪兽面具，在砧板大的舞台上张弓射箭，管弦乐队则可怜地挤在右下角里，前后左右，全是涂脂抹粉的观众，个个堪称戏精，有过之而无不及。观众席，还是一个等级社会的三维体：假发盘得又高又俏，各种鲜花羽毛，像顶着一幅荷兰静物画来看戏的，一般是贵族，坐在剧院顶层妖娆的包厢里，摇着蒲扇，表面鉴赏，暗地鄙夷。离舞台最近，吹口哨，做怪样，不时和台上的尤物斗嘴取乐的，是中低阶层，在正规戏院里，他们出现得也最晚，据说直到18世纪。

即使到了今天，上流阶层的绮罗珠履，仍是前戏中的重彩或社交场合的隐形名片。中下阶层当然也会不由自主地，套上他们的"做礼拜才舍得穿的衣服（Sunday Best）"。寒酸是反社会的。除了印度人，几乎没人敢穿拖鞋入场。阶级是一件金缕衣，随时代更换样式，从彰到隐，延续至今，以至我每次去看戏，都不知该往台上看，还是该往台下看才好。但彼时住在路易逊的我，其实是根本不懂那一套的，抢到一张低等的便宜票，在背囊里塞一袋苏打饼，就满头冰碴地冲进去了。连饮用水，都是趁中场休息，到厕所里去蹭的。

万幸的是，好的戏剧本身，是没有阶级的，比如爱尔兰剧作家马丁·麦克多纳（Martin McDonagh）的黑色家庭史诗《丽南山的美人》（*The Beauty Queen of Leenane*）。

那出戏我是在英国国家大剧院看的，也许是爱尔兰俚语用出了乔伊斯的水平，满场恶笑不断，却只有我一个人悲伤不已。因为它讲的是20世纪90年代,在丽南山那样的一个破村庄里,有个老姑娘,四十岁了,仍和她那保守、狭隘、暴躁、绝对,动辄上演苦情戏的母亲住在一起。村里有人要移民去美国,临行前给母女俩发了一张"告别舞会"的请帖,结果也让这位母亲给烧了。经历了一番和母亲的灵肉搏击,老姑娘才总算得以偷跑出来,等她终于赶上那场舞会时,她的暗恋对象,却在舞会上,给一个年轻女孩拐走了。村里的人一个个离开村庄,去了美国,剩下老姑娘,在母亲去世之后,穿上了母亲的毛衣,坐进了她的摇椅。

那是一出近乎极简主义的戏剧,没什么布景,道具也只是一张破摇椅和半个厨房,而老姑娘和丽南山的影像,却死死地钉进了我的大脑,有如一个走出的梦想和一个无可救药的爱尔兰。我的心中,其实也有一个丽南山,而我的母亲,此刻正坐在遥远的客厅里,像看守着一座空旷的凉亭一样,看守着它。

国王学院旁有家叫"灵感"的小酒吧,有段周末,每晚都会上演"独白剧(Monologue)"。它其实很像我们的单口相声,一个人,一张板凳,一只麦克风,一个小故事或一番宣泄,就是一场戏。专门为独白剧写剧本的作家,在某种程度上,都是30秒广告的奇才,擅长浓缩的艺术,可以把一个人的一生,用10分钟讲完。"灵感"小酒吧里,每晚大概有十幕独白剧,也就是十个人的人生,悲喜交加,像极了《10分钟年华老去》那部电影。我曾一度是"灵感"的忠实票友,也曾一度跃跃欲试,兴奋地坐在453双层巴士上,一边凝视着过往的车流,一边彩排着属于自己的"独白剧"。"我藏着一个不可言传的,高于生活的欲望"(伍尔夫语),多好的一句开场白啊,可不知道为什么,往往直到散场，我却连半个字都吐不出来。

三

背井离乡是一件让人心碎的事。背井离乡的人，能不露声色搬入伦敦金斯顿（Kingston）或里士满（Richmond）的，是少数中的少数。奇妙的是，回去的人，也是少数中的少数。除非谁有幸在家乡获得了更好的机会，像牛津大学人类学者项飙的著作《回归》（*Return*）里的国际移民那样，及时为稻粱谋，向水草茂盛的地方前进。

在路易逊混了一段时间之后，我总算混熟了几个朋友，他们无一例外，全是移民。曼伽（Manjit）是一位英籍印裔独立电影导演。我刚认识她的时候，她正在为一家社区机构工作，半职，专业寻访被人用毒品诱惑，流落街头的青少年，并为他们提供戒毒所、避难所、心理咨询之类的帮助，业余拍摄纪录片。

当时我正巧也刚拍完一部纪录片，我的制片人曾在日本放送协会（NHK）工作，NHK在伦敦有个工作室，我就那样跟着到伦敦来了。我的作品反响不错，在位于路易逊的金斯密斯大学还获得了放映机会，就这样认识了住在邻街的曼伽。

曼伽皮肤黝黑，浓眉大眼，曲线粗犷，骂起人来连皮带骨，粗口连篇，令我十分敬仰。

我们有时会一起去印度摊档找便宜的咖喱饭吃，有的店员显得十分生手，像是拿旅游签来的，貌似既未成年，也没有合法的工作许可证，笑起来无精打采，全无宝莱坞大片的活力。曼伽告诉我，他们可能是黑工。黑工过得最苦了，曼伽叹道。我听了，有点触动，却也不以为意。后来我去唐人街打工，亲身接触了不少黑工，才发现他们真的是很苦。不少从福建坐集装箱来的"未落档移民（undocumented immigrants）"，黑了十年，还没有拿到身份，每天打十几个小时黑工，时薪不到3英镑。有个闽南话说得糙软的年轻女人，在一家中餐馆的地下室里切菠萝，皮肤白皙，行动能力也极强，还会用西人的叉子和夹油条的长足筷做"不求人"，对付那几百万只肉眼不可见，藏在菠萝表皮细胞底下，被冷藏起来的痒痒虫。即便如此，她也要黑上个十年八年，才能从地下室里堂而皇之地走出来。

黑工们住在只有几张上下铺的板间里，或者蜷缩在某个桥洞下的隐蔽部位。我在唐人街资料中心做义工时，还遇见过一位女士，说话躬腰低眉，极有礼貌，穿着也相当得体，全副家当加起来，却只有一只手推车，上面挂满了黑色塑料袋。

唐人街有个叫"法兰西圣母院（Notre Dame de France）"的教堂，推门进去，里面播放着诸神的音乐，一片祥和宁静，长椅上却常年躺着零星的黑工和无家可归的人。那种做礼拜的长椅，窄如上帝的额头，天生有种苦行的意味，没有一定的信仰或技巧，别说躺着，就是坐着，都会冷不丁掉下来。

曼伽拍了很多青少年黑工的素材。有个少年，眼眶深不见底，眼白几乎完全消失，身上除了一套运动衣，一无所有。大半年前，他收到一家语言学校的录取通知书，交付了昂贵的学费和签证费，到达伦敦之后，这家学校却人间蒸发了。他自觉"无颜面对已为他耗尽一切的父母，以及家中一大堆嗷嗷待哺的弟妹"。白天，他在街上乞讨，捡垃圾吃，晚上便蜷缩在某家银行的屋檐底下。他自2009年就开始吸毒了，因为冬天的夜晚实在是太冷了。

上瘾之后，他便成了廉价的贩毒工具。2010年，本地小毒贩一周的收入约450英镑。而这个少年因为是黑工，就算每天跑单，也赚不来三餐，毒瘾犯上来，还得去偷去抢。他一面说，一面哭，我虽然听不懂印度英语，看着也很伤感。可好话坏话说了半天，他就是死也不肯回家。

还有来自叙利亚的难民贾迈勒（Jamal），在人均只有0.1平方米的人蛇船上，蜷至双脚近瘫，以至到达落霞满天的萨摩斯岛（Samos）时，只能像断腿的鳄鱼那样爬上沙滩。当他被营救组织发现时，几乎已被晒干，全身挂满了海带和塑料垃圾。在很多人一致认为僧多粥少，低端人口须自动消失的时代，他竟然奇迹般地，拿到了六个月的欧洲签证。随后一年，他把自己彻底黑掉，靠打各种黑工维持生活。如果英国的移民政策15年保持不变的话，他将在15年后，获得永久居留权——为了适应身份遗失带来的心理不适，他不得不在他那"一半是弹簧床一半是神龛"的陋室里，通过真主的指示入眠。

像他们那样，不符合难民条件，无法申请庇护，只能黑在伦敦的人，仿如密林里的寒鸦，平日仿佛不见，枪声一响，就激起黑云一片。

"他们为什么不回去呢？"每当有人流露出类似的疑惑时，曼伽就会露出意味深长的冷笑。

话说曼伽，其实不算移民，而是移民工的后裔。二战后，英国伤亡惨重，满目疮痍，为了获取劳力，不得不向原英属殖民地（又称Commonwealth，英联邦）大面积招工，并向劳工及其家属许诺，只要肯干，便可获得英国永久居留权。当时很多年轻人，二话不说，翻出两套最好的衣服，带上梳子，拎着一个箱子就来了。他们中有的乘"帝王疾风号（Windrush）"轮船上岸，故而被统称为"疾风号移民"。

在伦敦博物馆，我戴上耳机，反复聆听萨姆·毕弗·金（Sam Beaver King）的声音。萨姆是来自牙买加的疾风号移民，他录制那段口述史时，也许已经上了年纪了，他的声音在博物馆干燥的空气里伸展开来，像一张用来打磨银器而劳损过度的鹿皮。他说："1948年6月22日，一艘庞然大物停在了金斯顿海岸。她是来接英国皇家空军应征者的，顺便运走一批劳工。从金斯顿到伦敦的船票并不便宜，单程要28英镑，还是通铺，相当于牙买加当年五周的工薪，或三头牛的价钱……可我一心想让我的孩子们有朝一日能在英国接受教育，所以就上了船。那是牙买加史上第一艘携带500人的通铺离开金斯顿的大船……"

据牛津大学移民观察统计，像萨姆那样，在牙买加、印度、巴基斯坦、肯尼亚、南非等前英属殖民地出生，于1948年到1971年抵达英国的疾风号移民，约50万。半个世纪以来，他们用汗水和泪水，一层层地渗入英国社会的精细纤维，在白人文化的边缘地带，小心翼翼地筑起自己的文化。路易逊的大街小巷，就遍布着他们的生活机理。那是一种奇妙的机理，绚丽、厚重而沉实，但也富含铁锈味，即使站在21世纪的和风里，仍旧能闻到一股来自17世纪的白糖的甜腻和西印度种植园的血腥。

"疾风号移民"可以说是英国当代移民大军中，相当吃苦耐劳的一代，揽下了不少像修路、建房、环卫、公共交通、护理等之类的体力活。他们的劳动也获得了回报，当年的工党政府欢迎他们，视他们为英国国民，他们和他们的子女们，享受着和英国国民同等的待遇，不但有全民医疗保险、国民退休金，还有从幼儿园到大学的免费教育。

然而这理所当然的回报，却遭到了白人中心主义的质疑。1964年英国大选，斯梅西克（Smethwick）选区挂出保守党竞选口号"If you want a nigger for a neighbour, vote labour 如果你想和黑人做邻居，就选工党"，一言既出，竟大获全胜。

英国的极右思潮，最晚可以追溯到二战以前。20世纪30年代经济大萧条前后，一个叫"帝国法西斯联盟（Imperial Fascist League）"的组织就曾叱咤一时。徽章中心一个"卍"字，外围一圈英国国旗，顶上一只戴皇冠的雄狮。仇外，反犹，复兴雅利安，是他们的至高宗旨。二战后，英国"国民阵线党（National Front）"，迫不及待地继承了这一宗旨。1973年到1975年，受阿拉伯国家石油禁购的影响，西方经济遭遇冰山，大量工人失业，国民阵线党以"移民工抢饭碗"为由，公然向"有色人种"发起了挑战。

路易逊作为"有色人种"的密集之地，难以避免地，成了那场战争的目击者之一。1977年8月13日下午两点，约五百名国民阵线党的拥趸，挥舞着英国国旗，高喊"白人和白人的孩子第一位"的口号，浩浩荡荡，向市中心方向前进。当他们到达离我租住的"无敌街景阁楼"两街之隔的新十字路口时，反抗队伍出现了，举着"路易逊反种族主义联盟"的牌子，穿过骑马的警察，朝国民阵线党冲去。他们中除了部分"有色人种"以外，大多是穿喇叭牛仔裤，反越战，追随海盗电台，听约翰·列侬长大的英国白人青年左翼，即半个世纪以后，被中文自媒体攻击得体无完肤的"白左"先驱。

那是一场血花四溅的巷战，111人受伤，包括56名警察。214人被捕。

即便如此，也几乎没有人收拾行李，打道回府。疾风号移民也好，黑工也好，不肯归国的原因和去国的原因，大体是一致的。逃荒，逃难，逃婚，逃离宗教迫害，逃避原地踏步的生活……几十年来，这些初衷并无多大改变。尽管一些前英属殖民地国家，比如印度之类，已从多面贫困（multidimensional poverty）的泥沼中挣扎了出来，变得稍微没有那么穷困了，但仍有近亿计的人民，生活在极度贫困和政乱之中。

不肯离开，就只能抗争了。因此冷战前后的英国史，几乎也是一部关于种族歧视的抗争史。从著书立说到街头革命，从诗歌到音乐，到语言，到食物的谱系，从对抗到融合，又从融合到立异……经过了大半个世纪，英国的种族歧视现象，终于得到了巨大的改观，尤其在"有色人种"占了近40%，私家语言多达300种的伦敦，俨然已是一个风情万种的世界主义之城。冷战时日常口语中司空见惯的大黑鬼（Nigger）、苦力（Coolie）、巴基斯坦佬（Paki）、野人（Savage）、穿黑袍的穆斯林（Batman）……今天全部成了禁用词。

伦敦还建起了不少"跨族裔青年才艺"小剧场，由社区活动俱乐部（Social Club）提供场地，组织者是一群义工，入场免费，场内有廉价酒水，2英镑就可以消费一个晚上。来演出的，大多是正在读高中的青少年。虽然没什么演出费，他们还是会冒着夜色，带着自己创作的戏剧、诗歌、喜剧小品、脱口秀、说唱团、杂耍、乐器……纷沓而来。我天生是那类小剧场的骨灰粉，经常握着一瓶汽水，坐在角落里，听某个像"珍宝（电影《珍宝》里的女主人公）"那样肥壮勇猛的黑女孩，用尽肺叶里最后一丝氧气，朗诵她那些关于孤独的诗歌。或者一个比斯图瓦特·李①小20岁的男孩，以老练的黑幽笔法，大骂政客、法西斯、恐怖主义者或资本家。让人惊艳的是，不时还有年过半百，一头鲍勃·马利式发辫的白人艺术家，穿着印花漆皮夹克，在台上扭动四肢，来几段雷鬼，为年轻人摇臂助兴。

为帮助黑人和少数族裔融入英国社会，法律也起了一些推动的作用。早在1965年，英国议会就通过了《种族事务法》（*Race Relations Act*），对入学和就业等一切社会生活层面不得有种族歧视，做出了明文规定。2010年，英国高等法院还敕令极右翼"英国国家党（BNP）"移除"非白人不得入党"的条款。今天，歧视等同于政治丑闻，可以直接影响到一个议员的政途。作为一种严厉的政治确切，它甚至开始有了一点"走火入魔"的意味。在我用来学英语的喜剧片《小心说话》（*Mind Your Language*）里，那些让我笑得死去活来的片段，比如"印度人说话时转脖子"之类，一概成了种族歧视的经典反面教材。

尽管如此，结构性的歧视仍是十分坚固的。一个极右派政客的女人，偶尔放弃北欧冷淡风，改穿一条吉卜赛风格的裙子出席"窈窕淑女"之类的聚会，也许会被时尚杂志*Vogue*赞到杏脸生晕。但你若在《每日邮报》上发表一首吉卜赛礼赞（尽管《每日邮报》发表这种礼赞的概率为零），那些种族主义者一定会含沙射影，利口巧辞，把你骂到畏罪

---

① 斯图瓦特·李（Stewart Lee, 1968—）英国单口相声演员、作家、导演。

吞枪。这种针对吉卜赛（异族人）的古老敌意，直接加剧了2015年的欧洲难民危机，以及2016年的欧洲公投。

在由白人中心主义者撰写的世界史中，非法闯入他国的欧洲殖民者，常被冠以"开拓者"的美称。英国16世纪始到19世纪初叶，长达300年的大西洋奴隶贸易中，那些大肆在加勒比海域贩奴的奴隶主，就曾一度被美称为"西印度群岛拓殖人"。秉承这个传统，直到今天，到第三世界国家谋求发展的西方白人，仍被美称为"海外游子（Expatriate）"，同样背井离乡，那些低技术、无背景的第三世界族裔和东欧打工者，却只能是"移民工"。

四

当然，移民工的生活也并非全是泪。

来自马来西亚的玉林，做了22年的保姆、清洁工、月嫂和看护（没有正式公司作保，伦敦华人圈子里熟人私下推荐的那种）。零合约，现金支付，一月休两天，没有雇员退休金。最好的时候，她试过一周挣300英镑。有时轻松，有时却来之不易——某位男雇主80多岁了，躺在床上一边等死，一边看黄片，还动辄想在她身上摸一把。

从工签到入籍，经年累月，她咬牙挺了过去，绿卡一到，便把女儿接了过来。现在她的女儿32岁，说一口流利英语，在伦敦的白领阶层里打拼。

她却老了，手像簧片一样老是发抖，幸好有全民医疗保险（NHS）。医生说不是帕金森，但也查不出其他病因。没有雇主愿意雇用一双颤抖的手，所以每隔几个月，她就会失业几个月。政府分给她一套一居室的廉租房，每周租金50英镑，每月还要上缴80多英镑的住房管理税，此外，得等到退休年龄，才能领到国民退休金。尽管如此，她已经很感激了。2019年夏天，我去她家做客，她不但请我参观了厨房，又打开卧室和洗手间的门，从墙壁到地板，仔细地为我导览了一遍。

还有来自印度的贾伊（Jai），三十出头的样子，长得老实巴交，全身上下携带着一股"拖延症是世上最美绝症"的气息，不知是通过什么方式获得居留权的。他每天开着一辆小面包车，到处兜转，修个热水器什么的，时薪30英镑。我的热水器，被他又装又拆又装，小小的厨房，到处都是不知名的碎片，就像达达主义刚刚完成了一场对现代主义的入侵，结果花了近100英镑，还是没能救活过来。

想起我的北上广时代，也曾结交过几位像贾伊那样的朋友，蜗居在城中村里，脚踏三轮车上竖张"铺地砖批灰"之类的牌子，手艺普遍不够上乘，而且经常干到一半，就连人带车轱辘一起蒸发了。可又有什么办法呢？我不也一样么？在海洋板块上那些漂浮的丛林里，鲁莽而冒险地苟活着。

相比之下，曼伽一家则幸运多了，早早就在伦敦郊区买了房子（30年前，在伦敦买套普通房子，只要几万英镑，远远没有今天那么高难）。而曼伽就更幸运了，作为民主社会主义黄金时代的花朵，从幼儿园一路免费读到大学，又拿下社工的硕士学位，为不少青少年黑工提供帮助之后，还获得了一份收入不错的长期合约。几年前，她还中彩似的，分到了一间路易逊地方政府的廉租房。一居室，独立厨厕，外加一个三角形浴室，租金每周不超过70英镑。

这些故事，被打蜡抛光，再口耳相传，回到印度之后，便成了传奇。很多年轻人，就是听这些传奇长大的，尤其是女孩。到英国去——对她们来说，意味着真正的摩登生活的开始，不仅不用穿纱丽，甚至还可以逃过一场指腹为婚。而在印度长大，意味着什么呢？新德里大街上，那些跟在牛群后方，向西方游客兜售身体的"圣妓（Prostitutes of God）"，那本获普利策新闻奖的《永远静好的背后》（*Behind the Beautiful Forevers*）里的贫民窟拾荒女皇，或者满怀希冀的法学院女大学生——随着女性主义在印度的渗透，今天，已有27.2%的女性进入了印度的劳工市场，14.5%的女性进入了印度议会。一切皆有可能，不是吗？或许只是时间问题。

艾米莉·狄金森说："希望是一种长着羽毛的东西。"

五

夏天来了，阳光像枫糖似的洒在泰晤士河上。一早醒来，我便翻箱倒柜，试图找到一套王尔德风范的衣服：它必须是白衬衫，蝴蝶领带，绲边绒缎西装，齐膝马裤，紧身丝袜，帆船鞋，再配上一件西伯利亚"流放风"的翻毛领大衣。

类似的行头，我本来也是有的，虽然看起来有点山寨。可惜来英国之前，头脑完全被冰天雪地占据，行李箱里的衣服几乎都是北大荒风格的，不仅愧对王尔德的教诲"精扎的领带即是严肃生活的第一步（a well-tied tie is the first serious step in life）"，也愧对伦敦那鲜衣怒马的市容。

电台广播开始传出时远时近的锣鼓声，而我仍沮丧地坐在一沓保暖裤上，脚趾里夹着一只形影相吊的彩色袜子，另一只袜子正在玩失踪。

临近正午，气温竟突然升至28度，我只好放弃"王尔德"，随便挑了一件绿色背心，趿拉着一双人字拖鞋，跳上了心爱的453。到金斯密斯大学附近时，便陆续有天仙般的青年学生走上车来，个个都打扮得惊为天人，假乳和睫毛上蘸满了亮片，仿佛要去参加"最炫变装皇后"的竞选，相比之下，我那身衣服，简直令人后悔终生。

过了泰晤士河，巴士就走不动了，车窗外人山人海，感觉连动物园里的孔雀和狮子都出笼了。平日伦敦城给我的印象，多是埃舍尔铜版画里的那种，层层叠叠，鬼影幢幢，建筑空间气场之强大，以至于经常令人产生空城的幻觉。而那天却相反，眼球所摄之处全是人，各种肤色，盛装出行的人：骑高高坐在大人肩膀上，啃着奶嘴的幼儿；把自己化装成毛虫，准备化蝶的少女；披着头巾，佩戴彩虹手镯的穆斯林女人；T恤上印着"彩虹普京"的俄罗斯人……据当天《卫报》的实况报道，伦敦市中心的人流一早就已过百万。

那一天是2010年的伦敦骄傲节，世上最盛大的骄傲节之一。

曼伽在手机里对我嚷道，你一定要来，不为你自己，也要为我来！原来，除了拍摄独立电影之外，曼伽还是一位身体力行的拉拉。

游街表演从贝克大街开始，经牛津和摄政大街，一直到主秀场"特拉法加广场"。约好和曼伽在广场碰头的我，因为来晚了，根本连边角也挤不进去（传言有人为了和十米外的哥们儿相认，不得不英勇地游过广场中心的喷水池）。眼看表演队伍就要抵达广场了，我还像蚯蚓似的在人泥里打转，急得满头大汗，幸好手持蒲扇的人到处都是，而且非常妖冶，我便索性先不去碰头了，站在脂粉的香海里，像所有人一样,踮起了脚。碧空里升起一座金云筑的殿堂,仿佛等待着我们的,不只是一场狂欢,而且是一个即将涅槃的梵蒂冈。

那一年的主题是"回归1970"。英国所有LGBTQ+的协会和组织都出动了,许多地处伦敦的中学、大学、医院、跨国公司、警署和消防队也纷纷上阵……每个表演队伍,都把"全伦敦我最酷"刻在了额头上,服装造型几乎采纳了时尚史上所有癫狂元素,间或配合"1970年"的主题,加入了松糕鞋、超短裙、嬉皮眼镜或夏娃的花冠。DJ们在花车上疯狂打碟,"鸟人们"漫天飞舞,胸口上印着"自由(Freedom)"的美男子,迈着"撩人到死不算罪"的舞步,一直跳到黄线跟前。还有穿着溜冰鞋,花样溜过斑马线的"斑马人",以及各种变装,雌雄莫测的性别流动体(Gender Fluidity)……我平生第一次参加骄傲节,从未见过此类阵仗,当看到戴着白手套的"红衣主教",像国家元首那样,徐徐挥手经过特拉法加广场大街时,激动得简直要把霍雷肖·纳尔逊[①]的手也举了起来。最后一个被我摄入的画面,是一位从头到脚,用英国国旗装点的曼妙伊人,不单头戴国旗编织的"皇冠",连嘴唇也是国旗色的——这个画面,在我的头脑中定格了将近十年。

回想起来,那年的骄傲节带给我的最大震撼,并非只是"眼花缭乱",还有人类精神中某种令人瞩目的"不屈不挠"。三十年前,伦敦的"同性恋自由前线"(Gay Liberation Front)才刚刚组建;1972年,他们在伦敦市中心

---

① Horatio Nelson,广场边上的一座为纪念19世纪某英国海军指挥官的塑像。

和平示威时，还被警察百般阻拦。根据当年的法律，在公共场合耳鬓厮磨被抓到的倒霉蛋，还得坐上两年牢狱。然而仅仅三十年，伦敦城还是三百年前的老样子，英国当代性别权益的推进运动，却已日趋成形。2013年7月，英国议会还正式通过了同性婚姻法案。对那些历经磨难，从尼日利亚、乌干达、俄罗斯等地逃往英国并获得难民庇护的同性恋者，这份法案就是他们通往伊甸园的福音。

不屈不挠，是伦敦给我的见面礼，就像路易逊给我的见面礼，是那种叫"普兰霆"的非洲巨型香蕉一样。

地志三篇

毛晨雨

毛晨雨，农学研习者、艺术家，第二文本实验室主持，主要在洞庭湖流域开展工作。他的电影制作都在水稻种植区，且作品专注于水稻的思想和灵魂，因此提出"稻电影"这一文化概念。

一、蛇的志向

说明：在私人经验范畴展开一些民族志文体的写作，刻意抽离出"巫术艺术"的框架，因为这个写作框架是要满满地盘剥侵蚀那类"乡村建设"的话语空间。

1. 蛇的志向

2016年中秋前夕，我的母亲——我要带着这类私人经验来叙说——去屋场（自然村落）后山菜地，跨过一座小沟时，母亲说，几乎是四十多年后，她再次看见了这条巨蛇。

"它头上的冠长深了不少，这么些年它在哪里过的？"母亲在20世纪70年代初见过它，一个暴雨发作的傍晚时分，它尾巴钩挂在枫树上，头垂入水塘喝水。"这条蛇失志了，修炼的蛇不能被看见。"

依照地方民俗认识，每一条蛇都应有远大的志向，修炼成龙，奔向大海。我的外婆——晏娭驰（1910—1987）——这样跟我说。由此，蛇每实现一次志向，沿途的人民就要遭受一场或大或小的水害，就是走蛟和走龙。

修炼需要足够充裕的资源，这个资源的叙事中，蛇拥有一座有山有水屋场（自然村落）即够，合德遵规地修炼，则在某个吉日会获得升阶，进化为蛟，随着大水经溪流入河流甚至直接进洞庭。蛟在河流或洞庭中合德遵规地修炼，功德圆满的话，则会在某个吉日获得升阶，进化为龙，出洞庭经长江入东海。

这条修炼路径需要非常稳定的资源配置。我与母亲分析后山被看见的这条蛇，可能因为屋场的人为活动，干扰了它的稳定生活环境。这几年，屋场后山被族人以挖掘机深挖、整平开发，原有生态悉数被毁。而后山之外刚挖掘修造了高速公路。这些干扰，打破了修炼的环境。这条蛇再次现身后一段时间，紧邻后山菜园几户人家的鸡时常丢失。显然，蛇在后山没有充裕的食物。它还没有到，或者根本不可能再到断食修炼的阶段。母亲没有告诉任何人，害怕抓蛇人来。但是，这条蛇失志了。

失志——失去了志向，没有远大的未来了，但如何应对当下的生活？失志是一道自然的符咒。蛇被嵌入人居和山野丛林中，配置修炼所需的完满资源，修炼、升阶、离开。人的活动（人的资源配置）破坏了蛇修炼的资源配置方案，造成蛇的失志。这时,蛇与人在资源上相争,这就会出现"比志"。

比志是特指蛇纵身跃起竖立而准备袭击人之前的礼仪性的行为,它纵身跃立起来,人必须回应它的邀约,如果它跃立的高度超过了人及人采取的行动,它就会马上发动攻击。我家隔壁邻居金莲伯母,她丈夫在屋场上游一华里处一个40年代毁弃的屋场基址(屠家屋场,20世纪40年代中日长沙会战时被屠杀殆尽,从此毁弃)上开了一块荒地,荒地耕种过程中时常会有一条大蛇来骚扰。最为凶险的一次,这条大蛇跃立至两人以上高,与金莲伯母比志,金莲伯母脱下胶鞋往天空抛上去,高度压制了大蛇,它于是悻悻消遁,但并没有放弃这块安身立命之地。它后来采取的主要破坏方式是在地下打洞,耕牛有时陷入其中,但它再不敢与人比志。它成为彻底的失败者,信念亦被摧毁了。这些年来,它在这片地基四处游荡,我在1990年端午节放牛时看见过它,它正在池塘中洗澡,水中的长度大约3头水牛的长度,也就是七八米的长度。捕蛇者对它垂涎已久,它迟早难逃被捕猎的命运。

补充叙说:什么是合德遵规的修炼?人居空间为中心的法则,蛇蛟需要天然地契合。德与规由人制定,天雷的裁决由人来征用。1985年左右,我们屋场溪流入河口附近,据闻一条三丈长的蟒蛇被雷劈身亡,所谓蛟失志而受刑。蛟的失志行为主要是水患,它们因为水患而被动地失志。于是,地方民俗的认识中,蛟的危害是水患,蛇的危害只不过伤及禽畜。失志大蛇伤人的事件,近年没有记录;洞庭湖上渔民记述过蛟兴妖风作恶浪而伤船害人的记录。但这些记录有很大可能是江猪(江豚)所为。这些蛟偶有被雷劈镇杀,但从人们沿湖修造的镇河妖的宝塔来看,历史上连绵的水患一定是有过多的蛟失志所制造的祸害。或者说，蛟是我们对于水患的形象借用，也是我们趋水而居的自然要素。否则作恶的蛟应被天雷付诸刑法，但天雷似乎并没有能力一一履行，或者"地人"自身之恶应该遭受水患的惩处。叙事是不会匮乏的，神话叙事必然是凌厉地完满。

2. 地权与性别

地权，维系生存的空间权力。金莲伯母家荒地下的大蛇，有强烈的地权意识，且这意识中编织着族群、血亲的神性知识。这该是一条多么尽忠尽职的蛇！从地方口述记录和地方经验，我对这条蛇做过一些研究。我提取了两个地方观念。

第一个地权观念是，凡人居屋场，必有神灵虫蛇万物分列环绕，每一屋场必有一条有远大志向的蛇。蛇是屋场对于未来的地理构成，它会被神性地编织在人居地理空间的认识中、一个适宜修炼的完满世界中——它修炼所需的资源配置被人为地优化。这个修炼空间并不是屏蔽的山野，而是相互融入。在夯土建造的屋场中，蛇在人的神秘经验中出没，它们甚至吸食人梦呓时的唾液，以及食用禽畜。而这都是可以接受的。它实际一直被看见，它的失志并不取决于它的被看见，而更多是一套综合认识装置在作用。它的失志，唯有被那个词性范畴的认识所广播出来之时才部分地成立。或者说，蛇是必须存有的一种屋场或其他聚居场所的未来，它被寄存着一种可以成为龙的终极性的价值。蛇变为蛟，蛟变为龙，村落经由溪流、江河，贯通大海，如同人的脉络从脚跟通达天庭那样地理通了。如此，有蛇就是有龙的未来，就是能登极性命、攸关后世的一种荫蔽地理学的集大成。

第二个地权观念是，地基即生基。人、族、血脉，应天而择地，逐日而长养，倘有血脉的断裂，人迹消遁，但这开基立业的地基应封存于天地间。长留之所，天人之礼。于是，地方民俗中，最恶毒的地理学禁忌就是"生死同地"——死者将寝室掘为墓穴。这种葬术，只有在合族遭受灭顶之灾，已无生养繁衍的任何希望之时。这时，要将这地守牢的最好策略就是变为墓地。这个地权是悲壮的，而这个悲壮的事件，六七十年内，在我们细毛家屋场上游已发生了四次。当然，并没有衍变成恶毒的寝室葬，最后一批人寥落衰朽如残弦，衰败到甚至没有能力完成最好的室内葬。

前些年，我与父亲在镇上遇到一位古稀之年的老妪，父亲称她屠嫉驰。事后我才知道她是屠家屋场嫁出去的女儿。屠家屋场被日本人屠尽的是男丁。而女性，在男权支配的地权意识中，没有被当作血脉的继承者。在血亲结构的甥舅关系中，舅舅的女儿在继承权上甚至要弱于外甥。我们本地默认的两种继承形式是"招郎上门"和"外甥承继舅"。招郎上门是女儿娶男丁，子女随女姓，但可三代开始认祖归宗，进入男性族系；外甥承继舅是外甥入室更姓继承。

这几年，我们当地出现了依照族谱分配土地征收钱款，一些族姓不分配外嫁的女儿，一些族姓分配外嫁女儿但只以男丁的一半，而且人头上只能是那个"1"的一半的"0.5"，并不能计算女性的其他家庭成员，基本没有一个族姓能等平男女的权力来分配。

地权的逻辑就是男权的逻辑。从这个角度上来公平地还原屋场毁弃、人迹消遁这类事件时，大部分是性别意识的原罪的"自然"刑罚结果。蛇的志向，只是男权甚至皇权的志向。

二、"七姐"与青年女巫的故事

这篇文字主要讲述我的几位表姐——七姐的几位女巫的故事。但我觉得她们就是那里的生魂一般,她们所居的东洞庭费家河流域——商周大鼎出土地,楚风盛行,熊姓、屈姓甚众。

七夕,牛郎织女鹊桥会,据说这天是看不到喜鹊的,因为它们都飞去天河搭桥去了。这天,连同看不见的还有那些已经不显的风俗和曾经的青年女巫们。

从我们细毛家屋场往南就进入山地了,五六里路就是我外婆家所在的沙子岭熊家屋场。大舅家有五位姑娘,也就是我的五位表姐,大的只比我母亲小三四岁,小的只比我大二三岁。我只有她们的乳名或者诨名,我一般唤她们:冬哥、平贵、桃伢崽、润伢崽、细毛。这里,我挨个给她们每人写一小则"逸史"。

1. "七姐"是个难缠妹、偷鸡贼

七夕,夜晚,民间多有未出阁的女孩请七姐神。我隐约记得在80年代,在我家往南洞庭的山地区域,这是一个可见的习俗。我对这一习俗的耳闻,也仅仅是听表姐们谈到。大舅家五位姑娘,喜欢往我家串门的主要是平贵、桃伢崽、润伢崽三位。她们要么为了躲避父母的强迫婚约,要么为了躲避繁重的体力劳动。我小时候一段时间,总是有一位表姐要赖在我家,一住就是三五天。那时候,亲戚们住得这么近,

住一晚都属于特例。后来才知道,她们都一直在躲避婚姻。

也就是这类短期机会,我听到了她们较详尽的"请七姐、扶筲箕"的故事。桃伢崽和润伢崽,以及翻过山冈的另一户人家的两位姑娘喜欢结队"请七姐,扶筲箕"。这种请七姐仪式不只在七夕,平常都可以的。请七姐有特别的吟诵咒语,就两三句;仅用家常小饭桌即可(不比请男性"大神"要动用的大八仙桌);道具是家常洗菜盛物的竹筲箕和平常吃饭的竹筷子,筷子插在筲箕底部做写字的工具(不比请男性"大神"要用专门的桃木乩柄);小桌上放一平簸箕,簸箕中盛米,当作书写的平面。入夜,女孩子们一对摇动筲箕,反复吟咏请神咒语,邀请七姐降临,这些"扶筲箕"能请来七姐的女孩就是女巫。女巫们基本家庭养成,一般由母亲引领着,男性尽力回避或女性尽力回避男性,带有母系特征。

七姐降临,神力是绵柔的,女巫和女孩们所询问之事,不过婚约媒妁、子嗣,甚或姊妹间的小误会、背后评议之言等等。偶尔也用于治病救人,譬如古典女性相思病之类,这是私底下的相互治疗和精神疗养。闺阁话语中,类同"扶筲箕,问夫婿"这般达意。对于绝大部分其他疾病,女性神一般气力绵柔,大多数让路给刚劲的男性"大神"们处理。

五位表姐可能都通悉请七姐。冬哥我不确定,其余四位年龄相近,请七姐是娱乐八卦文化贫瘠的煤油灯盏时代的一种特别娱乐活动。女巫们在繁重的劳作之余,聚集在煤油灯盏下,以扶筲箕来言说那种惊悸到少女芳心的情感叙事。

桃伢崽、润伢崽抱怨七姐是位烦人的神。这女性神总是缠绕着扶筲箕现场的女性们不离场,直到鸡鸣三遍、东方泛白了她才肯走。后来,我听闻大舅家的鸡常有丢失,甚至整体地被偷光,表姐们甚至从那句"七姐偷鸡"的传说中在扶筲箕过程中"指证"七姐是偷鸡贼。七姐当然很不高兴地不认罪。大舅家一家单独地住在村落的最上头,当时四周皆为森林,人和黄鼠狼等的偷窃都发生过。

2. 冬哥

冬哥是大舅的大姑娘。估计1955年左右出生。不知什么特殊情况,冬哥嫁入了岳阳市郊区一位陈姓人家,名飞勇。后来才清楚,这位陈飞勇姑爷是那地方出了名的酒鬼,所以家里才会降格到农村给他找位老婆。我与他接触几次,觉得陈飞勇很讲义气,喝酒有北方人的胆魄。

冬哥育有一女二子,与丈夫一直关系紧张。十年前,长期酗酒和因之引起的家庭吵闹,以及子女成人,家境贫窘,一天傍晚,陈飞勇跳岳阳南湖自尽。没多久,他们家被高价征收,冬哥嫁出女儿,给小儿子娶妻生子,只有大儿子如其父亲一般四处酗酒。拆迁后不久,有家室的小儿子查出白血病,一家人用尽财力将其治好,但医生特别强调不能再有房事。不久,小儿子不遵医嘱,终致病情复发,不治身亡。然后,妻儿改嫁。冬哥与大儿子度日,可不料大儿子吸毒上瘾,到处行窃抢掠,对冬哥经常拳脚相加。2015年,我也是据《湖南都市》新闻报道的,大儿子将冬哥在家中杀害,并暗中焚毁了冬哥部分遗体。这事成了一桩新闻。事后,大儿子被拘押,在一次出庭受审时,他纵身从楼梯上跳下去,当即身亡。

3. 平贵

平贵嫁给了不远处榨油屋场的一个富裕人家,丈夫名小明,是位高考落榜生,后来学了裁缝。我曾与母亲参加过她大女儿出生的"三桌宴"。小明一直想要一个儿子。当平贵生了二胎的女儿之后,遵从计划生育政策,平贵被结扎,不能再生育。小明开始有点精神失常。后来平贵带着两个女儿离开了小明,她在街头卖菜、打零工,抚育两个女儿长大成人。

这期间,平贵与一位男子相恋。大概是我读初中的时候。她不敢与那男子回娘家,所以总是把他引到我家来。她总说我家离小镇近,交通便利。我难得见到平贵重新地焕发出本应有的青春来,她与这位男子热恋一段,到我家来来回回十数次,然后就没有了声音。后来母亲告诉我说,这男子是专职欺骗平贵这类三十多岁的妇女的。平贵做小生意积攒的一些钱被这男子骗走后,这个男子就消失了。

这件事后没两年,小明在家触电死亡。平贵带着两个长成少女的孩子去给小明送葬。据闻她哭晕过去几次,都被姜汤唤醒过来。

十年前的样子,平贵给一个建筑工地的工班做饭。然后,她与比她长二十岁的工头相好了,她与这位工头前几年领了结婚证。母亲看到过这位工头,说他头发已经花白了。

母亲说大舅妈像个阴谋制造者,给自己的女儿们规划了一场场目光短浅的婚姻,大舅妈择婿的首要标准是钱财。我隐约感觉到七姐的母系特征及通过她这一媒介所发出的指令中,潜存着一个规划和指导女性命运的神性叙事。

4. 桃伢崽

桃伢崽是个疯癫癫的"女巫",人们总叫她"桃疯子"。

我的角度上,桃伢崽对位"广东老板"这个符号。桃伢崽对婚姻甚为挑剔。她瞧不上的男青年,可以举出一打来。譬如我们屋场的陈兵,是我们村第一个开手扶拖拉机的,家境虽不算丰实,但亲戚任职高官(是的,他姑妈的一个儿子现在是正部级领导),这是母亲做的媒。但桃伢崽说他矮了一点,不够英俊。随即,她把自己的亲姨表妹说给了陈兵,掩护自己撤退。当时,她的心里只有"广东老板"。传言她坐着广东老板的大货车,在各处大手笔收购农副产品。我第一次听说"情妇"这个词,也是在关于对桃伢崽的评议中习来的。

母亲专门跟大舅妈说这样终究不好,大舅妈的理由也很充分:"这些人年龄大一些,等他死了,钱财就是桃伢崽的了。"十年前,桃伢崽终于与一位南洞庭湖益阳的"老板"结婚了,生了一个女儿,然后就真的疯了。桃疯子,果真疯了。去年我表哥还跟我确认桃伢崽是真疯癫了,她特别怕光,喜欢四周紧密的空间。表哥说她已经搬到岳阳来生活,至于丈夫女儿的情况,我没有询问。

5. 润伢崽

润伢崽是我五位表姐中最漂亮的,个子也高高的。她结婚前那一两年简直就是我们家的成员。我初二的时候,母亲做媒，给润伢崽介绍给了村里一户万姓人家，我感觉这男子刚劲潇洒。这桩婚约，得到了各方的肯定。但在聘礼已下后，润伢崽消失了。不久，一个晚上，万姓父母亲在我家与润伢崽抵面谈心，润伢崽基本没说真正的理由，只说万姓青年人虽好，但性情暴躁，说她与万家没有缘分。

这桩婚约没有善终。这位刚劲潇洒的男子有些郁郁寡欢，所有的原因不能塑造成一种相思病，我与母亲都觉得他的魂被润伢崽勾走了。不到两年的一个傍晚时分，这位男子服农药自杀。另一个信息是，他的哥哥在一年前也是同样的方式结束了自己的生命。人们联想更多的是鬼魂的召唤和索取，没有人说及润伢崽。

其时，润伢崽与一位在岳阳市区游乐场做保安的男青年小曹相恋，她与小曹至今安好，她的儿子去年已经参军。母亲说，润伢崽是五姐妹中唯一让人觉得称心的。去年，在大舅妈的葬礼上，小曹告诉母亲一个很不好的消息，润伢崽得了很难治愈的一种病，母亲猜想可能是某种慢性癌症，特别像乳腺癌。

6. 细毛

细毛是五姐妹的老幺。十七岁那年，她从镇上走路回家的路上，一位比较帅气的夏姓男青年骑自行车经过，小夏停下来勾搭，骑车载细毛回家。第二年，细毛就嫁给了小夏，当年生了一个男孩。经润伢崽的丈夫小曹介绍，将小夏也弄到岳阳游乐场当保安，不久传出游乐场一位美女爱上了小夏。在农村做农活的细毛，皮肤晒得黑黑的，暑假带着儿子去岳阳串亲戚，去游乐场看望丈夫。这个看望的场景非常像电视剧：小夏正与女子热恋中，这时细毛撞进去了，小夏质问细毛："你是哪个乡巴佬？"生怕细毛坏了他的前途。这件事情一过，细毛离家去了广东打工，儿子交由小夏父母抚养，小夏被游乐场开除，与那女子关系破裂，然后就在市区到处打工。前几年，细毛的儿子因为思念母亲，犯了抑郁症，当地人说是精神失常，这孩子很长一段时间像个牲畜一样被锁在家中，据说很帅气。好在前几年，人们给他介绍了一个女孩结婚了，这女孩子我倒见过，是我们当地苗族移民的第一代土生，长得矮且黑。据说聘礼优厚。

母亲总说细毛已经不在人世了。表哥跟母亲确认说细毛还在。她出外十五年以上没有回来过，后来嫁给一位香港人，现在在香港，但到底是什么情状，家里没有人知道，她极少跟家里联系。去年，大舅妈去世，都没有办法联系上她。

7. 后山那位"女巫"

与表姐们隔着山丘而居的另两位女巫，其中的姐姐，长得跟润伢崽一样的漂亮，当年被当地爱慕她的男青年吹嘘为某某选美冠军的超级女孩。回想一下20世纪80年代末的社会情景，这位表姐的传闻应是在她去广东一两年回来之后的衣装打扮所造成的贯透——贯透比贯穿更好——乡野视觉的一种审美革命。她是我们当地最早去广东下海做桑拿服务的女孩子。她下面的一个妹妹、两个弟弟的成家、进城置业的一应费用，都是她从广东赚回来的。"小姐"这个词，也是从对她的评议中，加入到本地的词汇中。而且这个词，总是联系着密码箱、成摞的百元大钞，以及香港电影中的情色场景。

据说她给一位"老板"生了一个女儿,对方希望她放弃之前的事业,将其"驱逐"回老家,每年给她一份钱。她现在成为熊家屋场当地麻将桌上的贵宾,漂亮、有钱,以及单身,乡村麻将馆热烈期待她的加入,以创造一种让壮年男人们热盼的味道。据说她再没有婚姻计划。现在,她的从未现身过的女儿也到了当年她"扶筲箕,问夫婿"的年龄。

我的行文中,仿佛"七姐"的女巫们都没有太好的结局。我真不是特意要引出这样一个让人徒生悲伤的叙事,一种偶然的见闻导出了这类偶然的结局。坊间评书样式或者"红楼梦魇"式的叙述中,我以为这些山野中七姐的年青女巫的家庭更多是情爱"逸史"供养出一个七夕的幽怨叙事。都是事实,记成简史。

七夕,夜作,上海

三、喜鹊的图像事件

记忆要赶上迁徙的速度。

本文的地形空间以细毛家屋场的尺度为界限。20世纪90年代,喜鹊和一类麻雀开始在我们屋场绝迹。主因是农人重视农耕的时期,伴随着生产中化肥和农药的大量使用,特别是播种季节人为下毒毒杀掘食种子的鸟类。农人们往往以六六粉搅拌种子,防患鸟鼠等偷食者。在柴火缺失的年代,胆子大的妇孺会爬上大枫树去拆喜鹊窝,一个窝能拆下一担柴来。喜鹊们群啄拆窝者,然后找另一棵树建巢。播种插秧季节，时见山野水边有死喜鹊。如此，造成了它们集体地遁迹。老人们把喜鹊这类象征吉祥的物种的遁迹称作"南方不利"。

的确，往北仅二里路的河边，存有未被人工耕种的草甸和沼泽的区域，栖息着喜鹊等从耕作区被驱逐出来的鸟类。但它们的种群并不大，偶尔可见。河边的生态保护，特别是捕杀鸟类的经济形成之后，喜鹊和各类候鸟都是经济对象。

2012年，我观察到河边的两个喜鹊群落，这里有较高的杨树，可以筑巢栖居。杨树这类速生经济物种，并不是河道的原生物种，它们来自北方，可作为附近聚集的造纸产业所需的原料。在河道种植杨树可视作对公共空间的挤占和侵袭。而且杨树耗水量大，对沼泽和草甸的其他动植物有直接的影响。

2017年，秋天，准确地说是11月12日。

细毛家屋场飞来了一对喜鹊。它们首先栖息在我们的香樟树上，旋即招致两类八哥——黑八哥、灰八哥（灰椋鸟）——的挤压。我目睹着这两类八哥合作着对势单力薄的喜鹊进行驱逐。残剩在屋场的一众老少都跑出来看了一阵喜鹊，如2011年灰八哥群落大规模地进驻村落一样。

在喜鹊们现形之前的2011年，黑八哥还是偶尔飞过屋场的物种，灰八哥在秋天时节小规模地入驻屋场了，它们栖息在那些空置的房屋的屋顶上，但某个时辰它们又规模地飞离了，似乎并未将此视作栖居之地。次年的2012年秋天，当我们种植的红稻快熟时的一个清晨，准确地说是中秋前后一两天的一个清晨，数以百计的灰椋鸟入驻细毛家屋场，之后再未离开过。再经历5年的繁育，黑八哥种群也获得了巨大的发展，目前已与灰椋鸟群可以抗衡，彼此相处和睦。

八哥等鸟类的繁衍和种群扩大，与农人们荒废耕地（旱地）、不求收益、不事管理，以及旱地物种的变换有直接关系。农人们在2011年开始将大量旱地种植了杉树，之后不断地改种一些速效经济物种，放弃了之前的红薯、花生等经济物种，至2017年农人们将能种植的有限旱地悉数改种为一种植株高达3米的外来药材。计算下来，在体力允许的条件下，种植这类药材比花生红薯的效益要好一些。

聪明的经济学家一般的药材贩子提供了一个算法公式：0.5市斤药材种子需要产出300市斤药材子，如此，你领取1市斤种子，需要产出600市斤药材子才算达标。达标是经济杠杆的仪式性偷换，因为达标的农户可以获得每市斤7元的收购价，而不达标的只有6.5～6.8元之间。这夸饰了种子的魔法，好像它们是一种昂贵的点金之物。

于是，农人们的积极性能产生了三项可能收益：（1）超过300市斤（每半市斤种子）所带来的价格区间的优势；（2）超过300市斤（每半市斤种子）本身的产量增加部分也是收益；（3）种子的效力得到了更高的学习机会。农人们放弃了交流水稻种植的经验，因为它既不神秘又无增益空间。但农人们对这类陌生的计算方法产生了一些兴趣——事后我们都会知道这只是一种暂时有效的魔法——因为发种子的贩子只管种子的重量而不考虑种植的面积，由此，土地面积与密度成为一个技术性的平面。因为主要是土地空间突然不够了，没有了充足的耕地来种植这类药材。

在八哥们驱逐排挤喜鹊的那个时刻，农人们的计算结果已经大体可见了。包括我父母亲在内的大多数农人在2018年都不会续种或者主要种植这类药材了。农人们发现它们并不是那么容易地生出钱来，因为一个180元一天的正式劳力，努力地工作一天，也仅能收割药子不超过50市斤，这给每市斤仅收割这一个环节就带来了超过3元的费用。由此可见，这个游戏只有在能产生兴奋的阶段可以继续。

这次是让农人们计算上有增益的药材入驻了，其他物种也可以入驻，只要贩子们能针对这些善于计算土地的农人制定出让人兴奋的游戏方法来。

喜鹊的回返

这次喜鹊的短暂停留，招致了两类八哥的集体排挤。喜鹊们不断地飞离，飞抵较远的高压线上（这也是它们暂时栖息的理想场所），八哥们远远地监视着，俨然一个空间权的战场。但我相信，能回返的喜鹊，有办法回到曾经被驱逐的地理上来。也许明年或者哪年，它们的种群就会繁衍起来。而农人群体正在衰落，他们与土地空间的关系也是物种性的——正在断裂的生产控制和正在失去的生产者的身份位置。

2017年12月6日晚

特洛马克

—— "爸爸去哪儿了"（节选）

朱 宜

朱宜，女，哥伦比亚大学戏剧编剧硕士，南京大学戏剧影视文学本科。美国戏剧家协会会员。获2015全球泛华青年剧本创作竞赛一等奖。获上海戏剧谷壹戏剧大赏"2015年度菁英编剧"奖。获纽约戏剧工作坊新锐艺术家基金。纽约Ma-Yi剧院编剧团体成员。英国皇家官廷剧院国际编剧工作坊成员。挪威易卜生国际"新文本新舞台"编剧项目成员。曾任纽约Ensemble Studio Theatre驻场编剧。南京大学文学院客座讲师。

第八场

人物
雅典娜
脱口秀主持人

尤里克莱亚
众求婚者

场景
一半在伊萨卡宫殿的客厅，一半在脱口秀录影棚

【一个形象如罗宾·罗伯茨的脱口秀主持人在做雅典娜的专访。他们坐在一个电视摄影棚里。

【在舞台的另一边，尤里克莱亚做着针线活，和众求婚者一起在客厅看电视。

主持人：刚刚我们介绍了这本新书如何引领了一场女权主义的风潮。现在，就让我们来见见作者本人！我们有幸请到了雅典娜来到我们的节目，聊一聊男神和女神之间权力的鸿沟。她是智慧女神，也是优秀的战术家，还是图书销量排行榜冠军《站出来：女神的职责和使命》的作者。我们马上就将有请她加入我们的讨论，但是首先，让我们回顾一下她登上事业巅峰的历程。

求婚者一号：尤里克莱亚，给我拿瓶啤酒。
尤里克莱亚：嘘！

【音乐起。播放雅典娜的照片组成幻灯片。主持人在每张照片播放时说旁白。

主持人：……她是奥林匹斯背后的女性力量。雅典娜——奥林匹斯的CEO，宙斯的得力助手，曾为国际上多位

领导人担当顾问，每一天，她都在打破奥林匹斯山中的一道又一道壁垒，今年刚刚荣获斯巴达女神权势排行榜第一名。她是怎么做到的？从宙斯的脑中横空蹦出，雅典娜在一岁时已成了一名成熟的女神。她很快成为宙斯最喜爱的孩子。她凭借着非凡的直觉和远见，插手了斯巴达的一场小小的民事纠纷，亲手一步一步把它打造成全世界最大规模的战争——特洛伊之战。随着她不断向顶端攀升，她发现，周围的女神却越来越少。她决定，不能再保持沉默。

雅典娜：想要入主大神庙，就不能缩在角落。

主持人：这是她的新书《站出来：女神的职责和使命》传递出的信息。她今天将作为《站出来》的作者参加我们的访谈——雅典娜！欢迎来到我们的演播室！

雅典娜：谢谢你的邀请！

求婚者二号：你怎么就坐那儿？你不用干活吗？
求婚者三号：我饿了，尤里克莱亚。
尤里克莱亚：我又没法给你喂奶。

【求婚者们起哄求婚者三号。

主持人：像您这样身居高位的女神上台居然还会有点小紧张，真是平易近人。

雅典娜：当然了。这可是《早安，奥林匹斯》啊。

主持人：哈哈，谢谢。您在书中提到要"站出来"，您也确实通过这本书站了出来。能不能向大家解释一下这个词的具体含义？

雅典娜："站出来"指的是相信自己，相信男神们能做到的所有事我们也能做到。

求婚者一号：胡扯。

求婚者二号：（对尤里克莱亚）你看这玩意有啥用？

尤里克莱亚：《早安，奥林匹斯》是我最喜欢的节目。

雅典娜：……我们生长在一个大多数高端职业依然被男神垄断的时代。我们被很多事情拖了后腿。体制性的障碍、刻板僵化的程序、糟糕的公共政策让我们几乎插手了所有国家的内政……这一切都拖了我们的后腿。但是同时，我们也被内部的原因拖了后腿。我们被我们需要承担大多数家务、照顾孩子的事实拖累。男神们掌管天气、海洋、死亡、治愈、战胜、火焰、锻造，而女神们负责什么呢？婚姻、爱情、美丽、生育、火炉。

尤里克莱亚：没错！

雅典娜：……为了使女神在议会能够越来越多地坐在谈判桌前，我们也需要更多的男神走向厨房。有许多年轻女神向我请教，我告诉她们，跟任何你喜欢的人谈恋爱，跟疯狂的男孩子谈恋爱，跟害怕承诺的男孩子谈恋爱，都没关系。但是当你在选择人生伴侣的时候，选一个支持你事业的男人，这意味着你能少换一半的尿布。即使你已经结婚了，婚姻也可以变得更平等。比如说，你想跟老婆做爱吗？先把衣服洗了。

【尤里克莱亚大笑鼓掌。

尤里克莱亚：不愧是智慧女神。

求婚者三号：尤里克莱亚，你有过男人吗？

雅典娜：科学研究表明妻子的性感程度，与丈夫是否承担家务大有关系。

求婚者三号：尤里克莱亚，你这辈子有过男人吗？

求婚者一号：尤里克莱亚还是个处女呢。

求婚者三号：什么？真的吗，尤里克莱亚？

尤里克莱亚：是吗？哪儿来的一群儿子在跟我一块儿看电视呢？

【求婚者大笑。

求婚者二号：你为什么不结婚呢，尤里克莱亚？

尤里克莱亚：雅典娜也没结婚，你们怎么不去问她？

求婚者三号：我听说你跟老国王有点什么。

尤里克莱亚：住嘴。拉提斯从来没有背叛过妻子！

求婚者一号：哎哟。处子之家啊。你、佩内洛普、特洛马克……过去的整整二十年里，没有一个有过性生活。希望至少奥德修在外面有戏。

雅典娜：……我不想假装为所有人提供答案。这本书也不包含对任何人的批判。有些女神选择做家庭主妇，因为那使她们更快乐。大神庙不是为她们准备的，但"站出来"的精神是的。别提前离场，不管你是女神还是凡人妇女。

主持人：说得太好了，感谢掌管智慧、勇气、灵感、文化、法律与正义、战争、数学、强壮、策略、艺术、工艺和技巧的女神。谢谢你今天加入我们，雅典娜。

雅典娜：这是我的荣幸。谢谢大家。

求婚者一号：现在能去给我拿啤酒了吧？
求婚者二号：好尤里克莱亚，也给我拿一瓶。
求婚者三号：可乐，无糖的，加青柠。

【求婚者一号转台。

尤里克莱亚：哦。（她起身）对了……你们觉得，我是个职业女性还是家庭主妇？我琢磨着，我有工作，不过我的工作是做家庭主妇。
求婚者三号：我觉得你想多了。你是个奴隶。
尤里克莱亚：我早晚给你饮料里下毒。

【求婚者大笑。

第九场

人物
特洛马克

场景
墓地

【特洛马克躺在地上，毫无知觉，旁边是个没有名字的小墓碑。
【突然，他猛抽一口气，惊醒。

【他起来，迷惑地环顾四周，好一会儿才看清四周的环境，更迷惑了。

特洛马克：我在哪儿？我怎么在这儿？

【他试着走出墓地，但是它就像没有尽头一样。他跑啊跑啊，四周却依然是墓地。
【他试着跑快一些，跑了很久。前方依然是无边无际的墓地。

特洛马克：见了鬼了？

【脚一滑，他跌倒。一块大型的墓碑在他身侧。他查看墓碑上的铭文。上书——

特洛马克："一个好儿子，好丈夫和好父亲。——赫克托耳。"赫克托耳？赫克托耳不是在特洛伊吗？

【特洛马克突然意识到了什么，他查看另一块大墓碑。墓碑上书：

特洛马克："我见证了我孩子的死亡。——赫库芭。"

【他查看了另一块大墓碑，尽管这块被砸烂了，但上面的墓志铭依稀可见：

特洛马克："对不起。——帕里斯。"

【另一块墓碑：

特洛马克："让你们不听我一句。——拉奥孔（猛然意识到）这里是特洛伊！"

【特洛马克恐惧地在墓地里狂奔。时光流逝。就在他精疲力竭快要晕倒的时候，一栋灯火通明的大宅子出现在前方，一个年轻的女人站在房子外面向他招手。
【特洛马克兴奋地招手回应。

莉莉：嘿！你好！
特洛马克：你好。
莉莉：你是希腊人？
特洛马克：是啊。
莉莉：你看上去不像希腊人。
特洛马克：为什么不像？我是从伊萨卡来的。
莉莉：你看着穷。你这是要进俱乐部吗？
特洛马克：什么俱乐部？
莉莉：还有哪个俱乐部？希腊俱乐部啊！
特洛马克：那是什么？我不知道。
莉莉：我能跟你一块儿进吗？
特洛马克：……行。

【莉莉熟练而亲昵地挽着特洛马克的手臂，带他走向大房子。一个特洛伊男人在附近游荡。他猫着腰，鬼鬼祟祟接近特洛马克。

特洛伊男人：（低声）有希腊币吗？希腊币？希腊香烟？希腊香烟？

莉莉：滚远点！（对特洛马克）别理他。

特洛伊男人：小婊子，又不关你的事！

莉莉：他是我的男朋友！是从伊萨卡来的！

特洛伊男人：哈！婊子真会做梦。（对特洛马克）先生，我给的价可是全城最好的。有希腊币吗？

特洛马克：没有……你要希腊币有什么用？

【特洛伊男人大笑。

特洛伊男人：你他妈在说笑吗？

莉莉：（拉一把特洛马克）我们走。

特洛伊男人：（对他们的背影喊道）嘿，小婊子，好眼力！盯好这个男人！那么蠢，肯定是个有钱的！

【两个警卫在门口拦住了特洛马克和莉莉。

警卫一号：先生，请出示您的证件。

【特洛马克把身份证拿给他看。

警卫一号：伊萨卡？我也是从伊萨卡来的。

【警卫一号向特洛马克敬礼，放了他进去，却拦下了莉莉。

警卫二号：特洛伊人不得入内。

特洛马克：为什么？

警卫一号：这里只对希腊人开放，先生。

莉莉：喂！我跟他一起的。

特洛马克：她是跟我一起的。

【他们对莉莉放行。莉莉当着他们的面响亮地亲了特洛马克一口，然后趾高气扬地进去。

第十场

人物

特洛马克

莉莉

侍者

其他客人、年轻的希腊军官

场景

希腊俱乐部的一楼餐厅

【莉莉领着特洛马克在一张桌子旁坐下。她兴奋极了。周围是正在用餐的年轻希腊军官。侍者走来。

侍者：请问要喝点什么？

特洛马克：其实我身上没带钱。

侍者：这里所有东西都是免费提供的，先生。您为国征战，这是对您的感谢。

特洛马克：但是……我没有为国征战过。

侍者：那请容我冒昧地问一句，先生，您为什么来这鬼地方？

特洛马克：我在找我的父亲。他的名字是奥德修。你知道他吗？

侍者：我当然知道！他是个传奇，先生！真正的大英雄！您是他的儿子？我无比崇拜令尊！要不是他，我们绝不可能赢下这场战争！您想吃什么想喝什么，就可劲地点吧，先生！

【侍者激动得流出了眼泪。

特洛马克：谢谢。那就……来杯咖啡吧。

莉莉：给我来一大杯咖啡，多多地放糖和奶！再来一杯可乐！加冰！还要一杯啤酒！不要当地啤酒，要希腊啤酒！

侍者：马上就来！见到您，我太激动了，先生！

【侍者下。

莉莉：哇！刚才可真酷！

特洛马克：你到底是谁？

莉莉：哦！我叫莉莉。这么说，你就是奥德修的儿子？

特洛马克：是的。我叫特洛马克。

【侍者端来饮料。

侍者：先生请慢用！

【莉莉兴奋地喝她的可乐和啤酒。

莉莉：（没心没肺地）我知道你爸。我爸就是他杀的。

【她边说，边把牛奶全部倒进咖啡，再加十块方糖。然后把剩下的方糖倒进了乳沟里藏着。

特洛马克：噢……
莉莉：怎么了？我喜欢糖。
特洛马克：对……对不起。
莉莉：（轻笑）别傻了。不是你爸，也会有其他人把他杀了。运气好，在战争里活了下来，他也会自杀。不自杀，这年头他早晚会饿死。所以，杀了就杀了。

我真爱喝希腊啤酒。本地啤酒一股尿味。没准他们真往里面撒尿。

特洛马克：你恨我们吗？
莉莉：我妈抢救济粮的时候被另一个特洛伊女人打死了。我是不是也该恨我的同胞呢？我总不能把全人类都恨上吧。

特洛马克：你希腊语说得很好。
莉莉：我经常练口语。我喜欢跟你们希腊人混在一起。至少你们身上是香的。特洛伊男人太脏太臭了。他们从不洗澡，肚子里一包火。自己没本事喂饱老婆孩子，可一旦要是发现老婆孩子跟希腊人乞讨食物，回来就往死里打。一群失败者。我最恨失败者。对了，要说我恨谁，就是这个了，失败者。

特洛马克：他们为什么要把这地方建在墓地里？

莉莉：什么墓地？

特洛马克：这里四周是一个好大的墓地。

【莉莉大笑，抚摸他的脸。

莉莉：你真可爱。整个国家都是墓地啊！这是全国唯一的一栋房子！

特洛马克：可是，你住哪儿？

莉莉：我爸妈的棺材里。或者，有时候遇到像你这样的好人，我就能在这儿过上一晚。

【她向他挤挤眼睛。

特洛马克：那你吃什么呢？

莉莉：和大家一样，吃死人。（大笑）不是直接吃。瞧你的表情！耗子吃死人，我们吃耗子。我们变成死人之后，耗子吃我们，其他人吃耗子。循环往复，生生不息。

【她从乳沟里掏出一块方糖咀嚼。特洛马克有些反胃。

莉莉：你还好吗？唔——我顶喜欢吃糖！只有希腊币能买到糖。给我说说你在家都吃什么。

特洛马克：我？没什么，就是普通的食物呗。

莉莉：给我说说！我要听！

特洛马克：好吧……我们吃鱼比较多，因为伊萨卡临海。我们吃三文鱼、黄尾鱼、鲇鱼、金枪鱼、鲈鱼、虾……

莉莉：天哪。我们这儿已经没有活鱼了。你们把鱼怎么做呢？

特洛马克：我不知道。我不进厨房的。不过我能吃出来，里面大致放了榛子、新鲜的罗勒叶、蒜、柠檬汁、初榨橄榄油……

莉莉：（如同全身欲望被点燃一般）太疯狂了。爽疯了！接着说。

特洛马克：……低脂酸奶、佩科里诺干酪、犹太盐、新鲜的黑胡椒，还有新烤的土豆。

莉莉：那你们喝什么？

特洛马克：配鱼的话，通常是喝白葡萄酒。我个人推荐霞多丽，法国勃艮第产的最好。味道浓郁，有种特别的榛子香。

【莉莉呻吟。

莉莉：我打赌特洛伊男人这辈子连听都没听说过霞多丽。接着说，别停。

特洛马克：（越来越自信，越说越自如）我们有时候晚餐吃牛排。你一定听说过，伊萨卡有着浓密肥沃的草地。

莉莉：（呻吟）啊。

特洛马克：我一般吃五成的肋眼牛排。

莉莉：我要十成！

特洛马克：不。五成指的不是大小，是几成熟：全熟、七成熟、五成熟、三成熟、一成熟。

莉莉：哦，那我要三成熟的！或者更生一点。我吃惯了生肉。

特洛马克：好的。一份五成熟的给我。一份三成熟的给你。你要蘑菇酱吗？

莉莉：要的！我们喝什么？

特洛马克：红葡萄酒。吃红肉的时候喝红酒。我喜欢赤霞珠，但是只有波尔多产的才好。有人跟我说纳帕山谷和智利产的赤霞珠也是上品，别开玩笑了！

【莉莉跟着一起大笑以支持他的观点。

特洛马克：在波尔多，它总是被混合调制以平衡其中强烈的丹宁酸。

莉莉：丹宁酸？

特洛马克：一种涩味。

莉莉：哦！（练习发音）丹宁酸。丹宁酸。……你长得真帅。

特洛马克：是吗？

莉莉：你说起话来像个王子。

特洛马克：我是个王子。

莉莉：我就知道！

【唱片机音乐起。

特洛马克：（羞涩地）你愿意……跟我跳支舞吗？

莉莉：我非常愿意跟你跳舞。

【他们站了起来。

【他们跳舞。方糖从莉莉的胸间漏下,从她裙下扑簌簌落出来,掉到地板上。

特洛马克:你父母的事情,我很抱歉。
莉莉:其实我是个公主。

【更多方糖从她胸间漏下,从腿间掉落。特洛马克笑了。

特洛马克:嗯,你是。
莉莉:不。我真的以前是个公主。
特洛马克:噢……(他愣住)
莉莉:再给我讲讲好吃的。靠近一点,贴紧我的耳朵讲。

【他们脸贴脸跳舞。

信件9:佩内洛普给特洛马克的信

【音乐继续。

亲爱的儿子:
你到哪儿去了?我听说你在特洛伊。你去那儿做什么?那是死亡之地。全是恐怖分子。快回来吧。别让我担心。
今天,你爸爸的朋友墨涅拉尔和海伦过来了。你还记得他们的女儿赫米温妮吗?我记得你小的时候你俩见过一面。她现在是个漂亮的大姑娘了。她在斯巴达大学读大二，艺术系。我想你们会喜欢对方的。你父亲看到你们俩在一起也会高兴的。你不再是个孩子了。伊萨卡的王子和斯巴达的公主。真好。

我把你的信用卡重新激活了。去买张票回家吧。

爱你的
妈妈

第十一场

场景

希腊俱乐部——一楼餐厅

人物

特洛马克

莉莉

【特洛马克单膝跪在莉莉面前。

特洛马克：你愿意嫁给我吗？

莉莉：那是不是我就能拿到伊萨卡公民身份，成为希腊人了？

特洛马克：不。我会成为一个特洛伊人，跟你扎根在这儿。

莉莉：什么？你想当特洛伊人？没人想当特洛伊人！

特洛马克：为什么你会想当希腊人？我们对你做了那样的事！我厌恶我的祖国！我们的手上满是鲜血！

莉莉：希腊什么都比这里强！工资更高，社会福利更好，空气也好，连天都更蓝！人有礼貌又有文化。我听说如果你在伊萨卡的路上丢了钱包，人家会找到你还回来。不像这儿，个个为了一块面包打得你死我活。带我离开这个鬼地方吧，亲爱的！我的同胞已经死了，但我还活着！

特洛马克：不，莉莉。别这么想！这是你的祖国！我爱你。我的祖国对我来说已经死了，我会把这个国家当成我的祖国。我会竭尽毕生来重建特洛伊，偿还我父亲欠下的血债。

莉莉：没什么好重建的！特洛伊完了！你爸精心设计，到处都是核辐射，这片土地永无翻身之日！看看窗外！你能做什么？翻新墓碑吗？（停顿）等等。我知道你能做什么了，炒汇和走私烟草！现下最红火的行当就是这些了！我们开个贸易公司！

特洛马克：不。我不是这个意思。我最看不上的就是钱了。我生来就家财万贯，你不记得了？我渴望更为伟大的事业！我想要造福特洛伊人民！我在大学学的是城市规划。我相信我们能改造这里！是时候成就一番变革了！

莉莉：你说的我不懂。那我们至少能继续住这房子里吗？我不想回到墓地去。

特洛马克：不，我们要走！我不想待在这个充满战犯的肮脏地方！我不愿再从家里拿一分钱！

【他从口袋里拿出一张信用卡，把它折成两半。

莉莉：要走你走。我不走。
特洛马克：求求你支持我的理想。

莉莉：我不。（对服务生）再给我拿罐可乐。
特洛马克：跟我走吧，莉莉。
莉莉：我待在这儿挺好。

【特洛马克叹气，然后离开。
【侍者来到莉莉身边。

莉莉：一罐可乐，再来点薯条。
侍者：小姐，你必须离开。你只能作为希腊人的陪同待在这里。
莉莉：他刚刚跟我求婚了。你没看见吗？我是他老婆，我是希腊人了。我想待多久就待多久。
侍者：不。你不是。请离开。要不我就叫警卫了。

【莉莉离开。

信件10：佩内洛普给特洛马克的信

特洛马克：

怎么回事？你为什么没回家？外面到底有什么诱惑能把你们一个个都拴住？我等了又等，等了又等，等了又等。快要把我逼疯了。你跟你父亲一个样！

今天是我四十岁生日。你不在。你父亲不在。只有尤里克莱亚和那些求婚的陪着我。他们给我办了个派对。我突然意识到，我现在就只有他们了。只剩五十个留了下来。我用了头十年摆脱那些男人，然后用接下来的十年留住他们。我不要人们像同情一个弃妇一样同情我。假如你父亲有一天回了家,我要让他看看,我还是很有魅力的,我还有选择。男人就喜欢这样。他们喜欢自己的东西被别人渴求,但是依然属于自己。

可我这辈子还剩几个二十年呢?我受够了。今天我就要在他们中间选一个丈夫。我决定了。或者更妙,选个男朋友!到了今天这一步,我他妈的不在乎了。没错!你妈就是说脏话粗话了。你回来,不回来,我他妈的不在乎。我今晚是喝多了!但我从来没有这么清醒过。

我。他妈的。不在乎。

【歌曲《我是女人》的卡拉OK伴奏响起。(参考电影《欲望都市2》在夜总会里的卡拉OK场景)

佩内洛普:(醉醺醺地)嘿!这首是我的歌。给我支麦克风!嘿!谁给我拿支麦克风来!

【有人给了她一支麦克风。

佩内洛普(唱):

> I AM WOMAN, HERE ME ROAR
> IN NUMBERS TOO BIG TO IGNORE
> AND I KNOW TOO MUCH TO GO BACK AN' PRETEND'
> CAUSE I'VE HEARD IT ALL BEFORE
> AND I'VE BEEN DOWN THERE ON THE FLOOR
> NO ONE'S EVER GONNA KEEP ME DOWN

AGAIN

> 我是女人，听我吼
> 我岁数大到你无法忽略我
> 我懂得了太多，再也无法假装回去
> 我什么话都听过
> 也狠狠摔倒过
> 如今再没人能让我低头

【雅典娜上台，跟她一起唱

雅典娜：（唱）

> OH YES, I AM WISE
> BUT IT'S WISDOM BORN OF PAIN
> YES, I'VE PAID THE PRICE
> BUT LOOK HOW MUCH I GAINED
> IF I HAVE TO, I CAN DO ANYTHING
> I AM STRONG（STRONG）, I AM INVINCIBLE（INVINCIBLE）
> I AM WOMAN

> 没错，我智慧
> 但这智慧来自疼痛
> 没错，我是付出了代价
> 但看看我收获了多少
> 只要我想，我能做任何事

我强壮（强壮！），我坚不可摧（坚不可摧！）
我是女人

【海伦出现，加入卡拉OK

海伦：（唱）

I AM WOMAN, WATCH ME GROW
SEE ME STANDING TOE TO TOE
AS I SPREAD MY LOVIN' ARMS ACROSS THE LAND

我是女人，你看我成长
看我稳稳站立
张开双臂把爱撒满这片土地

【尤里克莱亚加入演唱

尤里克莱亚：（唱）

BUT I'M STILL AN EMBRYO
WITH A LONG, LONG WAY TO GO
UNTIL I MAKE MY BROTHER UNDERSTAND

然而我依旧是颗种子
前面的路还很长
总有一天我能让我的兄弟们理解

一起（唱）：

OH YES, I AM WISE
BUT IT'S WISDOM BORN OF PAIN
YES, I'VE PAID THE PRICE
BUT LOOK HOW MUCH I GAINED
IF I HAVE TO, I CAN DO ANYTHING
I AM STRONG（STRONG）, I AM INVINCIBLE（INVINCIBLE）
I AM STRONG（STRONG）, I AM INVINCIBLE（INVINCIBLE）
I AM WOMAN

没错，我智慧
但这智慧来自疼痛
没错，我是付出了代价
但看看我收获多少
只要我想，我能做任何事
我强壮（强壮！），我坚不可摧（坚不可摧！）
我强壮（强壮！），我坚不可摧（坚不可摧！）
我是女人

第十二场

场景

墓地

人物

特洛马克

众特洛伊男子

莉莉

众特洛伊男子：嗨——嗨哟——嗨哟！

【特洛马克衣衫褴褛，满脸胡楂，带领一队特洛伊男人在地上开荒。特洛伊男人们一边用力，一边合唱劳动号子。

【莉莉挺着大肚子。她远远地看着他们，跟身边的人聊天。

特洛马克：这土地甜美，如鲜血般甜美。这土地丰腴，如肉体般丰腴。——兄弟们，未来在我们手里。只要再过一百年！

众特洛伊男子：嗨——嗨哟——嗨哟！

莉莉：（趾高气扬，对她旁边的女人）看，那就是我男人。哪怕是几百个男人中，你也能一眼认出他来。他是那么不一样。我的男人是不一样的。

特洛马克：这土地厚实，如乌云般厚实。这土地寂静，如风暴般寂静。——我的兄弟们，未来在我们手里。只要再过一百年！

众特洛伊男子：嗨——嗨哟——嗨哟！

莉莉：（对她旁边的女人说）他穿着和他们一样的衣服，说着一样的语言，吃着一样的东西，但是他是不一样的。那些男人没有一个还有梦，他们的梦很早以前就死了，但是他还有梦。我的男人有梦。

特洛马克：这土地富足，如你死去的父亲般富足。这土地纯洁，如你被凌辱的母亲般纯洁。——我的兄弟们，未来在我们手里。只要再过一百年！

众特洛伊男子：嗨——嗨哟——嗨哟！

莉莉：（对她旁边的女人）他掌握的知识比这个国家所剩下来的加起来都多。他念过大学。过去二十年里，你见过哪个男人读书吗？他有修养。我打个喷嚏，他会说："保佑你。"他打个嗝，会说："抱歉。"我在床上哼一声，他都会问："我弄疼你了吗？"他是那么高贵。我的男人是高贵的。

特洛马克：死去的已经腐坏了，年轻的正值新生。——我的兄弟们，未来在我们手里。只要再过一百年！

众特洛伊男子：嗨——嗨哟——嗨哟！

莉莉：（对着她身边的女人）等我家宝宝一生下来，我们就要一起搬去伊萨卡了。伊萨卡的学校棒极了。所有小孩都能上学。他们教你有用的和完全没用的东西，但是那些没用东西会让你成为更好的人。我们会住在宫殿里。他的父亲是神。他的母亲是圣母。而我是他的妻子，我是个公主。

众特洛伊男子：嗨——嗨哟——嗨哟！

嗨——嗨哟——嗨哟！

嗨——嗨哟——嗨哟！

嗨——嗨哟——嗨哟！

嗨——嗨哟——嗨哟！

【灯光变化。

【莉莉在一个墓穴里生产。特洛马克坐在她身边。莉莉尖叫。

莉莉：啊——疼死了！

特洛马克：坚强点！产婆在路上了！

莉莉：啊——操！跟我说点什么！说点什么！

特洛马克：好！好！我说什么呢？对了！这个月我们又开垦了三亩地，种上了硬木树。再过不到五十年，我们就能造出第一栋房子了。

莉莉：啊——不想听那个！

特洛马克：那你想听什么？哦！我教会了他们选举！假如我们能从当地人里面选出一名领袖，这不仅能改善社会，还能向希腊人展示我们自治的决心和能力。

莉莉：啊啊啊！你就不能闭嘴吗？

特洛马克：你想要听什么呢？告诉我，你想听什么，亲爱的！

莉莉：告诉我你在家是怎么烧鱼的。不要漏掉一点细节。

特洛马克：但是我不记得了。那是很久以前的事了。

莉莉：啊——我不管！告诉我！

特洛马克：让、让我想想。跟榛子一起烧……放罗勒叶……呃……还有大蒜……

莉莉：柠檬汁！

特洛马克：柠檬汁、初榨橄榄油……低脂酸奶、奶酪……

莉莉：佩科里诺干酪！（用力）啊——

特洛马克：佩科里诺干酪！还有犹太盐、新鲜黑胡椒，还有新烤的土豆。

莉莉：啊——等到了伊萨卡，咱们第一顿吃什么？（用力生孩子）啊——操操操操！你会搭配什么喝的？

特洛马克：（紧张，几乎哭了）我不记得！

莉莉：霞多丽！你喝霞多丽！（努力生孩子）啊——

特洛马克：是！是！勃艮第产的，法国勃艮第。它们的味道集中浓郁，还有……还有榛子的芳香……

【婴儿哭声。特洛马克从莉莉的裙下抱出一个宝宝。

特洛马克：成功了！成功了！天哪！是个男孩儿！……莉莉？莉莉？

【莉莉死了。
【特洛马克惊住了，全然不知所措。他看向四周像在求助。但四周空无一人，只有一个个坟头。他把孩子放下。
【他崩溃了。
【他像逃一样弃孩子和莉莉的尸体而去。孩子大哭。他又回来了。
【他下定狠心，离开。
【过了很久很久。台上寂静。
【突然他像疯了一般狂奔回来，抱起了孩子，带他一起离开。

第十三场

场景

伊萨卡宫殿，客厅

人物

佩内洛普

尤里克莱亚

特洛马克

众求婚者

【求婚者们和尤里克莱亚聚集在客厅。佩内洛普着新娘礼服，站在他们面前，手里拿着个抽奖盒。她摇晃盒子。

佩内洛普：现在我宣布，获奖者是——

【所有人屏住呼吸。佩内洛普从盒子里抽出一张奖券。

佩内洛普：281876号。

【一名求婚者激动地跳了起来，周围所有人都给他拥抱。他来到台前。

佩内洛普：作为二等奖获得者，你将会获得一部崭新的本田奥德赛汽车，以及在加州棕榈泉度假村豪华景观房的两晚住宿！

281876号求婚者：哇！

佩内洛普：感谢您过去二十三年里的不懈坚持！希望我们以后能继续做朋友！

【他们握手。

佩内洛普：如果到现在为止，获奖的人里还没有您，那恭喜您，准备好迎接更大的惊喜吧！因为终于到了揭晓头奖的时刻了！获奖者将获得跟我结婚的资格！以及——伊萨卡的王位！还有——这座宫殿的产权！

【求婚者们欢呼。佩内洛普摇晃盒子，然后抽出一张奖券。所有人屏住呼吸。

佩内洛普：获奖者是——879289号！

【没人起立。所有人仿佛检查自己的奖券，然后四周张望。

佩内洛普：879289号？
求婚者一号：估计先走了。

【求婚者们欢呼。

求婚者二号：重新抽一个！
佩内洛普：哦。（停顿）好吧。真是遗憾。等了二十三年，在最后关头放弃了。他要是知道自己错过了什么，得把肠子都悔青了。
求婚者一号：真是个大傻瓜。

【佩内洛普把手伸进抽奖箱正准备再抽一张。大门响起一声敲门声。所有人转身。
【尤里克莱亚打开门。

【特洛马克站在外面,抱着孩子。他比过去老多了,身上透着饱经沧桑的痕迹。所有人注视着他。

佩内洛普:先生,请问您是879289号吗?
特洛马克:妈妈,我是特洛马克。

【佩内洛普双手颤抖。抽奖盒掉在地上。

佩内洛普:我的孩子。
尤里克莱亚:天哪。

【尤里克莱亚拥抱他。婴儿大哭。

特洛马克:这是我的儿子。
佩内洛普:什么?我有孙子了?尤里克莱亚,咱们当奶奶了!

【他们三人拥抱。

佩内洛普:你这些年都去哪儿了?我们以为你死了!孩子的母亲在哪儿?我的儿媳呢?
特洛马克:我这些年都在特洛伊。我的妻子是特洛伊人。她昨天死了。我想,是时候回来了。特洛伊不是个适合孩子成长的地方。
佩内洛普:他看上去跟你小时候一模一样!
尤里克莱亚:我太开心了,小屁屁。你长大了。你变成大人了。

【她亲吻特洛马克和孩子。

求婚者二号：喂喂喂！这儿怎么回事？这奖还抽不抽了？

佩内洛普：哦，对了。（对特洛马克）稍等，我们这儿还没结束。我今天要结婚。

特洛马克：噢。

佩内洛普：是啊……真不凑巧。

特洛马克：不不，没事，妈妈。去吧，你应该得到幸福。

佩内洛普：你确定吗？如果我结婚了，你就无法继承王位了。（停顿）也许我至少应该把房子留给你。

求婚者二号：反对！说好了房子是奖品嘛，不能说话不算话！

特洛马克：别担心，妈妈。我说真的，我不在乎金钱和地位。在过去的三年里我谁也不是，而我却从来没有活得那么开心过。去吧。去做能让你开心的事。

佩内洛普：你让我刮目相看了，孩子。

求婚者一号：我才不相信他真这么想。总有一天他会后悔的。

求婚者三号：他那个婴儿我看是个隐患。

佩内洛普：真是美好的一天！我又成为一个母亲了，还成为一个奶奶。很快，我还将成为一个新娘！人生真是美好！在我们抽出最后的大奖之前，尤里克莱亚！拿瓶香槟来！我想要向各位祝酒！特洛马克先不要喝酒，给他盛点鸡汤补补，然后给宝宝准备牛奶。

【尤里克莱亚下。

佩内洛普：我来看看谁最像个好老公。

【佩内洛普走到求婚者中，与他们调情。
【尤里克莱亚拿来了一瓶香槟。求婚者打开了酒。所有人欢呼。尤里克莱亚给除了特洛马克以外的所有人倒了杯酒。

佩内洛普（举起玻璃杯）：为团圆干杯！
所有的求婚者一起（举起玻璃杯）：为团圆干杯！

【他们喝了酒。佩内洛普仅仅用嘴唇碰了一下杯沿。

佩内洛普：好了，抱歉。我累了。晚安。
求婚者一号：什么？
求婚者二号：但是宝贝，你还没抽完奖呢！
佩内洛普：哦，对。

【她把剩下的香槟倒进了抽奖箱里。

佩内洛普：好了。
求婚者三号：你喝醉了吗？

【突然间，所有求婚者感到喉咙一阵剧痛，喘不过气来。他们挣扎，吐血，跌倒。死了。

【特洛马克震惊。

佩内洛普：搞定。

【佩内洛普和尤里克莱亚击掌。
【佩内洛普抱起孩子，然后温柔地摇晃。

佩内洛普：嘘，我的小王子。你的王国是安全的。
特洛马克：你为什么这么做？？？
佩内洛普：王位不是一份说放弃就放弃的财产。它是你生而注定的命运。特洛马克，你不是小人物，也永远不会是。你是这个家的儿子。随之而生的一整份命运，你必须继承它，拥有它，承受它。就像我，像你的祖父母，像之前这个房子里住过的祖先，像历史上的所有人一样。你必须承受它。

今天，你成为新一任国王。

【尤里克莱亚递上王冠。佩内洛普把它戴在特洛马克头上。佩内洛普和尤里克莱亚跪下。

佩内洛普、尤里克莱亚：愿国王圣御不绝，万寿无疆。

【特洛马克亲吻她们的前额，然后扶她们站起来。一声敲门声响起。
【他们看了看屋子里的尸体，飞快地交换了一个眼神。尤里克莱亚打开了门。
【一个中年的陌生人站在门口。

陌生人：你好。

佩内洛普、特洛马克、尤里克莱亚：你是？

陌生人：我回家了。

尤里克莱亚：抱歉，您找谁？

陌生人：我回家了。是我。奥德修。

佩内洛普：谁？

陌生人：奥德修啊！见鬼，你的丈夫！你一直在等的那个男人！

佩内洛普：我没有丈夫。我之前是在等一个人，不过他已经回家了。你又是谁？

陌生人：（对特洛马克）特洛马克？你是我的儿子特洛马克？你都已经长这么大了！你这些年来一直在找我！现在我回来了！

特洛马克：我之前是在找一个人，不过当我抱起我的儿子的时候，我已经找到了。你又是谁？

陌生人：尤里克莱亚，好尤里克莱亚！我的膝盖上有个疤，你要是看到的话，你会认出来我的！你不记得给我洗脚了吗？

尤里克莱亚：喂！不要跟我来"好尤里克莱亚"这一套！我再也不给任何人洗脚了！现在的男人得自己洗脚去！

陌生人：我是你的英雄、你的主子、你的父亲！你们都不记得我了吗？其实我这些年都在暗地里观察你们！你们不知道，其实我一直都住在隔壁。我很高兴你们证明了自己的忠贞。

特洛马克：先生，我觉得您找错门了。请离开。

陌生人：我给你带了礼物。一大堆旅游纪念品。还有很多神奇的故事要给你们讲。

【尤里克莱亚关上了门。
【陌生人不断不断地敲门。尤里克莱亚锁上了门。

尤里克莱亚：这人可真怪。
佩内洛普：我们先睡吧。明早起来再处理这些尸体。
特洛马克：真不敢相信我回家了。一切闻起来都那么熟悉。我真高兴。
佩内洛普：我也是。
尤里克莱亚：我也是。
佩内洛普：晚安。
尤里克莱亚：晚安。
特洛马克：晚安。

【他们一盏盏关上灯，然后下场回到各自屋里。敲门声在黑暗中持续。
【最终，敲门声停了。

［剧终］

朱宜　2014年6月10日　写于纽约

中文翻译：张冰琪　2015年4月16日
中文版校对：朱宜　2015年11月16日

此生再不归太行

姬 赓（万能青年旅店）

姬赓，1981年生人，"万能青年旅店"乐队贝斯手、歌词作者，现工作生活于河北石家庄。2010年乐队发表首张专辑《万能青年旅店》。

大石碎胸口

渔王还想继续做渔王
可海港已经　不知去向
此刻他醉倒　在洗浴中心
没有潮汐的梦中
胸口已暮色苍茫
肥胖的城市　递给他一个
传统的方法　来克制恐慌
卖掉武器、风暴和喉咙
换取饮食

背叛能让你获得自由
停电之后　暂时摆脱了
坚硬的时刻　倒转的河
肥胖的城市
驱赶着所有　拒绝沉没的人
那首疯狂的歌又响起
电灯熄灭　物换星移　泥牛入海
黑暗好像　一颗巨石　按在胸口
独脚大盗　百万富翁　摸爬滚打
黑暗好像　一颗巨石　按在胸口

揪心的玩笑与漫长的白日梦

溜出时代银行的后门
撕开夜幕和喑哑的平原
越过淡季、森林和电
牵引我们黑暗的心
在愿望的最后一个季节
解散清晨还有黄昏
在愿望的最后一个季节
记起我曾身藏利刃
是谁来自山川湖海
却囿于昼夜、厨房与爱
来到自我意识的边疆
看到父亲坐在云端抽烟
他说孩子去和昨天和解吧
就像我们从前那样

用无限适用于未来的方法
置换体内的星辰河流
用无限适用于未来的方法
热爱聚合又离散的鸟群
是谁来自山川湖海
却囿于昼夜、厨房与爱
越过淡季、森林和电
牵引我们黑暗的心
就在一瞬间
握紧我矛盾密布的手

泥　河

骤雨重山　将甘苦注入他
气息交换　吞石铁吐泥沙
水鸟风帆　跟随着他舒展
知觉情感　在形成严格而缓慢
可听到雷声隐隐
可感到夏日来临

高地奔流　掠山光过太行
平原午休　纵鱼儿跃夕阳
明日壮阔　就奋力托帆船
明日难测　就放任潮流划水道
可听到雷声隐隐
可感到未知来临

不速之客　一贫如洗
劳动　饮酒　叹息
夜宿河床枕露珠
测量绘图　爆破合围
加固文明幻景
开山拦河建水库
泥沙沉积　运动停息
随后水鸟隐迹
人造湖泊无颜色
可听到雷声阵阵
可感到危险来临

乌云汇合　乌云高空踏步
再生泥河　就投身激流冲水坝
乌云汇合　乌云高空踏步
再生泥河　就投身激流冲水坝
可听到雷声滚滚
可感到怒潮来临

采　石

开采　我的血肉的火光
发动　新世界的前进的泡影
雷鸣　交织爆破成动荡
此生再不归太行

捶打我天然的沉默

切割我卑微与困惑
面貌已生疏　前方模糊
灵魂在山口又回顾

崭新万物
正上升幻灭如明星
我却乌云遮目
崭新万物
正上升幻灭如明星
乌云遮目
愤怒急促地流失
收回不安的目光
山河地理
退入大雾后
明天是复杂的漫游

以我之身躯为阶梯
以我之身躯为樊篱
陌生与敌意　其中凝聚
千座山峰化水泥

唔——
前进的泡影
唔——
复杂的漫游

崭新万物

正上升幻灭如明星
我却乌云遮目
崭新万物
正上升幻灭如明星
乌云遮目

梦幻丽莎发廊

仁科&茂涛（五条人）

仁科和茂涛，中国民谣摇滚乐队"五条人"的创建者。乐队首张专辑《县城记》是中国方言民谣的里程碑，而第二张专辑《一些风景》则凌厉生猛，突破了民谣的风格框架。2013年签约摩登天空后，相继推出《广东姑娘》《梦幻丽莎发廊》《故事会》三张热门专辑。斩获华语音乐传媒大奖、台湾金音创作奖等诸多奖项。

倒港纸[①]

那一天我经过东门头的时候
我看到古巴的表叔公
他摆张凳子坐在路的旁边浑浑噩噩
他看见我走来便猛然站起来喊：
靓仔啊

---

① 指"黑市"中经营钱币兑换的行业。

你有没有港币呀？你有没有港币呀？
你有没有港币呀？你有没有港币呀？

后来我去广州北京路逛街的时候
又看见古巴的表叔公
我走过去问他还做"兑港币"这行吗？
他两眼发亮惊讶地瞪着我说：
靓仔啊 我认得你呀
你有没有美金呀？你有没有美金呀？
你有没有美金呀？你有没有美金呀？

梦幻丽莎发廊

风吹过石牌桥
我的忧伤该跟谁讲
天空挂着一轮红月亮
她来自梦幻丽莎发廊
她说她家里很穷很乡下
只有山和河没有别的工作
年轻的时候她被别人骗
被卖去一个陌生的地方

事情有点复杂我说简单点
后来她终于离开了那个鬼地方
可忧伤一直写在她脸上
但对未来还是充满希望
她想让我带她去海边

漫步在那柔软的沙滩上
让风吹走所有的忧伤
在椰子树下一觉到天亮

可是我家里也很穷很乡下
除了捕鱼和种田没有别的工作
现实和我说的差太远
她不知道我一直在撒谎

风吹过石牌桥
我的忧伤该跟谁讲
天空挂着一轮红月亮
我离开了梦幻丽莎发廊

烂尾楼

乌云散了又聚在一起
这里一切都扑朔迷离
街头艺人来到跟前
说要给你带来一个惊喜

那些经过训练的猴子
失传多年的传统歌舞
会唱歌的鹦鹉
还有古老怪异的民间传说

你可以去桥的另外一边

在一栋烂尾楼里
那里聚集了疯子乞丐
孤魂野鬼还有一堆流浪汉

大楼的主人在二十年前
从上面跳了下来
一个生意人沦为乞丐
躲藏在烂尾楼里面

一座巨大的钢铁吊桥
桥上有很多人在摆摊
城市快车从身边飞过
一个父亲在寻找他的儿子

乞丐财神爷在街上乞讨
米奇老鼠在广场跳舞
幸福变成现实转化成海报
贴在小区的宣传栏上

风啊带来了一个消息
说流浪汉都要上班去
在工厂在矿厂在大排档
在传说中的砖窑里面

火车到了一个陌生的地方
高高的围墙像监狱
他拿出了儿子的照片

保安说他认得这个年轻人

有人说他儿子有暴力倾向
平时就喜欢喝酒赌博
动不动就给人一拳
现在他已经离开了工厂

在车站在兰州拉面馆
在城乡接合部的网吧
有人说儿子是个浑蛋
有人说他就躲在烂尾楼里面

烂尾楼耸立在他面前
冰冷的水泥包围着他
像神秘的撒哈拉沙漠
这里居然有人号称酋长

就像那《故事会》一样
他之前好像来过
后来听说他又走进了沙漠
又说他好像跳进了河里面

听说他顺利游过了对岸
又说他好像消失在河里
那些流浪汉身上披着麻袋
自称为古代的匈奴王

大楼结构像迷宫一样
里面的人都疯疯癫癫
酋长带领部落走出沙漠
他也消失在传说里面

后　记

何　平

从2017年第1期开始，我在《花城》杂志主持"花城关注"。我把主持这个栏目的批评实践定义为"文学策展"。其间得到花城出版社和《花城》编辑团队的全力支持。"花城关注"历六年，计三十六期，发表小说、非虚构、剧作、诗歌，以及其他难以归类的文本，参与的写作者一百余人，有半数以上没有被批评家和传统文学期刊所充分注意到的。

"花城关注"每一个专题都有具体针对文学当下性和现场感问题的批评标靶，将汉语文学的可能性和未来性作为遴选作家的标准。在这样的理念下，那些偏离审美惯例的异质性文本自然获得更多的"关注"，而可能性和未来性也使得栏目的"偏见"预留了讨论和质疑的空间。"花城关注"从艺术展示活动获得启发提出"文学策展"的概念。新世纪前后文学期刊环境和批评家身份发生了变化。二十世纪八九十年代的刊物会自觉组织文学生产。我们会看到，每一个思潮，甚至每一个经典作家的成长都有期刊的参与，但当下文学刊物很少去生产和发明二十世纪八九十年代那样的文学概念，也很少自觉地去推动文学思潮，按期出版的文学刊物逐渐退化为作家作品集。与此同时，批评家自觉参与文学现场的能力也在退化，丰富的文学批评实践几乎等同于论文写作。所以，提出"文学策展"的概念，就是希望批评家向艺术策展人学习，更为自觉地介入文学现场，发现中国当代文学新的生长点。与传统文学编辑不同，文学策展人是联络、促成和分享者，而不是武断的文学布道者。其实，每一种文学发表行为，包括媒介都类似"策展"。跟博物馆、美术馆这些艺术展览的公共空间类似，文学刊物是人来人往的"过街天桥"。博物馆、美术馆的艺术活动都有策展人，文学批评家最有可能成为文学策展人。这样，把"花城关注"栏目想象成一个公共美术馆，有一个策展人角色在其中，这和我预想的批评家介入文学生产，前移到编辑环节是一致的。

对我来说，栏目"主持"即批评。通过栏目的主持表达对当下中国文学的臧否，也凸现自己作为批评家的审美判断和文学观。"花城关注"不刻意制造文学话题、生产文学概念，这样短时间可能会博人眼球，但也会滋生文学泡沫，而是强调批评家应该深入文学现场去发现问题。一定意义上，继承的正是二十世纪八十年代以来文学批评的实践精神。

"花城关注"的六年是一段爱、温暖和热情的文学旅程，也许是我一生最重要的文学时间。"花城"同仁，已经退休的朱燕玲主编，那些我们熟悉的编辑、出版人、译者、艺术家和写作者们，是你们和我们一期一期完成"花城关注"的文学策展。我要特别感谢副本制作的冯俊华、联邦走马的恶鸟、泼先生的芬雷、保罗的口袋的不流、黑蓝的陈卫，以及黎幺、颜峻等文学朋友。虽然他们中的一些至今还在我们的文学视线之外，但他们的文学活动是今天中国文学

隐秘而阔大的部分。正是他们的无私帮助,坚定了最初"花城关注"的信心。"花城关注"的开栏语,我曾经写道:

《花城》是改革时代的产物。翻开那时的《花城》,你哪怕只看栏目——外国文学、香港通讯、海外风信、电影文学、流派鉴赏——也能够感觉到蓬勃着的气息和气象。这是一个刊物的传统,《花城》从一开始就不只是感触和捕捉中国文学最前沿的信息,而是与世界同时刻的文学站在一起。今天的《花城》也应该是这样的。你可以说,《花城》创刊之时,身处南国,居改革开放的前沿,得风气之先。我们再看二十世纪九十年代之后呢?现在文学界有一种观点,大致是说二十世纪八十年代末先锋文学被粗暴地终止。如果我们读完那之后全部的《花城》,我们还会下这个判断吗?正是从那一刻开始,《花城》几乎聚集了中国最先锋最具有探索精神的一批作家和文本,如果不只把先锋理解成是形式主义的炫技。当然,《花城》并不排斥炫技,甚至有专门的栏目"实验文本"鼓励出轨越界的炫技,但《花城》的先锋不仅仅是形式主义的炫技,而是充盈着探索文学在我们时代"可能"抵达边界的精神气质。这种"可能性"在二十世纪九十年代的《花城》,可以是王小波,可以是毕飞宇,可以是阎连科,可以是林白、陈染,可以是北村、吕新,可以是残雪,可以是崔子恩,可以是李洱,可以是朱文、鲁羊,可以是"新小说""花城出发"的年轻作者,可以是已经被经典化的王蒙、张承志,等等。不以现实主义还是现代主义划界,不温暾,不妥协,不察言观色,进取,铺张,飞扬,自由。

这是我想象《花城》的开放性和可能性,众声喧哗,杂花生树,也是我们想象的"花城关注"栏目未来的样子。

"花城关注"该给中国文学做点什么呢？今天的文学形势，只要不是妄想症，就不会自以为是地臆想自己可以创造出一个轰轰烈烈的文学时代。那就做点自己能做的事，就做点《花城》一直在做的事情吧，哪怕只是尽可能地打开当下中国文学的写作现场，尽可能看到单数的独立的写作者在做什么，哪怕只是敞开和澄明一点。我们置身的现实世界，不说最好和最坏的，确实是不同性别、不同职业，从不同的路径和时代遭遇，被伤害，也可能被成就。作为写作者，理所应当贡献的应该是不同的现实感受、不同的文学经验、想象和不同的文学形式，我们的栏目就是要让这些"不同"的可能性、多样性和差异性一起浮出地表。

重读这些六年前写下的文字，我问自己，下一个六年，我是否还有如此单纯的勇力和光焰？从"花城关注"六年发表的文本择选三十六篇，以《花城关注：六年三十六篇》为书名出版。同时，期待全部的"花城关注"在未来有机会完整面世。

记忆并存念爱、温暖和热情的文学旅程，感谢所有的同路人。

2022年南京深秋

花城关注总目
2017—2022

2017年

第一期

开栏的话：一个报信人，来自中国文学现场	何　平
气球	万玛才旦
访谈："他们一直就是那样真实地活着的"	万玛才旦/何　平
养豹子的人	柴春芽
访谈：直面自己的无知，甚至灵魂深处的幽光和阴暗	柴春芽/何　平
所喻之物	唐　棣
访谈：给当下中国文学来一种"新噪音"吧	唐　棣/何　平
本期点评：这次我们不只谈论电影，也谈谈他们的小说	何　平

第二期

西门旅社	段爱松
访谈：有自己独到的异域之意，就应该写出不一样的小说	何　平/段爱松
白塔	三　三
访谈："好奇心让我不愿意轻易对事物下结论"	何　平/三　三
《山魈考》残编（节选）	黎　幺
访谈："而我们是自弃于时代的"	何　平/黎　幺
城市异境系列	闻人悦阅

访谈：历史的幽灵一闪而过 　　　　　　　　　何　平/闻人悦阅
本期点评：异境，或者文学的逃逸术 　　　　　　　　　何　平

第三期
变形记 　　　　　　　　　陈思安
访谈："内心是一座战场，边打边前进。" 　　何　平/陈思安
拉乌霍流 　　　　　　　　　童　末
访谈："我在寻找一种重述整体的方式" 　　何　平/童　末
27岁俱乐部 　　　　　　　　　杨碧薇
访谈：也许我访的是一个假"薇" 　　何　平/杨碧薇
本期点评：制造"85后"：一次戏仿的文学命名 　　何　平

第四期
特洛马克——"爸爸去哪儿了？" 　　　　　　　　　朱　宜
访谈：或许我们抄近道了 　　何　平/朱　宜
本期点评：被放逐出文学的剧和剧作家 　　　　　　　　　何　平

第五期
不可饶恕的查沃狮 　　　　　　　　　周　恺
访谈："我经常怀疑自己不过是别人的一个噱头" 　　何　平/周　恺
雪落高山霜打凹 　　　　　　　　　袁　凌
访谈："我的小说，大部分都有十年以上的黑暗期" 　　何　平/袁　凌
蝙蝠在歌唱 　　　　　　　　　小　昌
访谈：漫不经心是特别高贵的品质 　　何　平/小　昌
本期点评：除了"伤心故事"，年轻作家如何想象"故乡"？
　　　　　　　　　何　平

第六期

美丽新世界的孤儿	陈楸帆
访谈:"它是面向未来的一种文学"	何 平/陈楸帆
极限	赵 松
访谈:"我只是想换个方式探讨一下生与死"	何 平/赵 松
我认识一个男人(三则)	飞 氘
访谈:耽溺一些更好玩的,而不只是忧思人类未来	何 平/飞 氘
世界第一等恋人	杜 梨
访谈:好小说,应该是在天空中都开出银花儿来	何 平/杜 梨
本期点评:奇点时代前夜的科幻和文学	何 平

2018年

第一期

本期关键词:多民族文学:边境和越界

曲米辛果	次仁罗布
次仁罗布访谈:"我更多关注的是人,而不是渺远的来世"	
马力克奶茶	阿拉提·阿斯木
阿拉提·阿斯木访谈:"我最心疼人把自己弄脏了"	
莫日格勒河谷的鹫	黑 鹤
黑鹤访谈:"有些东西一旦消失了,就真的没有了"	
本期点评:在"边境线"写作	何 平

第二期

本期关键词:诗,造物的纯真

废墟的十二种哲学	冰 逸

冰逸访谈：永在和不复存在
诗一组　　　　　　　　　　　　　　　余　真/孙秋臣/康　雪/周欣祺
四人访谈："我的内心，我看世界的眼神"
本期点评："听说长安遍地都是诗人"　　　　　　　　　　　何　平

第三期

本期关键词：野外作业

地志三篇　　　　　　　　　　　　　　　　　　　　　　　毛晨雨
毛晨雨访谈："这些动物们的规则若能被遵守……"
西行笔录　　　　　　　　　　　　　　　　　　　　　　　刘国欣
刘国欣访谈："我想象渴爱之人萌动的爱意"
本期点评：散文的野外作业　　　　　　　　　　　　　　　何　平

第四期

本期关键词：多主语的重叠

大勇　　　　　　　　　　　　　　　　　　　　　　　　　李　若
李若访谈："给打工生活一个伤痛流淌的出口"
租房记　　　　　　　　　　　　　　　　　　　　　　　　沈书枝
沈书枝访谈："生命本身是一场消耗"
十日谈（节选）　　　　　　　　　　　　　　　　　　　　大头马
大头马访谈："豆瓣上的大头马是谁？"
本期点评：多主语的重叠　　　　　　　　　　　　　　　　何　平

第五期

本期关键词：从"故事新编"到"同人写作"

七又四分之一　　　　　　　　　　　　　　　　　　　　　黄崇凯
黄崇凯访谈："我但愿这些写作能具备地层构造的质地"

老虎与不夜城 　　　　　　　　　　　　　　　　　　　陈志炜

陈志炜访谈："我希望自己的文本,真的能让人重获'最初的欣喜'"

本期点评:从"故事新编"到"同人写作" 　　　　　　　何　平

第六期

本期关键词：文学"西游",或大于小说地理学

魔王(外一篇) 　　　　　　　　　　　　　　　　　　　慢先生

慢先生访谈："每一代人应该充分地讨论和理解不幸"

大东乡 　　　　　　　　　　　　　　　　　　　　　　丁　颜

丁颜访谈："就像一件拙朴的有质感的青布长衫"

无定西行记 　　　　　　　　　　　　　　　　　　　　糖　匪

糖匪访谈："好故事可以抵御恶"

本期点评：文学"西游",或大于小说地理学 　　　　　　何　平

2019年

第一期

本期关键词：新海外华语文学

塑料时代 　　　　　　　　　　　　　　　　　　　　　何袜皮

何袜皮访谈："一切看起来像真的,却不是"

未来的影子 　　　　　　　　　　　　　　　　　　　　胡　葳

胡葳访谈："汉语很自由,它允许写作者探索属于自己的母语"

万物无所遁形 　　　　　　　　　　　　　　　　　　　倪湛舸

倪湛舸访谈："新媒体肯定是个搅局的新力量"

岛口Isle(组诗) 　　　　　　　　　　　　　　　　　　王　梆

王梆访谈:"希望自己能成为一个'世界主义'(cosmopolitanism)的作家"
本期点评:来吧,让我们一起到世界去　　　　　　　　　何　平

第二期
本期关键词:摇滚诗歌·民谣歌手
时代的宠物　　　　　　　　　　　　　　　吴　吞(舌头乐队)
访谈:"是时代在诊断我"　　　　　　　　　　　　何　平/吴　吞
此生再不归太行　　　　　　　　　　　　姬　赓(万能青年旅店)
访谈:"流失确实是在发生的"　　　　　　　　　　何　平/姬　赓
魔术师和他的女人走了　　　　　　　　钟立风(博尔赫斯乐队)
访谈:"我写作是为了被某个遥远的人所爱"　　　何　平/钟立风
后营沥青路上漫步的孔雀　　　　　　　　　宋雨喆(木推瓜)
访谈:"用宋雨喆这个名字更像一小块自留地"　　何　平/宋雨喆
梦幻丽莎发廊　　　　　　　　　　　　仁科&茂涛(五条人)
五条人:日常生活叙事中对诗意的重新认识与发现　　　马　加
本期点评:杂音,或者噪音　　　　　　　　　　　　　　何　平

第三期
本期关键词:在写和译之间
被动时态　　　　　　　　　　　　　　　　　　　　　于　是
访谈:"翻译一向是带动本国文学走向更新、更广的力量"
　　　　　　　　　　　　　　　　　　　　　　　何　平/于　是
尾随者　　　　　　　　　　　　　　　　　　　　　　默　音
访谈:"我的小说里,日本很可能是一重抹不去的背景了"
　　　　　　　　　　　　　　　　　　　　　　　何　平/默　音
十三不靠　　　　　　　　　　　　　　　　　　　　　黄昱宁

访谈："我们都是被历史除不尽的余数"   何　平/黄昱宁
本期点评：译与写之间的旅行者   何　平

第四期

本期关键词：创意写作

火星   双雪涛
访谈："这三年发生的事情肯定超乎我的想象"   何　平/双雪涛
锦缠道   张怡微
访谈："创意写作不只是写作教育，也是广义上的文学教育"
   何　平/张怡微
本期点评：新的欲望，新的征服——关于中国大学创意写作的自问自答   何　平

第五期

本期关键词：青年写作和早期风格

湖底的恶童   谢青皮
访谈："'少作阶段'是作家写作可能性的一种展示"
   何　平/谢青皮
埋体   祁十木
访谈："尝试无限可能的野心"   何　平/祁十木
捉影   苏怡欣
访谈："旧物身上的诉说感让人迷恋"   何　平　苏怡欣
本期点评：文学新血和早期风格   何　平

第六期

本期关键词：文本再造和文学扩张

我们在海边放了一颗巨大的蛋   蒋方舟

完美的结果	蒋方舟
访谈:"文学和世界互动的方式正在发生改变"	何 平/蒋方舟
在N城读园林	周功钊
访谈:"想象力旨在看到未知的可能性"	何 平/周功钊
本期点评:文学扩张主义,或者青年写作、思想和行动	何 平

2020年

第一期

本期关键词:"我城"的儿女们

我认识过一个比我善良的人	笛 安
羽翅	班 宇
去大润发	王占黑
离萧红八百米	郭 爽
蕉叶覆鹿	林秀赫
站在天平上	陈苑珊
并不是则味咖啡馆	杨则纬
先生,先生	朱 婧
本期点评:"我城"的儿女们	何 平

第二期

本期关键词:亲密关系

父母	淡 豹
旅行家	淡 豹
本期点评:田野、民族志(个人志)和小说	何 平

第三期

本期关键词：在县城

猫将军	孙　频
和解云锦一起的若干瞬间	张　楚
遇见未婚妻	阿　乙
本期点评：关于县城和文学的十二个片段	何　平

第四期

本期关键词：乡村博物馆

字母练习簿	童伟格
人面动物	陈集益
地下的天空	远　子
乡村博物馆	索　耳
玻璃屋子	邱常婷
本期点评：故土，亦是新地，文学何为？	何　平

第五期

本期关键词：世界时区

斯普利特：寻找戴克里先的幽灵	柏　琳
路易逊的伦敦Lewisham, London	王　梆
雅各与天使摔跤	吴雅凌
速写南非	陈济舟
本期点评："地球村"幻觉和世界行走者	何　平

第六期

本期关键词：树洞

关于南京的回忆	张惠雯

咪咪花生	文　珍
本期点评："我想给你一切，可我一无所有"	何　平

2021年

第一期
本期关键词：青年冲击

引言：细语的众声	何　平
穿光	谢青皮
冰河	王苏辛
反讽的田园诗	丰一畛
移民	张玲玲
成人教育	卢德坤
山中速写	王陌书
对谈：极少数获益者的文学幻觉最终是要破灭的	

第二期
本期关键词：期刊趣味：末路或前途

引言：有时写作者出的圈可能只是文学的"朋友圈"	何　平
我父亲的奇想之屋	韩松落
对谈："我在这种农夫般的'短视'中，写了十六年专栏"	何　平/韩松落
破境	慕　明

对谈："科幻"真正成为方法之后，它可能更像是"爱情"之于文学   何　平/慕　明

第三期

本期关键词：地方的幻觉

引言：地方的幻觉   何　平
阎罗算法   陈楸帆
对谈：以一种更"本土化"的方式去抵达"世界性"
       何　平/陈楸帆
胰腺   陈再见
对谈：文学的县城不应该只是陈腐乡愁的臆想的容器
       何　平/陈再见
灰地   林培源
对谈："世界"发生位移，小镇的参照坐标也在位移
       何　平/林培源

第四期

本期关键词：短篇大师的理想

引言：症候性滥长和优雅的丧失   何　平
化学   弋　舟
放生马   海勒根那
找信号   索南才让
KLONE   周婉京

第五期

本期关键词：机器制造文学

引言：目前的机器写作，不是文学，更不能取代作家创作
　　——关于当下AI写作的技术问题　　　　　　　　何　平

大有　　　　　　　　　　　　　　　　　　　　　陈楸帆

他杀　　　　　　　　　　　　　　　　　　　　　王　元

第六期

本期关键词：文学部落和越境者

引言：我们以为是越境，其实可能只是一次转场　　何　平

连环收缴　　　　　　　　　　　　　　　　　　　杨知寒

门外　　　　　　　　　　　　　　　　　　　　　辽　京

2022年

第一期

本期关键词：致90年代

引言：时间开始了　　　　　　　　　　　　　　　何　平

幸福旅社　　　　　　　　　　　　　　　　　　　艾　伟

体育课　　　　　　　　　　　　　　　　　　　　路　内

宋骑鹅和他的女人　　　　　　　　　　　　　　　徐则臣

明天的烟　　　　　　　　　　　　　　　　　　　王莫之

走起书（节选）　　　　　　　　　　　　　　　　范　伟

第二期

本期关键词：先锋文学延长线

引言：所谓先锋，或将是旧的弃物	何　平
与铀博士度过周末	索　耳
麻风病院前	杨　斐

第三期

本期关键词：文学史的失踪者

引言：他们是失踪者，也是西西弗	何　平
睡在树上的鱼	黄立宇
去南京见一个叫张芹的女人（外一篇）	朱庆和

第四期

本期关键词：怪异志

引言："绮谈""笔记""精怪故事"及其他	何　平
东海绮谈集（二题）	盛文强
素蒲团	杨　典
健身房的秘密	康　夫

第五期

本期关键词：她们在世界写作

引言：单数的世界文学	何　平
六脚马	焦　典
BLUES	东　来
二十小时　［加拿大］金姆·傅　著/杨　靖　译	
毛颖兔与柏木大学图书资料室	双翅目

945

海涛汹涌	［德国］安妮·康朴曼 著/金 弢 译	

第六期

本期关键词：新青年/新文学

引言：这一次我们谈谈少年气和青年心	何 平
化鹤	薛超伟
断桥对岸的科学家	谈衍良
失踪　　　　［加拿大］黛博拉·威利斯 著/杨 靖 译	